YARALASAR

III

MARAL ATMACA

YARALASAR
III

Yazar: Maral Atmaca
Genel Yayın Yönetmeni: Mustafa Güneş
Yayına Hazırlayan: Emre Özcan
Editör: Nurdan Başalan
Düzelti: Elif Evin Musluoğlu
Kapak Tasarım: Sidem Zelal Edin
Sayfa Tasarım: Sidem Zelal Edin

1. Baskı: Ağustos, 2021
8. Baskı: Ağustos, 2022

ISBN: 978-625-7382-53-3

Yayınevi Sertifika No: 40169

Baskı: Gülmat Matbaacılık Yayıncılık San. Tic. Ltd. Şti.
Maltepe Mah. Fazılpaşa Cd. No. 8/4
Topkapı/İstanbul
Tel: 0 (212) 577 79 77
Sertifika No: 49388

Cilt: Erdoğanlar Mücellit Matbaacılık San. Ltd. Şti.
Fazılpaşa Cad. No.8 Kat:3 Z.Burnu Topkapı / İSTANBUL
Tel.: +90 212 612 07 39 Faks: +90 212 612 07 94
www.erdoganlarmucellit.com

Yayımlayan
Mürekkep Divit Bas. Yay. San. Dış Tic. Ltd. Şti.
Gültepe Mahallesi Şahinler Sokak No: 2 Ephesus Plaza
Küçükçekmece / İstanbul
Tel: 444 0 454

www.ephesusyayinlari.com / iletisim@ephesusyayinlari.com

YARALASAR

III

MARAL ATMACA

EPHESUS

1. BÖLÜM

Göğsümden akan kanları gördükçe canım daha çok acıyordu. Kan o kadar yoğundu ki elbisemin ön tarafını kaplamıştı. Lakin bedenimdeki acıyı o kadar çok hissedemiyordum. Bunun sebebi belki de aldığım uyuşturucuydu. Ancak titreyen bedenim ve döktüğüm terler durumumun pek de iç açıcı olmadığını gösteriyordu. Güçlükle başımı kaldırdım ve masanın üzerindeki dizüstü bilgisayardan beni izleyen adamı gördüm. Evet, Alaz sadece izliyordu. Gözlerinde gördüğüm o duygu yenilmişlik miydi? Ah, hayır... O gerçekten çaresizce ve yıkılmış gibi bakıyordu. Peki, bu yenilmez adamın ilk yenilgisi kim içindi? Bu yıkımın sahibi ben miydim? Hayır, değildim çünkü insan bile bile kendi sonunu getirmezdi, değil mi? Ben onun için yok oluş olsaydım, ölmemi isteyerek kendi sonunu getirmezdi. O kaybetmeye alışık değildi. Hep kazanan adam, Ahmet'e yenildiği için yıkılmış görünüyordu. Gözleri göğsümdeki kanda oyalandıkça kahverengi hareleri kararıyor ve dişlerini sıktığı için çenesi seğiriyordu. Ona daha fazla bakmak istiyordum lakin bunu yapamıyordum. Ne endişeyle bana seslenen Hakan ne diğer çocuklar ne de başka bir şey vardı. Ben şu anda hiçbir şeye odaklanamıyordum. Alaz ise bu geceden sonra zerre kadar umurumda değildi çünkü o, içimdeki Sedef'in katiliydi. Bu kurşun yarası Sedef'i öldürürken Yankı'ya hayat vermişti. Eğer ölmez de sağ kalırsam işte o zaman herkes korkmalıydı benden. Sağduyumu tamamen yitirmiştim. Doğrunun ve yanlışın yolları bende kayıptı.

Ahmet sırıttı. "Üzgünüm Sipahi ama sözümü tutamayacağım," dedi. "Ya da üzgün değilim çünkü onları öldürmek bana zevk veriyor," diye ekledi. Alaz'ın kaşlarını büyük bir öfkeyle çattığını gördüm. Arabada olmalıydı ki yanındakine, "Daha hızlı sür!" şeklinde bir şeyler söylemişti. Gaza daha fazla yüklendiğini yolun kenarındaki ağaçların hızla kayıp gidişinden anladım. Biri bu adama aşırı hızın ölüm getirdiğini söylemeliydi. Nasıl bir ajan trafik kurallarını ihlal ederdi ki? *Peki, benim bu durumda bile bunu düşünmeme ne demeli?*

Sözünden dönen öcü, Alaz'ın bize yaklaştığını fark ettiği için silahı çocuklara doğrulttu. Alaz gelmeden çocuklardan kurtulmak istiyordu. Hepsini tek bir kurşunla öldürecekti çünkü ölüm oyununa devam edecek kadar zamanı olmadığını iyi biliyordu. Namlunun ucunda en başta oturan Halil'in olduğunu bildiğim için, "Ahmet..." diyerek kalan son gücümle fısıldadım. Geriye kalan çocukları kurtarmak için Alaz'a zaman kazandırmalıydım. Bunu Hakan, Efe, Ecrin ve Araf için yapmalıydım. Evet, Araf daha fazla o halde dayanamazdı. Sivri demirin bir kısmı çoktan çenesinin altına ve boynuna saplanmıştı. Benim zaten kurtulmak gibi bir şansım yoktu, onlar için bu kadarını yapmalıydım.

Beni duymayan adam tetiğe bastığı an Halil'in öldüğünü anlayıp hıçkırdım. "Ah-Ahmet..." diyerek ona sesimi duyurmaya çalıştım fakat bunu yapamayacak kadar kötü durumdaydım. Bir adım yana kaydığında sıranın Efe'ye geldiğini anlayıp kalan son gücümle, "Arda!" diye acıyla haykırdım.

Dehşet dolu çığlığımı duyunca tetiğe basmak yerine bana doğru döndü. "Ca-canım yanıyor," dedim kısık sesle. Öksürerek ağız dolusu kan kusarken bilincimi her an kaybedebileceğimi hissettim. Ona, "Çöz beni, lütfen..." diye yalvardım. Buradan kurtulsam bile aldığım kurşun yarası beni öldürecekti ama ölmeden önce arkadaşlarıma son bir iyilik yapabilirdim.

Bu bencillik işini bir türlü doğru düzgün yapamıyorsam bu benim suçum değil.

Arda'nın gözleri, kanayan yaramı bulunca iç çekerek başını salladı. "Biraz daha dayan, sevgilim. Bunlarla işim bitince seninle iigileneceğim," dedi. Yaram ona acı veriyordu. Fark ettiğim bu gerçek beni dehşete düşürmüştü çünkü beni vuran kendisi olduğu halde benim için acı çekiyordu. *Allah'ım, nasıl bir hastanın eline düştüm ben böyle!*

Damardan gir kızım Yankı, kullan bu pisliğin sana olan zaafını.

"Ama ac-acı çekiyorum," dedim. Hıçkırarak ağlamaya başladım. Yalan söylemiyordum. "Sevgilin acı çekiyor, Arda. Bu ipler çok rahatsız, lütfen çöz beni. Hem bu haldeyken canını sıkacak bir şey yapamam ki." Sesimi olabildiğinde yumuşak çıkarıp ağlamaktan kızaran gözlerimdeki nefreti güçlükle gizlemeye çalışıyordum.

Beni nikâhına al demiyorum, sadist adam. Sadece çöz şu ipleri!

Gözleri tereddütle beni incelerken nefesimi tutup vereceği kararı bekledim. Nihayet tamamen zararsız olduğumu anladığı için pes ederek Efe'ye doğrulttuğu silahı indirdi. "Umarım uslu bir kız olursun," diyerek beni uyardı. Silahı beline taktı ve yanıma gelerek ipleri çözmek için üzerime eğildi. "Aksi takdirde neler olacağını iyi biliyorsun," diyerek beni tehdit etti. *Bilmez miyim?* Nasıl bir cani olduğunu çok iyi biliyordum! *Evet, biliyorum ama buna rağmen kesinlikle uslu bir kız olmayacağım çünkü bu doğamda yok. Nasılsa birazdan cehennemi boylayacağım, o yüzden ne yaparsam yanıma kâr kalırdı.*

İyice üzerime eğilip vücuduma doladığı tüm ipleri çözdükten sonra beni uyarmayı ihmal etmedi. "Ayağa kalkmayı deneme, bu daha fazla canını yakar," deyince başımı salladım. Diğerlerini vurmak için bana sırtını döndüğü an saçımdaki tokayı aldım. Alaz'ın verdiği şiş tokayı iyice kavradım ve hiç tereddüt etmeden sivri ucunu onun sırtına tüm gücümle sapladım. "Arkadaşlarımı rahat bırak!" diye bağırdıktan sonra tokayı sertçe çekip tekrar aynı yere sapladım. *Bunun için asla pişman olmayacağım! Gerekirse katil olacağım! Bu saatten sonra sevdiklerime dokunmasına izin vermeyeceğim!*

Acıyla haykıran adam geri çekilip bana doğru döndü ve yüzüme attığı tokatla beni yere düşürdü. Yüzüstü düştüğüm için yaram acırken sert bir hareketle beni sırtüstü çevirdi. Üzerime eğilip boynumu kavradığında nefes alamıyordum. Yarasının acısını benden çıkarmak istercesine boğazımı sıkıyordu. "Beni kandırdın!" diye bağırarak tüm gücüyle boğazımı sıkınca, gözüm yaşlı bir şekilde nefes almaya çalıştım. "Sana güvenmiştim!" diye bağırdı. O bana öfkesini kusarken ben ona karşı koyamayacak kadar kötüydüm. Bir elimle Alaz'ın verdiği tokayı güçsüzce tutuyordum. Diğer elim ise onu engellemek için havaya kalkmıyordu. *Adamda hayvan gücü var, yemin ederim. Onu iki kere şişledim ama bana mısın demedi. Yaşasın, katil olmadım. Allah belasını versin, ölmek bilmiyor!*

Bu sahneyi bilgisayardan izleyen Alaz, "Dokunma ona!" diye kükredi. "Bekle, ecelin olmaya geldim!" diye bağırdığında artık sesini uzaklardan duyar gibiydim. Yüzüm balon gibi şişerken bir gram nefese muhtaçtım. Boğulmak üzereyken, "Ağabey, Sipahi geldi! Arabası evin dışında şu anda!" diyen bir ses duymuştum. Adamlarından birinin söyledikleri sayesinde kirli ellerini üzerimden çekmişti. Sonunda gelmişti.

Beni bu caninin ellerinden çekip alsın istiyorum çünkü ben kendimi kurtaramıyorum.

Ellerini boğazımdan çektiği için öksürerek nefes almaya çalışırken üzerime eğildi ve "Kurtuldun sanma, sen benimsin!" diye bağırdı. Çekeceğim acıyı düşünmeden ani bir hareketle beni kucağına alınca bağırdım. Çektiğim acıdan dolayı başım güçsüzce onun göğsüne düştü. Hemen sonrasında gözlerim yorgunluktan kapanmıştı. Son duyduğum şey, "Siz onları oyalayın. Biz arka kapıdan çıkacağız!" diyen öfkeli sesi olmuştu. Hayır, beni götüremezdi. Ölsem bile son anımda o olmamalıydı. Ölüm emrimi vermesine rağmen Alaz'ın beni bu adamın ellerine bırakmasını istemiyordum. Kötünün iyisini isteyecek kadar çaresiz bir haldeydim. Hayır, daha iyisini istemek gibi yüksek beklentilerim yoktu.

Ama yine de ölmeme izin verme be adam! Beni bu adamın kollarına bırakma, gel ve al.

Alaz'dan

"Daha hızlı sür şunu!" Atalay daha da hızlanıp hız ibresini sonuna kadar getirdi. Sürekli ona bağırdığım için sessizce homurdanıyordu.

Onları bulmuştum lakin onu kaybetmiştim. Arda'nın aradığım adam olduğunu bu kadar geç fark etmek, benim en büyük başarısızlığımdı. Daha kötüsü ise çok büyük bir hata yapmıştım. Planlarım ilk kez sekteye uğramıştı ve ben tökezlemiştim. Efe'nin kaçırıldığını anladığımda onu bulmak için yanlış bir adrese gitmem büyük bir hataydı. Arda bir şekilde durumu fark edip Atalay'ın bana ihanet etmediğini anlamıştı. O yüzden Atalay'a Çiğdem vasıtasıyla yanlış haber uçurmuştu. Böylece benim için hazırladığı tuzağa kendi ayaklarımla gidecektim. Öyle de olmuştu! Neyse ki depodaki bomba düzeneğini erken fark etmiştim. Geri döndüğümde ise çoktan kaybettiğim gerçeğiyle yüz yüze gelmek büyük trajedi. Ben orada oyalanırken Arda çoktan tüm çocukları tesisten çıkarmıştı. Hepsini geçtim, Sedef bunu nasıl anlamazdı? Atalay'ı dinleyip onunla kalmalıydı! Yine de düşününce ona kızamıyordum çünkü Efe ve arkadaşları söz konusu olunca her türlü çılgınlığı yapacağını iyi biliyordum. Gün içinde yaptığı tek doğru şey ise Şafak'ı kurtarmak olmuştu. Böylelikle Şafak kaçtığı Çamlı Höyük'teki karakola giderek beni arayabilmişti. Şu anda önde giden Yosun'un arabasının içindeydi ve bize yolu gösteriyordu. Lakin ormana girdikten sonrasını o da bilmiyordu. Bu sorun değildi çünkü yol boyunca adamlarım Arda'yı kapsamlı bir şekilde araştırmışlardı. Evet, burada ona ait bir ev olduğu bilgisine erişmişlerdi.

Çocukluğunun geçtiği yer burası.

Adamlarımın buldukları tek şey bu da değildi. Çok daha fazlası vardı. Gözden kaçırdığım çok şey, ihtimal bile vermediğim bir geçmiş... Alkolik babasından şiddet gören bir erkek çocuğuydu. On üç yaşına geldiğinde babası tarafından evin çatı katına kapatıldığını ve otuz gün boyunca oradan dışarı hiç çıkamadığını öğrendim. Babası, onu çatı katına hapsettiği gece alkol komasına girerek hayatını kaybetmişti. Dağın başında bir ev olduğu için Arda'ya ulaşmaları bir ayı bulmuştu. Bir avcının ifadesinden ortaya çıktığı üzere avcı, soğuktan kaçtığı bir gün Ardaların evine sığınmak için kapılarına gitmiş. Kapıları kilitli olan evin ziline bastığı halde kimse açmayınca geri dönmeye karar vermiş fakat küçük bir çocuğun yardım çığlıklarını duyunca orada kalmış. Kapıyı kırıp içeri girdiğinde ise çürümeye başlamış bir ceset ve üst kattan gelen yardım çığlıklarından başka bir şey bulamadığını söylemiş. Çatı katının kapısını kırıp içeri girdiğinde ise gördüğü manzaranın şokundan çıkamadığını özellikle belirtmiş. Ağlayarak ona sığınan küçük bir çocuk ve yerde bir sürü kuş tüyü... Ölen yarasalardan kalan tüyler ve atıklar... Polisleri hemen arayıp yardım istemiş. Hiçbir yakını olmadığı için Arda'yı çocuk yurduna vermişler. Evet, polislerin kayıtlarında böyle ifade vermişti avcı.

Lakin bu doğru değildi çünkü Arda'nın bir yakını vardı! Evet, herkesten sır gibi sakladığı bir akrabası vardı. Amcası Çetin; yani Sedef'i çocukken taciz eden Arayıcı! İkisi arasındaki yakınlığı bulmak hiç kolay olmamıştı çünkü Çetin'in soyadı da dahil çoğu şey sır gibi saklanıyordu. *Ne tesadüf, değil mi? Amcası yıllar önce sokakta gördüğü bir çocuğu taciz ederken yeğeni yıllar sonra aynı çocuğu saplantı haline getiriyor! İkisi birlikte gencecik bir kızın hayatını bitirdi!*

Arda'nın çocuk yurdunda sergilediği tuhaf davranışları bile hasta olduğunun en büyük kanıtıydı. Okuduğum raporlara göre normal bir çocuk olmadığı çok açıktı. Bu garip davranışları bir süre sonra herkesin dikkatini çekince onu çocuk psikiyatrisine yönlendirmişlerdi. Psikiyatrist Sevda Gürel'in Arda hakkında tuttuğu notlar kan dondurucuydu. Arda'nın ona anlattıklarına göre Arda, babasının öldüğünü biliyormuş. Her gece onu dövmek için odasına gelen babası o gece gelmeyince Arda onun öldüğünü anlamış. Üzülmediğini, babasının ona yaptıklarından sonra ölümünün kendisini mutlu ettiğini söylemiş. Bu konuda ne yazık ki ona hak veriyordum.

Ve yarasalar!

Bir ay boyunca çatı katında kilitli duran çocuk, hayatta kalmak için inanılmaz bir direnç göstermiş. Bu olay kışın yaşandığı için otuz gün boyunca pencereye biriken karları tüketerek susuzluğunu gidermiş. Yemek ihtiyacını da gece pencereden çatı katına giren bir yarasayı yakalayarak gidermiş. Evet, onu çiğ çiğ yemiş. Otuz günlük bir tutsaklık, hayatta kalmak için öldürüp yediği otuz yarasa! Çocuk yaşta gördüğü muamele otuz günlük tutsaklığıyla onu bir canavara dönüştürmüştü. Kayıtlarda doktoru ona, "Onları öldürürken ne hissettin?" diye sorduğunda sadece iç çekerek, "İlk yarasayı öldürdüğümde çok ağladım. Hayatımda ilk kez bir şeyi incittiğim için o gün çok ağladım," diye cevap vermiş. O yaşta bir çocuk için kabul etmeliyim ki bu, kötü bir travmaydı.

Ancak bunların devamı da vardı. Doktorunun, "Onları öldürmek zorundaydın. Bunun için kendini suçlama çünkü hayatta kalmak için buna mecburdun," sözlerine karşılık gülmekle yetinmiş. "Suçlamak mı? Gerçekten bunu mu düşündünüz? Evet, ilk cinayetim sayılır ama ondan sonrakileri öldürürken hiç ağlamadım, aksine bu bana zevk verdi," demiş. İşte tam bu noktada içindeki sadist tarafı keşfetmiş olmalıydı. O günden sonra hiçbir zaman normal bir çocuk olmamıştı. Gördüğü tüm hayvanlara işkence ederek öldüren bir çocuktu artık. Bir süre sonra bu durum herkesin dikkatini çekince, inanılmaz bir değişim gösterip tamamen uslu ve sessiz bir çocuğa dönüşmüştü.

Bu, onları kandırmak için sergilediği bir oyundu.

Günlük hayattaki sakinliği ve okuldaki başarısının yanı sıra kıvrak zekâsıyla da bir şekilde teşkilatta yer edinerek ajan olmayı başarmıştı. Tabii, teşkilatta görev almasının en büyük sebebi kimsenin bilmediği, hayatta olan tek yakını Çetin olmuştu! Sedef'e tecavüz etmeye yeltenen ve çok yakında bizzat sonunu getireceğim o piç kurusu her taşın altından çıkıyordu! Her ikisi de akraba olduklarını herkesten çok güzel saklamışlardı. Çetin de bu işin içindeydi çünkü bulunduğu pozisyonu kullanarak yeğeninin hastalıklı tarafını besliyordu. O yüzden Sedef'in infaz emrini Arda'nın isteğiyle durdurmuştu. İçindeki hastalıklı tarafı çok iyi gizleyen Arda, Derya ile ilgili her şeyi sır gibi saklamıştı. Karısıyla ilgili hiçbir şey kayıtlarda geçmiyordu. Bir trafik kazasında hayatını kaybeden Derya Yankı'nın bir mezarı vardı. Lakin nasıl öldüğü ve kazanın detayları kayıtlarda yoktu.

Her ikisine de Yankı ismini vermesi bile aslında her şeyi açıklıyordu. Kahretsin ki tüm bu bilgiler henüz yarım saat önce elime ulaştığı için bir işime yaramamıştı! Evet, dün Yankı ve Fulya'nın dövüşüyle Arda hakkındaki şüphelerim açıklık kazanmıştı. Fakat hiç kanıt bulmadan ona yönelik bir şey yapamayacağımı iyi biliyordum. Sedef'in attığı çığlıklardan zevk aldığını görsem de onun aleyhine sağlam kanıtlar bulmalıydım. Bir kez daha amcası onu ipten çekip almasın diye elimde işe yarar kanıtlar olmalıydı.

Dün gece onu araştırmayı kafama koymuştum. Hatta emir verip gizli bir araştırma başlatmıştım fakat bazı şeyleri öğrenmek hiç kolay değildi. Bu, birkaç saat sürecek basit bir uğraş değildi. Dün başlattığım gizli soruşturmanın sonucunda elde ettiğimiz bilgiler yarım saat önce bana ulaşmıştı. Daha şüphelerim netlik kazanmadan Arda nefes bile almama izin vermemiş ve harekete geçmişti!

Peşine düştüğümde bana bağlanarak görüntülü konuşma başlatmıştı. Bana karşı kazandığını göstermek için çocuklara yaptığı her şeyi izlememe sebep olmuştu. Direksiyonu Atalay'a bırakarak telefonla çocukları izlemekten başka bir şey yapamıyordum. Her birinin aptalca bir oyunda kaybettiğini çaresizlik içinde izliyordum. Hayatımdaki ilk başarısızlığımı yalnızca izleyerek ediniyordum. O lanet kartlardan Sedef'in ismi çıktığında soluğumu tuttuğumun bile farkında değildim.

Kamerayı çevirdiğinde gözlerim sırasıyla hepsini bulmuştu. Lakin bakışlarım sadece birinde durmuştu. İçim acıya acıya bakmıştım o mavi gözlere. O, benim duygusuz gözlerimden hiçbir şey göremezken ben onun gözlerinde aynı anda birçok duyguyu görmüştüm. Hiç konuşmamıştı. O sivri dilli, geveze kız bana bakarken tek kelime bile etmemişti. İşte, canımı en çok acıtan buydu çünkü onun şen şakrak sesi ruhumu aydınlatıp beni mutlu ederdi. Düşündüm, hem onu hem de diğerlerini kurtarmak için bir çıkar yol aradım. Fakat elim kolum bağlıydı! Bir seçim yapmalıydım, hayatımın en büyük seçimini yapmaya mecburdum. Kalbim kendi seçimini çoktan yapmış gibi tek bir ismi haykırıp duruyordu: Sedef! Ancak gel gör ki kalbimin seçtiği isim dudaklarımdan çıkmıyordu. Aklım tüm acımasızlığıyla kalbimin önüne geçiyordu. *Bire karşı altı kişi,* diyordu; bir hayata karşılık altı hayat. Aklımla kalbimin girdiği savaşta kazanan taraf hep olduğu gibi yine aklım olmuştu. Kalbimin sürgün olduğu kadına karşılık diğerlerini seçmek en büyük yenilgim olmuştu. Ne olursa olsun bu benim işimdi ve çoğunluğu kurtarmak işimin bir parçasıydı. Geçmişe dönebilsem ve ileride böyle bir seçim yapacağımı bilsem asla bu işin içinde yer almazdım. Üzgünüm, güzel gözlü küçük kadın... Ben seninle birlikte kendimi öldürmeyi seçiyorum.

Affet Sedef, bir kez daha sendeki Sedef'i öldürdüğüm için beni affet, güzelim.

Daha ben konuşmadan o, bunu anlamıştı, değil mi? Hiçbir zaman yüzümde en küçük bir duygu belirtisi göremeyen kadın, bu sefer her şeyi anlamıştı. Ben bu gece bir çift mavi gözde kendi sonumu görmüştüm. Evet, yaptığım seçimi anlamıştı. Bu yüzden gözleri dolu dolu çok güzel gülümsemişti. "Söyle hadi," demişti gururuna sarılarak. "Hadi, çekinme. Yaptığın seçimi söyle," demişti. Her zamanki alaycı üslubunu takınan kız, gözlerindeki yıkımı gizleyememişti. Bir çift ayna vardı gözlerinde. Kalbindeki her şeyi dışarıya yansıtan bir çift ayna vardı o bakmaya doyamadığım gözlerde. Ve ben bu gece o gözlerde kendi ölümümü görmüştüm. İçim kanaya kanaya beni kendi içinde nasıl öldürdüğünü görmüştüm.

Son kez bakmıştım katili olduğum gözlere. Kendi ellerimle onu ölümün kollarına bıraktığımı bile bile son kez bakmıştım. İçimdeki küçük umut kırıntısına sığınarak bu kararı vermiştim. Arda için ne kadar değerli olduğunu bilmem, Sedef'i onun vicdanına teslim etmeme neden olmuştu. Ona olan iğrenç tutkusu belki onu hayatta tutmasını sağlar diye düşünüp vermiştim o kararı. Ama yanılmıştım! Arda'nın bana karşı kazanma tutkusunun Sedef'e olan takıntısından daha büyük olacağını hesaba katamamıştım. Ve onu benim gözlerimin önünde vurmuştu. Benim isteğim üzerine onu vurmuştu.

Ne denli ağır bir yük bu böyle.

Tüm bedenim dehşet içinde kaskatı kesilirken elimde tuttuğum telefon parmaklarımın arasından her an düşmek üzereydi. Göğsünden akan kanları gördükçe kendi göğsümde şiddetli bir acı hissediyordum. Sanki kalbim durmuştu ve nefes almayı bırakmışım gibi tüm bedenim acı içindeydi. İşte tam bu noktada acı bir gerçek beynimden vurulmama neden oldu. Ben bu kızın acısıyla nefessiz kalıyordum. Ben bu kızın kanıyla kanıyordum. Ben bu kızı kaybetmek istemiyordum. Evet, gerçek şu ki ben bu kızı hayatımın her karesinde istiyordum. Bu duygu basit bir hoşlanma olamazdı. Hoşlanmadan daha büyük ve yakıcı bir duyguydu.

Öyle bir büyüsü var ki, bir şekilde kalbimde büyük bir yere sahip olmayı başardı.

Gözlerini bir aynaya benzettiğim kız, gözlerindeki tüm aynaları kırarak bana bakıyordu. Orada bir his, bir duygu aradım ama yoktu. Ne bir öfke ne de en küçük bir duygu kırıntısı vardı. Aradım ama bulamadım. Gözlerinde gördüğüm tek şey, kanayan bedeninin acısıydı. Bunun dışında gözleri fazlasıyla donuk ve ölüydü. Benim ölümüme olan yas vardı o gözlerde, kendi içinde öldürdüğü Sedef'e olan yasını yansıtıyordu o gözler. Hep onun karakter bölünmesi yaşadığını düşünmüştüm; çocukluktan beri tek başına verdiği hayatta kalma mücadelesinden sonra yaşadığı bir karakter bölünmesi. Bu konuyu psikolojiden çok iyi anlayan Simay'a da açmıştım. Bir süre Sedef'i ve davranışlarını uzaktan izleyerek yanılmadığımı kabul etmişti. Evet, Sedef'in ciddi psikolojik sorunları vardı. Çoklu kişilik bozukluğu olabilirdi. Uyurgezer olması da bundan kaynaklanıyordu ama o, bunun farkında değildi. Şimdi ona baktıkça bu konuda yanılmayı ne çok istediğimi fark ettim. O, Sedef ve Yankı arasında sıkışıp kalmıştı. Yankı onun için güvenli bir sığınaktı, Sedef ise huzuru benliğinde hissettiği masum yanıydı. O yüzden Yankı yaralar, Sedef sarardı. Evet, haklıydı. Bu kız gerçekten bir *yaralasar*dı. Şimdi Sedef ölmüştü ve geriye sadece Yankı kalmıştı.

Görüyorum, içim kanaya kanaya Sedef'in nasıl öldüğünü ve Yankı'nın nasıl yeniden doğduğunu görüyorum.

Dudaklarından süzülen kan yüzünden acıyla karışık, derin bir nefes alarak bakışlarını bana çevirdi. Eğer hayatta kalırsa en büyük kâbusum olacağını söylerken onu böyle kanarken gördükçe zaten o kâbusu bana yaşattığını bilmiyordu.

Yaşa ve en büyük kâbusum ol ama yeter ki yaşa...

Ev görüş açımıza girmişti ve hemen arkamızda bizi takip eden iki ambulans vardı. Arda bana bağlandığında hastaneyi aramış ve onlara buranın adresini vermiştim. Kayıpların olacağını bildiğim için bu, hep aldığım tedbirlerden biriydi. Arda ona yaklaştığımı anlamış gibi çocukları öldürmeye başladığında tüm bedenim yoğun bir öfke içindeydi. Halil'den sonra sıra Efe'ye geldiğinde Sedef'in yaralı haliyle onu nasıl kurtardığını izlemek içimi acıttı. Asla bencil biri olmayı başaramıyordu ama bu geceden sonra bunun değişeceğini düşünen tarafım bana işkence etmekte kararlıydı. Ona verdiğim tokayı bir silah gibi kullanıp Arda'yı yaralamasından aldığım hazzın tarifi yoktu. Fakat hemen sonrasında o piç kurusu Sedef'in boynunu sıkınca, tüm kontrolümü kaybedip, "Dokunma ona!" diye bağırmıştım. Araba evin önünde yavaşlayınca, "Bekle, ecelin olmaya geldim!" dedim ve telefonu rastgele bir yere fırlattım. Henüz tam olarak durmayan arabadan nasıl indiğimi bilmiyordum. *Ona kurşun sıkan tüm parmaklarını koparıp attığımda ondan uzak durmayı öğrenecek!*

Belimdeki silahı çıkartıp eve doğru koştuğumda, hemen arkamda beni takip eden ekibim vardı. "*Dur ve teslim ol* komutu yok! Yolunuza çıkan herkesin işini bitirin. O ite dokunanı yaşatmam!" dedim. Arda'nın ölümü benim ellerimden olacaktı. Arda'nın adamları ise yaşamayı hak etmiyordu.

Eve girdiğimiz an silah sesleri ve kurşunlar havada uçuşmaya başlamıştı. Koridordaki kolonlardan birinin arkasına geçip etrafı kontrol ettim. Üst katın merdivenlerinde bize ateş eden biri vardı. Kaşlarımı çatarak tetiğe bastığımda onu alnının ortasından vurmuştum. Fakat aynı anda biri de onu boynundan vurmuştu çünkü boynundan kanlar fışkırarak merdivenden yuvarlandı. Başımı çevirip arkaya baktığımda Buket her zamanki gibi mini şortu ve kışkırtıcı büstiyeriyle kapının yanında duruyordu. Elinde silah, sırıtarak ölen adama bakıyordu. Bu durum sinirlenmeme neden oldu. "Sen ne yaptığını sanıyorsun?" diyerek ona ters ters baktım. Benim vurduğum hedefi vurması vakit kaybıydı ve benim kaybedecek bir saniyem bile yoktu.

Masum bir şekilde saçlarını geriye doğru itti. "Onu öldürdüm, bebeğim. Nesini anlamadın?"

"Benim zaten öldürdüğüm kişiyi bir daha öldüremezsin, aptal!" dediğimde Arda'ya olan öfkemi ondan çıkarmamın an meselesi olduğunu düşünüyordum.

"O zaman bekleseydin de ben öldürseydim, Altuğ! Bu adamlar yüzünden doğum günüm heba oldu zaten. Çocuklara neler yaptığını ise düşünmek bile istemiyorum. O yüzden öldürme işi benim!" deyince sakin kalmak adına birkaç kez derin derin nefes aldım. Bu bir oyun değildi. Böyle çocukluklara ayıracak zamanım yoktu.

Etrafımı kontrol ederek diğer duvara doğru koşarken, "Burada oyun oynamıyoruz! Ve evet, bu bir uyarı, Buket," diyerek onu azarladım. Sağdaki koridorda beliren gölgeyi tereddüt etmeden indirdim. Sedef'in yarası ağırdı, kaybettiğim her saniye onun aleyhine işliyordu.

Buket yine konuşmak üzereydi ki kaşlarımı çatarak onu susturdum. "Tek bir kelime dahi etmiyorsun! Herkes dağılıp evi arasın!" dediğimde kimse itiraz etmedi. Kameradan izlediğim kadarıyla onları pencerenin olmadığı bir yerde tutuyordu. Böyle bir yer sadece evin bodrum katında olabilirdi. Fazla adamı olmadığını düşünürsek çok zorlanmayacaktık. Herkes evin bir yerlerine giderken alt kata inen merdivenlere yöneldim. "Buket, benimle geliyorsun. Arkamda kal," dediğimde beni takip ederken homurdanmasını görmezden geldim. İyi bir ajan olduğunu biliyordum. Çocukluğumuzdan bu yana girdiğimiz hiçbir görevde onu yanımdan ayırmadım. Ona karşı sanırım fazla korumacıydım. Lakin Buket, en büyük zaaflarımdan biriydi ve yanımda değilken aklım onunla meşgul olduğu için işime odaklanamıyordum.

Alt kata indiğimizde kapının önünde bizi tek bir adam bekliyordu. Sağ bileği kırıldığı için morarmıştı. Acıdan soğuk terler dökerken sol eliyle acemice ateş ediyordu. Bunu ona kimin yaptığıyla ilgilenmiyordum. Tetiğe bastığımda tek bir kurşun yetmişti onu yere sermeye. Demir kapıya yaklaştığımda hepsinin bu kapının arkasında olduğunu biliyordum. Derin bir nefes alarak kapıyı sertçe ittim ve içeri girdim. Tahminlerimde yanılmamıştım, çocukların hepsi buradaydı. Buket, "Kuzey!" diyerek yerdeki çaylağına doğru koştu. Buket, Kuzey'in yanına diz çökerken benim gözlerim burada bir tehlike arıyordu. Ama yoktu, bize sorun çıkaracak başka bir adam yoktu. Ne yazık ki Arda'ya dair bir iz arasam da bulamadım.

Ve bulamadığım bir kişi daha var!

Sedef'in oturduğu sandalyeyi boş bulmak yumruklarımı sıkmama neden oldu. "O nerede?" diye bağırdığımda Fulya'nın cılız sesini duydum. "Götürdü, onu yanında götürdü," dedi.

Kaşlarımı çattığımda aklımda olan tek şey peşinden gitmekti. Fazla uzaklaşmış olamazlardı. Hızlı adımlarla kapıya doğru yürüdüğüm esnada, "Altuğ, bana yardım et!" diye bağıran Buket yüzünden kararsız bir şekilde durdum. Arda fazla uzaklaşmış olamazdı, eğer hemen şimdi evden çıkarsam onu bulurdum. Ancak onu bulmam Sedef'in hayatını tehlikeye atardı. Arda ile yaşayacağımız olası bir çatışmada geçen her saniye onun hayatından çalacaktı. Peşlerine düştüğüm an Arda onu doktora götürmek yerine beni atlatmak için yan yollara sapacaktı. Bu da Sedef'in sonu olurdu. Yarası bu kadar derinken kendi hırsımın kurbanı olursam onu tehlikeye atabilirdim. Onu kaybetmek yerine Arda'nın onu almasına izin vermekten başka çarem yoktu. Şimdi peşlerinden gitsem Sedef'i her şekilde ondan alırdım. Lakin kovalamaca uzarsa onu kaybederdim. Duygularımı kontrol altında tutmalıydım. Sırf onun kurtulması için bir kez daha izin vermiştim benden gitmesine. Küçük bir umut varsa yaşamasına dair, ben o umuda tutunarak hayatımdaki tek kadını katilinin ellerine bırakacaktım.

Yaşasın da varsın bir gün onun peşinden gitmediğim için intikamını alsın benden. Ama yeter ki yaşasın.

Bu gece için zor bir kararı daha kendime kabul ettirmiştim. Bir kez daha Sedef yerine çocukları seçmek zorunda kalmıştım. O kanlı görüntüsü aklıma gelince gözlerim deponun kapısını bulmuştu. Burnum sızladığında başımı eğerek dolan gözlerimi gizledim. Gidemedim, onu gerçek anlamda kaybetmemek için gidemedim. Hayatını kendi nefsime kurban etmemek için çok istesem de bu kapıdan geçemedim. Yenilgiyi kabullenip elimdeki silahı belime takarken elim titremişti ve ben, silahımdan utanmıştım. Onu kurtaramadıktan sonra belimde taşıdığım silah bile anlamını yitirmişti. Ben bu gece onu ağır yaralı bir halde düşmanımın kollarına bırakmıştım. Bunun ne denli ağır geldiğini kimse anlayamazdı.

"Araf!" diye bağıran Şafak içeri girdi. Araf'a yetiştiğinde boynunu ve çenesini delen demiri görünce çığlık atarak ağlamaya başladı. "Bana bırak," dedim ve Araf'a yaklaştım. "Kıpırdama," diyerek onu uyardım. Araf'ın başı o kadar kötü bir pozisyondaydı ki sadece yukarıyı görebiliyordu.

Bir elimle demiri tutarken diğer elimle çenesini kavradım. "Bu acıtacak," dedikten sonra çenesini geriye doğru çektim. Acı içinde inleyen çocuğun boynundaki demiri çekip aldım. Şafak'a dönüp,

"Boynunu aniden hareket ettirmesin," deyip Şafak'ı yanıma çağırdım. Benim yerime Araf'ın çenesini tutarken ağlayarak başını salladı. Buradaki işim bittiği için hızlı adımlarla Kuzey'e doğru yürüdüm. *Umarım hâlâ yaşıyordur.*

Buket'in yanına diz çökerek parmaklarımı Kuzey'in boynuna koydum. Kan içinde kalan çocuk hareketsizce yatıyordu. Onun nabzını kontrol ederken Ecrin'in hıçkıran sesini duydum. "Ya-yaşıyor mu? Lütfen yaşadığını söyleyin!" Nabzı yoktu ve ben, bunu ona nasıl söyleyeceğimi bilmiyordum.

Öldüğünü düşündüm lakin yine de emin olmalıydım. "Buket, ayna," dedim. Çaylağı için gözyaşı döken Buket, yanında ayna olmadan dışarı çıkmazdı. Kuzey için öyle üzülüyordu ki elleri titriyordu. Şortunun cebinden yuvarlak, küçük bir ayna çıkartıp bana uzatınca aynayı aldım. Aynayı Kuzey'in burnuna ve ağzına yaklaştırdım. Birkaç saniye bekledikten sonra aynayı çektiğimde aynadaki buğuyu görünce rahat bir nefes aldım. "Nabzı bulamayacağım kadar zayıf ama hâlâ yaşıyor," dedim. Sağlıkçılar gelene kadar yaralarına tampon yapacak bir şeyler bul." Ambulansın sesini duydum. Yolda onları geride bıraksak da sonunda gelmişlerdi. Kuzey'in yarası karnındaydı ve çok fazla kan kaybetmişti.

Simay ve Yosun dışında ekibin geri kalanı da içeri girmişti. Atalay, "Ev temiz," dedikten sonra Yavuz ve Michael ile çocukları serbest bırakmaya başladılar. Tunç ve Halil'e yaklaşıp ikisini kontrol ettim. Her ikisi de kafalarından yara aldıkları için anında ölmüşlerdi. İçim sıkılırken Yiğit'e yöneldim. Yüksek dozda elektriğe maruz kalan çocuğun çenesini hafifçe sıktım. Başını kaldırdığımda kulaklarından, burnundan ve ağzından gelen kanı görünce kaşlarımı çattım. Nabzını kontrol ettiğimde duyduğum kalp atışları sayesinde rahatlarken kulaklarından gelen kanın devam etmesi beni korkuttu. Telaşla komutlar yağdırdığımın farkında bile değildim. "Beyin kanaması geçiriyor olabilir!" diye bağırdım. "Atalay, buraya gel!" Atalay koşarak yanıma gelince onun başını sabit bir şekilde tuttu. Hiç vakit kaybetmeden Yiğit'in iplerini çözerek sandalyeden kurtulmasını sağladım. Kollarının altını kavradığımda Atalay onun bacaklarını tuttu ve onu yavaşça yere koyduk. Sağlıkçılar depoya girdi. Şu an için Yiğit'in durumu daha kritikti. Bu yüzden vakit kaybetmeden onlara seslendim. "Doktor! Hemen buraya bir doktor gelsin!" diye bağırdım. Şu an için önceliğimiz Yiğit'ti. Elinde çanta olan iki kadın bize doğru koştu. Diğerleri Kuzey ile ilgileniyordu ama Yiğit'in durumu belki de Kuzey'den bile daha ağırdı. Hızlı bir şekilde Yiğit'i kontrol eden kadın doktor da benimle aynı fikirdeydi. "Beyin kanaması! Hemen bir sedye getirin!" diye bağırınca yanılmış olmayı diledim.

Onları bırakarak Atalay'a döndüm. "Naz? O nerede? Öldü mü?" diye endişeyle sordum. Ona çıkan cezayı izlemiştim ve şu anda yaşamadığına emindim.

Atalay iç çekerek dışarıyı işaret etti. "Kendin görsen daha iyi," deyince ne demek istediğini anlamadım. Biz birlikte dışarı çıkarken ekibin geri kalanı çocuklarla ilgileniyordu.

Merdivenlere yönelip bir üst kata çıktık. Atalay'ın işaret ettiği açık kapıdan içeri girdiğimde gördüğüm sahne, küçük çaplı bir şok geçirmeme neden olmuştu. Odanın içindeki her eşya kırık ve parçalanmış bir haldeydi. Biri yatağın üzerinde ve diğeri hemen yerde iki adam kanlar içinde yatıyordu. Başımı hafifçe kaldırdığımda odanın bir köşesinde oturan kızı gördüm. Hayır, ölmemişti ama iyi durumda olduğunu da söyleyemezdim. Naz sırtını duvara yaslamış, dizlerini karnına çekerek oturuyordu. Kollarını dizlerine dolayan kız elindeki silahı sıkıca tutuyordu. Oturduğu yerde öne ve arkaya doğru sallanıyor olması bir terslik olduğunu gösteriyordu. Gözleri bomboş bakıyordu. Büyük bir şokta olduğunu gösteren en büyük kanıt, hiç ağlamıyor olmasıydı. Atalay, "Adamları o öldürmüş ama bize hiç tepki vermiyor," dedi. Nasıl tepki verebilirdi ki? Şu anda travma yaşıyor olabilirdi. "Simay, ikinci kata gel, acele et!" dediğimde kulağımdaki kulaklıktan onaylayan sesi gelmişti. Şu anda Naz ile iletişime geçecek biri varsa o da Simay'dan başkası değildi. Hem bir psikologdu hem de Naz onun çaylağıydı.

Birkaç dakika sonra Simay odaya girdiğinde, içerideki cesetleri ve Naz'ın perişan halini görünce yutkunarak benimle göz göze geldi. "O mu yapmış?" diye sordu. Naz'ın birilerini öldürdüğüne en az benim kadar inanamıyordu.

"Hayır, ben yaptım. Kayıtlara böyle geçecek," dediğimde Simay bana minnetle baktı. O da tıpkı diğerleri gibi kendi çaylağını seviyordu. Naz her ne kadar kendisini korumak için onları öldürmüş olsa da bu bilinmemeliydi. Uzayan mahkemelerden kurtulmasının tek yolu bu suçu üzerime almamdı.

Simay, "Naz?" deyip ona yaklaşarak diz çöktüğünde bile Naz tepkisizdi. Simay onun koluna dokunduğu an, "Dokunma bana!" diye bağırdı. Naz, elindeki silahı Simay'ın kalbine bastırdı. Atalay onu bir tehdit olarak gördüğü için silahını çıkartıp Naz'a doğrultmuştu. Simay telaşlanarak, "Sakın!" deyince Atalay'a engel oldum. Fakat Atalay, "Simay'ı vurabilir! Naz şu anda her şeyi yapacak durumda!" diyerek itiraz etti. Her ne kadar Yarasaların hepsine değer verse de Atalay için çocukluk arkadaşı önce gelirdi. Aslında hepimiz için bu böyleydi. Çocuk yaşta birbirimizi bulduğumuz için önceliğimiz takımdakileri korumaktı. Fakat Simay kendisine gelebilecek tehlikeyi savuşturacak kadar bu işte iyiydi.

Bir zamanlar buna benzer bir şeyi Sedef de yaşamıştı ve tıpkı Naz'ın şu anda verdiği tepkileri veriyordu. "Dokunma bana!" diye bağırırdı. *Hayatta mısın Sedef? Hayatta olduğunu bilmem gerekiyor.*

İç karartan düşüncelerden çıkıp, "Atalay," diyerek onu uyardığımda isteksizce silahını indirmişti. Simay göğsündeki namluyu umursamadan ellerinin her ikisini usulca yukarı kaldırdı. "Tamam, sana dokunmuyorum," dedi. Naz'ın yırtık kıyafetlerine ve dağılmış haline baktıkça acı çekiyordu. Biz eğitmenler çaylaklarımızı özellikle seçtiğimiz için farkında olmadan onlara çok bağlanmıştık. "Naz, beni vurmayı istemiyorsun. Benim, Simay," diyerek onu sakinleştirmeye çalışıyordu. Simay'ın yumuşak sesine karşılık Naz titriyor ve kendisiyle konuşanın kim olduğunu çözmeye çalışıyordu.

"Sana asla zarar vermem," dedi. Simay onun yırtık kıyafetlerine bakıp iç çekti ve "Bu bir daha olmayacak. Sana söz veriyorum, bir daha kimse sana dokunamayacak," dedi. Naz çıldırmış gibi bağırıp ağlamaya başladı. "Dokunmadılar! Buna izin vermedim ama..." deyip sustu. Hıçkırıklarla ağlarken eğitmenine baktı. "Yi-Yiğit?" diye fısıldadı. Merak ettiği kişilerin başında Yiğit geliyordu. "Onu koruyamadım! Onu benden aldılar! Benim yüzümden öldü!" diye bağırdıktan sonra Simay'ın göğsündeki silahı kendi şakağına bastırdı. Tetiğe basacağı an Simay, "Hayır!" diyerek onun üzerine atıldı ve Naz'ın bileğini kavrayıp çevirdi. Böylelikle ateş alan silahtan çıkan kurşun Atalay'ın omzuna girmişti. İnleyerek yaralanan omuzuna bakan Atalay, kaşlarını çatarak bana döndü ve "Onu vurmama izin vermeliydin!" dedi fakat ona cevap vermedim. Yediği ilk kurşun olmadığı için bence bu sorun değildi.

Naz, gözlerini kırpıştırıp Atalay'ın yarasına baktı. Ne yaptığını yeni fark etmiş gibi bağırarak elindeki silahı yere attı. Hemen sonrasında aklını yitirmiş gibi saçlarını yolmaya başladı. "Seni de öldürdüm!" diye feryat ederken kendisine zarar veriyordu. "Yiğit ve diğerlerini de öldürdüm! Ben herkesi öldürdüm çünkü katilim ben!" Tırnaklarını saçlarına geçirip yolmaya başlayınca Simay çaresizlik içinde bana döndü. "Bayılt onu," dedim. "Kendisine zarar vermeden tedavi olmalı!" Verdiğim komutun dışına çıkmayan Simay, yerdeki silahı alarak Naz'ın ensesine vurduğu gibi onu bayılttı.

"Atalay, kızı dışarı çıkar," dedim ama Atalay çıldırmak üzereydi. "Yaralıyım, serseri!" dedi. "Hiçbir güç, beni vuran birini kollarıma aldıramaz!"

"Onun Yosun olduğunu düşün," diyerek kestirip attım. Kötü sözleri sıralamak için fazla beklemeyen Atalay, "Yankı haklı, Allah neden senin belanı vermiyor ki?" diye homurdanıp Naz'a doğru yürüdü. Son söyledikleri sertçe yutkunmama neden oldu. Sedef'in bitmeyen bela okumalarını bile özlediğime göre durumum hiç iç açıcı değildi.

"Sevgili eğitmenim, size söyleyecek tek sözüm var: Allah belanızı versin!" diyen sesi kulaklarımda yankılandıkça çıldıracak gibi oluyordum.

"Seni bulacağım! Ne ölünü ne de dirini ona bırakırım!" dediğimde beni asıl korkutanın onu ne halde bulacağım olduğunu fark ettim.

2. BÖLÜM

Bir hafta sonra

Hayat ne garip, değil mi? Daha bir hafta öncesine kadar o ameliyat masasında öleceğime emindim. Bugün ise bahçedeki hamakta oturmuş, boş boş aptal bulutları izliyordum. Hangisini seçersin dersesiniz, açık ara bulutlar kazanırdı. Ameliyatta yaşadıklarımı yaralandığımda bile yaşamamıştım. Narkozun etki etmediği lanet beynim yüzünden göğsümü açıp beni nasıl deştiklerini çığlık çığlığa gördüm. Neyse ki bu, çok kısa sürmüştü ve ben birkaç dakika sonra bayılmıştım. Lakin yaşadığım o kısacık dakikalar bir ömre bedeldi. Neşter etini keserken sen her saniyesini çaresizce yaşıyordun. Oysaki sadece birkaç dakikaydı ama hissettiklerin birkaç yıldan daha fazla sürmüş gibiydi. Arda beni kaçırıp bu kır evine getirmişti ve kendi yarasına baktırdıktan sonra ameliyat sırasında her saniye yanımdaydı. Hayır, elimi tutup, "Dayan, geçecek," demek için orada değildi. Çektiğim acıdan zevk almak ve çığlıklarımla beslenmek için oradaydı. Ölümden yeniden doğuşumu dudaklarındaki sinsi sırıtmayla izlemişti. Sağ göğsümdeki kurşun yarası asla geçmeyecek gibi hissettiriyordu. Kurşun sanki hâlâ oradaydı ve kanattıkça kanatıyordu. En acısı da beni kaçırdığında kimsenin peşimden gelmemiş olmasıydı. Evet, kimse benim için gelmemişti.

Alaz depoya geldiğinde Arda beni arka kapıdan çıkarmıştı. Evet, bayılmadan hemen önce bunun farkındaydım. İtiraf ediyorum, bir yanım o esnada ölsem bile bunun Alaz'ın kollarında olacağını düşünmüştü. Fakat gözlerimi açtığımda kendimi buz gibi soğuk bir odada bulmuş ve etrafımda göğsümü deşen birçok doktor görmüştüm. Arda ise hemen yanı başımdaydı ama Alaz yoktu. Onlardan kimse yoktu. İşte bu, ona ve onlara olan nefretimi körüklüyordu.. İçimdeki saf nefret ve intikam duygusu şu bir haftada çığ gibi büyümüştü. Ahdetmiştim, bu yaşadıklarımı kimsenin yanına bırakmayacaktım Artık ne arkadaşlarım vardı ne de öfkemi dindiren ve vicdanım olan Sedef. Artık sadece bana yapılan her şeyin hesabını sormak isteyen Yankı vardı. *Bekleyin, tamamen iyileştiğimde aldığınız her nefesi size zehretmek için geleceğim! Bekleyin ve Yankı Sarmaşık kimmiş daha iyi görün! Bekle beni, sevgili eğitmenim çünkü o tesisi başına yıkmaya geleceğim. Yemin ederim, canımı yakanların canını almadan durmayacağım! Ben de Yankı isem bu yeminimi yerde koymayacağım.*

Arda'nın zamansız çıkan sesini duyunca ürktüm. "Bugün nasıl hissediyorsun, sevgilim?" demişti. *İşe bu sadist adamı öldürmekle başlayacağım ama daha zamanı var. Önce eski sağlığımı kazanmalıyım.*

Başımı çevirdiğimde elinde iki kupa kahveyle yanıma oturduğunu gördüm. "Seni özledim," diyerek yalan söyledim. Tebessüm ederek söylediklerim yüzünden gözlerinde oluşan o hastalıklı tutkuya baktım, kusmamak için kendimi zor tutuyordum. Büyük oynamak istiyorsam bir süre daha huyuna gitmeliydim.

Adam deli, oğlum. Yanlış bir şey yapmaya gelmiyor, anında kurşunu sıkıyor göğsüne.

Uzanıp dudaklarıma küçük bir öpücük kondurmasına iğrensem de karşı çıkmadım. "Seni böyle uysal görmek beni çok mutlu ediyor," dedi. Uzattığı kahveyi alırken güldüm. "Senden başka kimsem olmadığını anladım diyelim," dedim. Etraftaki şu geri zekâlı korumalar olmasa ben ona yapacağımı bilirdim. Bu tutkulu âşık rolünü oynamak canımı sıkıyordu! Yok yani, yarın bir gün *"Hadi, halvete girelim"* deyince ne diyecektim? Bugün olmaz başım ağrıyor mu?

Bu arada benim niye hiç başım ağrımıyor? Lanet olsun, bir migrenim bile yok!

İyice bana yaklaşıp bir kolunu omzuma attığında daha fazla dayanamayıp elimdeki sıcak kahveyi malum yerine döktüm. "Yandım!" diye bağırıp ayağa kalktı. Pantolonun ön kısmını tutunca, *beter ol* dememek için üstün bir çaba harcıyordum.

Sen daha dur, bu sana yapacaklarımın yanında hiçbir şey!

Yaramın izin verdiği ölçüde acele ederek ayağa kalktım. "Arda, iyi misin?" dedim. Telaşla etrafıma bakınıp su ararmış gibi yaptım. "Kahretsin, bu sakarlığımın bir sonu yok! Göğsüm acıyınca fincanın elimden düştüğünü bile fark etmedim," diyerek yalan söyledim. Dudak büzerek başımı kaldırdığımda pantolonunu aceleyle çıkardığını gördüm. Hemen arkamı döndüm. *Terbiyesiz sadist!*

Kızgın bir sesle, "Buraya gelin ve şunu odasına götürün!" dediğinde kaşlarımı çattım. Bu adam bana *şu* mu dedi? O kim oluyordu da bana *şu* diyordu? *Tamam, sakinim! Gerçekten sakin ol aptal, bu gidişle bir haftalık sabrın içine edeceksin.*

Bana doğru gelen iki adamı görünce oflayarak eve doğru yürüdüm. Onların yardımı olmadan da odama gidebilirdim. Zaten ormanın içinde olduğumuz için bu dağın başında bir Allah'ın kulu yoktu. Daha doğru düzgün yürüyemezken kaçmaya çalışmam yersiz bir çaba olurdu. Merak ediyordum, neden hep orman ve kulübe? Neden şehrin göbeğinde lüks bir villa değil? "Katilim bile cimri, ben böyle işin var ya!" diyerek küfrettim. *Biri de çıkıp beni beş yıldızlı bir otele kaçırmadı.*

Eve yaklaştıkça içimi bir kasvet sarıyordu. Tüm pencereleri tahtalarla kapatılmış bu küçük evde kapı dışında kaçacak hiçbir delik yoktu. "Geri zekâlı herif, kaçmayayım diye her türlü tedbiri almış!" diyerek sessizce söylendim. "Hadi onu geçtim, evde elektrik bile yok. Her gece mum ışığında nostalji yaşıyoruz. Ben böyle işin var ya!" Kendi bozuk ağzıma da bir küfür savurup yeniden edep denilen şeyi takındım. Müsrif adam! Tüm elektriği Yiğit'in beyninde harcadığı için bana hiçbir şey kalmamıştı!

Yiğit aklıma gelince dolan gözlerimi yok sayıp adımlarımı olabildiğince hızlandırdım. "Yiğit için ağlama! Kuzey için ağlama! Naz için ağlama! Kendin için ise hiç ağlama çünkü hepsinin intikamını alacaksın!" dedim. Ölen arkadaşlarım aklıma geldikçe yaram daha fazla acıyor ve ben, salya sümük gözyaşlarına boğulmak istiyordum. Ama yapamazdım. Gözyaşlarının zayıflık olduğunu o gece çaresizce döktüğüm her damla gözyaşından anlamıştım. Sevmenin zayıflık olduğunu sevdiğim herkesin gözlerimin önünde can vermesinden anlamıştım. Aşkın boş bir uğraş olduğunu ise Alaz tarafından ihanete uğradığımda anlamıştım.

Hâlâ az da olsa sesini duyduğum iyi yanımı geldiği yere göndermem uzun sürmemişti. Sahne sırası Yankı'nındı, yani Sedef'in hiç şansı yoktu. Harabeye dönmüş eve girdiğimde döküntü merdivenlerdeki tozların üzerine basarak bir üst kata çıktım. Yukarıda sadece yan yana iki oda vardı ve biri benim, diğeri onundu. Kendi odama girince eski demir kapıyı kapatıp içinde bulunduğum çöplüğe baktım. Kapısı kırık, eski ve ahşap dolabın içinde bana aldığı birkaç kıyafet vardı. Daha önce defalarca kullanılmış ve rayları çıkmış yatağım bana göz kırpıyordu. Yatağın yanındaki küçük masanın üzerinde ilaçlarım duruyordu. Acıyla güldüm. Sanki o ilaçların bana faydası varmış gibi dalga geçercesine onları oraya koymuştu. Hiçbir ilaç yaralarımı iyileştiremezdi, ben hep kendi yaralarımı yine kendim sarmasını bilirdim. O kurşunu kalbime sıkmamıştı ama ameliyat esnasında en çok kalbim acımıştı. Kimsesiz olabilirdim ama ben yaralasardım ve bu hep böyle olacaktı. Kimsenin yardımı olmadan kendi başımın çaresine bakmayı henüz yedi yaşındayken öğrenmiştim. Çöplerdeki bayat ekmekleri yiyerek öğrenmiştim. Kimse bilmezdi ne yaşadığımı ama ben unutamıyordum yaşadıklarımı.

Tutmuyorsa hayat elimden, ben o hayatı peşimden koşturmasını bilirim.

Ameliyatım bile derme çatma bir yerde olmuştu. Beni buraya getirmeden önce dışarıdaki adamları sayesinde âdeta hastaneyi kulübeye taşımıştı. Benimle ilgilenen doktorlar kimdi, bilmiyordum ama hepsi ondan korkar gibiydi. Sanki silah zoruyla buraya getirilmiş gibi duruyorlardı. Onlarla işi bittikten sonra hepsinden kurtulduğuna emindim. Özgür bırakıp polise gitmelerine izin vereceğini sanmıyordum. Kapım gürültüyle açılınca sıçrayarak arkama döndüm. Aslında her şeyi önceden düşünmüştü, değil mi? Bizi kaçırmadan önce bu kulübeyi ayarlamış ve deposunu bir ameliyathaneye çevirmişti. Alaz'a o seçimi yaptırması aslında planlıydı!

Alaz'ın çocukları seçeceğini önceden tahmin etmişti. Beni vurmayı başından beri planlamıştı. Yaralandığımda hastaneyle uğraşmak istemediği için önceden bu yeri ayarlamış ve ameliyatım için gerekli olan her şeyi ayarlamıştı. Doktorları bile önceden buraya getirdiğine emindim. Onları ya satın almıştı ya da zorla alıkoyuyordu. Değişmeyen tek gerçek, Arda'nın bu tezgâhı önceden ayarlamış olmasıydı.

Kaşlarını çatarak içeri giren Arda'yı görünce yutkundum. Bu gelişi iyi değildi. Kapıyı sertçe kapatıp içeriden kilitleyince korkuyla bir adım geriye gitmiştim. "Bunu bilerek yaptığını anlamadım mı sanıyorsun?" dedi. Öfkeden yerinde duramayan adam beni ölesiye korkutuyordu.

"Kazaydı," diyerek ona yalan söyledim. "Bilirsin, ben sakar biriyim."

"Bana yalan söylemeyi kes!" diye bağırınca hemen sustum. Ürkütücü bir şekilde kükreyip pantolonunun kemerini çözmeye başladı. Korkudan aklımı kaybedecek gibi oldum. *Düşündüğüm şeyi yapmayacak, değil mi? Hayır, bunu kaldıramam, bu sefer olmaz.*

"Ar-Arda..." İyice duvara doğru gittim. "Bana dokunmayacaksın, değil mi? Yemin ederim, bunu yaparsan hiç tereddüt etmeden kıyarım canıma!" dediğimde çıkardığı kemere bakıp sırıttı. "Henüz değil, sevgilim. Önce yaptığın yaramazlığın cezasını çekmelisin!" deyince rahat bir nefes aldım. Bekle! Ceza mı demişti o? Lanet olsun, kendisi zaten cezaların en büyüğüydü! Neyin cezasından bahsediyordu?

Yanıma gelip kolumu kavradığı gibi beni yatağa fırlattı. Yüzüstü yatağa düştüğüm için göğsümde dehşetli bir acı hissettim. Kalkmaya yöneldiğim esnada tişörtümün sırt kısmını yırtınca bağırdım: "Uzak dur benden!" Henüz tam iyileşmediğim için ona karşı koyamayacak kadar güçsüz ve hastaydım.

Ellerimi yatağa bastırıp tekrar kalkmaya yeltendim fakat sırtımda hissettiğim keskin acı yüzünden yatağa yığıldım. "Bu bir!" diyerek elindeki kemeri bir kamçı gibi kullanmaya başladı. Tekrar tüm gücüyle sırtıma vurunca birilerinin yardımıma gelmesini umut ederek daha büyük bir acıyla bağırdım. Ama kimse gelmedi.

Tıpkı on dört yaşındayken çığlığıma sağır olanlar gibi yine kimse benim için gelmemişti. O, bana her vurduğunda ben biraz daha ölüyordum. Bir insan daha fazla nasıl ölürdü, bilmiyordum ama ben doğduğum günden bu yana her gün ölüyordum. Her Allah'ın günü herkes beni biraz daha öldürüyordu ama kimse bunu görmüyordu. Çünkü onlara göre ölmek, bedenle ilgiliydi ama paramparça ettikleri ruhumun cesedini kimse göremiyordu. Ve ben bugün biraz daha ölmüştüm fakat hiç ağlamamıştım. O sırtıma kemerle dört kez vurduğunda bile tek bir damla gözyaşı dökmemiştim. Gözlerim doluyor ama gözyaşlarım gözlerimin çukurundan akmıyordu. Her darbeyle gözyaşlarım kuruyup kalıyordu. Hayır, ben ağlayamıyordum. Alaz Altuğ Sipahi beni bu adamın insafına bıraktığı gece ben ağlamayı bırakmıştım.

Ağlayan hep Sedef olurdu, Yankı asla ağlamazdı. Bu bile Sedef'i öldürdüklerini gösteriyordu.

Yüzüstü yattığım için dikişlerim açılmış olmalı ki göğsümde ılık bir ıslaklık hissettim. Aldığım son darbeden sonra bilincim tamamen kapanmak üzereyken zihnimde çınlayan ses bir kez daha ölmeme neden olmuştu. "Söz ver, Kedicik. Beni bir daha asla bırakmayacağına söz ver..." diyen ses Kuzey'e aitti. Ama o, beni bırakıp gitmişti.

Üzerimde ince, yazlık, beyaz bir elbiseden başka hiçbir şey yoktu. İpek elbise tenime yapıştıkça sırtımdaki soyulmuş yaralar elbiseye yapışıyor ve bana azap veriyordu. Duvardaki kirli aynada kendi yansımama bakarken ne kadar dağıldığımı bir kez daha gördüm. Saçlarım bir hafta taranmadığı için karışmış vaziyetteydi. Gözlerimde bir haftanın uykusuzluğu vardı. Burnumdaki tampon çıksa da burnum, hâlâ hafif şiş ve hasarlı duruyordu. Kötü görünüyordum çünkü bu yansımasını izlediğim kızın kim olduğunu bilmiyordum. Bu sabah uyandığımda, dün geceki işkencenin açtığı yaralara pansuman yapıldığını gördüm. Ölmeme izin vermiyordu ama beni yaşatmıyordu da.

Küçük ama sancılı adımlarla odadan çıkarak merdivenlere yöneldim. Basamakları zorlanarak inerken yukarı çıkan adamı görünce duraksadım. Arda elinde bir dal yapay kiraz çiçeğiyle yukarı çıkıyordu. Beni görünce tebessüm ederek yanıma geldi. "Günaydın," diyerek baştan ayağa beni süzdü. "Bugün daha iyi görünüyorsun," dediğinde ona ters ters bakmakla yetindim. Neden bahsettiğini bildiğinden emin değildim. Göğsüm acıyor ve sırtımdaki kemer yaraları beni deli ediyordu. Doğru düzgün yürüyemezken bana iyi olduğumu söyleyemezdi.

"Ya, ne demezsin," dedim tırabzanlara tutunarak. "Bundan daha iyi olamazdım." Sonuçta her gün göğsüme kurşun yiyip kırbaçlanmıyordum, değil mi?

Elini omzuma koyup, "İyi olmana sevindim," demesi çıldırmama sebep olacaktı. Alay ederek söylediklerimi işine geldiği gibi anlıyordu.

Elini sertçe iterek ondan uzaklaştım. "Rahat bırak beni!" deyip yanından geçeceğim esnada yolumu kesti. "Bunlar senin için," dedi ve kiraz çiçeğini bana uzattı. "Sevdiğin tek çiçek." Bunu kendime bile itiraf etmezken nereden öğrenmişti? Bir tek Alaz biliyor sanıyordum.

Uzanıp çiçek dalını alırken, "Bunları sevdiğimi nereden biliyorsun?" diye sordum.

Gülümseyip koluma girdi. "Kirazı çok seven biri, çiçeğini de sever," dedi ve yürümeye başladık. *Doğru bir tespit.*

Merdivenleri inince bahçeye çıktık. Derme çatma kulübenin içi harabe olabilirdi fakat dışarısı daha güzeldi. Adımlarımı dikkatlice atarken kolumdaki teması beni rahatsız ediyordu. "İçerideki adamın kimdi?" diye sordum. Alaz'ın benim için çıkardığı infaz kararını durdurduğuna göre güçlü bağlantıları olmalıydı.

"Amcam Çetin," dedi, duyduğum isim hareketsiz kalmama sebep olmuştu. Yürümeyi bırakıp ona döndüm. "Çetin mi?" diye fısıldayıp kolumu çekerek ondan uzaklaştım. "Bana tecavüz etmeye kalkışan kişi mi?" Elim ayağım titriyordu, şaşkındım. Amcası ve yeğeni tüm hayatımı bitirmiş olamazdı, değil mi?

Benim şaşkın tavrıma karşı oldukça sakindi. "Evet, ta kendisi," dedi sıradan bir şeyden bahseder gibi. Ne demek o? Bu kadar basit miydi? Hem amcası hem yeğeni beni bitirmişti, öyle mi?

Elimdeki kiraz çiçeğini yüzüne çarptım ve "Allah ikinizin de belasını versin!" diye bağırıp yüzüne tükürdüm. "Siz ne aşağılık bir ailesiniz ya! Amcası bana tecavüz etmeye kalkışır, yeğeni bulduğu her fırsatta dokunarak taciz eder! Hasta zihniyetli pislikler!" demiştim ki yüzüme attığı tokatla beni yere düşürmüştü. Susmuştum. Saçlarımı çekerek başımı kaldırmış ve "Amcanım bir suçu yok!" demişti gülerek. "Sen onu tahrik etmeseydin seni arzulamazdı!" Bu sözleri üzerine gözlerimi irice açarak ona baktım. Ne demişti? Ben mi tahrik etmiştim? On dört yaşındayken sıska bedenimle kendimden yaşça büyük birini tahrik etmiştim, öyle mi? Saçım başım dağınıkken kıyafetlerim eskiyken ve pislik içindeyken onu tahrik etmiştim, öyle mi? Henüz olgunlaşmamış çocuk bedenimle onu tahrik etmiştim, öyle mi? Küçücük bir çocuğu kurtarmaya çalışırken ben onu tahrik etmiştim, öyle mi? Onun bir suçu yoktu yani, tüm suç benimdi!

Saçmalık oğlum bu, saçmalık.

"Çocuktum," diye fısıldayıp gözlerine baktım. "Amcan bana saldırdığında daha çocuktum," deyip ağlamaya başladım. "Sen beni damgaladığında da daha çocuktum. Ya ben çocuktum," diyerek hıçkırdım. "Bana yaptığınız şeyleri yaşarken çocuktum. Nasıl benim suçum olabilir? Nasıl bana *bunlar senin günahın* dersin?" İnsan mıydı bunlar? Yaptıkları insanlığa sığar mıydı? Başıma gelenlerin suçlusu ben değildim. Yaşananlar için beni sorumlu tutmaları hiç adil değildi.

Söylediklerimden kendine pay çıkarmak yerine saçlarımı itercesine bıraktı. "Fazla konuşma," dedi hoşnutsuzluk içinde. "Çok konuşan kadınlardan hazzetmem."

Sinirlerim bozulduğu için güldüm. "Yalnız ben çok konuşurum. Ucunda ölüm bile olsa kimse beni susturamaz. O bir kez olur. İkinciye izin vermem," diyerek ona meydan okudum.

"İkinci mi?" Alay ederek güldü. "Ne yani, daha önce birinin senin gibi çenesi düşük bir kızı susturduğunu mu söylüyorsun?" Bunu komik mi bulmuştu? Oysaki benim gerçeklerim komik değildi.

"İnanması güç, değil mi?" diyerek yarama dikkat edip ayağa kalktım. "Daha önce biri beni susturdu," dedim gözlerine bakarken. "Cılız bileklerime büyük gelen bir kelepçe vardı. Kelepçe bile çocuk olduğumu haykırırcasına büyük gelmişti bileklerime. Hafif karanlık bir odadaydım. Orasının sorgu odası olduğunu anlamayacak kadar çocuktum. Bir sandalyede oturuyordum ve her iki yanımda iki memur vardı," dediğimde gözlerim doldu. "Sonra babacan bir polis içeri girdi, elinde ise benim dosyam vardı. Şöyle bir baktı bana. *Bu kız daha çocuk* dercesine baktı bana. Sonra bileğimdeki kelepçeyi gördü ve yutkundu. 'Çıkartın onları,' dedi. 'O daha çocuk, sorguda size zarar veremeyecek kadar çocuk,' dedi ve çıkardılar." Gözlerim dolu dolu bileklerime baktım. Sanki o kelepçe hâlâ bileklerimde duruyordu ve ben onları kendi başıma çıkaramıyordum.

Derin nefes alıp bakışlarımı bileklerimden çektim. Yapamadım, uzun süre bakamadım. "O babacan adam, o gün bana çok yalvardı. 'Konuş kızım,' dedi. 'Konuşmazsan yakacaksın kendini," dedi ama ben hep sustum. Oradaydım, onu duyuyor ve görüyordum ama aslında orada değildim. Ben hâlâ karanlık bir sokakta küçük bir çocuğa sarılıyordum. Üstüm başım dağınıktı ve titriyordum. Lakin kollarımdaki cansız bedeni tek başına bırakıp gidemiyordum," dedikten sonra başımı kaldırıp karşımda duran adama baktım. "Ben o gün sustum, mahkemede sustum. Islahevinde ve cezaevinde geçirdiğim altı yıl boyunca da sustum. Fakat ben artık o eski çocuk değilim ve ikinci kez kimse beni susturamaz," deyip yanından geçtim ve kulübeye doğru yürüdüm. Amcası beni susturmuşken aynı şeyi yeğeninin yapmasına izin vermeyecektim. *Varsın benim için boş ve yersiz konuşuyor, desinler.* Kimse benim için suskun biri diyemesin çünkü yaşadığım dünyada susmak, suçların en büyüğü. Ben hep konuşacaktım. Her şeye, herkese, hatta tüm dünyaya inat benim sesim hep çıkacaktı. Sedef'i susturan dünya Yankı'yı susturamayacaktı. Hâlâ nefes alıyorsam bu nefesin hakkını konuşarak verecektim.

Küçük bir kulübede tutsak bir hayat yaşarken zaman geçmiyordu fakat bir şekilde zaman ilerliyordu. Aradan geçen birkaç günü daha geride bırakmak benim için hiç kolay olmadı. On gündür buradaydım ve her geçen gün, tenimdeki yaralara merhem oluyordu. Lakin ruhum hep kanıyordu. Bir yanım iyileşmek isterken diğer yanım iyileşmekten korkuyordu. Arda'ya direnecek gücü bulmak için iyileşmek istiyordum. Fakat iyileşmekten de korkuyordum. Bedenime olan açlığını gidermek için iyileşmemi bekleyen bir adam yüzünden iyileşmekten korkuyordum. Kendimle çeliştiğimi biliyordum. Düşüncelerim, bedenim ve ruhum bile çelişki içindeydi. Ben kayıplarda gibiydim. Acı gerçek şu ki ben gerçekten kayıplardaydım.

Zoraki bir şekilde karşılıklı akşam yemeği yerken yine hiç iştahım yoktu. Karşımdaki adam hayvan gibi yemeğine saldırırken benim hiç yiyesim yoktu. Yemek de zaten pek iştah açıcı değildi. Haşlanmış patatesi önüme koymuştu ve benden onu yememi bekliyordu. Peki, kendisi ne yiyordu? Kızartılmış bütün bir tavuk! Ben patatesle idare etmek zorundaydım lakin o, gözlerimin önünde tavuğu afiyetle yiyordu. Makûs kaderim her yerde beni sınıyor olmalıydı. Onu sevmemi istiyordu ama sevgimi kazanmak için hiçbir şey yapmıyordu. Adamın sloganı "seversen yaşarsın, sevmezsen ölürsün"dü. Yemediğimi görünce yumulduğu tavuktan başını kaldırdı. "Neden yemiyorsun?" dediğinde sinirden duvarları yumruklayabileceğimi düşündüm. Neden yemiyordum acaba?

Kaşlarımı çatarak ona ters ters baktım. "Hiç iştahım yok. Ben neden tatsız tuzsuz bir patates yerken sen tavuk yiyorsun?" diye sordum. Hiç aç değildim ama göz hakkı dedikleri bir şey vardı, değil mi? En azından bana yediği şeyden yememi teklif edebilirdi.

Küstahlık akan bakışları küçümsercesine beni süzdü. "Alışık olmadığın bir şeyi önüne koymadım, hatta patates senin için lüks bir yemek olmalı," deyip güldü. "Çöplerde küflü ekmekler yiyerek büyümüş birinin yemek seçmesi komik," dediğinde sertçe yutkundum. Beni geçmişimle vuracak kadar aşağılık biriydi. Ben keyfimden değil, onun yüzünden sokaklara düşmüştüm! Lakin haklıydı da çünkü söyledikleri doğruydu. Ben çöplerdeki atıklarla büyümüştüm. Kolay büyümemiştim ama kolayca harcanıyordum. Hayatta kalmak için çetin bir savaş vermiştim fakat hayatımı benden çalmak için çok fazla etken vardı. Sahip olduğum nefes benimdi ve herkes onu benden almak istiyordu. Bu hırsızlık değil miydi?

Öfkemi gizleyerek aynı alaycı gözlerle ona baktım. "Madem yemekleri seçemiyorum, en azında karşımda oturacak kişiyi seçme şansım olsaydı," deyip güldüm. "Bir yemeği seversen yersin, sevmezsen çöpe atarsın. Bak, bu kadar basit," dedikten sonra elimle abartılı bir şekilde onu gösterdim ve "Ama bu dağ başında sana göre bir çöp kutusu bulamam ki," dedim. Sözlerime karşılık bozulan suratına bakmaktan keyif alıyordum. Beni rehin aldı diye sürekli beni incitmeye çalışmaktan vazgeçmeliydi.

İştahı kaçmış olmalıydı ki yemeyi bıraktı. "Her şeye bir cevabın var, değil mi?" dediğinde bunun cevabını merak etmiyordu. Öylesine söylediği bir şeydi.

"Hak edene konuşurum, diyelim."

Belindeki silahı çıkarıp bana doğrulttu. "Konuşmaya devam et!" diyerek beni tehdit etti. Ne zaman ona başkaldırsam beni hep silahla sindiriyordu. Başka türlü zaten benimle yarışamazdı.

Garip ama bu sefer korkmamıştım. Belki de günlerdir burada rehin tutulduğum içindi bu. İnsan, kurtulmaya dair umutlarını kaybedince ölüm tek kurtuluşuymuş gibi hissediyordu. "*Tüfek çıktı, mertlik bozuldu* dedikleri bu olsa gerek," diyerek ayağa kalktım. *Yok arkadaş, ben çok yanlış çağda doğmuşum.* Etrafım hep ucuz kabadayılarla doluydu. Eline silahı alan herkes kendini yenilmez hissediyordu. Oysaki silahı tutan kişinin de tek bir kurşunluk canı vardı. Tabii, namlunun bu tarafında olmadığı için bunu anlayamazdı.

Odama çıkacağım esnada ansızın söylediği şeyler yüzünden durmuştum. "Benim bir annem hiç olmadı," demişti. Ona doğru döndüğümde az önce kalktığım sandalyeyi işaret etti. Oturmamı istiyordu.

İstediği gibi sandalyeye oturdum çünkü konuşmak istiyordu. Bir süre sadece beni izlemekle yetindi. Konuşup konuşmamakta tereddütler yaşadığını gördüğüm için sessiz kaldım. Kendini hazır hissettiğinde konuşacağını biliyordum. "Benim de bir annem olmadı hiç," diyerek onu konuşmaya teşvik ettim. "Az önce dedin ya çöplerdeki küflü ekmekleri yiyerek büyüdün diye," dedikten sonra burukça gülümsedim. "Bana sıcak yemekler pişiren bir annem yoktu ki."

Alay etmeyi bırakıp ciddi bir şekilde söylediğim şeyler onu düşünmeye itmişti. Benimle empati yaptığı nadir anlardan biriydi. "Üzgünüm," diyerek nefesini koyuverdi. "Söylediğim şeyleri hak etmedin." Hangimiz başımıza gelenleri hak ediyorduk ki? İçinde yaşadığımız dünyanın kanunu buydu, birileri hep haksızlığa uğrayan taraf olmaya mahkûmdu.

"Bir annem olsaydı belki de ben farklı biri olurdum," diyerek kendisine yönelik küçük bir savunma yapmıştı. Hayır, bu yerinde bir savunma değildi çünkü yaptığımız hatalar yüzünden başkalarını suçlamak doğru değildi. Eğer ortada bizim tarafımızdan yapılan bir yanlış varsa bunun sorumlusu olarak bir başkasını görmek doğru değildi. Aksine bu, bir hatayı başka bir hatayla kapatmaya çalışmak olurdu. Yaptığımız her şeyin sorumluluğu bize aitti ve bunu başkalarına yükleyerek kaçamazdık.

"Bu, yaptıkların için bir mazeret olamaz," dedim. "Her annesi olmayan, eline bir silah alıp birilerini öldürmüyor." Ne yani, tüm sorun bu muydu? Annesiz kalması mı? Benim de hiç annem olmadı ama ben sadistçe yoluma çıkan herkesi öldürmüyordum. Annesizliği yaşayarak kendime bir hayat kurmaya çalışıyordum. İşin trajik yanı neydi, biliyor musunuz? Annesiz büyüyen bir kızın hayatını gasp eden kişi, annesiz kalmış başka biriydi.

Başını sallayarak beni onayladığında, bundan memnun olmadığını görebiliyordum. "Evet, bu bir mazeret olamaz ama bana yapılanların da bir mazereti olamaz," diyerek yine kendini savunma çabasına girdi. "Bir annem yoktu ama bir babam vardı."

"Ne güzel işte. Hiç babası olmayanlar da var, mesela ben." Beterin beteri var diye boşuna dememişler. Onun en azından yanında olan bir babası vardı ama ben de o da yoktu.

Güldüğünü görünce konunun nereye varacağını merak ettim. "Her gün içip içip beni döven bir babaydı!" diye bağırıp bir anda yumruğunu masaya vurunca sıçradım. Önce gülüp sonra bağırmak normal değildi. Acaba devamını yarın dinlemek şartıyla gitmeme izin verir miydi?

Sanki onu ben kızdırmışım gibi bana dik dik bakıyordu. "Henüz çocuktum! O, her içtiğinde bana işkence ederken ben henüz çocuktum! Defalarca ölmesini dilediğimde ölümün ne olduğunu bilmeyecek kadar çocuktum!" diyerek esip gürledi. Üzgünüm ama bu konuda onun için üzülemiyordum. Ben de çoğu şeyi yaşarken henüz çocuktum ve başıma gelenlerin çoğu amcası ve Arda yüzünden olmuştu. Çocuktum diyerek kendi acılarına değiniyordu ama otuz çocuğu damgaladığını unutuyordu. Onun çocukluk travmaları yüzünden otuz çocuğun hayatı bitmişti. Çoğunu toprağın altına gömdü, kalanları ise enkaz altında bıraktı. O çocuktu da biz değil miydik? O kimsesizdi de biz değil miydik? Ondan ne farkımız vardı da kendi yaşadıklarını misliyle bize yaşattı? İster bencillik desinler, ister de taş kalplilik. Fakat ben böyle bir adama üzülüp empati kuramıyordum.

Duygusuzluğum gözlerime yansımış olmalıydı ki içli bir şekilde nefesini koyuverdi. "Kimse beni anlamak istemedi, sen de öyle." Bunun için bizi suçlamasını çok yersiz buluyordum ve bunu gizlemeye çalışmıyordum.

"Yaptıkların fazla anlamsızken birilerinden anlayış bekleyemezsin."

Başını kaldırıp yorgunca bana baktığında, bu bakışları çok iyi tanıdığımı fark ettim. Bir şeylerden usanmış birinin son çırpınışlarıydı bunlar. "Neler yaşadığımı bilmiyorsun." Bir türlü anlamak istemediği şey de tam olarak buydu, bilmek istemiyordum! Bana ne anlatırsa anlatsın yaptıklarını ve yaşattıklarını haklı çıkarmayacaktı.

Bu şekilde beni kendi doğrularına inandıramayacağını anlayınca ayağa kalktı. Üzerindeki gömleğin düğmelerini açmaya başlayınca rahatsızlığımı fark etti. "Korkma," diyerek aklımdaki endişeye karşılık bana güven verdi. "Korktuğun sebepler yüzünden üstümü çıkarmıyorum," dedikten sonra gömleğini üzerinden sıyırdı. Bana çıplak sırtını dönüp, "Yaklaş ve bak, Yankı," dedi. Sırtındaki izleri görmemi istiyordu. Evet, bu uzaklıktan bile görebiliyordum.

Ayağa kalkıp isteksizce adım atarak ona yaklaştım. Benim sırtımdaki kemer izleri onun sırtında da vardı. Sadece bununla da sınırlı değildi. Vücudunda farklı izler de vardı. Sırtının her yerinde bıçak kesiği ve yanık izleri gibi şeyler vardı. Sanki biri onun sırtına naylon damlatmış ya da sigara izmariti söndürmüş gibiydi. Alaz'ın bana verdiği tokayla sırtında açtığım yara da duruyordu. İzler çok fazla olduğu için sırtı berbat bir haldeydi. İtiraf ediyorum, bana yaptığı her şeye rağmen ona acımadan edememiştim. Hayır, benim üzüldüğüm o değildi aslında. Ben, babası tarafından böylesine kan dondurucu bir işkenceye maruz kalan o çocuğa acıyor ve üzülüyordum. "Bunu sana neden yaptı?" dediğimde sesimdeki hüznü gizleyemedim.

Bana doğru dönerek sandalyeye bıraktığı gömleğini aldı. "Çünkü o bir akıl hastasıydı!" dediğinde ona ters ters bakıyordum. "Bence bu konuda kendine haksızlık yapma, delilik konusunda babanla yarışırsın," dedim. Nefret ettiği babasının izinden gidiyordu lakin bunun farkında değildi. Belki de babasından daha kötüydü. Bu durumda boynuz kulağı geçmiş diyebilirdik.

Tişörtünü giyerken anlatmaya devam etti: "Öldüğü gece beni, sizi kaçırdığım evin çatı katına kilitledi." *Ailece iyi halt ettiniz* demek için can atıyordum. Demek ki bu yüzden bizi o uğursuz eve götürüp işkence etmişti. Çocukluğunun geçtiği eve kim bilir daha kaç masumun kanını akıtmıştı.

"O ölmüştü ama ben hâlâ çatı katındaydım. Öldüğünü biliyordum çünkü körkütük sarhoş olsa bile bana işkence etmek için mutlaka yanıma gelirdi. Babam öldü ve ben bir ay boyunca çatı katında kilitli kaldım. Peki, nasıl hayatta kaldım, biliyor musun?" Açıkçası merak da etmiyordum. Biri bu adamı susturabilir miydi? Olay resmen kamp ateşinde anlatılan korku hikâyelerine doğru gidiyordu.

"Nasıl bilebilirim, zeki çocuk?" dedim. "Oradan bakınca müneccim gibi mi görünüyorum?" diye homurdandığımda keyfi yerine gelmiş gibi kahkaha attı. "Sizinle beslendim." Al işte, sonunda kalan beyni de uçup gitti. O yıllarda belki de daha doğmamıştık, bizi nereden bulup da beslenmişti manyak? Ben o sıralar belki de ana rahmine bile düşmemiştim.

Rahmin çürüsün, Songül Hanım!

Gözleri hastalıklı bir şekilde bakarken bu konuşmanın gittikçe ürkütücü olmaya başladığını fark etmiştim. "Çatı katında otuz gün kaldım. Her gün için bir yarasayı çiğ çiğ yemek nasıl bir duyguydu, bilemezsin!" diyerek kahkaha atınca nefesim kesilmişti. Allah belasını versin bu adamın! Ne dediğinin farkında mıydı? *Bu konuşma nereye gidiyor oğlum böyle! Ne demek otuz yarasa yedim? O hayvanların eti mi var?*

Anlattığı kan dondurucu geçmişi sayesinde kafamdaki bazı sorulara cevap bulmuştum. Otuz günlük tutsaklık, damgalanan otuz çocuk, öldürüp yediği otuz yarasa! Otuz yarasaya takılıp kalmıştı, bu yüzden otuz tane çocuğu kurbanı olarak seçmişti. Öldürerek hastalıklı ruhunu doyurmak istediği otuz çocuk... Çatı katında otuz gün tutsak kalması ve otuz tane yarasayı öldürmesi büyük bir travma yaşamasına sebep olmuştu. Ben olsam ben de bu şartlarda çok kötü etkilenirdim. Lakin bu, kendi gibi kimsesiz çocuklara işkence etmesini açıklamıyordu! "Burada suçlu biz değiliz!" diyerek kendimi tutamayıp bağırdım. "Babanın sana yaptıkları çok kötü ama ondan hesap sormak yerine bizi öldürüyorsun!"

"Babam bir ölüyken ondan nasıl hesap sorabilirim?"

"Mezarına git, geri zekâlı! Bağır, çağır, içindeki öfkeyi dök! Yetmezse mezarını tekmele ya da ne bileyim, için soğuyacaksa mezarına tükür! Hastalıklı zihnini rahatlatmak için mutlaka bir yol vardır lakin bu yol bizi öldürmek olmamalıydı!" En güzeli kendi kafasına sıkması olurdu. Böylelikle babasıyla aynı cehenneme giderek onunla yüzleşirdi ve böylece ondan kurtulurduk. "Acaba intiharı hiç düşündün mü?" Evet, bunu gerçekten söylemiştim.

Her an boğazımı sıkacakmış gibi bakarken, "Yine boş konuşuyorsun," dedi. Belki de öyleydi ama bence intihar fikri onun için fena değildi. Bizi hiç uğraştırmadan bu dünyayı kendi isteğiyle terk etseydi harika olurdu.

"Senin tabiatındaki biri için çok zor ama..." diyerek gözlerime baktı. "Şimdi söyleyeceklerimi ciddiyetle dinlemeni istiyorum." Ciddiyetle zerre kadar ilgim olmadığı halde ona başımı salladım. Ne söylemek istiyorsa hemen söyleyip beni rahat bıraksın istiyordum.

Elimi tuttu. "Yankı, ben seni seviyorum."

Elimi çektim. "Ciddi ol derken aynısını yapmıyorsun."

"Çünkü seni gerçekten çok seviyorum ve duygularım konusunda ciddiyim," diyerek beni susturdu. Hayır, bu sevgi değildi. Sevgi dışında her şey olabilirdi ama adı sevgi değildi. Bir takıntı, hastalık veya ilk karısına olan benzerliğim bile olabilirdi fakat sevgi olamazdı. Bana karşı hissettiklerinin sevgi olduğunu düşünüyordu lakin sevgi dışında her şeydi.

Beni kazanmak ister gibi bakıyordu ama bundan memnun değildim. Onun tarafından kazanılmış bir ödül olmak istemiyordum. "Bana bir şans ver," dediğinde tam olarak beklediğim şeyleri söylemişti. "Değişebilirim, sevgin beni değiştirebilir." Bana karşı hissettiği sevgi bile zehirliyken bu imkânsız bir şeydi. Değişemezdi çünkü onun sevdiği ben değildim, sevdiği asıl şey, acıdan dolayı attığım çığlıklardı. Gülüşüm onu mutlu etmiyordu ama gözyaşları içinde bağırdığımda mutlu oluyordu. Böyle bir şeye sevgi demek ne kadar doğruydu?

"Sen değişemezsin."

"Bana bir şans vermedikçe bunu bilemezsin."

"Sana karşı çıktığım ilk anda yine canımı yakacağını biliyorum."

"Deneyeceğim, Yankı," diyerek yalvarırcasına bana baktı. "İçimdeki bu kontrol edilemez duyguyu dizginlemeye çalışacağım. Seni incitmekten kaçınmak için elimden geleni yapacağım," dedikten sonra tekrar elimi tuttu. "Ama bunu senin yardımın olmadan yapamam. Derya gibi seni de kaybetmek istemiyorum." Benden ne istediğini anlamıştım. *"Kaçmaya çalışma"* diyordu. *"Kaçma, bana karşı çıkma, benden kurtulmayı isteme"* demek istiyordu. Yanında kendi isteğimle kalmamı ve onu sevmemi istiyordu.

Avucundaki elimi sıkarak dudaklarına yaklaştırdı ve öptü. "Beni sevmeyi deneyemez misin?" derken bu sefer emir vermiyor, âdeta bunun için yalvarıyordu.

"Arda," diyerek derin bir nefes aldım. "Sen benim kardeşim dediğim arkadaşlarımı öldürdün. Seni sevmem mümkün mü?" Yine onu kızdırmamak için sözlerimi özenle seçiyordum çünkü anlık öfke krizleri geçiren biriydi. Gülerken bir anda fevrileşir ve canımı yakardı. O gülünce bile korktuğum için hep tetikteydim. Bu yüzden çoğu zaman konuşmadan önce iki kere düşünüyordum.

Basit bir şeyden bahseder gibi, "Sorun arkadaşların mı?" dedi. Benim için bundan daha büyük bir sorun olamazdı. "Hepsi hâlâ yaşıyor," dediğinde sertçe yutkundum. Yaşıyorlar mıydı? Kalbim göğsümden fırlayacakmış gibi hızlanırken, "Gerçekten mi?" diye fısıldadım. "Kuzey, Yiğit ve Naz yaşıyor mu?" Beni depodan çıkarmadan önce diğerlerinin iyi olduğunu biliyordum ama bu üçü, dinmeyen kalp ağrımdı. Onları en son ağır yaralı bir halde gördüğüm için öldüklerini düşünmüştüm. Naz'ın akıbetini ise hiç bilmiyordum. Öldüler diye günlerdir gözyaşı döktüğüm çocuklar gerçekten yaşıyor muydu?

Belki de bana yalan söylüyordu. Onlar gerçekten ölmüştü ve beni kazanmak için yalan söylüyordu. Bu düşünce tüm umutlarımı tekrar tükettiği için ağlamaya başladım. "Beni kandırma," dedim gözyaşları içinde. "Hepsi ağır yaralıydı." Kurtulmaları çok zordu. Naz üst kattayken çıkan kurşun seslerini duymuştum. O adamlar onu öldürmüştü. Kuzey'i gözlerimin önünde vurup Yiğit'e elektrik vermişlerdi. Kurtulmuş olamazlardı, keşke kurtulmuş olsalardı ama bu çok zordu.

Ayağa kalkıp yanıma geldi ve üzerime eğilerek gözyaşlarımı sildi. "Sana yalan söylemiyorum, Yankı. Yiğit bir hafta önce uyandı ve gittikçe eski gücüne kavuşuyor. Naz her iki adamımı vurarak kurtulmayı başardı ve Kuzey..." deyip susunca hiç konuşmadan devam etmesini bekledim. Kuzey'in iyi olduğunu söylemediği için Naz ve Yiğit için yaşadığım mutluluk bile buruktu. Kuzey'e ne olmuştu?

"Kuzey?" diyerek onu konuşmaya zorladım. "Kuzey'e ne oldu?"

"Hâlâ uyanmadı ama yaşıyor," diyerek kolumu tuttu ve ayağa kalkmama yardım etti. "Uyanmamış olabilir fakat bu, uyanmayacağı anlamına gelmiyor." Kendi sebep olduğu katliam için beni teselli mi ediyordu? Kuzey, her şeyim olan çocuk derin bir uykudayken mutlu olmamı bekleyemezdi. Arkadaşlarımın o hale gelmesinin tek suçlusu bu adamdı!

Öfkeli bakışlarımı görmek hoşuna gitmemişti. "Seninle bir anlaşma yapalım mı?" diye sorup uzlaşmayı denedi. "Her gün Kuzey ve diğer arkadaşların hakkında seni bilgilendireceğim ve buna karşılık bana bir şans vereceksin." Bu adil bir anlaşma değildi. Benden çaldıklarını geri vermek için beni bir anlaşma yapmaya zorluyordu. Özgürlüğümü elimden almamış olsaydı ben zaten arkadaşlarımın yanında olur ve onların ne durumda olduğunu öğrenirdim.

"İstediğin bir şans mı?" dediğimde son derece istekli bir şekilde başını salladı. "Küçük bir şans, Yankı."

"Tamam ama benim de bir şartım var. Eğer kabul edersen seninle kalır ve sana sorun çıkarmam. Evet, eğer şartımı kabul edersen kaçmayı aklımdan çıkartırım," dediğimde sonunda duymak istediği şeylerin heyecanıyla gülümsedi. "Ne istersen kabulüm." Huyuna gidince aslında oldukça uysal biriydi, değil mi?

"Arkadaşlarım," diyerek ona baktım. "Otuz Yarasa'nın hepsi ölmek zorunda değil." Çocukken öldürdüğü otuz yarasaya olan takıntısı yüzünden damgaladığı tüm çocukları öldürmek istiyordu. Eski karısına olan benzerliğim yüzünden bir istisna yapıp beni yaşatmak istiyordu. Aynı şeyleri kalan çocuklar için de yapabilirdi. "Başta arkadaşlarım olmak üzere hayatta kalan damgalı çocuklara dokunmazsan tüm hayatımı sana adarım. Yemin ederim, bir kez bile kaçmaya çalışmam ama onlara dokunma," diyerek ona yalvardım. Bu yaptığım fedakârlık değildi çünkü peşimi asla bırakmayacağını biliyordum. Nereye gidersem gideyim hep izimi sürecekti. Ben ölmedikçe peşimi kolay kolay bırakmazdı. Kalan hayatımı bir gün beni bulacak korkusuyla yaşamaktansa onunla yaşamayı seçiyordum. Onunla kalırsam en azından tehlikenin nereden geldiğini görürdüm. Hiçbir şekilde kurtuluşum olmadığı için bu vesileyle çocuklar kalan hayatında mutlu olmalıydı. Arda'nın gölgesi bile onlara ulaşmamalıydı. Derya'ya benzerliğim yüzünden ben zaten yanmıştım ama onlar için hâlâ bir şans vardı.

Kabul etmez sanıyordum ama beni göğsüne çekerek kabul ettiğini gösterdi. Göğsümdeki yaradan dolayı bu sefer sarılırken dikkatliydi. "Sana söz veriyorum," diye kısık sesle konuşup saçlarımdan öptü. "Sen anlaşmaya sadık kaldığın sürece onlara dokunmayacağım." Yani arkadaşlarımı ondan korumanın tek yolu, onun tutsağı olmaya devam etmekti. Tamam, bunu yapacaktım. Ne olursa olsun, anlaşmanın bana düşen kısmını yerine getirecektim. Ajanlar bile biz çocukları ondan korumayı başaramamışken ben, kendimi katilime adayarak arkadaşlarımı ondan koruyacaktım. Dedim ya, bu bir fedakârlık değildi çünkü benim yerimde gruptan kim olsaydı aynı şeyleri yapardı. Biz kimsesiz yedi çocuk birbirimiz için her şeyi yapardık. Neden mi? Çünkü kimsesizdik ve birbirimizi kimsesizliğin içinde bulmuştuk.

Bizim bizden başka kimsemiz yoktu ki...

3. BÖLÜM

Günler birbirini kovalıyor ve zaman durmaksızın geçiyordu. Tutsak olarak geçirdiğim hayatım son günlerde bana fiziksel bir acı yaşatmıyordu. İlk başlarda zoraki olan tutsaklığım şimdilerde yerine getirmem gereken bir göreve dönüşmüştü. Bugün itibarıyla tam otuz gündür buradaydım. Otuz gündür bir dağın başında Arda ile yaşıyordum. Anlaşmamızdan sonra değişmek için çaba sarf ettiğini görebiliyordum. Ben onu kızdıracak şeylerden kaçınıyordum, o da bana vurmuyordu. Değişimi bile aslında benden kaynaklıydı. Ben uysal biri oldukça o da içindeki katili dizginliyordu. Kuzey çoktan uyanmış hatta hastaneden taburcu olmuştu. Evet, sözünü tutarak çocukların sağlığı hakkında bana bilgi veriyordu. Hatta yalan söylemediğini kanıtlamak için Kuzey'in hastanede çıkarken çekilmiş bir fotoğrafını göstermişti. Yanında eğitmeni Buket ile Ecrin de vardı. Yiğit'in evinin balkonunda çekilmiş bir fotoğrafıyla Naz'ın uyurken çekilen fotoğrafını da bana göstererek hepsinin yaşadığını kanıtlamıştı. Çocukların iyi olduğunu bana göstermişti. Sonrasında da bana çocuklar hakkında bir şeyler anlatmayı bıraktı. Ben de sormayı bıraktım çünkü sürekli çocuklardan bahsederek onu kızdırmak istemiyordum.

Göğsümdeki yara eskisine göre daha iyi durumda olduğu için bu konuda herhangi bir sorun yaşamıyordum. Bahçede yürürken bir salyangoz gördüm ve durdum. Eğilip onu yerden alarak doğrulduğumda, "Yankı," diyen Arda'nın sesini duydum. Başımı çevirip kulübeden çıkan adama baktım. Elinde siyah bir şal tutarak bana doğru geliyordu. Yanıma gelip şalı omuzlarıma bıraktı. "Bugün hava biraz serin," diyerek şalı iyice omuzlarıma çekti.

"Üşüyeceksin."

Baştan ayağa onu süzdüğümde üzerinde sadece bir pantolon ve tişört olduğunu gördüm. "Sen de öyle, ceketini almalıydın." Onu düşündüğümü gösteren sözlerim karşısında tebessüm etti. "Sana göre daha dayanıklı olduğumu kabul etmelisin," dediğinde sadece başımı salladım. Aslında dayanıklı olan bendim çünkü hayatımın çoğu kış soğuğunda sokaklarda geçmişti. Fakat onun istediği her konuda zayıf ve aciz bir kadındı. Her dediğini onaylayarak ona görmek istediği kadını veriyordum.

Elimde tuttuğum kabuğu gördü. "Bu ne?" Bence ne olduğu çok belliydi.

"Salyangoz kabuğu." Avucumu iyice açarak görmesini sağladım. "Bazı insanların salyangoz yediğini biliyor muydun?" dediğimde yüzünü buruşturarak beni onayladı. "Ben yemezdim," dedi. Yediği otuz yarasayı ona hatırlatmak için deli oluyordum.

"Ben de yemezdim." Umarım yine bana sokaklarda yemek zorunda kaldığım şeyleri hatırlatmazdı.

Elimdeki kabuğu yere attı ve elimi tuttu. "Biraz yürüyelim mi?" dediğinde elimi çekmediğim gibi itiraz da etmedim. Beni dönüştürdüğü bu uysal kadından nefret ediyordum.

Birlikte bahçede yürürken hep olduğu gibi yine fazla sessizdim. Gel dese gider, dur dese dururdum. Hayatımın ipleri tamamen onun elinde gibiydi. Bu suskunluğum benim kararım değildi, mecburiyettendi. "Bu aralar tüm işlerim ters gidiyor," dediğinde sessizlik içinde onu dinliyordum. "Altuğ hiç pes etmiyor," diyerek bana doğru döndüğünde yutkunmuştum. Onun adını duymak bile uslanmaz kalbimi heyecanlandırıyordu. Hâlâ mı, diyordum; hâlâ mı ona tutkunsun? Seni bu adamın ellerine bırakan birini hâlâ mı seviyorsun? Yapma be kalbim, vazgeçmen için daha kaç ihanet tatman gerekiyor?

Aşkta acıyı ilk yaşayan kaybedermiş.

Altuğ'un adını duymak gerilmeme sebep olduğu için bu, dikkatinden kaçmamıştı. "Ona olan hislerin hâlâ devam mı ediyor?" dediğinde başımı hızlıca iki yana salladım. "Artık değil," dedim. "Artık sadece sen varsın," diyerek yalan söyledim. Bu şartlar altında onu kızdırmak gibi bir aptallık yapamazdım. Onu sevdiğime inanmalıydı.

Bana inanmadığını biliyordum ama üzerime de gelmedi. "Gideceğiz," dedi ve bana tebessüm etti. "Altuğ dışarıdan tüm işlerimi sekteye uğratabilir ama bize gerekli parayı temin edince gideceğiz." Evet ama Alaz da duracak bir adam değildi. Arda gelişigüzel hareket ederdi fakat Alaz planlı çalışırdı. Arda'nın yurtdışına kaçmak istediğini biliyordu, bu yüzden tüm çıkışları kapatmıştı. Havaalanı, tren istasyonları ve iskeleleri yakın takibe almıştı. Her yerde Arda'yı aratıyor, gece gündüz iz sürüyordu. Üstelik Arda'nın tüm hesaplarını dondurduğu için para akışı kesilmişti. Amcası Çetin bile Alaz yüzünden Arda'ya sırtını dönmüştü. Teşkilatta deşifre olan hain, Çetin'in yeğeni çıkmıştı. Alaz'ın nefesini ensesinde hisseden Çetin, koltuğundan olmamak için Arda'yı gözden çıkarmıştı. Bu bir ayda çoğu kez Arda'nın telefon konuşmalarına şahit olduğum için bunları biliyordum.

Kulübenin önüne gelmiştik. Adamları arabanın kapısını onun için açmıştı. "Dışarıda küçük bir işim var, bir şey istiyor musun?" dediğinde *hayır* dercesine başımı iki yana salladım. Ondan istediğim tek şey, arkadaşlarımdan uzak durmasıydı.

Yüzümü ellerinin arasına alarak üzerime eğildi. "Hemen dönerim," dedikten sonra dudaklarıma bıraktığı öpücük yüzünden ağlayabilirdim. Lakin bunun yerine ona gülümsemek için kendimi zorladım. Bu küçük öpücükler bile midemi bulandırmaya yetiyordu.

"Yaran ne durumda?" diye sorduğunda ürktüm. Gözlerinde yoğun bir tutku ve cinsel beklenti vardı. İyileşmemi neden dört gözle beklediğini bilmek beni kahrediyordu.

"Be-ben," diyerek ondan uzaklaştım. "Hâlâ düzelmedim." Çoktan iyileşmeye başladığımı çok iyi biliyordu.

Arzu dolu gözlerle uzun uzun bedenime bakıyor olması kendimi çıplak hissetmeme neden oluyordu. Gözleriyle beni soyuyor, taciz ediyordu. "Belki de yaranın ne durumda olduğunu bizzat kendim görmeliyim," dediğinde gözleri göğüslerimde oyalandı. "Akşam," diyerek gözlerime baktı. "Hazır ol," dedi ve adamlarına bir işaret verip arabaya bindi. Buradaki üç adamı da diğer arabaya bindikten sonra hepsi bahçeden çıkıp gitmişti.

Onlar gözden kaybolana kadar bekledim ve hemen sonrasında dizlerimin üzerine düştüm. "Hayır," diye fısıldadım. Gözlerim dolduğunda, "Hayır," diyerek tekrarladım. Bana dokunmasına hiçbir zaman hazır olmayacağımı biliyordu. Henüz on dört yaşındayken amcasının bana yaptıkları yüzünden tenimde hâlâ o adamın kirli ellerini hissediyordum. Tenimdeki izleri silememişken ikinci kez aynı şeyleri bana yaşatmamalıydı.

Yeni fark ettiğim şeylerle heyecanlanarak ayağa kalktım. Adamlarını yanında götürmüştü! Daha önce bunu hiç yapmamıştı, adamları gardiyan gibi hep yanımdaydı. İlk kez beni kulübede yalnız bırakıp gitti. Başıma herhangi bir nöbetçi dikmeden beni bırakıp gitmişti. Yaptığımız anlaşmadan sonra bir kez bile kaçmaya teşebbüs etmediğim için bunu yapmıştı. Eğer kaçmaya çalışırsam o da anlaşmayı bozardı ve çocukların peşine düşerdi. Sırf arkadaşlarım için kaçmayacağımı düşünüyordu. Bu yüzden adamlarını da yanında götürmüştü çünkü kaçmayacağım konusunda bana olan inancı kuvvetliydi. Kaçmazdım da lakin konu cinsel birliktelikse hiçbir anlaşma beni burada tutamazdı. Akşam benimle birlikte olacağını ima etmişken yaptığımız anlaşmaya sadık kalamazdım. Bu konudaki travmayı hâlâ atlatamamışken yenisini kaldıramazdım. Er veya geç cinsel beklentileri için beni zorlayacaktı ve o günün bu akşam olduğunu bile bile kalamazdım. Bir akıl hastasına kendi bedenimi sunamazdım. Arkadaşlarım için özgürlüğümden, hatta canımdan bile vazgeçerdim ama bu kadarını yapamazdım. Kimse için bir erkeğin onursuz ellerine kendimi bırakamazdım.

Etrafımı kontrol ederek kulübeye baktım. İçerideki odalarda herhangi bir telefon bulamayacağımı bildiğim için aramakla vakit kaybedemezdim. Arda asla bir iletişim aracını kulübede barındırmazdı. Ne o ne de adamları telefonlarını yanından ayırırdı. Boş yere zaman kaybedemezdim. Bu yüzden daha fazla oyalanmadan hızlı adımlarla bahçeden çıktım. Göğsümdeki yara henüz tam olarak kapanmadığı için koşmama engeldi. Ormanın içindeyken Arda'nın gittiği yolu kullanmazsam yürüyerek de kurtulabilirdim. Kulübenin etrafındaki açık alanı geride bırakmayı başarırsam ağaçların arasına karışabilirdim. Bu şekilde beni bulması daha zor olurdu. "Akşama hazır olacakmışım!" diye söylenerek adımlarımı hızlandırdım. "Kaçıyorum oğlum işte!"

Bundan sonra beni bulursa akşam için hazırlar!

Önce hızlı adımlarla ilerledim lakin bir ay sonra gelen özgürlük hissi koşmamı sağladı. Göğsümde henüz dikişleri kapanmamış yarayı düşünmeden koşmaya başladım. Bir elim yaralı göğsümde kendimi korumak istercesine dururken gözlerim dolarak hızımı arttırdım. Özlemiştim ya, ben altı kişiden oluşan ailemi çok özlemiştim. Sanki onlardan uzak bir diyardaydım ve aramızda gözyaşından okyanuslar vardı. Onları özledikçe bir damla gözyaşı daha düşüyor ve okyanus biraz daha büyüyordu. Onlara duyduğum özlem beni ağlattıkça aramızdaki uçurum büyüyor gibiydi. Gözyaşlarım yenilgi duygusuyla döküldüğü için kurtulmak adına hiçbir şey yapamıyordum. Kurtuluş yok, diyor ve ağlıyordum. Ağladıkça daha fazla pes ettiğim için savaşmak yerine mesafelerin kurbanı oluyordum. Oysaki hâlâ aynı şehirde ve aynı gökyüzünün altındaydık.

Nihayet nefes nefese kendimi ormanın içine attım. Soluklanmak için durdum ve bir ağacın gövdesine elimi bastırarak destek aldım. Daha nefesimi düzene koymadan duyduğum çıtırtı sesleri beni ürkütmüştü. Fazla terlediğim için yüzümdeki saçlarımı çektim ve başımı kaldırdım. Önce bir sessizlik oldu, fırtına öncesi sessizlik gibiydi. Hemen sonrasında ise ağaçların arkasında gizlenen Arda ve adamları ellerindeki silahlarla çıktı. Neler olduğunu anladığımda artık her şey için çok geçti. Evet, aslında hiç gitmemişti. Arabaları göremeyeceğim bir yere çekip burada beklemeye başlamışlardı. Arabaların iz bıraktığı yolu kullanmak yerine ormanın içinden kaçmaya çalışacağımı tahmin etmek zor değildi. Aslında her şey planlıydı, değil mi?

Daha önce dediğim gibi bu hasta adam gülüşümü değil, acı dolu çığlıklarımı seviyordu. İçindeki hastalıklı tutkuyu kontrol edeceğini düşünmüş ve bir şans için bana yalvarmıştı. Lakin ona sağladığım birkaç haftalık huzurlu hayat beklediği gibi onu mutlu etmemişti. Fiziksel şiddetin olmadığı bir ilişkide mutlu olamıyordu. Sadist ruhu, kan ve gözyaşı istiyordu. İçindeki canavar bunun için ona baskı yapıyordu. Lakin benimle bir anlaşma yapmıştı ve oyunu ilk bozan o olmamalıydı. Günlerdir içten içe bana şiddet uygulaması için ona bir sebep vermemi bekleyip durmuştu. İstediği sebebi bir türlü bulamayınca farklı bir yol izleyerek beni buna zorlamıştı. Gözleriyle bilerek taciz etmiş; *akşam hazır ol,* diyerek en büyük korkumu tokat gibi yüzüme vurmuştu. Bir tek bunun için anlaşmayı bozup kaçmayı deneyeceğimi biliyordu. Bu yüzden adamlarını kulübeden uzaklaştırarak kaçmam için zemin hazırlamıştı.

İstediği şey, benim tarafımdan yapılan bir hataydı ve ben, bu fırsatı ona vermiştim.

Arzuladığı şeye sonunda kavuşmuş olmanın heyecanıyla gözleri parladı. Lakin heyecanlı olduğu kadar öfkeliydi de. Bir yanı ona aradığı fırsatı vermemin mutluluğunu yaşarken diğer yanı kurallarının dışına çıkmış olmamın sinirini yaşıyordu. Her iki yanında duran elleri yumruk olurken dişlerinin arasından, "Anlaşmayı bozdun!" diye tıslayıp üzerime yürüdü. Bu söylediğine gerçekten inanıyordu. Beni buna zorladığını idrak edemeyen beyni, ona ihanet ettiğimi düşündürüyordu. Sadece kendi söylediklerine değil, kendi yaptıklarına da inanıyordu!

"Anlaşmayı bozan ben değilim!" diye bağırdım. Bu son yaptığıyla sabrımın fazlasıyla sonuna gelmiştim. "Sen istedin! Beni buna zorlayan sensin!" dediğimde yüksek çıkan sesimi kısmak için bana vurmaya çalıştı. Yüzüme doğru gelen yumruğunu son anda tuttum ve tıpkı Alaz'ın bana öğrettiği gibi diğer elimle omuzunu kavradım. Başımı geriye çekip tüm gücümle burnuna kafa atmıştım. Burnundan kan akarken böğürerek geriye çekilmişti. Eğitim sırasında Alaz yüzüme hiç vurmazdı ama her defasında beni kızdırarak ona kafa atmama sebep olurdu.

Arda'nın burnunu kanattığım için adamları bana silah çekti ama umursamadım. Arda istemediği sürece beni vuramazlardı ve Arda, başka birinin beni öldürmesine izin vermezdi. Bu şeref sadece ona aitti. "Bunu sürdürmek istiyorsan bana uyar," deyip korkusuzca ona baktım. "Fakat bana kurşun sıkmadığın sürece canı yanan sadece ben olmam," diyerek aldığım eğitimi ona hatırlattım. Benden daha eğitimli olabilirdi ama aldığım hasarın yarısı kadar da olsa onun canını yakabilirdim.

Cebinden çıkardığı mendili burnuna bastırırken öfkeden yerinde zor duruyordu. Bana bakan gözlerinde şimşekler çakıyor desem abartıyor olmazdım. "Bakıyorum da Altuğ seni iyi eğitmiş," dediğinde kesinlikle eğlenmiyordu. "Sorun değil çünkü senin gibileri evcilleştirmeyi iyi bilirim." *Bu adam bana hayvan mı demek istedi? Ne demek evcilleştirmek?*

Madem yaptığımız anlaşmanın artık bir hükmü kalmamıştı, o vakit daha fazla uysal kadın rolü yapmam da gerekmiyordu. "Merak ediyorum da bu cesaretin bir tek savunmasız kadınlara mı işliyor?" diyerek güldüm. "Neden Alaz'a sökmüyor? Ondan köşe bucak kaçan birinin bana güç gösterisi yapması ne kadar doğru?" dediğimde kendi çeneme lanet okudum. Sözlerim gururuna dokunmuş olmalı ki adamlarını üzerime saldı. Biri ters bir hareketimde gerçekten sıkacakmış gibi bana silah doğrulturken diğer ikisi kollarımı tutmuştu. Hayır, onlardan kurtulmaya çalışmamıştım çünkü bu dört adama karşı hiç şansım yoktu. Teke tek belki ama aynı anda imkânsız. Direnmek yersiz bir çaba olurdu ve ben henüz tam olarak iyileşmemiştim. Göğsüme alacağım tek bir yumruk zaten beni bitirirdi.

Adamları her iki yanımda kollarımı tutarken Arda, gazap dolu bakışlarını benden çekmiyordu. Alaz'dan nefret ediyordu ve onunla kıyaslanmak canını sıkmıştı. Özellikle bu kıyaslamayı ben yapıyorsam işler değişirdi. "Demek hâlâ Altuğ, öyle mi?" diyerek yanıma geldi ve karşımda durdu. Kirpiklerinden bile yoğun bir nefret akarken, yumruğunu karnıma geçirdi. Nefesim kesildiğinde öne doğru büküldüm ama adamları buna bile izin vermedi. "Hani, nerede Altuğ?" diye bağırıp ikinci yumruğunu çeneme geçirdi. Çene kemiğim kırılmışçasına yoğun bir acı hissetmiştim. Dilimi ısırmış olmalıydım ki ağzımda kan tadı vardı. Lakin gözü dönmüş adam durmadı. "Hadi, çağır onu da gelip seni kurtarsın!" diye bağırırken durmadı. Aksine tekrar ve tekrar karnıma yumruklarını geçirdi. Göğsümdeki yaraya dokunmadı ama iç kanama geçirdiğimi düşündürecek kadar vurdu. Hep aynı yere vuruyordu, göbeğime. Yumruğu havayı delip karnıma değdikçe soluğum kesiliyordu, nefes alamıyordum. Canım o kadar çok yanıyordu ki bir an önce bitsin istiyordum. Bana vurdukça rahatlayan bir akıl hastasıydı ve ben, onun sakinleşmesini bekleyecek kadar dayanır mıyım, bilmiyordum. Dizlerimin bağı çözülüyordu lakin ben yere düşemiyordum. Kollarımı tutan adamlar yüzünden bunu bile yapamıyordum. Hayır, bükülen bacaklarımın üzerinde durmuyordum, adamlar içi boş bir çuval gibi beni yukarı çekiyordu. Arda için kum torbası görevi görüyordum ve henüz benimle işi bitmemişti.

Son attığı yumruk sonrası ağız dolusu kan kustuğumda bu, onu durdurdu. Adamlarına komut verip beni bırakmalarını sağladı. Beni tutan biri olmadığı için yere yığıldım. Yüzüme savrulan saçlarımın arasından güçsüzce ona baktım. Gözlerimi zor açıyor ve dudaklarımdan sızan kana engel olamıyordum. "Bu-bugün 20 Haziran," diye fısıldadım, konuşmak bile bana acı veriyordu.

Bana vurmakla çok fazla güç harcadığı için omuzları hareket ediyor, göğüs kafesi bir balon gibi şişiyor, ardından sönüyordu. "Yani?" diyerek kaşlarının altından bana ters ters baktı.

Kalan son gücümü de yitirdiğim için başım yere düştü. Kendi kanımın tadını alırken gözlerimden süzülen yaşlarla inledim. "Bugün benim doğduğum gün," diyerek gözlerimi yumdum. "Doğduğum gün..." dedim ve beni saran karanlığın kollarına kendimi bıraktım. Bugün yirmi yaşına girmiştim.

Arda'nın sert yutkunuşu ve "Kahretsin!" diyen sesi son duyduğum şey olmuştu. Evet, iyi ki doğmuştum ben. Yıllar önce böyle bir günde bu karanlık dünyanın bir parçası olmuştum ve o karanlık asla peşimi bırakmıyordu. Kan kusarak kendinden geçmek, aldığım en güzel doğum günü hediyesi değildi. Zaten hediyelerden de hazzetmezdim. Ama bugün benim doğum günümdü ve böyle sonlanması adil değildi. Kimseden sürpriz bir kutlama ve değerli bir hediye istememiştim ki. Sadece huzur istemiştim. Bari doğduğum günde beni rahat bıraksınlar istemiştim. Ne zaman ki kendi kanımda boğularak gözlerimi yummuştum, işte o zaman anlamıştım ne çok şey istediğimi. Acı içinde kıvranarak bilincimi kaybederken kimseden duymadığım o sözü ben kendime söylemiştim.

İyi ki doğdun Sedef, iyi ki doğdun...

Artık bir şeyleri sorgulamayı bırakmıştım. *Neden ben* diye isyan da etmez olmuştum. Kabulleniş en zor olanıydı ve ben, bunu başarmıştım. Evet, ölümü kabullenmiştim çünkü bu izbe yerde benim için kurtuluş yoktu. Son günlerde hasta gibiydim, aslında gibisi az kalırdı; gerçekten hastaydım. Bana vurduğu günün üzerinden iki gün geçmişti lakin ben bir türlü toparlanamamıştım. Sürekli uyanıyor ve yeniden uyuyordum. Bedenim aldığım son darbeyle tamamen yıkılmıştı. Hayal meyal bana zorla bir şeyler yedirdiğini hatırlıyordum. Elimi kaldıracak halim yoktu ve iki gün boyunca ateşler içinde sayıklayarak uyumuştum. Karnımdaki keskin sancı bir türlü geçmiyordu. Yataktan çıkacak halim yoktu, hatta tuvalete bile onun yardımıyla gidiyordum. Gözlerimi açtığımda bu sefer onu yanımda göremeyince hiç üzülmedim. Aksine bu, bana küçük bir mutluluk yaşatmıştı. Bir saniyeliğine bile olsa nefesini üzerimde hissetmek istemiyordum. Ben artık kurtulmak için değil, ölmek için dua eder olmuştum. Kimse benim için gelmeyecekti, bunu biliyordum. Daha önce de kimse gelmemişti. Birilerinin bana yardım edeceği konusunda beklentim yoktu. Ben gelmeyecek bir yardımı değil, ölümü bekliyordum. Bu zulüm artık bitmeliydi.

Üzerimdeki kirli pikeyi iterek ayağa kalktığımda iki büklüm oldum. Hafif eğri duruyor ve doğrulamıyordum. Ellerimi karnıma bastırarak güçlükle ayakta duruyordum. Başım dönünce duvardan destek alıp güç bela tuvalete girdim. Her an yere düşecek gibiydim ve iç çamaşırımda gördüğüm kan bana regl olduğumu düşündürdü. Lakin iki hafta önce regl olduğumu hatırlayınca bunun regl kanı olmadığını fark ettim. Kanamam vardı. Arda'nın son işkencesinden sonra kanamam başlamıştı. Bu kadar hasta olmam da ciddi bir şeyler olduğunu doğruluyordu. Uzun eteğimin rengi siyah olduğu için dışarı sızacak lekeleri gizlerdi. Eteği aşağıya doğru çekip üzerimdeki atleti düzelttim. Bana aldığı kıyafetler bile eskiydi, daha önce kullanılmıştı. Alaz, para konusunda onu köşeye sıkıştırdığı için burada sefalet içinde bir hayat sürüyorduk.

Duvarlardan tutunarak odamdan çıktığımda bir elim hep karnımdaydı. Yoğun bir karın ağrısı çekiyordum. Ne zaman doğrulmaya kalkışsam sanki içimden bir şeyler gerilerek kopuyordu. Nefes alışlarım zayıftı ve normal olmayacak bir şekilde terliyordum. Arda'yı bulmalıydım. Beni ya bir doktora götürmeli ya da çektiğim acıya son vermek için öldürmeliydi. Her adımda canımdan can giderken güçlükle kapıyı açıp onun odasına girdim.

İçeriyi kontrol ettiğimde onu, tıpkı benim odamın bir benzeri olan odasında bulamadım. Aşağıya inip onu arama fikri acımı katlıyordu. İneceğim merdivenleri gözümde büyüterek odadan çıkmaya karar verdim. Ancak yatağın üzerindeki telefonu görünce nefesimi tuttum. Bu, onun telefonuydu ve ilk kez yanında değildi. Burada ölmek istemiyorsam kurtuluş biletim orada duruyordu. Telefonu almadan önce kendimi zorlayarak kapıya doğru yürüdüm ve kapıyı içeriden kapattım. Adamları her yerdeydi ve açık kapıdan beni görsünler istemiyordum. Odayı tekrar kontrol edince gözlerim banyo kapısını buldu. Banyodan gelen su sesleri beni rahatlattı ve hemen telefonu yatağın üzerinden aldım. Bu mağarada bir soba bile yokken nasıl buz gibi suyla banyo yapıyordu? Bunu düşünmeyi bırakıp yatağın üzerine yorgunluk içinde oturdum. Ayakta durdukça dönen başım bana hiç yardımcı olmuyordu. Titreyen parmaklarım aceleci bir şekilde telefonun ekranında oyalandı. Ekranı kaydırdığımda mutluluktan ağlayabilirdim çünkü herhangi bir şifre yoktu. Hemen arama kısmına girip Alaz'ın numarasını yazmıştım ki aniden durdum. Ondan yardım istemektense ölmeyi yeğlerdim. Bu durumda olmamın en büyük suçlusu oydu. Öfkem ve kırgınlığım bu durumdayken bile onu aramama engel oldu. Alaz'ı aramaktan vazgeçip bana yardım edecek başka birilerini düşündüm. Arda banyodan çıkmadan bu işi bitirmeliydim. Eğer bu sefer de başarısız olursam bir daha asla kurtulamazdım.

Polisi aramalı mıydım? Hayır, o lanet sirenleri yüzünden daha onlar gelmeden beni buradan çıkarırdı. Peki, ya çocukları? Ah, hepsi perişan haldeyken onları böyle bir tehlikeye atamazdım. Araf? Kahretsin, onun da numarasını bilmiyordum!

Bekle bir dakika! Biri daha vardı! İshak denen şu mafyatik ve turşu suratlı adam! Banyo kapısını tekrar kontrol ettim, duyduğum su sesi beni rahatlattı. Yine de her an dışarı çıkacak olması nefesimi tutmama sebep olmuştu. Aceleyle Aslı'nın numarasını tuşladım ama onu arayacak vaktim yoktu. Bunu bildiğim için aramaktan vazgeçip mesaj kısmına girdim.

Yaşadığım adrenalin yüzünden kalbim göğüs kafesimi tekmeliyor ve nefes alışlarım hızlanıyordu. Yakalanırsam başıma gelecek kötü şeylerin korkusu mesajı yazmama engel oluyordu. Bu sefer acımaz, beni öldürürdü. Korkudan titriyordum. "*Aslı, benim Yankı! Bana yardım etmelisin. Başıma gelenleri duydun mu, bilmiyorum ama şu anda bir katilin tutsağıyım. Aslı, yardımına ihtiyacım var. İshak'ı bul ve bu numarayı araştırarak yerimi bulmasını sağla. Eğer bunu yapamazsan Atalay'dan ya da bir başkasından yardım iste ama sakın dayını arama! Lütfen, bunu yapma. Bu numarayı aramak veya bu numaraya mesaj atmak gibi bir hata sakın yapma. Son gördüğüm şey Çamlı Höyük'ten çıktığımızdı. Aslı, tam olarak hatırlamıyorum ama köyün kuzeyinde eski bir ayakkabı fabrikası gördüğüme eminim. Sanırım fabrikanın yakınlarındaki bir ormandayım. Küçük bir kulübedeyim ve kulübeden bakınca fazla uzak olmayan bir tepe görüyorum. Oradaki tarlalarda yel değirmenine benzeyen bir şey var. Sana burayı ancak bu kadar tarif edebilirim. Lütfen, bu numarayla iletişime geçme ve bu bilgileri yetkili birilerine ulaştır,* " diyerek mesajımı sonlandırdım. Arda her an gelebilirdi ve eğer Aslı beni ararsa veya bu numaraya mesaj atarsa Arda'nın haberi olurdu.

Hiç vakit kaybetmeden mesajı göndermeye çalıştım lakin olmadı! Şebeke çekmiyordu! "Hayır ya," diye fısıldadım, dokunsalar hıçkırıklar içinde ağlayabilirdim. Bu mesajı göndermeliydi!

Başımı kaldırıp banyo kapısı tekrar kontrol ettim. Su sesi gelmeye devam ediyordu ama kapı saniyeler içinde açılabilirdi. Eğer beni elimde telefonla yakalarsa bu sefer işim biterdi. Telefonu hafifçe yukarı kaldırıp mesajı tekrar göndermeyi denedim. "Lütfen, lütfen, lütfen gönder artık!" diyerek kısık sesle yalvarmaya başladım. Bu benim son umudumdu. Hayır, olmadı. Mesaj bir türlü gitmiyordu.

Nefes alışlarım hızlanıyor ve telefonu tutan parmaklarım titreyip uyuşuyordu. Korkuyordum, bu sefer de ona karşı bir hata yaparsam bana yapacağı şeylerden çok korkuyordum. Arda vuruyordu bana, en küçük bir yanlış hareketimde bana vuruyordu. Şişip moraran çenemde hâlâ yumruğunun izlerini taşıyor, karnımda uyguladığı şiddetin sancısını çekiyordum. Sırtımda ise ilk zamanlar vurduğu kemerin izleri hâlâ duruyordu. Beni öyle bir hale getirmişti ki artık elini kaldırsa korkarak yüzümü kapatıyor ve kendimi sakınıyordum. İşte, bu yüzden Alaz'a kızgındım çünkü beni onun eline bırakmıştı ve peşimden gelmemişti. Yaptığı seçimi anlıyordum, bu yüzden ondan nefret etmiyordum. Çocuklar için beni gözden çıkarmaya mecburdu ve ben bunu anlıyordum. Benim ondan nefret etme sebebim peşimden gelmemesiydi. Ölüm fermanını verdiği kadını bu sadistin ellerine bırakmasıydı. Arda bana vurdukça ve beni korkutup sindirdikçe Alaz'dan daha çok nefret ediyordum. O gece peşimden gelmeyip beni Arda'ya bıraktığı için bunları yaşıyordum. Bu bir aylık işkence sürecinde Alaz'a daha çok bileniyor ve ondan nefret ediyordum. Birini seven kişi ne olursa olsun onun peşinden giderdi, gitmeliydi. Peki, Alaz neden peşimden gelmemişti?

Birkaç kez daha mesajı göndermeye çalıştım. Su sesleri kesilince ayağa kalktım ve odanın içinde gezindim. Şebekenin çekeceği bir yer bulmaya çalışıyordum fakat küçük adımlar atmak bile canımı yakıyordu. Bu mesajı göndermeliydim! Odanın köşesine geçip telefonu biraz daha yukarı kaldırınca sonunda mesajımı göndermişti. Gözlerimden süzülen birkaç damla gözyaşını tutamadım. "Şükürler olsun, Allah'ım," diye fısıldayıp rahat bir nefes aldım.

Kanıtlardan kurtul!

Hemen, gönderdiğim mesajı kayıttan sildim. Telefonu yatağın üzerine atarak yere düştüm. Gittikçe artan sancı yüzünden daha fazla ayakta duramamıştım. Telefonu aldığım yere koyamadım. Onu yatağın uç kısmından almış ve yatağın ortasına atmıştım. Bunu yapacak gücü bile kendimde bulamamıştım. Az önce yaşadığım korkunç heyecanı dizginlemeye çalışırken banyonun kapısı açılmıştı. Arda üzerinde bir bornozla dışarı çıkarken kalbim yaşadığım adrenalin yüzünden durma noktasına gelmişti. Başını kaldırıp beni odasında gördüğünde afallasa bile bunu yadırgamayıp güldü. "Bakıyorum da kendine gelmişsin, sevgilim." *Hayatımda bu adam kadar pişkin ve yüzsüz birini görmedim. Daha da görmem!*

Ters bir şey söyleyip onu kızdırmak istemediğim için sadece başımı salladım. "Peki, seni odama getiren nedir?" diye sordu. Elindeki havluyla saçlarını kurularken bana doğru yürüdü. Duvarın dibinde oturuyordum, istesem de kaçamazdım. "Neden yerde oturuyorsun?" dediğinde yorgunca gülümsedim. "Keyfimden değil herhalde. Seni aramak için odana geldim ama başım döndüğü için düştüm," diyerek inledim. "Karnım çok ağrıyor." Bu tam olarak yalan değildi aslında. "Beni bir doktora götür veya doktoru buraya getir." Kanamam vardı ve zamanında müdahale edilmezse ciddi sorunlar ortaya çıkabilirdi.

Söylediklerim onu endişelendirmedi, hatta korkutmadı bile. Kendi karısını öldüren birinden merhamet bekleyemezdim. "İyi olmadığını görebiliyorum," diyerek umursamazca konuştu. "Toparlarsın, sen hep toparlarsın."

"Ama ben de bir ölümsüz değilim, değil mi? Canım yanıyor diyorum!" diye bağırdığımda güldü. "Ameliyatta çektiğin acıları düşün. Şimdikinden daha büyüğünü yaşadın. Alışıksın sen acıya," deyince gözlerim doldu ama ağlayamadım. Ne demek alışıktım? Acıya alışmak olur muydu? *Canım yanıyor ya, canım yanıyor. Ben acıya alışmak istemiyorum ki, ben artık acıyı unutmak istiyorum.*

Elindeki havluyu yatağın üzerine fırlattı. "Bahçeye inip biraz hava al, kendine gelirsin," deyince iğrenerek ona baktım. "Ayağa kalkacak halim yok diyorum! Yeter artık! Ya öldür ya da acımı dindir!" diye çaresizlik içinde bağırdım. Bilerek beni bu harabe yerde hastalıkla cezalandırıyordu. Acılar içinde kıvranmam onu mutlu ediyordu.

Dolaptan kendisi için giyecek kıyafetler seçerken, "Anlaşmamızı bozmasaydın bu durumda olmazdın," dedi. Ne? Doğru mu duymuştum? Bunu gerçekten söylemiş miydi? O kahrolası anlaşmayı bozmamı isteyen ta kendisiydi!

Ne söylersem söyleyeyim, kalın kafasına girmeyecekti. Aksine kendisini haklı çıkartıp yine bana vuracak bir bahane bulacaktı. Kendimi zorlayarak ayağa kalkıp duvara yaslandım. "Alaz veya bir başkası değil," dedim son derece kararlı bir sesle. "Seni öldürecek kişi ben olacağım. Yemin ederim, bana yaşattıkların için seni ve peşimden gelmediği için Alaz'ı buna pişman edeceğim! Kimse değil, sadece ben ikinizin en büyük pişmanlığı olacağım!" diye bağırıp kapıya doğru yürüdüm. Burada bana yaşattığı her şey için Arda'nın, beni onun eline bıraktığı için Alaz'ın hayatını bitirecektim! Kimse değil, bunu ben yapacaktım!

Odasından çıktığımda az kalsın yere düşecektim ama son anda dengemi sağladım. Merdivenlere yöneldikten sonra tırabzanları sıkıca tuttum. İndiğim her basamak dayanılmaz bir ağrı olarak bana dönüyordu. Bu küçük merdiveni bitirmek bile gözümde büyüyor ve beni umutsuzluğa itiyordu. Dayanmaya çalıştım çünkü sabretmekten başka yapacağım hiçbir şey yoktu. Normalde on saniye bile sürmeyecek basamakları beş dakikada bitirmiştim. Biraz soluklanmak için son basamağa oturdum ve alnımdaki teri sildim. Ellerimi karnıma koyup öne doğru büküldüm. Acısı geçecek gibi değildi ve bunun için bana yardım etmiyordu. "Geçecek, Yankı," diye fısıldadım. "Bu da geçecek." Her ne kadar hiç geçmiyor olsa da kendimi avutmak istedim.

Onun adım seslerini duyunca, başımı çevirip arkama bakmadım. Önce arkamdaki merdivenlerde adım seslerini duydum, daha sonra ise yanımdaki gölgesini gördüm. Başımı kaldırıp bana üstten bakışlar atan adama baktım. "Doktor çağırmayacaksan başımda dikilme," diyerek onu tersledim. Yüzüne bakmak bile sinirlerimi bozuyordu.

Eliyle nemli saçlarını düzeltirken, "Doktor çağırsam ne olacak?" diyerek acı bir gerçeğe beni uyandırdı. "En fazla sana ilaç yazar. İlaçlar da sana etki etmiyor." İtiraf etmek istemesem de haklıydı. Doktor gelse de ağrımı dindiremezdi. Fakat beni bir hastaneye götürürse ne sorunum olduğu testlerden ortaya çıkardı. Birileri bir şey yapsın istiyordum. Karnıma dokununca bile çok acıyordu ve bu sabah uyandığımdan beri ağrısı hiç dinmemişti.

Benim ağlayıp sızlayan halimle daha fazla uğraşmak istemiyordu. "Bugün dışarıda çok işim var. Altuğ'u oyalayacak bir şeyler bulmalıyım çünkü seni bulmakta kararlı," dedikten sonra sinsice sırıttı. "Sanki buna izin veririm de." Üzerime eğildi ve ona engel olmama izin vermeden dudaklarımdan öptü. "En küçük bir yaramazlığında dışarıdaki adamlar seni öldürmekten çekinmezler. Ona göre ayağını denk al, sevgilim," diye beni uyardıktan sonra dışarı çıkınca dudaklarımı sertçe sildim. "Allah belanı versin, sapık herif!" Her fırsatta canının istediği gibi beni öpmesinden bıkmıştım. Acaba bu evde hiç çamaşır suyu veya asit var mıydı? Evet, dudaklarımın icabına bakacak kadar aklımı kaçırmıştım.

Bir süre yerimden hiç kıpırdamadan bekledim. Dışarıdan gelen konuşma seslerini duyuyordum. Adamlarını benim hakkımda uyarıyor olmalıydı. Aslı'ya mesajı atmamın üzerinden beş dakikadan daha fazla geçmişti. Eğer hemen numarayı polise bildirirse onlar benim için bir şeyler yapabilirdi. Telefondan yer tespiti yapmak acaba kaç dakika sürerdi? Bildiğim kadarıyla bunun için beş dakika yeterliydi ama yine de emin değildim. Belki daha az belki de daha fazla zaman gerekiyordu. Dışarı çıkıp Arda'yı oyalayacak gücüm olmadığı için işim tamamen şansa kalmıştı. Birkaç dakika sonra hareket eden arabanın sesini duyunca ayağa kalktım. Kulübedeki tek çıkış yeri kapı olduğu için adamları kapının dışında nöbet tutuyordu. Tüm camları tahtalar çakarak kapattıkları için kaçacak hiçbir yer yoktu. Bu sebeple adamları gerekmedikçe içeri girmezdi. Üst kata çıkmak için kendimi zorlarken bu sefer ağlıyordum. Çektiğim acı bana gözyaşı olarak dönüyordu.

Güç bela odama girince kapıyı kapatıp yatağa doğru yürüdüm. Kendimi yatağın üzerine bıraktım, kesik kesik nefes alıyordum. Dizlerimi karnıma çekerek yatakta cenin pozisyonu aldım. Islak kirpiklerim sonu gelmeyen sancılar yüzünden yine kapanmıştı. "Keşke," diye fısıldadım ağlamaktan kısılmış bir sesle. "Keşke gözlerimi kapatsam ve bir daha hiç açamasam."

Yaşamak zulüm olmuşken tüm dualarım ölüm için.

Duyduğum sesler yüzünden sıçrayarak gözlerimi açtım. En son hatırladığım şey, uykuya dalmak üzere olduğumdu. Ne zamandır uyuduğum hakkında en ufak bir fikrim yoktu. Fakat dışarıdan gelen sesler beni uyandırmıştı. Bu sesler, silah sesini andırıyordu. Yataktan kalkmaya çalıştım ama tamamen bitik durumdayken parmağımı bile kıpırdatamadım. Yastığım sırılsıklamdı ve ben ateşler içinde kalmış, terliyordum. Üstelik bu kadar çok terlerken hiç üşümediğim kadar da üşüyordum. Dışarıda bir çatışma vardı ve benim tek derdim yatağın ucuna toplanmış pikeyi üzerime çekmekti. Bacaklarımı hareket ettirip pikeyi kendime çekmek istedim lakin yatakta küçülmüşken bunu yapamadım. Hâlâ cenin pozisyonunda yatıyordum ve kilitlenmiş gibiydim; hareket edemiyordum. Kıpırdamayı deniyordum fakat bu, bana onlarca kat acı olarak dönüyordu. Silah sesleri hiç susmuyordu ve ben hâlâ pikeye ulaşmayı düşünüyordum. O kadar çok üşüyordum ki titremeden duramıyordum. Cılız nefesler güçlükle dudaklarımdan çıkıyor ve ben, nefes alırken bile acıyordum. Yine uyku bastırınca gözlerimi açık tutmak için kendimi zorladım.

Silah sesleri tamamen susana kadar öylece yattığım yerde hiç hareket etmedim. Arda'nın birçok düşmanı vardı, birileri onun için gelmiş olabilirdi. Açıkçası bana ne olacağını sorgulamadım çünkü onun düşmanları bile Arda kadar kötü olamazdı. Lakin bir süre sonra merdivenlerden gelen adım sesleri beni ürkütmeye başlamıştı. Beterin beterini yaşamak istemiyordum. Gerçi bu durumdan daha kötüsü olabilir miydi? Adım sesleri gittikçe yaklaştı ve bir anda kapım açıldı. Kalan son gücümle başımı çevirip baktım ve onu gördüm.

Evet, İshak Saygın tam karşımdaydı. Aslı başarmıştı. Başkası değil, tekerlekli sandalyedeki bir kız bana yardım getirmeyi başarmıştı. Polisleri bile bekliyordum ama İshak'ın bizzat gelmesini beklemiyordum.

Yanında iki kişi vardı ve İshak, tamamen siyahlar içinde kapının hemen önünde duruyordu. Elinde ilk kez silah görmediğim için bir silahla çıkıp gelmesi beni şaşırtmadı. Siyah saçları kaşlarının üzerine kadar uzanıyor ve dağınık bir halde alnını süslüyordu. Ela gözleri bana baktıkça kaşlarını daha çok çatıyordu. Yatakta titreyen bedenimi gördükçe sinirleniyordu. Bana değil, beni bu duruma sokan şeylere kızıyordu. Kuruyan boğazımı ıslatmak için yutkunarak gözlerimle pikeyi işaret ettim. "Ço-çok üşüyorum." Bu sözler onu kendine getirmişti. Silahı beline takıp hemen yanıma geldi. Ceketini çıkartıp bedenimin üst tarafına örttü. "Geçti," diyerek beni kucağına alıp doğruldu. Bu küçük hareketi bile karnımdaki ağrıyı tetiklemişti. Dudaklarımdan çıkan kısık iniltiye engel olamazken neden yürümediğini merak ettim. Başımı güçsüzce kaldırıp yüzüne bakınca gözlerinin yatakta olduğunu gördüm. Onun kucağındayken kendimi zorlayıp yatağa baktım ve çarşafa bulaşan kanı gördüm.

Adamlarından biri de yataktaki kanı görünce, "Ağabey, kanaması var," dedi ve İshak beni daha sıkı göğsüne bastırdı. "Bana o iti bulun, Celal!" diye gürleyip hızlı adımlarla odadan çıktı.

Kulübeden çıkarken merdivenlerin yanında bir, bahçede ise iki ceset görmüştüm. Bunlar Arda'nın adamlarıydı. Gördüğüm ölüler beni ürküttü ama onlar için üzülmedim. İshak'ın kucağında harabe kulübeden çıkar çıkmaz duyduğum o ince sesi çok özlemiştim. Evet, bu Aslı'nın sesiydi. "Yankı!" diye bağırınca başımı kaldırdım ve onu gördüm. Arabanın ön koltuğunda oturuyordu fakat beni görünce dayanamayıp arabanın kapısını açtı. Bir an yürüyemediğini unutmuş olmalı ki kendisini arabadan dışarı atmıştı. Yere dizlerinin üzerine düşünce İshak, "La havle!" diyerek homurdandı. "Neden hiç söz dinlemez ki!"

Arabaya yaklaşınca adamları benim için arka kapıyı açtı. İshak beni dikkatli bir şekilde arka koltuğa bırakarak geriye çekildi. Kaşlarını çatarak Aslı'nın üzerine eğildi ve onu kucağına alıp doğruldu ve "Sana arabada kal demiştim!" diye azarladı. Arabanın etrafından dönerek Aslı'yı da arka koltuğa oturtmuştu. Ben bu haldeyken Aslı'yı öne oturtursa olay çıkaracağını biliyordu.

İshak şoför koltuğuna geçip arabayı çalıştırınca Aslı bana yaklaştı. "Yankı," derken sesi titriyordu. Bir aydır tarak görmemiş kabarık saçlarıma bakınca gözleri doldu. Çenemdeki morluğu görmek ise onu ağlatmıştı. "Sana ne yaptı böyle?" diyerek bana sımsıkı sarıldı. "Çok korktum," dedi gözyaşlarının arasından. "Geç kalacağız diye çok korktum." Çektiğim acı Aslı'nın içli gözyaşlarıyla birleşince beni de ağlatmıştı. "Bitti," dedim. "Nihayet bitti." Bunları söylerken hangimize yalan söylediğimi bilmiyordum. Asla bitmeyecek gibi geliyordu.

Araba hareket ettiği esnada İshak camı açıp adamlarına baktı. "Cesetlerin kimliklerini tespit ederek kim olduklarını öğrenin. Olay yeri inceleme birazdan buradan olur, akşama kapsamlı bir rapor istiyorum," dediğinde tam olarak neden bahsettiğini anlamadım. Tıpkı polisler gibi konuşuyordu.

Mafya dediğim adam polis çıkarsa büyük şok geçiririm.

Siyah takım elbiseli adam, onun önünde saygı duruşuna geçmiş bir vaziyette başını salladı. "Üstlere bunu bildirelim mi?" dediğinde gözleri beni buldu. "Kız bizden biri, bulunduğunu rapor etmeliyiz, efendim," dedi ve ben, hiçbir şey anlamadım. *Bizden biri mi? Bu gelen adamlar bir ajan mı? Allah'ım, sanırım beyin devrelerim yandı.*

İshak'ın gözleri dikiz aynasında beni bulunca bir süre kararsız kalmışçasına hiç konuşmadı. Başımı olumsuz anlamda salladım çünkü henüz bunun bilinmesini istemiyordum. Neyse ki İshak bana karşı anlayışlıydı. "Şimdilik hayır," dedi. "Kendi küçük ajanımı kurtardığım şimdilik gizli kalacak, zamanı geldiğinde rapor işini ben hallederim," diyerek camı kapattı ve arabayı sürdü. Ben ve Aslı ise şoke olmuştuk. Az önce *ajanım* mı demişti?

Pekâlâ, burada yine ne haltlar dönüyor?

Başımı Aslı'nın omuzuna yaslayıp esnedim. Her an yeniden uyuyabilirdim çünkü belli etmemeye çalışsam da gittikçe artan sancım uykumu getiriyordu. "Senin ajanın mı?" dedim kısık bir sesle. "Kimsin sen?" Bu küçük konuşmayı yapmak bile canımı yakıyordu.

Dikiz aynasından bana bakınca acı çektiğimi anladı. Beni bir an önce hastaneye yetiştirmek için gaza yüklendi. "Seninle henüz tanışmadık, değil mi? Ben İshak Saygın," deyip başını kaldırdı ve aynada benimle göz göze geldi. "Birlik tarafından sana atanan Arayıcılardan biriyim. Bir an önce iyileşsen iyi olur, Sedef Sarmaşık çünkü çok yakında ilk görevini sana bildireceğim. Umarım, Sipahi seni yeterince iyi eğitmiştir," deyip güldüğünde yapabilseydim sinirden çığlık atardım. *Allah aşkına, ben burada ölüyorum! O hangi görevden bahsediyor!* Yemin ederim, mafya çıksaydı daha çok sevinirdim. Alaz yüzünden etrafım ajanlarla kuşatılmış gibiydi! Bekle bir dakika! Bu adam ilk görevin mi dedi?

Allah'ım, o kadar bela okuyorum ama bela, benim dışımda kimseyi bulmuyor!

4. BÖLÜM

Durumum hakkında beni son kez bilgilendiren doktor, bana tebessüm ederek dışarı çıkmıştı. Odada nihayet yalnız kalınca, derin bir nefes alarak arkama yaslandım. Dün kulübeden kurtulmuştum ve gözlerimi açtığımda bu hastanedeydim. İshak'ın söylediğine göre karnıma aldığım darbeler yüzünden oluşan bir komplikasyon sonucu kanamam başlamıştı. Neyse ki doktorların müdahalesiyle son bulmuştu. Ciddi bir şey değildi fakat ağrılı bir süreçti. İshak dün beni hastaneye getirip Aslı'yı evine göndermişti. Aslı her ne kadar gitmemek için direnmiş olsa da uzun süre hastanede kalamazdı. Babaannesi uzun süre ondan haber alamayınca Alaz'ı arardı. Bu yüzden gitmeyi kabul etmişti. Bu sabah gözlerimi açtığımda İshak bana bunları anlatmıştı. Ben Aslı'ya mesaj atınca Aslı, mesajımı numarayla birlikte İshak'a atmıştı. Daha sonra İshak'ı arayıp *ben de geleceğim* diye ısrar etmişti. Sırf Aslı telefonu kapatsın diye bunu kabul ettiğini söyledi İshak. İkisinin kaldığı çiftlik birbirine çok yakın olduğu için Aslı'nın evine gitmek, ona zaman kaybettirmezdi. Evden çıkmadan hemen önce yerini tespit etsinler diye Arda'nın numarasını adamlarına göndermişti. Büyük ihtimalle Aslı ile olan konuşması ve adamlarına numarayı göndermesi iki dakikadan daha az sürmüştü. Çünkü Arda henüz kulübeden çıkmadan önce kulübenin yerini bir şekilde tespit etmişlerdi. Sadece bir telefon sayesinde yer tespitini nasıl yaptıklarını bilmiyordum ama ileri teknolojinin faydalarından biri de bu olsa gerekti. İshak çiftliğin yakınlarında bekleyip çiftlikten çıkan Aslı'yı aldığı gibi yola çıkmıştı. Beni bulmuşlardı fakat Arda hâlâ kayıptı. İshak bana, Arda'nın izini telefondan Bağcılar'a kadar sürdüklerini söyledi. Daha sonra telefondan kurtulmuş olmalıydı ki izini kaybetmişlerdi. Büyük ihtimalle durum kontrolü yapmak için adamlarını arayıp ulaşamayınca bir terslik olduğunu anlamıştı.

Biliyorum, benim için gelecek. Ruhumda açtığı enkazın izlerini görmek için gelecek.

Kurtulmuş olabilirdim ama Arda hâlâ dışarıda bir yerlerdeyken kurtulduğuma sevinemiyordum. İshak odaya elindeki kahvaltı tepsisiyle girince ona tebessüm ettim. Korktuğumu bildiği için bir dakika bile yanımdan ayrılmıyordu. Tepsiyi dizlerimin üzerine bırakıp kendisine bir sandalye aldı ve yatağımın yanına oturdu. "Eski gücüne kavuşmak için bir şeyler yemelisin," deyince başımı salladım. Tepsideki çorba ve patates püresi hastanede verdikleri yemeklerdi. Fakat vişne suyu ve hamburger kesinlikle hastaneye ait değildi. "Vişne suyu mu?" diyerek ona döndüğümde başını salladı. "Sipahi'nin yeğeni, dünden beri olur olmadık şeyler için arıyor. 'Hastane yemeklerini yemek istemeyecektir, ona dışarıdan bir şeyler al ve yanında mutlaka vişne suyu olsun,' dedi.'" diye Aslı'yı taklit ederek homurdanınca güldüm. Alaz pisliğin teki olabilirdi fakat yeğeni, onun aksine fazla düşünceliydi.

Hamburgerden bir ısırık alarak vişne suyunu açtım. "Aslı ile iyi anlaşıyor gibisiniz," diyerek alay ettiğimde bana ters ters bakıyordu. "Bunun şakasını dahi yapma!" diyerek konuyu daha açılmadan kapattı. "Gerekmedikçe Sipahilerden biriyle muhatap olmayı istemiyorum."

"Sipahiler de sana ölüp bitiyordu zaten!" Bu konuşan ben değildim, Aslı'nın ta kendisiydi. Başımızı çevirdiğimizde açık kapının önünde duruyordu ve yanında çiftlikte gördüğüm İshak'ın adamlarından biri vardı.

İshak kaşlarını çatarak Aslı'yı işaret edip adamına baktı. "Hayırdır, Serdar?" diye hesap sorunca zavallı adam başını önüne eğdi. Bu hareketi sonrası yara izi dikkatimi çekmişti. İnce bıyıkları olan gürbüz bir adamdı. "Ağabey, arayıp onu almamı istedi," diyerek küçük bir savunma yaptı.

Lakin İshak'ın takıldığı konu Aslı'nın burada olması değildi. "Sipahi'nin yeğeni senin numaranı nereden biliyor, Serdar?" dediğinde açık açık hesap soruyordu.

Kendini sorguda hisseden adam başını yerden kaldırmıyordu. "Dün onu evine bırakırken istedi, ağabey."

"Sen de verdin, öyle mi?"

"Yol boyunca hiç susmadı mecbur kaldım." *Adam haklı, bir kadının çenesini hafife almamak lazım.*

Serdar'ın savunmasını yetersiz bulan İshak, her an onun yakasına yapışacak gibi görünüyordu. "Bugün de onu buraya mı getiriyorsun? Hem de bana sormadan!" diyerek rahatsızlığını bize yansıtmaktan çekinmedi.

Tüm suçu Aslı'ya atan Serdar, "Telefonda kırk dakika boyunca aralıksız konuştu," deyince Aslı kıkırdadı. "Yankı'dan öğrendiğim birkaç şeyden biri," diyerek benim çok konuştuğuma değinmişti.

Serdar elindeki poşeti Aslı'ya verip dışarı çıkmıştı. Bana yaklaşan Aslı kucağındaki büyük poşeti gösterdi. "Sana kendi kıyafetlerimden getirdim," diyerek uzanıp elimi tuttu. "Daha iyi misin?" *Değilim ama iyi olacağım günlerde gelir elbet.*

"Evden nasıl çıktın, Aslı?" dediğimde gülerek omuz silkti. "Dün olduğu gibi yine babaannemi kandırdım. Çiftliğin yakınlarında yalnız dolaşmak istediğimi söyledim. Kendime olan özgüvenim yerine gelsin diye peşime kâhyayı takmıyor," diyerek bana açıklama yaptığında sadece başımı salladım. Bana neler olduğunu sormuyordu çünkü bu konuda az çok tahmini vardı. Zaten henüz kendimi toparlayamadığım için bir şeyler anlatacak durumda değildim.

Kahvaltımı yapana kadar kimse konuşmadı. Yediğim şeylerin tadını bile alamıyordum ve bir durgunluk vardı üzerimde. Orada geçirdiğim günleri kolay kolay unutacağımı sanmıyordum. Her ne kadar her şey yolundaymış gibi kendimi kandırsam da aslında büyük bir travmanın eşiğinde olduğumun farkındaydım. Sadece bedensel olarak değil, ruhsal olarak da büyük bir darbe almıştım. Yurtta müdire anne, Songül Hanım için hep *akıl hastası bir deli* derdi ve eğer delilik genetikse bu aralar kendimden korkuyorum diyebilirdim. Gerçi onu gördüğümde pek deli birine benzemiyordu ama yine de emin değildim. Sonuçta hangi aklı başında kadın, bebeğini ana rahminde öldürmeye çalışırdı ki? Ah ulan zalim dünya, seninle olan kavgam daha ben doğmadan başladı. Yalnız kendi hakkımı yiyemem, aldığım onca darbeye rağmen hâlâ ayaktaydım ve bu, her yiğidin harcı değildi. Bir Yankı Sarmaşık olmak gerçekten kolay değildi. *Hayat sana vuruyorsa sen kaçmak yerine diğer yanağını uzat. İşte hayatta kalmanın kısa ve net formülü. Yine de bu aralar mümkünse kimse bana vurmasın çünkü dayak yiye yiye şaftım kaydı.*

Kahvaltım bittikten sonra İshak taburcu işlemlerinin bu sabah yapıldığını söyledi. Aslı odadaki banyoda yıkanıp üzerimi değiştirmem konusunda ısrarcı oldu fakat kabul etmedim. Buradan çıktıktan sonra sakin kafayla uzun ve rahatlatıcı bir banyo yapmak istiyordum. Hastaneden çıktığımızda Serdar bizim için arabayı ön kapıya getirmişti. İshak elimdeki kıyafet poşetini alıp arka koltuğa bıraktı. Daha sonra ön kapıyı açıp isteksizce Aslı'ya döndü. Aslı onun memnuniyetsizliğini hissedince, "Sen değil," diyerek Serdar'ı gösterdi. "O beni arabaya taşır, Saygınlardan birinin bana dokunmasını istemiyorum," diyerek çıkıştı. Sanırım odada İshak'ın söylediği *Sipahilerden biriyle muhatap olmak istemiyorum* sözünü fazla ciddiye almıştı.

Öyle mi dercesine kaşlarını yukarı kaldıran İshak, "Taşı onu, Serdar," dedi. Lakin Serdar hemen başını öne eğerek geriye çekildi. "Ne haddime, ağabey," deyince dudakları kıvrılan İshak, meydan okur gibi Aslı'ya bakıyordu. İshak varken adam korkusundan Aslı'ya yaklaşamıyordu.

Aslı, Serdar'ın bu çıkışına bozulmuştu ama belli etmemeye çalışıyordu. Eliyle beni gösterip, "Yankı beni arabaya taşır," deyince en az İshak kadar sinirlenmiştim. Oradan bakınca hayvan gücüne sahip gibi mi görünüyordum?

İshak sıkıntıyla burnundan soluyarak beni gösterdi. "Kızın ayakta duracak hali yokken sen ne saçmalıyorsun?" dediğinde ilk defa turşu surata hak verdim. Biri de beni taşısa, değil mi?

Aslı bir süre düşündükten sonra kaygısızca omuz silkti. "O zaman beni taşıyacak birilerini bul ama sen bana dokunmuyorsun." Bu kıza ne olmuştu da İshak'a karşı böyle tedbirliydi? Eskisinden daha fazla ona karşı düşmanlık güdüyordu. Belki de aralarındaki şu düşmanlığın nedenini sonunda öğrenmişti ve ben hâlâ bilmiyordum!

İshak başını yukarı kaldırıp dişlerinin arasından, "Ya sabır!" diyerek Aslı'ya baktı. "Arkadaşın için beni ararken sorun yok ama seni kollarıma almam sorun, öyle mi?" dediğinde güzel bir noktaya değinmişti.

Duyduğu şeyler yüzünden yanakları kızaran Aslı, utanç içinde bakışlarını kaçırdı. Kısık bir sesle, "Sen beni kollarına almadın, sadece birkaç sefer taşıdın! İkisi arasında çok fark var. Ayrıca evet, senden yardım istedim ama bu, seni birilerini öldürürken görmeden önceydi. Lütfen benden uzak dur," deyince asıl sorununu anladık. Dün kulübenin bahçesindeki ölüleri görmüştü ve muhtemelen onlardan birini İshak öldürmüştü. Hem de Aslı onu izlerken bunu yapmıştı. Aslı gibi kan ve vahşetten uzak bir yaşam sürdüren biri için kolay değildi. Uzun süre gördüğü şeylerin etkisinden çıkamayacak gibiydi.

İshak bu konuda ona anlayış göstermedi, aksine sabır çekerek onun üzerine yürüdü. "Bu benim işim!" dedi ve eğilip Aslı'yı kucağına alarak doğruldu. Keşke bunu yapmasaydı çünkü Aslı rahat durmayacak gibi görünüyordu.

Tam tahmin ettiğim gibi Aslı çıldırdı. İshak'ın izinsiz bir şekilde onu kucağına alması rezillik çıkarmasına sebep oldu. İshak'ı göğsünden itmeye çalışırken, "Bırak beni, derhal!" diye bağırmaya başladı. Biraz daha böyle devam ederse buradaki herkesi başımıza toplardı. "Yankı, bir şey yapsana!" diyerek çırpındığında sinirlendim.

"Nankör insan evladı!" diye konuşup onu azarladım. "Ben ne yapabilirim, bırak da taşısın işte." *Alt tarafı şuradan şuraya taşıyacak, ne kadar büyüttü.*

"İstemiyorum!" dediğinde hâlâ bağırarak çırpındığı için İshak sertçe onu kendi göğsüne çekti. "Sabrımı zorlama, Sipahi'nin yeğeni! Yoksa kadın falan demem, seni burada bırakırım!" diye gürleyince bunu yapmak için can attığını görebiliyordum. Bu ikisi gerçekten ilginç bir çift olurdu.

Aslı duyduklarının korkusuyla sustu. Başını kaldırdı ve gözlerini kırpıştırarak İshak'a baktı. Bu hali fazla sevimli görünüyordu. "Bunu gerçekten yapar mısın?" dedi. "Beni burada bırakıp gider misin?"

Ürkekçe sorduğu soru İshak'ın dudaklarının kıvrılmasını sağlamıştı. "Yaparım."

"Beni gerçekten bırakır mısın?" İşte bu soru İshak'ın yutkunmasını sebep oldu çünkü ucu açık bir soruydu. Aslı onun kucağında olduğu için başını kaldırmıştı. İshak da onun üzerine eğildiği için bir nefes kadar birbirlerine yakındılar. Her ikisi de bunu yeni fark etmiş gibi göz göze geldiklerinde kendisini ilk toparlayan İshak olmuştu. "Sadece birkaç kez gördüğüm bir kadını bırakmam zor değil!" diyerek son noktayı koydu. Aslı'yı ön koltuğa kabaca fırlatarak ondan kurtulmuştu. Evet, onu gerçekten fırlatmıştı.

Bu gidişle asla tartışmayı bırakmayacaklardı çünkü Aslı, "Hayvan! Adi hayvan!" diye bağırdı. Düştüğü koltukta oturmaya çalışırken ona saydırmayı da ihmal etmiyordu.

"Sadece aptal değil, bir de ağzı bozuk!" İshak arabanın kapısını sertçe onun yüzüne çarpınca, Aslı'nın öfkeden attığı çığlıklar beni güldürdü. Bu ikisini daha çok bir araya getirmeliydim.

İshak bana doğru dönüp bıkkınlık içinde burnundan soludu. "Ne?" diye sorduğumda bir sabır da benim için çekti. "Arabaya binmek için neyi bekliyorsun? Davetiye mi?"

"Ben neden hep arka koltuğa oturuyorum?" Burada resmen çifte standart uygulanıyordu.

"La havle! Kızım, seçilmiş olarak mı geldiniz bana? Bin şu arabaya, daha fazla asabımı bozma benim!"

"Seni uyarıyorum, evinde kalacaksam sakın bana bağırma!"

"Ne?" diyen Aslı açık camdan kafasını uzatıp, "Onun evinde mi?" diyerek tıpkı İshak gibi küçük çaplı bir şok yaşadı.

Gülerek başımı salladım. "İyileşmedikçe Alaz'ın canına okuyamam ve bu süreçte beni bulmaması gerekiyor," dedikten sonra İshak'a bakarak sırıttım. "Bir süre bu tatlı kızı evinde ağırlayacaksın çünkü çiftliğe de gidemem."

İlk itiraz eden Aslı olmuştu. "Neden?" diyerek camdan sarktı. "Eğer dayımla görüşmek istemiyorsan evdekiler ona haber vermez! Bu adamın evinde kalamazsın, Yankı. Dayım ondan nefret ediyor ve bu gördüğüm muamele, dayıma hak vermeme neden oluyor.

Hadi ama, hayvan görmek istiyorsan bizim çiftlikte çok var!" Lafı yine nasıl İshak'a getirmeyi başarmıştı?

İshak yumruklarını sıkarken Aslı'yı arabadan atmamak için üstün bir çaba sarf ediyordu. Onu, "Bana bir daha hakaret edersen o dilini keserim senin!" diyerek uyardı. Tabii, uyarıları ve tehditleri Aslı'yı etkilemiyordu, bu ayrı bir konuydu.

Aslı alay ederek başını salladı. "Eminim yaparsın ama arkadaşım senin evinde kalmayacak. Onu her görmek istediğimde senin hayaletli şatona gelmeyeceğim."

"Ya sabır! Anla artık kadın, ne seni ne de bu geveze arkadaşını daha fazla etrafımda görmek istiyorum! Her ikinizi de evimin yakınlarında görmeyeceğim!"

"Harika," diyen Aslı sırıtarak bana baktı. "Duydun işte, seni istemiyor. İstenmediğin bir yerde kalacak kadar gurursuz olmadığını düşünüyorum?"

"Yoo!" dedim ve gülerek omuz silktim. "Kalırım valla, gurur dediğiniz şeyle aramız çok kötü." Aynı anda her ikisi de kaşlarını çatınca keyifli bir şekilde arabaya bindim. Onlar gururlarına sarılıp hayatı kendilerine zehredebilirlerdi fakat aynı durum benim için söz konusu bile değildi.

Benden aldıkları tek şey keşke gururum olsaydı.

Aslı'nın olanlarla ilgili çok fazla sorusu vardı. Bunu bana olan bakışlarından belli ediyordu lakin sormaya cesaret edemiyordu. Kendimi daha iyi hissettiğimde her şeyi konuşacağımızı söyleyip onu çiftliğin yakınlarına bırakmıştık. Küçük vedalaşmamızda bile onlarda kalmam konusunda ısrar eden kızdan zor kurtulmuştum. İshak arabayı kendi çiftliğinin bahçesinde durdurunca Aslı'nın bana getirdiği poşeti alarak indim. Bahçedeki yabani otları ve çiftliğin bakımsız halini görünce güldüm. "Aslı'nın buraya hayaletli şato demekte haklı olduğunu biliyorsun, değil mi?" Daha ilk dakikadan çenemi tutamayınca arabanın kapısını çarparak kapattı. "O kızın ne düşündüğü umurumda değil!" dedi. Bu adamın sesinin tonu kaç acaba? Bağırmadan alçak sesle konuşmayı bilmiyordu.

Neyse ki seslerle ilgili bir sorunum yoktu. Henüz en şiddetli çığlığımı duymadığı için istediği kadar bağırabilirdi. Onu takip ederek peşinden girdiğim evi fazla sessiz buldum. "Âdemoğulları nerede?" diyerek etrafıma bakındım.

Merdivenlere yönelmişti, söylediklerimden sonra durdu ve başını çevirip bana baktı. "Âdemoğulları mı?" dedi şaşkınca.

Gülerek başımı salladım. "Kardeşlerinden bahsediyorum, Habil ve Kabil işte," dedim. Ah, Cihan diye bir kardeşi daha vardı, değil mi? Ama o, yaptığım espriye uymuyordu.

Yine sinirlenip çatık kaşlarının altından bana bakması uzun sürmedi. "Sipahi'yi iyi tanıyorum, geveze kadın," diyerek beni tersledi. "Eğer seni beş erkeğin yaşadığı bir eve getirdiğimi öğrenirse ki er veya geç bunu öğrenecek, işte o zaman amiri olduğumu umursamaz ve sıkar kafama. Bizimkiler iki haftadır yurtdışındalar ve bir süre daha orada kalacaklar," dedi. Böyle bir cevap beklemiyordum. Ev boş olduğu için beni buraya getirmişti. Eğer kardeşleri burada olsaydı Alaz ile sorun yaşamamak için beni buraya getirmezdi. Düşman olabilirlerdi ama birbirlerinin kırmızı çizgilerine basmıyor gibiydiler. Açıkçası şu anda Alaz'ın psikopatlığıyla uğraşamayacak kadar yorgundum.

Tereddüt ederek İshak'a baktığım için ne istediğimi anlamıştı. "Bu ev bana annemden kaldı. Anlayacağın, kardeşlerim ve babam burada yaşamıyor," dedikten sonra eliyle üst katı gösterdi. "İstediğin odada kalabilirsin." Bir şey aklına gelmiş gibi güldü. "İlgini çeker mi bilmem ama mutfak, koridorun sonunda," dediğinde sesindeki ima her şeyi açıklıyordu. Benim *Arayıcı*'m olduğunu söylemişti yani ortak çalışacağı ajanı çok önceden araştırmıştı. Bu yüzden bana mutfağın yerini tarif etti çünkü yemek yemeyi çok sevdiğimi biliyordu. Mutfağı duyunca hevesli bakışlarıma gülerek üst kata çıktı.

Şu mutfağı bulsam iyi olacak.

Koridorda düz bir şekilde yürürken duvarda asılı olan tablolar dikkatimi çekti. Her çerçevede kumral bir kadın vardı ve yanındaki adama gülümsüyordu. İkisinin etrafını saran üç çocuk vardı. Her tabloda farklı bir poz olsa da bu tablodaki kişilerin İshak'ın ailesi olduğunu daha ilk dakikada anlamıştım. Verdikleri pozlar değişiyordu lakin değişmeyen tek şey; babaları dâhil buradaki dört erkeğin kadına olan sevgi dolu bakışlarıydı. Fakat benim dikkatimi başka bir şey çekmişti İshak neden yoktu? Evet, hiçbir karede o yoktu. Dört çocuklu bir ailenin verdiği tüm pozlarda sadece üç çocuk vardı ve eksik olan İshak'tı. "Oradaki kadın Leyla Hanım," diyen bir ses duyunca korku içinde sıçradım. Arkamı döndüğümde beni izleyen yaşlı bir adam gördüm. Başında bir şapka ve üzerinde mavi bir tulum vardı. Tulumun altına giydiği oduncu gömleğinin yakası açıktı. Bahçıvan gibi giyinmişti.

"Leyla Hanım çok güzelmiş," dediğimde şapkasını çıkartarak burukça tebessüm etti. "Öyleydi," diyerek iç çekti. "Ne yazık ki genç yaşta bizi bırakıp gitti." Kadının öldüğünü anladığımda açıkçası pek üzülmemiştim ve fark ettiğim bu gerçek beni korkutmaya başlamıştı çünkü mutluluğu artık kimseye yakıştırmıyordum. *Benim annem yoksa kimsenin annesi olmasın* düşüncesi hangi ara beni esir almıştı? Arda ile geçirdiğim bir ayın sonunda ciddi anlamda sorunlarım olmaya başlamıştı. Üzüm üzüme baka baka kararır dedikleri bu olsa gerekti.

"Kaybınız için çok üzgünüm," dedim kısık bir sesle. Kendimi sorguya çektiğimde bir annenin ölümüne sevindiğim için kötü hissettim. Ben Arda gibi olmamalıydım, yaşadığım şeyleri bir başkası yaşayınca mutlu olamazdım. Bu sağlıklı değildi ve derhal kendime çekidüzen vermeliydim! Arda gibi zayıf iradeli biri değildim ve hayata, asla onunla aynı pencereden bakmayacaktım.

Henüz tanışmadığımız için yaşlı adam bana nasırlı elini uzattı. "Adım Zafer, emekliye ayrılmıştım ama İshak Bey beni arayınca dayanamayıp bir hafta önce geldim. Birinin bahçeyle ilgilenmesi gerekiyor," deyince ona başımı salladım. Bahçenin gerçekten bakıma ihtiyacı vardı fakat keşke bu işi daha genç biri üstlenseydi. Belli ki yaşlı adam eski patronu olan Leyla Hanım için son görevini yapmaya gelmişti. İshak isteseydi birçok bahçıvan bulabilirdi. Lakin bu işi annesini çok iyi tanıyan birine bırakmayı tercih etmişti.

Tanımadığım erkeklere temas etmekten nefret ediyordum fakat yaşlı bir adamı geri çeviremezdim. "Ben de Yankı," diyerek uzattığı elini sıktım. "Bir süre İshak Bey'in misafiri olacağım," dedikten sonra elimi çektim. Daha fazla soru sormasın diye kibarca vedalaşıp yanından ayrıldım.

Üst kata çıkınca rastgele boş bir odayı sahiplendim ve içeri girdim. İshak burada olmadığına göre burası, onun odası değildi. Evde ondan başka kimse kalmadığı için istediğim odayı seçebilirdim. Kapıyı içeriden kilitledim. Son derece sade bir odaydı. Annesinden sonra eşyalara hiç dokunmamış olacak ki odadaki eşyalar eskiydi. Eski ve temiz. Her şey ahşaptı. Köşedeki masanın üzerinde duran kablolu telefon bile buraya nostaljik bir hava katıyordu. Buraya ilk geldiğimizde alt kattaki koltukların üzerinde bile beyaz örtü vardı. Büyük ihtimalle İshak da o sıralar çiftliğe yeni taşınıyordu. Şimdi tüm örtüler kaldırılmış, her yerin tozu alınmış ve çiftliğin içi temizlenmişti. Lakin çiftliğin tadilata ve bahçenin bakıma ihtiyacı vardı. Odayı havalandırmak için pencereyi açık bırakmışlardı ve rüzgâr vurdukça pencere gıcırdıyordu. Bu bile çoğu şeyin tadilattan geçmesi gerektiğini gösteriyordu. Daha fazla oyalanmak yerine elimdeki poşeti yatağın üzerine bıraktım ve banyoya girdim. Bir an önce bana Arda'yı hatırlatan kıyafetlerden ve tenimdeki kirden kurtulmak istiyordum.

Tendeki kirden kurtulmak kolaydı, bunun için bir kova su yeterdi. Ya ruhtaki kir ne olacaktı? Bunun için kaç kova gerekliydi?

"Yaramazlık yapmak yok, sevgilim."

"Şimdi ceza vakti!"

"Cezanı çekmenin zamanı geldi!"

"Asi kızlardan nefret ettiğimi iyi biliyorsun!"

"Bana bir şans ver."

"Anlaşmayı bozdun!"

"Vurma!" diye bağırarak gözlerimi açtığımda kendimi yatakta bulunca yine kâbus gördüğümü anladım. Nefes nefese yatakta oturup gördüğüm kâbusun etkisinden çıkmaya çalıştım. İçimdeki acıyı dindirmek istercesine tırnaklarımı avuç içime geçirdim ve gözlerimi yumdum. "Ge-geçti," dedim asla geçmeyeceğini bile bile. Gözlerim dolduğunda belki rahatlarım diye ağlamak istedim.

Hayır, olmadı, yine yapamadım. "Geçti." Her gece tekrarladığım sözü yine tekrarladım. "Geçti." İçimde kanayan yaralarımı yine ben kendimi teselli ederek sarmaya çalışıyordum.

Yataktan çıktığımda pencereden yansıyan ışık zerre kadar ilgimi çekmiyordu. "Aptal güneş!" İki gündür burada iyileşmeyi beklerken her gece gördüğüm kâbuslar aklımı kaçırmama sebep olacaktı. Arda dışarıda nefes aldıkça içimde sürekli büyüyen öfke beni bitiriyordu.

Değişiyorum.

Artık neredeyse hiç gülmüyorum ve kendimden bile nefret eder oldum.

Pencereye yaklaşıp dışarıyı izlemeye başladım. Kulübede hiç ışık olmazdı, içeriye güneş sızmazdı. Her şeyi orada yaşadıklarımla kıyaslıyordum. "Kurtuldum, biliyorum ama bir parçam hâlâ geçmişin tutsağı," diye fısıldadım. Gözlerim dalmıştı ve içler acısı bahçeyi izliyordum. İçimdeki karamsar düşünceler bahçenin durumundan daha kötüydü.

Boş boş kurumuş ağaçlara bakarken başımı çevirdim ve yine o sıska hizmetçiyi gördüm. Beyaz üniformasının içinde kaybolacak kadar zayıftı. Hafif kemerli bir burnu ve yüzünde çilleri vardı. "İshak Bey sizi kahvaltıya bekliyor," deyince sadece başımı salladım. Odaya girmeden önce izin almamıştı. Neyse ki fazla uzatmadan odamdan çıktı.

Üzerimdeki pijamaları çıkardım ve bol bir tişört giydim. İshak'ın dün benim için getirttiği pahalı kıyafetleri hoyratça karıştırdım ve siyah bir tayt alıp giydim. Saçlarımı her zamanki gibi atkuyruğu yaptığımda hazırdım. Aynaya bakmaya korkuyordum çünkü çeneme attığı yumruğun izi hemencecik geçmezdi. İshak'ın evinde yaşamaya başlayalı tam iki gün olmuştu. Her ikimiz de gerekmedikçe birbirimizle konuşmuyorduk. Daha doğrusu o gerekmedikçe benimle konuşmuyordu. Odamdan çıkıp alt kata indim ve yemek salonuna girdim. İshak'ı kahvaltı masasının en başında buldum. Çayını yudumluyor ve bunu yaparken gözlerini okuduğu gazeteden ayırmıyordu. Geldiğimi görse de pek oralı olmamıştı. Şu iki günde hiç dost canlısı olmadığını fazlasıyla anlamıştım.

Ona turşu surat demekte haklıydım çünkü ne zaman görsem ekşi turşu yemiş gibi yüzü asıktı.

Karşısına oturunca masada bir kuş sütünün eksik olduğunu gördüm. Birbirinden lezzetli çeşitli yiyeceklere yüzümü buruşturdum. "Harika," diye söylenip çatalı aldım. Yemeyeceğimi bilerek tabağıma biraz sosis koydum. İştahım yoktu fakat belki acıkırım diye kendimi teşvik ediyordum. Son günlerde neden hiç aç hissetmiyordum?

"Ağabey, gelebilir miyim?" diyen bir ses duydum fakat kim olduğuyla ilgilenmedim. İshak'ın adamlarından biri olmalıydı.

Başını gazeteden kaldırmadan, "Gel, koçum," dedi, içeri girmesi için izin vermişti. Kısa süre sonra tıknaz bir adam İshak'ın yanına geldi. "Kız evden az önce çıkmış," diyerek rapor verince hangi kızdan bahsettiğini sorguladım. Fakat içimdeki merakı dışa vurup bunu onlara soramıyordum. Tıknaz adamın söyledikleri İshak'ın hoşuna gitmedi. Kaşlarını çatarken elindeki çay bardağını yavaşça masaya bıraktı. "Serdar peşinde değil mi?" deyince daha fazla merak etmeye başladım. Tıknaz adamın cevabı, sadece başıyla onaylamaktan ibaretti. Hangi kızdan bahsediyorlardı?

İshak, gazeteyi okumaya devam ederken aynı zamanda ona talimatlar veriyordu. "Kıza fazla yaklaşmadan takip etsin," diyerek huysuzca homurdandı. "Beni o cadıyla uğraşmak zorunda bırakmasın." Yanındaki adamdan ses çıkmayınca başını hafifçe kaldırıp ona baktı. Ne görmüştü, bilmiyorum ama sinirlenmiş gibi masadaki elini yumruk yapmıştı. Bu tavrına bir anlam veremediğim için yanındaki adama baktım ve onun da bana baktığını gördüm. Adamın bakışlarını takip edince göğüslerime baktığını gördüm. Bol tişört giysem bile sutyen takmadığım için göğüs uçlarım onun dikkatini çekmişti!

İshak yumruğunu masaya geçirince adam ne yaptığını fark etmişti. Korku içinde geriye çekilip arsız bakışlarını yere doğru eğdi. "Ağabey ben..." diyerek bir şeyler geveledi fakat İshak, "Çok dışarı, Vedat!" diye hırlayıp çok sert bir şekilde onu kovdu. "Çık dışarı, Vedat!" Patronunun öfkesinden korkan adam neyse ki kaçarak salondan çıkmıştı. Ne yazık ki yaşadığım en kötü şey, bir adamın arsız bakışları değildi.

Vedat dışarı çıkmıştı fakat İshak'ın sinirli bakışlarının hedefinde şimdi ben vardım. "İşte bu yüzden evimde kadın istemiyorum!" diye beni azarlayıp üzerindeki hırkayı çıkardı ve yüzüme fırlattı. "Giy şunu, derhal! Bir daha sakın bu halde dışarı çıkma!" deyince afalladım. Bana mı kızıyordu? Öfkeden kuduran adamın bu kıskanç halleri beni dehşete düşürmüştü. Benden ona neydi ki? Bir süre evinde kalacak bir kıza karşı bu kadar korumacı olması çok saçmaydı.

Tabağımın üzerine düşen ceketi aldığım gibi yere fırlatıp ayağa kalktım. "Bana sakın emir verme!" diyerek ben de ona bağırdım. "Tenimde bu kadar yara varken senin evinde çalışan birinin hesabını bana soramazsın!" dedikten sonra sandalyeyi iterek masadan uzaklaştım. Gitmeye yeltendiğimde hemen ayağa kalkarak yanıma gelmişti. Daha ben uzaklaşmadan sinirli bir halde kolumu sıktı. "Benim evimdeysen edebinle giyineceksin!" dediğinde şaşkınlığım zirveye ulaşmıştı. Bana edepten bahsedecek son kişi bile olamazdı!

"Edep mi?" diye sorduğumda onu küçümsercesine güldüm. "Sen edebin ne olduğunu biliyor musun? Ya da benim ne kadar edepsiz olduğumu biliyor musun?" dedikten sonra sinirden kahkaha attım. "Edep dediğiniz bu şey, neden sadece biz kadınlar için var?" diyerek gözlerine baktım. "On dört yaşındayken bana saldıran o adamın edebi neredeydi? İşlemediğim bir cinayetten altı yıl yattığımda edep neredeydi? Bana tecavüz etmeye yeltensin diye çocuk bedenimle onu tahrik ettim, değil mi?" Kolumu sertçe çekerek ondan uzaklaştım. Hayır, kimin ne düşündüğü umurumda değildi çünkü bu olayda masum olan bendim. Arda'nın dediği gibi Çetin'i baştan çıkaracak bir şeyler yapmamıştım!

"Cezaevinden çıktıktan sonra nereye gittim, biliyor musun?" dedim. "Alaz beni tesise kaçırmadan hemen önce sence neredeydim? Bir genelevin bahçesinde!" diyerek ağlamaya başladım. Son olanlardan sonra dağıldığım için her şeye ağlar olmuştum. "Evet," diye fısıldadım. "Aç karnımı doyurmak için kendimi bunu yapmaya ikna ettim. Çetin gibi adamların uğrak yeri olan bir geneleve gitmeyi düşünecek kadar edepsizim!" diye bağırarak hıçkırdım. "Belki o kapıdan içeri girmedim ama girmeyi düşündüm. Bir erkeğin bana dokunmasına hâlâ tahammül edemezken ben, o eve girmeyi düşünecek kadar çaresizdim. Senin sofranda her şey var, evin de sıcacık. Ama benim bir evim yoktu ve karnım hep açtı!" diye bağırıp yaşamak zorunda kaldığım hayata isyan ettim. Şimdi gözlerinde öfke yoktu. Belki acıma, belki de merhamet vardı fakat öfke yoktu. Ne hissettiği umurumda değildi ama bana edepten bahsetmesine izin veremezdim. Tüm edepsizlikler bana yapılmışken kimse bana edebini takın diyemezdi. Burada edepsiz olan ben değildim, hiç olmamıştım.

Ela gözleri düşünceli bir şekilde beni izliyordu ve şimdi daha sakin görünüyordu. Onun gibi birinin, "Üzgünüm!" demesini beklemiyordum. Özür dilerken bile çenesi seğiriyor ve bunu, yüksek sesle beni azarlayarak yapıyordu. "Çabuk öfkelenen bir mizacım var," diyerek sakinleşmeye çalıştı. "Ama sen de hiç alttan almıyorsun!" Büyük ihtimalle burada kaldığım sürece ya ben onu öldürecektim ya da o beni öldürecekti.

Gözleriyle masayı gösterdi. "Kahvaltını yap," deyince onu dinlemedim. Kollarımı göğsümde birleştirip inat ettim. Burnundan solurken kontrolünü sağlamak için çırpınıyordu. "La havle!" diyerek pes etti. "Tamam, haklısın ama şimdi otur ve karnını doyur. Benim evimdeysen soframa oturmak zorundasın." Yine bana emir verdiğinin farkında değildi. Onunla daha fazla uğraşmak istemediğim için yeniden yerime oturdum. Sabah sabah beni deli etmeyi başarmıştı.

Her ikimiz de yeniden masadaki yerimizi almıştık. Hiçbir şey yemediğimi görünce derin bir nefes aldı. "Dosyanda en az beş kişilik yemek yediğin yazıyordu lakin geldiğin günden beri toplasan bir tabak yemek yemedin." *Yemiyorum değil, yiyemiyorum.* Son yaşadıklarımdan sonra eski iştahım bavulunu toplayıp beni terk etmişti.

Ona hiç cevap vermeyince iç çekerek daha ılımlı olmaya çalıştı. "Bana sorunun ne olduğunu söyle." Sanki ne söylersem hemen yapacakmış gibi bakıyordu. En az Alaz kadar çözülmesi zor biriydi.

"Arkadaşlarım şu anda ne yapıyorlar, bilmiyorum. Arda bana sadece iyileştiklerini söyledi ve birkaç fotoğraf gösterdi." Bir aydır onları görmediğim için şu anda ne haldeler, bilmiyordum.

Endişemi gidermek için fazla beklemedi. "Kuzey Sancak," dediğinde kendisine yeni bir çay doldurdu. "Ciddi yaralar almıştı fakat doktorların müdahalesiyle tehlikeyi atlattı. Şu anda büyüdüğü sokaklarda hayatına devam ediyor," deyince rahat bir nefes aldım. Arda bana Kuzey'in hastaneden çıkarken çekilen bir fotoğrafını zaten göstermişti. Fakat İshak'tan duyunca iyi olduğuna emin oldum. Neden tesise gitmek yerine sokaklara geri dönmüştü?

İshak'ın gözlerinde oluşan duygu değişimini anlamadım. Lakin, "Yiğit..." diyerek iç çektiğinde kötü bir şey söyleyeceğini anladım. "Ne?" dedim. "Yiğit'e ne oldu?" Arda bana onun bir fotoğrafını göstermişti ve fotoğrafta gayet iyi görünüyordu.

Beni bir şeylere alıştırmak ister gibi bakıyordu. "Onun durumu herkesten daha kötü," deyince hiçbir şey anlamadım. Kötüden kastı tam olarak neydi? "Yaşıyor ama buna pek yaşamak denmez."

"Lafı dolandırmadan doğrudan anlat artık!" diyerek sabırsızca bağırdım. Ellerim titremeye başladı, tüm kontrolümü kaybetmek üzereydim. Beni bir şeylere alıştırmak için bilerek ağırdan aldığını biliyordum ama istediğim tek şey gerçeklerdi. "Çok fazla elektriğe maruz kalmış," dedi. "Durumunu kontrol altına almayı başardılar fakat beyninde bazı komplikasyonlar ortaya çıktı." Yine sustuğunda çıldırmak üzereydim. Böyle yaparak beni en kötüsüne alıştırmıyordu çünkü bu belirsizlik yeterince kötüydü!

"Maruz kaldığı elektrik yüzünden kısa süreli hafıza sorunları yaşıyor," dediğinde başımdan aşağıya kaynar sular döküldü. "Bi-bizi hatırlamıyor mu?" diye güçlükle konuştum. Ne yani, birlikte geçirdiğimiz koca bir geçmişi unutmuş muydu?

"Hayır," diyerek karşı çıktı. "Böyle bir hafıza kaybı değil. Her şeyi hatırlıyor, aslında sorun da tam olarak bu," deyip arkasına yaslandı. "Yiğit fazla hatırlıyor, daha doğrusu tek bir anıyı fazla hatırlıyor. O geceden sonra hep o kaçırılma anında kaldı. Beyninde ciddi bir tutukluluk sorunu oluştu. Tek bir günü değil, tek bir geceyi yaşıyor. Uyuduğu an gün içinde yaşadığı her şeyi unutuyor ve uyanınca o kaçırılma gecesinin sabahında olduğunu sanıyor. Etrafındaki insanlar ona olayın üzerinden bir ay geçtiğini ve her şeyin bittiğini söylüyor. Bunu anlıyor ve arkadaşlarını iyi görünce mutlu oluyor. Fakat ertesi sabah gün içinde olanları tekrar unutup kendisini o gecede buluyor. Beyni gün içinde yaşadığı her şeyi gece uykuya daldığında ona unutturuyor. O geceden önceki tüm geçmişini hatırlıyor lakin o geceden sonraki şeyleri hep unutuyor ve her sabah uyandığında korkunç bir gecenin sabahında olduğunu sanıyor," dediğinde itiraz ederek başımı iki yana salladım. Ne demek hep aynı geceyi yaşıyordu? Kısır bir döngüde kaldığını mı söylemeye çalışıyordu?

Bu, bir insanın yaşayabileceği en korkunç şeylerden biriydi. O gecenin etkisinden asla kurtulamayacaktı! Evet, hepimiz uzun süre o gecenin etkisinde kalacaktık. Fakat zaman her şeyin ilacıydı ve geçen zaman bazı acıları unutturudu. Unutturmasa bile bize yeni anılar kazandırdığı için geçmişte yaşadığımız acıları daha katlanır kılardı. Ama Yiğit için bu olmayacaktı çünkü gün içinde sahip olduğu yeni anıları gece unutacaktı! Ertesi sabah gözlerini açtığında hepimizin bir depoda işkence gördüğünü hatırlayacaktı. Bu korkunç anı belleğinde hep taze kalacaktı. Zaman dediğimiz şey, onun acısını hafifletmek yerine her gün aynı acıyı ona yaşatacaktı. Bu diri diri ölmek değildi de neydi? Yaşadığı kısır döngü, onu öldürmekten beter edecekti.

"Tedavisi var ama değil mi?" diyerek hıçkırıklar içinde ağlamaya başladım. "Bir tedavisi olmalı, değil mi?" Küçük bir umuda sarılarak ona baktığımda yenilmişlik içinde gözlerini kaçırdı. *Hayır, bunu yapmasın ve bana Yiğit'in en kısa zamanda iyileşeceğini söylesin.*

"Altuğ, onunla ilgilenmeleri için bu konuda uzman doktorları bulup getirdi," diyerek beni rahatlatmaya çalıştı. "Bazı doktorlar Yiğit için umutsuz konuşuyor fakat bazıları ise daha önce bu tür vakaları tedavi etmişler. Ülkemizde buna benzer kayıtlara geçmiş hiç vaka yok fakat bazı ülkelerde benzer olayları yaşayan insanlar var. Eski sağlığına kavuşma ihtimali yüzde beş diyebiliriz ama tam tersi de olabilir. İnsan beyni içinde birçok gizemi barındıran şaşırtıcı bir evren." Yüzde beşlik bir ihtimal söz konusuyken bu neredeyse imkânsıza kafa tutmak demekti. Onun yerine kendimi koymaya çalıştım. Her sabah gözlerimi açtığımda Alaz'ın, *"Kızı öldür,"* diyen sesini duysaydım çıldırırdım. O sabah ameliyattan çıktığımda ilk hatırladığım bu olmuştu ve delirecek gibi hissetmiştim. Üzerinden bir ay geçmesine rağmen ben hâlâ darmadağınken Yiğit nasıl dayanacaktı? Sevdiği kızın gözlerinin önünden götürülmesine nasıl dayanacaktı? Geçmişi duruyordu fakat o geceyi her sabah yeniden hatırlayacaktı. Gün içinde yaptığı her şeyi unuturken, hatırladığı son anısı hep o gece olacaktı. Bir geleceği asla olmayacaktı çünkü sabah uyandığında yine hatırladığı son şey o gece olacaktı.

Yiğit güzel bir anıda takılıp kalmamış ki. Sevdiği kızın tecavüze uğrayacağı zamana mahkûm olmuş. İşte bu, onu öldürür.

"Ameliyat olsa nasıl olur?" dedim küçük bir umut arayarak. "Düzelemez mi?"

"Yiğit'in beynindeki hasar fiziksel değil," diyerek beni kurtuluş olmadığına ikna etmeye çalışıyordu. "Travmatik bir vaka diyebiliriz."

"Seni anlamıyorum. Kahretsin, ben hiçbir şey anlamıyorum!"

"Anlamanı sağlayabilirim," derken kızaran gözlerime bakmak onu daha sabırlı olmaya zorluyordu. "O gece maruz kaldığı elektriğin yanı sıra psikolojik olarak da büyük bir darbe aldı. Bu, onda derin bir travma yarattı ve beyni çok nadir görülen bir şey yaptı: Saldırı. Bu tür ağır şeyleri yaşayan çoğu vakada beyin bir koruma mekanizması geliştirir. Kişiyi korumak için yaşadığı kötü bir olayı ona kısa veya uzun vadeli olarak unutturur. Buna geçici ya da kalıcı hafıza kaybı denir. Yiğit'in beyni ise bunun tam tersini yaptı. Koruma mekanizması geliştirmek yerine o geceyi bir silah haline getirdi. Ender görülen bir durum fakat nadiren de olsa bu tür vakalar ortaya çıkıyor. Bu, ameliyatla kurtulacağı bir şey değil. İhtiyacı olan tek şey sağlam bir terapi." Demek istediği bu durumun psikolojik bir vaka olduğuydu. İyi de kahrolası beyni ona sürekli aynı şeyi yaşatırken terapiler nasıl işe yarayacaktı? Sabah uyandığında gününün çoğu o gecenin üzerinden çok zaman geçtiğine ikna olmakla geçecekti. Günün kalan kısmında ise dünle ilgili unuttuğu şeyleri hatırlamaya çalışmakla geçerdi. Tedavinin tek yolu terapiydi fakat bugün psikiyatriste gitse yarın doktoru ve doktorun söylediği hiçbir şeyi hatırlamayacaktı. Bu şartlarda iyileşmesi çok zordu! Arda bana Yiğit'in uzaktan çekilmiş bir fotoğrafını gösterip iyi demişti. Bütün bunlardan hiç bahsetmemişti!

"Ve Naz," deyince aklımı kaçırmak üzereydim. Artık güzel bir şeyler duymak umuduyla ona bakıyordum. "Tahmin edersin ki pek iyi bir durumda değil. O gece her ne kadar kayıtlara geçmese de iki adamı öldüren aslında Naz'dı." Afallayarak duyduklarımı idrak etmeye çalıştım. Naz mı? O süslü cüce birilerini mi öldürmüştü? Yok daha neler!

Aklımdan geçenleri anlamışçasına başını salladı. "Evet, yapmış. İnanması güç olabilir ama küçük bir kediyi bile köşeye kıstırdığında kaplan kesilip üzerine atlayabilir. Öldürdüğü adamların etkisinden çıkamamışken Yiğit'e olanları duyunca çıldırdı. Bir klinikte tedavi görüyor."

"Çıldırdı derken gerçek anlamda mı?"

"Sayılır."

"Yani tertemiz delirdi, öyle mi?"

"Deliliğin temizi veya kirlisi mi var?" Bana niye soruyordu ki? Ben şu anda ne dediğimi bilecek halde değildim!

"Simay onunla ilgileniyor ama Simay dâhil herkesi görmeyi reddediyor. Yiğit'in yaşadığını bildiği halde onu bile bir kez olsun görmeye gitmedi. Yiğit'e olan şeyler için kendisini suçladığı bir sır değil. Yiğit'i eski haliyle hatırlamak istediğini söyleyip Simay'ı odasından kovmuş." Neler yaşadığını tahmin edebiliyordum. Zor bir dönemden geçtiği için hâlâ olanların ağırlığı altında eziliyordu. Herkesi kendinden uzaklaştırıyordu çünkü bu şekilde Yiğit'e olanların cezasını tek başına çekiyordu. Hayır, buna izin vermeyecektim! Ağır hasar almış olabilirdik ama geri döndüğümde ekibimi tekrar bir araya getirecektim.

Fazla ağlamaktan dolayı yorgun düştüğüm için güçsüzce ayağa kalktım. "Bu ne kadar sürer, bilmiyorum ama bir süre yalnız kalmalıyım," dedim. "Lütfen yemeklerimi odama gönder. Ben kendi irademle dışarı çıkmadan kimse beni rahatsız etmesin." Yalnız kalmalıydım. Yalnız kalıp hem arkadaşlarımın yasını hem de kendi yasımı tutmalıydım. Aldığım tüm yaraları sarmam için yalnızlığıma sığınmalıydım.

Bu da geçecek, geçmeli artık.

Lavaboya dökülen her tutam saçıma bakarken o kadar hissizdim ki, belki de duygusuzluğun son demini yaşıyordum. Elimdeki makas acımasızca saçlarımı parçalarken, ben katili olduğum her saç telinin ardından sadece bakıyordum. Bir kadın saçlarını neden keserdi? Bunun cevabını bilen var mıydı? Kadınlar aslında en çok saçlarını sever, saçlarıyla sevilirdi. Bir kadın kendinde bir şeyleri değiştirmek istediğinde buna hep saçlarından başlardı. Sevdiği biri okşamışsa saçlarını, izleri silinmesin diye onları taramaya kıyamazdı. Biri kalbini kırmış ve onu incitmişse kalp kırıklıklarını saçlarının kırıklarını keserek dindirmeye çalışırdı. Biri en çok onun saçlarını sevdiyse onun acısına alışmak için saçlarına kıyardı. Onu hatırlatacak her şeyden kurtulmak için ilk saçlarını gözden çıkartırdı. İçi acıyarak hatta ağlayarak gidenlerin ardından saçlarına veda ederdi. Artık birileri onu acıtmasın, gidenleri hatırlatmasın diye saçlarına veda ederdi.

Kadın kandırırdı kendisini unuttum diye. Yalanlar söylerdi kendisine değiştim, bir daha kimse beni acıtmayacak diye. Ama tıpkı saçlarımız gibi acılardan da bir makas yardımıyla kurtulamıyorduk. Boynuma kadar kısalan saçlarımda saklıydı tüm kalp kırıklıklarım. Hayır, ağlamamıştım katili olduğum saçlarıma.

Kısa saçlarıma parmak uçlarımla dokunurken boş gözlerle aynadaki kıza bakıyordum. Ne kadar da farklı, solgun ve ölü görünüyordum. Feri sönmüştü mavi gözlerimin. Tıpkı göğsümdeki gibi çenemdeki yumruk izi de iyileşmişti. Üzerimde gözlerimle aynı renkte olan koyu mavi bir tişört vardı. Göbeği açık olduğu için karnım görünüyordu. Neyse ki bir zamanlar ben de şiddetli sancılar başlatan yumruğun morlukları karnımdan silinmişti. Giydiğim kot pantolonun içinde süzülen ince bedenim çok zayıfladığımı gösteriyordu. Eskisi gibi yemek yemek şöyle dursun, bir kibrit kutusunu doldurmayacak kadar az yediğim için çok zayıflamıştım. Zaten bu aralar yediğim her şeyi kustuğum için zayıflamam normaldi.

Odamdan çıkarak alt kata indim. Koridordaki suratsız çalışanlara selam bile vermeden İshak'ın çalışma odasına doğru yürüdüm. Genelde yemek yemediği saatlerde hep orada olurdu. Kapıyı açıp içeri girdiğimde tam tahmin ettiğim gibi başını dosyaya gömmüş, çalışıyordu. Kimin geldiğini anlamak için kafasını kaldırıp bana baktı. Baştan ayağa beni incelerken beklediğim tepkiyi vermek için uzun süre beni bekletmedi. "Bu ne? Sana o kadar parayı bu bez parçası için vermiyorum," deyince güldüm. Saçlarımı fark etmeyen adamın takıldığı tek şey, göbeğimin açık olmasıydı.

"Saçlarım hiç dikkatini çekmedi mi?"

"Sen söyleyene kadar hayır," dedikten sonra gözlerini kısarak saçlarıma baktı. "Taradın mı?" *Yok artık.*

"Saçlarımı her gün tarıyorum, turşu surat!"

Ona bağırınca elindeki dosyayı masaya bıraktı ve bezginlik içinde başını salladı. "Anladık, kesmişsin de benden ne istiyorsun? Güzel olduğunu falan mı duymak istiyorsun?" dediğinde aldığım cevap yüzünden yemin ederim ki nutkum tutulmuştu. "Acaba kardeş olabilir miyiz?" dedim. Bugüne kadar hiçbir Allah'ın kulu bana laf yetiştiremezken bu adam her lafı ağzıma tıkıyordu. Bu konuda gerçekten bitiş çizgisine benimle aynı anda varırdı.

Ekşi bir şey yemiş gibi yüzünü buruşturup, "Tövbe de," diyerek kızınca gülerek pencereye doğru yürüdüm. Bahçeye tekerlekli sandalyesiyle giren Aslı'yı görünce sırıttım. "Baksana, âşık olduğun veya hoşlandığın bir kadın var mı?" derken gözlerimi Aslı'dan ayırmıyordum. İshak'ı görmemek için Aslı buraya hiç gelmiyordu. Beni özlüyordu fakat İshak yüzünden gelemiyordu. Bana olan özlemi, inadından daha baskın gelmiş olmalıydı bu kez.

İshak tekrar kafasını dosyaya gömerek sorduğum soruyu duymazdan geldi. "Ne o? Bana asılıyor musun?" deyince uzun süre sonra içten bir kahkaha attım. "Bir şansım var mı?" diyerek ona takılmadan duramadım.

Kaşlarını alayla yukarı kaldırarak bana döndü. "Hayır," dediğinde dudaklarında bir tebessüm oluşmuştu. Bu kadar açık sözlü olmasını seviyordum. Belli etmiyordu ama o da şu iki haftada bana alışmıştı. Evet, iki haftadır onun evinde kalıyordum. Kendimi toparlamam iki hafta sürmüştü.

İshak eskiden tek başına yemeğini yerdi, lakin şimdi ben masaya oturmadan yemeğe başlamıyordu.

Eskiden beni gördüğü yerde kaşlarını çatarak uzaklaşırdı ama şimdi benimle uğraşmadan rahat edemiyordu. Eskiden ben tüm gün odamda kalsam da ayakaltında dolaşmadığım sürece sorun etmezdi. Fakat artık merak ediyor ve bir şeyleri bahane ederek odama gelip beni kontrol ediyordu. Ve eskiden de ondan hoşlanmıştım, şimdi daha fazla hoşlanıyordum.

Aslı eve iyice yaklaşınca yine rahat durmadım. "Gerçekten merak ediyorum, hayatında biri var mı?"

"Sen," diyerek kaçamak bir cevap verdi.

Kaşlarımı yukarı kaldırdığımda oturduğu yerde ofladı. Sonunda masadaki dosyayla ilgilenmeyi bırakıp bana dönmüştü. "Bunun cevabını almadan susmayacaksın, değil mi?" deyince hızlıca başımı salladım. Az çok beni tanımaya başlamıştı. "Uzun zamandır kadınlarla olan ilişkim, seninle olan ilişkimizden farklı değil," diyerek kestirip attı. Bir süre sustu ve düşünüyormuş gibi elini çenesine koydu. "Tek gecelik ilişkiler sayılıyor mu?"

"Ne? Sus, edepsiz adam!"

"İhtiyaç diyoruz biz buna."

"İhtiyacınız batsın! Siz yapınca ihtiyaç ama biz kadınlar yapınca fuhuş ve zina!"

"Orada dur, aptal kadın! İkisini birbiriyle karıştırıp asabımı bozma benim!"

"Ne oldu? Ağır mı geldi söylediklerim?"

"Yankı mısın, Sedef misin, artık her ne haltsan kaldırma beni ayağa. Yoksa senin için hiç iyi olmaz!"

"Medeniyet yoksunu, görgüsüz adam!"

"La havle! Kapat çeneni, geveze yaratık!" diye bağırınca ince bir kadın sesi her ikimizi de susturdu. "Şey, sizi bölmüyorum, değil mi? Eğer öyleyse daha sonra gelebilirim. Kapıyı çaldım ama siz cevap vermeyince ben de içeri girdim," diyen kişi Aslı'dan başkası değildi. Kapının hemen girişinde duruyor ve ürkek gözlerle bize bakıyordu. Az önceki tartışmayı fazla ciddiye almış olmalı ki çok etkilenmiş gibi görünüyordu. Zavallı kız, korkudan İshak'ın olduğu tarafa bakamıyordu. Lakin aynı şeyleri İshak için söyleyemezdim çünkü delici bakışları Aslı'nın üzerinde yoğunlaşmıştı. "Ya-Yankı..." deyip kekelemesi bile çok korktuğunun en büyük kanıtıydı. "Bu adam sana zarar mı veriyor?" Aslı'nın bu ürkek haline karşılık İshak yumruklarını sıkmaya başlayınca güldüm. Bu eğlenceli olacaktı.

"O mu?" diyerek İshak'ı gösterdim. "Zor biraz tatlım." Evet, gerçekten ecelime doğru emin adımlarla yürüyordum.

Rahatlayarak nefesini veren kız hâlâ İshak'tan tarafa bakmıyordu. "Bahçeye çıkalım mı?" dediğinde eliyle İshak'ın olduğu tarafı işaret etti. "Bazılarına varlığımla rahatsızlık vermek istemiyorum." Yalandı, bunu bahane ederek hemen evden çıkmanın yollarını arıyordu.

İshak da bunu fark etmiş olacaktı ki onu görmezden gelen kıza bakarak kollarını göğsünde birleştirdi. "Burada konuşabilirsiniz, bir süre sana tahammül edebilirim," deyince az kalsın gülecektim. Aslı ona baksın diye kızı kışkırtıyordu çünkü Aslı inat ettikçe daha fazla sinirleniyordu.

Aslı kararlı bir şekilde benden başka kimseye bakmıyordu fakat söyledikleri bana değildi. "Dışarı çıkmak isteyerek seni, bana katlanma zorunluluğundan kurtarıyorum," dedi.

İshak'ın gözlerinde muzır parıltılar oluşurken, "Belki de bugün canım sana katlanmayı istiyor," diyerek ona meydan okudu. Aslı beklemediği sözlerin şaşkınlığıyla ona bakınca İshak'ın dudaklarında belli belirsiz küçük bir gülümseme oluşmuştu. *Bu adamdan korkulur, azizim.*

Aralarındaki sessiz bakışma hoşuma gitse de buna çomak sokmayı kendime görev bildim. "Aslı, sıkıldım. Hadi gel, dışarı çıkalım," diyerek kısa süreli bakışmalarını böldüm. Aslı hemen başını sallarken bu İshak'ın hoşuna gitmedi. "Otur şuraya, seninle konuşacaklarım var," diyerek beni durdurdu. "Artık eskisinden daha iyi olduğuna göre birliktekileri daha fazla oyalayamam. İlk görevin bu gece başlıyor." Duyduklarım yüzünden kalbim hızlanmaya başlamıştı. Bu lanet ajanlık işine hiç hazır değildim. Alaz'ın kalbine sıkmak dışında diğer her şey beni korkutuyordu.

Aceleyle masanın karşısındaki koltuğa oturduğumda Aslı da en az benim kadar tedirgindi. Birkaç gün önce telefonla konuşurken ona İshak ve Alaz'ın asıl işini anlatmıştım. O zaman bile ciddi bir tutukluluk yaşayan kız, bir türlü dayısının ajan olduğuna inanmak istemiyordu. Onu ikna etmem iki saatimi almıştı çünkü tesis dâhil her şeyi ona anlatmıştım. Hayatımı kurtaran ve beni tek arkadaşı olarak gören birinden gerçekleri daha fazla gizleyemezdim. Aslı'nın tekerlekli sandalyesini yanımda durdurunca İshak konuşmaya başladı: "Öncelikle bazı şeyleri daha iyi anlaman için her şeyi en baştan anlatmalıyım," dediğinde aşırı heyecandan Aslı ile aynı anda başımızı sallayınca bir an gülecek gibi olmuştu. "Çocuk gibisiniz," diyerek homurdandı.

"Teşkilattaki kıdemler, her birimizin konumunu gösteren birer basamak görevi görür," dedi. Yanlış hatırlamıyorsam Alaz daha önce bana buna benzer bir şeyler anlatmıştı. "En altta çaylaklar ve en üstte kimsenin yüzünü dahi görmediği amirlerimiz vardır. Aslında hepsi bir alt konumunda olanın amiri sayılır. Tıpkı benim, senin ve tesistekilerin amiri olduğum gibi. Evet, bulunduğum konum Sipahi'den bile bir basamak üstte. Biz Arayıcılar, siz ajanlara görevinizi bildiririz ve size düşen, sorgulamadan bunu yerine getirmektir." Neden herkese bu aşılanmıştı? Bir şeyleri sorgulamadan hiçbir taşın altına elimi sokmayacak kadar tedbirli biriydim. Buna uyacağımı sanmıyordum.

"Saçmalık." Aslı kollarını göğsünde birleştirdi ve gözlerini kısarak ona baktı. "Sen oturduğun yerden keyfine bakıp emir vereceksin ve dayım da bunu yerine getirecek, öyle mi? Alaz Altuğ Sipahi kimseden ama kimseden emir almaz!" deyince ona ters ters baktım. Dayısına olan sevgisi o kadar büyüktü ki her fırsatta onu savunmadan duramıyordu. Daha onun ajan olduğunu bile yeni öğrenmişken dayısına karşı sergilediği tutum inanılmazdı.

Elindeki kalemi sabır çeker gibi çeviren İshak, "Konuşmadan önce dinlemeyi öğren, dayısının yeğeni," diyerek onu uyarınca Aslı'nın tek yaptığı homurdanmak olmuştu. "Evet, çok sevgili dayın benden alt konumda olduğu halde kimseden emir almıyor çünkü sahip olduğu bağlantılar çok güçlü. İsteseydi en üst konuma kadar yükselebilirdi hatta teşkilat bunu ona teklif bile etti. Ancak kendi ekibini bırakmak istemediği için konumunun aynı kalmasını sağladı. Bu yüzden Arayıcı'sı olmayan tek ajan çünkü tüm emirleri doğrudan üstlerinden alıyor," deyince bir şey fark ettim. İshak ondan nefret ettiği halde bugüne kadar Alaz hakkında en küçük bir kötü söz dâhi söylememişti. Benim bildiğim düşmanlar birbirinin açığını gözetlerdi, tıpkı Pars'ın yaptığı gibi. Ancak İshak'ta durumlar *yiğidi öldür ama hakkını yeme,* der gibi işliyordu.

"Biz Arayıcıların işi düşündüğünüz gibi görevleri bildirmekle bitmiyor." Bunları söylerken doğrudan Aslı'ya bakıyordu. Anlaşılan, kızın söyledikleri kanına dokunmuştu. "Hepimiz, bize bağlı olan ajanlardan sorumluyuz. Gereken arabayı temin etmek, doğru elektronik cihazları onun için sağlamak hatta konum ve mekân tespiti bile bizim işimiz. Kimlik, pasaport ve bürüneceği role kadar onları biz yönlendiririz. Ajanımız görevini yaparken bir kulaklık yardımıyla ona tüm komutları biz veririz. Deşifre olduğunda onu oradan kurtarmak da yine bizim işimiz. Mesela Yankı, dayının ortağı olabilir ama en küçük bir başarısızlığında üstlere hesap verecek olan Altuğ değil, benim. Neden mi? Çünkü o benim sorumlusu olduğum ajanım. Ajan ve Arayıcı birbirine doğrudan bağlı oldukları için ceza ve ödülü de birlikte paylaşırlar. Anlayacağın, Yankı üstlendiği her görevde benimle bağlantıda olup bana düzenli bir şekilde rapor vermek zorunda. Ancak bu şekilde onu hayatta tutmak için doğru şekilde yönlendirebilirim," dediğinde itiraf ediyorum ki Aslı onu kızdırana kadar Arayıcılar hakkında bu kadar çok bilgiye sahip değildim. Tüm görev boyunca yalnız olmayacağımı bilmek iyi gelmişti.

"Peki ya bağlı olduğunuz ajan ölürse?" Bu soru benden gelmişti. Ancak sorduğum soru onun sertçe yutkunmasıyla sonlandı. Bakışları durgunlaşınca gözlerine bir hüzün yerleşmişti. "Bunun olmasına tekrar izin vermem," diye sessizce mırıldandı, onu duymadığımızı sanıyordu ama Aslı ile aynı anda ürpermemiz her ikimizin de duyduğunun en büyük kanıtıydı. Daha önce bir ajanı mı ölmüştü?

Ve ben bu adamın ajanı oldum! Alırım artık ruhuma bir El-Fatiha!

"Ne zamandır bu işi yapıyorsun?" Aslı onun canının sıkıldığını anlayıp başka bir soru sorarak aklını dağıtmaya çalıştı. Lakin bu soru onu daha fazla rahatsız etmiş gibi görünüyordu. "Uzun zamandır," diyerek derin bir nefes aldı. "Çok uzun zamandır." Gözleri doğrudan Aslı'ya bakıyordu. Sanki ona bakmak, içini kemiren sıkıntılardan kurtulmasını sağlıyordu.

"İşi bırakmıştım," diyerek alayla güldü. "Son görevim dört yıl önceydi, istifamı vermem de dört yıl önceydi." Gözleri beni buldu. "İstifa edeli çok oldu lakin teşkilattakiler yeniden görevimin başına dönmem için çok ısrar etti. Hayır, geri dönmeye niyetim yoktu," diye konuşup uzun uzun bana baktı. "Seninle karşılaştığımızda bir ajan olduğunu bilmiyordum, daha sonra dosyan bana geldi. Göreve dönmemi ve dosyadaki ajanın Arayıcı'sı olmamı istiyorlardı. İşte o gün dosyanı okuduğumda kim olduğunu ve Sipahi ile nasıl tanıştığını anladım. Lakin yine kabul etmedim çünkü geri dönmemek konusunda kararlıydım." Ama neden işi bırakmıştı? Bunun nedenini bir tek ben mi merak ediyordum? İçimden bir ses, bunu sorsam da cevabını alamayacağımı söylüyordu.

"Peki, geri dönmeni sağlayan şey ne oldu?"

"Sen." Bu cevabı duymayı beklemiyordum. "O gecenin kayıtlarında seni izledim." Ela gözleri yoğun duygularla karışık üzerimdeydi. "Arkadaşların için yaptıklarını, olaylara bakış açını ve umursamaz tavrını izledim. Ölmek üzereydin ve sen bunu olağan karşılıyordun. Bu tam olarak bir ajandan beklediğimiz soğukkanlılık. Görevi kabul etmemi bu sağladı çünkü benim dışımda hiçbir Arayıcı seni koruyamaz. Böyle bir ajana her Arayıcı tahammül edemez çünkü ciddiyet, işimizin bir parçası ve bu, sende yok." Kısacası, *beni çıldırttığın gibi diğerlerine de bunu yaparsan hiçbiri buna daha fazla dayanamaz* diyordu.

"İyi bir ajan olacaksın," dedi. Ben onun gibi düşünmüyordum. Gönülsüz olduğum bir işi yapmak beni iyi ve başarılı yapmazdı. "Doğru bir eğitimden geçince iyi bir ajan olma potansiyelin var. Bunun farkında olan sadece ben değilim, Sipahi ve teşkilattakiler de bunun farkında. Umut vadeden ajanları büyük işlerde kullanmak için onun tüm eğitimiyle bizzat ilgilenirler. Hazır olduğuna emin olmadan hiçbir ajanı tehlikeye atmazlar. Çaba sarf edersen gerçekten iyi bir ajan olabilirsin," dedikten sonra sustu. *Vay be, ben neymişim de haberim yokmuş! Hep söylüyorum, değerli bir şahsiyetim diye ama beni dinleyen kim? Nankör insanlar, hepiniz kendinizden utanmalısınız.*

"Biliyordum, oğlum!" diye bağırarak Aslı'ya döndüm. "Alacakaranlık'taki seçilmiş Harry Potter olduğumu biliyordum!" Aslı şoke olmuştu.

Sandalyesini geriye çekerek deli görmüş gibi benden uzaklaşıp İshak'a baktı. "Sen buna ne yedirip içiriyorsun? Her zamankinden daha fazla kaçık görünüyor."

İshak ellerini teslim oluyormuş gibi havaya kaldırınca çok sevimli göründü. "Bu soruyu bir aydır kendime soruyorum," diye söylenince Aslı kıkırdayıp bana döndü. "Sakin ol, Potter. Dumbledore öleli çok oldu." O kim ya? Ben sadece bunları biliyorum. Tamam, hapishanede kitap ve televizyon vardı lakin oradaki çoğunluk Aşk-ı Memnu ve Yaprak Dökümü gibi dizileri izlediği için mecburen ihanetin yüz bir tonunu izliyordum.

İshak tekrar araya girip, "Şimdi bu akşam yapacağın işi konuşalım," dediğinde yeniden ona odaklandım. Çekmeceden kalın bir dosya çıkartıp bana doğru itti. "Buradaki her şeyi iyice okuyup akşama kadar beynine kazı," dedikten sonra sanki karşısında aptal biri varmış gibi bana baktı. "Ben yine de işimi şansa bırakmadan sana detaylıca anlatayım." Bana geri zekâlı muamelesi yapan adam canımı sıkmaya başlamıştı.

"Güray Bademci, savunma bakanı Halil Turan'ın tek rakibi ve elinde bakanı bitirecek kanıtlar var. Evet, ona şantaj yapıyor. Elindeki kanıtları bir bomba gibi medyada patlatmadan önce almak bizim işimiz. Kabul ediyorum, Halil Turan kadınlara düşkün biri ve ona neyle şantaj yapıldığını tahmin etmek zor değil. Ancak bakan yaptığı işin gerçekten hakkını veriyor. Eğer bulunduğu konum sarsılırsa onu istifa etmeye zorlayacaklar. Onun yerine Güray Bademci'yi getirmek isteyen çok kişi var ve bu olmamalı. Bu akşam dışarıda yemekte olacak ve sen de orada olacaksın. Bir şekilde Güray'ın yakınlarında olmalısın. Kanıtları ne zaman aldığın önemli değil, önemli olan kanıtları medyaya sızdırmadan bulman. Kolay bir iş gibi görünebilir ama içeriye soktuğumuz iki casusun cesetlerini bile bulamadığımıza göre o kadar da kolay değil. Ne demek istediğimi anlıyor musun? Deşifre olmaman gerekiyor. Sahte kimliğin ve paravan geçmişine ait detaylar da dosyanın içinde." Masadaki dosyayı uzanıp aldığımda bulaştığım şu saçmalıklara lanetler yağdırmak istiyordum. *Bana ne ki sapık bakanın kurtarılması gereken pozisyonundan!*

Hemen işe koyulmak için ayağa kalktığım esnada, "Son bir şey..." diyerek beni durdurdu. "Sipahi ve ekibine de bu görev verildi. Zaten sen de o ekibin bir parçası olduğun için sorun olmayacaktır. Lakin Sipahi ve diğerleri bunu henüz bilmiyor. Onlar da orada olacak." Ben, elimdeki dosyayı tutmakta güçlük çekerken Aslı düştüğüm duruma kıkırdadı. Onun adını duyduğum an nefes alma işini unutmuştum. Alaz da mı orada olacaktı? *Ben böyle ölmem ya, siz direk kurşunlayın!* Aslında şöyle bir düşündüğümde onun karşısına çıkmamın zamanı geldi de geçiyordu.

Bekle beni Alaz Bey çünkü Yankı Sarmaşık canına okumaya geliyor!

5. BÖLÜM

Her şey hazırdı lakin ben hazır değildim. Tüm gün İshak'ın bana verdiği dosyaya çalışıp rolüme hazırlanmıştım. Aslı gittikten sonra İshak odama uğrayıp bu işin son detaylarını anlatmıştı. İshak o kanlı geceye ait tüm kayıtların Alaz tarafından yok edildiğini söylemişti. Neyse ki Arda'nın yaptığı çekimleri izleyen sadece teşkilattakilerdi. Eğer Arda çektiği videoları medyaya sızdırmazsa kimse gerçek kimliğimi anlayamazdı. İshak, benim görüntülerimin ortaya çıkmasının işim için büyük bir risk taşıdığını söylemişti. Ben bir ajandım ve bugünden sonra işim gereği her role bürünecektim. "Bir bakmışsın doktorsun, bir de bakmışsın bir şirkette asistansın. Bir adamı baştan çıkarırken bile bulabilirsin kendini. Evet, bu işin içindeysen her türlü pisliğe bulaşmışsın demektir. Bu yüzden gerçek kimliğin asla ortaya çıkmamalı," demişti. Arda'nın bize ettiği işkencenin görüntülerini medyaya sızdıracağını sanmıyordum. İshak'ın dediğine göre teşkilatta Arayıcıların içinde Arda'nın da amcası vardı. Beni deşifre etmesi, amcası Çetin'e de dokunurdu ve bunu göze alamazdı. Onun yüzünden ortaya çıkan yeni bir sorun amcasının da canını sıkardı. Tamam, yeğeninin yaptıkları için Çetin'i sorumlu tutamazdık lakin Çetin de pek masum biri değildi. Arda'nın üstlerdeki bağlantısı Çetin'di ve Alaz'ın hakkımda çıkardığı infaz kararını durduran da Çetin'di. Arda istediği için bunu yapmıştı. Alaz hakkımda infaz kararı çıkartarak bu bilgiye ulaşmıştı. Sürekli bir ihanetin içinde buluyordum kendimi. Yemin ederim, film çekilse gişe rekorları kıracak kadar ilginç bir hayatım vardı. *Acaba sinema sektörüne mi atılsam? Parası iyiyse yaparım.*

Hayal gücüm bile normal çalışmıyor, bu gece Allah yardımcım olsun. Saat çoktan akşamın dokuzu olduğu için boy aynasında son kez baktım kendime. Güzel görünüyordum, daha önce kendimi bu kadar güzel gördüğümü hatırlamıyordum. Üzerimdeki boynu açık, siyah elbiseyi bizzat ben sipariş etmiştim. Bel kısmına kadar dar olan elbisenin belinde ince bir kemeri vardı. Kemerden sonrası zarifçe genişliyordu. Ön kısmı dizlerimin üzerinde bitiyordu ve arka tarafı biraz daha uzundu. Belden aşağısı siyah tüllerden oluşan elbise oldukça zarifti. Ama en çok hoşuma giden sırt kısmındaki kurdele detayıydı. Ayakkabı olarak sivri uçlu ve topuklu bir ayakkabı seçmiştim. Aksesuar olarak ise siyah taşlardan oluşan sade bir kolye ve üçgen bir çift küpe tercih etmiştim. Elbisenin göğüs dekoltesi yoktu fakat boynum ve omuzlarım açıktı. Bu yüzden kısa saçlarımı açık bırakmak yerine tel tokalarla dağınık topuz yapmayı tercih etmiştim. Tamam, o topuzu yapmak bir saatimi almıştı ama aynaya bakınca harcadığım zamana değdiğini görüyordum. Dudağıma sürdüğüm kırmızı ruj ve hafif göz makyajımla hazırlığımı tamamlamıştım.

Küçük el çantamı alarak odamdan çıktım. Merdivenlere yönelmiştim ki İshak'ı basamakların sonunda beni beklerken buldum. "Umarım o kadar beklettiğine değecek bir şeyler giymişsindir!" diye söylenirken giydiklerimi ve beni henüz fark etmemişti. Her zamanki gibi arkamdan sövüp sayıyordu.

"Merak etme, sert çocuk. Ben ne giyeceğimi iyi bilirim." Sesimi duyup başını kaldırınca göz göze geldik. *Hadi bunu da beğenme de nasıl canına okuyorum! Bundan önce tam beş elbise değiştirdim onun yüzünden.*

Elaları önce yüzümü detaylıca inceledi, daha sonra ise gözleri usulca aşağı inerek baştan ayağa beni süzdü. Bana baktıkça gözlerinde oluşan beğeni rahat bir nefes almamı sağladı. Onun gibi her şeye kusur bulan biri beğendiyse demektir ki gerçekten amacıma ulaşmıştım. Bana uzun uzun baktığı için kaşlarımı yavaşça yukarı kaldırdım. "Ne o? Sonunda bana olan duygularını açık etmeye mi karar verdin?" diyerek sabah bana söylediği şeyin bir benzerini ona iade ettim.

Güldü. "Bir şansım var mı?"

Ve güldüm. "Hayır, beni kaybettiğine yan."

İlk defa yüksek sesle güldüğünü gördüm. "Sendeki bu şeyi çözemiyorum," dedi. "Bir şekilde etrafındaki herkesi güldürmeyi başarıyorsun." Aslında hepsini ağlatmak istiyordum ama hep ters tepiyordu. *Acaba palyaçoyum da bir tek benim mi haberim yok? Palyaçolardan da nefret ediyorum!*

İshak yol boyunca orada ne yapacağımı ve nasıl davranacağımı anlatıp durmuştu. Alaz'ın daha önce benim için hazırladığı sahte özgeçmişi kullanacaktım, yani Yankı Sarmaşık olacaktım. Sedef olmaya çok meraklı olmadığım için bu işime gelirdi. Zaten Alaz daha önce sadece yakınlarımın Sedef Sarmaşık'ı bilmelerinin ajan olduğumu kamufle edeceğini söylemişti. Çünkü birileri Sedef Sarmaşık'ı araştırırsa bir ajan olduğum ortaya çıkardı. Fakat Yankı Sarmaşık'ı araştırdıklarında kimsesizler yurdundan firar edip sokaklarda büyümüş bir kız bulacaklardı. Evet, Buzdağı ile aynı fikirde olmaktan hoşlanmasam da Yankı ismi işim için kod adı görevi görüyordu. Hayatım boyunca bir parçam haline gelen bu isimden kurtulamayacaktım. Buna üzüldüğümü fark edince başımı iki yana sallayıp kendime gelmeye çalıştım. Sedef'in varlığını çok az da olsa hâlâ içimde hissediyor olabilirdim lakin bugün her zamankinden daha fazla Yankı olmalıydım.

"Arkadaşlarım nasıl?" diye mırıldandım. Sessizlik beni rahatsız ettiği için aklımdaki bir diğer konuyu açtım. Bu konuda sürekli beni bilgilendiriyordu fakat yeterli gelmiyordu.

"Yiğit aynı," dedi ve arabayı hızlandırdı. "Ailesinin evinde kalıyor, bunu zaten biliyorsun. Tedavisi hâlâ devam ediyor ama bir gelişme yok. Naz o klinikte kalmakta kararlı ve ne ailesini ne de arkadaşlarını görmeyi kabul ediyor. Kuzey, Ecrin, Hakan ve Efe de tesise dönmeyi kabul etmiyor. Siz olmadığınız için tesise dönmek istemiyorlar. O geceden sonra hiçbiri birbirini görmediği için birbirinden kopuk hayatlar yaşıyorlar. İçin rahat edecekse Sipahi'nin adamları her birini uzaktan takip ediyor. Arda dışarıda olduğu sürece hepsi hâlâ tehdit altında," dediğinde iç çekerek sustum. Nasıl da kopmuştuk birbirimizden. Nasıl da her birimiz çil yavrusu gibi oradan oraya sürüklenip dağılmıştık. Ama hayır, yarın ilk iş her birini ziyaret edecek ve ekibimi bir şekilde yeniden bir araya getirecektim. Biz birlikteyken tek nefestik, ayrılınca eksik kaldığımızı bana onlar öğretmişti. Tesisteki en huysuz zamanlarımda bile beni bırakmayıp her fırsatta destek olan kardeşlerimi bırakmayacaktım. Ben o takımın bir parçasıydım, onlar yoksa sadece koca bir hiçtim. *Yankı Sarmaşık asla bir hiç olamaz.*

Araba büyük ve gösterişli mekâna yakın bir yerde durdu. "Saçlarını aç," diyerek torpido gözünden çıkardığı ten rengi kulaklığı bana uzattı. "Yakından bakınca bile zor fark edilir fakat işimi şansa bırakamam," dediğinde ne istediğini anladım. Bir saat boyunca uğraşıp yaptığım saçlarımı açmamı istiyordu!

"Bu saçları yapmak için ne kadar uğraştım, biliyor musun? Üstelik hepsi o kadar inatçı ki sürekli tavus kuşunun kuyruğu gibi kabarıyor," diye karşı çıktığımda yüzünü buruşturarak kulaklıkları yerine koydu. "Böyle söyleyeceğini tahmin etmiştim," dedikten sonra siyah, kadife bir kutu çıkartıp bana uzattı. "Kadın ajanlar için yapılmış son teknoloji kulaklık," diyerek onu almamı istedi.

Kutuyu alıp açtığımda içinden çıkan bir çift gösterişli küpe gördüm. Başlarda bunun nasıl kulaklık olduğunu düşünüp küpeleri inceledim. Fark ettiğim ayrıntı sayesinde bunu yapan kişilere hayran kaldım. Beyaz taşlardan oluşan gümüş küpenin bir iğnesi yoktu. Bunun yerine zarif bir kancası vardı. O kancayı kulak memesi yerine kulağın üstüne takıyorduk. Küpedeki gümüş zincirin ucundaki küçük kır çiçeği ise tam kulağımızın deliğine geliyordu. Elimle biraz kurcaladığımda bir çiçekle daha birleşik olduğunu fark ettim. Hafif çekiştirince çiçekler birbirinden ayrılmıştı. Zincirden bağımsız olan çiçek aslında mıknatıs görevi görüyordu. Şimdi anlamıştım, bu çiçeği de kulağımın arkasına takmam gerekiyordu. Böylelikle kulaklık olan çiçek yerinde sabit kalarak sallanmayacaktı. "Teknolojiden korkulur, azizim," diye söylenerek kulağımdaki küpeleri çıkarttım. Bana verdiklerini taktığımda İshak cebinden küçük bir kulaklık çıkartarak kendi kulağına taktı. "Beni duyuyor musun?" Kulağımda sesini duyup hafifçe irkilince güldü. "Güzel, işe yarıyor," dedi. Elini ceketinin iç cebine atarak ikinci bir kutuyu bana uzattı. "Etrafındaki tüm sesleri duymam için bunu tak." Beni tam teçhizat hazırlayan adama gülerek kutuyu aldım. *Ajanlarımızın her şeyini önceden ayarlıyoruz derken abartmıyormuş.*

Kulağımdaki kulaklıkla aynı çiçeklere sahip olan kolye anlaşılan setti. Eski kolyemi çıkartıp İshak'ın bana verdiği gümüş, çiçekli kolyeyi taktım. Başımı eğerek kolyeye doğru, "Ses deneme, bir iki!" diye bağırdığımda İshak bana küfrederek kulaklarını tuttu. "Seni uyarıyorum, bu iş bitene kadar sakın bağırma!" diye tısladı. Buna karşılık güldüğümde iyice çıldırmıştı çünkü bunu asla yapmayacağımı o da iyi biliyordu.

"Pekâlâ..." Sakinleşmek için derin bir nefes aldı. "Şimdi özet geçiyorum daha iyi anlaman için." *Al işte, yine başlıyoruz.* Acaba benden önceki ajanlarına karşı da böyle tedbirli miydi? Her detayı on defa anlatmadan rahat edemiyordu.

"İçeriye Yankı Sarmaşık olarak giriyorsun. Senin için önceden yer ayırttım, masan hemen onların yan tarafında. Adam politikacı olabilir ama iş hayatına da atılmak istiyor. Sipahi ve ekibi paravan şirketlerden birinin adını kullanarak buradalar. Güray, yeni ortaklarıyla yemekteyken onlar bir şekilde açığını arayacaklar. Bu zaman alır çünkü önce Güray'ın güvenini kazanmaları gerek ve bu, bir gecede olacak bir şey değil. Üstelik Sipahi'nin aklı hâlâ sende olduğu için her ne kadar işinde profesyonel olsa da yeterince odaklanamayabilir. Sen tam olarak bu kısımda devreye giriyorsun. Bir şekilde o masada yer alırsan Güray'ın güvenini diğerlerinden daha önce kazanabilirsin."

"Bundan nasıl bu kadar emin olabiliyorsun? Bu konuda hiç becerim yokken nasıl diğerlerinden daha iyi iş çıkartacağımı düşünürsün?"

Sorduğum soru onu güldürdü. "Çünkü sen hiçbir rolün içine sığamayacak kadar doğalsın. Onlar kafasındaki plana göre hareket ederek ortaya kusursuz bir performans çıkartacak. Ancak bu aslında daha çok dikkat çekecektir."

"Neden?"

"Kusursuzun içinde kusur aramak, biz insanlara mahsus bir davranış."

"Hâlâ anlamıyorum."

"Onlar işini kusursuz yaptıkça Güray, hepsine karşı her zamankinden daha tedbirli olacaktır. Ama sana karşı hiç şansı yok."

"Neden?"

"Çünkü geveze, sakar, patavatsız, haddini bilmeyen ve boşboğazın tekisin. Kısacası o kadar çok kusurun var ki ona fazlasıyla sıradan fakat içten geleceksin. Bu da seni Sipahi'den bir adım öne taşır." Sustuğunda tıpkı kızgın boğalar gibi burnumdan ve kulaklarımdan dumanlar çıkarıyordum. *Bu adam aklınca bana laf mı soktu? Hiçbir Allah'ın kulu Yankı Sarmaşık'a doğrudan veya dolaylı laf sokamaz!*

Çantamı aldım ve kapıyı açmadan hemen önce başımı çevirip ona döndüm. "En azından mafya tipli, turşu suratlı ve kadın ruhundan zerre kadar anlamayan kasvetli şatonun ölü lordu değilim! Ve sosislerden nefret ediyorum!" diye bağırdığımda yüksek çıkan sesim kulağında çınladı. İkinci kez küfrederek kulaklarını tutmuştu. *Bu kulaklıkları sevdim.*

"Bağırma dedim sana!" Kendi sesinin farkında değildi tabii. "Ayrıca sosisle ne alakası var şimdi?" Ciddi miydi bu?

Kapıyı açarak arabadan indim. "Onu her sabah masaya sosis koyan aşçına sor!" Kapıyı yüzüne çarpınca kızmasını beklerken kahkaha atmıştı. "Aşçıyla konuşurum." *Bu geceden sonra tesise döneceğim, beni bulursa aşçıyla konuşur tabii.*

Mekâna doğru yürürken kolyenin mikrofon görevi gördüğünü bildiğim için konuşarak yoluma devam ettim. "Gerek yok çünkü yarım kalan eğitimimi almak için tesise döneceğim," dediğimde sertçe yutkunduğunu duydum. *Ne yani, gitmemi istemiyor mu?*

Hep söylerim bağımlılık yaparım diye ama dinleyen kim?

"Ne o? Sesin çıkmıyor, üzüldün mü yoksa?" diyerek dalga geçtiğimde, "Senden kurtulduğum için nasıl bir parti vereceğimi düşünüyordum," dedi. *Külliyen yalan çünkü üzüldüğünü biliyorum.*

Mekâna doğru yürürken kulağımda yine onun sesini duydum. "Kolyedeki büyük çiçeğin kamera olduğunu söylemiş miydim? Önüne bakmazsan su birikintisinin içine düşmen kaçınılmaz," deyince yerimde kaskatı kesilip boynumdaki şeye yaratık görmüş gibi baktım. Ortadaki üç çiçekten en büyüğü bir kamera mıydı yani? Tuvalete gitmem gerekirse sürekli bunu çıkartıp takmakla mı uğraşacaktım? *Önümde gerçekten bir su birikintisi duruyormuş!*

"Görmüştüm ki." Söylenerek yürümeye başladığımda, "Eminim öyledir," diyen o erkeksi gülüşünü kulağımda duydum tekrar.

Bana bu topuklu ayakkabıları giydiren kişiye lanetler yağdırmak üzereydim ki bunları kendim seçtiğimi hatırlayıp sustum. Artık hangi ruh haliyle böyle bir halt yediysem yürürken diken üstündeydim. Birkaç dakikalık mesafeyi sarsak adımlarla kapattım ve merdivenleri çıkmaya başladım. Mekânın adını görünce, "Serafina mı?" dedim. Yüzümü ekşittim, bu nasıl mekân ismiydi? *Hayır, niye illa yabancı isim?* Türkçe isimlerin nesi vardı? *Adamlar kendi memleketinden uzaklaşıp yeni şeyler görmek için buraya geliyor fakat her şeyimiz özenti olduğu için kendilerini evlerinde hissediyorlar. Hastane yerine hospital yazısını görüp çıldıran o Türk amcayı buradan selamlıyorum.*

Elbisemin eteklerini tutarak hafifçe dizlerimi büktüğümde İshak'ın sesini yine duydum. "Ne yapıyorsun?"

"Tıpkı benim gibi yeniliklere kapalı olan, o eski toprak, Anadolu erkeği olan amcayı selamlıyorum."

"Hangi amcadan bahsediyorsun?"

"Bir seferinde haberlerde gördüğüm o Türk amcayı."

"Ve bunu yaparken Türk amcana yabancı dilde selam mı veriyorsun?" *İyi bir yerden vurdu pislik.*

Kapıdan içeri girdiğimde omuz silktim. "Ne yapsaydım yani? Kendi etrafımda dönüp Huda Huda selamı mı çaksaydım?"

"O ne, bilmiyorum ama kendi akıl sağlığım için merak da etmiyorum. Şimdi kasadaki çocuğun sana deli gözüyle bakmasını istemiyorsan konuşma. Gerçi sussan da değişen bir şey olmayacak. Senin bir deli olduğunu anlaması için sadece beş dakika yanında durması yeterli." İçeri girdiğim için kulağımdaki kaba adama uygun bir cevap veremedim.

"İyi geceler, hanımefendi." Ayağa kalkarak hafif tebessüm etti. "Rezervasyonunuz var mı?" Yukarıdaki abartılı avizeler yüzünden çocuğun yüzü aydınlıktı.

Hafif kirli sakalıyla karşımda duran çocuğa başımı salladım. "Evet, var," deyip ona adımı söyledim.

Yankı Sarmaşık ismini arayarak masadaki defteri inceledikten sonra görevlilerden birini çağırdı. "Hanımefendiye masa on altıya kadar eşlik et," dediğinde görevli eliyle bana yolu gösterdi. Onu takip ederek uzun koridoru geride bırakmıştım. Çift kanatlı kapıdan geçerek sonunda masaların olduğu yere girmiştik. Kapının hemen birkaç adım önünde durdum çünkü kalbim göğsümden fırlayacak gibiydi. "Sakin ol, yüreğim. Seni öldürenin vicdanı yok," diyerek kendimi teskin etmeye çalıştım.

Tam şu anda neden arkama bile bakmadan kaçmak istiyorum?

Gözlerim tüm masaları gezinirken kulağıma gelen piyano sesleri içimi hüzünle dolduruyordu. "Bunu yapacak kadar güçlü olduğunu biliyorum," diyen İshak kulağıma cesaret verici bir şeyler söyledi.

Sinirden güldüm. "Arabada, elinde şarabınla keyfine bakarken konuşmak kolay tabii."

"Elimdeki şarap değil, dizüstü bilgisayar ve bir şey içmek yerine seni buradan izliyorum."

"Bu daha kötü ya! Sana küfretmem için şarap içiyor olman gerekiyor!" *Neden kimse şarap içmiyor ki?*

Yanımdaki görevlinin garip bakışlarına maruz kalınca yalandan gülümsedim. "Masamı kendim bulabilirim," diyerek ondan kurtulmaya çalıştım. Neyse ki fazla uzatmadan küçük bir selam verdi ve yanımdan uzaklaşarak gitti. Kendimi sakinleştirdiğim esnada burnuma gelen çiçek kokuları sinirlerimi bozmaya başlamıştı. Bu hayatta en çok çiçeklerden ve yağmurdan nefret ediyordum. Bir zamanlar benim de yaptığım gibi elinde tepsilerle masaların arasında dolaşan garsonları gördükçe kaçmak istedim. İshak'a, "Sen onları görüyor mu..." demiştim ki köşedeki büyük masada oturanları görünce soluğum kesildi.

İşte orada, gönlümün müebbet yediği katil firarisi.

Yüzü bana dönük bir şekilde oturuyor ama bana bakmıyordu. Onu gördüm ya, ne yanında oturan arkadaşlarını ne de karşısında oturan adamları gördü gözlerim. Farklı görünüyordu, farklı ve hâlâ dikkat çekiciydi. O kahve tutamları daha bir uzamıştı sanki, biraz da zayıflamıştı. Üzerindeki siyah gömleğinin kollarını hep sevdiğim gibi toplamasına ne demeliydi? Peki, yorgun bakan o gözlerinde neden usanmışlık vardı? Orada değil gibiydi, sanki bedeni orada ama ruhu farklı bir yerdeydi. Göz altlarındaki o hafif karaltılar morluk muydu? Neden? O da benim gibi her gece kâbus mu görüyordu? Ona da mı uykular haram olmuştu? Ama artık lüzumu yoktu çünkü ben hâlâ, *"Kızı öldür,"* dediği yerde kalmıştım. Beni bir katilin ellerine bırakıp peşimden gelmediği yerdeydim. Ben hâlâ o depoda onun vur emriyle göğsüme kurşun yiyordum. *Öldüm ya ben, öldüm. Var mı ötesi?*

"Ya-yapamam," dedim. Başımı her iki yanıma sallayıp bir adım atmıştım ki bir rüzgâr esti arkamdaki kapıdan ve eteklerim uçuştu. İşte tam bu esnada başını hızla kaldırdı ve beni gördü.

Alaz varlığımı hissetmiş gibi daha ben kaçmadan beni görmüştü. Önce bir hayal görmüş gibi gözlerini yumdu. Sanki geçen zamanda olur olmadık her yerde benim hayalimi görüyormuş gibiydi bakışları. Fakat hemen sonra gözlerini usulca açtığında işte o zaman gördüm yutkunuşunu. "Sedef?" diye çıkan fısıltısını dudaklarını hareket ettirmesinden anladım.

Varlığımı inkâr edercesine bakıyordu. Ben burada değildim ve o, yine benimle ilgili düşler görüyordu. Elinde tuttuğu su bardağı hafif hafif titrerken tüm bedeni kaskatı kesilmişti. Bana baktıkça kahve hareleri değişiyor, o gözlerde yoğun bir özlem beliriyordu. Yalnız özlem yoktu gözlerinde, bir duygu daha vardı; daha önce hiç görmediğim yoğun bir duygu. Kalbimi kendisine esir alacak yabancı bir duygu misafir olmuştu o gözlere. Bu da neydi şimdi? Bu adam daha önce bana hiç böyle bakmamıştı. Gözlerindeki adı konmamış bu şey nefesimi kesmeye yetmişti. Alaz Altuğ Sipahi'nin duygusuz gözlerinde tek bir şey vardı; bana olan saf aşkı... Ne yani, bana âşık olduğunu anlaması için illa göğsüme kurşun yemem mi gerekiyordu? Ben bunu zaten daha önce ona söylememiş miydim? *Ama yok, Yankı kim ki sözü geçsin!*

Öfkem yeniden duygularımın önüne geçince kendimi toparladım ve gözlerinin içine baka baka korkusuzca yürümeye başladım. Bakışları hâlâ üzerimdeydi ama sanki ayağa kalkacak gücü kendinden bulamıyordu. Bir kırılma sesi geldiğinde başımı hafifçe çevirdim ve elindeki bardağı yere düşürüp kıran Yosun'u gördüm.

Şoka girmişti ve bakışları bende olduğu için masadaki herkes hatta şu bakanın yerinde gözü olan adamlar bile dönüp bana baktı. Kimseye bakma tenezzülünde bulunmadan kibirli bir şekilde hemen yanlarındaki o boş masaya oturdum. Umarım yanlış masaya oturmamışımdır, yoksa büyük rezillik çıkacaktı.

Ve buraya kadar hiç sakarlık yapmadan geldim, hani bana alkış?

Hâlâ onun bakışlarını üzerimde hissederken, yanıma gelip bana menüyü kibarca uzatan garsona tebessüm ettim. "Ben sadece bir su alayım," dediğim an kulağımda İshak'ın, "Bu dikkat çeker çünkü öyle bir yere kimse su içmeye gitmez. Bu gece kendini şımartmak istiyorsun," dedi. Yine beni kızdırmayı başarmıştı. *Kendimi şımartmak için neden böyle pahalı bir yere gelip tüm paramı harcayayım ki? Zaten param olsa buraya gelmek yerine gider kendime bir ev alırım. En azından tüm bu kaos bittikten sonra başımı sokacağım bir evim olur.*

Garsona bir dakika işareti yaparak onu beklettim. Çantamdan telefonu çıkardıktan sonra rastgele biraz kurcalayıp kulağıma koydum. "Ne zaman geleceksin?" diyerek biriyle konuşuyormuş gibi davrandım ama asıl konuştuğum kişi İshak'tı. "Yine geç kaldın ve sen olmadan hiç iştahım olmuyor." Nasılsa beni duyuyor diye onu aramadım, umarım aç olmadığımın mesajını almıştır.

Ben aç değilim uzun zamandır, bu kıyamet alameti başlangıcı değil de nedir?

"İştahın umurumda değil, o menüden bir şeyler sipariş et!" diye beni azarlayınca dişlerimin arasından, "Allah senin de belanı versin!" dedim ve telefonu sertçe masaya koydum. "Sen bana menüdeki her şeyi getir en iyisi," dedim. İshak'ı kızdırmak için her şeyi istedim. Garson afallasa da sonunda işini yapmak için gitmişti.

Bir türlü susmayan İshak, "Kendini bir şekilde onların masasına davet ettir," deyince ağlamak istedim. Allah aşkına, nasıl olacaktı bu iş? Elimdeki menüyü incelermiş gibi yaparken iyice yüzüme yaklaştırdım. "Bunu nasıl yapacağım?" dedim kısık bir sesle. İshak'a kızarken içinde bulunduğum durumun farkında değil gibi davranıyordu. Hiç tanımadığım insanların masasına geçmekten bahsediyordu. Tamam, eğitmenleri tanıyordum ama hedefimizdeki adam bunu bilmiyordu.

"Bir şekilde onun dikkatini çekmelisin, bu senin için zor olmamalı." Sesindeki o kinayeyi fark edince menüyü sertçe masaya bıraktım. Düşündüğü gibi girdiğim her ortamda dikkatleri üzerime çekmiyordum! Gerçi Alaz'ın dikkatini fazlasıyla çektiğime emindim ama hedefteki o değildi.

Kısa bir süre sonra tam dört servis arabası masama yaklaşınca İshak'a küfredesim geldi. Garsonlar tüm masayı donattığında masada boş bir yer kalmamıştı. Etraftaki tüm müşterilerin garip bakışlarını üzerimde hissederken bu yemekleri nasıl yiyeceğimi düşünüyordum. Kabul ediyorum, normalde olsa hepsini bitirirdim. Hayır, abartmıyorum, gerçekten hepsini bitirirdim. *Fakat iştahım ve ben şiddetli geçimsizlikten ayrılmışken, tüm yalvarmalarımı yok sayıp dönmüyordu vicdansız! Ya ben ona âşığım, onun hastasıyım, neden durduk yere beni bıraktı ki?* Oysaki şu yirmi yılda aramızdan su sızmayacak kadar iyi bir ikiliydik. Kapanmak bilmeyen iştahım sayesinde her şeyi yiyebiliyordum ama o, beni bırakıp gitti. Bu zamansız ayrılığa hiç hazır değildim. Masadaki onlarca yiyeceğe bakan garsonlardan biri, "Afiyet olsun," deyince kaşlarımı çattım. Aklınca benimle dalga mı geçmişti bu şahsiyet? Yiyemediğim şeylerin nesi afiyet olsundu? Menüde bu kadar çok çeşit olduğunu bilmiyordum. Diğer yönden bakarsak bunca yemeği sipariş ederek bir hayli dikkatleri üzerime çekmiştim. İshak'ın da istediği tam olarak buydu, dikkat çekmem.

"Haydi bismillah," diyerek derin bir nefes aldım. Kaşığı elime alınca sadece yemeklere bakmak bile midemi bulandırıyordu. Burnuma gelen yemek kokuları öğürme isteğimi getiriyordu. Acilen dışarı çıkmalıydım. Son bir haftadır yemek gördükçe kusuyordum.

Hemen masadaki telefonu alarak kulağıma koydum. "Bunları yiyemem," dedim. Eğer kusmak istemiyorsam hemen buradan uzaklaşmalıydım.

"O kadar çok şeyi yemek zorunda değilsin, birazını bitirsen yeterli."

"Anlamıyorsun!" diyerek tısladım. "Bir lokma bile yiyemem, midem bulanıyor."

"Sence de bu bulantılar biraz garip değil mi?" *Ne demek istediğini bilmiyorum ama bu durumda öğrenmek de istemiyorum.*

Daha fazla dayanamayıp gelen öğürme isteğiyle hemen masadan kalktım. Lavaboya gitmek için aceleyle birkaç adım atmıştım ki topuklu ayakkabılarım yüzünden tökezledim. "Dikkat edin," diyen yabancı bir sesle başımı kaldırdım. Alaz'ın tam karşısında oturan adamın bana baktığını gördüm. *Sana ne be adam! İster dikkat ederim, ister etmem. Sanki keyfimin kâhyası.*

İshak tam, "Yankı bu..." demişti ki gözlerimi kısarak adama döndüm. "Pardon da size ne kardeşim benim dikkatimden?" dedim. Bu gecenin stresini ondan çıkarmak ister gibi başımı yukarı kaldırdım. "Ne yani, siz söylemeseydiniz ben dikkat etmeyi bilmiyor muyum?" Bozuk midem yüzünden sinirlerim altüst olmuştu ve görev falan umurumda değildi. Resmen sataşacak yer arar olmuştum.

Ve İshak yüz kızartıcı bir küfür savurdu.

Ellili yaşlarının sonunda gibi görünüyordu. Boyu benden birkaç santim uzundu, ilerleyen yaşından dolayı bu normaldi. Saçları koyu siyahtı fakat bu, doğal rengi değildi. Beyazlaşan saçlarını gizlemek için onları boyadığı belli oluyordu. Yeşil gözlerinin çevresini saran kırışıklıklar ilerleyen yaşını açık ediyordu. Verdiğim ukala karşılık yüzünden gözlerini büyüterek bana bakıyordu. Giydiği lacivert takım elbisenin içinde çok şık duran adamın oval bir yüzü vardı. Sabah tıraş olmuş gibi pürüzsüz çenesi uzun ve erkeksiydi. İtiraf etmek gerekirse ilerleyen yaşına rağmen fena değildi. Ancak bu, benim ilgimi çekmiyordu çünkü ilgilenmem gereken bir midem vardı. "Sizin sinirleriniz bozulmuş küçük hanım," diyerek uzlaşmacı bir sesle konuşması öfkemi yatıştırdı. "Ben sizi daha fazla meşgul etmeyeyim," deyince başımı salladım. Benim de istediğim buydu, kimse karışmadan lavaboya gitmek.

Başımı hafifçe eğerek gitmek için bir adım attım lakin yine ayakkabılar yüzünden tökezledim. Kimseyi umursamadan eğilip ayakkabıları çıkardım. Düşüp rezil olmak yerine ayakkabıları çıkarmak daha mantıklıydı. Ayakkabıları sandalyemin üzerine bırakınca o adamın dudakları usulca kıvrıldı. "Topuklu ayakkabılardan nefret eden bir kadın, işte bu ilginç." *Ne var canım? Ecrin de hiç sevmezdi bunları giymeyi. Ayrıca o hâlâ neden önüne dönmedi?*

Ayakkabılardan kurtulunca biraz rahatladığım için ona önüne dönmesini söylemedim. Masadan uzaklaşmak istedim lakin adımımı fazla hızlı atınca serçe parmağı masanın ayağına çarptı. "Ahh!" Dudaklarımda firar eden küçük çığlığım başıma gelen en kötü şey değildi. Parmağımı çok kötü çarptığım için acıdan tek ayak üzerinde zıplayıp duruyordum. Ne zaman ki dengemi kaybedip düşecek gibi oldum, işte o vakit destek almak için masayı tutmak istedim. Ancak kaderin kötü bir cilvesi olmalı ki düşerken masanın kenarına tutmak isterken masa örtüsünü kavradım. Peki, sonra ne mi oldu? Zıplarken az önce oturduğum sandalyeye âdeta savrularak düştüm. Lakin düşerken dengesizce oturduğum için sandalye arkaya düştü. Sandalyeyle birlikte ben de düştüm ve o esnada tuttuğum masa örtüsü yüzünden masadaki her şey yeri boyladı. Ve bütün bunlar sadece üç saniye içinde olmuştu.

Şaka gibi bir gece yaşıyorum!

Sırtüstü yere düştüğüm için sırtımda sandalyenin yaslandığım rahatsız edici başlığı vardı. Ayaklarım yukarıda sallanırken, masadan dökülen yemeklerin çoğu üzerime fırlamıştı. Göğsüm hızlı hızlı aldığım soluklar yüzünden inip kalkarken müzik durmuş, burayı bir sessizlik almıştı. Üzerime bazı yemekler sıçramıştı ve ben şoka girmiş bir şekilde tavandaki avizeye bakıyordum. İshak'ın kıkırtısı kulağıma geliyordu ama bu gecenin sonunda ona yapacaklarımı bildiği için bir şey söylemeye cesaret edemiyordu. Yanağımdaki şeyi çekip aldığımda bunun bir marul yaprağı olduğunu gördüm. "Marul istediğimi hatırlamıyorum," diyerek sızlandım. Keşke sipariş vermeden önce menüyü inceleseydim.

Başımı yavaşça çevirince az önceki adam dehşete kapılmış gibi bana bakıyordu. Tabii, ayakları yukarıda ve yattığı yerden sandalyeye oturan birini ilk kez görüyordu. Eğitmenler gülmemek için dudaklarını birbirine bastırarak bana kaçamak bakışlar atıyordu. Alaz ise sakarlığımı bile özlemiş gibi yüzündeki tebessümü gizlemeden beni izliyordu. Ve ben, berbat bir pozisyondayken kalkmaya bile yeltenmiyordum çünkü içten içe sinir krizleri geçiriyordum. Birkaç garsonun tepemde dikildiğini üzerime eğilen kafaları sayesinde gördüm. "Hanımefendi, iyi misiniz?" dedi içlerinden birisi. Başımı sallayarak tavandaki avizeyi gösterdim. "Avize seçiminiz mükemmel, bu konuda sizi kutlarım." Garsonlar şaşkın bir şekilde birbirine bakarken etraftan birkaç kıkırtı duyulmuştu.

Garsonların yardımıyla ayağa kalkıp üzerimdeki yemek atıklarını silkeledim. Kıyafetim batmıştı ama bu, şu anda düşüneceğim son şey bile değildi. Yere saçılmış yemekler daha çok midemi bulandırırken rezilliğim umurumda değildi. Kendime çekidüzen verince lavaboya gitmek istedim lakin yere dökülen yemekler yüzünden ayağım kaydı. Bu sefer de öne doğru tökezleyince hemen yan masamda oturan o kumral adam ayağa kalktı. Neyse ki ben yine düşmeden ayağa kalktığı gibi belimden tutarak beni kurtardı. Yaşadığım aksilikler yüzünden nefes nefese kalmış bir halde belimi tutan adama bakıyordum. "Be-ben," deyip sustum. Artık bir skandalı daha kaldıracak gücüm olmadığı için gözlerim sızlarken dudaklarım titredi. "Tek istediğim lavaboya gitmekti," dedim. Ağlamaklı sesim kısık çıkıyordu, her an hıçkırıklara boğulabilirdim.

Belimi bırakmayan adamın yüzünde anlayışlı bir gülümseme oluştu. Gözleri az önce olanlar yüzünden beni ayıplar gibi bakmıyordu. "Dilerseniz size eşlik edebilirim," deyince rahat bir nefes aldım. Birkaç dakika önce bunu teklif etseydi hayır derdim ama bir rezilliği daha kaldıracak gücüm olmadığı için kabul ettim. "Çok sevinirim," diyerek onayladım. Kendi başıma gitmeyi bir türlü başaramıyordum.

Bana gülümseyip belimi bırakınca ben de kollarını bırakmayı akıl edebildim. Evet, düşerken beni tutmuştu ve kollarına yapıştığımı yeni fark ediyordum. Bana kolunu uzattı ve koluna girdiğim esnada gözlerim Alaz'ı buldu. Tıpkı vahşi hayvanlar gibi burnundan soluduğunu söyleyebilirdim. Kaşlarını çattığı için alnında kırışıklıklar oluşuyor ve buna rağmen mümkünmüş gibi daha çok kaşlarını çatıyordu. Gözleri öfkeden kahvenin en koyu tonuna bürünürken, insanın içine saldığı korku, azımsanamayacak kadar şiddetliydi. Dişlerini çok fazla sıktığı için çenesi sinirden seğiriyor, boynunda beliren damarlar kendisini zor tuttuğunu gösteriyordu. Delici bakışları bana kolunu uzatan adamın üzerinde yoğunlaştıkça daha bir korkutucu oluyordu. Elimi bu adamın koluna koyunca bir hışımla yerinden kalkmak üzereydi ki son anda Atalay omuzunu tutarak onu engelledi. Ters bakışları Atalay'ı bulunca zavallı adam yutkunup sessizce bir şeyler söyledi. Ne söyledi, bilmiyordum ama onu durdurmaya yetmişti. Masadaki elleri yumruk olmuştu ve ateş saçan gözlerle bana bakıyordu. Ona sırtımı dönerek bu yabancıyla yürümeye başladığımda yakıcı öfkesini tenimde hissediyordum.

Yemek alanından çıkarak koridora girdiğimiz esnada başını çevirip bana baktı. "Henüz tanışmadık, değil mi?" dedi. Tam ona, buna gerek olmadığını söylemeye hazırlanıyordum ki İshak'ın kulağıma söyledikleri beni durdurdu. "Sakın onu tersleme! Güray Bademci'nin dikkatini çekmek için harika bir fırsat!" deyince şansıma küfrettim. Hedef bu adam mıydı? Güray denilen o politikacı bu muydu? Neden bana verdiği o saçma dosyada adamın bir fotoğrafı yoktu? O kadar iyi gidiyordum ki hedefin dikkatini kendimi rezil ederek çekmeyi başarmıştım!

Sakin ol, Yankı. Sakın bela okuma!

Sonra o belalar dönüp dolaşıp yine benim kapımı çalıyordu. *Ne var canım şantajcı bir pisliğin kolunda emin adımlarla yürüyorsam? Başta bu adam olmak üzere Allah beni bu işe bulaştıran herkesin belasını versin inşallah!*

Kadınlar tuvaletinin önünde durduğumuzda soğukkanlı bir tavırla kolundan çıktım. "Bana eşlik ettiğiniz için teşekkür ederim. Sanırım bundan sonrasını tek başıma halledebilirim," diyerek gülümsedim. Yalandan gülmekten yanaklarım isyandaydı.

Bana içten bir şekilde gülümsedi. "Benim için zevkti," dedikten sonra elini bana doğru uzattı. "Güray Bademci."

Sırf İshak'ın gazabına uğramamak için elimi onun avuçlarına bıraktım. "Yankı Sarmaşık," diyerek rolüme devam ettim. Sıkmak yerine elimin üzerini başparmağıyla hafifçe okşadı ve elimi yukarı kaldırarak öptü. Az kalsın öptüğü o yerden başlayıp elimin tersiyle ağzının ortasına bir tane çakacaktım. *Ondan kibarlık isteyen mi var? Sırıtmaya devam et kızım.*

Elimi usulca bırakınca geriye çekildi. "İçeride görüşürüz," dedikten sonra neyse ki gitmişti. Giden adamın arkasından tuttuğum nefesi rahatlayarak verdim. "İçeride görüşürüz mü?" Sinirden homurdanırken İshak'ın gülen sesini duydum. "Her ne yapıyorsan aynen böyle devam et, onun ilgisini çekmeyi başardın."

"Tamam ya, ben içeride birkaç masa daha deviririm. Ne de olsa rezil olmak koymaz bana!" O gülerken ben ona söylenerek hızlı adımlarla lavaboya girdim. *Ne yapıyorsan devam etmiş! Yaptığım tek şey kırıp dökmek!*

Hemen bir kabine girerek klozetin üzerine eğildim ve midemdeki her şeyi çıkardım. Bir elimle boynumdaki kameralı kolyeyi tutuyordum çünkü üzerine kusmak istemiyordum. İshak öğürme seslerimi duyduğu için ne kadar iğrenç olduğumdan bahsedip duruyordu. Boş bir mide gerçekten rahat bir nefes almamı sağlamıştı. Kabinden çıktım ve musluğu açarak elimi yüzümü yıkadım. Daha sonra bol suyla ağzımı çalkaladım çünkü midem hâlâ bulanıyordu. Bu daha iyi hissetmemi sağlamıştı fakat elbisemdeki yemek lekeleri hâlâ duruyordu. Elbisenin rengi siyah olduğu için temizlemek daha kolaydı. Bir peçete yardımıyla göze çarpan lekelerden kurtulmayı başardım. Aynaya bakınca bozulan saçımın berbat halde olduğunu gördüm. Sırasıyla saçlarımdaki tüm tel tokaları çıkartıp çöpe attım. Açık saçlarım omzumun hizasında dururken elimle onları düzelttim. Kapının ansızın gürültüyle açılması yüzünden korkarak başımı kaldırdım. Öfkeden delirmiş gibi görünen Alaz içeri girince nutkum tutulmuş bir halde öylece kalakaldım. Kapıyı hışımla kapatıp içeriden kilitleyince, burada onunla tek başıma olduğumu bilmek aklımı başıma getirdi. "Bu da ne demek?" dedim. Tuvalet dışında beni kilitleyeceği başka yer mi kalmamıştı? *Biri bu adama bunun hiç romantik olmadığını söylesin.*

Yakıcı bakışlarını benden çekme zahmetine girmedi. Tehlikeli adımlarla üzerime yürüdüğünde korktum. "Konuşacağız Sedef, ama önce..." deyip tam karşımda durunca şaşkın bir halde ona baktım. Bir anda belimi kavradığı gibi beni göğsüne çekince şoke oldum. Yüzümü ellerinin arasına alıp üzerime eğilince hissettiğim şeyleri anlatacak kelime bulamadım. "Bunu yapmalıyım!" dedi ve konuşmama izin vermeden dudaklarıyla beni susturdu. *Bu adam beni öptü mü? Hem de dudaklarımdan! Yeter artık ya! Gelen öpüyor, giden öpüyor, arada şamaroğlanına döndüm!*

6. BÖLÜM

Geride bıraktığım haftalarda hedeflerim ve amaçlarım olmuştu. Hedeflerim herkesten kaçıp güvenli bir yerde yaşamaktı. Hiç okula gitmemiştim ki ben, yani okuyup bir meslek sahibi olmam çok zordu bu saatten sonra. O yüzden bana sunulan tek mesleği yaparak teşkilatın bir parçası olacaktım. Kendime ev almak için yeterli parayı biriktirene kadar buna mecburdum. Artık insanların hoyrat elleri arasında can vermek istemediğim için bunu yapmaya mecburdum. *Varsın kimse tutmasın elimi, ben bu işin hakkını vererek kendimi ayağa kaldıracağım.* Yaralasar olmak herkesin harcı değildi, o yüzden bana düşen pes etmeden dimdik ayakta durmaktı. Ne gönül yarası ne de bedenime aldığım sayısız yara yıkmadıysa beni, o zaman hepsini yıkmak boynumun bitmeyen borcuydu.

Bir de amaçlarım vardı yeni edindiğim, yaralı kalbime verdiğim sözlerim vardı. *Öldürdü ya bu adam beni, ben de öldüreceğim onu. Böyle bir kurşun sıkarak değil.* Hayır, bu fazla kolay olurdu. Ben onu yaşarken diri diri öldürmenin peşindeydim. Böyle küsüp araya mesafe koyarak değildi, bu fazla çocukça olurdu. Ben gülecektim ona, tüm gülüşlerim sahte ve önceden çalışılmış olacaktı. Ben konuşacaktım onunla, tüm kelimelerim herhangi birine söylenir gibi çıkacaktı. Onunla aynı yerlerde de duracaktım, her bir hareketim mesafeli ve sahte olacaktı. Asla kızmayacaktım, öfkelenip nefretimi kusmayacaktım çünkü o, bunu bekleyecekti. Bir şeyleri telafi etmek için yaralarımı haykırmamı bekleyecekti lakin ona bu şansı vermeyecektim. Ben hiçbir şey olmamış gibi davrandıkça daha da çıldıracaktı. Bir insanı çileden çıkaran en büyük etken tepkisizliktir. Ona karşı o kadar düz ve hissiz olacaktım ki her gün kaybettiği Sedef'e olan pişmanlığını haykıracaktı. Yankı'ya lanetler yağdırarak Sedef'i geri isteyecekti. Ben, her gün onun olduğu yerlerde olarak ona yakın olacaktım ama bir o kadar da ulaşılmaz. Kaybetmişliğin dibini yaşamadan asla ama asla ona nefes aldırmayacaktım. Ben ona ölüm değil, azap olacaktım. Bu yetmez miydi? Ve şimdi o öperken bu söylediklerimi yapmam çok zordu. Sedef derinlerde hortlayarak, "Karşılık ver," diyordu. Yankı ise tek bir şey söylüyordu: "Bu kadar kolay pes etme!" Her ikisi tarafından bir çelişkiye düştüğüm esnada burnuma gelen o çikolata kokusuyla pes etmiştim. Özlediğim kokusu kısa süreliğine aklımı başımdan aldığı için tüm direncimi kaybettim. Tam ona karşılık vermeye hazırlanıyordum ki İshak'ın sesi beni kendime getirdi. "Lütfen, bana varlığımı unutmadığını söyle?" diyen isyanını kulağımda duydum.

Bu röntgenciyi unuttuğuma inanamıyorum.

Hemen ellerimi Alaz'ın göğsüne bastırıp onu kendimden uzaklaştırdım. Ancak bu şekilde aklımı başımdan alan öpücüklerinden kurtulmuştum. Nefes nefese yumruklarımı sıktığım esnada bunu gerçekten yaptığına inanamadım. "Bana iznim dışında bir daha dokunursan..." deyip ona yaklaştım ve bacak arasına sert bir tekme attım. "Sadece bir tekme ile kurtulamazsın!" diye bağırdım. *İnşallah kısır kalır.*

Fazla acıtmış olmalı ki İshak ile ikisi aynı anda bir küfür savurdu. Hafif eğilerek dişlerinin arasından, "Senin olayın bu herhalde! Önce öpmek, sonra tekme atmak!" dedi. Beni cezalandırmak ister gibi kızgın bakıyordu.

Kulağımda ise İshak'ın kahkaha atan sesi vardı. "Seni uyarıyorum aklın varsa bu şeyi sakın üzerimde deneme!" *Bu adama gerçekten dayanamıyorum!*

Birkaç dakikanın ardından bükülerek acısını dindirmeye çalışan Alaz, nihayet kendisini biraz toparlayıp doğruldu. Fakat hâlâ soluk soluğaydı. "Bunca zamandır hangi cehennemdeydin?" deyince şaşkınca ona baktım. *Gerçekten bana bunu sordu mu? Hem de kadınlar tuvaletinde! Burada konuşmayı reddediyorum çünkü ben daha iyisine layığım.* Sustuğumu görünce derin bir iç çekti. *"Sedef, lütfen," derken rica mı etti o?* "En azından bana nasıl kurtulduğunu ve burada ne işin olduğunu anlat." Böyle yalvarırcasına konuşmasını beklemiyordum. Özellikle gözleri sürekli üzerimde oyalanırken hâlâ yaşadığıma inanamıyor gibiydi.

"Bir ay boyunca onun yanında kaldım," diyerek istediği cevabı verdim. Sakinliğimi korumaya çalışıyordum çünkü konuşmazsam dışarı çıkmama izin vermeyeceğini iyi biliyordum. "Bir hafta sonra bulduğum telefon sayesinde İshak Saygın'ı aradım ve beni kurtardı," dedim. Aslı'ya kızmasın diye onu bu konunun içine dâhil etmemiştim. "O günden beri İshak'ın evinde kalıyorum. Bir ajan olduğum için şu üstleriniz onu benim Arayıcı'm olarak atamışlar. İyileştiğimde ilk görevimi yapmam için buraya gelmemi istediler. Anlayacağın, şu şantaj işinin bir parçasıyım," diyerek sustum. Söylediğim her şey burnundan solumasına neden oluyordu ve tam olarak hangi kısımda çıldırdığını bilmiyordum.

Konuşmaya başladığında kızdığı şeyi anladım. "Benim yerime ondan mı yardım istedin?" Çenesi öfkeyle seğiriyordu. Kaşlarımı alayla yukarı kaldırdığımda iyice delirdi. "Benden nefret ediyor olabilirsin, Sedef ama o an için ilk beni aramalıydın!" diyerek bana kızınca beni de sinirlendirmeyi başarmıştı. *Bana yaptıklarını çok çabuk unutmuş olmalı!*

"İshak benim Arayıcı'm, o varken neden seni arayayım?" dediğimde öfke nöbetleri geçirerek bana baktı. "Seni ne kadar aradığımdan haberin var mı?" diye bağırınca, "Yok," dedim. "Uzun zamandır kimseden haber alamayınca bilemem tabii. Bir ay boyunca kayıpken en küçük bir selama hasret kaldığım için bilemem," dedim, burnumun direği sızladı. Ağlamamak için kendimle bir savaş başlattım.

Sormak istiyordu, neler yaşadığımı bilmek için deliriyordu. Fakat o da biliyordu bu konuşmayı yapmak için doğru zaman olmadığını. Bunun yerine gururuna dokunan mevzuyu kurcaladı. "İshak senin Arayıcı'n olamaz," diyerek rahatsızlığını dile getirdi. "Sana yeni bir Arayıcı bulacağım."

"Hayır!" diyerek karşı çıktım. "Ben sadece onu istiyorum!" Son söylediklerimle sabır kotası dolmuştu. "Ne demek onu istiyorum?" derken üzerime yürüdüğünün farkında değildi. "Onu tanımıyorsun bile!" diye bağırdığında beni gerçekten korkutmayı başarmıştı.

Parmaklarını saçlarından geçirirken öfkeden yerinde duramıyordu. Saldıracak birilerini arıyordu ve yanında sadece ben olduğum için kontrollü olmaya çalışıyordu. "Hiçbir eğitimin olmadan nasıl sana görev verirler?" diyerek aramızdaki mesafeyi kapattı. "İshak'tan başka herkes Arayıcı'n olabilir ama o, seni emanet edeceğim son kişi bile olamaz! Hemen bu gece bunun değişmesini sağlayacağım ve sen de ondan uzak duracaksın!" Bu öfkesinin sebebi sadece kıskançlık değildi, çok daha farklı bir şey vardı gözlerinde. İshak'a olan nefretinin asıl sebebi neydi? Peki, İshak niye bu kadar sessizdi? Şimdiye kadar kulağımda sesini duymalıydım.

"Bunu yapmana izin vermem, İshak benim şu anda güvendiğim tek kişi," diyerek karşı çıktığımda başını kaldırıp bana öyle bir baktı ki korkudan olduğum yerden kıpırdayamadım. "Güvenmemen gereken tek kişi!" diye gürledi. Gözleri boynumdaki kolyeyi görünce bakışları değişmişti. Kulağıma bakınca kolye ve küpenin ne olduğunu hemen anlamıştı. Tabii ki anlardı çünkü bu işin içindeydi ve bunların benzerlerini ekibindeki kadınlar mutlaka kullanıyordu. Başını eğerek üzerime eğilince nefesimi tutmuştum. Bunu yaparken göz temasını hiç kesmiyordu. Elini uzatarak duvara bastırdığında beni kafese alır gibiydi. Usul usul bana yaklaşırken kıpırdayamadım. Bunu çok istiyordum lakin bakışlarıyla beni yerime çivilemiş gibiydi. İyice üzerime eğilince artık ılık nefesini dudaklarımda hissediyordum. Hızlanan kalbim yüzünden göğüs kafesim hareket edince bunu fark etti. Dudağının kenarı küstahça kıvrılınca kaşlarımı çattım, bu hareketim onu güldürdü. "Dikenlerini bana batırman için önce yalnız kalmalıyız, Sarmaşık," diyerek bana göz kırptı. Hemen sonrasında özellikle beni tahrik etmek için kulağıma doğru uzandı. Yanağı yanağıma sürtününce sesli bir şekilde aldığım nefes kısık gülüşünü duymama neden oldu. Üzerimdeki hâkimiyetini seviyor, bedenimin ona verdiği tepkiler hoşuna gidiyordu. Acaba buna son vermek için ikinci bir tekme daha atsa mıydım? Bana bu kadar yaklaşmışken durumumuz yeni bir tekme için fazlasıyla müsaitti.

Dudaklarını kulağımın yakınına getirdi ve ardından, "Kadınımı evinde barındırmanı konuşacağız, Saygın!" dedi. "Ama öncesinde onun Arayıcı'sı olmayı unut! Senin gibi birine emanet etmeyeceğim kadar değerli benim için. Tıpkı onun gibi Sedef'i de benden alamayacaksın!" diyerek İshak'a seslendi. Ne yani, bana yaklaşmasının sebebi taşıdığım kulaklıklar mıydı? Bunun için neden beni bir telefon gibi kullanıyordu ki? *İshak'a bir şey söylemek istiyorsa dışarı çıkıp söylesin. Resmen kendimi kullanılmış gibi hissediyorum!* İshak kime ne yapmıştı? Alaz'ın sözlerinden sonra tek duyduğum yutkunuşu olmuştu. İkisinin arasındaki bu düşmanlık, gittikçe daha çok merakımı cezbediyordu.

Onu iterek kendimden uzaklaştırdım. "İshak ile hasret gidermek istiyorsan küpeleri sana verebilirim," diyerek onu terslediğimde, "Hayır, vermezsin," dedi. *Ne demek vermem? Benim için hiçbir anlamı olmayan küpeleri isterse verebilirim.*

"Al, senin olsun," diyerek küpeyi çıkarmak için elimi kulağıma uzattığımda, "Saf elmastan," deyince elimi hemen çektim. *Asla vermem, hatta bu saatten sonra İshak istesin, ona bile vermem.*

Gülerek başını iki yana salladı. "Hiç değişmediğini görmek güzel," dedi. Gözleri kısa saçlarımı bulunca tüm neşesi kaçmıştı. "Saçlarına ne yaptın, Sedef?" Bu bile değiştiğimin en büyük kanıtıydı.

"Kestim," diyerek omuz silktim. "Eskisi gibi iyi hissettirmiyordu." Onun ve Arda'nın dokunduğu saçlarımı keserek her ikisinin izlerinden de kurtulmak istemiştim. Lakin onlardan kurtulmak, saçlarımı çöpe atmak kadar kolay değildi. Biri karşımdaydı, diğeri dışarıda bir yerlerde benim için pusu kuruyordu.

Konuşacak çok şey vardı fakat her ikimiz de buna zaman olmadığını biliyorduk. "Bu görevde olamazsın," dedi.

"Neden?"

"Deşifre oldun," deyince afalladım. Hangi ara deşifre olmuştum? Ben niye bunun farkında değildim?

Aklımdaki sorulara cevap vermek için fazla beklemedi. "Sen kendini ele vermedin, biz seni ele verdik. Güray'ın yanındaki adamların her biri en az bizim kadar eğitimli insanlar. Sen içeri girmeden önce gayet iyi gidiyorduk fakat sen gelince her şey bozuldu. Her ne kadar kıdemli ajanlar olsak da her şeyden önce insanız. Uzun zaman sonra seni görünce verdiğimiz tepkiler bizi ele verdi. Bu yüzden sana yakınlık gösterdi çünkü sana olan bakışlarımızı gördü. Ben peşinden gelirken iki adamı dışarı çıktı. Şu anda bizi araştırdıklarına eminim," dediğinde ona ters ters bakıyordum. İlk görevimde onlar yüzünden başarısız olmuştum çünkü onların bakışları bizi ele vermişti.

"Peki, şimdi ne olacak?" diye sordum. Yürüyüp kilitlediği kapıyı açtı. "İçeri geç ve yemeğini ye, ben her şeyi halledeceğim," dedi. Ona hayran olmamak elde değildi. Güray'ın şüphelerinden emin olmak için bana yaklaştığını anlamamıştım. Fakat bu, Alaz'ın radarından kaçmamıştı. *Halledeceğini söylüyorsa kesin halleder çünkü aldığı görevlerde başarısız olma şansı sıfır.*

İtiraz etmeden dışarı çıkacağım esnada kolumu tuttu. "Dikkatli ol," derken gözlerini benden ayırmadı. Sanki bir saniye bakmayı bıraksa yine ortadan kaybolacağımdan korkuyordu.

Alaz çıktıktan sonra bir süre bekleyip ben de dışarı çıktım. Aynı anda içeri girmemiz daha çok dikkat çekerdi. Bir robot hissizliğiyle koridorda yürürken boşlukta gibiydim. Kulağımda İshak'ın, "İyi misin?" diyen sesini duyunca gözlerimden firar eden bir damla yaşı usulca sildim. "Evet, iyiyim çünkü uzun süre kötü olmayı sevmiyorum," dedim. *Geçecek, bu da geçecek. Peki, neden hiç geçmiyor? Neden hep kanıyorum? Neden kimse görmüyor bunu? Kimsesiz olmak böyle bir şey mi? Kimsesizliğim mi gizliyor ruhumdaki yaraları?*

"Beklediğim tepkileri vermediğine göre onu çok özlemiş olmalısın," diye alay ettiğinde güldüm. "Tam olarak beklediğin tepkiler neydi, İshak?"

"Kırgın bir insanın yapacağı şeyler işte. Öfkeyle içindeki tüm kırgınlıkları haykırmak. Özellikle senin karakterindeki biri için bu suskunluk şaşırtıcı," dediğinde ona hak veriyordum. Benim gibi geveze biri eminim böyle yapardı.

"Ben konuştuğumda değil, sustuğumda korkmalı insan," diyerek iç çektim. Sesim değil, sessizliğim kaybı yaşatırdı.

Kalbim birine susunca dilim bir daha o kişiye konuşmaz. Hiçbir şey olmamış gibi davranabilirim ama aslında çok şey oldu.

İçeri girince kimseye bakmadan kendi masama doğru yürüdüm. Garsonlar çoktan masayı temizlemiş, yerdeki şeyleri toparlayarak yeni bir masa örtüsü sermişlerdi. Sandalyeme oturduktan yaklaşık beş dakika sonra Alaz da içeri girmişti. Dikkat çekmemek için hemen peşimden gelmemesi iyi bir şeydi. Gerçi işi gereği zaten bütün bu ayrıntıları biliyordu. Alaz'ın yerine oturduğunu yan gözle görüyordum. Bu sırada İshak, "Hesabı iste," deyince rahatladım. Nihayet buradan kurtuluyordum. "Bakar mısınız?" diyerek bir garsonu elimi kaldırarak durdurdum. "Hesap lütfen." Oh be, sonunda bu işkence bitiyordu.

Yaklaşık birkaç dakika sonra elinde bir kutuyla yanıma gelen garson afili kutuyu yavaşça masaya bıraktı. Kutuyu açınca içindeki adisyonu, pardon padişah fermanını aça aça bitiremedim. Başımı kaldırıp afallayarak garsona baktım. "Bunun bir sonu var mı?" dedim. Garson gülerken ben hâlâ rulo şeklindeki hesap fişini açıyordum. *Yere doğru sarkıtsam acaba kırmızı halı gibi açılıp gider mi?*

Adisyonun en alt kısmına da baktıktan sonra garsona döndüm ve "Ev istemiyorum," dedim ürkmüş bir halde. Kafası karışmış bir şekilde, "Anlamadım," deyince oflayarak elimdeki upuzun adisyonu gösterdim. "Diyorum ki tapuya gerek yok, ev falan istemiyorum. Bu hesabın böylesine kabarık olmasının bir açıklaması var mı? Tek bir lokma almadığım bu yiyeceklerin konut fiyatıyla eşdeğer olduğunu bilseydim sipariş etmezdim." Bu adamlar resmen soyguncuydu! *Bir bardak suyun yanına 45 TL yazmak nedir arkadaş!* Üstelik hepsi yeri boylamıştı. Hani bir lokma yeseydim bu kadar çok koymazdı.

"Burası elit bir yer, hanımefendi. Menüde yiyeceklerin fiyatları yazıyordu," diyerek savunmaya geçti. "Bunu bilmenize rağmen siz menüdeki her şeyi sipariş ettiğinize göre bir sorun olduğunu sanmıyorum." *O fiyatlara hiç bakmadığım aklına gelmiyor mu? Allah kahretsin, beş kuruş param yok ve niye İshak'ın gazına geldim.*

"Siz de tüm mutfağı önüme yıkmak için fırsat bekliyormuşsunuz." *Basbayağı dolandırıcı bunlar!*

"Menüdeki her şeyi isteyen sizsiniz," deyince kaşlarımı çatarak ona baktım. "Her şeyi isterken aslında her şeyi istemiyordum!" *Acaba hesap yerine bulaşık falan mı yıkasam? Lanet olsun, bu daha büyük bir rezillik!*

Garsona bir dakika işareti yapıp masadaki telefonu aldım. Birini arar gibi biraz telefonu kurcaladıktan sonra kulağıma koydum. Konuştuğum her şeyi duyan İshak'a, "İçeri gel ve öde şu hesabı," dedim. Garson tepemde dikildikçe daha fazla dikkat çekiyordum.

Güldü. "Bu, plana aykırı. Yan masaya oturman için bunu fırsata çevir ve onların ödemesini sağla." Allah belasını versin, başından beri planı buydu! Bu yüzden sipariş vermem için o kadar çok ısrar etmişti. Kendimi acınacak duruma düşürüp o masaya oturmamı istiyordu. *Bu adam tam bir pislik!*

Dişlerimin arasından sessizce konuştum. "Unut bunu çünkü benim de bir gururum var!"

Keyifli kahkahasını duydum. "Gurur denilen şeyle aranın kötü olduğunu sanıyordum" *Şaka mı yapıyor?*

"Yine de arada bir beni ziyaret etmediği anlamına gelmiyor, adi adam. Ve tam şu anda kapıma dayanmış, zili çalıyor!"

"Açma kapıyı kızım sen de. Yeni mi aklına gelmiş seni ziyaret etmek?"

"Bunu yanına bırakmam!" diye fısıldadım. Söylediklerimi kimse duymasın diye ses tonuma çok dikkat ediyordum. Telefonu sertçe masaya koyup garsona döndüm. "Bana derhal müdürünü çağır!" dedim. İtiraz etmek için ağzını açtı lakin öfkeli bakışlarımı görünce susarak masadan uzaklaştı.

"Müdür ile ne işin var?" diyen İshak'a cevap vermedim. *Bekle ve gör geri zekâlı! O masadan para dilenmektense ben kendi işimi bir şekilde görürüm. Hep söylüyorum, kimse bana kendi koyduğu kuralları kabul ettiremez. Eğer tüm seçenekler kötüyse Yankı Sarmaşık ortaya yeni bir seçenek atarak alayına bunu kabul ettirmesini iyi bilir. Ben ne Alaz'ım ne de başka biri, kimse bana istemediğim bir kararı verdirtemez!*

Gözlerim yan masayı bulunca anladım ki hepsi her şeyi duymuştu. Birbirimize çok yakın olduğumuz için garsonla olan konuşmalarımı duymuşlardı. Başta Alaz ve Güray olmak üzere hepsi param olmadığını anlamıştı ve bu durumda ne yapacağımı merak ediyorlardı. Kısa boylu, takım elbiseli bir adam bana yaklaştı. O daha konuşmadan söze girdim. "Merhaba, sizi de buraya kadar yordum ama müşteri memnuniyeti her şeyden önemli sonuçta," diyerek sırıttım. Masadaki adisyonu kutuya tıkıştırıp ona uzattım. *Bunları istemiyorum, hepsi sizin olsun* desem tepkisi ne olurdu acaba?

Adam anlamayan gözlerle elindeki kutuya bakınca az kalsın gülecektim ama bozmadım. "Yanımda para taşımayı pek sevmiyorum. Bu işlerle benim yerime şoförüm ilgilenir." Çantamdaki not defterini ve kalemi çıkardım. İshak'ın arabasının plakasını yazarak ona uzattım. "Onu aradım ama ulaşamadım. Bu sorumsuzluğu yüzünden buradan çıktığımda ilk işim onu kovmak olacak. Arabam hemen dışarıda, yolun karşısında. Sizden ricam birileriyle hesabı o tembel şoförüme göndermeniz. Ah, gerçekten bu devirde işini hakkıyla yapan birilerini bulmak çok zor. Acaba bana önereceğiniz bir şoför var mı? Mümkünse tembel olmasın," dediğimde en iyi aktörlere taş çıkaran bir rol sergilemiştim. İshak'ın savurduğu tüm küfürlere değmişti. *Bu oyunda ben varsam tüm dengeleri bozarım, arkadaş.*

Hesap için ona yalvarmamı bekleyen müdür, duydukları sayesinde rahat bir nefes aldı. Elindeki hesap kutusunu bir garsona vererek onu dışarı göndermişti. "İyi geceler, hanımefendi," deyince ona başımı salladım.

Yan tarafa baktığımda hepsi hayretler içinde kalmış gibi beni izliyordu. Az önce garsonla olan konuşmaları duydukları için hiçbirinin aklına zengin olduğum gelmemişti. Gerçi Alaz ve ekibi beş parası olmayan bir fakir olduğumu biliyordu ama Güray bunu bilmiyordu. "Ne?" diyerek dayanamayıp sordum. "Ne bakıyorsunuz?" Alaz'ın dudakları kıvrılırken diğerleri önüne dönmüştü.

Telefonu çantamın içine koyup yerdeki ayakkabılarımı aldım. *Hayır, bunları asla tekrar giymem. Tuvalete bile çıplak ayaklarla gitmişken dışarıya da böyle çıkabilirim.* Masadan kalkarak iki adım atmıştım ki Alaz, "Neden bize eşlik etmiyorsun Yankı?" diyerek arkasına yaslandı. Şaşkınca ona bakıyordum. Halledeceğini söylerken beni masasına davet etmesini beklemiyordum. Tanıştığımızdan beri ilk kez bana Sedef yerine Yankı demişti. Gerçek adımı kullanmadığına göre şu anda işini yapıyordu.

Güray ona bakıp, "Yankı mı?" dedi. "Onu tanıyor musunuz?" diye sorunca Alaz gözlerini benden ayırmadan başını salladı. "Eski sevgilim." Ve bunu gözlerimin içine bakarak söylemişti.

Eski sevgili lafını duyunca dik dik Alaz'a baktım. Buzullardaki tahtında otururken oradan aşağıya inmeye gönlü yok gibiydi. Kadınlar tuvaletinde beni öpen o adamdan çok farklıydı. Soğuk pelerinini çoktan kuşanmıştı ve kendinden ödün vermiyordu, sevgili Buzdağı. Güray duyduklarından sonra rahat bir nefes aldı ve ben, nihayet Alaz'ın ne yapmaya çalıştığını anlamıştım. Güray'ın aklındaki şüpheleri dağıtmak için beni tanıdığını daha fazla saklamadı. Güray zaten birbirimizi tanıdığımızı anlamıştı ve bunu gizlemeye çalışmak bir şeylerden şüphe etmesine sebep olmuştu. Alaz da durumu lehine çevirmek için tanıştığımızı özellikle açık etti. Eski sevgili yalanı ise doğru bir hamleydi. Güray şimdi eskiden bir ilişki yaşadığımız için birbirimizi tanımazdan geldiğimizi düşünecekti. Malum eski sevgililerin yaptığı en iyi şey, birbirlerini tanımazdan ve görmezden gelmekti. Alaz Altuğ Sipahi her şekilde zekâsını konuşturmayı iyi biliyordu.

İshak yine kulağımda konuşup, "Bir şey söyle," diyerek beni görevde tutmaya çalıştı. "Altuğ bir şeyleri düzeltmeye çalışıyor, susmak yerine oyuna dahil ol." *İyi ama ben eve gidip uyumak istiyorum!*

İshak'ı daha fazla kızdırmak istemediğim için mecburen Alaz'ın küçük oyununa uydum. Alaz'a bakıp, "Bilemiyorum. Az önce beni tanımıyormuş gibi davranan birinin masasına oturmam ne kadar doğru olur?" dedim. *Madem eski sevgili konumundayım, o vakit buna göre davranmalıyım.* Sonuçta eski sevgililer birbirine ince göndermeler yapmayı severdi. İşin trajik yanı, onunla eskiden sevgiliydik ve işimiz gereği iki eski sevgiliyi oynuyorduk. Oynadığımız, bizim en büyük gerçeğimizdi.

Alaz kalpsiz bir adamı oynayarak, "Seni tanımazdan geldiğim için beni suçlayabilir misin?" dedi. "Az önce sebep olduğun rezalete ilk kez tanık olmuyorum. Hangi erkek böyle bir kadınla eskiden birlikte olduğunu gururla söyleyebilir ki?" diyerek beni küçümsediğinde çok kötü hissettim. Rolü gereği böyle yapsa da söyledikleri beni gerçekten incitmişti. Beni üzen, söyledikleri değildi aslında.

Üzülmeme sebep olan başlıca şeylerden biri haklı olmasıydı. Ben gerçekten görgüsüz ve ne dediğini bilmeyen biriydim. Sakarlığıma değinmek bile istemiyorum. Böyle bir kadınla anılmak her erkeği utandırırdı. Kim benim gibi birinin sevgilisi olmaktan gurur duyabilir ki?

Kendimden utandığıma inanamıyorum. Bu daha önce hiç olmadı.

"Ben..." diyerek sustum. Konuşmak istiyordum fakat eskisine göre daha kırılgan olduğum için söyleyecek bir şeyler bulamadım. Eskiden olsa Alaz'ın bana bu söylediklerini hiç umursamaz, çirkefliğimi konuştururdum. Lakin son yaşadıklarım içimden bir yerleri kırıp parçalamıştı. Yaşadıklarımdan kötü etkilendiğim için fazlasıyla ürkek ve nahif biri olmuştum. Yalnızken verdiğim sözler ve takındığım kararlı tutum, perdeler açıldığında ve sahne sırası bana geldiğinde sönüp gidiyordu. "Ben gitsem iyi olacak," dediğimde Alaz soluğunu tutarak bana baktı. Bakışları büyük bir hızla değişti ve az önce bana söylediklerinin pişmanlığıyla kendisine lanetler okudu. Eskiden olduğu gibi ciddiye almadan ona saydıracağımı düşünmüştü fakat şu anda baktığı kadın onu bozguna uğratmıştı.

Gitmek üzereyken son anda kendisine gelip ayağa kalktı. "Gitme," diyerek beni durdurdu. Bu yaptığı görevi tehlikeye atmak değildi çünkü eski sevgili olduğumuzu söylemişti fakat beni tamamen unuttuğuna dair bir şey söylememişti. Sonuçta ayrılan herkes birbirini sevmeyi bırakmıyordu. Masadaki boş sandalyeden birini benim için çekti. "Uzun zamandır görüşmüyorduk. Az önce söylediğim şeyleri hatırlayarak gitmeni istemiyorum," dedikten sonra tüm içtenliğiyle bana baktı. "En azından birkaç dakika bize eşlik ederek beni affettiğini gösterebilirsin." *Affetmedim ki? Neyi göstereyim? Bana yaptığı birçok şeyin kırgınlığını hâlâ yaşarken affetmek kolay değil.*

Herkes bizi izlerken daha fazla uzatmadan sandalyeye oturdum. İlk kez sandalyemi çekip bana ilgili davranmıştı. Oysaki Alaz bana karşı hiç kibar olmazdı. Şu anda baktığı kadının ürkek halleri onu korumacı ve tedbirli olmaya itmişti. Karşımda Atalay vardı ve Alaz onun yanında oturuyordu. Ben Güray'ın olduğu tarafta oturuyordum fakat Güray ile aramızda tanımadığım iki adam vardı. Masanın diğer tarafında Alaz ve ekibi varken, benim oturduğum tarafta hep yabancılar vardı. Tek boş yerin bu tarafta olması sinir bozucu bir durumdu. Bu durum, gerginliğimi daha çok arttırıyordu. Güray, "Anlaşılan bazı şeyler tam olarak bitmemiş," diyerek bana ve Alaz'a atıfta bulununca Afrodit güldü. "Asla bitmeyecek şeyler vardır. Biz bitti desek de bitiremediğimiz şeyler vardır," diyerek kışkırtıcı gözlerle Güray'ı süzdü. "Sizce de öyle değil mi?" derken açık açık onunla flört ediyordu. Asıl amacının okları bizim üzerimizden çekmek olduğunu biliyordum.

Karşısında bakışlarıyla her erkeği günaha sokacak bir kadın varken, Güray buna kayıtsız kalamadı. "Evet, haklısınız," diyerek başını salladı. Bu orta yaşlı adamın yeşil gözleri Buket'e gizli kaçamaklar atıyordu. "Lakin eskiye takılıp kalmamak gerekiyor. Yeniliklere açık olmak güzellikleri kendisiyle beraber getirir," dediğinde son kısmı güzellik tanrıçası olan Afrodit'e bakarak söylemişti. Buket'i yatağa atmak istediği çok açıktı.

"Madem iş konuşmayı bıraktık," diyen Atalay güldü. "Neden eskiler mi daha cezbedici yoksa yeniler mi diye tartışmıyoruz?" dedikten sonra eliyle beni ve Alaz'ı gösterdi. "Bunun için karşımızda bir örnek var, değil mi? Onlara soralım, eski ilişkilerini özlüyorlar mı yoksa yeni ilişkilere açıklar mı?" Aklınca konuyu bizden açarak ortaya sıcak ve samimi bir sohbet çıkaracaktı.

Güray istekli bir şekilde başını salladı. "Ortak bir iş yapacağız, iş dışında farklı şeyler konuşmak birbirimizi daha iyi tanımamıza vesile olabilir," diyerek Alaz'a baktı. "Birlikte çalıştığım insanların iş hayatındaki başarısını merak ettiğim kadar özel hayatını da bilmek isterim," dedi. İnsanlar konuştukça kendisini açık ederdi ve o da bunun peşindeydi.

Alaz son derece sakin bir şekilde kendisine bir içki doldurup güldü. "Ben sizinle aynı merakı taşımıyorum ve hiç taşımadım," diyerek içkisinden bir yudum aldı. "Çalıştığım insanların özel hayatı beni ilgilendirmez, önemli olan işindeki başarısı," dedikten sonra Güray'a baktı. "Fakat yeterince iş konuştuğumuz hakkında sizinle hemfikirim. Hanımların daha fazla sıkılmasını istemeyiz, değil mi?"

Güray'ın yanında oturan kumral kadın, "Haklısınız," diyerek saçlarının ucunu parmağına doladı. "Siz erkekler için iş, her şey demek," dediğinde gözlerini karşısında oturan Yavuz'dan ayırmıyordu. "Oysaki biz kadınların daha eğlenceli uğraşları olmalı." En az Afrodit kadar bakımlı biriydi. Saçları çene hizasındaydı ve böyle olması yüzünü daha yuvarlak gösteriyordu. Kafasını oynattıkça kocaman halka küpeleri sallanıyordu. Askısız siyah elbisesi onu çok seksi gösteriyordu. Onda, seksi ve tehlikeli bir kadın izlenimi yaratıyordu. Sanki dar eteğinin altına bir jartiyer giymişti ve tıpkı filmlerdeki gibi jartiyerinde bir silah gizliydi. Şuh bakışlar atarken her an eteğini sıyırıp bizi kurşuna dizecekmiş gibi tehlike kokuyordu.

Yavuz ise kaba bir şekilde önündeki yemeği yiyordu. Karşısındaki kadının ona açık bir şekilde verdiği mesajı umursamadan karnını doyuruyordu. Kadın bu sefer doğrudan ona konuştu. "Sizce haksız mıyım, Yalçın Bey?" deyince Yavuz hemen başını kaldırdı. İşte bu, inanılmazdı. Hepsi sahte isim kullanıyordu ve yeni isimlerine muazzam bir uyum sağladıklarını görüyordum. Kadın Yalçın dediği an refleks olarak tepki gösterip ona bakmıştı. Oysaki birkaç saniye öncesinde dünyayla bağını koparmış gibi yemeğini yiyordu. *Bu eğitimden ben de istiyorum!*

Yavuz, "Affedersiniz," deyip masadaki peçeteyle dudaklarını sildi. "Bir şey mi söylediniz, Ayla Hanım?"

Parmağının ucunu boynunda gezdiren kadın, "Kadınların zevk aldığı şeylerden bahsediyorduk," diye konuşup ona cinselliğin sinyallerini verdi. Yavuz onun ilgisine kayıtsız kalmadı. "Siz kadınlar çok karmaşık varlıklarsınız. Hayatınızdaki erkekleri kontrol etmek bence zevk aldığınız şeylerden biri."

Ayla Hanım, "Çok fazla kadın tanımışsınız gibi konuşuyorsunuz," deyince Yavuz, yanında oturan Simay'ı gösterdi. "Yeliz'i tanımak tüm kadınları tanımak gibi bir hissiyat veriyor. Dört yıllık evliliğim sayesinde kadınları tanımaya başladım," dediğinde parmağındaki yüzüğü fark ettim. Simay'ın da parmağında yüzük olması burada evli bir çifti temsil ettiklerini gösteriyordu.

Güray, "Dört yıl mı?" diyerek gülümsedi. "Günümüzdeki evlilikler artık çok kısa sürüyor. Evliliğinizin sırrını merak ettim doğrusu."

Yavuz yanında oturan sarışına çapkınca gülümsedi. "Yeliz şirketteki avukatlarımızdan biri. Aldığımız davaların çoğunu ona vermek tüm gün meşgul olmasını sağlıyor. Ben ise sık sık iş seyahatleri yapan biriyim. Birbirimizi ne kadar az görürsek o kadar uzun süre evli kalabiliyoruz," demesi masada birkaç kıkırtı çıkmasına sebep olmuştu.

Simay savunmaya geçeceği esnada Yavuz ondan önce davranıp, "En son eski ve yeni ilişkiler demiyor muyduk?" diyerek Simay'ın konuşmasına izin vermedi. "Sevgili karım sözleriyle beni vurmadan konuyu benden uzaklaştırın," dedi ürkek bir şekilde. Bu duruma herkes gülmüştü. Bu küçük şakaları sayesinde karşı tarafın gözünde samimi bir izlenim bırakıyorlardı. Her biri ezbere bir role bürünerek buradaydı fakat doğaçlama gidiyorlardı.

Güray'ın keyfi yerine gelmiş gibiydi, gülerek Yavuz'a başını salladı. "Karınızı daha fazla kızdırmak akıllıca olmaz. Bu geceyi koltukta geçirmenizi istemeyiz, değil mi?" diyerek ona takıldı. Daha sonra Alaz'a baktı. "Kardeşinizin söylediği şeylere hâlâ cevap vermediniz. Yankı Hanım ile olan eski ilişkinize karşı bir özlem var mı? Yoksa yeni ilişkileri daha çok mu arzuluyorsunuz? Sonuçta biz erkekler özgürlüğü severiz," dedi. Kardeşin dediği sırada gözleri kısa bir an Atalay'ın üzerinde oyalanmıştı. Anladığım kadarıyla Alaz ve Atalay iki kardeşi oynuyordu. Yavuz onların kuzeniydi ve Simay ile evli bir çifti oynuyorlardı. İsimleri de sahteydi. Şimdilik anladığım sadece bunlardı. Herkesin buradaki rolünü öğrenmeden konuya dahil olmayı düşünmüyordum. Sonuçta birbirimizi tanıdığımız ortaya çıkmıştı ve yanlış bir şeyler söyleyerek işleri karıştırmak istemiyordum.

Güray'ın sorduğu soruya karşılık Alaz'ın gözleri beni buldu. "Ben eski kafalı biriyim," dedi ve gözlerimin içine bakarak içkisinden bir yudum aldı. "Yeniliklerle aram yoktur çünkü uzun süre eskilerde takılıp kalırım." Bu sözlerle hâlâ bana ilgisi olduğunu açık bir şekilde belli etmişti.

Ayla Hanım'ın hayranlık dolu bakışları şimdi de Alaz'ın üzerindeydi. "Günümüzde sizin gibi düşünen birini bulmak çok zor," diyerek onu takdir ettiğini söylemeye çalıştı. Daha sonra başını eğerek bana baktı. "Peki, siz Yankı Hanım?" dedi kibarca. "Sizin bu konudaki düşünceniz ne?" *Derhal burayı terk etmek dışında ne düşünebilirim acaba?*

Bu masadaki kimse kadar kibar ve elit biri olmadığım için kabaca omuz silktim ve "Eskilere takılıp kalmam, yenilere de kapımı açmam," dedim. Bu sözlerimin ardından İshak'ın gülen sesini kulağımda duydum. "Senden başka kimse böyle bir şeyi söyleyemezdi," demişti. Bence İshak'ın en eğlendiği anlar, benim konuşmaya başladığım anlardı.

Ayla Hanım yapmacık bir üzüntü takınıp bana baktı ve "Anlaşılan, siz çok çabuk hayata küsenlerdensiniz," dedi.

"Bilakis hanımefendi," deyip ona tebessüm ettim. "Ben hayata küsmem, genelde hayat bitiririm," dediğimde Yosun içmekte olduğu içkiyi ağzından püskürttü. "Yankı hep böyle şakacı biri olmuştur," diyerek söylediklerimi yumuşatmaya çalıştı.

"Ya çok şakacıyımdır," dedim alay ederek. "Her kadın gibi ben de zaten bu masayı eski sevgilimin kafasına geçirmeyi hiç düşünmüyorum," dediğimde Güray yüksek sesle kahkaha attı. "En azından dürüst," deyip beni savundu.

"Öyledir," diyen Alaz bir türlü gözlerini benden ayırmıyordu. "Düşündüğü şeyleri hiç çarpıtmadan doğrudan söylemek gibi bir alışkanlığı var." Bunları söylerken böyle olmamdan rahatsız değil gibiydi.

Ayla Hanım, Alaz'ın bana olan bakışlarını görünce farklı bir soru yöneltti. "Peki, ilişkiniz neden bitti? Hâlâ aranızda bazı şeyler bitmemiş gibi görünüyor, haliyle neden ayrıldığınızı insan merak ediyor." Bu kadının ve Güray'ın dışında diğer iki adamın hiç konuşmadığını fark ettim. Güray'ın cephesinde sadece bu iki kişi konuşuyordu. Diğer ikisi izlemekle yetiniyordu.

Bu soruya Alaz, "Belki de bitti demek için henüz çok erkendir," diyerek cevap verdi. Gözlerini bir saniye bile üzerimden çekmiyor, bana olan özlemini çok yoğun bir şekilde hissettiriyordu.

Bakışlarına aynı şekilde karşılık verirken, "Belki de bittiğini kabul etmek gerekir," dedim ve bu sözlerim kaşlarını çatmasına neden oldu.

Ayağa kalkıp masadakilere kibarca veda edip masadan ayrıldım. Bana acı veren bu insanların yanında çok bile kalmıştım. Restorandan hızlıca çıktıktan sonra yolun karşısına geçerek beni bekleyen arabaya bindim. İshak hiç vakit kaybetmeden arabayı çalıştırınca rahat bir nefes almıştım. Bu yerden bir an önce uzaklaşmak dışında hiçbir şey istemiyordum.

İshak bana, "İyi misin?" diyene kadar iyi olduğumu sanıyordum. Fakat bendeki son durum tam tersiydi.

"Değilim," diyerek başımı cama yasladım. "Ben hiç iyi değilim ve korkarım ki uzun süre iyi olmayacağım."

"Onu hâlâ seviyorsun."

"Onu sevmeyi sevmiyorum."

Güldü ve "Sevgi denen şey de en az sözlerin kadar kafa karıştırır. Neden her şeyi unutup onu affetmiyorsun? Buna ihtiyacın var, onunla mutlu olmaya ihtiyacın var," dedi. Beni anlamıyordu, kimse anlayamazdı. Affetmek sandığı kadar kolay değildi. Onu affetmek, yaşadığım onca şeyi yok saymak olmaz mıydı? Unutup sineye çekeceğim şeyler yaşamamıştım ki.

"Biliyor musun, ben aslında kötü biri değilim," diye fısıldadım. "Ya da bir zamanlar değildim. Alaz hayatımın dönüm noktası oldu. Yaşadığım hayatı ikiye bölmüş gibi Alaz'dan öncesi ve Alaz'dan sonrası var," deyip akıp giden yolu izlemeye daldım.

"Altuğ, yani Alaz'dan öncesi nasıldı?" Benden başka kimse ona Alaz demeye alışık değildi.

"Mutluydum," dediğimde gülerek ona döndüm. "Belki hep aç kalıyordum ama mideme giren bir lokma ekmek beni mutlu ediyordu. Daha iyisini yemediğim için insanların yemeye tenezzül etmediği şeyler benim en büyük lüksümdü." Çöpte bulduğum reçel kavanozunun dibinde birazcık reçel kalmışsa benim kuru ekmeğime katık olur, beni mutlu etmeye yeterdi. Hep daha azını yaşadığım için birazcık fazlası beni çok mutlu ederdi.

"Belki kışın hep üşüyordum ama mutluydum," dedim. "Çetin geçen kışın soğuğunda bir gün daha hayatta kalmayı başarmak beni mutlu ediyordu. Atlattığım her gün benim hayata karşı kazandığım bir zaferdi. Hayatla aramda bir savaş vardı ve ben, bir gün daha yaşayarak kendi küçük zaferimi kazanıyordum. Bu küçük galibiyetler beni mutlu ediyordu." Ölmemek için verdiğim tüm mücadele, en büyük mutluluk kaynağımdı. Belki kimse için varlığımın bir önemi yoktu. Herkes için nefes alan bir böcekten farkım yoktu. Ölmem veya yaşamam kimsenin umurunda değildi ama benim umurumdaydı. Ben kendim için önemliydim ve yaşadığım dünyada bir yerim olduğunu kanıtlamak istiyordum. Kimseye değil, kendime kanıtlamak istiyordum. Bir hiç olmadığımı ve yaşamayı hak ettiğimi kendime kanıtlamak istiyordum. Bunu bilmeye ihtiyacım vardı. Değersiz biri olmadığıma inanmaya ihtiyacım vardı. Ben kendimi bir şeylere ikna etmeye çalışıp durmuştum.

"Aslında cezaevinde bile bir nevi mutluydum," diyerek güldüm. "En azından hayatımda ihanet ve kalp ağrısı yoktu. Ilgaz dışında kimseye bağlanmadan yaşayıp gidiyordum." Hayatımın bu kısımları o yıllarda en berbat şeyler gibi gelirdi. Fakat ben o yıllarda şimdi olduğumdan daha mutluydum. Ailem yoktu, dostlarım yoktu, kalacak bir evim ve param yoktu. Vereceğim bir candan başka sahip olduğum hiçbir şey yoktu ve ben, buna rağmen mutluydum. Mutlu olmak için kendimi kandırıp bir sebep buluyordum.

"Alaz hayatıma girdi ve bir şekilde çok fazla şeye sahip olmamı sağladı. Kendimi koruyacak eğitim, kalacak yer, güzel kıyafetler ve çeşit çeşit yemekler... Alaz ile birlikte bütün bunlar geldi. Güzel dostluklar, anne ve baba da dahil birçok şeyi kendisiyle birlikte getirdi. En önemlisi, bana sevmeyi öğretti fakat mutlu değilim. Sahip olmadığım her şeyi bana verdi ama mutlu değilim çünkü bana verdiği tüm güzellikleri derin bir acıyla birlikte getirdi. Çektiğim acı ödülümden daha büyük olunca ödülün tüm cazibesi gölgede kalıyor," diyerek başımı tekrar cama yasladım.

Daha azıyla yaşarken daha fazlasına sahip olmuştum. Daha fazla kolaylık ve daha az mutluluk. "Ve böylece hayatım ikiye bölündü. Alaz'dan öncesi ve Alaz'dan sonrası," diye mırıldandıktan sonra gözlerimi yumdum. Alaz'ın sadece ismi bile kulağa yanmak gibi geliyordu. Zaten Alaz isminin anlamı da ateşti. Bir isim ancak bu kadar sahibini yansıtırdı.

Uyumak üzereyken İshak, "Hastaneye gidiyoruz," dedi. "Mide bulantın çok arttı. Gereken testleri yaptırmadan neyin olduğunu anlayamayız," dediğinde buna karşı çıkmadım. Bence de bu durumda doktora görünmek doğru olacaktı.

"İnanmıyorum, Yankı! Sen gerçekten çok kötüsün, dayım için de kolay değildi o kararı vermek! Ona soğuk davranmamalıydın." Aslı sabahın köründe beni görmeye gelmişti ve saatlerdir aralıksız konuşuyordu. Gece olanların detayını almak istediğini biliyordum ama sürekli dayısını savunuyordu! Benim için çok kolaydı sanki o ameliyat.

Elimdeki sıcak kahveden bir yudum almak bile midemi bulandırıyordu. Son zamanlarda artan mide bulantısı beni deli ediyordu. Dün gece İshak ile hastaneye gidip gereken testleri yaptırmıştık. Birkaç güne kalmadan sonuçlar çıkacaktı. Üstelik bu sabah sol elimin bileğinde oluşan bir acıyla güne başlamıştım. Şişen sol bileğimi Aslı'ya gösterdim. "Dayını bırakıp neden benim için üzülmüyorsun?" dediğimde *oh olsun* dercesine gülmesi sinirlerimi bozmuştu.

Dayanamayıp gözleriyle bileğimi gösterdi. "Nasıl olduğunu gerçekten bilmiyor musun?" Hayır, bilmiyordum çünkü yatağıma sağlam bir şekilde girmiştim fakat sabah gözlerimi açtığımda her yerimde morluklar vardı.

"Uyurgezer olduğu için olabilir mi?" diyen İshak'ın sesini duyduğumuzda başımızı kaldırıp ona baktık. Üzerinde sadece bir pantolon vardı ve yarı çıplak bir şekilde merdivenlerden aşağıya iniyordu.

Uykumda kendimi bu hale getirecek ne yapmış olabilirim ki?

İshak bize yaklaştıkça benim dikkatimi patlamış dudağı ve yüzündeki morluklar çekerken sapık Aslı, adamın Yunan tanrılarına taş çıkaran kaslarına bakıp yutkunuyordu. "Seni bu hale ben mi getirdim?" deyip güldüm. Karşımızdaki tekli koltuğa oturup bana ters ters baktı. "Senin bana zarar vermeye gücün yeter mi sanıyorsun? Gece sen yatağında güzellik uykunu alırken sürpriz bir ziyaretçim vardı." Hınzırca güldü. "Piç kurusu hâlâ çok iyi yumruk atıyor," deyince hiçbir şey anlamadım. Nasıl bir hasta ki onu bu hale getiren kişiye hâlâ gülebiliyordu?

Nedense içimden bir ses bunun Buzdağı'yla bir ilgisi olduğunu söylüyor.

"Peki, bana ne oldu?" dediğimde rahatça omuz silkti. "Sabaha karşı, bir gürültüyle uyandım. Odamdan çıktığımda seni merdivenlerin altında yarı baygın yatarken buldum. Bundan sonra uyumadan önce odanın kapısını kilitleyeceğim. Uyurgezer olduğunu biliyorsun, değil mi?" diyerek bana küçük bir açıklama yaptı. *Neredeyse geberiyormuşum ama bu adam bunu anlatırken çok rahat. Gece ölüp gitsem kimsenin ruhu duymaz.*

Aslı'nın hiç sesi çıkmayınca İshak sebebini merak etmiş gibi ona döndü. Hâlâ onun çıplak kaslarına baktığını görünce, Aslı tarafından izlenmek hoşuna gitmiş gibi dudakları tembelce kıvrıldı. "Sen iyi alıştın buraya destursuz gelmeye, Sipahi'nin yeğeni," diyerek ona takıldı. Allah'tan saçma bir şey söyleyerek kızı utandırmadı çünkü Aslı utanınca hemen evden kaçıp gidiyordu. İshak'ın Aslı'nın buraya gelmesinden hoşlandığını biliyordum.

Aslı "Ne?" diyerek onun kaslarına bakmaya devam edince güldü. "Yüzüme bakarsan daha iyi bir iletişim kurarız, diyorum. Eğer ilişkimizi bir üst seviyeye taşımak istemiyorsan şu dudaklarını ısırma," dediğinde Aslı hemen başını kaldırıp onun yüzüne baktı. Nihayet onun güçlü bedeninin etkisinden çıkmıştı. "Sen!" deyip sustu çünkü İshak'ın ne ima ettiğini anlamıştı. "Sen ne diyorsun be sapık! Ayrıca evde iki genç kız varken neden böyle yarı çıplak aşağı iniyorsun?" diyerek ona çıkıştı. Utancını gizlemek için hemen saldırıya geçmesi takdir edilecek bir şeydi.

İshak arkasına rahatça yaslanıp keyfinden ödün vermedi. "Kendi evimde istediğim gibi gezerim. Yankı için bunun sorun olduğunu sanmıyorum çünkü beni daha önce de böyle gördü," dedikten sonra başını eğip alay ederek Aslı'ya baktı. "Bir kez bile senin aksine gözleriyle beni taciz etmedi," diyerek bu sefer özellikle onu utandırdı.

Yanakları utançla kızaran Aslı, hemen savunmaya geçti. Başını iki yana doğru sallarken onun dışında her yere bakıyordu. "O dediğin şeyi yapmadım," diyerek homurdandı. "Ayrıca Yankı için sorun olmuyor olabilir ama ben de bu eve geliyorum."

İshak başını salladı. "Evet, maalesef istenmediğin halde her gün buradasın," diyerek büyük bir hata yapmıştı. Hissettiklerinin tam tersini söylediği için Aslı'nın kırgın bakışlarına maruz kaldı. Kendisine kızar gibi ağzının içinden homurdanırken, "Bak, ben..." demişti ki Aslı gururlu bir şekilde çenesini dikleştirdi. "Merak etme, ben de sana çok meraklı değilim! Yankı zaten bugün bu evden ayrılacak ve benim de bir daha buraya gelmem için bir sebep kalmıyor!" dedikten sonra tekerlekli sandalyesini iterek salondan çıktı.

Aslı gitmişti. İshak'ın yüz kızartıcı küfürlerini duymak zorunda kaldım. "Ona kendinden bir şeyler öğretmelisin!" diye bana kızınca gülmemek için kendimi zor tuttum. O, bu kadar öfkeliyken gülmek benim için hiç iyi bir eylem olmazdı.

"Çok fazla alıngan!" dedi. Kızgın bakışları Aslı'nın gittiği kapıdaydı. "Neden senin gibi yüzsüz değil ki?" deyince yanımda duran yastığı alıp kafasına fırlattım. "Ben yüzsüz değilim, hayvan! Ben de alınganım," dediğimde alay ederek tek kaşını yukarı kaldırınca güldüm. "Tamam, bu pek inandırıcı olmadı ama alındığım şeyler mutlaka vardır." Fazla çıtkırıldım biri olmamam beni yüzsüz biri yapmazdı, değil mi?

Ayağa kalkıp, "Hazırlan," dedi. "Seninki birazdan burada olur. Hep istediğin gibi seni arkadaşlarına götürecek." Ben şaşkın gözlerle ona bakarken tüm neşesi kaçmış gibiydi. "Eşyalarını toplamana gerek yok, burada kalsın. Evet, evimi istila etmenden nefret ediyorum, ama tesiste şalterlerin atarsa ve yine firar edersen buraya gelebilirsin. Seni sokakta bırakacak bir adam değilim, bu benim kitabımda yazmaz," diye söylenerek merdivenlere yönelince tebessüm ettim. Gitmem onu üzüyordu ve bunu gizleyemiyordu.

Alaz mı gelecek?

"Hey, turşu surat!" diyerek onu durdurdum. "Çok sık firar edeceğimden emin olabilirsin," dedikten sonra koşarak yanına gittim ve ona sımsıkı sarıldım. Beklemediği bu yakınlık tüm bedeninin kaskatı kesilmesine neden olmuştu. Fakat daha sonra bana kayıtsız kalmadı ve kollarını bana dolayıp iç çekti. "Orada uslu dur," diyerek iç çekti. Bu adamı sevmiştim, Kuzey'den sonra ikinci ağabeyim gibi olan bu adamı gerçekten çok sevmiştim.

"Burada neler oluyor?" diyen tanıdık ve öfkeli sesi duyunca hemen İshak'tan ayrıldım. Kahretsin, zamanlaması mükemmeldi! Evet, duyduğum ses Alaz'dan başkasına ait değildi!

Yutkunarak başımı çevirdiğimde onu gördüm. Kapının yanında durmuş yumruklarını sıkarak bize bakan adamı görmek soluğumu kesmeye yetmişti. Geri zekâlı Aslı çıkarken kapıyı kapatmadığı için zile basmadan içeri girmişti. Neyse ki daha erken gelip Aslı'yı burada görmemişti. Kaşlarını büyük bir nefretle çattı, ölüm saçan gözleri İshak'ı parçalayacak gibi bakıyordu. Dişlerini artık nasıl sıkıyorsa çenesi kaskatı kesilmişti ve boynundaki damarlar yine korkutucu bir şekilde belirginleşmişti. Yumruğunu sıktıkça parmak boğumları beyazlaşıyordu, öfkeden aldığı kızgın nefesinin yakıcılığını ta buradan hissedebiliyordum. "Dün gece yeterince açık konuştum sanıyordum!" dediğinde kesinlikle rahat duracağa benzemiyordu. Hızlı adımlarla İshak'ın üzerine yürüdüğünde onu ilk kez kontrolünü kaybetmiş bir halde görmenin şokunu yaşıyordum.

O hep aklıyla hareket ederek duygularını yok sayan adamın yerinde yeller esiyor.

İshak güldü. "İşte yine başlıyoruz. Yukarı çık, güzelim çünkü birazdan izleyeceklerin hoşuna gitmeyebilir," diyerek onu daha fazla kızdırdı. İshak basamakları inmeye başlayınca gözlerimi irice açtım. Ne yani, kavga mı edeceklerdi? *Allah'ım şu anda çok mutluyum. Hep iki erkeğin benim için kavga etmesini istemişimdir. Sonuçta benim o arabozucu kadınlardan ne eksiğim var, değil mi?*

Ancak o kadar kalpsiz biri olmadığım için koşarak ikisinin arasına daldım. Şu ana dek anladığım kadarıyla dün gece İshak'ın yüzünü bu hale getiren Alaz'dı. Alaz'ın yüzünde en küçük bir iz olmadığına göre İshak onu sadece kışkırtıyor ama anlayamadığım bir sebepten dolayı karşılık vermiyordu. Sonuçta koca heybetine nazaran mutlaka bir yumruk bile atacak kadar gücü vardı, değil mi? Lakin Alaz'ın yüzünde herhangi bir darbe olmadığına göre düşündüklerimde haklıydım. Yine ona karşılık vermeyecekti, sanki Alaz'ın onu hırpalamasını hak etmiş gibi davranıyordu. Bu yüzden aynı şeylerin olmaması için hemen araya girdim. İshak'ın önüne geçerek Alaz'a döndüm. "Ona dokunmayı aklından bile geçirme," diyerek kollarımı her iki yana açtım.

İshak'ı savunmam onu daha fazla kızdırmıştı. "Çekil!" diye bağırıp beni yolundan çekmek için kolumu tuttu. Fakat bana dokunduğu an onu göğsünden iterek bağırdım. "Yeter artık, Sipahi!" dedim son derece mesafeli bir sesle. "Seninle gelmemi istiyorsan sorun çıkarmayacaksın. Aksi takdirde hiçbir güç beni bu evden çıkaramaz," diyerek ona meydan okudum. Ben istemediğim sürece beni bir şeylere zorlayamazdı. Buna kalkışırsa inat ederek daha fazla kalmak isteyeceğimi iyi biliyordu.

Öfkeli bakışlarını bana yönlendirirken dişlerinin arasından, "Gidelim!" diyerek bana istediğimi verdi.

İshak'a dönüp gülümsedim. "Arayıcı'm sen olduğuna göre daha çok görüşeceğiz, yani veda etmeye gerek yok," dedim. Alaz yanımda burnundan solurken onun inadına bana göz kırptı. "Dikkatli ol." Başımı salladıktan sonra odamdan çantamı alıp evden çıktım. Kıyafetleri ve diğer eşyalarımı almamıştım. Burada bir odam vardı ve başım sıkışıp buraya her geldiğimde eşyalarım bana lazım olacaktı.

Bahçeye çıktığımızda arkamdaki kızgın sesini duyunca ofladım. "Pijamayla dışarı çıktığının farkında mısın? Gir içeri, düzgün bir şeyler giy!" diyerek bana bağırdı. Yemin ederim, pimi çekilmiş bomba gibi patlayacak yer arıyordu.

"Sana ne be adam! İstediğimi yaparım!" diye ben de ona bağırdım. Üzerimde askılı atlet ve eşofman altı vardı. Çoğu insan böyle dışarı çıktığı için bunu sorun etmiyordum.

O bana yetişmesin diye hızlı adımlarla yürüdüğüm için önümdeki sarmaşığı görmemiştim. Takılıp düşünce sinirden bağırdım. "Yemin ederim, sakarlığımı tetikliyor bu adam!" dediğimde gülerek bana yaklaştı. "Anlaşılan bazı şeyler hiç değişmiyor," demesi beni daha fazla kızdırmaktan başka bir işe yaramıyordu. Ayrıca İshak neden bu bahçenin bakımına bir türlü yoğunlaşmıyordu ki? Bak, onun yüzünden düşmüştüm işte! Annesinin emanetine gözü gibi bakan hayırlı evlat! Bakın söylüyorum, kesinlikle annesinden nefret ediyordu.

Ellerimi yere bastırıp bağdaş kurarak oturduğumda Alaz, "Çocuk gibi inat etme yine," dedi ve tebessüm ederek elini uzattı. *Rezilliğime mi yanayım yoksa onu güldürdüğüme mi, bilemiyorum. Hiçbir güç bana onun elini ikinci kez tutturamaz.*

Uzattığı elini tutmadığımı görünce gülüşü soldu. "Ne bekliyorsun?" deyince tek yaptığım omuz silkmek oldu. "Sence zeki çocuk?" dedim. "Elini tutmak istemiyor olabilir miyim acaba?" Dudakları bükülüp yüzünde hınzırca bir gülümseme oluştu. "Bu da seni kucağıma alıp kaldırmam için güzel bir sebep," diyerek bana meydan okudu.

"Ayağa kalkmak için kimseye ihtiyacım yok," diye söylenip onun yardımı olmadan kendim kalktım. Gitmeye yeltendim fakat İshak'ın sarmaşıkları yüzünden yine takılıp tökezledim. Bu sefer ben düşmeden belimden yakaladığı gibi beni göğsüne çekti. "Bu sakarlığını sevmeye başladım," derken benimle oynuyordu. Parmakları belime sürtünerek biraz baskı yapınca iyice ona yapışmıştım. "Alaz," dediğimde konuşmama izin vermeden üzerime eğildi. Gözlerindeki yoğun tutku ayaklarımı yerden kesiyordu. Nefesini tenimde hissedeceğim kadar yaklaştı ve yüzünü boynuma gömdü. Kokumu uzun uzun içine çektiğinde baştan ayağa ürperdim. "Sedef," diye fısıldayıp burnunu boynuma sürttü. "Kokunu özledim."

Ona yakın olmaya ihtiyacım vardı fakat bunu yapamazdım. Özleyen bir tek o değildi ki, onunla ilgili her şeyi özlemiştim. Bana bakan gözlerindeki aşkı, tutuşundaki sahiplenmeyi ve daha birçok şeyi... Onunla ilgili özlediğim çok şey vardı lakin bir duygu eksikti. Başından beri bana hissettiremediği bir duygu eksikti ve onun adı güvendi. Evet, bana veremediği en önemli şey güvendi ve bir ilişkinin temelinde güven yoksa yıkılmaya mahkûmdu. Ondan uzaklaşıp tek kelime etmeden arabaya doğru yürüdüm. "Sedef," dediğini duydum ama ona doğru dönmedim. Artık konuşmak istiyordu lakin ben buna henüz hazır değildim. Neler yaşadığımı bilmek istiyordu fakat anlatmak hiç kolay değildi.

Sebep olduğu yıkımın detaylarını bilmek istiyor.

7. BÖLÜM

Aslında korkuyordum, çocukları ne halde bulacağımı bilmemek beni korkutuyordu. Onları en son gördüğümde bir deponun içinde bitik haldeydiler. Ben bile yaşadıklarımın etkisinden çıkamazken onları düşünemiyordum. Özellikle aklımı kurcalayan iki isim vardı: Kuzey ve Yiğit. İkisini son gördüğümde bir ölüden farksızlardı. Üstelik Yiğit'in beyninde oluşan hasarın ne boyutta olduğunu da bilmiyordum. Bilmek istediğimden bile emin değilken göreceklerim beni korkutuyordu. Naz'ın hâlâ klinikte olduğunu duymuştum fakat Hakan'dan hiç haber yoktu. Efe muhtemelen ailesinin yanındaydı, peki ya Ecrin? Onun akıbeti neydi? Hırçın tavırlarıyla bunu gizlemeye çalışsa da Ecrin de en az Efe kadar duygusal ve hassastı. İlk olarak Kuzey'i görmek istediğim için Alaz beni ona götürüyordu. Hemen arkamızda ise bize yolda yetişen diğer eğitmenler vardı. Anlaşılan, çaylaklarını tesise döndürmek için tekrar şanslarını deneyeceklerdi.

Tolhun adında bir mahalleye girdiğimizi gördüm. Birkaç dakika sonra Güzelce Caddesi'nden dönüp Pınar Sokak'a girmiştik. Gördüğüm her tabelayı sıkıntıdan okumama ne demeliydi peki? Araba bahçeli, dubleks bir evin önünde yavaşlayınca Alaz, "Evi burası," dedi. Camdan baktığımda şaşkınlıktan dilimi yuttuğumu söyleyebilirdim. Güzel ve sessiz bir semtte harika bir evdi. Özellikle evin terası kocaman görünüyordu. Kuzey bu evi alacak parayı nereden bulmuştu? Henüz çocukken onunla yaptığımız bir konuşma aklıma gelince gözlerim doldu. Gerçekten çocukluk hayalim dediği şeyi yapmış mıydı?

"Bir gün hepimizin içinde yaşayacağı, kocaman bir evimiz olacak."

"Ama güzel bir yerde olsun," demişti Ecrin. *"Babamın beni dövmek için gelemeyeceği kadar iyi bir yerde olsun."*

Kuzey göğsünü gururla kabartmıştı. *"Kimsenin size zarar vermesine izin vermem. Hele bir büyüyeyim, boksör olacağım. Yanınıza yaklaşan herkesi tek bir yumrukta yere sereceğim!"* diyerek gelecekteki hayallerinden dem vurmuştu. Yumruğunu havaya kaldırıp çocuk bedeniyle bize olmayan kaslarını gösterdiğini hatırlayınca tebessüm ettim.

"Abartma oğlum," diyen Yiğit alay etmişti. *"Hepimizin içinde yaşayacağı bir ev almak kolay mı? Sedef'in aç karnını doyurmaktan ona sıra gelmez,"* diyerek söylenirken o yıllarda Yiğit de bilmiyordu bir gün ayrılacağımızı. Çok yakında her birimizin bir yerlere savrulacağını bilmeden her zamanki gibi dalga geçmişti.

Naz ise hep olduğu gibi Yiğit'i kızdırmak için, *"Seni döven o çocukları dövdüğüne göre bence bize bir ev alacak kadar da güçlü,"* demişti. Henüz çocuktu ve bunları söylerken bile saçlarını düzeltmeye çalışacak kadar süslüydü.

"Sana fikrini soran oldu mu, Naciye?" diyen Yiğit o yıllarda bile Naz'ın adını yanlış söylerdi. *"Ayrıca o çocuklar beni, senin yüzünden dövmüştü, salak!"*

"Naz benim ismim, geri zekâlı! Naz! Naz! Naz!"

İkisinin tartışmasını bölen Hakan olmuştu. Yanıma gelip sırıtarak bana bakıyordu. *"Sakar, bak sana ne getirdim,"* dedikten sonra elindeki kutuyu bana uzatmıştı.

Ben tabii daha çocuktum ve aklım fikrim hep yemeğe çalışırdı. *"Bana pasta mı getirdin?"* diye haykırıp kutuyu ondan aldığımı hatırlıyordum. Bahçede yanımda oturan tüm çocuklar hemen ayağa kalkarak uzaklaşmışlardı. O zamanlar çok kolay kanıyordum fakat diğerleri Hakan'ın sulu şakalarını iyi bildikleri için kaçıyordu.

Kutuyu açtığımda ise içinden çıkan vıcık vıcık solucanlar beni çıldırtmıştı. Hep olduğu gibi çığlık atarak ayağa kalkmıştım. Elimdeki kutuyu yere atmam ve kendi ayağıma takılıp solucanların üzerine düşmem ise tam bir faciaydı. Çocukların hepsi kahkaha atarak bana gülerken o an tek yaptığım ağlayarak, *"Allah senin belanı versin, pis Hakan!"* demek olmuştu.

Şimdi ise eve baktıkça aklımda tek bir soru yankılanıyordu: Kuzey bu evi alırken o konuşmalarımızı hatırlamış olabilir miydi? Araba tekrar hızlanıp çalışınca şaşkınlıkla Alaz'a döndüm. "Neden eve girmiyoruz?" dedim. Belki de Kuzey evde değildi.

Soldaki yola saptı. "Burada değil," dediğinde bunu tahmin etmiştim. "Yurttan ayrıldıktan sonra aklının alamayacağı kadar pis işlere bulaştığı için sabıka kaydının bir sonu yok diyebilirim. Kazandığı ilk parayla bu evi aldı ancak içinde hiç yaşamadı," diyerek bana Kuzey hakkında bilgi verdi. "Onun yerine ucuz oteller ve pansiyonlar uğrak yeri oldu. Üç yıl önce Kemal diye bir mafyanın yanında koruma olarak çalıştı ve daha da dibe battı. Kemal bir saldırıda ölünce mekânı ve namı, oğlu gibi sahiplendiği Kuzey'e kaldı. Fuhuş yuvası olan o yerdeki tüm kadınları azat etti ve mekânı dövüş sahasına çevirdi. Yasadışı bir yer olduğu anlaşılmasın diye gündüzleri üst katı kafe olarak kullanılıyor, geceleri zemin katta dövüşler oluyor ve bahisler oynanıyor. Arkadaşın, Cezayir'in en rağbet gören pislik yuvasını işletiyor," diyerek önüne dönünce yutkundum. Son söyledikleri nefesimi kesmişti. Cezayir mi demişti o? Belki de yanlış duymuştum, belki de Cezayir dememişti. Hayır, Kuzey'in yıllarca Cezayir'de yaşaması saçmalık olurdu.

Cezayir, benim yurttan kaçıp sığındığım cehennem.

"Ce-Cezayir mi?" Şaşkınlıktan konuşamayacak bir halde olduğumu görünce başını salladı. "Evet, Cezayir. İkinizin çocukluğunun geçtiği yer. Birbirinizden habersiz aynı mahallede büyüdüğünüz kimin aklına gelirdi ki," deyince gözlerim doldu. Kuzey'de mi Cezayir'de büyümüştü? Şaşırmıştım. Hapisten çıkınca yine Cezayir'e geldiğimi hatırladım. Yıllar sonra Kuzey ile ilk karşılaşmamız orada olmuştu. O gece beni tanıdığı için takip ederken, ben onun hayatımdaki önemini bilmeden ondan kaçmıştım. Bana yemek bırakan bile oydu çünkü açlığa dayanamadığımı çocukluğumdan beri biliyordu. Aynı mahallede birbirimizden habersiz nefes almış ve büyümüştük.

Onu bulmayı başarsaydım beni korur ve bana sahip çıkardı. Belki de o karşıdan gelirken ben ona doğru yürüyordum. Aynı yönlere baktığımız için birbirimizin yanından geçip gitmiştik. Belki de defalarca karşılaşmış ve birbirimizi teğet geçerek uzaklaşmıştık. Aynı mahallede büyümüştük. İlla ki aynı sokakta yürümüş, aynı bakkalda alışveriş yapmış ve aynı durakta beklemiştik. Lakin bütün bunları yaparken birbirimizi hiç görmemiştik. Kuzey ile birbirimize bu kadar yakınken bir o kadar uzak yaşamıştık. Yaşadığım hayat bana karşı hep acımasız olmuştu. Kuzey ile karşılaşsaydık beni bırakmazdı. Yanından bir dakika ayırmaz, beni hep korurdu. Fakat biz aynı göğün altında soluklanırken birbirimizi hiç görmeden yaşamıştık. Belki de defalarca aynı yerlerden geçip durduk. Belki de çoğu kez o gelirken ben gidiyordum. Allah kahretsin, belki de onlarca kez onu sadece birkaç saniyeyle kaybetmiştim!

Yaklaşık yarım saat sonra araba o tanıdık sokağa girince, Cezayir'de yaşadığım her şey gözümün önünde canlandı. Sokaklarda çiçek ve mendil satan çocukları gördükçe, üstü başı kir içinde çöpleri karıştıran bir çocuk canlanıyordu gözlerimin önünde. Geride bıraktığımız evlere baktıkça kâbuslar görüyordum. Küçük bir kız çocuğu açlıktan bayılmak üzereyken onların kapısını çalıp yemek için yalvarıyordu. Hayır, hiçbir kapı açılmıyordu o çocuğa. Kaldırımda dilenen bir erkek çocuğu gördüğümde ise gözlerim doldu. Evet, buralarda bir parça ekmek ve su için herkese el açıp dilenmiştim çoğu kez. Bir şekilde büyümüştüm işte. Lakin ben kendimin anne ve babası olarak kendimi en zor şartlarda büyütmüştüm. Yeri geldi hırsızlık yapmıştım, yeri geldi kendi alın terimle çalışmıştım ama kendimi bu kirli dünyada en güzel şekilde büyütmeyi başarmıştım. Kışın ortasında tir tir titrerken bile pes etmemiş ve hep, "Geçecek," diye kendimi teselli ederek bu günlere gelmiştim. Benim kolay bir hayatım olmamıştı, geçmeyen her acıya geçecek gözüyle bakıp kendimi kandırmıştım.

O yüzden ben değerliydim ve kendim için bir armağandım. Ben kendimi çok zor büyütmüştüm, bu yüzden kendi gözümde herkesten üstündüm. Bir Azrail'den ismimi alıp yeniden doğmuşken ben asla kendimi küçümseyemezdim. Bir şeyleri başarmak istiyorsa insan, önce kendisini sevmeliydi. Kimseyi kendisinden daha çok sevmemeliydi ki yıkılmasın.

Şu ana kadar yaptığım buydu, bu yüzden aldığım tüm darbeleri bir şekilde savuşturuyordum çünkü ben tektim. Fakat yıllar sonra çocuklar yeniden hayatıma girmişti ve her şey altüst olmuştu. Kaçmaya çalışsam da bir şekilde onları yine kendimden daha çok sever olmuştum. Bu yüzden artık çok kolay yara alıyordum, bundandı can kırıklarım. Evet, seven sevdikleri için acı çekmeye mahkûmdu. Ve hayır, pişman değildim onlar yanımda oldukça ben alırdım kendi payıma düşeni. Alaz düşünceli halimi görünce, "İyi misin?" diye sordu. Araba eski ve büyük bir kafenin önünde durunca başımı salladım. Çantamı alıp tek kelime etmeden arabadan inmiştim.

İyi olacağım günler gelecek, gelmeli artık. Beni bu kadar bekletmeye hakkı yok çünkü fazla naz adamı katil eder!

Alaz arabayı park ederken ekibin geri kalanı arabadan inip yanıma geldi. Afrodit kafeye bakarak iç çekti. "Çok şanslıyız, bugün gündüz yapılan maçlardan biri var," diyerek dudağını ısırdı. "Ah, onu o ringde görmek bile yataktaki ateşli halini düşlememi sağlıyor," deyince onun yerine ben utandım. Erkekler kaşlarını çatarken Yosun kızarmış ve Simay kahkaha atmıştı. Bu kadın erkeklerden beter!

"Lütfen, Bayan Afrodit," diyerek ona ters ters baktım. "Kuzey ile olan arsız fantezilerinizi duymak körpecik kulaklarıma iyi gelmiyor!" En yakın arkadaşımı onunla uygunsuz şekilde düşlemek berbat bir durumdu.

Kahkaha atarak beni süzdü. "Tatlım, güzelsin ama hâlâ çocuksun. Yaşlı, buruş buruş ve bakire bir teyze olmak istemiyorsan erkekleri kullanmayı öğrenmelisin," dedikten sonra arabadan inip bize doğru gelen Alaz'ı gösterdi. "Yoksa Altuğ ile hâlâ o sınırı geçmediniz mi?" *Bunu gerçekten söylemiş olamaz!* Ben utançtan yerin yedi kat dibine girmiştim ve hepsinin gülüşünü saklamaya çalışması utancımı körüklüyordu. *Bu ekip bildiğin arsız!*

"Ne münasebet!" diye bağırdım. Alaz yanıma gelince Buket'in söyledikleri yüzünden kaçar gibi ondan uzaklaştım. "Beş adım yakınıma yaklaşmıyorsun!" dedikten sonra Yosun'un yanına gittim.

Ondan kaçtığımı görünce kaşlarını çatarak Afrodit'e döndü. "Ona ne söyledin?" diye sordu fakat lanet tanrıça sırıtarak Yavuz'un koluna girdi. "Hayatın gerçeklerini duymaya alışık değil. Sanırım o da Yosun gibi ölene kadar bakire kalmanın peşinde. Bu ikisiyle aynı cinsten olduğuma inanamıyorum," diyen kadın, gerçekten utanç duygusu yokmuşçasına konuşuyordu. *Erkeklerin yanında nasıl böyle rahat konuşur, aklım almıyor.*

Şimdi tüm gözler Yosun'a dönmüştü. Onun da en az benim kadar kızardığını gördüm. Atalay bugüne kadar tam tersini düşünmüş olmalı ki garip bir şekilde Bayan Kırmızı Dudak'a bakıyordu. "Doğru mu söylüyor? Yani sen hâlâ..." dedi fakat şaşkınlığı cümlenin devamını getirmesine izin vermemişti. *Sana ne kardeşim kızın mahreminden? Bu ekip olur olmadık her şeyi çok rahat konuşuyor!*.

Yosun utançtan tırnaklarını koluma geçirdiğinden habersiz kendince bir savunma geliştirirken ben tırnaklanan kolumun derdindeydim. "Şey..." diye bir şeyler geveledi. "Bu doğru değil tabii ki." Acemice bir savunma yapmıştı ve bence çoktan kendisini ele vermişti. Özellikle Atalay'ın ona attığı imalı bakışlar yüzünden kadın kolumu deşmişti.

Asla ama asla bu utanmaz ekibin bir parçası olmayacaktım. *Bir kere mahremiyet dedikleri şey bunlarda sıfır!* "Size ne bundan?" dedim. Yosun utandıkça koluma işkence yaptığı için mecburen müdahale ettim. "Herkesin özel hayatı kendisine. Bayan Kırmızı Dudak, lütfen artık kolumu rahat bırakın," diye isyan ederek kolumu çektim. Fakat bir türlü rahat durmayan Afrodit, "Bildiğim çok güzel bir manastır var," diyerek gülünce Buzdağı daha fazla dayanamadı ve onu tersledi. "Buket, kes sesini! Başıma bir de manastır çıkarma," dedikten sonra beni gösterdi. "Zaten aklına gelen her şeyi yapan bir deli!" Ne yani, gerçekten bir manastıra gidecek kadar çılgın olduğumu mu düşünüyordu?

Aslında şöyle bir düşününce fena fikir değildi. Kendimi rahibe kıyafetleriyle kilisede namaz kılarken düşündüm de bu oldukça garip olurdu. Alaz, "Sedef, aklından bile geçirme," diyerek beni tersleyince güldüm. Düşündüğüm şeyleri anlayacak kadar iyi tanıyordu beni.

Kafeye girdiğimizde sadece birkaç masa doluydu. Küçük bir kafeydi, küçük ama çok şirin. Biraz yürüyüp etrafa bakınınca duvarda gördüklerime tebessüm ettim. Deniz kabukları ve çeşit çeşit çakıl taşlarının olduğu bir pano asılmıştı duvara. Her renk ve şekildeki kabukları sanki Kuzey seçmiş gibiydi. "Ecrin, ha?" diyerek mırıldandım. Gülüşümü durduramıyordum, bunları Ecrin'i düşünerek seçtiğini iyi biliyordum. Kibirli kızımız tıpkı soyadı gibi yakamozu izlemeyi severdi. Bir avuç dolusu deniz kabuğu ve çakıl taşı toplamak istediğini çocukken sık sık söyleyip dururdu. Onun tozpembe, vıcık vıcık hayallerinin aksine o yaşlarda benim tek bir hayalim vardı. Yemeklerin kendiliğinden piştiği ve asla bitmediği kocaman, sihirli bir mutfak.

Allah'ım, çocukken bile bu mübarek kulun çok yaratıcıymış.

Gözlerimi duvardan çekince kafenin aynı zamanda kütüphane olduğunu gördüm. Raflardaki kitapların tam karşısında puf minderler vardı ve birkaç kişi oraya oturmuş, kahvesini içerek kitap okuyordu. "Kedilerin bu kadar ilginç olduklarını bilmiyordum," diyen kişi müşterilerden biriydi. Kitaba bakınca *Kedinin İntikamı*'nı okuduğunu gördüm. Ne saçma bir kitaptı. Diğer çocuğun okuduğu kitabı görünce yutkundum. *Kedinin Hazin Sonu* mu yazıyordu? Kaşlarımı çatarak hemen raflardaki kitapların yanına gittim. Gördüğüm kitap isimleri yüzünden az kalsın bağıracaktım. *Kedinin Kalan Üç Canı, Köpeklere Kafa Tutan Kedi, Mabetteki Çirkin Kedi, Düşesin Obur Kedisi, Bana Kalan Miras Bir Kedi, Nankörlükte Sınır Tanımayan Kediler ve Kedim Olur musun?* Sinirden bağırarak bir ayağımı sertçe yere vurdum. "Allah belanı versin, Kuzey!" dedim. "Kim oğlum bu kitapların yazarı? Hepsini bulup kalemini kırmazsam ben de Yankı değilim!" diye bağırdığımda Alaz ve diğerleri gülerken kafedeki birkaç müşteri şaşkınlıkla bana bakıyordu. *Tüm kitapların kediyle ilgili olduğuna inanamıyorum. Kuzey, kesin benim için tüm kedili kitapları buraya koydu!* Kahretsin, beni kedisi olarak görmeyi bırakmalıydı. Kazayla Ercan'ı öldürdüğüm günden beri üzerime yapışan kedi lanetinden kurtulamıyordum. Kemiklerin çürüsün, Ercan! Nereden düştüm üstüne, bilmiyorum ki.

"Yankı?" Gülerek bana seslenen Atalay'a döndüm. "Kafenin ismi de Yakamozdaki Islak Kedi," diyerek bir kahkaha patlatınca yemin ederim sinir krizi geçirmek üzereydim. Kafenin ismi bile benim ve Ecrin'in karışımıydı! Arda seçim yaptırdığında bile ben ve Ecrin vardık. Kuzey'in asla vazgeçmeyeceği iki kadın konumundaydık.

Bize doğru gelen çocuk en fazla on dört yaşlarında gösteriyordu. Üzerindeki beyaz mutfak önlüğü burada çalıştığını gösteriyordu. "Hoş geldiniz," diyerek yanımızda durdu. "Size içecek olarak ne getirmemi istersiniz?" deyince gülerek sarı saçlarını karıştırdım. "On dakika sonra aşağıya bir ilkyardım çantası getir, ufaklık," diyerek ona göz kırptım. "Patronun olacak o serseriye lazım olacak," dediğimde çocuk bana şaşkın gözlerle bakarken, buraya daha önce gelmiş gibi rafları geçtim. Kafenin arka kısmına geçince aşağıya inen merdivenleri gördüm. Doğru tahmin etmiştim çünkü aşağıya inen yol buradan geçiyordu. *O serseri küçük bir maç da benimle yapsın, bakalım Yakamozdaki Islak Kedi nasıl oluyormuş!*

Diğerleriyle birlikte aşağıya indik. Merdivenleri indikçe aşağıdan yükselen sesler merakımı cezbediyordu. Önümüze çıkan kapıyı açarak içeri girdiğimizde gözlerime inanamadım. Alaz hemen sağımda dururken ben gördüklerimin şokundaydım. Kafenin aksine burası o kadar kalabalıktı ki, Kuzey'in gerçekten böyle gürültülü bir yerde nasıl durduğunu merak ettim. Bu çocuğun seslere karşı hassasiyeti yok muydu? Buna rağmen böyle bir kalabalığın içine girerek neden kendisine işkence yaptığını anlamadım. Elinde içki şişeleri olan insanlar bağırarak tezahürat yapıyordu. Buradaki insanlar hiç tekin görünmüyordu. Kadın erkek demeden ellerindeki paraları havaya kaldırıp sallayan insanlar, tek bir ismi haykırıyordu: Kuzey!

Sen ne işler karıştırıyorsun, Kuzey?

Bu sokak çeteleri beni korkuttuğu için Alaz, "Yanımdan ayrılma," diyerek belimi tuttu ve yürümek için beni teşvik etti. İnsanların arasına karıştık, kalabalığın içinden yürümek çok zordu. Burnuma gelen ter ve sigara dumanına karışmış alkol kokusu midemi bulandırıyordu. "Bu yeri neden kapatmıyorsunuz?" dedikten sonra Alaz'ın temasından kurtulup kendi başıma yürüdüm.

Hoşnutsuzluğu yüzünden okunurken, "Buket'in bununla ilgilendiğini sanıyordum," dedi. "Yarın kapanmış olacak!" Anlaşılan o ki Buket dövüş yapan erkekleri izlemeyi seviyordu. Her ne kadar yasadışı olsa da! *Ona erkek olsun da türü önemli değil, azizim. Sadece cinsi erkek olsun.*

Sonunda kalabalığı geçince kocaman, demir bir kafes gördüm. Kafesin içinde gördüğüm çocuk ise aklımı başımdan almıştı. Evet, kafeste dövüşen kişi Kuzey'den başkası değildi! Kuzey kendisinden daha iri birisiyle dövüşüyordu. Pardon, bildiğin dayak yiyordu! En az Alaz kadar uzun boylu ve kel bir adam, Kuzey'i yere devirmiş ve acımasızca yumruklarını ona geçiriyordu. Yüzünü kan içinde bıraktığı çocuğu ölesiye dövüyordu. En kötüsü de Kuzey ona karşılık vermeye yeltenmiyordu. Nasıl canını hiçe sayıp bu maça çıkardı, aklım almıyordu! Gözlerim dolduğunda, "Kuzey!" diye adını haykırdım lakin gürültücü kalabalık yüzünden sesimi ona duyuramadım. "Kuzey, kalk!" diye bağırdım. *Ayağa kalk kardeşim.*

O gece de böyle kanlar içinde yatıyordu ve ben ona böyle seslenmekten başka bir şey yapamamıştım. "Neden karşılık vermiyor? Bu gidişle ölecek!" Afrodit korkuyla benim gibi yutkunurken Alaz gözlerini ringden ayırmadan tek bir şey söyledi: "İstediği de bu zaten," dedi. Ne yani, bilerek mi kendisini dövdürüyordu?

Buna bir daha asla izin vermem!

Kalabalığı sertçe iterek kafese doğru koştum. Alaz peşimden, "Sedef!" diye bağırarak geliyordu fakat ondan daha ufak tefek olduğum için insanların arasından geçmem daha kolaydı.

O yerli elf, kimin kardeşine zarar verdiğini bilmiyor!

Kafesin etrafından dolaşıp kapının önünde durdum. Kafesin kapısını koruyan adam kaşlarını çatarak, "Giremezsii..." demişti ki bacak arasına sert bir tekme attığımda inleyerek eğildi. "Hadi, durdur beni!" diye çıldırmış gibi bağırdım. Adam yediği tekme yüzünden eğildiği için tüm gücümle dirseğimi ensesine geçirdim. Şimdi iki büklüm yere düşmüştü. *Bu ne ki, ben daha yeni başlıyorum!*

Aceleyle eğildim ve elinde tuttuğu anahtarı çekip aldım. Kafesin kapısını açtığım gibi hiç düşünmeden içeri girdim. Alaz bana yetişmek üzereyken kapıyı kapattım ve demirlerin arasından elimi uzatıp kapıyı dışarıdan kilitledim. Yaptığım şeyi görünce dişlerini sıkarak, "Aç şu kapıyı!" diye kükreyip demir parmaklıklara sert bir tekme attı. "Senin yerine ben dövüşürüm, senin ona karşı hiç şansın yok!" deyince elimdeki anahtarı ona göstererek sırıttım. "Ama kafesin içinde olan benim ve sen yine benden uzaksın," dedim.

"Sedef!" diye bağırsa da onu umursamadım ve anahtarı rastgele kafesin içine attım. Silahını çıkartıp kilide ateş edemezdi çünkü bunu yaparsa kalabalıkta izdiham yaratırdı. Kafesin içinden biri kilidi açmadıkça hiçbir şekilde içeri giremezdi. Onun yardımı olmadan da bu işin üstesinden gelebilirdim. *Ne kadar zor olabilir ki canım?*

Kuzey tamamen kendinden geçmek üzereyken hâlâ ona yumruklarını geçiren adama doğru yürüdüm. "Hey!" diye bağırdım. "Seni uyarıyorum, elf çakması cani. Ondan uzak dursan iyi olur," dedim. Kuzey'i bırakıp ayağa kalkınca buranın fazla sessizleştiğini fark ettim. Az önceki gürültücü kalabalığa ne olmuştu? Başımı kaldırdığımda kafesteki sürpriz ziyaretçinin onları bayağı bir afallattığını gördüm. Güldüm ve dizlerimi hafifçe bükerek serenat yaptım. "Adım Yankı. Bu vahşete seyirci olan herkesin Allah belasını versin!" diyerek onlara da kızdım. Yüzlerindeki o afallama ifadesini yumruklamak istiyordum. *Dışarıdan öyle bağırmak kolay tabii, sıkıysa gelip kafese girsinler.*

Kuzey'i linç eden iri adam baştan ayağa beni süzdü. "Bu kafese girince ne olacağını biliyor musun?" deyince siyah gözlü elfe başımı salladım. "Sen arkadaşımı bırakacaksın ve ben de sana dokunmadan onu alıp gideceğim," dedim. Kahkaha atınca ona kızmadım çünkü benim bile bu söylediklerime inanasım gelmiyordu. Adama bakarken bile başımı bayağı bir kaldırdığım için boynum ağrıyordu. *Boyu kaç santim acaba?*

"Komik kız," diyerek bana doğru atılıp bir yumruk savurdu. "Ölecek olman büyük kayıp!" dediğinde yüzüme doğru gelen yumruktan son anda eğilerek kurtulmuştum.

Kafesin demirlerini sıkıca kavrayan Alaz, öfkeden yerinde duramazken bana bağırdı. "Savunmada kal!" diyerek yine eğitmenliğimi üstlendi. "Fiziksel olarak ona karşı çok zayıfsın, savunmada kal ve ben komut vermeden atağa geçme!" deyince sinirli olanın sadece o olmadığını anladım! Bana ne yapmam gerektiğini söylemesinden bıkmıştım!

Alaz'ı dinlememiştim ve dinlemeye de niyetim yoktu. Rakibim olan yerli elf tekrar bana saldırınca yine eğilerek gelen darbeden kurtuldum. Bulduğum boşluktan yararlanıp yumruk yaptığım sol elimi onun karın boşluğuna geçirdim. Fakat adamda yaprak kımıldamazken sol bileğimde hissettiğim acıyla inleyerek geri çekildim. Kahretsin, şişen bileğimi hesaba katmamıştım! *Ne diyeyim, Allah belanı versin Kuzey!* Beklediğim sevgi dolu karşılaşma bu değildi!

Bileğime tutarak geriye çekilmem Alaz'ı iyice çıldırttı. Avucunun içiyle sertçe demir kafese vururken, "Sana savunmada kal, demiştim!" diye bağırmıştı. Mümkün olsa kafesi parçalayıp içeri girecekti. "Sen solaksın, aptal kadın! Bileğin o durumdayken savunmada kal ve gerektiğinde sağ elini kullan!" *Ama hiç susmuyor ki önüme döneyim!* Sürekli şunu yapma bunu yapma diyerek dikkatimi dağıtıyordu.

"Alaz, bir sus ya!" diye bağırdım. "Oğlum, bir rahat bırak beni..." demiştim ki karnıma yediğim yumruk yüzünden savrularak yere düştüm. Düştüğüm yerde acıyla karnımı tutarken, "Allah belanı versin, Alaz!" diye bağırdım. Onun yüzünden dikkatim dağılmıştı!

Rakibim bana yetişmeden neyse ki ayağa kalkmayı başarmıştım. Karnımda hissettiğim sızıyı unutmaya çalışarak savunma pozisyonu aldım. Rakibimin adım adım bana yaklaşmasını izlerken, Yosun kalabalıktan sıyrılıp öne çıktı. "Yankı!" diye bağırdı. "Onun Altuğ olduğunu düşün," Yemin ederim, beni nasıl motive edeceğini çok iyi biliyordu. Pekâlâ, sanırım bunu yapabilirdim.

Kalabalıktan yükselen seslere kulaklarımı tıkadım. Tüm insanları bir bir yok sayıp görünmez kıldım. Sanki tüm ışıklar sönmüştü ve burası karanlığın hükmü altına girmişti. Tavandaki ışık sadece büyük kafesi aydınlatıyordu ve kafesin içinde sadece iki kişi vardı. Rakibimin yüzü değişerek Alaz'ın silüetine bürünmeye başlayınca kaşlarımı çattım. Bütün bunlar benim gelişmiş hayal gücümden kaynaklanıyordu fakat işe yarıyordu. Düşmanımı Alaz gibi görmem bedenimin yoğun bir öfkeyle dolup taşmasına neden oluyordu. Bana yaşattığı şeylerin hıncıyla onun saldırılarından kurtulmaya başladım. Yumruklarını savunmada kalarak geçiştiriyordum. Aldığım eğitim bir bir zihnimde canlandığı için belleğimdeki bilgiler tazelenmişti. Onun yumruklarından ya kenara çekilerek ya da eğilerek kurtuluyordum. Hiç saldırmıyor, hep savunmada kalıyordum. Rakibim pasif bir dövüşçü karşısında gittikçe daha çok sinirleniyordu. Onun istediği kanlı bir müsabakaydı fakat ben karşılık bile vermeden hep kaçak oynuyordum. Ben etrafında dönerek hamlelerini geçiştirdikçe daha saldırgan oluyordu. Her bir hareketi bir diğerinden daha hızlı ve agresifti. Bana vurmak istiyordu, bir an önce benden kurtulmak için çıldırıyordu. Ona göre ufak tefek bir kadındım ve ele avuca sığmaz halim onu deli ediyordu. Beni tutmak ve parçalamak isteyen bir hayvandan farklı değildi.

Şaşırtıcı bir şekilde en az beş dakika boyunca hiç darbe almadan savunmada kalmayı başarmıştım. Rakibimi çok yorduğumu görebiliyordum ve tam olarak istediğim buydu. Üst üste bana attığı her yumruk yüzünden fazla güç harcamıştı. Öfkesi şuursuzca hareket etmesine sebep oluyor ve kontrolsüz darbeleri onu yorgun düşürüyordu. Bana doğru attığı son yumruktan sonra dışarıdan, "Şimdi Sedef!" diyen bir ses duydum. Başımı sağa eğince rakibimin yumruğu kulağımın yakınından geçmişti. Yumruk attığı elini daha çekmeden kolunu tuttum ve tüm gücümle bacak arasına sert bir tekme attım.

Ansızın gelen darbe yüzünden âdeta böğürerek geriye çekildi. Canı yandığı için öne doğru biraz eğilmişti. Sol bacağı arkadaydı fakat sağ bacağı öndeydi ve dizi hafif bükülmüştü. Adam daha kendisini toparlamadan ona doğru koştum. Havaya sıçrayıp büktüğü dizinin üstüne basarak kucağına atladım. Bacaklarımı sıkıca beline sardığım gibi omuzlarını kavradım ve kafamı burnuna geçirdim. Geriye sendeleyip sırtüstü yere düşünce, kucağında olduğum için ben de onun üzerine düşmüştüm. Saçlarımı kavrayıp beni üzerinden atmak için çekti lakin canım yansa da burnuna yumruk atmayı başardım. İkinci kez burnuna darbe alınca saçlarımı tutan eli gevşemişti. Bileğimdeki şişliğe rağmen sol elime yüklenip burnuna tüm gücümle bir yumruk daha attım. Burnu kanarken can havliyle göğsüme vurması nefesimi kesmişti. Beni üstünden itmeyi başarmıştı. Daha önce kurşun yarası aldığım yere denk getirip vurması en büyük şansıydı. Dizlerimin üzerinde dururken göğsümü tutarak nefes almaya çalıştım. Kahretsin, acısı uzun süre geçecek gibi değildi.

Yerli elfin ayağa kalktığını gördüm fakat göğsümdeki şiddetli ağrı yüzünden aynısını yapamıyordum. "İyi iş çıkardın ama kafeste sadece güçlü olan hayatta kalır," diyerek güldü. Kanayan burnundan dolayı ağzına doluşan kanı tükürerek bana yaklaştı. Ayağa kalkmak için elimi göğsümden çektim fakat çok geç kalmıştım. Ensemdeki saçlarımı kavrayıp başımı sertçe yukarıya kaldırdı. Yüzüme doğru gelen yumruğunu ağır çekimde görürken tam o esnada bir şey oldu. Biri adamın bileğini havada yakaladı ve "Benim kedime kimse dokunamaz!" diye bağırıp âdeta yeri göğü öfkesiyle titretti. Evet, tam zamanında uyanıp yardımıma yetişen kişi Kuzey'den başkası değildi. Adamın bileğini sıkıca kavrayıp hiç tereddüt etmeden bükünce, kulağıma gelen kırılma sesi dayanılacak gibi değildi. Bileği kırılan adam öyle bir bağırdı ki sağır olduğumu sandım. Saçlarımı bıraktığı esnada Kuzey, tek bir yumruk ile onu yere sermişti. Adamın üzerine atlayıp onu yumruklarıyla sersemletmeye başlayınca rahat bir nefes aldım. Tam zamanında uyanmıştı yoksa dünya güzeli yüzüm pert olurdu. Gerçi ben bir şekilde hallediyordum ama neyse artık.

Ayağa kalktığımda Kuzey'in kendisinden iki misli daha iri bu adamın yanına diz çöktüğünü gördüm. Adam kan kusana kadar yumruklarını geçirmeye başlamıştı. Onu izlerken artık bir boksör olduğuna hiç şüphem yoktu. Her darbesi güçlü ve yıkıcıydı. Kuzey her yumruk attığında kalabalık coşkuyla, "Kuzey! Kuzey! Kuzey!" diye bağırarak onun adını haykırıyordu. Adam bayılınca bu sefer kalabalıktan aynı anda farklı bir tezahürat yükseldi. "Öldür! Öldür! Öldür!" Kaşlarımı çatarak onlara döndüm. "Geri zekâlı mısınız oğlum siz? Birini öldürmek bu kadar basit değil!" diye bağırdım. Neyse ki Kuzey onları duymazlıktan geldi ve adama ciddi zararlar vermeden ayağa kalktı. Sadece bayıltmak bence ölümcül bir hasar değildi.

Ve mutlu son! Tabii, şimdilik.

Bana doğru döndüğünde siyah gözlerindeki ölü toprağının nasıl yok olduğunu gördüm. "Ke-Kedicik?" diyerek fısıldadı. Gözlerindeki o ışıltı bana baktıkça parıldıyor, sanki ruhu ve bedeni yeniden hayat buluyordu. "Yaşıyor musun?" dedi. Bir çocuk masumiyetiyle sorduğu soru beni güldürdü. "Sence?" diyerek ona yaklaştım ve yumruk yaptığım sağ elimi patlamış dudağına geçirdim. "Bu, yukarıdaki o kedi faciası için!" diye bağırdığımda acıyı umursamadan kahkaha attı. "Sen kitapları gördün, değil mi?" dedikten sonra gülümseyerek aramızdaki mesafeyi kapattı ve belimden tuttuğu gibi beni havaya kaldırdı. Beni kendi etrafında çevirince boynuna sımsıkı sarıldım. *Onu seviyorum, onu çok seviyorum.*

İşte saf mutluluk bu, Kuzey'in güvenli kollarında olmak.

Beni yere indirince sımsıkı sarıldı ve yüzünü saçlarıma gömdü. Kokumu içine çekmesi gözlerimin dolmasına neden olmuştu. "Sözünde durdun," dediğinde sesi boğuk çıkmıştı. Her an ağlayacak gibi konuşuyor ve beni tutarken heyecandan titriyordu. "Beni bırakmadın, kardeşim," dediğinde sesindeki minnet içimi acıtıyordu.

Yüzünü kavrayıp gözlerimdeki yaşlarla tebessüm ettim. "Sen de beni bırakmadın," dedim. "Yaşıyorsun Kuzey, yaşıyorsun," diyerek Allah'a yüzlerce kez şükrettim. Yaşıyordu, benim kardeşim hâlâ yaşıyordu. Bundan daha büyük bir mutluluk olamazdı.

Dudaklarını alnıma bastırınca derin bir iç çekti. "Öldüm Sedef," dedi acı çekercesine. "Öldüğünü düşündüğüm her saniye daha fazla öldüm." Gözlerinden süzülen bir damla yaşı parmak uçlarımla silerek hıçkırdım. "Seni ve diğerlerini bırakıp nasıl giderim?" diye fısıldadım. Bana öyle bir bakışı vardı ki... O kömür karası gözler hüznüm olacaktı. Bu çocuk benim uğruma defalarca kendinden geçmiş tek kişiydi. Kuzey, doğduğum günden beri yanımda olan ve kendi aç gezerken beni doyuran ağabeyimdi. Kimse bilmezdi onun tarafından sevilmenin nasıl bir duygu olduğunu çünkü Kuzey gibi çocuklar zor sever ama ölümüne severdi. Ve ben onun tarafından sevilerek o şanslı kişilerin arasında kendime yer edinmiştim. Tabii, benim tarafımdan sevildiği için o da çok şanslıydı. Sonuçta ben de önüme gelen herkesi sevmiyordum.

Burnumu çekerek ondan uzaklaştım. "Bu kadar duygusallık yeter. Hadi, diğer çocukları bulalım," dedim. Herkesin içinde salya sümük ağlamak istemiyordum. Tebessüm ederek başını sallayınca anahtarı attığım yerden aldım.

Kapıyı açarak dışarı çıktığımızda Alaz'ın çatık kaşlarını görünce güldüm. "Ne?" dedim masumca. "Gördüğün gibi hiç yara almadan bu işi bitirdim." *Tamam, Kuzey tam zamanında müdahale etmeseydi cehennemi boylayacaktım ama şimdi o konulara hiç girmeyelim. İyi günümde olsaydım o zaman görürdü o elf gününü. Dua etsin, formumda değilim.*

Kuzey'in mekânından çıktıktan sonra ona başımdan geçenleri kısaca anlatmıştım. Kedi içerikli kitapların hepsini yakacağımı ise özellikle belirtmiştim. Üstünü değiştirip yola çıkmıştık. Henüz Ecrin'in tesisten ayrıldığını bilmiyordu. Kuzey, Afrodit'in arabasıyla hemen arkamızda gelirken hepimiz önde giden Atalay'ı takip ediyorduk. Her eğitmen kendi çaylağını takip ettirdiği için Ecrin'in yerini en iyi Atalay biliyordu. Cezayir'den daha beter bir mahalleye geldiğimizde yüzümü buruşturdum. *Börülce mi? Ecrin bu harabede mi yaşıyor?* Evlerin hepsi gecekonduydu. Sokaklarda oynayan çocuklar güneşin altında kalmaktan esmerleşmişti. Kaldırımda oturan kadınlar bile pek tekin görünmüyordu. Her biri arabaları parçalayıp satacakmış gibi tehlikeli görünüyordu. Çatısındaki tuğlaların hepsi kırılmış bir evin önünde durunca arabadan indim. En az Cezayir sokakları kadar tehlikeli ve kötüydü bu mahalle. Diğerleri arabalardan indiğinde Kuzey harabe evin kırık camlarına bakarak yutkundu. "Burada mı yaşıyor?" dedi. Ecrin de bizim gibi kolay büyümemişti anlaşılan.

Atalay başını salladı. "Doğduğu ev burası ve evet, burada tek başına yaşıyor. Geceleri yaşlı bir kadına bakıyor, gündüzleri ise ek iş arıyor." Tahta bahçe kapısını iterek açınca onu takip ettik. Evin bakımsız haline nazaran bu küçük bahçe, Ecrin'in eli değmiş gibi çapalanmıştı ve bahçeye büyük ihtimalle çiçek ekilmişti. Henüz büyümemişti ama karanfil ektiğine emindim. Kore'de yaşayan annesinin en sevdiği çiçek karanfildi. Kızı burada ne haldeydi kadının ruhu duymuyordu. Annesinin sevdiği çiçekleri tıpkı yurtta olduğu gibi hâlâ ekiyordu.

Adaletin batsın dünya!

Atalay kapıyı tıklattığında ilk beş dakika hiç ses gelmedi fakat daha sonra henüz kapıyı açmadan onun sesini duyduk. "Sizden para istemediğimi söyledim, Atalay Bey!" İçeriden bağırıyordu ve kapıyı açmadı. Anlaşılan, Atalay'dan başka kimse kapısını çalmadığı için gelenin o olduğunu bakmadan anlamıştı. Ben olsam alırdım teklif edilen parayı ama bu kibirli kız, burnu yere düşse eğilip almayacak kadar gururluydu.

Atalay gülerek Alaz'a döndü. "Çaylağım diye söylemiyorum, çok gururludur," deyince Alaz dudakları kıvrılarak bana baktı. *Buradaki herkes neden bana gurursuz muamelesi yapıyor?*

Kaşlarımı çatarak ona ters ters baktım. "Kendi çıkarlarımı gözetmek beni gurursuz yapmaz, aksine akıllı yapar!" diyerek önüme döndüm. Havadan para gelince onu kabul etmeye istekli olmam beni neden gurursuz yapsın ki? Parayı sevdiğimi hiç gizlemedim.

Kuzey, "Ecrin, benim," deyince kapı hızla açıldı ve Atalay homurdandı. "Bu kapı bir kez bile benim için böyle ışık hızıyla açılmadı," diyerek yakındı.

Ecrin kapıyı açar açmaz karşısında Kuzey'i bulunca tam ona doğru bir adım atacaktı ki onun yüzündeki yaraları görünce canı yanmış gibi duraksayıp inledi. Kuzey'in kaşı ve dudağı patlamıştı, üstelik yanağında kötü bir morluk vardı. Ecrin onun yaralarını sarmak ister gibi elini uzattı lakin daha sonra elini çekerek yutkundu. "Git buradan, Kuzey," dedi. Gözlerindeki kırgınlığı gördüğümde sebebini anlamıştım. Ona kırgındı. Ecrin burada yaşamak istemiyordu, başka çaresi olmadığı için buraya dönmüştü. Eminim beklemişti, Kuzey hastaneden çıktığında onu da yanına almasını beklemişti. Ona, *beni de götür* diyemeyecek kadar gururluydu ama siyah gözlerindeki yıkım bunu Kuzey'in teklif etmesini beklediğini gösteriyordu. Kuzey'in elinden tutarak onu bu pislik çukurundan çıkarmasını beklemişti lakin Kuzey o an benim yasımı tuttuğu için bunu yapmamıştı. Ancak eğer Ecrin'in, hemen arkasından tesisten ayrıldığını bilseydi onu burada bırakmazdı, biliyordum. O, Ecrin'i tesiste ve güvende sandığı için gitmişti.

Kuzey beni şaşırtmayarak bunu doğruladı. "Bilmiyordum," dedi. Bilseydi onu bırakmayacağına adım kadar emindim. "Senin tesiste olduğunu sanıyordum." *Ne diyebilirim ki bu çocuğu ondan daha iyi tanıyorum.*

Ecrin'in dudaklarında buruk bir tebessüm oluştuğunda her zamanki gibi gururuna sarıldı. "Bilseydin seninle gelir miydim sanıyorsun?" Geriye çekilerek ondan uzaklaştı. "Evet, gruptaki herkes kimsesiz ama ben daha kimsesizim. Neden, biliyor musun?" Gözleri dolduğunda ağlamamak için tırnaklarını avuç içlerine geçirdi. "Çünkü senin Sedef'in var. Sedef'in Kuzey'i, Efe'si ve Hakan'ı var. Hakan ve Efe'nin Sedef'i var. Yiğit'in Naz'ı ve Naz'ın Yiğit'i var. Peki benim kimim var?" Sertçe yutkunmuştum. Duruma hiç bu yönden bakmamıştım. Gözlerindeki o bir damla yaşı sertçe sildi. "Hadi söyle, kimim var benim? O grupta herkes birbirini seviyor ama birini daha fazla seviyor. Peki, beni daha fazla seven kim?" Kuzey de en az benim kadar sarsılmış görünüyordu. Daha yarım saat önce Kuzey'i ondan kıskanırken bu, aklıma bile gelmemişti.

Yanılıyordu çünkü Kuzey'i hepsinden çok sevmem diğerlerini sevmediğim anlamına gelmiyordu. Diğerleri için de bu geçerliydi. Eminim, o gece Kuzey yerine Yiğit ve Hakan'ın eline silah verselerdi ikimizden birinin ölmesindense tıpkı Kuzey gibi kendi hayatlarından vazgeçerlerdi. Efe için aynı şeyleri ne yazık ki söyleyemezdim çünkü o bizi çok sevse de bir şeyleri yapamayacak kadar korkaktı.

Kuzey onun bu aptal düşüncelerinin etkisinden sonunda çıkabilmişti. "Ben varım ya!" diyerek onu tersledi. *Ben de varım ama bunu söyleyip onun egosunu tatmin etmeye hiç niyetim yok. Zaten birazdan sarıldığımızda bu onu bir süre idare eder. Allah'ım, yine cömertliğim üzerimde. Bu kadar da iyi bir arkadaşımdır.*

Ecrin alayla güldüğünde ağzının ortasına bir tane yumruk atmak istedim. "Evet!" *Ne diye bağırıyor bu aptal.* "Yankı'dan sonra senin için ben geliyoru..." demişti ki Kuzey daha fazla onu konuşturmadan kolundan tuttuğu gibi kendisine doğru çekti. "Sedef'ten sonra, öyle mi?" dedi. "O yüzden mi orada her ikiniz yaşayın diye ben kurşun yedim! Seni Sedef'ten daha az sevdiğim için mi bir seçim yapamadım? Kızım, o piç kurusu bile ikinizin zaafım olduğunu bildiği için karşıma sizi getirmişken sen neden bu kadar aptalsın? Seviyorum lan seni!" diye bağırınca bir sessizlik oluştu. Bu sözler üzerine Ecrin gözlerini irice açtı, afallamıştı. Kuzey öfke anında yaptığı itiraf yüzünden sinirden bir küfür savurdu. *Eee, ne demişler? Öfkeyle kalkan aşk itirafıyla oturURmuş.*

"Se-sen?" Ecrin'in yanakları kızardı. "Şey, az önce ne dedin?" *Bence gayet iyi duydu ne dediğini ama saf ayaklarına yatarak tekrar söyletmenin peşinde. Tamam, araya girip bu sefer onları bozmayacağım. Bugün melekler omuzlarıma tünemiş, oradan inmiyor. Umarım bu yaptığım iyiliği de yazmayı unutmazlar.*

Kuzey homurdanarak onu bırakıp geriye çekildi. "Ne duyduysan o işte," dedi. Hafifçe öksürmüştü ve Ecrin dışında her yere bakması çok komikti. "Var öyle bir mevzu." Biliyordum be! Bu ikisinin arasında bir şeyler başladığını biliyordum.

Ecrin'in gözleri aşktan ışıldarken, "Yani sen şimdi..." demişti ki daha fazla dayanamayıp araya girdim. "He geri zekâlı, o anladığından. Burada olduğumuzun farkında mısınız? Yok yani, tamam, iyi bir kul olup susayım diyorum ama burada o kanatlı şeyler yüzünden omuzlarım çöktü. Ve sen kibirli kız, eğer Yakamozdaki Islak Kedi'yi görmemişsen bir daha beni kıskanma derim." Gerçi bu konuda yalnız değildi çünkü ben de Kuzey'i ondan kıskanmıyor değildim. Ama hâlâ beni daha çok sevdiği için benden sonra Ecrin'i sevmesini sorun etmiyordum. Bu kadar da bonkördüm ama kimse kıymetimi bilmiyordu.

Ecrin sonunda varlığımı fark edince şaşkınlıktan yüzü bembeyaz kesildi. "Sen..." diyerek yutkundu. "Bu sen misin?" Dudaklarını araladı ama konuşamadı. Dağınık atkuyruğuna ve üzerindeki kırışık eski pijamalara bakarak yüzümü buruşturdum. "Tek kelimeyle berbat görünüyorsun. Bu saçları taramak aklına hiç gelmiyor mu? Ya bu pijamalara ne demeli? Lütfen bana babaannenden kaldığını söyleme," Tek nefeste söylediklerime karşılık yerinde tepinmeye başladı. "Gerçekten o!" diyerek haykırdı. "Başka kimse böyle patavatsız olamaz!" Bağırarak boynuma sarıldı. *Peki, benim patavatsız kısmında kalmam normal mi? Gerçekleri söylemenin yeni adı patavatsızlık ise kabul ben patavatsızım!*

Ecrin kollarını boynuma sararken, "Yaşadığına inanamıyorum," diyerek ağlamaya başladı. Hıçkırıklarla ağlaması ondan beklediğim bir performans olduğu için gülerek ona sarıldım. "Bir Sarmaşık'ı öldürmek her yiğidin kaşığı değil," dediğimde kıkırdayarak daha fazla ağlamaya başladı. "Harcı olacak doğrusu," diyerek beni düzeltti. *Aptal deyimlerle aram kötüyse bu benim suçum değil.*

Zor da olsa Ecrin'in boğan kollarından kurtulduğumda gözlerimle evi işaret ettim. "Hazırlan hadi, ekibin kalanını almaya gidiyoruz," dedim. Bu evin içini hiç merak etmediğim için içeriye girmektense burada beklemeyi yeğledim.

Eğer sokaklarda büyümek yerine zengin bir ailenin yanında büyüseydim kesin burnu Kafdağı'nda olan o züppe kızlardan bir farkım olmazdı. Ama yaşanmışlıklar karakterimize ek gıda sağladığı için maalesef benden araya karışık bir şey çıkmış. Şimdi ki hedef Naz, bakalım o tımarhanede ne âlemdeymiş?

8. BÖLÜM

Kliniğin güvenlik dolu kapısından geçmemiz hiç zor olmamıştı ancak burası pek aklımdaki tımarhaneyle uyuşmuyordu. Ben etrafta saçma sapan koşturan deli insanlar bekliyordum fakat öyle şeyler yoktu. Yanlarında refakatçileri olan insanlar bahçede yürüyüş yapıyordu. Hiçbiri deliye benzemiyordu. Çam ağaçlarının salgıladığı o ekşimsi koku burnuma gelirken, özenle biçilmiş çimlerin üzerinde kendi kendine gülen bir adam görünce güldüm. Bence içlerinde en akıllısı oydu çünkü ben de çok sık aklımdaki şeylere gülerdim ve bir deli değildim. Biz böyle kalabalık bir grup olarak kliniğe doğru yürürken gördüğüm büyük heykelin yanında durdum. Diğerleri yine *ne oldu* der gibi bana bakıyordu. Yanıma geldiklerinde ben bu saçma heykeli inceliyordum.

Kocaman bir adam figürüydü. Bir taşın üzerine oturmuş, elini çenesine koyarak kara kara düşünüyordu. "Sorun ne?" diye soran Alaz yanımda durduğunda ona gözlerimle devasa heykeli gösterdim. "Bu şey buradaki deliler için bildiğin hakaret," dedim. *Bu düşünen şeyi kırabiliyor muyuz?*

Simay, "Buradakiler deli değil, sadece psikolojik sorunlar yaşıyorlar," dedi. Tipik psikolog savunmalarından birini yapınca buna hiç şaşırmadım. Ne de olsa Simay bir ajan psikologdu, artık o nasıl oluyorsa...

"Hepsi bildiğin geri zekâlı," diyerek Simay'ı daha çok kızdırdım. "Bir insan akli yetisini kaybediyorsa üzgünüm ama bu, onu geri zekâlı yapar. Ayrıca konumuz o deliler değil," dedikten sonra heykeli gösterdim. "Bu şey burada oturmuş ve düşünüyor, değil mi? Düşünce bir akıl belirtisidir, yani bu oturan boğa zekâyı temsil ediyor. Buradaki herkese *siz geri zekâlısınız ama ben süper zekâyım* deyip hakaret ediyor," dediğimde Simay öfkeden delirirken diğerleri ikimizin münakaşasını izliyordu.

"O yapıtın adı oturan boğa değil!" diyen Simay yine savunmaya geçmişti ki Yavuz gülerek onu susturdu. "Boş yere çeneni yorma, Doktor," dedi. Kendi aralarında Simay'a taktıkları lakap buydu. Yavuz beni gösterip, "Ne söylersen söyle Yankı tıpkı küçük bir çocuk gibi kendi söylediğini savunacak," dediğinde ciddi görünmeye çalışıyordu ama bunu başaramıyordu. "Oturan boğa, ha?" diyerek bana baktı. "Çok yaratıcı." *Sonunda beni takdir eden akıllı biri. Sanırım Yavuz'u sevebilirim.*

Atalay, Simay'ı daha fazla kızdırmamak için gülüşünü saklarken, "O zaman oturan boğayı daha fazla rahatsız etmeyelim ki oturmaya devam etsin," dediğinde Yavuz ile birlikte gülerek kliniğe doğru yürüdüler.

Nihayet kliniğe girdiğimizde Simay sayesinde kimse bize zorluk çıkarmadan bir üst kata çıkmıştık. Simay, Süslü'nün keçi sakallı doktorundan onun hakkında bilgi alıyordu. Onlara çok yakın olduğumuz için ister istemez onları duyuyorduk. Naz'ın doktoru, "Durumunda herhangi bir değişiklik yok maalesef," dedi. "Bazı geceler çığlık atarak birinin ismini haykırıyor. Yiğit, evet bu ismi çok sık sayıklıyor. Uyandığında ellerine bakıp çığlık atarak bazı nöbetler geçiriyor. Bu çok sık olmuyor fakat birkaç güne kendisini tekrarlıyor. Sürekli katil olduğundan bahsediyor, bunun dışında kimseyle herhangi bir iletişimi yok," diyerek sustu. Bunlar beklediğim belirtiler olduğu için fazla şaşırmadım. Uzun süre o gecenin etkisinde çıkamayacaktı çünkü hepimiz o gecede takılı kalmıştık.

Doktor kapıyı bize açınca son kez bizi uyarıp, "Fazla üzerine gitmeyin," dedi ve gitti.

Ecrin ve Kuzey ile göz göze geldikten sonra derin bir nefes alıp içeri girdik. Beyazın hâkim olduğu sade odada küçük bir elbise dolabı ve yatak dışında hiçbir şey yoktu. Tabii, yatağın üzerinde oturup tıpkı bir deli gibi davranan Naz'ı saymazsak. Dizlerini karnına çekmiş ve kollarını dizlerine sarmıştı. Öne ve arkaya doğru sallanan kız fazla ürkütücü görünüyordu. Başını dizlerine gömdüğü için yüzünü göremiyordum. Naz'ın bu halini görünce diğerlerine baktım. "Bence onu burada bırakıp gidelim çünkü istediğim son şey deli bir Süslü ile muhatap olmak," dedim. Sesimi duyduğu an sallanmayı bırakıp başını kaldırmıştı.

Eğer gerçekten delirmişse burada kalabilir. Valla burada kalmasını hiç sorun etmem.

Gözleri beni bulunca önce, "A-Arıza?" diye fısıldadı fakat daha sonra kahkaha attı. "Kısa saç yakışmış," diyerek gülmeye başladı. "Hayaletinin senden daha tarz olduğunu söylemeden geçemeyeceğim." *Pekâlâ, ekipte o olmasa da olur bence. Bu kız normal haliyle hiç çekilmezken şimdi yarım aklıyla çekilecek gibi değil.*

Diğerlerine yaklaşıp kısık bir sesle, "Bırakalım bizi hayalet sansın," diyerek kapıyı gösterdim. "Çaktırmadan kapıya doğru yürüyoruz," dediğimde Alaz gülerek yolumu kesti. "Bence sen bu işi halledebilirsin." *Neden kafayı yemiş biriyle muhatap olan ben oluyorum?*

"Onu tanımazlıktan gelsek daha iyi," dedim. "Ayrıca bu tür vakaları kendi haline bırakmak lazımmış," dediğimde Alaz'ın dudakları kıvrıldı. Yürü dercesine gözleriyle Süslü'yü gösterince oflayarak geriye döndüm. *Eğer üzerime saldırırsa deli falan demem çok kötü dalarım. Tüm pis işleri ben yaptığım için herkesten nefret ediyorum!*

Yatağa doğru yürüyüp hâlâ gülen aptalın karşısında durdum. "Evet, ben bir hayaletim ve buraya, yaptıklarının kefareti olarak canını almaya geldim!" diyerek sesimi kalınlaştırdım. "Bir zamanlar aynı yurtta kaldığın dünya tatlısı bir çocuk vardı. Hani kendi sandviçini ona vermediğin mavi gözlü çocuk," diyerek sinsice ona yaklaştım. "O sandviçi ona vermeliydin!" diye bağırıp ellerimi pençe gibi yaparak üzerine yürüdüm. Beni gerçekten hayalet sanan kız ağlayarak yataktan atlayınca güldüm. Belki de bu eğlenceli olabilirdi.

"Kedicik, sen yine ne yapıyorsun?"

"Hayalet olmanın hakkını veriyorum, Kuzey."

"Gözünü seveyim, konumuz sandviç mi?"

"Ama ben doymayınca onun sandviçini de istedim fakat vermedi."

"Lan, kaç yıllık mevzu! Kinci misin kızım sen? Kendi yemeğini yedikten sonra hep başkalarına ait olanı istiyordun!"

"Aç mı kalsaydım, Kuzey?"

"Dünyayı yesen yine doymuyorsun be kızım!" diyerek beni azarlayınca somurtarak sustum. Beni yeteri kadar beslemiyorlardı, sonra bu kız niye hep aç!

Ecrin, Alaz'a bakarak beni gösterdi. "Bence hazır gelmişken onu da burada bırakalım," deyince kaşlarımı çattım. "Karşındaki dehayı bir deliye benzettiğin için kendinden utanmalısın, Yakamoz," diyerek önüme döndüm. Burada deli olan biri varsa o da Naz'dan başkası değildi.

"Bekle, sen gerçek misin?" Naz sonunda düştüğü yerden gerçeklere uyanmıştı. Yatağın yanında diz çökerek oturuyordu ve sadece kafası görünüyordu. "İyi ama..." diyerek eliyle Alaz'ı gösterdi. "Bu haysiyetsiz adam yüzünden göğsüne kurşun yediğini söylemişlerdi! Evet, bu kalpsiz, adi adam yüzünden senin şimdiye çoktan geberip gittiğini düşündüm!" diye bağırdı. Alaz duydukları yüzünden sinirden renkten renge girerken, diğerleri bıyık altından gülmeye başlamıştı. Bu ağzı bozuk kızı sevdiğimi söylemiş miydim? Bence zekâsında hiç sorun yoktu. Nasıl mı anladım? Çünkü Alaz'a saydığı her küfür bir zekâ belirtisiydi.

"Ağzından şerbet damlıyor. Sen konuş, ben sabaha kadar dinlerim," dediğimde Alaz bana ters ters bakınca kıkırdadım. "Ne? Kız sırf doğruları söyledi diye onu on birinci köye doğru kovalım mı?" dedim. *Daima haklının yanında olmayı kendime görev edinmişimdir.*

Ecrin homurdanarak yine araya girdi, "On," dediğinde hiçbir şey anlamadım.

"Ne on?"

"Dokuzdan sonra on geliyor," diye konuştu. "Onuncu köy olacaktı." Ciddi mi bu?

"Süslü burada kafayı yemiş ve senin tek derdin aradaki o bir köy mü?" diyerek onu kınadım. "Nereden biliyorsun onuncu köy diye bir yer olduğunu? Belki yangın çıktı ve köy yandı, belki yağmur yağdı da sel altında kaldı? Ayrıca hayatında kaç köy gördün de köyün avukatlığını yapıyorsun?" dediğimde kaşlarını çatarak tam bir şey söyleyecekti ki Kuzey, "Koreli, hiç uğraşma, güzelim," diyerek güldü. "Haklı olsan bile bu Kedi tüm köylere gidip baskın yapar, yine kendisini haklı çıkarır," dediğinde yanakları kızararak sustu. Güzelim kısmı hoşuna gitmişti, değil mi?

"Sinsi!" diye Ecrin'e kızdıktan sonra Süslü'ye döndüm. "Sen de ayağa kalkacak mısın artık? Ayrıca seni ilk kez makyajsız gördüğüm için şu anda hangimizin hayalete benzediği tartışılır."

"Kedicik, bir sus artık! Kızı iyice delirtmeye ant mı içtin?"

"Aha iki etti!" Elimle Kuzey'i gösterip güldüm. "Duydunuz, o da Süslü'nün delirdiğini düşünüyor. Bir oylama öneriyorum, çoğunluğun dediği olur," dedikten sonra elimi havaya kaldırdım. "Süslü'nün delirdiğini düşünenler kimler?" Herkes bıyık altından gülerken benim dışımda kimse el kaldırmadı. *Canın çıksın demokrasi!*

Naz, nihayet yaşadığımı idrak ettikten sonra ayağa kalktı ve çatık kaşlarla tüm eğitmenlere döndü. "Odamdan çıkın," dedi. "Söz verdiğiniz gibi bizi korumadınız!"

Simay derin bir nefes alarak, "Naz..." demişti ki Naz iyice çıldırdı. "Defolun!" diye bağırdı. Ayağındaki terliği çıkartıp Simay'a doğru fırlattı. Terlik daha Simay'ın yüzüne değmeden Alaz onu havada yakalamıştı. "Çıkalım," diyerek geri adım attı. Her şeyden önce onlar hem yaş hem de deneyim olarak bizim çok üstümüzdeydi. Çocukla çocuk olacak değiller ya, illa ki olgun davranan taraf olmak zorundalar. Bizler ergenliği doruklarda yaşayan bir avuç çocuktuk. Böyle anlarda bize uymak yerine sağduyulu olmak onlara düşüyordu.

Hepsi dışarı çıkmıştı ve şimdi sadece biz çocuklar kalmıştık. Naz onlara karşı en az benim kadar nefret dolu olduğunu çok güzel belli ediyordu.

Naz kapıyı içeriden kilitleyip bana döndüğünde aniden ağlamaya başladı. "Yara aldığını söylediklerinde onun ellerinde öldüğünü düşündüm," dedikten sonra ıslak gözlerle bana baktı. "Hepimiz ciddi yaralar aldık." Hıçkırarak yanıma gelip sarıldığında tebessüm ettim. "Geçecek Naz, birlikte atlatacağız," dedim. Arda'nın yanında geçirdiğim bir ayı asla unutamayacağımı biliyorum. Göğsümdeki ve sırtımdaki izler durdukça da asla unutmayacaktım.

Benden ayrıldıktan sonra Ecrin'in yanına gitti. "İyi olduğunu görmek güzel," dediğinde Ecrin güldü. "Yarım saat önce beni görmediğin için şanslısın." İkisi gülerek birbirine sarıldı. Neyse ki Ecrin üzerini değiştirip saçlarını taradığı için Süslü'nün çenesinden kurtulmuştu. Kız hayalet gördüğünü sandığında bile tarz falan deyip durmuştu.

Kuzey'in karşısına geçtiğinde ise yeniden gözleri doldu. "Teşekkür ederim," diyerek fısıldadı ve kendisini Kuzey'in kollarına bıraktı. "Yaşadığın için çok teşekkür ederim, Kuzey." Ne yani, o geceden sonra ilk kez mi çocukları görüyordu? Bir ayı geçkin süre boyunca onlardan uzak durması gerçekten büyük başarıydı. Gerçi tamamen hazır olana kadar ben de onları görmediğim için Naz'ı anlıyordum.

"Naz, diğerlerini almaya gitmeliyiz," dedikten sonra duraksadım. "Yiğit'i de."

Yiğit'in adını duyar duymaz hemen Kuzey'den ayrılıp başını olumsuz anlamda salladı. "Ya-yapamam," dedi. Yatağının üzerine oturduğunda hıçkırarak ellerine baktı. "İyi değilim ben. Bazı günler ellerimde kan gördüğümü biliyor musunuz? Ya her gece Yiğit'in öldüğünü gördüğüm o kâbuslar? Yapamam, ne onun karşısına çıkacak yüzüm var ne de gücüm," diyerek ağlamaya başladığında Kuzey yutkunurken Ecrin, dolan gözlerini saklamaya çalışıyordu.

"Sana ihtiyacı var," dedim. "Şu anda en çok sana ihtiyacı var." Sözlerimi umursamadan daha çok ağlamaya başladı. Onu nasıl ikna edeceğimi bilmiyordum.

Kuzey iç çekerek onun yanına oturdu. "O henüz çocukken hep ileride seninle evlenmek istediğini söylerdi," dedi. Naz yaşlı gözlerle ona baktığında Kuzey tebessüm ederek başını salladı. "Bu doğru, Yiğit'in sana olan tutkusu çocukluktan geliyor. Biz onun için yaşam isek sen nefessin. Şimdi böyle yaparak onu nefessiz bırakmaya hakkın yok." Kuzey'in böyle duygusal olduğunu her gün göremezdiniz ancak işe yarıyor olmalıydı ki Süslü artık ağlamıyordu.

"Ona zarar verdim, vermeye devam edeceğim." Ecrin ona gözlerini devirerek yanaklarını şişirdi. "Hangimiz zarar vermiyoruz ki? Veya hangimiz zarar görmüyoruz? Eğer yoldaşından eminsen yolda aldığınız tüm zararları bölüşürsünüz," dediğinde Kuzey gülümsedi lakin ben hiçbir şey anlamadım. Cümlenin içindeki yolları saymaktan ana fikri kavrayamamıştım bir türlü. *Bu kız edebiyat yapmadan duramıyor.*

"Ya da bırakırsın yoluna çıkan her halt yanındakinin başına gelsin," dedim. Üçü kınayan bakışlarını bana çevirince güldüm. "Can tatlı, azizim. Hele göğsünüze bir kurşun yiyip ameliyat masasına yatın, görürüm ben sizi. Canlı bir ameliyattan bahsediyorum." Basit bir şeyden konuşur gibi elimi gelişigüzel salladım. "Bilirsiniz, böyle etinizi kesen neşterler, bolca çığlık ve bir hayli gözyaşı gibi gereksiz ayrıntılar," dedim. Şimdi acı ve merhamet dolu gözlerle bana bakıyorlardı. Sanki çok ihtiyacım varmış gibi.

"Acıdı mı?" Kuzey'in yıkım saçan bakışlarını görünce gözlerimin dolmasını engelleyemedim. "Acımadı, hem sardım ki ben yaralarımı," diyerek güçlükle konuştum. Boğulur gibi olunca zoraki bir şekilde onlara tebessüm ettim ve hemen odadan çıktım. Kapıyı arkamdan kapatınca sırtımı kapıya yaslayıp acı içinde inledim. Gözlerimi kapatarak beni etkisi altına alan anılardan kurtulmaya çalıştım. "Sakın gardını indirme, Yankı," diye fısıldadım. Kuzey'in benim yüzümden kendisini yetersiz görmesini istemiyordum. Zaten benim için o gece yeterince şey yapmıştı. Şimdi gereksiz duygusallığın zamanı değildi.

"İyi misin, Sedef?" Duyduğum sesle gözlerimi açınca tam karşımda Alaz'ı buldum. Etrafıma bakınca diğerlerinin koridorda olmadığını gördüm. "Bana böyle hitap etmekten vazgeç çünkü adım Yankı."

Karşımdaki duvara yaslanınca kararlı bakışları üzerimde oyalanıyordu. "Benim için hep Sedef olacaksın," dedi. Bunu bilerek yapıyordu, hâlâ beni eskiye döndüreceğini sanıyordu.

"Senin için kim olduğum önemli değil ki," diyerek burukça gülümsedim. "Kendim için kim olduğum önemli ve ben kendim için Sedef değilim," dedikten sonra onu bırakıp yürümeye başladım. Önemli olan kim olduğumuz değildi, kim gibi hissettiğimizdi. İçimde iki farklı kişilik vardı. Biri olduğum kişi, diğeri kimlikte yazan kişi.

Kliniğin bahçesine çıktığımda yüzüme her zamanki alaycı ifademi takındım. Bu kadar ciddiyet ruhuma fazlaydı. Her zamanki gibi bırakayım da içim kan döksün ama şimdi dudaklarım gülümsemeliydi.

Kuzey ve Ecrin, Süslü'yü ikna edene kadar bahçede oyalansam daha iyi olacaktı. Bir ağacın yanında durmuş, gökyüzüne bakan bir amca görünce ona doğru yürüdüm. "Boşuna bakma çünkü aptal bulutlar dışında hiçbir halt yok orada," dedim. Bu daha önce bizzat tarafımdan test edilip onaylanmıştı.

"Var!" diye bağırdı. Hâlâ gökyüzüne bakıyordu. *İnsan bir döner konuşan kimmiş diye bakar.* Yukarı bakacağım diye sırtındaki kambura fazla yükleniyordu. Benden daha kısa boyluydu ve kiloluydu. "Uzaylılar orada! Bak, bana el sallıyorlar!" deyince güldüm. Eyvahlar olsun, adam uçmuş.

Yanında durup ben de aptal gibi yukarıya bakmaya başladım. "Öyle mi? O geri zekâlılar niye bir gün bana el sallamadılar? Resmen her yerde yaşlısınız diye torpillisiniz," diye homurdandım. Canım sıkıldıkça bulutlara bakardım ama kimse yukarıdan bana el sallamıyordu.

"Şimdi de beni eski arkadaşımla mı aldatıyorsun, Gülizar?" diyen bir ses duyunca ürktüm. Yaşlı adamla birlikte sesin geldiği yöne döndük. Öfkeyle bana doğru gelen seksenli yaşlardaki teyzeyi gördüm. Pamuklu geceliği dizlerine kadar uzanıyor, ayağına geçirdiği plastik terliklerini yerde sürterek bana doğru geliyordu. Saçlarının neredeyse hepsi beyaz ve seyrekti. Ancak buna rağmen onları özenle taramış, kırışıklarına rağmen yüzüne çok az makyaj yapmıştı. Teyzeyi gösterip amcaya baktım. "Bana söylemiş olamaz, değil mi?" diye sordum çünkü burada yaşlı amcadan ve benden başka kimse yoktu. "Deli o, fazla umursama. Kendisini erkek sanacak kadar deli," dediğinde güldüm. Uzaylıları gören biri mi bunları söylüyordu?

Teyze bana yetişince bir anda eliyle kafama bir tane geçirdi. "Boyun posun devrilsin, sadakatsiz kadın! Bu kaç etti!" deyince kafamı tutarak afalladım. *Yaşlı falan ama beynimi çökertti insafsız. Aynı cinsiyete mensup olduğumuzun farkında değil mi?*

Acıyan kafamı ovuştururken homurdanarak yaşlı adamı gösterdim. "Aslında o beni ayarttı. Uzay mekiğinde bir akşam yemeği teklif etti, ama kabul etmedim çünkü sana çok sadığım," diyerek huyuna gittim. Benim tarafımdan ihanete uğramadığını duyunca teyzenin ışıldayan gözlerini görmek iyi hissettirdi.

"Ama benim bir uzay mekiğim hiç olmadı ki." Amca somurtunca güldüm. "Alırız ya bir tane," diyerek omuzuna dokundum. "Bir uzay mekiği ne kadar ki? Bence sıkı bir pazarlık yaparsak fiyatta anlaşabiliriz," diye konuşup onu rahatlatmaya çalıştım. *Acaba bu şeyler nerede satılıyor ki? Belli mi olur, belki kendime de bir tane alırım. Ah ulan, bir uzay mekiğim bile olmadı ki. Ben yanmayayım da kimler yansın!*

"Abla, Lucia'ya da bir elbise alır mısın? Çıplak gezmesini sevmiyorum!" diyen küçük bir çocuğun sesini duydum. Başımı çevirince on iki yaşlarında bir kız çocuğu gördüm. Saçlarını iki yanından örgü yapmış, çipil çipil gözlerle bana bakıyordu. Yanıma gelip benden cevap bekleyince ona tebessüm ettim. "Lucia fazla edepsiz canım ama sorun yok. Ölçülerini bana söylersen daha sonra ona da alırız," dedim. Zamane gençleri işte küçücük bir çocuğun yanında çıplak gezecek kadar işi abartmışlardı.

Yeşil gözlerini büyüterek eliyle solumu gösterdi ve "Orada duruyor, kendin söyle," dedi. Bunun üzerine boş bulunup çığlık attığım gibi geriye kaçtım. Fakat küçük kızın kırgın bakışlarını görünce sanırım olanları anladım. "Üzgünüm," diyerek güçlükle konuştum. "Çıplak birini görünce böyle tepki veriyorum." Yutkunarak elimi sol tarafa doğru uzattım fakat çıplak hayali arkadaşa doğru uzatmamış olmalıyım ki kız çocuğu hâlâ üzgün bakıyordu. Bir adım sol tarafa doğru giderek tekrar elimi uzattım ve bingo! Çocuk gülümseyince Lucia'ya dokunduğumu anladım. "Merhaba Lucia," diyerek rahat davranmaya çalıştım. Ben Yankı. Lütfen üzerine bir şeyler giyer misin? O kadar insanın içinde çıplak gezmek doğru bir hareket değil," diyerek onu kınadım. Nasıl bir çocuğun hayali arkadaşı çıplak olurdu, aklım almıyordu!

Lucia ile konuştuğumu gören küçük kız, "Duydun, değil mi? Evet dedi!" diye neşeyle el çırpınca tebessüm ederek başımı salladım. "Çok kibar kendileri," diyerek homurdandım. *İtiraf ediyorum, edepsiz Lucia'yi hiç sevmedim.*

Lucia'yi boş verip çocuğun yanına giderek diz çöktüm. "Daha önce de çıplak insan gördün, değil mi?" dediğimde gülüşü soldu ve dudaklarını sarkıtarak başını salladı. "Teyzem giyinmeyi hiç sevmiyor, evde hep çıplak gezerdi," dedi. Boğazımda bir yumru oluşunca güçlükle yutkundum. Buna benzer bir şeyler duymayı bekliyordum. Çocuk yaşta tanık olduğu şeyler onu buraya düşürmüş olmalıydı. Kimse çocukların korunmaya muhtaç melekler olduğunu anlamak istemiyordu.

"Peki, ailen?" dedim. "Onlar neden teyzene giyinmesi gerektiğini söylemiyor?" Sarı saçlarıyla oynayarak bakışlarını kaçırdı. "Onlar cennette ama orada beni unuttular sanırım çünkü beni görmeye hiç gelmiyorlar," deyince kalbim sıkıştı, nefes alamadım. Ölümün ne olduğunu bilmeyen küçük çocuk gözlerimin dolmasına neden olmuştu.

Çocuklar o kadar masum ve beyazdı ki, kendi karanlığımızı onlara sıçratmaya hakkımız yoktu. Uzanıp yanağına küçük bir öpücük kondurdum. "Sana bir sır vereyim mi?" Kısık sesle konuşarak yüzüme fazladan biraz gizem kattım. "Onlar aslında her gün seni görmeye geliyorlar ama sen onları göremiyorsun." Elimle az önce durduğum yeri gösterdim. "Nasıl ki Lucia'yı diğerleri görmüyorsa sen de onları göremiyorsun ama hep yanındalar."

"Peki, onları nasıl görebilirim?"

"Bunun için önce Lucia'dan kurtulmalısın," dedim.

Yaşlı amca, "Benim uzay mekiğim nerede kaldı?" diye bağırınca tebessüm ederek ayağa kalktım. "Seçenek çok ama benzini hemen bitmeyecek bir tane bulmalıyım. Uzayın ortasında durursa bir yakıt istasyonunu nereden bulacağız?" dediğimde hemen arkamda Ecrin'in sesini duydum. "Size söylüyorum, onu burada bırakalım. Baksanıza doğal ortamını bulmuş gibi çok rahat," diyerek şaşkınlığını dile getirmişti. Arkamı dönünce tüm ekibi karşımda gördüğümde rezil olduğumu anladım.

Onlar da zaten hiç olmadık zamanlarda ortaya çıksın.

Hepsi şaşkın gözlerle bana ve yanımdakilere bakarken sadece Alaz'ın gözlerinde hayranlık vardı. "Onlarla olan iletişimi inanılmaz," diyen sarışın doktorun ilgi dolu sesi Kuzey'i güldürdü. "Neden şaşırıyorsunuz ki, deli deliyi her yerde bulurmuş. Kendi gibi olanlarla iyi geçiniyor," diyerek aklınca bana laf sokmuştu. *Doktorun yanında buradakilerden deli diye bahsetmesi bence çok yanlış. Ayrıca o bana deli mi dedi?*

"Bu imzaların bir sonu gelecek mi?" Yiğit'e gitmeyi beklerken beni karakola götürmüştü. Hâlâ onlarla çalıştığımı gösteren imzalardan bir yenisini daha attırdığına inanamıyordum. Ben şimdi ajan adayıydım ya, yakında cezaevine gittiğimde nasıl olacaktı bu iş? Acaba bunun için de bir planı var mıydı?

"Eğer geri döndükten sonra imza vermeye gelmeseydin şu anda tutuklu olurdun," dedi. "Neyse ki Saygın bu konuda gerekeni yapmış." İshak'tan bahsediyordu çünkü Arda'dan kurtulduktan sonra imza atmaya her hafta gelmiştim. Tamam, İshak'ın ısrarları üzerine gelmiştim ama sonuçta gelmiştim. İmza vermediğim o bir ayda kaçırıldığımı İshak sayesinde belgelerle kanıtlamıştım. Zaten Alaz da önceden kaçırıldığımı bildirdiği için bu konuda pek sorun yaşamadım. Asıl sorun, döndüğümü Alaz'a bildirmeleriydi çünkü beni cezaevinden çıkaran oydu. Neyse ki İshak bunu da bir şekilde halletmiş ve bir süre daha Alaz'a haber vermemek konusunda onları ikna etmişti. İshak konum olarak Alaz'dan daha yukarıda olduğu için bunu yaparken pek zorlanmamıştı.

Araba büyük bir villanın önünde durunca beni beklemeden arabadan inmesine şaşırmadım. İshak'ı hatırladığı için yine sinirlenmişti. Bunu kafaya takmamaya çalışarak arabadan indim. Alaz, bahçe kapısındaki güvenlik görevlisine bir şeyler söylerken diğerleri de arabadan inmişti. Hep birlikte bahçeye girdik. "Burada mı yaşıyor?" dedim. Özenle şekil verilmiş çam ağaçlarına bakarken Ecrin'in şaşkın sesini duydum. "Çok güzel," demişti. Türkiye'de nadir bulunan çiçekler, devasa havuz, hamak ve süs çeşmesi de dahil bahçedeki şıklığı görünce Yiğit'in sahip olduğu zenginliği kıskandım. *Neden zengin bir koruyucu ailem olmadı ki?*

Bize evin kapısını açan hizmetçinin üzerindeki üniforma bile giydiklerimden daha pahalı görünüyordu. Kadın eğitmenleri daha önce görmüş olmalı ki tebessüm ederek, "Beyefendi ve hanımefendi evde yoklar," dedi. Alaz *anlıyorum* dercesine başını salladı. "Peki, Yiğit?" dedi.

Kadın yoldan çekilerek geçmemize izin verdi. "Odasında. Demet geldiğinizi haber versin, lütfen beni takip edin," diyerek sıcak bir gülümseme sundu. Kadının arkasında duran diğer hizmetçi ise mankenlere taş çıkartırdı. Sanırım Demet oydu çünkü Naz ona bakarak, "Gerek yok," dedi. "Bize onun odasına kadar eşlik etseniz yeter!" *Bu süslü cüce hizmetçiyi kıskanmış olamaz, değil mi? Gerçi kızın uzun boyunu bile kıskanmış olabilir.*

Kadın zorluk çıkarmadan önden yürüyünce mecburen biz de onu takip ettik. Altın varaklı basamakları çıkarken alt kata inmek ve bu evi daha yakından incelemek istiyordum. Üst kata çıkınca bize eşlik eden kadın, kapısında bir motosiklet fotoğrafı olan kapıyı hafif tıklattı. "Yiğit Bey, sizi görmek isteyen misafirleriniz var," dedi. Çok beklememiştik, sadece otuz saniye içinde Yiğit'in sinirli sesini duyduk. "Kimseyi görmek istemiyorum, dedim!" Sesi fazla sinirli geliyordu.

Naz, derin bir nefes alarak kapıyı açınca biz de peşinden içeri girdik. İlk burnuma gelen Yiğit'in pahalı parfümünün kokusuydu. Duvarlardaki araba ve motosiklet posterleri tebessüm etmemi sağladı. Onun hız tutkusu olduğunu daha önce duymuştum. Duvardaki raflarda daha önce yaptığı araba yarışlarına ait birçok fotoğraf vardı. Maket arabalardan oluşan bir koleksiyon da hemen sağ taraftaki vitrinde duruyordu. Gerçi bu, çocukken de böyleydi. Hep tahtadan ve çamurdan arabalar yapar, büyüdüğünde bir arabası olacağını söyleyip dururdu.

Odayı görgüsüzler gibi incelemeyi bırakarak başımı çevirdim. Yiğit'i pencerenin yanındaki koltuğa oturmuş bir vaziyette buldum. Gelenin biz olduğunu biliyormuş gibi başını hiç kaldırmadan elindeki özel tasarım maket arabayı inceliyordu. Giydiği tişörtüne kadar tamamen siyahlara bürünmüştü. Oyuncak arabayı önündeki masaya koydu ve sigara paketini çıkartıp içinden bir dal alarak çakmağıyla yaktı. "Burada ne işiniz var?" dediğinde fazla mesafeliydi. Başını kaldırdığında nihayet bizi görmüştü fakat ben gördüklerimden memnun değildim. Gözleri kan çanağına dönmüş gibi akı kanlanmış ve kızarmıştı. Göz altlarında Hakan'ın gözlerinden daha fazla karaltı vardı. Ruhu çekilmiş gibi teni solgun ve ölü bakıyordu. Kim bilir, ne zamandan beri uykusuz kalmış da bu hale gelmişti. Onun durumunda biri için rahat uyku diye bir şey yoktu artık. Uyuyordu ve sabah uyandığında gün içindeki tüm anıları siliniyor, geriye bir tek kaçırıldığımız gece kalıyordu.

Sırasıyla her birimize baktı. Bakışları Naz'da durunca uzun uzun onu süzdü. Naz ona baktıkça ağlamamak için kendisini zor tutarken, Yiğit'in bakışlarında koca bir boşluk ve özlem vardı. En sonunda yorgun gözleri beni bulunca güldü. "Kuzey'in kedisi," dedi. "Bakıyorum da yine dört ayak üzerine düşmüşsün. Geriye kaç canın kaldı oğlum senin?" Başka zaman olsa bu söylediği şey yüzünden ona çok kızardım ama bu sefer sadece tebessüm ettim. "Sanırım son canım."

"Yiğit?" Ecrin onu bu halde görmeye dayanamadı ve dolu gözlerle onun yanına gitti. "Sarılalım mı?" dedi. Tam da aklımdan geçenleri söylemişti.

Sigarasını tutan parmakları titredi, dolan gözleri her birimize azapların en büyüğünü yaşatıyordu. O Yiğit'ti, her daim şen şakrak ve sevdiği kızın ismini hep yanlış söyleyen deli çocuktu. Ama şimdi Yiğit gitmişti ve biz, ondan geriye kalan enkaza bakıyorduk. Ancak buna rağmen zorladı kendisini, bizi üzmemek için dudaklarına sahte bir gülümseme kondurdu ve sigarasını söndürdü. Ayağa kalkarak Ecrin'e kollarını açtı. "Durduğunuz kabahat," diye fısıldadı. Gözlerindeki o yoğun özlemi görünce Ecrin ile koşarak ona sımsıkı sarıldık. Farklı davranıyordu, farklı ve daha olgun.

Ecrin, "Üzgünüm," diyerek onun kollarında hıçkırarak ağlarken, diğer kolunda ben olduğum için ben de ağlamaya başladım. "Ben de kendim için üzgünüm çünkü orada en az senin kadar geberdim," dedikten sonra burnumu çekerek hıçkırdım. Kollarının dibinde salyalar akıtarak ağlayan iki kız, onu güldürmüştü. "Benim tek pişmanlığım hâlâ yaşıyor olmam," diye fısıldayınca bizi daha çok gözyaşlarına boğmuştu. Bu yaşamak değildi, zulümdü, ölümdü ama yaşamak değildi.

Alaz ve diğerleri konuşalım diye bizi yalnız bırakıp dışarı çıkınca her birimiz bulduğumuz boş bir yere oturduk. Yiğit ve Kuzey erkeklere has bir şekilde tokalaştıktan sonra Kuzey, Ecrin'in yanındaki ikili koltuğa oturdu. Yiğit eski yerine oturmuştu. Naz ve ben ise yatağın üzerine oturarak eski çocuğa dair izler arıyorduk. Gözleri Süslü'deydi çünkü onun bir şeyler söylemesini istiyordu. Ancak Naz dilini yutmuş gibi davranıyor, tek kelime etmiyordu. Yiğit, ondan bir şeyler duymak istiyordu, belki de küçük bir buse... Lakin Naz tepkisizdi hatta onun olduğu tarafa hiç bakmıyordu.

Yatağın yanında duran bavul dikkatimi çekti. "Bu bavul ne?" dedim. Hâlâ Süslü'ye bakıyordu. Tek bir şey söylemişti. "Gidiyorum." Gidiyor muydu?

Ve Allah'ın cezası Süslü neden hiç konuşmuyordu?

"Nereye?" Bu soru Kuzey'den gelmişti. Gözlerini, ona hiç bakmayan ve sadece kucağındaki elleriyle oynayan kızdan ayırmıyordu. "Yurtdışına," dedi Naz'ı izlerken. "Babamın orada da evi var ve bir süre orada yaşayacağım. Zaten hayatımın çoğu orada geçtiği için tedaviye orada devam edeceğim." Yanımdaki Naz'ın tüm bedeni gerilmişti ve başını kaldırmamakta inat ediyordu.

"Bizi bırakacak mısın?" diyen Ecrin'in gözleri dolunca Yiğit burukça tebessüm etti. Gözleriyle bir türlü ona bakmayan Naz'ı işaret etti. "Kalmak için bir sebebim olmadığını görüyorum," dedi ve paramparça olmuş bakışlarını Naz'dan çekti. "Artık yarım biriyim, çocuklar. Uyumaya korkuyorum, uykuya yenik düşmekten korkuyorum ve uyuduğumda uyanmaktan korkuyorum," dediğinde onu çok iyi anlamıştım. Gözlerini açtığında sürekli bizi sandalyeye bağlı görüyordu ve sevdiği kızı sürükleyerek üst kata götürüyorlardı. Yiğit'in her sabah yaşadıkları bunlardan ibaretti.

Başını ellerinin arasına alarak baskı yaptı. "Uyandığımda olanlar beni deli ediyor," diyerek derin bir nefes aldı. "Annem ve babam beni her şeyin geride kaldığına ikna edene kadar harap oluyorlar. Bunu onlara yaşatmaya hakkım yok, bu halde kimseye daha fazla yük olamam." Kırgındı; kendisine, olanlara, ama en çok da Naz'a kırgındı. Hayır, olanlar için onu suçlamıyordu çünkü yine olsa yine aynı şeyleri yapacağını iyi biliyordum. Yiğit bu halde olduğu için Naz'ın ondan uzak durduğunu ve utandığını düşündüğü için kırgındı.

Naz, biraz daha konuşmazsa kimse onu elimden alamaz!

Sadece Süslü'nün onu kararından vazgeçireceğini bildiğimiz için bizim ikna çabalarımız yersizdi. Bu yüzden hepimiz Süslü'ye bakıyorduk ancak o hâlâ ojeli tırnaklarıyla oynuyordu. Daha fazla dayanamayıp dişlerimin arasından, "Naz," diyerek onu sertçe uyardım. "Sen de bir şeyler söyleyeceksin, değil mi? Hani şu an tam zamanı ya, o yüzden hatırlatayım dedim!" Aniden yerinden kalkıp koşarak dışarı çıkınca iyice çıldırdım. "Nereye lan geri zekâlı!" diye bağırdım. "Konuş dedim, git değil!" Peşinden gideceğim esnada Yiğit, "Yapma Yankı, rahat bırak kızı," diyerek beni durdurdu. Zaten o salağı kendi haline bıraktıkları için böyle değişik bir şeye dönüşmüştü.

Yiğit daha fazla üzülmesin diye konuyu toparlamaya çalıştım. "Sana olanlardan dolayı kendisini suçladığı için böyle garip davranıyor," dedim. Naz yerine benim açıklama yaptığıma inanamıyordum. "Tımarhanede uzun süre kalınca olan aklı da gitti işte," diyerek omuz silktim. Yiğit bileğindeki saate bakarken söylediklerime tebessüm etti. "Kolay bir dönemden geçmiyor o, istemese bile yanında olun," diyerek ayağa kalkıp sırasıyla hepimize sarıldı. Gitmek çözüm değildi ki. Kaçmak hiçbir zaman çözüm olmamıştı, bunu kendimden biliyordum.

"Yiğit, lütfen gitme." Ecrin ağlamaya başladı. "Bizim için kalamaz mısın? Zamanla her şey düzelir," dediğinde Ecrin'e başını olumsuz anlamda salladı. Gitmeye kararlıydı.

Kuzey *yapma* dercesine Yiğit'e bakıyordu. En az bizim kadar takımdan bir kişinin eksilmesini istemiyordu. "Yine kopmayalım, kardeşim," diyerek Yiğit'in omuzunu hafifçe sıktı. "Biz yanındayız, tedavin burada devam edebilir," dedi fakat Yiğit kararlı bir şekilde ona bakıyordu. Ne söylersek söyleyelim vazgeçmeyecek gibi duruyordu. *Yola çıkan birini yolundan döndürebilir miyiz?*

Hıçkırarak ellerini tuttum ve ona yalvardım. "Bizi bırakma," dedim ve gözyaşlarımı tutamadım. Uzun yıllar sonra daha yeni birbirimizi bulmuşken bu ayrılığa hazır değildim. "Yine dağılmayalım," diyerek gözlerine baktım. "Biliyorsun, sensiz eksik kalırız." Biz yedi baş belasıydık. Daha küçücük çocuklarken birbirimizi kimsesizler yurdundan bulmuş ve diğer altı çocuğun kimsesi olmuştuk. Evet, birbirimize karşı hatalarımız hep olmuştu. Lakin biz birbirimizi kusurlarıyla sevmiş, olmayan ailemizin yerine koymuştuk. Yıllar sonra yeniden bir araya gelmişken şimdi bizi bırakamazdı, bırakmamalıydı.

Dolan gözlerini gizlemek için hemen başını eğerek yerdeki bavulunu aldı. "Zor be kardeşim," dedi. "O gecede hapsolmak çok zor. Tamamen iyileşmeden buralarda barınamam." Hüzün dolu gözlerini bize çevirdi. "Ağlak ve Hakan'a selamımı iletin," dediğinde gözlerinden bir damla gözyaşı süzüldü. Onları görmeden gitmek canını yakıyordu.

Kendisini toparlamak için derin nefes alarak Kuzey'e döndü. "Hepsi önce Allah'a, sonra sana emanet," dediğinde ağlamaktan harap olmuştum. Gitmesini istemiyordum ama o, bavulunu alarak odadan çıkmıştı. Sesli bir şekilde ağlamaya başladığımda bunun olmasını istemiyordum. Yine mi bir kişi eksik başlayacaktık yaşam savaşımıza? Yıllardır yeterince ayrı kalmamış mıydık?

Hepimiz Yiğit'in peşinden dışarı çıktığımızda sadece izliyordum. Bahçede durmuş, Yiğit'in bavulunu arabasının bagajına koyuşunu izliyordum. Bagajı kapattıktan sonra son kez bize baktı. "Ailem havaalanında bekliyor, sizinle vedalaşmak istemiyorum," dedikten sonra gözleri bir kenarda duran Süslü'yü buldu. "Naz..." dediğinde başta Süslü olmak üzere hepimiz şaşkınlık içinde ona bakıyorduk. Yiğit, hayatı boyunca ilk kez Naz'a adıyla hitap etmişti.

Kendi içinde onu bitirmiş.

Gözleri dolan Naz, sonunda gerçekleri fark edince hıçkırdı. "Bana böyle seslenme," diyerek yalvarırcasına Yiğit'e baktı. "Neriman de, Nalan veya Nazmiye de ama Naz deme!" diye gözyaşları içinde bağırdı. Yukarıdaki tepkisizliği şimdi yoktu.

Yiğit hissiz gözlerle onu izlerken kim bilir içinde ne fırtınalar kopuyordu. "Artık onlardan hiçbiri değilsin," diyerek burukça gülümsedi. "Bekledim ben, Naz. Günlerdir bana gelmeni bekledim ama sen bugün bile bana gelmedin," dedikten sonra arabanın kapısını açarak bindi. "Allah'a emanet ol," dedi ve arabayı çalıştırarak gitti. Yiğit gitti.

Naz dizlerinin üzerine yığılıp ağlamaya başladığında öfkeden yerimde duramıyordum. "Ağlama!" diye bağırarak üzerine yürüdüğüm esnada Kuzey kolumu tutarak beni durdurdu. "Kedicik, yapma," dedi. "Doktor büyük bir psikolojik çöküşte olduğunu söyledi. Ne yaptığını veya ne yapmadığının farkında değil," dediğinde bile öfkemden bir şey kaybetmiyordum. O kadar sinirliydim ki Kuzey'den kurtulmak için çırpınmaya başlamıştım. "Bırak beni!" dedim ağlayarak. "Biz sanki çok iyi durumdayız! Onun yüzünden gitti, ağlayacağına gitme deseydi kalırdı!" diye bağırdım. Naz'a o kadar öfkeliydim ki, Kuzey bıraksa gidip ağzını burnunu dağıtacaktım.

Düştüğü yerde hayal kırıklığı içinde bana bakan Naz, "Yaşasın istiyorum!" diye bağırarak ağlamaya başladı. "Ona kal diyemedim çünkü yaşasın istiyorum." Omuzları sarsılarak ağlarken, "Arda hâlâ dışarıdayken ve tekrar bizim için gelecekken Yiğit'e nasıl kal derim?" Islak gözlerle bana baktı. "Benden nefret etsin, bizden çok uzakta olsun ama yaşasın. Yanımda olması önemli değil ki, bir yerlerde hâlâ nefes aldığını bilmek yeter bana," deyince beni susturmayı başarmıştı. Kahretsin ki haklıydı! Hiç bu açıdan bakmadığım için onu anlayamadım. Arda bizim için pusudayken bize ne olacağı belirsizdi. En azından içimizden biri güvende olmalıydı. Belki ileride hepimiz tıpkı diğer Yarasalar gibi ölecektik. Böyle bir şey olduğunda en azından bizden biri yaşıyor olmalıydı.

Ama yine de üzülüyordum işte. Yiğit'in yokluğuna alışmak istemiyorum.

Hava çoktan karardığı için daha fazla vakit kaybetmek istemiyorduk. Bu yüzden Yosun ve Atalay, Efe'yi almaya gitmişlerdi. Efe ve Naz'ın aileleriyle konuşup çocukların tesise dönmesi için onları ikna edeceklerdi. Bu yüzden Naz da onlarla gitmişti, zaten Efe döndüğümü öğrenirse hemen gelirdi. Biz ise şimdi Hakan'ın peşine düşmüştük. Onu bulmak için tenha bir sokağa girdik, nereye geldiğimize dikkat etmeyecek kadar aklım Yiğit ile meşguldü. Eğitmenler onun verdiği karara hiç karışmamıştı hatta onu durdurmaya çalışmadılar. Belki de biraz uzaklaşmak Yiğit'e iyi gelecekti ve eğitmenler de böyle düşünüyordu. Arabanın içinde rahatsız edici bir sessizlik vardı ve konuşmak içimden gelmiyordu. Araba eski bir hurdalığın önünde durunca kaşlarımı çattım. "Lütfen, bana burada yaşamadığını söyle," dedim. Bulunduğumuz yer hurda araçlarla doluydu.

Alaz, "Büyüdüğü yer burası," diyerek derin bir nefes aldı. Boğazımda bir yumru oluştu ve ne söyleyeceğimi bilemedim. Gerçekten bu hurda yığınının arasında mı büyümüştü?

Ah ulan vicdansız dünya, hiçbirimize mi gülmedin? Ağzın yamulup dişlerin dökülür inşallah!

Burada eski arabalar o kadar çoktu ki her birimiz bir yere dağılıp onu aramaya başladık. Sivri demirler ve kırık motor parçaları her yerde olduğu için özellikle yürüdüğüm yola bakıyordum. Hakan'ın böyle bir yerde büyüdüğüne inanamıyordum. Şu ana kadar gruptaki herkesin hikâyesini dinlemiştim fakat Hakan ve Kuzey buna dahil değildi. Bu ikisi dışında diğerlerinin yurda bırakılma hikâyesini biliyordum. Efe Can bana öyküsünü anlatmamıştı ama onun da geçmişini biliyordum. Çocuklarla vakit geçirdikçe zihnimde geçmişe dair bazı anılar canlanıyordu. Efe'nin anne ve babasının öldüğünü hatırlıyordum. Açgözlü akrabaları ona sahip çıkmayınca yurda verilmişti. Efe en azından bize göre ailesinden yaralı değildi çünkü onu isteyerek bırakmamışlardı. Ölüm onları ayırdığı için Efe bu konuda şanslıydı. Evet, şanslıydı çünkü ailesi onu bırakmamıştı, bırakmak zorunda kalmıştı. Kuzey ve Hakan ise geçmişlerini sır gibi saklıyordu. Tıpkı benim gibi Kuzey'in de bebekken yurda verildiğini biliyordum. Grupta bebekken yurda verilen sadece ikimiz vardık. Kuzey hakkında bildiklerim sadece bunlardan ibaretti. Hakan hakkında ise elimde hiç bilgi yoktu. Neden yurda verildiğini ne geçmişte ne de şimdi bize anlattı. Sorduğumuzda bile sulu şakalar yaparak bizi geçiştiriyordu.

Bu çocuk geçmişiyle ilgili ne gizliyor?

Bir kamyonetin yanında geçerken önümdeki tekerleği görmediğim için takılıp yüzüstü yere yapıştım. Düştüğüm yerden kalkmaya çalışırken, "Boynun altında kalsın, Hakan!" diye bağırdığımda birinin gülen sesini duydum. Bu gülüşü tanıyordum.

"Bakıyorum da artık daha yaratıcı beddualar bulmuşsun, Sakar," diyen sesi duyunca ayağa kalktım. Şimdi tam karşımdaydı. "Pis bağımlı?" dediğimde güldü. "Kedi gibi hep dört ayak üstüne düşüyorsun, değil mi?" Kollarını bana açınca gülerek üzerine atladım. "Köpek deseniz bu kadar koymaz, yemin ederim," diyerek ona sarıldım. Kedi yüzünden canımdan bezmiştim. Ben sızlanırken o belimi kavradığı gibi beni havaya kaldırınca, alnımı onun alnına yaslayıp kollarımı boynuna doladım. "Hoş geldin, kardeşim," dedi. "Bana hoş geldin." Boğuk çıkan sesi ağladığını gösterirken benim gözyaşlarım onun yüzüne düşmüştü.

"Nasıl kurtuldun?" diye sorup beni yere indirdi ve göğsüne çekerek saçlarımın tepesine bir öpücük kondurdu. "Biliyor musun, onun elinden bir şekilde kurtulacağına olan inancım sonsuzdu," dedi. "Diğerleri çoktan öldüğünü düşünüp yas tutarken ben sakar halinle bir şekilde başının çaresine bakacağını biliyordum." Laf arasında yine sakarlığıma değindiği için ben de güldüm. Gerçekten bazı şeyler hiç değişmiyordu.

"Zor oldu," diyerek derin bir nefes aldım. "Çok kötüydü ama hepsi geride kaldı," dedim yalan söyleyerek. Bir şeyi kırk defa söyleyince gerçekleşir derler. Kırk defa *geçecek* dersem belki geçerdi.

Diğerleri bizi bulana kadar yarım saat boyunca Hakan ile duygusal anlar yaşamıştık. Fakat sorduğu hiçbir soruya cevap vermemiştim. Arda'nın yanında geçirdiğim günleri merak ediyordu lakin şu zamana kadar kimseye anlatmamıştım. Anlatmaya başlayınca hepsini yeniden yaşayacağım için buna cesaret edemiyordum. Nihayet eğitmenler, Kuzey ve Ecrin bizi bulunca aşağıya atladık. Eski bir arabanın üstünde oturmak zaten çok rahatsızdı. Çocuklar birbirine sarıldıktan sonra Hakan'a bakıp, "Gidelim, pis bağımlı," dedim. "Ben senin gibi değilim çünkü bu çöplükte bir saniye bile kalmak midemi bulandırıyor."

"Kızım, yok mu senin bir ayarın?" diyerek beni tersledi. "Uyuşturucuyu bıraktım diyorum!" Yine yalan söylüyordu.

"Yeniden başlamışsın, geri zekâlı!" dedim. "Kimi kandırdığını sanıyorsun sen?"

"Nereden anladın lan?" dedi. Elimdeki hap paketini salladığımda cinnet geçirdi. "Onu cebimden ne ara aldın? Ver şunu bana!" diye üzerime atıldığında gülerek Kuzey'e doğru koştum. Az önce sarılırken gömleğinin cebindeki çıkıntı dikkatimi çekince çaktırmadan almıştım.

"Sakar dedim!" diye bağırınca Kuzey'in arkasına saklandım. "Koru beni şundan!" dediğimde Hakan bana ulaşmak için Kuzey'i geçmeye çalışıyordu. Kuzey onu durdurmaya çalışırken gülerek bana laf soktu. "Hırsızlık sanatından usta olduğunu bilmiyordum, Kedicik" diyerek beni hırsız olmakla suçladı.

"Hırsız değilim!" dedikten sonra tüm hapları yere döküp ayağımla çiğnedim. Eğitmeni Yavuz'un yanındayken bu illeti kullanmaya cesaret edemiyordu ama tesisten çıkınca yine kendini zehirlemeye başlamıştı. Kuzey, "Nesin öyleyse?" deyince güldüm. "Sokakların Robin Sarmaşık'ı olarak büyüyene kadar zenginden alıp fakire verdim. O sıralar kendimden daha fakir birini tanımadıysam bu benim suçum değil!" diye karşı çıktığımda çoğu homurdanmaya başlamıştı. Sanırım onlar benimle aynı fikirde değildi.

Hadi ama zenginden alıp kendime vermişsem ne olmuş?

9. BÖLÜM

Bir mahzendeydim, hayatımın en korkunç bir ayını geçirdiğim mahzendeydim yine. Gözlerimi yeni açtığım için bu tanıdık odayı görünce çıldıracak gibi oldum. Yutkunarak yatağın içinde oturdum. Aynı kirli yatak ve duvarlar dikkatimi çekti, ürperdim. Burası Arda'nın bir ay boyunca beni esir tuttuğu kulübe değil miydi? İyi ama ben buraya nasıl gelmiştim? Dün çocuklarla tesise geri döndüğümüzde saat çok geçti. Bu yüzden hepimiz uyumak için odalarımıza çekilmiştik. Efe ile bile ayaküstü sarılıp kendimi hemen odama atmıştım. Yatmadan önce giydiğim beyaz atlet ve şort hala üzerimdeydi. Peki, o halde oda niye farklıydı? Bir korku bedenimi sardığında aklıma tek bir ihtimal geliyordu. Uykumda tesisten çıkmış olabilir miydim? Belki de Arda o sırada dışarıda beni takip ediyordu ve bunu fırsat bilerek yine beni kaçırmıştı.

"Günaydın, küçük Yarasa'm." Nefesim göğsümde tıkanıp kaldığında gözlerim doldu. Hayır, bu sesi duymuş olamazdım. Bu Arda'nın sesiydi.

Korkarak başımı kaldırdığımda yatağımın tam karşısında bir sandalyeye oturmuş, beni izliyordu. "Hayır!" diye bağırarak yataktan atladım. Kapıya doğru koştum ancak kolumdan tuttuğu gibi beni yeniden yatağa fırlatmıştı. "Yaramazlık konusunda anlaştığımızı sanıyordum," dediğinde aklımı kaçırmak üzereydim. Gözlerindeki o hastalıklı duyguyla üzerime eğilince, bağırarak ondan kurtulmaya çalıştım. "Bırak beni! Rahat bırak artık beni!" diye veryansın ettim. "Dokunma!" diye ağlayarak ona yalvardım. *Artık beni rahat bıraksın.*

Bileklerimi tek eliyle tutarken yine aynı şeyleri yapıyor, aynı korkuları yaşatıyordu. "Bana karşı koyma!" dedi fakat ben direnince, "Karşı koyma!" diye bağırıp boştaki eliyle yüzüme sert bir tokat attı. Her şeyi yapacak potansiyeli olduğunu bildiğim için ağlayarak başımı salladım. "Tamam ama lütfen vurma," diye fısıldadım. *Vurmasın artık bana çünkü bu çok acıtıyor.*

Uzaklardan "Sedef?" diye bir ses duyar gibi olmuştum.

Arda beni öpmek için üzerime eğilince, "Dokunma bana!" diye haykırarak ona karşı koydum. Fakat ben direnince tekrar ve tekrar öfkeyle bana vurmaya başlamıştı.

"Sedef uyan!" Aniden biri omuzlarımı kavrayıp beni sarsınca çığlık atarak gözlerimi açtım. Üzerime eğilen Alaz'ı görünce neler olduğunu anlayamadım. Rüya mıydı gerçek miydi, bilmiyordum ama sürekli yüzü değişiyordu. Arda veya Alaz mıydı, emin değildim çünkü silüeti sürekli değişiyordu. "Geçti, Sedef," diyerek elini uzatınca "Vurma!" diye ağlayarak ellerimi yüzüme siper ettim. Kendimi korumak için yüzümü sakındığımda birinin sertçe yutkunuşunu duydum. "Bunu sana ben mi yaptım?" diye suçluluk içinde çıkan bu ses Alaz'a aitti. Sesi cehennem ateşini yaşar gibi azap doluydu.

Burada neler olduğunu hâlâ algılayamıyordum. Arda nereye gitmişti ve Alaz neden buradaydı? "Alaz," diyerek ellerimi yüzümde çektiğimde Alaz'ın yüzü yine değişti. Karşımda yine Arda'ya dönüşünce bağırarak kapıya doğru koştum. "Sedef..." Kapıyı zorlasam da açılmadı. Arda'nın bana doğru geldiğini görünce balkon kapısına doğru koştum. "Sedef, dur!"

Telaşlı sesini duyunca kapıyı açarak terasa çıktım. Hemen koşarak demir korkulukların üzerinden bir bacağımı aşağıya sarkıttım. "Sedef, hayır!" diye panikleyerek peşimden gelmesi beni daha fazla ürkütüyordu. "Yaklaşma!" diyerek diğer bacağımı da aşağıya sarkıttım. Ellerim korkulukları her iki yanından tutarken, ayaklarım terasın hafif çıkıntılı mermerindeydi. Tüm bedenim dışarıda olduğu için korkulukları bırakırsam düşerdim. Aynı şeyleri yaşamaktansa buradan atlamayı yeğlerdim.

"Yapma!" diye bağıran sesin sahibinin silüeti sürekli değişiyordu. Sadece üç adım kala durdu ve ellerini yukarı kaldırıp nihayet pes etti. "Benim, Sedef," diyerek yalvardığında başımı omuzumun üzerinden çevirerek ona baktım. Çaresizlik içinde fısıldadı. "Hepsi kötü bir kâbustu. Arda buraya gelemez, sana bir daha zarar vermesine izin vermem! Sana yalvarıyorum, bir çılgınlık yapma," dedi. Sesi acı içindeydi ve yüzü sürekli Arda ile Alaz arasında değişip duruyordu. Neler olduğunu bilmiyordum ama içinde bulunduğum hayal ve gerçeklik arasında sıkışıp kalmıştım.

"Ne fark eder?" dedikten sonra canımdan bezmiş gibi hıçkırdım. "Kim olduğunuz ne fark eder? İkiniz değil misiniz beni bu hale getiren!" Ellerimi bırakacağım esnada, "Evet, benim!" diye haykırdı. "Allah kahretsin ki seni bu hale getiren benim! Ama beni böyle cezalandırma, aklına gelebilecek en kötü şekilde al intikamını ama bir kez daha yokluğun ile sınama. Bu sefer kaldıramam, Sedef," diye yalvardığında kahverengi gözlerindeki tükenmişlik Arda'nın gitmesini sağladı. Şimdi geriye sadece o kaldı.

Neler oluyor burada? Allah'ım, sonunda şizofren de oldum!

Gerçeği yeni idrak edince gözlerimi irice açarak ona baktım. "Alaz?" dedim şaşkınca. Aklım yeni başıma gelmişti ve afallayarak ona bakıyordum. Başımı aşağıya doğru eğince bulunduğum yüksekliği gördüm. Ürkerek korkulukları daha sıkı tutarken, "Allah senin belanı versin, Alaz!" diye bağırdım. "Benim burada ne işim var?" *Adam resmen benden kurtulmak için uyurken beni terasta sallandırmış da haberim yokmuş!*

"Nihayet kendine gelebildin," dediğinde rahatlayarak nefes verip bana doğru yürüdü. "Kıpırdama."

Yüzümü buruşturup başımla aşağıyı işaret ettim. "Bu durumda yiyorsa sen gel, sen kıpırda. Sana gerek yok, kendim çıkabilirim buradan," diyerek ellerimi oynattığım esnada kızarak beni durdurdu. "Sakın!" dedi. "Sen öylesine sakarsın ki seni riske atamam!" diye beni azarlayıp iki adımda bana yetişti. Korkulukların üzerinden kollarını uzattı. Belimi tutunca rahat bir nefes almıştı.

Nasılsa o beni tutuyor diye demirleri tutmayı bırakıp ellerimi çektim. Rüzgâr yüzüme doğru hafifçe esiyor ve saçlarımı ona doğru savuruyordu. Burnunu saçlarımın tepesine bastırıp iç çekti. "Hâlâ bana güveniyorsun," diyen keyifli sesiyle kaşlarımı çattım. "Ne münasebet!" dedim, güldü. "Seni tuttuğum an demirleri bıraktın çünkü düşmene izin vermeyeceğimi iyi biliyorsun." Her şeyden kendisine pay çıkarması beni deli ediyordu. Haklı olduğunda ise ondan daha çok nefret ediyordum.

"Beni içeri çekecek misin artık?" diyerek huysuzluk yaptım. "Eğer Titanik'teki hareketi yapmak istiyorsan önce kendine kocaman bir gemi bul. Tabii, bir de senden nefret etmeyen bir adet Rose. Ha bu arada, geminin adını önceden bana söyle ki onu batırma işini garantiye alayım," dediğimde gülerek saçlarıma bir öpücük kondurdu. Hemen sonrasında beni yukarı kaldırarak içeriye çekmişti.

Güvenli bölgeye geçince yine ondan uzaklaşmam tüm neşesini kaçırmıştı. "Yaşadıkların kolay şeyler değildi," diyerek bana baktı. "Sen hazır olana kadar üzerine gelmek istemiyorum ama sonsuza kadar benden kaçamazsın. Konuşmalıyız artık, Sedef." Haklıydı, belki de kaçmak yerine bu sorunu kökünden bitirmeliydim. Konuşmalı ve bazı şeylerin bittiğini ona anlatmalıydım.

Terastaki koltuğa oturduğumda karşımdaki yerini almıştı. Henüz gece yarısı olduğu için buradaki ışıkları yakmış, karşımdaki yerini almıştı. Şimdi en azından birbirimizi daha iyi görüyorduk. "Sedef..." Konuşmakta güçlük çekercesine adımı fısıldadı. "Yaptıklarımın savunulur bir yanı yok, farkındayım fakat yapmam gerekeni yaptım." *Hayır, ağlamayacağım. Bu savunması karşısında gözyaşı dökmeyeceğim. Yapması gereken her şeyin sonum olduğundan haberi yok.*

"Peşimden gelmedin," dedim. Beni kurtarma şansı varken bunu yapmamıştı, zaten en çok bu acıtıyordu. Yaptığı seçim umurumda değildi çünkü ben olsam ben de aynı şeyi yapardım. Beni inciten şey, peşimden gelmemiş olmasıydı.

Elini uzattı bana dokunmak için ancak kendimi geriye çekerek buna izin vermedim. Havadaki eli güçsüzce yan tarafına düşmüştü. "Gelmeyi çok istedim," dedi. *Gerçekten mi? Tek söyleyeceği bu mu?*

"Ama gelmedin."

"Senin için!" diyerek derin bir nefes aldı. "Ölüyordun, Sedef. Benim yüzümden ölüyordun! Öylesine ağır bir yara almışken peşinden gelmem sonun olurdu! Bunu istemedim mi sanıyorsun?" diyerek gözlerime baktı. "Gelmeyi istedim, geliyordum da! Ancak daha sonra bunun yanlış bir hareket olacağını fark ettim. Sen ağır yaralıyken peşinden gelmem Arda'nın seni hastaneye götürmesine engel olurdu. Olası bir kaçma kovalamacada zaman kaybederdin ve seni ondan aldığımda belki de çoktan ölmüş olurdun. Hayatın üzerine tekrar bir kumar oynamamak için peşinden gelmedim!" dediğinde acı çeken gözleri ıstırabını haykırırcasına bana yalvarıyordu. "Sırf sen yaşa diye seni ezeli düşmanımın ellerine bıraktım. Benim için bunun ne kadar ağır olduğunu hayal bile edemezsin!" dediğinde sustum. Bir ölüm sessizliği olmuş ve her ikimiz de susmuştuk. Denedim, olaylara onun açısından bakmayı denedim ama yapamıyordum. Ettiğim bir yemin vardı can yakmak için, işte bu yemin onu anlamamın önüne geçiyordu. Beni ikinci sıraya atması onu affetmeme engel oluyordu. Evet, o kendince haklı olabilirdi ama acıyla yoğrulmuş yüreğim onu affetmemin önünde en büyük engeldi. Yaşatmak için gelmediğini söylüyordu lakin sırtımda hâlâ kemer izleri dururken, Arda ile geçirdiğim bir ayda defalarca ölmeme neden olmuştu.

Beni yaşatmadı ki, beni bir katilin ellerine bırakarak yaşatamaz.

Tıpkı o gece olduğu gibi içi acırcasına baktı gözlerime. Neyi ya da kimi aradıysa bulamamış olmalı ki omuzları yenilgiyle çöktü. "Bitti mi?" dediğinde aslında suskunluğum en büyük cevabı veriyordu. Hiç başlamamıştık ki bitsin. Bir şeylerin bitmesi için önce bir başlangıcı olması gerekmiyor muydu?

Onu darmadağın eden cümleler dudaklarımdan döküldü. "Bitiren ben değilim sensin. Gelmeliydin Alaz, gelmeliydin," dedim. Ben bugüne kadar yaparım dediğim her şeyi er veya geç mutlaka yapmıştım. Şakayla bile söylediğim şeyleri yapmışlığım varken beni Arda'ya bırakmamalıydı. Peşimden gelseydi affederdim. Varsın beni hastaneye yetiştiremesin ama peşimden gelmeliydi. Ölüm Arda'nın bana çektirdikleri kadar kötü olamazdı. Tenimdeki izleri ve dudaklarımdaki iğrenç öpücüklerinin kalıntıları kadar kötü olamazdı.

Bittiğini kabul etmek istemiyordu çünkü bitmesini istemiyordu. Yerinde duramayıp ayağa kalktığında gömleğinin yakasını çekiştirdi. Boğuluyor gibi bir düğmesini daha açmıştı. "Neden anlamıyorsun?" dediğinde sakin değildi. Biten bir ilişkinin öfkesini taşıyordu. Kaşlarını korkutucu bir şekilde çatarak ters ters bana baktı. "Bittiğini bu kadar kolay söyleyemezsin!" diye bağırdığında beni korkutmaya başlamıştı. Bunu kesinlikle anlayışla karşılamayacaktı.

Sinirle ellerini saçlarından geçirirken, "Yapamıyorum!" diye yüzüme karşı bağırarak üzerime eğildi. "Gece başımı yastığa koyduğumda sen, sabah gözlerimi açtığımda sen, gün arası baktığım her yerde yine sen varsın! Seni ne düşüncelerimden çıkarabiliyorum ne yüreğimden! Şu halime bak, çıldırma noktasına geldim!" diyerek gürledi. Ellerini her iki yanımdan oturduğum koltuğun kenarlarına bastırarak üzerime eğildi. Öfkeli gözleri dik dik bana bakıyordu ve gerçekten ürkmeye başlamıştım. "Olmuyor!" diye hırladı. "Kahretsin, Sedef! Ben kendimi hiç böyle dağılmış görmedim!" dediğinde çıldırmış gibi bakıyordu. *Pekâlâ, biri beni derhal bu adamdan uzaklaştırmalı!*

"Oldu o zaman, sonra görüşürüz," diye güçlükle konuşup kaçmaya yeltendim lakin, "Hiçbir yere gitmiyorsun!" diyerek beni tersleyince, oturduğum yerden hiç kıpırdamadım.

Beni korkuttuğunu anlayınca bu sefer daha kontrollü olmaya çalıştı. Geriye çekilip az önce kalktığı koltuğa tekrar oturdu. "Sen platonik bir ilişki yaşamıyordun, yaşadığın ilişki karşılıklıydı," diyerek bazı şeyleri bana anlatmaya çalıştı. "Bitmesine sadece sen karar veremezsin."

"Neden?" diye sordum.

"Neden mi?" Hayretler içinde bana bakıyordu. "Çünkü bu ilişkiyi ikimiz yaşıyorduk ve bitecekse de ikimizin de onayı olması gerekiyor! Kendi başına aldığın ayrılık kararında bana hiç danışmadın!" Ne yani, tüm sorun bu muydu? *Tamam, ona da sorarım. Beyefendinin gönlü olacaksa ona sormak hiç sıkıntı değil.*

"Alaz, ben ayrılmak istiyorum. Senin onayın var mı?" Evet, gerçekten sordum.

İyice küplere binen adam, "Benimle dalga mı geçiyorsun?" diye bağırarak oturduğu yerden ayağa fırladı. "Söylediklerimden anladığın tek şey bu olamaz!"

"Sormadın dedin, ben de gönlün olsun diye sordum işte. Onayın var mı ayrılığa?"

"Yok, lanet kadın, yok!"

"Bak, sorunca da bir şey değişmiyormuş. Bu yüzden ikimizin adına bu kararı ben verdim," dedim. *Alt tarafı bir ayrılık ya, bunu yapmak ne kadar zormuş. Sanki boşanıyoruz ve çocukların kimde kalacağına karar veremedik! Olmayan çocuklar da onun olsun ama yeter ki beni rahat bıraksın. Zaten birinden çocuk yapacak kadar da aklımı yitirmedim.*

Bir türlü bana bir şeyler anlatamayınca kalan kontrolünü de yitirmişti. Kaşlarını çatarak dişlerinin arasından uyarırcasına, "Sedef!" diye söylendi. "Beyninde bir sorun mu var? Eğer öyleyse gider, tedavisini yaptırırız ama artık kendine gel! Bırak artık şu çocukluğu!"

"İyi de seninle kıyaslanınca ben zaten çocuk sayılırım."

"Yirmi yaşındasın!"

"Evet," diyerek kıkırdadım. "Yirmi yaşına Arda'nın yanında girmeme sebep oldun," dediğimde kesinlikle eğlenmiyordum. "Sayende bana unutulmaz bir doğum günü yaşattı." Kan kusarak kendimden geçene kadar bana vurmuştu. Böyle bir doğum günü nasıl unutulurdu ki? Orada yaşadıklarımı kimseye anlatamıyordum fakat içime attıkça başta Alaz olmak üzere insanlara olan öfkem ve nefretim büyüyordu. Korkuyordum, ya bir gün daha fazla içimde tutamaz ve öfke patlaması yaşarsam? Bu öfkenin bana yanlış şeyler yaptırmasından çok korkuyordum.

Arda konusunda neden beni bıraktığıyla ilgili sebepleri vardı. Benim bir türlü o sebepleri anlamıyor olmam ona yardımcı olmuyordu. "Neden anlamak istemiyorsun?" dedi yorgun bir halde. "Ben seni zehirlediysem, sen kanıma karışıp usul usul beni süründüren zehrimsin. Ben hakkında infaz emri çıkardıysam, sen karşıma çıktığın ilk günden beri beni öldürmekten beter ediyorsun. Anla artık Sedef, sen öldüysen tetiğe basan katilin bendim!

Bir de bu yönden bakmayı dene. Sen o gece bir kez öldün ama ben ölmelere doymuyorum!" diye isyan edince gözlerim doldu ve ben yine ona karşı gardımı aldım. Onu anlamak istemiyordum çünkü onu anlamak, ona dönmek demekti. Ben artık her ikimiz için savaşmak istemiyordum. Haklı olduğu yerler vardı, bunu biliyordum lakin ben de haklıydım. Onun haklı yönleri yaşadıklarımı değiştirmiyordu. Belki de tek haklı oydu fakat bu oyunda yanan ben olduysam kimsenin haklılığını düşünemezdim. Arda ve Alaz'ın çekişmeli savaşında canı yanan bensem, benim nazarımda her ikisi de masum değildi.

"Bana bir tek sen Sedef diyorsun," dedikten sonra başımı kaldırıp ona baktım. "Neden?" dedim. "Her defasında bendeki Sedef'i ısrarla öldürürken hâlâ neden Sedef diyorsun?" Elimle kendimi gösterdim. "Ben Yankı'yım. Seninle tanışmadan önce bir yanım Sedef'ti ama sen bende bir Sedef bırakmadın. Artık bana Sedef demeyi bırak," dediğimde gözleri bunu onaylamıyordu. Gömdüğü kadını toprağın altından çıkarmaya kararlıydı.

Ayağa kalkıp ona yaklaştım. Artık bu yolun bir dönüşü olmadığını anlamalıydı. Tişörtümü eteklerinden tutarak çıkardım. Karşısında yarım atletle kalınca, "Sedef, ne halt ediyorsun?" diye sordu, güldüm. "Merak etme, üzerine atlayacak değilim," dedim. Karşısına geçip tişörtümü çıkartınca kim bilir ne düşünmüştü.

"Bak," diyerek atletin alt kısmını biraz yukarıya doğru çekiştirdim ve sağ göğsümdeki yarayı gösterdim. "Bu yarayı Sedef aldı. Belki tetiğe basan sen değildin ama senin isteğin üzerine bu yarayı aldı." Gözlerinin içine ruhsuzca baktığımda yutkunarak kabuk tutan kurşun yarasına bakıyordu. "Daha bitmedi," diyerek ona sırtımı döndüm. "Bak hadi, her bir kemer darbesi senin yüzünden değdi Sedef'in tenine!" Soğukkanlı bir halde ona doğru döndüm. "Ben yaşayayım diye peşimden gelmedin, değil mi? Sağ ol ya çünkü sayende ben orada çok güzel yaşadım! Sen beni artık yaşatma, Alaz. Birini öldürerek yaşatamazsın." Bana bunu yapmaya hakkı yoktu. Oyuncak ettiği hayatımı daha fazla bitirmeye hakkı yoktu.

"Asıl katil sensin!" dedim. Benim en büyük katilim oydu, bunu neden görmek istemiyordu? "Arda bana kurşun sıkarken, işkenceler yapıp vururken ve kafasına her estiğinde öperken o değildi, sendin katilim!" diye öfkeyle haykırdığımda sesim k kılanmıştı. Acım sanki duvarlara çarpıp bana geri dö

Yüzü kaskatı kesildiğinde duyduklarının gerçekli yordu. İnanmak istemiyordu gördüğü izlere, yalanlam duyduğu o iğrenç dokunuşları. Kahverengi gözlerinde yan yoğun bir pişmanlık belirmişti. Kendi pişmanlığın duğunda ansızın gözlerindeki duygu, yerini öfkeye bıra sine öfkeliydi ama en çok da Arda'ya öfkeliydi. Kaşları bir hızla çatılıp elleri yumruk olunca, yumruğunu öyle ki omuzları nefes aldıkça inip kalkıyordu. Ölüm vardı ne hasmına olan ölüm yemini. Şimdi şurada Arda'yı görse hiç meden eceli olacağını iyi biliyordum. "Onu bulacağım!" de min edercesine. "Er veya geç onu bulacağım ve tenine değen parmaklarını koparmadan onu öldürmeyeceğim!" Yumruk sıkarken bu söylediklerini gerçekten yapacağını görebiliyord Asla boş konuşmadığını ne yazık ki iyi biliyordum çünkü en Arda kadar karanlık bir yüzü vardı.

Öfkemi geldiği yere gönderip sakinleşmem uzun sürmedi. "A tuğ?"

"Bana böyle seslenme!"

"Herkes sana böyle hitap etmiyor mu?"

"Evet."

"O zaman sorun ne?"

"Sen herkes değilsin," dediğinde sustum ve o da sustu.

O bana bakıp gözlerimle konuşuyordu, bense hiçbir zaman gözlerle konuşamazdım. Birinin gözlerine bakıp uzun uzun romantik anlar geçirmezdim, geçirmesini de bilmezdim. Gözlerle anlaşma olayını çözmeye çalışıyordum. Evet, Alaz gözlerime bakarken benim tek düşündüğüm bunlardı. "Beni inciten herkesin eceli olur musun?" dediğimde bir türlü göz temasını kesmiyordu. Ne bakıyordu, Allah aşkına! Gözlerim maviydi işte, baktıkça vampir gibi kırmızıya dönüşmüyordu ki. *Bu bakışma olayındaki sırrı bir gün çözeceğim, belki de benim dikkatimden kaçan esrarengiz bir şeyler vardır. Artık her ne halt varsa o da ayrı bir konu ama neyse artık.*

t etmeden, "Evet," deyince güldüm. "O zaman bir di kafana sıkarak başla," dedim. Onun dışında kimnekten beter etmediği için bence o ölürse ortada bir zdı.

uzaklaşıp terasın korkuluklarına doğru yürüdü. Sırtını aslayıp bana döndü. "O gece kendi kafama sıktığıma lirsin," diyerek kendi payına düşen ölümden bahset-, orada ölen sadece ben değildim ama benim göğsümde ırken benden daha fazla ölemezdi.

muyor, Alaz," dedim. Son derece kararlı bakışlarımı görünukça gülümsedi. "Olmuyor değil, Sedef; oldurmuyorsun." rlü ikimizden bir şey olmayacağını anlamıyordu. En başınnemekle hata etmiştik. Kaçık bir kadın ve kontrol delisi bir ıdan biz çıkmazdı.

Yoruldum," diye fısıldadım. "Çok yoruldum." Daha ana rahıdeyken başlamıştı yaşam savaşım. Gözlerimi açtığımda annen ak sütü yerine içinde zehir olan sütü içendim ben. Altı ay ıra kimsesizler yurduna bırakılan, yedi yaşında damgalanıp soıklara düşen çocuktum ben. On dördünde hüküm yiyen, on douzunda kaçırılıp tesise getirilen, yirmisinde kaderine terk edilen işiydim ben. Evet, herkes acı çekiyordu ve belki de ben yaşadıklarımı abartıyordum. Sonuçta herkesin acısı kendisine çok gelirdi. Fakat ben ateşten bir ipin üzerinde yürüyordum. Ayak tabanlarım cayır cayır yanıyor lakin ben düşmemek için direniyordum. O kadar çok yorulmuştum ki artık alacağım tek bir darbeye bakardı yerle yeksan olmam.

"Eğer benden uzak durmazsan..." demiştim ki, "Ne olur?" dedi.

Yürüyüp yanına gittim ve "Sıkarım kafama," dedim. Duyduklarının ağırlığıyla bedeni kasılıp taş kesilmişti, konuşacak durumda değildi. Gözlerindeki saf korkuyu görmüştüm çünkü benim gözlerimde bunu gerçekten yapacağımı görüyordu. Bir şeyi yaparım dediysem onu yapacağımı çok iyi biliyordu.

İntihara meyilli biri değildim ama bunu cezaevinde bir kere denemiştim. Oradaki şartlar bana ağır gelmiş ve pes etmiştim. Bir kez daha pes edersem ölüm benim için tek kurtuluş olurdu. Bundandı yıkılmayışım, bundandı düştükçe kalkmalarım. Eğer ikinci kez pes edersem kendi sonumu getirirdim. Bunu kendime bile itiraf etmezdim ama benim asıl direnişim kendime olan korkumdandı. Bir kere gözümü karartırsam dünyaları da verseler o yoldan dönmezdim. Benim en büyük savaşım kendimle olmuşken bir darbe daha alarak kendime yenilmemeliydim. "Bu inat değil, intikam değil, benim yaşam savaşım," diyerek gözlerine baktım. "Bugüne kadar tutmadığın elimi bundan sonra da tutma. Sen beni sevdiğini anlayana kadar beni kaybettin," dedikten sonra ona bakarken arkaya doğru bir adım attım. "Şimdi tut kaybının yasını ama beni zorlamadan yap bunu." Bu konuyu bugün son kez konuşmalıydık, daha sonra herkes kendi yoluna gitmeliydi.

"İzin ver, mutlu olayım," diyerek âdeta ona yalvardım. Benim mutlulukla bir sorunum yoktu ki. Dış etkenler olmazsa bunu başarabilirdim. "Deneyeceğim, birinin beni benden daha çok sevdiğini anlarsam onunla deneyeceğim," dedim. Bunu kendime borçluydum, böylesine bir enkaza dönüşmüşken bunu kendime borçluydum. Çok şey istemiyordum ki, sadece beni benden daha çok sevecek birini istiyordum.

Ben kendi hayatımı kurarken ne Alaz'ı istiyorum ne de kıskançlıklarını. Ben hâlâ ilk gördüğü o kadındım ve mümkünse o da ilk gördüğüm o duygusuz adama dönüşsün ve çekilsin istiyordum yolumdan. Başımı kaldırıp burukça bir tebessümü dudaklarıma kondurdum. "Biliyor musun, kimse beni benden daha çok sevmedi," diye fısıldadım. Gözlerim ağlamaklı bakıyor ve titreyen dudaklarımdaki tebessüm eğreti duruyordu. "İşte bu acıtıyor, hem de çok acıtıyor," dediğimde en büyük yenilgisini benden almış gibi adım adım yıkılışını izledim. Yandı, yandığı kadar yandım lakin bu yolun dönüşü yoktu.

Becerememiştik ki biz bu işi, sevmek yakışmamıştı bize. Tıpkı iki beden küçük gömlek gibi dar gelmişti, sığamamıştık içine.

"Sedef..." demişti ki başımı iki yana sallayarak onu susturdum. "Anla artık adam, sen dilimdeki duam değil, bedduamsın," dedim. "Bitti Alaz, bitti!" Ona sırtımı dönerek odama doğru yürüdüm. İçeri girip balkonun kapısını kapatırken gözlerini benden ayırmıyordu. Suskunluğu bana birçok şey anlatırken son kez baktım ve kapıyı kapatıp perdeyi çektim.

Bitmişti işte. Tanıyordum onu, bu söylediklerimden sonra ısrar edemezdi. Biliyordu artık beni geri kazanamayacağını. Asıl pes etmesine sebep olan şey, o hayatımda olmadan daha mutlu olacağımı anlamasıydı. Beni gerçekten çok sevdiğini her bakışından anlıyordum ve bu, beni bırakmasının en önemli sebebi olacaktı. Gerçekten seven, gerekirse sevdiği kişinin mutluluğu için geri çekilmesini bilendi. Birini seviyorsan ve seninle olamıyorsa onu özgür bırakmalıydın. Sırf kendi mutluluğun için onu zorla yanında tutmak sevgi değildi. Bencillik olabilirdi ama asla sevgi olamazdı. Ve ben, bu gece ona *bitti* dediğim yerde anladım onu sevdiğimi. Neden mi? Çünkü kalbim gözlerimden daha çok ağlıyordu. Onunla vedalaşırken hiç bağırmadığımı fark ettim veya hiç öfkelenmedim. Sadece ölüm sakinliğiyle konuştum ve anlattım ona kendimi. Peki, tüm vedalar hep böyle sessiz mi olurdu?

Cemal Süreya o meşhur şiirinde ne demişti? Bir kadın susarak gider miydi? Sahi nasıldı o şiirin sözleri?

Kadınlar susarak giderler,

Çok uzun emekler verir ilişkisini yürütmek için.

Birinin kadını olmayı yüreği, beyni, ruhu o kadar zor kabul etmiştir ki, başka bir adama ait olmayı istemez.

Erkek gibi, çorbanın tuzu eksik diye kavga çıkarmaz mesela, tam tersi, konuşmamız lazım der.

Erkekler de en çok bu cümleye sinir olurlar. Ertelenir o konuşmalar, maç bitimine, yemek sonrasına ve daha birçok lüzumsuz şeyin ardına ötelenir.

Kadınlar inatçıdır, hayata tutundukları gibi, aşklarına da sahip çıkarlar.

Bu yüzdendir, konuşup derdini anlatma isteği, karşı tarafı ikna edene kadar uğraşırlar.

Sonunda pes eder adam, bir ışık görür kadın, tüm derdini paylaşır.

Genellikle ne cevap alır? Abuk sabuk konuşma!

Gereksiz ve saçma gelmiştir adama anlatılanlar, hiç de üstünde durmamıştır.

Yine bir sıkıntı, tatmin edilemeden geçiştirilir ve adam gün gelip bunların kendisine ok gibi döneceğini bilemez.

Bir kadın şikâyet ediyorsa, ya da erkeklerin deyimi ile vıdı vıdı ediyorsa; erkek bilmelidir ki, o ilişkiden hala ümidi vardır kadının.

Yürütmek, birlikte yaşamak, sorunları çözerek mutlu olmak istiyordur.

Daha önemlisi, o adamı hâlâ seviyordur.

Kadın susarak gider!

En önemli detaydır, erkeklerin hiç anlayamadığı durum işte bu kadar basittir.

O gün gelene kadar konuşan, kavga eden, tartışan kadın, kendini sessizliğe vermiştir.

Ne zaman ümidini o ilişkiden kestiyse, o zaman sevgisi de yara almış demektir.

Yüreğindeki bavulları toplamıştır, kafasındaki biletleri almış ve aslında bedeni orada durarak, ilişkiden çıkıp gitmiştir.

Kadın, gerçekten gitmişse, çok sessiz olmuştur ayrılışı, kimse hissetmeden, kapıları vurup kırmadan gitmiştir.

Her akşam eve geldiğinde, kapının açıldığını gören adam anlamaz ama bir kadın sessizce gider.

Ne mutfağında yemek pişiren, ne yan koltukta televizyon izleyen, ne gece ruhunu kenara koyarak yatakta sevişmeye çalışan kadın, artık o kadındır.

Bir kadının çığlıklarından, kavgalarından korkmamak gerekir, çünkü kadının gidişi sessiz ve asildir.

Ezbere bildiğim şiirin sözleri aklıma gelince, gözlerimden süzülen yaşları silerek yatağa uzandım. Ilgaz şiirleri çok sevdiği için sürekli elinde bir şiir kitabı olurdu. Ben ne zaman ranzama uzansam Ilgaz yanıma kıvrılır ve bana şiir okurdu. Bu yüzden bazı şiirleri ezbere biliyordum. Cezaevinde her şey kısıtlı olduğu için Ilgaz'ın kitapları da çok fazla değildi. Hep aynı şeyleri okuması çoğunun aklımda kalmasını sağlamıştı. Oradaki günlerimi özlüyordum, bu geçici özgürlük bana cezaevi gibi bir yeri bile özletmişti. Orada en azından Yankı olmak zorunda kalmıyordum ve kimse kalbimi ayakları altında çiğnemiyordu.

Aşkta ilk gözyaşını döken kaybeder.

Yine bir kusma seansından sonra sabah kahvaltısını kaçırsam da öğle yemeğine yetişmiştim. Anahtar kartımı tekrar boynuma asmıştım, kimliklerim odamdaki sırt çantamın içindeydi. Koridordan yemekhaneye doğru yürürken bana merakla bakan bu gözleri hiç özlemediğimi fark ettim. Yanımdan geçen herkes doğru gördüğüne emin olmak ister gibi tekrar bakıyordu. Kurtulduğuma şaşırdıklarını görebiliyordum. Yemekhaneye girdiğimde ise yine herkesin tam zamanında burada olduğunu gördüm. Artık psişik güçleri mi vardı yoksa bir türlü benim soluyamadığım kokumdan mıydı bilmiyorum ama Alaz anında gelişimi hissetmiş gibi başını kaldırıp bana bakmıştı.

Yemin ederim tazı gibi kokumu alıyor.

Diğer arkadaşları koyu bir sohbetteyken kısa bir süre bana baktı ve yeniden arkadaşlarına döndü. Ben yokmuşum gibi davranmasını beklemiyordum, sanırım dün geceki konuşmamız işe yaramıştı. *Benden uzak dur* derken *beni görmezden gel* dememiştim. Burada sürünmesi gereken oydu, ben değildim. Bu zekâ küpü atağa geçerek bana meydan okuyordu. "Sen de aynısını ona yap," diyerek sessizce kendimi uyardım. Beni görmezden gelmesi, aslında benim açımdan iyi olurdu. En azından bundan sonraki ölümcül planlarına beni dahil etmezdi.

Az önce kısık sesle söylediğim şeyleri sarı yılan duymuştu. "Bakıyorum da ilk günden tuhaflıklarına devam ediyorsun, paçavra," diyen kişi Fulya'dan başkası değildi. Fulya'nın tiksinti dolu sesini duyunca isteksizce başımı ona doğru çevirdim. Her zamanki gibi masasındaydı ve yanında Şafak, Araf, bir de Esad vardı. O geceki kurada benim tüm ekibim cezadan nasibini almışken, bu Sinsirella'nın adının çıkmaması evrenin bana kötü bir şakası olmalıydı. Yemin ederim, şurada geberip gitse üç gün şükür namazı kılacak durumdaydım.

"Sana da merhaba, yılan," dedim. "Anlaşılan yılanların canı kedilerden daha fazla," diyerek yüzümü buruşturdum. Bana kedi diyorlardı ama bu kız benden daha çok dokuz canlıydı. Ah ulan, bu hayatta yılan olmak vardı şimdi. Ortalığı karıştır ve kenara çekilerek sinsice izle! Evet, Fulya'nın özeti tam olarak buydu.

Dudağındaki iğrenç sırıtmayı koruyarak beni süzdü. "Hâlâ tek parça halinde olduğuna göre kedileri hafife alma," dedi. Yılan veya kedi, ne fark eder ki? Sonuçta her ikisinden de nefret ediyordum. "Şaşırtıcı derecede iyi görünüyorsun." Şaka yapıyor olmalıydı.

"Kötüyüm deme zevkini sana yaşatmak istemezdim ama..." deyip elimle baştan ayağa kendimi gösterdim. "Altmış altı kilodan bir ay içinde elli dört kiloya düşmüşken nasıl iyi olabilirim? Gözlerin mi bozuk oğlum senin?" diyerek onu azarladım. Bir ayı geçkin bir süredir doğru düzgün yemek yiyemiyordum. Bu kadar zayıflamışken nasıl iyi olabilirdim?

Sinir bozucu bir şekilde gözlerini bana dikip ters ters baktı. "Sen gerçekten aptalsın," dedi. "Eskiden yağ tulumuydun, şimdi en azından biraz daha iyi durumdasın. İnsanlar senin gibi hızlı bir şekilde zayıflamak için neler yapıyor, bir bilsen." Ama onların zayıflama yöntemlerinin içinde işkence görmek yoktu, değil mi? Ben kilolarımı seviyordum çünkü onları bedenimde toplamak benim için hiç kolay değildi. Kendimi yeni besiye çekmişken zayıflamak kimin umurundaydı. Kemikleri sayılan sıska kadınlardan hep nefret etmişimdir. Şimdi ise onlardan bir farkım yok gibiydi! Tamam, kemiklerim sayılmıyordu ama son zamanlarda iştahım yoktu ve yakında bu da başıma gelebilirdi!

Fulya'ya bakıp umarsızca omuz silktim. "Eğer hızlı bir şekilde zayıflamak istiyorsan öcüden kaçmayı bırak," dedim. Ona yakalandıktan sonra zaten ilikleri kuruyana kadar zayıflardı.

Bir türlü susmak bilmeyen Fulya, "O gece yaşadıklarından bir ders almadığını görmek ne acı," deyince sabır çektim. Onunla muhatap olmak sinirlerimi bozuyordu.

"Ders almak mı?" deyip güldüm. "Bunu yanımda otururken salya sümük ağlamaktan başka bir şey yapmayan biri mi söylüyor?" dediğimde kaşlarını çattı. "Anlaşılan hasta âşığın o dilini yeterince terbiye edememiş ama ben bunu zevkle yaparım!" diyerek ayağa kalkıp bana doğru yürüyünce güldüm. "Âşığın dediğin o hasta adamın elinden kurtulmayı başarıp kendimce tarih yazdım zaten. Gel de kim kimi terbiye ediyormuş görelim!" dedikten sonra ben de onun üzerine yürümeye başladım. Bu sefer kimse onu elimden alamazdı.

Fulya ile aramızda tam bir adım kalmıştı ki Alaz, "Hücre cezası almak istiyorsanız durmayın, devam edin," diyerek bize kuralları hatırlatmıştı. Buzdağı'nın soğuk sesiyle ikimiz de hemen bir adım geriye çekildik. Yanlış söylemişim, Alaz dışında kimse elimden alamazdı. Nasıl olsa Fulya'yı bir şekilde tenha bir yerde kıstırırdım. Etrafta kimsenin olmadığına dikkat ederdim tabii.

Fulya somurtarak yerine oturunca Araf ayağa kalktı. Tebessüm ederek bana doğru yürüyünce güldüm. "Umarım sarılmak için gelmiyorsundur, Karaoğlan?" dediğimde dudakları kıvrıldı. "Eğer çığlık atarak kulaklarımın ırzına geçmeyeceksen neden olmasın," diye konuşup yanıma geldi. Gülümseyerek başımı salladım. "Sadece bir seferliğe mahsus," diyerek ona yaklaştığımda hiç vakit kaybetmeden beni kollarına çekmişti.

Kollarını bana sıkıca sararken, "Seni özleyeceğim aklımın ucundan bile geçmezdi," diyerek homurdanınca güldüm. "Hep diyorum *bağımlılık yaparım* diye ama anlayan kim?" dedikten sonra sarılışına karşılık verdim.

"İyi olduğunu görmek beni mutlu etti," diyen Şafak'ın sesini duyunca Araf benden ayrılmıştı. Şafak çekingen gözlerle yanıma gelmiş, bana bakıyordu. "Daha hızlı yardım getirebilirdin ama neyse artık," dedim. Bunları söyleyerek Şafak'ın cesaretini kırmıştım çünkü yanıma gelmeye çekiniyordu. Gözlerini kaçırıp bakışlarını ayakkabılarına indirmesi de ayrı bir olaydı.

Araf, Şafak'ı gücendirdiğim için kaşlarını hafif çatınca omuz silktim. "Bu kadar uyuşuk olduğu için bana kızamazsın," dedim. Şafak duymasın diye Araf'a yaklaşıp parmak uçlarımdan yükseldim ve dudaklarımı kulağının yakınına getirdim. "Ondan daha iyisini hak ettiğini biliyorsun, değil mi?" diyerek yol yakınken onu bu hatasından döndürmek istedim. Kız bir kere her konuda uyuşuktu. Bu bile yeterli bir sebepti.

Araf işaret parmağını alnıma bastırarak aramıza biraz mesafe koydu. "Şu seni özlediğim kısmı geri alıyorum," diye sitem edince güldüm. "Bana sarılırken öyle demiyordun ama." Başını iki yana doğru sallayıp beni sessizce azarladı. "Gerçekten umutsuz vakasın." Bunu söylemesine rağmen uzanıp dudaklarını alnıma bastırdı. Bu yaptığı bile ettiği tüm sitemleri siliyordu.

Araf'ın beni öpmesi ekibimdeki erkeklerin hoşuna gitmemişti. Kuzey, "Yeter bu kadar!" diyerek rahatsızlığını dile getirdi. "Kedicik beni ayağa kaldırmadan şuraya gel!" diyen öfkeli sesini duyunca Araf'tan ayrıldım. Hakan bile kaşlarını çatmışken daha fazla oyalanmadan onların masasına doğru gittim.

Efe'nin yanına oturduğumda Efe, yemeklerle dolu olan tepsiyi önüme koydu. "Acıkmışsındır, senin için sevdiğin şeylerden bol bol koydum," dedi. Maşallah, o kadar çok koymuş ki tepside en az üç kişilik yemek vardı.

Gerçekten hepsini yiyeceğimi düşünmüş olamaz, değil mi?

Tepsiyi ona doğru ittiğimde yeniden önüme koydu. "Yankıcığım, senin için aldım diyorum, yiyebilirsin." *O kadarını anladık zaten.*

Yemeklere baktıkça midem tekrar bulanıyordu. "Aç değilim, kuzum," dedim. Masadan bir hayret nidası yükselince Efe korkarak elini alnıma koydu. "Ateşi yok," dedi. *Hasta değilim ki, neden olsun?*

"Tekrar bak," diyen Kuzey, "Kesin hastalandı," dedi.

"Hasta değilim."

"O zaman gelmeden önce odanda yedin."

"Dün sabahtan beri hiçbir şey yemedim, Koreli kız."

"Tövbe tövbe," diyen Süslü yutkunarak ellerini dua eder gibi açtı. "Allah'ım, bugüne kadar işlediğim tüm günahlar için tövbe ediyorum. Söz veriyorum, bundan sonra daha iyi biri olacağım," dediğinde hiçbir şey anlamadım. Bu Allah'ın kıt beyinlisi yine ne saçmalıyordu?

"Niye günah çıkardığını sorabilir miyim?" dedim.

Naz, "Çünkü aç değilsin," dedi. "Bu da dünyanın sonuna yaklaştık demek." Herkes bir kahkaha patlattığında bu kızın ağzına bir tane yapıştırasım gelmişti.

"Abartmayın şunu," diyerek homurdandım. "Benim de aç olmadığım zamanlar oluyor."

"Yirmi yıl sonra ilk kez seni tok görmenin şokunu yaşıyoruz, Sakar," diyen Hakan bu fırsatı kullanmasını iyi biliyordu. "Gerçekten hasta değil misin? Bak, numara yapıyorsan çekinmeden ye." Sanki normalde çok çekingen biriymişim gibi konuşması yok muydu, insanı deli ediyordu.

Gözlerim Alaz'ı bulduğunda önümdeki dolu tepsiye baktığını gördüm. Yemek yememem canını sıkmış olmalı ki bakışları düşünceliydi. Göz göze geldiğimizde ise sorgularcasına bana bakarak masadaki dolu tepsiyi işaret etti. Elimi karnıma bastırıp kusuyormuş gibi bir hareket yaptığımda midemin bulandığını sonunda anlamıştı. Ancak nedensiz yere bu onu daha fazla düşünce seline boğmuştu. Kim bilir, aklından yine ne geçiyordu. Bu yüzden sorgulamadım ve önüme döndüm. Geçen akşam yemeğinde de hiçbir şey yemediğim için her iki durumu kıyaslayıp neyim olduğunu anlamaya çalıştığına emindim.

Çocuklarla bahçede bol bol zaman geçirdikten sonra hepimiz çok sık geldiğimiz engelli parkurun üzerindeki kulede uyumuştuk. Bizim için bir çeşit ağaç ev konumunda olduğu için etrafı veya üstü kapalı olmasa da olurdu. Yüksekte ve düz zeminde olması bize yetiyordu. Engelli parkurda ne güzel uyumuştum ki Alaz aramış ve ikinci kattaki toplantı odasına gitmemi istemişti. Çocukları uyandırmadan aşağıya indiğimde tesise girene kadar niye çağırdığıyla ilgili düşünüp durdum. Aklıma gelen tek şey, yine canımı sıkacak bir şeyler yapacağıydı. "İlk günden *hadi eğitime* derse çıldırırım." *Artık firar da edemeyeceğime göre ben bittim.*

Asansörden inince kısa süre sonra toplantı için hep geldiğimiz kapının önünde durdum. Derin bir nefes alarak kapı kolunu çevirdim fakat açılmadı. "Bu kesin o kapı!" dedim. Burada bir tane daha açmakta zorluk yaşadığım bir kapı vardı. Artık emin olmuştum, buraya geldiğim ilk gün beni rezil eden kapıydı bu.

Birkaç sefer daha denedim ama açılmayınca iyice geriye gittim. "Kırarım ben bunu!" dedim. Savaş naraları atarak hızla kapıya doğru koştum. Lakin ben kapıya omuz atamadan kapı açılınca duramadım ve bana kapıyı açan adamın göğsüne çarptım. "Size söylemiştim bu sefer kıracak diye." Alaz'ın sesini duyunca başımı kaldırdım ve kendimi onun göğsünde buldum.

Hemen ondan uzaklaşıp kapıyı gösterdim. "Bu kapı bozuk! Pis cimriler, dünya kadar paranız var ama bir kapıyı yaptıramıyorsunuz," diyerek geri çekildiğimde kapıyı içeriden kapattı. "Kapıda bir sorun yok, sen açamıyorsun," dedi. Birkaç kez kapıyı gözlerimin önünde hiç zorlanmadan açıp kapattı. Kaşlarımı çattığımda gülmemek için kendisini zor tutarken masanın etrafındaki boş sandalyeleri gösterdi. "Yerine geç çaylak." *Çaylak dediyse eğitimler başladı demektir.*

Alaz masanın en başındaki yerini alınca ben de Yosun'un yanına oturdum. Toplantı odasında sadece kendi ekibi vardı. Ellerini masada birleştirip bana baktı. "Seni buraya çağırmamın sebebi, asıl eğitimin hakkında bilgi vermek," dediğinde itiraz etmedim. Bir ajan olmayı hiç istememiştim ve hâlâ da istemiyordum. Fakat bu eğitime ihtiyacım vardı. Bana yaptıklarını Arda'ya ödetmek için bu eğitime ihtiyacım vardı. Arda ait olduğu cehenneme döndüğünde işi bırakıp kendi yoluma gidecektim. Alaz bir süre daha gerçek amacımı bilmeden beni eğitmeliydi. Ben onun gibi değildim ve bir teşkilata bağlı olarak operasyonlar düzenleyemezdim. Yirmi yıllık bir koşturmadan sonra daha fazla kaos istemiyordum. Arda öldüğünde benim için de tesis ve ajanlık macerası son bulacaktı. Kendime küçük bir ev bulup geriye kalan günlerimi huzur içinde yaşamayı planlıyordum.

Artık durmalı ve kendim için bir şeyler yapmalıyım.

Alaz, "Gün içinde olan eğitimlerin saatleriyle birlikte odana bıraktığım dosyada yazıyor," dedi. Diğerleri sessizliğini korurken o bana bilgi vermeye devam ediyordu. "Önce silah eğitimin var, daha sonra teknolojik cihazları tanıyacaksın. Silah eğitimini sana ben vereceğim," dedikten sonra ekibin en sessiz üyesini gösterdi. "Michael, sana teknolojiyi ve cihazları tanıtacak." Michael bana tebessüm edince ona gülümsedim. Neredeyse hiç konuşmaz, herhangi bir sohbete dahil olmazdı. Belki de yıllardır bu çılgın Türklerin içinde ne işi olduğunu sorguluyordu.

Alaz bilgi vermeye devam etti. "Yabancı dil ve farklı kültürler hakkında da seni eğitecek olan benim," dedikten sonra Afrodit'i işaret etti. "Kamuflaj ve diksiyon derslerini Buket'ten alacaksın," deyince yine itiraz etmedim. Anlaşılan, herkes en iyi olduğu konularda beni eğitecekti.

Şimdi ise bana Simay'ı gösterdi. "Uyuşturucu, sigara ve alkole karşı dayanıklılığını arttıracak olan ise Simay. Onun gözetimi altında bu saydıklarımı kullanacaksın," deyince kaşlarımı çattım. *Ne demek kullanacaksın? Bu adam eğitim adı altında benden bir bağımlı çıkarmayı mı düşünüyor?*

"Ben o saydıklarını hiç kullanmadım ve asla kullanmam!" dedim. "Yaşamakla ilgili bir sorunum olmadığı için zararlı şeyler kullanarak hayatımı kısaltmayı hiç düşünmedim!" Vücuduma hiçbir zararlı maddeyi almadım ve almak da istemiyordum. Ayrıca düşündükleri gibi ben gerçek bir ajan olmayı hiç istemedim ve hâlâ istemiyordum. Silah eğitimi ve dövüş teknikleri dışında olan eğitimler ilgimi çekmiyordu. Gerçek bir ajan olmayı isteseydim belki ileride çok işime yarardı fakat benim öyle bir düşüncem yoktu.

Alaz, "Evet, hepsini ve daha fazlasını kullanacaksın," dedi. "Önce bir bağımlı olacak ve biz tüm maddeleri kestiğimizde ise kullanmayı bırakacaksın. Bu eğitimde işkence bile göreceksin. Senin tüm sınırlarını zorlayacağız, böylece iradenin daha sağlam ve yıkılmaz olmasını sağlayacağız," dediğinde sakin olmak için kendimi zorluyordum. Eğer onlar gibi bir ajan olmayı isteseydim belki bu saydıkları eğitimim için gerekli olabilirdi ama benim öyle bir niyetim yok ki! *İleride işime yaramayacak bir eğitimi neden alayım? Bana silah kullanmayı öğretsin yeter bana. Beni resmen kısa yoldan öldürecek bu pislikler!*

"İş-işkence mi?" Sesim titrerken korkmaya başladım.

"Evet, işkence," diyen Yosun bunları söylerken benim için üzülüyor gibiydi. "Deşifre olabilirsin, yakalandığında konuşmaman için önceden onların sana yapacağı tüm işkencelerden geçmen gerekiyor. Bu, dayanıklılığını arttıracak. Her çaylak bu zorlu eğitimden geçmek zorunda."

İstifa edebiliyor muyuz? Ben böyle çok iyiyim, o işkencelerin hepsini benim yerime Arda'ya yapsınlar.

"Bağımlı olmak konusunda ciddi misiniz?" dedim. *Arda'yı öldürene kadar silah eğitimi alayım dedim ama bunlar beni daha kötü bir şeyin içine dahil ettiler. Ben ajan olmayacağım demek istiyorum ama o zaman da Alaz bana silah eğitimi vermez.* Bize dövüş dersleri veriyorlardı ama asla silah kullanmayı öğretmiyorlardı. Belki de bu yasal değildi ya da aldığımız eğitimi yanlış şeyler de kullanmamızı istemiyorlardı. "Saydıklarınızın hiçbirini daha önce kullanmadım, başlarsam bırakamam," diyerek onlara karşı dürüst oldum. Bir keş olmaya niyetim yoktu. *Daha kolay bir eğitim yöntemi bulsalar olmaz mı?*

Bu işi fazlasıyla ciddiye alan Alaz, eğitimden taviz vermemeye kararlı görünüyordu. "Merak etme, hepimiz aynı yollardan geçtik," diyerek tehlikeli bir şekilde gözlerime baktı. "Bırakman için de çok güzel tekniklerimiz var." Nedense şu teknikleri ödümü koparmaya başlamıştı. Ne yani, her gün içki içip cebimde sigara paketi mi taşıyacaktım? Çocuklar bunu duyduklarında verecekleri tepkiyi merak ediyordum. Ama beni asıl endişelendiren bırak dediklerinde nasıl bırakacağımdı. Hakan'a bağımlı diye diye kendim bağımlı olacaktım, inanamıyordum. İnsanlar bu tür şeylere bırakması çok kolay diye başlıyorlardı fakat hepsi bu illetin pençesinde can veriyordu.

"Sorusu olan?" Alaz'a bakıp el kaldırdığımda güldü. "Çaylağım dışında sorusu olan?" Kimse bir şey söylemeyince arkasına yaslanarak kapıyı gösterdi. "Gidebilirsiniz." Hepsi kısa sürede odayı terk etmişti.

Alaz kapanan kapıya baktıktan sonra bana döndü ve "Elini indirmeyi düşünüyor musun?" dedi. O söyleyene kadar elimin havada kaldığını fark etmemiştim.

Elimi usulca indirdim lakin konuşmadığımda derin bir nefes aldı. "Yalnızız, Sedef. Şimdi soracağın her soruya daha rahat cevap verebilirim," dedi. *İşte aradığım fırsat çünkü birden fazla sorum olduğunu iyi biliyor.*

Cebindeki sigara paketini çıkartıp içinden bir dal aldı. "Sorun olur mu?" diyerek sigarayı gösterince güldüm. "Olur desem ne fark eder ki? Nasılsa bana da içireceksin o zıkkımı yakında," diyerek küçük bir detaya dikkat çekmeye çalıştım.

"Her şeyi benim izin verdiğim saatlerde ve gözetimim altında kullanacaksın," dedi. "Düşündüğün gibi yanında hap veya uyuşturucu taşımayacaksın. Hepsini sana ben vereceğim ve belli saatleri olacak. Üstelik bu süreçte Simay seni izleyecek. Evet, seni izleyecek ve sana psikolojik yardımda bulunacak." Uyarırcasına bana baktı. "Benden izinsiz kullanırsan ceza alırsın." Sonuçta kullanacaktım, değil mi? Öyle ya da böyle. Ne farkı vardı ki?

Ayağa kalkarak pencerenin yanına doğru yürüyüp camı açtı ve sigarasını orada içmeye başladı. "Ajanlar kendi halinde gruplara ayrılır," dedi dışarıyı izlerken. "En alt basamaktan en üst basamağa kadar her gruba taktığımız isimler vardır. En alt basamaktan başlayıp hızlıca sana bir özet geçeyim." Artık bu işin bir parçası olduğumu düşündüğü için anlatırdı tabii. Her fırsatta teşkilattaki konumlar ve işlerin nasıl yürüdüğüyle ilgili bana daha çok ders vereceğini biliyordum. Oysaki benim eğitim almaktaki amacım farklıydı.

"Çaylaklar," diyerek bana döndü. "Onlar eğitim aşamasındaki acemi ajanlardır ve hangi gruba mensup olacakları sergiledikleri performansa bağlı. Haberciler: Çaylakların bir üstünde yer alıyor. Onlar genelde masabaşı işleri yürütürler, yani bilgisayar başında bizim için tüm kayıtları bulup inceleyen onlardır. Cellatlar: Bu ajanlar Çaylakların içinde öldürmeye eğilimleri olan kişilerden seçilir. Onları bir suikastçı olarak düşünebilirsin çünkü dosyada ismi yazan kişileri bulup öldürürler. Öldürme eğilimleri olduğu için asla sorgulamaz ve işini keyif alarak yaparlar." Her türden insanı nasıl kullanacaklarını iyi biliyorlardı. Henüz çaylakken onları bir gruba dahil ediyorlardı.

"Cellatların bir üstünde İzciler var," dedi. "İzci ajanların işi daha zordur çünkü onları her yerde görebilir ama bir ajan olduğunu asla anlayamazsın. İzcilerin işi hedefi tespit etmek, kılık ve kimlik değiştirip hedefin yakınında yer almak. Onların işi kanıtları bulup yok etmek, öldürmekse Cellatların işi. Ne yazık ki küçük bir aksilikte İzciler de öldürür. Ancak İzci ajanlar ölümleri en alt düzeyde tutmak için titiz çalışırlar. Cellatlar gölgelerde işini yaparken İzci ajanlar sahaya inerler." Ne yalan söyleyeyim, İzcileri daha çok benimsemiştim. En azından Cellatlar gibi onlara ulaşan her dosyada mutlaka ölecek birinin ismi yer almıyordu.

"İzci ajanların üstünde Arayıcılar var," diyerek konuşmaya devam etti. "Onların işi daha da zor çünkü onlar bir ajana bağlı yaşarlar. Ajanının yapacağı en küçük hatada bile üstlerine rapor vermek zorundalar. Alacakları cezayı paylaştıkları için Arayıcılar hata ihtimalini en aza indirmelidir." İshak bunlardan biriydi ve aynı zamanda Arda'nın amcası olacak sapık Çetin de bir Arayıcı'ydı.

"Arayıcı ajanların üstünde olanlar konseydeki amirlerimiz," dedi. "Onlar üst mevkideki politik adamlar olduğu için her ajan onların kim olduğunu bilmez. En üst koltukta ise teşkilatın kurucuları var. Belki de televizyonda gördüğün bakanlar, askeri gücü elinde tutan komutanlar... Onlar herkes olabilir. Kısacası ülkenin tarihini değiştirecek ileri görüşlü kişiler diyebiliriz. Her ajanın dosyası doğrudan onlara ulaşır ve tüm emirler bizzat onlardan çıkar. Üç beş kişi değiller, onlarca kişiden bahsediyorum." Sustuğunda çoğu şeyi anlamıştım. Biraz karışıktı ama en azından artık mevkiler hakkında bilgim vardı.

"Sen hangi gruba giriyorsun?"

Sigarasını içerek pencereden dışarıyı izliyordu. Lakin bu konuda meraklı olmam hoşuna gitmiş gibi dudağının köşesi kıvrıldı. "Ben ve ekibim İzcileriz," dedi. "Pars ve ekibi ise Cellatlardan ama ortak çalıştığımız görevler de oluyor."

"Peki, ben hangi gruba gireceğim?" Aslında hiçbir gruba girmeyecektim çünkü farklı bir amacım vardı. Fakat bir süre daha ajan olmaya hevesli biri gibi rol yapmalıydım.

"Bunu zaman gösterecek," dedi. "Eğitimlerde seni izliyor olacağız, Sedef. Bu saydıklarımdan hangisine meyilli olduğunu gözlemleyip ona göre bir karar vereceğiz." Başını çevirerek bana baktı. "Sen hangi konumda olmak isterdin?" Şu kimsenin yüzünü görmediği en üst konumdaki amirleri desem acaba tepkisi ne olurdu?

Eğer gerçek bir ajan olmayı düşünseydim İzcilerden olmak isterdim. Öldürmeye eğilimli olmadığım için bu işin sonunda onlar da beni bu gruba koyarlardı. "Cellatlar," diyerek blöf yaptığımda güldü. "Senin karakterine çok uzak bir grup," dedi. Haklı olabilirdi çünkü birini öldürecek kadar soğukkanlı değildim.

"Peki, şu işkenceler konusunda ciddi miydin?" Ona farklı bir soru yönelttiğimde biten sigarasını camdan dışarıya attı. "Eğitiminin bir parçası olduğu için bu konuda yapacağım hiçbir şey yok," dedi. "Senin için bazı kuralları esnetebilirim ancak daha fazlasını ben bile yapamam."

"Neleri mesela?"

"Takımımdaki her kadına yaptığım şeyi, cinselliği tamamen çıkartabilirim." *O ne ya? Umarım ajanlığa hoş geldin partisi yapıp gece halvete falan göndermiyorlardır.*

Kafam karışmış gibi ona baktığımda gülerek yanımdaki sandalyeye oturdu. "İzci ajanlar her şeydir, Sedef. Onlar işleri gereği hedefin arkadaşı, sevgilisi, eşi, hatta yatak arkadaşı bile olmak zorunda. İstediğimiz kanıtları bulmak için onların hayatının bir parçası olmalıyız. Hangi role bürüneceğimiz önemli değil. İzci ajanlarda en önemli kural cinselliği görev olarak kabul etmeleri. Sahaya inen bizler olduğumuz için her kalıba bürünürüz. Bu yüzden eğitimlerden biri de bekâretten kurtulmak. Bazı görevlerin temelinde cinsel birliktelik var. Bunu yaparken utanç duygusundan kurtulmak için çoğu ajan çok daha fazlasını yapmak zorunda. Çaylakken yüzlerce kişinin içine çırılçıplak çıkmak da eğitimimizin bir parçası olmuştu. Erkekler bunu daha kolay atlatıyor ama her kadın Yosun gibi şanslı olamıyor. Simay ve Buket çıplaklığı sorun etmediği için bunu gönüllü yaptılar. Bunu istemiyorlarsa yapmamaları konusunda her ikisini de uyarmıştım. Kendi ekibimdeki kadınların bekâret testine karşı çıktığım için eğitimlerinin içinde bu yer almadı. Senin için de aynı şey olacak, cinselliği eğitiminden çıkardım. Ne bekâret ne de çıplaklık testine gireceksin." Yanaklarım kızardığında duyduklarımın şokundan çıkar çıkmaz tek söylediğim, "İğrençsiniz!" demek olmuştu. *Böyle eğitim mi olurmuş be, özel hayat dedikleri şey sıfır! Bir iş için asla kimseyle o işi yapmam!*

Güldü. "Bunun için kimseyi zorlamıyorlar," dedi. "Henüz çaylakken her birine bunlar anlatılıyor ve kabul etmezlerse gitmelerine izin veriyorlar. Burada kimseyi zorla tutmuyorlar, Sedef. İsteyen herkes gitmekte özgür. Evet, küçük yaşta Çaylakları eğitiyorlar ama cinsellikle ilgili eğitimleri yirmili yaşlarda başlıyor. Bu, onlar için son sınavlardan biri. Tamamen yetişkin oldukları bir dönemde seçme hakkını onlara bırakıyorlar." Bu iyiydi. En azından çocuk Çaylaklar bunun ne demek olduğunu bilmeden kabul etmek zorunda kalmıyordu.

"İzcilerden bugüne kadar kaç kişi kabul etti bu şeyi?" dedim. "Yani cinselliği."

"Bu testler sadece İzciler için geçerli değil," diyerek arkasına yaslandı. "Tüm ajanlar bu eğitimlerden geçmek zorunda. Eğitimlerin hepsini başarıyla geçenler saydığım gruplarda yer alıyor. Bu gördüğün ajanlar kadar işi bırakanlar da oldu diyebilirim." İşi bırakanlara hak veriyordum çünkü çekilecek gibi değildi.

"Çiğdem'e ne oldu?" diyerek farklı bir soru yönelttim. "Ahmet, yani Arda ondan bahsetmişti." Yüzünü buruşturdu. "Pars tarafından çoktan susturuldu." Şimdi kızıl şeytanı neden burada görmediğimi anlıyordum. Pars onu öldürmüştü. Neden şaşırıyordum ki? Teşkilata ihanet etmek ölüm demekti.

"Bu ilk kez olmuyor," dedi. Bunu söylerken hiç üzülmemiş gibiydi. "Kendi içimizden de hainler çıkıyor ve böyle bir durumda ekip lideri olarak infazı yapmak Pars'ın işi." Ve tam bu esnada aklıma başka bir soru geldi. "Ya senin ekibinden biri hain çıkarsa?" dedim. Onun da aynı şeyi yapıp yapmayacağını merak ediyordum.

"Benim ekibim bana asla ihanet etmez." Sözlerinde en küçük bir tereddüt yoktu. "Ya olursa?" diye ısrar ettim.

Sandalyemin kenarlarını kavradı ve bir anda kendisine doğru çekerek ona yakın olmamı sağladı. "Eğer olursa..." dedi üzerine basa basa. "Öldürürüm." Gözlerimin içine bakarak büyük bir ciddiyetle söyledikleri beni ürkütmeye yetti. "Öldürürüm." *Adam bildiğin katil, belki de kaçmak için hâlâ geç değil.*

"Bu dünyada affetmeyeceğim tek şey ihanet," dediğinde bunu bilmemi özellikle ister gibi bir hali vardı. "Buket bile bunu yapsa kafasına sıkmaktan çekinmem," diyerek en değerlisini örnek verdi. "Aklında bulunsun diye söylüyorum, beni istediğin gibi cezalandır ama sakın bana ihanet etme," dediğinde bu konuda şakası olmadığını anladım "Bunu yaparsan hiç görmek istemediğin bir Altuğ Sipahi ile tanışırsın. Bu olduğunda emin ol, onu ilk ve son kez görmüş olursun," diyerek bana gözdağı verdi. Beni doğrudan ölümle tehdit ettiği için korkudan rengim atmış, tüylerim diken diken olmuştu. Hayır, şaka yapmıyordu çünkü oldukça kararlı görünüyordu. Şu anda resmen tehdit altındaydım ve bunu bana yaşatan bizzat kendisiydi.

"Sen..." diyerek yutkundum. Derin bir nefes alarak geriye çekilmeye çalıştım ancak sandalyemin kenarlarını tuttuğu için ondan kaçamıyordum. "Merak etme, iş konusunda sana ihanet etmem," diyerek gözlerine baktım. "Diğer konularda..." deyip korkumu bir kenara ittim. "Sakın bana sırtını dönme, Alaz," dedim.

Beni ciddiye almadı, bunu bakışlarından görüyordum. "Ya bunu yaparsam?" dediğinde beni bir tehdit olarak görmüyordu. Belki de hatanın en büyüğünü sadakatim konusunda yapıyordu.

Öne doğru uzanarak yüzümü onun yüzüne yaklaştırdım. Dudaklarımız arasında çok az mesafe bıraktığımda yutkunuşunu duydum. Sıcak nefesim dudaklarına çarptıkça bakışlarında bana yönelik arzusu ortaya çıkıyordu. Gözlerinin içine baktım ve "Seni sırtından vururum," dedim.

Büyük bir tutkuyla dudaklarıma bakarken gülümsedi. "Sen kimseyi sırtından vuramazsın, Sedef," dediğinde her an tüm kontrolünü yitirip beni öpebilirdi. Dün geceki konuşmamızdan sonra istediğim gibi benden uzak durmaya çalışıyordu lakin şu anda sınırlarını zorlayan bir kadın varken işi çok zordu.

"Bu yüzden seni önceden uyarıyorum," dedim. "Çünkü yaparım dediğim şeyi yapmadığım hiç olmadı."

"Sedef," diyerek ilgisini çeken konuya yoğunlaşmak istedi. "Artık seni öpeceğim kısma gelebilir miyiz?" dediğinde afallayarak ona baktım. *Ne diyor ya bu? Hayır, anlamıyorum ben dün geceden beri onca lafı kime söylüyorum!*

"Çok beklersin!" diye bağırarak onu itmeye çalıştım. "Seni öpeceğime Arda'yı öperim daha iyi," dedim ama keşke demez olaydım. Tüm neşesi kaybolunca, "Kendi iyiliğin için kapat çeneni!" diyerek hırladı. Arda'yı öptüğüm bir sahneyi zihninde canlandırmış gibi gazap dolu bakışları üzerimdeydi. "Bunun şakasını bile yapma!" dediğinde dişlerini sıktığı için çenesi seğiriyordu. Onun yüzünden korkudan kaskatı kesilmiştim. Her an kafama sıkacakmış gibi bakarken aksi mümkün değildi.

"Alaz, çekil, gideceğim," dedim ama son söylediklerimin etkisinde olduğu için beni duymuyordu. Arda ile geçirdiğim günler yüzünden psikolojim berbat durumdaydı. Birileri beni böyle kapana kıstırınca kendimi kaybediyordum. Bu yüzden, "Alaz!" diye bağırdım. "Çekil artık!" dedikten sonra masada duran su şişesini aldığım gibi kafasına fırlattım. Lanet olsun!

Refleksleri sayesinde son anda başını sağa çekerek şişeden kurtulmuştu. Fakat şişe yanağını sıyırarak hemen arkasındaki duvara çarptığı için şimdi yeni bir korkum vardı. Şişe birazcık yanağına değdi diye bana vurmazdı, değil mi? Arda yüzünden yeni edindiğim korkuyla onu iterek hemen ayağa kalktım. Sandalyeyi iterek ondan uzaklaşmıştım. *Allah'ım, sen koru aklımı çünkü iyice psikopat oldum. Şişe fırlatmak nedir arkadaş?*

Su şişesinin kırık parçalarına bakıp, "Aklını mı kaçırdın sen!" diyerek elinin tersiyle yanağını kontrol etti. Sonrasında üzerime yürüyünce hemen uzanıp diğer su şişesini de aldım. Neyse ki herkesin önüne bu şişelerden koymuşlardı. "Şimdi beni iyi dinle, adi adam!" diye bağırarak şişeyi masaya vurup kırdım. "Bana bir daha bunu yaşatma!" diyerek şişenin keskin ucunu ona doğrulttum. "Beni bir daha tehdit etme çünkü sen zararlı çıkarsın! Beni sakın köşeye sıkıştırma çünkü ben de ters etki ediyor! Zorlarsan zorlarım, oğlum. O yüzden aklın varsa beni kimseyle kıyaslamazsın," dedikten sonra elimdeki şişeyi gelişigüzel yere fırlattım. Beni korkutarak yola getireceğini sanıyorsa beni hiç tanımamış demektir. Vurmadığı sürece sıkıntı yoktu çünkü bu konuda aldığım yaraları hâlâ saramamıştım.

Öfkeden köpürmesini beklerken gözleri keyifle ışıldadı, dudağının köşesi kıvrıldı. İşte şimdi gerçek anlamda korkmaya başladım çünkü normal tepkiler vermiyordu. "Sen de beni kimseyle kıyaslama, Sedef," diyerek tehlikeli bir yavaşlıkla bana doğru gelmeye başladı. "Çünkü sen her canımı yaktığında seni daha fazla arzuluyorum," dedikten sonra alay edercesine kaşlarını yukarı kaldırdı. "Az önce canımı yaktığına göre şimdi ben de senden kendi payımı alacağım." Koyulaşan gözlerini görünce yutkunarak geriye doğru gitmeye başladım. Bu da neydi şimdi? *Ona vurmamdan zevk mi aldı bu manyak? Ne ateşli bir çift olduk biz böyle!*

Arkaya doğru adım atarak ondan kaçmaya çalışırken, "Hastasın sen, farkında mısın?" dedim. Gözlerimi ondan ayırmadan geriye doğru giderken kaçacak küçük bir boşluk arıyordum.

Güldü. "Normal olduğumu hiç iddia etmedim."

"Üzerime geldiğinde neler olduğunu az önce gördün, yaklaşma daha fazla."

"Bir şişe daha ister misin?" *Yok, daha neler ya!*

"Allah belanı versin, ruh hastası!" diye bağırarak arkamı dönüp kapıya doğru koştum. Tüm gücümle kapı koluna asıldığımda bu bozuk şey yine açılmamıştı. "Allah senin de belanı versin!" diyerek kapıya tekme attım. Gülen sesini duymak beni daha fazla kızdırmaktan başka bir işe yaramıyordu.

Pes ederek sırtımı kapıya yaslayıp ona doğru döndüm. Şimdi tam karşımdaydı ve gözlerinin odağında dudaklarım vardı. "Eğer bunu yapmaya cüret edersen bu sefer kafanı kırmaktan fazlasını yaparım," diyerek istemediğimi belli ettim. *Aklına her estiğinde beni öperse ne anladım ben bu ayrılıktan? Dudaklarım resmen yolgeçen hanına döndü, gelen öpüyor giden öpüyor.*

"Pekâlâ," dediğinde gülmemek için kendisini zor tutuyordu. "O halde sen beni öp." *Allah'ım, sana geliyorum!*

Ayrılık bu adama yaramadı, bildiğin çekilmez bir şey olup çıktı.

"Unut bunu."

"Benim öpmemi istiyorsun yani?" Kaşlarını yukarı kaldırıp yaramaz çocuklar gibi konuşunca sinir krizleri geçiriyordum.

"Hayır dedim!"

"O zaman benden günah gitti." Üzerime eğildiğinde sinirimden gülmeye başladım. Bu muzır hali sinirlerimi bozduğu için kendimi gülerken bulmuştum. "Güldüğüme bakma, aslında çok sinirliyi..." demiştim ki beni susturdu. Ben gülerken uzanıp dudağımın kenarına tüy gibi küçük bir öpücük kondurup geri çekilmesi beni susturmuştu. "Eğer bana hep böyle güleceksen ben seni hep sinirlendiririm," diyerek çapkınca bana göz kırptı. Nutkum tutulmuş bir halde az önce gülüşümden öpen adama bakıyordum. Benim aksime gayet keyifli bir şekilde omuzlarımdan tutup beni kenara çekti. Hemen sonrasında âdeta ıslık çalarcasına büyük bir neşe içinde benim açamadığım kapıyı açtı ve gitti. Kapıyı açarken hiç zorlanmamıştı.

Ama ben bu kapıyı gerçekten kırarım!

10. BÖLÜM

Midemin dinmeyen bulantısı gittikçe canımı sıkmaya başlarken bu durum herkesin dikkatini çekmeye başlamıştı. Yediğim her şeyin yarısını çıkartır olmuştum. Zaten kuş kadar bir şey yediğim için yarısını çıkarınca bana pek bir şey kalmıyordu. Mide mide olalı böyle zulüm görmemişti. Uyurgezerliğim ise ayrı bir işkence olmuştu çünkü uyurgezerlik gördüğüm kâbuslarla birleşince ortaya korkunç bir çift çıkıyordu. En kısa zamanda onları ayırmak için bir şeyler yapmalıydım, bu ilişkiyi onaylamıyordum. Sakarlığıma ise değinmek bile istemiyordum. Sürekli düşmekten zavallı dizlerim yara bere içindeydi. Tek korkum her ikisinin istifa bayrağını çekip beni protez bacakların insafına bırakacak olmasıydı. *Ben doğallıktan yanayım, yapay olan hiçbir şeyi sevmediğim için mümkünse dursunlar durdukları yerde. Hem benim gibi üstün meziyetleri olan bir insanın bacakları olmak gibi önemli bir görev bahşedilmiş onlara, mümkünse nankörlük yapmasınlar. Sonuçta bir zalimin bacakları da olmak vardı kaderde ama onlar, böyle olmadığım için çok şanslılar.*

Kulağımdaki kulaklıkta Bülent Ersoy'dan *İtirazım Var* şarkısı çalıyordu. Abuk sabuk şeyler düşünmekte üstüme tanımıyordum. "Arabesk dinlemek keyfimi kaçırıyor, arkadaş," diye homurdandım. Koridorda kendi kendime konuşarak yürümem artık kimsenin dikkatini çekmiyordu. Uzun zamandır tesiste olduğum için hepsi bu duruma alışmıştı.

Karnım açlıktan guruldarken yemekhaneye girerek büfeye doğru yürüdüm. Bir tepsiye kızarmış patates ve birkaç tane poğaça koydum. İçeceklerin olduğu raftan kendime vişne suyu almayı da unutmamıştım. Çocukların masasına doğru yürürken aç olduğum halde yine midem bulandı. "Hass..." diye bir küfür savurup elimdeki tepsiyi rastgele boş bir masaya koydum. Hemen arkamı döndüm lakin mide bulantım iyice bastırmıştı ve lavaboya gidecek zaman yoktu. Bunu bildiğim için kapının yanında duran çöp kutusuna doğru koştum. Doğru düzgün bir şeyler yemediğim için kustuğum tek şey mide özsuyumdu.

Tamamen rahatlayana kadar kusmaya devam ettim. Kendimi daha iyi hissedince nefes nefese eğildiğim yerden doğruldum. Masadaki peçetelerden birini alıp dudaklarımı sildiğim esnada Alaz'ı gördüm. Her zamanki gibi kendi masasında oturan adamın delici bakışları üzerimdeydi. Gözleri sürekli karnıma kayıyor, karnımda oyalandıkça bir şeyler canını sıkıyor gibi kaşlarını çatıyordu. Acaba farkında olmadan üzerime mi kustum diye başımı eğip karnıma baktım. Eee, yoktu bir şey. O zaman neden gözlerini karnımdan ayırmıyordu? "Kusmak bile kabahat oldu arkadaş," diye söylendim. Şimdi onun aklındaki tilkilerle uğraşamayacağım için bizim çocukların masasına doğru yürüdüm. Adam kırk fikirliydi, kim bilir yine ne düşünüyordu.

Efe'nin yanına oturduğum an Fulya'nın rahatsız edici sesini duydum. "Hey, paçavra," dedi. "Sence de bu mide bulantıları bu aralar fazla çoğalmadı mı?" İsteksizce başımı ona doğru çevirip, "Yani?" diye sordum. İlla her gün ilkokul çocukları gibi birbirimizle didişecektik. Başka türlü rahat edemiyordu.

Keyifli bir şekilde masadaki zeytinlerden birini ağzına attı. "Baş dönmesi de var mı?" dediğinde hiçbir şey anlamadım. *Şimdi de doktorculuk mu oynuyor bu yılan?*

"Dolaştığın şu sokaklardan çıkıp anayola gir, yılan," dedim. "Senin anlayacağın şekilde söylüyorum, sadede gel." *Lafı dolandıran insanlardan nefret ediyorum.*

Yine herkes pürdikkat bizim atışmamızı izlerken güldü. "Diyorum ki bu bulantıların bir sebebi olmalı, değil mi?" dediğinde havada gergin bir sessizlik oluşunca gülüşü büyüdü. "Haklıyım, değil mi?" diyerek özellikle herkes duysun diye sesini yükseltti. "Sonuçta o adam sana abayı yakmıştı. Onun yanında kaldığın günlerde o işi mutlaka yapmışsınızdır. Karnında küçük bir sadistçik taşıyor olmayasın?" dediğinde ben afallarken Alaz, "Kes sesini!" diyerek belki de ilk kez ona bağırdı. Böyle bir şeyi duymak bile onu çıldırttığı için yumruğunu masaya geçirince Fulya oturduğu yerde sıçradı. Alaz'ın kızgın bakışlarını görünce korkudan susmak zorunda kalmıştı. Fulya şu zamana kadar bana onca hakaret etmiştir ama bir kere bile Alaz onunla aramda olan kavgaya karışmamıştı. Genelde hep tarafsız olan eğitmenimi bile çıldırtmayı başarmıştı.

Küçük bir sadistçik mi? O ne be öyle!

Başta anlamadım ama herkesin gözleri karnımı bulunca Fulya'nın ima ettiği şeyi anladım. "Gebertirim kızım seni!" diye bağırarak hemen ayağa kalktım. "Bana vurmak dışında elini bile sürmedi!" diyerek oturduğum sandalyeyi sertçe ittim. Ona doğru koştuğumda ayağa kalktığı gibi yüzüne yumruğumu geçirmiştim. *Sadistçikmiş! Küfür etse bu kadar dokunmaz! Benim rahmimde benim onayım olmadan bir sadistçik olamaz! Hatta hiçbir halt olamaz çünkü ben asla ama asla bir anne olmayacağım! Sadistçikmiş! Allah'ım, çıldıracağım!*

Fulya çenesine tutarak geriye çekildiğinde güldü. "Nasıl olsa her şekilde cezayı garantiledik, bari bunun hakkını verelim!" dedikten sonra dizime öyle bir tekme attı ki, inleyerek bir dizimin üzerine düştüm. Pekâlâ, ona çok bile katlandım.

Bana doğru yürüdüğü esnada yerimde hiç kıpırdamadan durdum. Yüzüme doğru savurduğu ikinci tekmesiyle ayak bileğini havada yakaladım. Ayağını kendime doğru çektiğim gibi sırtüstü yere yapıştı. Hemen ayağa kalkarak masadaki meyve bıçağını aldım. Şafak'ın attığı çığlığı umursamadan gözü dönmüş bir şekilde Fulya'nın üzerine yürüdüm. Ellerini yere bastırıp doğrulacağı vakit ayağımı göğsüne bastırarak onu yere çiviledim. "Bak, bende ne var, yılan?" deyip sırıtarak elimdeki bıçağı gösterdim. Üzerine eğildiğim için bıçağı boğazına yaslamıştım. *İlk cinayetim bu kız olursa hiç pişman olmayacağım.*

Boğazındaki bıçağa bakarken korkusuzca sırıttı. "Bendeki daha keskin," dediğinde göğsüme batan bir şey hissettim. Başımı eğince sol göğsüme doğrulttuğu bıçağı sonunda gördüm. Yok artık! Bu salak cebinde bıçak mı taşıyordu? Gerçi akıllılık yapıyordu çünkü benim gibi bir düşmanı varken hep tetikte olmalıydı.

En az onun kadar birazdan olacaklardan korkmuyordum. Hayır, beni ölümle tehdit etmesinden zerre kadar korkmuyorum. Artık ölüm beni eskisi kadar korkutmuyordu. Fulya, "Bakalım ilk ölen kim olacak," deyince başımı salladım ve "Üçte başla, yılan!" dedim. Bir anda, "Üç!" deyince ikimiz aynı anda atakta bulunmaya kalkıştık fakat Alaz, "Yeter artık, kesin şunu!" diyerek son anda bizi durdurmayı başarmıştı.

Pars, "Üç günlük hücre cezası ikinizin de aklını başına getirir!" diyerek tüm keyfimi kaçırdığı için elimdeki bıçağı yere attım. Fulya'nın üzerinden kalkarken aklımdaki tek şey üç günlük cezaydı.

Fulya da yerden kalkınca beni suçlarcasına eğitmenine döndü. "Üç gün mü? Ama o başlattı!"

"Git, babana da şikâyet et de tam olsun, yılan," dediğimde Alaz, "Dört gün oldu," dedi. Şaka mı bu? Konuşmanın yasak olduğunu söyleyen olmadı ki!

Fulya itiraz etmek için, "Ama..." demişti ki Pars, "Beş oldu," dedi. *Burada çıldırıyorum!*

"Beş mi?" diyerek isyan ettim. "Olmadı, bir haftaya tamamlayın şunu!" diye bağırdığımda Alaz'ın dudakları kıvrıldı. Yedi gün," diyerek blöfümü kabul etti! *Fazladan dört gün nedir, arkadaş! Keşke üç gün dediklerinde kaderimize razı olsaydık.*

Fulya yine itiraz edecekti ki elimle ağzını kapattım. "Tek kelime edersen seni o hücrede boğarım ve kimsenin ruhu duymaz!" diye kısık bir sesle onu uyardım. Biz itiraz ettikçe eğitmenlerimiz cezayı açık artırmaya çıkarmış gibi artırıyorlardı.

Pars buradaki adamlardan birine Fulya'nın elindeki bıçağı gösterdi. "Bıçağı alın," dedikten sonra ikimizi işaret etti. "Her ikisinin de üzerini arayın çünkü aynı hücrede kalacaklar," diyerek güldü. "Birbirlerini öldürmelerini istemeyiz, değil mi?" Aynı hücre mi? Ben bu yılanla aynı ortamda olmaya katlanamazken, ciddi ciddi beni yedi gün boyunca onunla yalnız mı bırakacaklardı?

Akıllarınca yalnız kalırsak aramızdaki hesabın tatlıya bağlanacağını düşünüyorlardı. Oysaki Fulya gebermedikçe onunla olan hesabım bitmezdi. "Bıçağa gerek yok ki," diyerek güldüm. "Ben onun icabına çıplak ellerimle de bakarım." Masumca omuz silktim. "Uyurgezerken genelde bilinçaltımdaki şeyleri yaparım ve bilin bakalım, benim bilinçaltımda kimin eceli olmak var?" dediğimde Alaz uyurgezerliğimi hatırlayınca küfretti. "Ayrı hücrelere alın!" dediğinde kıkırdadım. *Ne diyebilirim ki? Zeki insanın hali bir başka oluyor. Yedi gün müebbet yediğime inanamıyorum. Hem de Fulya gibi biri yüzünden! Günler su gibi akıyor sonuçta, yedi günün hemen biteceğine eminim.*

On dakika sonra

"Bitmiyor, oğlum!" diye bağırdım. "Daha günün başındayken nasıl bitecek bu?" Bulunduğum hücrede deli gibi bağırıyordum ve burada zaman hiç geçmiyordu.

Bomboş hücrede hiçbir halt yokken zaman geçmezdi tabii. Fulya, "Bağırıp durma artık!" diye bağırdı. "Senin yüzünden buradayız!" Hemen yan hücremde olan kızı görünce yüzümü buruşturdum. Her ikimizin hücresi yan yana olduğu için arada duvar yerine demir parmaklıklar vardı. Daha önce de hücre cezası almıştım ama onlar tamamen kapalıydı. Alaz aklınca bu demirler sayesinde bizi birbirimizden uzak tutacaktı ve aynı zamanda birbirimizi görüp konuşmamızı sağlayacaktı.

Fulya duvarın dibine çöküp bana bakınca, ikimiz de aynı şeyleri düşünüyormuşuz gibi aynı anda kaşlarımızı çattık. "Boşuna uğraşıyorlar," dedi. "Senin gibi ucuz birinin eceli olmadan asla aynı yolda yürümem." Öfke saçan sözleri şöyle dursun, gözlerindeki yoğun nefret ve kin, bunu yapmak için can attığını gösteriyordu.

"Ben seninle aynı yolda yürürüm," dedikten sonra kendime oturacak bir yer buldum. "Senin leşini yola serip üzerine basıp geçmek için aynı yolda yürümemiz şart." Burnundan soluyarak yumruklarını sıkmaya başlamıştı. Onu en çok öfkelendiren şey, bunu yapacak potansiyeli taşıdığımı bilmesiydi.

Dünyada herkes bir araya gelir ama Fulya ve ben asla. Feride'ye yaptığı iğrenç şey yüzünden ben böyle karaktersiz biriyle ölümü bile paylaşmam.

Birinin saçlarımı yüzümden çekmesi yüzünden sıçrayarak gözlerimi açtım. Oturduğum yerde başımı duvara yaslayarak uyumuştum. Karşımda bir dizinin üzerine çökmüş Alaz'ı görünce şaşırdım. Bir elinde yemek tepsisi dururken diğer eli hâlâ yüzümdeydi. "Elini çekmen için illa her defasında bağırmam mı gerekiyor?" dedim. Sıkıntılı bir şekilde iç çekerek elini yüzümden çekmişti.

Yanıma oturup tıpkı benim gibi sırtını duvara yasladı. Ayaklarını uzatırken elindeki tepsiyi kucağıma bıraktı. "Hepsi bitecek," dedi. Oldu canım, başka?

Ah bir yiyebilsem o iş zaten bende.

Gözlerim karşımdaki hücreyi bulunca Fulya'nın kendi tepsisine yumulduğunu gördüm. Ancak buna rağmen kıskanç bakışları benim ve Alaz'ın üzerindeydi. Alaz *hadi ye* dercesine bakınca başımı iki yana salladım. "Canım istemiyor," diyerek yemeyi reddettim. İki günlük hücreden sonra en son dün akşam bize yemek vermişlerdi. Ve şu iki günde ilk kez beni ziyaret etmişti. Evet, iki gündür hücredeydik.

Alaz, "Yemelisin, Sedef," diyerek ısrar etti. Uzanıp çatalı aldı ve kabak çiçeği dolmasına batırınca sertçe yutkundum. Bu benim en sevdiğim yemekti fakat bu tür yemekler tesise gelmezdi. Tesisteki yemekler daha çok çeşit barındırsa da böyle zahmetli şeyler burada pişmezdi. Çoğu bu yemeğin ne olduğunu bilmeyecek kadar sözde kaliteli yaşıyordu.

Bana doğru uzattığı kabak çiçeği dolmasını gösterdim. "Sonbaharda nereden buldun bunu?" Kabak çiçekleri genelde ilkbaharın başında sabah ezanıyla açar ve güneş çıkınca buruşup toplanamaz hale gelirdi. Sonbahara kadar asla dayanmazdı çünkü hassas bir çiçekti. Açtıktan bir gün sonra solardı.

Uzattığı dolmayı bana zorla yedirince rahatlamış gibi nefesini koyuverdi. "Eğer eskisi gibi yemek yemeni sağlayacaksa senin için kışın ortasında bile bulabilirim," dediğinde tebessüm ettim. Bulacağına emindim, dünya üzerinde onun yapamayacağı çok az şey vardı.

Fulya ve benim tepsimdeki yemekler aynı değil.

İkinci kez çatalı batırıp bir dolma daha alınca başımı olumsuz yönden salladım. "İlkini zor yedim, Alaz. Yine kusmak istemiyoru..." demiştim ki adi adam ben konuşurken dolmayı ağzıma tıktı. "Sedef bu mide bulantıları uykumu kaçıracak kadar asabımı bozuyor!" diyerek rahatsızlığını belli etti. "Özellikle senin gibi obur bir kızın yemek yememesi beni deli ediyor. Şimdi ya kendi isteğinle yersin ya da benim zorumla yersin. Benim için fark etmez ama hepsi bitecek!" Bir taneyi daha zorla ağzıma koyunca kusmamak için kendimi zorlayarak yuttum. *Ona ne ya benim aç kalmamdan.*

"Alaz, gerçekten yiyemiyorum," diyerek tabaktan bir tane alıp ona uzattım. "Bitsin istiyorsan al sen ye ama ben aç değilim!" İki dakikada midemde fırtınalar koparmayı başarmıştı.

Bileğimi tutarak elimi yukarı kaldırdı ve gözlerimin içine bakarak elimdeki çiçek dolmasını ağzına aldı. Özellikle parmaklarımı hafifçe ısırmasını beklemiyordum. "Sen beni kendi ellerinle besleyeceksen ben yerim," diyerek çapkınca göz kırpınca elimi hemen çektim. "Zehir zıkkım olsun, sapık!" dediğimde gülerek başını iki yana salladı. "Henüz en sapık halimi görmedin." *Görmek de istemiyorum zaten.*

Lokmasını yedikten sonra, "Sedef," dedi. Yine aklına ne geldiyse tüm neşesi kaçmış gibi karnıma bakıyordu. "Orada..." dedi ama devamını söylemeye dili varmadı. Başını kaldırıp yüzüme baktığında ona azap veren bir şeyi kelimelere dökemiyordu.

Hamile olup olmadığımı bilmek istiyor, süper zekâ! Allah o Fulya yılanının belasını versin!

"Orada ne?" dedim. Yüz ifademi sabit tutarak aptalı oynadım. Biraz süründürmeden gerçeği hayatta söylemeyecektim. Neden? *Çünkü ona ne yapsam müstahak! Allah'ım, bugün yine melekliğim üzerimde.*

"Orada..." Sakinleşmek için derin bir nefes aldı. "Orada sana dokundu mu?" Tüm bedeni gerilmişken vereceğim cevap onun için hayati önem taşıyor gibiydi.

"Evet, dokundu," dediğimde gözlerinde çakan şimşekleri görünce güldüm. "Bana dokunmadan nasıl vurabilir?" Bu biraz onu rahatlatırken bilerek aptalı oynadığım için bana ters ters bakıyordu. "Vurmak dışında dokundu mu?"

Bu kadar kolay değil, adamım.

"Öpmek için dokundu."

"Şunu hatırlatma, Sedef!" diye bağırarak dişlerini sıktı. "Neden bahsettiğimi iyi biliyorsun!"

"Bağırma bana! Nereden bileyim senin aklındaki tilkilerin hangi konu üzerinde halay çektiğini?"

"O şeyi yaptı mı seninle, kadın!"

"Hangi şeyi?"

"Sedef!" Bağırınca ürkütücü olduğu için korkudan konuşamaz hale geldim. "Aptalı oynamak istiyorsan daha açık konuşmak bana uyar," diyerek soğuk bakışlarını bana dikti. "Bakalım lanet beynin duyacaklarını algılayabilecek mi?" Tam tekrar konuşacaktı ki hemen onu susturdum. "Hayır!" diyerek hızlıca konuştum. Şimdi cinsellik hakkında söyleyecekleri yüzünden körpecik psikolojimi zehirleyemezdim. "O bakımdan bana hiç dokunmadı. Bunun için iyileşmemi bekliyordu, zaten buna gerek kalmadan kaçtım. Anlayacağın, hamile falan değilim!" Omuzlarındaki yük kalkmış gibi rahatlarken, elinin tersiyle alnındaki teri silmesi beni güldürdü. Ona ecel terleri döktürmeyi başarmıştım.

"Bulantıların için geriye tek bir ihtimal kalıyor," dedikten sonra cebinden küçük, şeffaf bir naylon paket çıkartıp bana uzattı. "Bu haplar senin için ne ifade ediyor?" diye sordu. İlaçlar mı? Benim dünyamda bunların yeri olmadığını iyi bildiği halde bana ilaç mı getirmişti?

Bir doktorculuk oynamadığı kaldı. Yok yani, illa her konuda fikir sahibi olacak çokbilmiş.

"Ne bu?" dedim. Elindeki paketi alıp boş gözlerle incelemeye başladım. "Eğer iştah açıcı bir şeyse bunlar bende işe yaramaz." Tam ona geri uzatacaktım ki, "Uyuşturucu," deyince elimi hızla geriye çekmem küfretmesine neden oldu. "Kahretsin! Haklı çıkmaktan nefret ediyorum!" diyerek kızgınlıkla gürledi. Pekâlâ, sonunda beni korkutmayı başarmıştı.

Avuç içimdeki hap paketini sıkıca tutarken yine nasıl haklı çıktığını merak ediyordum. "Neler oluyor?" Gözlerimin içine bakan adam tek bir şey söyledi: "Bağımlı olma yolundasın," dedi. Bu mümkün değildi. Bağımlı olmam için önce başlamam gerekmiyor muydu?

Ben afallayarak ona bakarken evet dercesine başını salladı. "İlaçların sende etki etmemesinin en büyük sebeplerinden biri milyonda bir görünen kök beyin hücreleriyle doğmuş olman." *Tam olarak anlamadım, bu iyi bir şey mi?*

"Bunu daha önce sana hiç söylemedim ama Mutlu olayında gözlerini hastanede açtığın o gün gereken tüm testleri sana yaptırmıştım," diyerek yeni bir gizemi araladı. "Beyin tomografisi sonuçlarını alanında çok iyi olan birkaç doktora gönderdim, neredeyse hepsi aynı şeyleri söyledi. Sahip olduğun beyin hücreleri bizimkiler gibi çalışmıyor. Normal insanlarda beynin tüm mekanizması aynı düzeyde çalışır, bu hep içten dışa doğrudur. Ancak seninkiler bunun tam tersi, yani içe dönük. Üzüntü ve streste beynin sana acı salgılarken, aynı zamanda mutluluk hormonlarını devreye sokuyor. Normal insanlar gibi ağlayıp yas tutmak yerine gözlerin dolu dolu kendi acına gülebiliyorsun. Bu, yaşadıkların yüzünden ortaya çıkan bir durum değil, bu senin karakterin değil, bu sensin. Bu, Sedef Sarmaşık çünkü sen böyle doğdun." Bir şeyler anlamıştım ama sorun şu ki ne anladığımı anlamamıştım. Çok karışık anlatmasaydı anlardım, gerçi ne anlamam gerektiğini bile anlamadım.

Beynim normal olmayacak kadar ender sanırım, tek anladığım bu. Tamam, buna mutlu olabilirim.

"Yani sizin beyin hücreleriniz daireler çizerken benimki zikzaklar mı çiziyor?" dediğimde gülerek başını salladı. "Bunun gibi bir şey. Beyninin mekanizması tam tersi çalıştığı için ilaçlar sende işe yaramıyor."

"O zaman nasıl bağımlı olabilirim? Sonuçta anestezi bile bende işe yaramıyor." Bu uzun zamandır aklımı kurcalayan bir soruydu. O gece depoda Arda bana uyuşturucu verdiğinde etkilenmiştim.

"Uyuşturucu ve anestezi aynı şeyler değil," dedi. "Tıpkı ilaçlar ve uyuşturucunun aynı olmadığı gibi." Sigara paketini çıkartıp içinden bir dal alarak yakınca dumanını küçük hücreme bıraktı. "Anestezi beynin sadece uyanık kısmını devre dışı bırakarak kişiyi uyutur, ilaçlar ise rahatsızlığına göre beynin farklı bölgelerine etki yapar. Ancak uyuşturucu doğrudan beynin ana merkezini devre dışı bırakarak tüm sinirleri etkisiz hale getirir. Şöyle düşün, kişinin beyni bir ev. Anestezik ilaçlar ve diğer ilaçlar o evdeki bir odanın ışığını kapatırken diğer odalardaki ışıklar yanmaya devam eder. Ancak uyuşturucu, evdeki elektrik panelini doğrudan kapattığı için ev bir karanlığın hükmüne girer ve hiçbir odaya ışık sızmaz." Somutlaştırdığında daha iyi anlamıştım. Yalnız yaptığı benzetme harikaydı.

"Demek istediğin, beynim sizinkine göre ters bir şekilde işliyor olabilir ama ana kumanda merkezi aynı. Yani uyuşturucu tıpkı herkes gibi beni de etkiliyor, buna rağmen ilaçlar ve o anestezi zıkkımı bir halta yaramıyor, öyle mi? O zaman neden ameliyatta bana uyuşturucu vermediniz de o kadar acıyı çektim!"

"Çünkü uyuşturucu sende anestezi etkisi yaparak seni uyutmuyor, aksine tüm kontrolünü ele geçiriyor. Madde kullanımıyla birlikte beynin kendini kontrol mekanizması bozulur. Bağımlı olma yolunda olan kişilere beyni, 'git ve kullan,' mesajını verir, fakat asla 'dur' mesajını veremez. Böylece kişi beyninden gelen 'git ve kullan' mesajına uyarak zevk almasa bile kullanmaya devam eder. Beyin sinir hücrelerinde oluştuğu için çevremizde olanları bu sinir hücreleri sayesinde algılarız. Uyuşturucu ise bu sinir uçlarını felç ettiği için etki altındayken etrafımızda olanları algılayamayız. Bıraktığımızda sende görülen tepkiler ne yazık ki ortaya çıkabiliyor. Uykusuzluk, hızlı kilo kaybı, iştahsızlık ve aşırı mide bulantıları gibi. Beden uyuşturucuya doymadığı sürece beyin bir süre ona işkence etmeye devam eder," dediğinde kafam daha çok karışmıştı. Ben yalnızca bir kez uyuşturucu kullanmıştım, o belirtileri nasıl gösterebilirdim? İlk kez o depoda Efe'yi kurtarmak için küçük bir doz almak dışında bu illeti hiç kullanmamıştım.

Burada gözden kaçırdığım bir şeyler var.

"O geceden sonra hiç uyuşturucu almadım," dedim. Gözleriyle elimde sıkıca tuttuğum paketi gösterdi. "Sen almadığını düşünüyorsun ama görünen o ki onun yanında kaldığın sürece fazlasıyla almana sebep olmuş. Bu illetin bin türlü çeşidi var, Sedef. Bazıları içtiğin sudayken bile etkisini fark etmezsin. Ne zaman ki almayı bırakırsın, işte o zaman yoksunluk çeken bedenin sana onu hatırlatır. Şanslısın ki bir ayda küçük dozlarda aldığın için tam bir bağımlı olup sinir krizleri geçirmeden bunu atlatıyorsun," deyince sonunda bazı şeyleri anlamaya başladım. Taşlar yavaş yavaş yerine otururken neden sürekli uykum geldiğini ve mide bulantıları yaşadığımı nihayet anlamıştım. Beynim bile benden bağımsız beni kötüye teşvik ediyordu. *Ben çıldırmayayım da kimler çıldırsın?*

Elimdeki hapları ona uzattım. "Al, bunları kullanacak kadar zayıf iradeli biri değilim." Elimdeki hapları alırken güldü. "Sadece bir ay sonra bunlardan birini sana vermem için bana yalvaracaksın. O gün geldiğinde bu sözlerini sana hatırlatacağım." Şu lanet uyuşturucu eğitimine girmeyi düşünmüyordum. Bir an önce silah eğitimi alıp tüm bu saçmalıklardan kurtulmak istiyordum.

Alaz kapıyı üzerime kilitleyip gidince, "Bekle," diye bağırdım. "Belki de bu yaşadıklarım bunalımda olduğum içindir veya çok kötü hastayımdır. Konuyu hemen nasıl uyuşturucuya bağladın?" diye bağırdığımda kapının diğer tarafından sesini duydum. "Benden daha sağlıklısın, az önce İshak ağabeyin sana ulaşamayınca beni aradı. Evet, o söyledi raporlarının temiz çıktığını. Fakat piç kurusuna bulantılarını sorduğumda bilerek sessiz kaldı!" diyerek çekip gitmişti. İshak onu mu aramıştı? Ve inadına Alaz'ın hamile olduğumu düşünmesine izin mi vermişti? *İshak ağabeyin mi dedi o?*

"O benim ağabeyim değil!"

"O sadece senin ağabeiny olabilir, Sedef!" diyerek gözden kaybolduğunda bile bana sesini duyurdu. "Onun isminin yanına 'ağabey' sıfatını eklemeye alıştır kendini!"

"Sen o doktor raporuna ne bakıyorsun? Belki de kanserim! Benim birkaç aylık ömrüm kalmış olabilir ve sen beni burada bırakarak işkence ediyorsun. Ölüyor olabilirim, güneş görmemiş cani Buzdağı!"

"Evet, hastasın ama kafadan!" diye bana bağırdıktan sonra gittiğini gösteren ayak seslerini duyunca güldüm. Sırf kıskançlıktan böyle çıldırdığını biliyordum. Yakında etrafımdaki tüm erkeklere ağabey dememi isterse hiç şaşırmazdım. Tabii, böyle davranmasında İshak'ın payı büyüktü. Allah bilir onu kışkırtmak için yine ne söylemişti?

Alaz gidince Fulya, "Senin yanında konuşuyor, gülüyor ve en önemlisi tüm sorularına sıkılmadan cevap veriyor!" diyerek yine kıskançlık yapmaya başladı. "Söylesene, onun gibi birini kendine bağlamak için ona ne veriyorsun?" Zehirli dilini konuşturup yine iğrenç ithamlarda bulunması beni deli ediyordu.

Tepsideki vişne suyunu alarak sonuna kadar içince rahatladığım için güldüm. "Buradaki ironinin farkında mısın?" dedim arkamdaki duvara yaslanarak. "Sen Altuğ'u istiyorsun ama o seni istemiyor. Altuğ beni istiyor fakat ben onu istemiyorum. Yani sen ona, o bana ama ben hiçbirinize," diyerek ona göz kırptım.

Ben kendime âşıktım, beni benden daha çok seven biri çıkmadıkça kralı gelse bile kalbimi onun insafına bırakmazdım. Ha, kalp bu sever mi? Sevsin, buna bir sözüm yoktu. Lakin bu kalp benim göğsümde atıyorsa beni bir erkeğin kölesi yapamazdı. Sevmenin de bir kuralı, usulü vardı. Yok, kalp söz dinlemiyor mu? O zaman Allah onun da belasını versin. Gerekirse kendi kalbime sıkar, adımı nakil sırasının en önüne yazdırır ve işi kalp nakline kadar götürürdüm. Eğer kalbime söz geçiremeyeceksem bunu bile yapar, kalp değişikliğine giderim. Kimse yapmaz demesin, deliydim ve yapardım. Her uzvum bana itaat etmek zorundaydı. Kendi bedenimde isyana izin vermezdim ve asilerden kurtulurdum.

Şimdi bunları Fulya'ya anlatsam yine beni anlamayacaktı ve ben, konuştuğumla kalacaktım. Zaten beni benden başka kimse anlamazdı, bu insanlarla aynı dili konuşmamak benim suçum değildi. *Şu ölümsüzlüğü de bir bulayım o zaman değmeyin benim keyfime. Yurtta Sedef, cihanda Sedef dedirtmezsem namerdim.* "Bir Fatih de ben çıkardım da canına yandığım, benden önce davranıp İstanbul'a el koydu," diyerek kendi kendime konuşup kahkaha attığımda Fulya'nın bana attığı şaşkın bakışları çok komikti.

"Se-sen kiminle konuşuyorsun?"

"C ile başlayıp N ile biten ve ortadaki tek harfi İ olan şeylerle," dediğimde çığlık atarak kapıya doğru koştu. "Çıkarın beni buradan!" diye bağırmaya başladı. "Bu akıl hastasına artık tahammülüm kalmadı!" Kapıyı yumruklayan kızın cesareti gözlerimi yaşarttı. Her haltı yedik zaten geriye bir tek üç harfliler kalmıştı.

Benden korkmuyor ama görmediği şeylerden korkuyor. Saçmalık çünkü ben daha korkuncum.

Nihayet bana ayrılan bu yedi günlük sürgünün sonuna gelmiştim. Fulya ile bu süre zarfında birbirimize bol bol hakaretler saydırarak cezamızı bitirmiştik. Bu sabah ajanlardan biri gelip bizi hücreden çıkarmıştı. Odama gelince güzel bir banyonun ardından dinlenmek istemiştim. Lakin banyodan sonra henüz yeni giyinmişken sürpriz bir ziyaretçim vardı. Tesise ilk geldiğim gün bana kuralları anlatan asistan kadın, yine odama gelerek bugün eğitimin başladığını söylemişti. Kadın resmen tüm keyfimi kaçırarak çekip gitmişti. "Yaşasın işkenceler!" diyerek odadan çıktım. Alt tarafı Arda'nın işini bitirmek için silah eğitimi almak istiyordum ama bunlar canımı çıkarmaya kararlıydı!

Yemekhaneye girdiğimde herkes yine aynı yerindeydi. Kendime vişne suyu alarak çocukların yanına oturdum. Kuzey gülerek, "Sonunda bitti ha, Kedicik?" deyince omuz silktim. "Altı yılımı parmaklıkların ardında geçirdim, serseri. Yedi gün koymaz bana."

Hakan, "Sana koyacak asıl eğitim bugün başlıyormuş, Sakar," diyerek sırıttı. "Yosun eğitiminin tüm detaylarını anlattı, hap ister misin?"

"Ben sana buradan bir koyacağım, o olacak, pis bağımlı!"

Naz üzgün gözlerle bana bakıyordu. Yiğit'e olan üzüntüsü yüzünden gözleri kan çanağına dönmüştü. Yalnız kaldığı her fırsatta ağladığına emindim. Geceleri uyumadığını gözlerinin altında oluşan halkalardan anlıyordum. Şu birkaç günde yüzü kaşık kadar kalan kız, doğru düzgün hiçbir şey yemiyordu. Saçları bile uzun zamandır taranmamış gibi dururken tanıdığımız Süslü'den çok uzaktı. "Gerçekten tüm o şeylere maruz kalacak mısın, Arıza?" dedi keyifsiz bir sesle. "İşkence diyorlar, kesin pestilin çıkacak."

Abartılı bir şekilde onu baştan ayağa süzerek yüzümü buruşturdum. "Senin şu anki halinden daha kötü olamaz," diyerek gerçekleri ona söyledim. "Gözlerimizin ırzına geçmeye hakkın yok. Allah aşkına, gidip şu saçını başını bir topla artık."

Ecrin, Naz'ı üzmemden korkarak hemen lafa girdi. "Hadi o hâlâ depresyonda, bu yüzden böyle dağıttı ama senin olayın ne, aptal?" deyince güldüm. "Anlatsam sanki anlayacaksın, Yakamoz," diyerek onu da kızdırmayı başardım.

Efe, "Yankıcığım, sen yine tersinden mi kalktın?" derken âdeta sus dercesine gözleriyle bana yalvarıyordu.

"Hayır, Efe Can. Burada bana karşı yapılan sözlü bir saldırı var. Ben de her savaşçı gibi tek başıma gelen saldırıları savuşturuyorum. Malum, cepheyi ne zaman boş bıraksam ateş hattında kalıyorum," dediğimde hepsi bir ilki başararak aynı anda bana göz devirmişti. *Bu göz devirmeyi şu yirmi yıllık hayatımda en fazla birkaç kez yapmışımdır ama herkes bunu bana yapıyor.*

"Sen neyin içine girdiğinin farkında mısın?" Kuzey sonunda ciddileşince gülerek başımı salladım. "Merak etme, hepsinden tek parça halinde çıkmanın bir yolunu bulurum," dedim. Onlar rahattı tabii çünkü Arda'nın gerçek kimliği ortaya çıkmıştı. Tesistekiler artık tehlikenin nereden geleceğini biliyordu. Bu yüzden çocukları uzaktan takip ederek tesis sınırları içinde güvende tutuyordu.

Alaz masasından kalkınca oflayarak çocuklara döndüm. "Sanırım başlıyoruz. Bana şans dileyin, gençlik," dedim somurtarak.

Hakan asker arkadaşıyla şakalaşır gibi yumruğunu omuzuma geçirdi. "Şansa ihtiyacı olacak kişi eğitmenin çünkü adam tüm gün sana katlanmak zorunda kalacak," dediğinde hepsi gülmeye başlayınca kaşlarımı çatarak ayağa kalktım. "Bugüne kadar ne kötülüğümü gördün, nankör insan evladı!" diye çıkıştım ona. Hakan tam iyi meziyetlerimi saymaya hazırlanıyordu ki onu dinlememek için koşarak Alaz'ın peşine takıldım.

Üstün yeteneklerimi duymaya alışamayacak kadar alçakgönüllüyüm.

Alaz'ın peşinden asansöre bindiğimde cebindeki telefonunun sesini duydum. "Efendim, babaanne," dedi. Firavunun kızı anlaşılan torununu özlemişti. Babaanneyi dinleyince rengi attı ve "Ne?" diye fısıldadı. "Aslı mı?" Bakışları değişince kötü bir şeyler olduğunu anladım. "O iyi mi? Babaanne, Aslı nasıl!" diye bağırdığında ürkerek ondan uzaklaştım. Aslı'nın başına kötü bir şey mi gelmişti?

Alaz, "Geliyorum!" diyerek telefonu kapatıp bana döndü. "Diğerlerinin yanına dön, eğitimine yarın başlarız," diyerek beni başından atmanın derdine düştü. Aslı'ya ne olduğunu bilmeden asansörden asla inmeyecektim.

"Seninle geliyorum. Hiç boşuna nefesini tüketme, sen götürmezsen ben kendim giderim Aslı'ya," dedim. "Şimdi bana Aslı'nın nesi olduğunu anlat." Bir kere inat ettim mi dediğimi yapacağımı iyi bildiği için bana ters ters bakarak asansörden indi. Sadece ajanların kullandığı üçüncü asansöre binince hemen onu takip ettim. Gizli butona basarak zemin kata inmemizi sağlamıştı. "Alaz?" diyerek üstelediğimde kaşlarını çattı. "Arda, Aslı'ya saldırmış! Neyse ki şu anda iyi fakat aklınca bana gözdağı veriyor!" demiş ve açılan asansörden inmişti. Aceleyle onu takip ederken Aslı'yı merak ediyordum. Anlaşılan öcü tamamen köşesine çekilmemişti.

O adam ölmedikçe hiçbirimize huzur vermeyecek.

Alaz'ın beni çiftliğe götürmesini beklerken kocaman bir yalının önünde arabayı durdurdu. Belki Aslı buradadır diye arabadan inerken acele ettim. Öne doğru bir adım atınca arabanın motorundan hâlâ sesler çıktığını fark ettim. Alaz'ın neden arabadan inmediğini sorguladığım esnada camı açınca bir terslik olduğunu anladım. "Buraya neden geldik?" dedim. "Ayrıca sen niye inmiyorsun?"

Arabaya doğru yürüdüğümde elini kaldırarak beni durdurdu. "Eğitimin yarın sabah başlıyor, Sedef. Yarın gelir, seni alırım," diyerek arabaya binmemi engelledi. Kafam karışmış bir şekilde ona bakarken derin nefes aldı. "Ben kendi aile meselelerimi hallederim, sen de seninkilerden kaçmak yerine hepsini hallet," deyince kalbim korkuyla çırpınırken arkamdaki büyük eve baktım. "Burası kimin evi?" diye fısıldadım. Gaza basıp gitmeden hemen önce, "Annenin evi," dedi ve çekip gitti. Bana itiraz şansı tanımamıştı! Beni Songül Hanım'ın evine mi getirmişti?

Hayatıma ve kararlarıma müdahale etmemesini belki yüz defa ona söyledim!

"Allah senin belanı versin, adi adam!" diye bağırdım. Bir ayağımı sertçe yere vururken giden arabanın arkasından bakıyordum. "İnşallah arabanın frenleri patlar da boynun altında kalır!" diyerek yüksek sesle haykırdım. *Bir geberip gitmedi ki ben de rahat bir nefes alayım!* Bundan nefret ettiğimi bildiği halde sürekli hayatıma müdahale ediyordu!

Çift kanatlı bahçe kapısına bakarak alayla güldüm. "Demek burada yaşıyorsun," diye fısıldadım. Beyaz yalı tüm görkemiyle karşımda duruyordu ancak bahçe kapısıyla bakışmak daha cazipti. "Ah, boş versene," diyerek yüzümü buruşturdum. Benim hayatım izbe sokaklarda geçmişken Songül Hanım saraylarda yaşıyordu. Buradan ayrılmak için sırtımı dönmüştüm ki beni doğuran kadının sesini duydum. "Açın şu kapıları!" diyen sesi fazla telaşlıydı. Alaz içeri girmeyeceğimi bildiği için onu aramış olmalıydı! Bu adama bela okumaktan dilimde tüy kalmadı! *Bekle bir dakika, dilde tüy oluyor mu? Kim bu saçma deyimi çıkardıysa Allah onun da belasını versin!*

Gitmek için adımlarımı hızlandırdım, onunla konuşacak değildim. Fazla uzaklaşmadan arkamdan, "Sedef..." diyen boğuk sesini duyunca kendime lanetler yağdırarak ona doğru döndüm. "Ne var?" dedim ruhsuzca. Çıplak ayaklarla dışarı fırlayan Songül Hanım'ı beyaz bir elbiseyle görünce yutkundum. Kısa kollu elbisesi yerlerde sürünecek kadar uzundu. Elbisenin eteklerini tuttuğu için ayakları görünüyordu. Nefes nefese bana bakarken ne kadar da masum görünüyordu. Ancak gel gör ki bu kadın, şeytanın ta kendisiydi.

Gözleri dolmuş, bana doğru koşup sarılacağı esnada hemen geri çekildim. "O kadar uzun boylu değil, Songül Hanım," diyerek ondan uzaklaştım. "O adi adamın beni buraya getireceğini bilseydim emin ol, ben şu anda burada olmazdım ve o da yaşıyor olmazdı," dedim. Böyle emrivaki yaparak ne yapmaya çalışıyordu, bilmiyordum ama bunu onun yanına bırakmayacaktım!

Bana sarılamadığı için havadaki kolları güçsüzce iki yanına düştü ve yanağından bir damla gözyaşı süzüldü. "Kokunu hep merak ettim," diyerek acılar içinde kıvranırcasına bana yalvardı. "Ben kızımın kokusunu hiç bilmedim. Dokuz ay boyunca tek tek gün sayarak beklediğim kızımı kollarıma alıp kokusunu solumadım hiç. Sana yalvarıyorum, izin ver sarılayım," dediğinde ona inanmayacak kadar büyümüştüm. Karşımda gözyaşlarına boğulurken içimde ona karşı zerre kadar merhamet yoktu.

Öfke ve nefret kokuyorum şu anda, yani kaybettiği pek bir şey yok. Bana bakarken ne görüyordu bilemem lakin ben ona bakarken bir anne dışında her şeyi görüyorum.

11. BÖLÜM

Ebeveynler çocuklarının hayatında büyük bir rol oynardı. Çok az insan bunun farkındaydı lakin anne ve babamız şu anda olduğumuz kişinin başmimarıydı. Onları birer heykeltıraşa benzetebilirdik. Onlar heykeltıraş, bizler ise onların elindeki heykel çamuruyduk. Karakterimizin büyük bir bölümü onların elinde yoğruluyor ve şimdi olduğumuz kişiye dönüşüyorduk. Ruhsal olarak bizi nasıl şekillendirecekleri tamamen onların elindeydi. Sevgi dolu, öfkeli, nefret dolu, iyi ve kötü birçok alışkanlığı bize geçiren onlardı. Çocuklar taklitçiydi, anne ve babalarına bakıp onların iyi ve kötü yönlerini taklit ederdi. Bu yüzden ebeveynler çocuklarına en iyi halleriyle örnek olmalıydı. Kötü bir şey yaparsan ve bundan rahatsız değilsen çocuğun seni örnek alırdı. *Annem ve babam bunu yapıyorsa aslında bu kötü bir şey değil* diye düşünürdü. Kendin yanlış şeyler yaparak çocuğuna iyi şeyler tavsiye etmek de yanlıştı. Çocuklar genelde duyduklarını değil, gördüklerini uygulardı. İçki içme deyip küçük bir çocuğun gözlerinin önünde içki içmek yanlıştı. Sen içiyorsun ya neden yanlış olsun? Yanlış olsa sen neden yapasın ki? Bir çocuk bunları düşünür ve ona söyleneni ciddiye almazdı. Sözlü uyarılar çoğu zaman asla işe yaramazdı. Eğer ebeveyn isen söylediklerinle değil, yaptıklarınla daha çok örnek olurdun. Bana iyi ve kötü davranışlarıyla örnek olan bir ailem hiç olmadı. Benim böyle olmamda anne ve babamın katkısı büyük diyemezdim.

Benim anne ve babam sokaklar oldu ve onlar da pek iyi örnek değildi.

Eğer bu haldeysem beni sokaklara bırakan ailem yüzündendi. Her şekilde işin ucu anne ve babama dokunuyordu. Babamın benden hiç haberi olmadığı için onu anlıyordum. Peki ya annem? Annemin doğurduğu çocuktan nasıl haberi olmazdı? İşte bu yüzden bana olanların en büyük suçlusu annem olacak kadındı. Başıma bunlar geldiyse bu annemin suçuydu çünkü beni bir çöp kutusuna atan oydu. Çöpe atılmasaydım yurda gitmeyecek ve orada damgalanarak bütün bunları yaşamayacaktım. Aklım bu tür şeylerle meşgulken benim Songül Hanım ile konuşacak neyim olabilirdi ki?

Gitmemden deli gibi korkarcasına bakarken, "Kaçırıldığını söylediler," diyerek titrek bir sesle konuştu. "Haftalardır en küçük haberine hasretim." Dolu dolu gözlerle bakarken her an ağlayabilirdi. "Altuğ Sipahi haber vermeseydi bulunduğunu bile bilmeyecektim." Sitem ediyordu bana. Yaşadığım yeri dahi bilmediği için beni nerede arayacağını bilmiyordu. Bu yüzden bana sitem ediyordu.

Ağlamaklı gözlerle bakarken, "Sen benim kızımsın," diye fısıldadı. "Ama başına bir şey gelse ben kızımı nerede arayacağımı bilmiyorum. Sedef, ne olur beni dinle," diye yalvardı. "Beni dinlemedikçe benden kaçmaya devam edeceksin." Gözleriyle yalıyı gösterince kaşlarımı çattım. Onu dinlemek için evine girmeyi doğru bulmuyordum.

Soğuk bir tavır takınarak, "Ne söylemek istiyorsanız sizi burada da dinleyebilirim ama evinize girmeyeceğim," dedim ve bu konuda kararlı olduğumu gösterdim.

Ona hakaret etmişim gibi incinmişti. "Orası senin de evin," deyince burukça gülümsedim. "Yaşadığımız yer evimizdir, Songül Hanım. Hiç yaşamadığım bir yere evim diyemem," dedim. Benim bir evim hiç olmamıştı.

Daha fazla konuşmak istemediğim için kısaca, "İyi günler," diyerek gitmeye yeltendim lakin bu sefer de konaktan çıkan yaşlı bir adam beni durdurdu. "Konuşacak çok şey var, Sedef," dedi. "Ayaküstü konuşulmayacak şeyler," diyerek o da beni konağa davet etti.

Yanıma gelen yaşlı adama bakıp, "Sen de kimsin?'" dediğimde sorduğum soru onu üzmüş gibi iç çekti ve, "Büyükbaban," dedi.

Elimle annem olacak kadını gösterdim. "Songül Hanım'ın babası Volkan Sarmaşık mı?" diye sorarak teyit etmek istedim. Altmışlı yaşlarında olmasına rağmen uzun ve heybetli biriydi. Saçları beyazlaşmış ama hiç dökülmemişti. Kaşları hafifçe çatıktı ve yüzünde yaşanmışlıkların kanıtı olan kırışıklar bir hayli fazlaydı. Siyah takım elbisesinin üzerine giydiği uzun paltosuyla tam filmlerdeki mafya babalarını anımsatıyordu. Tıpkı benim gibi o da beni inceliyordu. İlk kez yakından gördüğü torununu izliyordu. "Evet," diyerek başını salladı. "Songül'ün babası."

Anladım dercesine ona bakarken geriye doğru bir adım attım. "Ne güzel, tanıştık ama artık gitmem gerekiyor," dedim. Songül Hanım, "Baba," diyerek küçük bir çocuk gibi babasının koluna yapıştı. "Baba, gitmesin," dediğinde afallayarak ona baktım. Gitmemden korktuğu için telaşlı bir hali vardı. Babasının koluna yapışıp âdeta yalvarırcasına dolu gözlerini ona dikti. "Baba, gitmesine izin verme," diyerek hıçkırdığında cinnet geçirmek üzereydim. Ben gideceğim dedikten sonra babası beni nasıl durduracaktı acaba?

"Boşuna uğraşmayın çünkü hiçbir şey gitmemi engelleyemez!" dedikten sonra onlara sırtımı dönerek hızlı adımlarla yürümeye başladım. *Ben gideceğim diyorum ama kadın kalkmış babasına yalvarıyor! Sanki muhatabı ben değilim de babası!*

Daha on adım uzaklaşmıştım ki yaşlı adamın, "Tekrar düşün, Sedef Sarmaşık!" diyen gür sesini duydum.

"Düşündüm. Kararım aynı," diyerek başımı çevirince, "Yok artık!" dedim. Yalının dışındaki üç koruma bana silah çekmişti. Evet, yaşlı adam gerçekten bu kadar ileri gitmişti!

Volkan Sarmaşık'ın arkasındaki üç silahlı adamı gösterdim. "Şaka mı?" dediğimde yaşlı adamın dudakları kıvrıldı. "Pek şakacı biri olduğum söylenemez," deyince şoke oldum. *Bunların hepsi manyak!*

Bana doğrultulan silahları gören Songül Hanım, en az benim kadar afallamıştı. "Baba!" diyerek kaşlarını çattı. "Onu durdur dedim, kızımı vur demedim!"

"Yaşlı bir adama *durdur* deyince bak bu oluyormuş!" diyerek Songül Hanım'ı payladım. "Adam yaşlı, alzaymır bile olabilir. Gördüğünüz gibi verilen komutları yanlış anlıyor, şimdi kızı bırak deyin ve şu silahları çeksin!" dedim. *Bu nedir arkadaş, karşıma çıkan herkes bana silah çekiyor!*

Bunlar hep o Buzdağı'nın suçu! Bana psikopat bir büyükbabam olduğunu önceden söylemeliydi!

Volkan Bey, "Senden daha sağlıklıyım," diyerek silahları gösterdi. "Konağa girmezsen sağlığında küçük bir değişiklik olabilir," dedi. Burada resmen tehdit ediliyordum.

"Blöf yapıyorsunuz," dedim. "İsteseniz de beni vuramazsınız." Songül Hanım'ın gözlerinin önünde bana zarar veremezdi. Gerçi Songül Hanım burada olmasaydı bile bana zarar veremezdi. Bu adamın gözlerinde bana yönelik büyük bir özlem varken beni incitemezdi.

Başını sallayarak beni onayladı. "Evet, seni vuramam," diyerek adamlarını gösterdi. "Ama onlardan seni zorla yalıya götürmelerini isteyebilirim," dedikten sonra yanıma geldi. "Amacım zor kullanmak değil." Bir işaret yaparak adamların silahları indirmesini sağladı. "Anneni dinlemeni istiyorum, Sedef," dedi. "Onu dinledikten sonra gitmekte özgürsün." Ama dinlemeyi kabul etmezsem zor kullanmaktan çekinmeyecekti. Bu inatçı adam öyle veya böyle istediği şeyi her şekilde almaya kararlıydı.

"Sizden nefret ettim," diyerek sinirli bir şekilde yalıya doğru yürüdüm. Bu işi hızlıca bitirip buradan gitmek istiyorum!

Songül Hanım gülücükler saçıp, "Teşekkür ederim, baba," deyince ona ters ters baktım. "Babanız bir zorba olduğu için bu kadar mutlu olmayın bence!" dedim. Babasının bana silah çektiğini çok çabuk unutmuştu!

Üçümüz yalının bahçesine girdiğimizde derin bir nefes aldım. Bahçenin güzelliği cenneti anımsatıyordu. Yürüdüğümüz yola beyaz taşlar dizilmişti, sadece bu yolda yürümek bile özel hissettiriyordu. Yolun her iki tarafında olan süs bitkileri, bahçeye egzotik bir hava katıyordu. Bahçenin büyüklüğü ve tropikal ağaçların çokluğu tebessüm etmemi sağladı. Songül Hanım, "Sevdin mi?" deyince etrafıma bakmayı bırakıp önüme döndüm. "Nefret ettim," diyerek gülüşümü yok ettim.

Kapıyı bize genç bir hizmetçi açmıştı. Onları takip ederek salona girdim. Evin içinin tasarımı bahçeyle tezattı. Bahçe ne kadar modernse salon bir o kadar Osmanlı zamanını anımsatıyordu. Kalın perdeler gün ışığına düşman gibi görünüyordu. Koltuk takımı kahverengiydi. Taşlı kırlentlerdeki püskülleri sadece antikacıda bulabilirdiniz. Yerdeki büyük kilimin motifleri el dokuması olduğunu fazlasıyla belli ediyordu. Soldaki duvara asılmış küçük kilim ne amaçla oradaydı, bilmiyordum. Belki de dekorasyon amaçlıydı. Ya duvardaki gaz lambası neydi? Köşedeki küplere değinmek bile istemiyorum. Küplerin içinde altın yoktu çünkü saksı görevi görüyordu. Hepsini geçtim ama Allah aşkına, duvarda asılı olan o tüfek de neydi? Artık salondaki şeylere nasıl bakıyorsam Songül Hanım kıkırdadı. "Babamın ilginç bir zevki var," deyince başımı salladım. "Daha çok çağdışı," dedim. Volkan Bey tahtı andıran gösterişli koltuğuna otururken, "Yeniliklere açık değilim," diyerek küçük bir açıklama yaptı.

Songül Hanım yanıma oturmasın diye ben de tekli koltuklardan birine oturdum. Ne yapmaya çalıştığımı anlayan kadın, sessizce bana en yakın olan koltuğa oturdu. "Evet," diyerek bakışlarımı ona çevirdim. "Sizi dinliyorum."

Soğuk tavrım onu ürkütüyordu. "Öncesinde bir şey içer misin?" dediğinde bile sesi kısık çıkmıştı.

"Bir şey içmeyeceğim."

"Anladım," diye başını salladı. "Peki, bir şey yemek ister misin?"

"Hayır."

"Atıştırmalık bir şeyler? Seni son gördüğümde bu kadar zayıf değildin."

"Hayır, Songül Hanım," diyerek sert bir şekilde yanıtladım. "Yemek şöyle dursun, ben sizden gelecek suyu bile içmem. Bir an önce konuşun çünkü burada daha fazla kalmak istemiyorum," dedim. Bu yaptığım belki ona göre acımasızlıktı lakin asıl acımasız olan oydu.

Bir türlü geri adım atmayacağımı görünce, üzgünce başını salladı. "Her şeyi anlatacağım," diyerek ayağa kalktı. "Ama biraz beklemelisin çünkü gerçeği öğrenmesi gereken birileri daha var," deyip salondan çıktı. *Nereye gitti şimdi bu kadın? Beni yaşlı babasıyla tek başına bıraktığına inanamıyorum! Bu adam az önce bana silah çekmişti ve duvarda bir tüfek var!*

Songül Hanım'ın ardından gözlerim kapıyı bulunca yaşlı adam, "Kaçmayı unut," diyerek koltuğuna yaslandı.

"Söz veremem," dedim. "Kaçırıldığım yerden kaçmak gibi kötü bir huyum var."

"Seni kaçırmadım."

"Kendi isteğimle geldiğimi de söyleyemezsiniz, değil mi?"

Güldü. "Teşvik edilmeye ihtiyacın vardı."

"Konuştukça sizden daha fazla nefret etmeme ne demeli?"

"Sen böyle yaptıkça benzer duyguları sana karşı hissettiğimi inkâr etmeyeceğim."

"Duygularımız karşılıklı demek istemiyorum çünkü Sarmaşık ailesinden biriyle ortak bir duygum olmasına katlanamam."

"Üstelik benim soyadımı taşırken, değil mi?" diyerek kaşlarını bilmiş bir hareketle kaldırarak en büyük ortak noktamıza değindi. Ona ters ters bakarak somurttuğumda güldü. "Sedef, Sedef, Sedef," diye adımı birkaç kez mırıldandı. "Nazın bile bu ihtiyara iyi geliyor." Bunları bana değil, kendisine söyler gibiydi. Sanki aklından geçenleri farkında olmadan sesli söylemişti.

Songül Hanım'ın neden salondan çıktığını yarım saat sonra anlamıştım. Dışarı çıkıp Aslan ve Fırat Bey'i aramıştı. Onların neden buraya geldiğini bilmiyordum fakat ikisini görmek beni mutlu etmişti. Beni görünce gözlerinde derin bir sevgi oluşmuş, iyi olmam onları mutlu etmişti. Nereden öğrendiklerini bilmiyorum lakin Arda tarafından kaçırıldığımı hepsi biliyordu. Büyük ihtimalle onlara benimle ilgili haberleri veren Alaz'dı. Sinir bozucu bir ısrarla ailemle aramı düzeltmeye çalışıyordu. Songül Hanım benden çekindiği için bana herhangi bir soru soramıyordu, fakat babalarım için aynı durum geçerli değildi. Geldiklerinden beri sordukları soruların ardı arkası kesilmemişti. Arda yakalanmadıkça hiçbiri rahat etmeyecekti.

Aslan Bey, "Senin için çok korktuk, Sedef," deyince ona tebessüm ettim. "Gerçekten iyiyim," dedim. Onları ikna edemediğim tek şey iyi olduğumdu.

"İyi olduğunu söylüyorsun," diyen Fırat Bey, "Ama iyi görünmüyorsun," diyerek devam ettirdi cümlesini. Beni izledikçe daha çok üzülüyordu. Kulübede geçirdiğim günler yüzünden hızlı bir şekilde kilo vermiş olmam onları telaşlandırıyordu. Son gördükleri balık etli bir kızdı, şimdi ise standart bir kiloya sahip birine bakıyorlardı. Bu, onları mutlu etmek yerine üzüyordu.

Bileğimdeki saati gösterdim. "Artık gerçekten gitmem gerekiyor," diyerek Songül Hanım'a baktım. "Eğer konuşmayacaksanız burada kalmamın anlamı yok," dedim. Buraya tüm aileyle toplanıp hasret gidermeye gelmemiştim.

Songül Hanım konuşmak yerine bir şeyler geveleyince daha fazla dayanamayıp ayağa kalktım. "Bu kadar yeterli, ben gidiyorum," dedim fakat Volkan Bey, "Seni durdurmak için illa adamlarımı mı çağırayım?" diyerek yine beni tehdit etti. Bu zoraki misafirlik gerçek anlamda canımı sıkmaya başlamıştı.

Daha ben konuşmadan Fırat Bey araya girdi. "Kızını mutlu etmek için benim kızımı tehdit mi ediyorsun?" diye sordu. Volkan Bey'e bakarken dudaklarında ukala bir gülümseme oluştu. "Hiç durma, dene," dedi. "Sen kızın için benim kızımı tehdit ediyorsan, ben de kızım için adamlarının leşini ayaklarının önüne sererim," diyerek sırıttı. Bu deli fişek adam boş konuşan birine benzemiyordu. Buradaki herkes gibi Volkan Bey de bunu anladığı için sıkıntıyla yüzünü ovuşturdu. Babalarımdan birinde sağduyu varken diğerinde deli cesareti vardı. *Aynı anda iki farklı ekmek türü gibi, daha ne isterim ki?*

Hiç vakit kaybetmeden kapıya yönelmiştim ki Fırat Bey, "Nereye gittiğini sanıyorsun, kaçak?" diyerek ensemi kavradığı gibi beni tekrar yerime oturttu. "Anan olacak kadının derdi neymiş öğrenelim, sonra birlikte gideriz," dediğinde itiraz etmek için ağzımı açmıştım ki yine beni susturdu. "Sedef, kır dizini otur işte!" Bu adam bildiğin ayarsızdı.

Ben onun bu ani tepkisiyle afallarken Aslan Bey çıldırmanın eşiğine gelmişti. "Fırat, sen şimdi niye bağırıyorsun kıza?" dedi. "Bir rahat durmadın ki annesi konuşsun!" Doğru valla, adam benden daha beter deliydi. Elini omuzuma atıp beni göğsüne çeken Fırat Bey, "Ben babayım, Aslan," dedi. "Yeri geldiğinde elimi masaya vurmalıyım." Gülerek yaptığı savunma herkesi delirtirken benim kahkaha atmamı sağlamıştı. Bence çok tatlı bir babaydı.

Aslan Bey'in daha önce deneyimi olmuştu ama ben nasıl evlat olunur bilmiyorsam Fırat Bey de nasıl baba olunacağını bilmiyordu. Her şeyi birlikte öğrenecektik.

Songül Hanım, "Dinle, lütfen," diyerek oturduğu koltukta küçülürken dolan gözlerini bana çevirdi. "Beni sadece bir kez dinle, sonrasında eğer hâlâ gitmek istersen sana engel olmam," dedi. Gözleri böyle acılar içinde yanarcasına baktıkça kendimi suçlu hissediyordum. Suçlu olan oydu ama beni gözyaşlarıyla bir şekilde manipüle etmeye başarıyordu.

Duygularımı sömürüyor, vampir kadın.

Hepsinin bakışları bir karar vermem için bana dönünce uysal bir çocuk gibi başımı salladım. "Bittiği an çeker giderim," dedim. Songül Hanım beni onaylarken Volkan Sarmaşık'tan bir onay gelmedi. Elimle yaşlı adamı gösterip, "O da söz verecek," dedim. "Ben sizi dinleyeceğime söz veriyorsam bu ihtiyar da gitmeme izin vereceğine dair söz verecek." Bu yaşlı adama hiç güvenmiyordum. Böyle sessizce oturup her hareketimi analiz ederken nedense beni hep yanında ve yakınında tutmak ister gibi bakıyordu.

Songül Hanım aceleyle, "Büyükbaban da söz veriyor," deyince Volkan Bey kaygısızca omuz silkti. "Ben tutmayacağım sözler vermem. Torunum yanımda kalacak," diyerek kestirip attı. *Ne diyor ya bu? Ne torunundan bahsediyor? Böyle sahiplenmeye de yok artık!*

"Torunun?" Dalga geçercesine güldüm. "Ben senin torunun değilim, ihtiyar. Neden, biliyor musun? Çünkü kızının kızı değilim de ondan," dedim.

Aksini savunurcasına güldü. "Songül'ün kızı olmadığını düşünebilirim çünkü annenin tam tersisin ama kesinlikle benim torunumsun. Kızdığında hep sol elinin yumruk olması bile benim kanımı taşıdığını kanıtlıyor. Benim gibi solaksın, değil mi?" dediğinde yutkunarak dizinde duran yumruk olmuş sol eline baktım. Sonra başımı eğip dizimin üzerinde yumruk olan sol elimi görünce yaşadığım şaşkınlığı gizlemeye çalıştım. "Benim böyle yaptığımı görünce aynısını yaptın, değil mi?" diyerek somurttuğumda güldü. İkimiz de bunun doğru olmadığını biliyorduk çünkü ben onu her kışkırtışımda dizinin üzerinde duran elinin yumruk olduğunu birkaç kez görmüştüm. Bu alışkanlığım ona çekmiş olmalıydı.

"Ben hep tek çocuk olduğumu sandım," diyen Songül Hanım sıranın ona gelmeyeceğini fark edince konuya bodoslama dalmıştı. "Biliyor musun, hep bir kardeşim olsun istemiştim." Bana bakıp gülümsedi. "Bilirsin işte, babamın korunaklı duvarları arasında yalnızlığımı paylaşacak bir kardeş." Gözlerindeki hüznü görebiliyordum. "Dilediğim kabul olmuştu, Sedef. Babamın ilk eşinden bir kızı olduğunu öğrendiğimde çok mutlu olmuştum. Benden üç yaş büyük bir ablam olduğunu öğrendiğimde henüz on beş yaşındaydım. Nazlı'nın varlığını annesi başta babam olmak üzere herkesten saklamış. Hamileliğinin başlarında babamla boşandıkları için hamile olduğunu gizlemiş. Yıllar sonra annesinin ölümüyle birlikte Nazlı ortaya çıktı. Polisler elinde bir mektup tutan Nazlı'yı bize getirdiklerinde onun varlığından haberimiz oldu," dediğinde tebessüm ediyordu. Tıpkı benim gibi herkes bu konunun nereye varacağını merak ettiği için kimse konuşmuyordu.

İyi, gözü aymış ki nur topu gibi bir ablası olmuş. Bana ne ki bundan?

Songül Hanım, "Çok güzeldi," diyerek iç çekti. "Ona bağlanmam uzun sürmemişti" *Ha, güzel olunca hemen bağlanılıyor yani? Çirkin doğanlar gidip bir yerden atlasın o zaman.*

Güldü. "İnanmayacaksın ama annem ve babam da onu sevdi," dediğinde Volkan Bey'e bakmıştı. Gülüşü dudaklarında solduğunda pek iyi şeyler olmadığını anladım. "Ama Nazlı bizi hiç sevmedi. Annesi bizi ona öyle bir anlatmış ki bize karşı hissettiği tek duygu nefretti. Tabii, biz o yıllarda bunu anlayamadık. Babamı ondan çaldığımı düşündüğü için bana karşı hissettiği nefreti son ana kadar iyi gizledi. Annesinin yaşaması gereken hayatı annemin yaşadığını düşündüğü için anneme olan kinini iyi gizledi. Babamın onları yüzüstü bıraktığını düşündüğü için babama olan hıncını o yıllarda iyi gizledi. Asıl suçlu onu babamdan saklayan annesi olduğu halde nefretinin bize olduğunu bilemezdik. Ta ki ben sana hamile kalana kadar," diyerek bana baktı. Sonunda ilgimi çekecek bir şeyler anlattığı için bir an önce devamı gelsin diye bekliyordum. Nazlı diye bir teyzem olduğunu bile yeni öğreniyordum.

Songül Hanım'ın çekingen bakışları Aslan Bey'i buldu. "Toydum," dediğinde gözlerini Aslan Bey'den ayırmıyordu. "Hepiniz için iki arkadaşla birlikte olup hamile kalan iğrenç bir kadın sıfatında olduğumu biliyorum," diyerek yutkundu. Buğulu gözlerle Aslan Bey'e baktığımda her an ağlayabilirmiş gibiydi. "Ama ben sevdim," dedi. "O kadar çok sevdim ki evlilik hayalleri kurduğum bir adam tarafından terk edilmeyi kaldıramadım. Hayatımda ilk kez körkütük sarhoş olacak kadar içmiştim. O gece bardaki kişi Fırat değildi," dediğinde gözlerinden bir damla gözyaşı süzüldü. "Sendin," diye fısıldadı. "O gece hayatımda ikinci kez kendimi teslim ettiğim kişi sadece sendin, Aslan. Senin sesin, senin yüzün ve senin hayalin vardı," dedi. Aslan Bey'in bedeni kaskatı kesilirken, Fırat Bey bu konuyla zerre kadar ilgilenmiyordu. Songül Hanım, Fırat Bey'in gençliğinde kalan tek gecelik bir ilişkiydi. Bu yüzden yaşananları umursamıyordu. Arkadaşının eski sevgilisi olduğunu bilmiyordu, bunu düşünmek suçluluk duymasını engelliyordu. Neyse ki ebeveynlerim entrikalı bir aşk üçgeni yaşamamışlardı. Gerçi iki can dostunun aynı kadınla birlikte olmasından daha büyük bir entrika var mıydı, emin değildim.

Songül Hanım, "Biliyorum, büyük bir hataydı ve sarhoş olmam bu hatayı hafifletmez," dedikten sonra beni gösterip burukça gülümsedi. "Ama pişman değilim, Sedef'in varlığı pişman olmamı hep engelledi," diyerek yeniden Aslan Bey'e baktı. "Kızım belki senin kanını taşıyor, belki de o geceki hatamın. Lakin Sedef'ten dolayı asla pişman olmadığım tek hata olabilir," deyince Fırat Bey ona ters ters baktı. "Bana hata deyip durma, kendimi kullanılmış hissediyorum!" diye homurdanınca yine sadece ben güldüm.

Ve ben bir şey fark ettim; annem olacak kadın hâlâ babama âşıktı. Aslan Bey'in bakışlarında ise sadece merhamet vardı. Songül Hanım derin bir nefes alarak konuşmak için cesaretini toplamaya çalıştı. "Hamile olduğumu öğrenince..." diyerek babasına mahcup gözlerle baktı. "Korktum," dedi. "Babamın bana çok kızacağından, annemin yüzüne bakamayacağımdan çok korktum. Sadece ablam Nazlı'ya küçük sırrımı söyleyebilmiştim." Gözleri nemlendiğinde pişmanlık içinde bana döndü. "Ona güvendim, Sedef. Seni gizlice yurtdışında doğurmamı teklif edince ona güvendim. Yaptığı plan çok basitti: Tatil bahanesiyle iki kardeş yurtdışına gidecektik ve sen doğana kadar evdekileri oyalayıp orada kalacaktık. Sonra üçümüz birlikte dönecektik ama sen yanımızda olmayacaktın. Önceden Türkiye'de parayla tuttuğumuz bir kadının yanında bir hafta kadar kalacaktın. Dikkat çekmemek için bu gerekliydi. Daha sonra ben kadını aradığımda seni getirip yalının kapısının önüne bırakacaktı. Kadın uzaklaşırken ben seni alıp yalıya girecektim. Evdekilere seni dışarıda bulduğumu, sana aile olabileceğimizi söyleyip onları bir şekilde ikna edecektim. Kızım yanımda olsun da ona abla veya teyze olmaya bile razıydım.. Eğer ailem ikna olmazsa seni yurda vermek yerine onlara gerçeği söylemek bile planlarımın arasındaydı," diye fısıldadı. Gözyaşları süzülürken yalan söylemiyor gibi görünüyordu. "Gençtim, korkuyordum ve evet, aptalca bir plandı ama o planın içinde asla seni bırakmak yoktu. Biliyorum, yanlıştı ama o an doğru gibi gelmişti. Çok genç olduğum için bir yanım hâlâ çocukça hatalar yapmaya meyilliydi," diyerek ağlamaya başladığında kötü hissettim. Bu kadarını beklemediğim için tüm bedenim ürpermişti ve ben sadece kötü hissediyordum. Dokuz ay beni karnında zehirlemesine nasıl bir açıklama yapacaktı, merak ediyordum.

Gözyaşları süzülürken bana bakmak için kendisini zorluyordu. "Hiçbir şey planladığım gibi olmadı," dediğinde ağlayarak titreyen ellerine baktı. "Bu eller seni tutmadan bırakmak zorunda kaldı. Nazlı'nın dokuz ay boyunca yediğim her şeye ağır ilaçlar kattığını bilemedim. Yataklara düştüğümde tek başıma hastaneye gidecek gücüm yoktu. Para karşılığında sahte bir doktor ayarladığını bilemedim. Ben fenalaştıkça sahte doktoru çağırıyordu ve tıpla ilgili zerre kadar bilgisi olmayan biri beni muayene ediyordu. Sahtekâr doktor her defasında *bunlar gebelikte olan şeyler* deyip beni kandırdı. İlk gebeliğim olduğu için hamilelikte öyle şeyler oluyor sandım," diyerek hıçkırdı. İnsan önce bir araştırır, öğrenirdi, değil mi?

Sonuçta karnında bir mücevher olan beni taşımak gibi kutsal bir görev verilmişti ona.

"Dokuz ay boyunca ilaçlar yüzünden yatakta geçirdim hamileliğimi," diyerek devam etti. "Doğum başladığında Nazlı mecbur kalarak beni hastaneye götürdü. Doğumdan sonra kanamam hiç durmayınca beni ameliyata aldılar. Ameliyattan çıktıktan sonra yaptıkları test sayesinde kullandığım ilaçları öğrendim." Gözyaşlarını silerek ıslak gözlerini bana çevirdi "Şoka girmiştim ve o an tek düşündüğüm sendin. Bu nasıl olurdu? Gebeliğim boyunca doktorun tavsiye ettiği vitamin ilaçlarından başka hiçbir şey kullanamamıştım. Senin kanında da aynı ilaçlar çıkınca çıldırmıştım ama Nazlı yine beni kandırmayı başarmıştı. Tüm suçu evdeki hizmetçinin üstüne yıktı. Nazlı evdeki hizmetçiye sürekli kötü davrandığı için hizmetçi, bana bunları yaparak Nazlı'nın canını bu şekilde yakmak istemiş. Evet, Nazlı beni bunlara inandırmıştı. Güya kanımda çıkan ilaçlardan sonra tek şüpheli olan hizmetçiyi polise verecekti. Kıza polisleri çağıracağını söyleyince kız korkup itiraf etmiş. Alnındaki yarayı gösterip hizmetçinin onu yaralayıp kaçtığını söyleyince inandım. Sonuçta ablam bana neden yalan söylesin ki? Neden kendi kendini yaralasın? Bunun için hiç sebep yoktu veya o an için yoktu," dediğinde kesinlikle bunları duymayı beklemiyordum. Bir yalan arıyordum gözlerinde ya da bir tereddüt arıyordum bakışlarında. Lakin tüm dürüstlüğüyle gözlerimin içine bakarak anlatıyordu bunları. Çok aradım fakat herhangi bir yalan bulamadım. Duygularım altüst olduğu için ne düşüneceğimi bilmiyordum.

Songül Hanım, "Hizmetçiyle uğraşamayacak kadar seninle meşguldüm," dedi. "Doktorlar için sen milyonda bir görülen, sıradışı bir vakaydın. Anne karnında genleri mutasyona uğrayan mucize bebektin. Beyin fonksiyonlarının işlevi, hastanedeki çoğu doktoru hayretler içinde bırakmıştı. Seninle ilgili her şey fizik kurallarına aykırıydı. Her şeyin ters ve yanlıştı," diyerek gözlerime baktı. "Ama benim için doğru olan sadece sendin." Bir annenin sessiz çığlıklarını duyuyordum ve ona karşı olan tüm önyargılarım bir bir kırılıyordu. Bana anlatacak bir hikâyesi olduğunu biliyordum fakat bunlar, duymayı beklemediğim şeylerdi.

"Sen doğduktan bir ay sonra hastaneden çıktık. Doktorlar senin için hayati bir tehlikenin kalmadığını söyleyince geri döndük," diyerek derin bir nefes aldı. Aldığı nefes bile onu ağlatmaya yetiyordu. "Evet, buraya geri döndük fakat ben daha yeni ameliyattan çıkmıştım. Yolculuk da çok yormuştu ve hastaneden çıktıktan sonra seni hiç kucağıma alamadım. Nazlı buna hiç izin vermedi. Ayakta zor durduğum için bebeği taşıyacak durumda olmadığımı söyleyip durdu. Kanımda hâlâ ilaç olduğu için seni sütümle besleyemediğim gibi kucağıma da hiç alamadım. Döndüğümüzde seni o kadına verdi. Tüm yalvarmalarımı rağmen beni umursamadan bunu yaptı. 'İleride ondan hiç ayrılmayacaksın,' diyerek beni kandırdı. Bir hafta boyunca seni sormak için aradığım kadın, 'Kızımı getir artık,' dediğimde telefonu bir daha açmadı. Çıldırmış gibiydim. Nazlı'nın beni uyarıp, 'Sessiz ol, evdekiler anlayacak," demesi umurumda değildi. 'Onu bulacağız,' diyerek artık beni avutamıyordu. Ağlayarak babama koştum ve ona her şeyi anlattım." Gözyaşlarına boğulurken tıpkı benim gibi Aslan ve Fırat Bey'in de rengi atmıştı. Kahretsin, bütün bunları gerçekten yaşadı mı? Bir annenin yaşayacağı en korkunç şey! O ablası olacak kadın umarım geberip gitmiştir!

"Bulamadım!" diyerek hıçkırdı. Saçları ıslak yüzüne yapışırken, omuzları sarsılarak ağlamaya başlaması canımı yakıyordu. "Evet, babam ve annem bana çok kızdılar ama asıl kızdıkları şey seni onlardan gizlemiş olmamdı. Babam bir dedektif tutunca bildiğim her şeyi ona anlattım. Dedektif, işinde çok iyi olduğu için beni zehirleyen hizmetçiyi buldu. Hizmetçi suçsuz olduğunu, her şeyi yapanın ablam olduğunu itiraf ettiğinde büyük bir oyunun içinde olduğumuzu anladık. Hizmetçi bulununca Nazlı kayıplara karışmıştı." Öfkeden yerimde zor duruyordum. Nazlı denen kadın şu anda burada olsaydı, onu Songül Hanım'ın gözyaşlarında boğardım. Evet, bu duyduklarımdan sonra içimde ona karşı bir nefret kalmamıştı. Tüm gerçekler ortadayken onu suçlayacak kadar duygusuz değildim. Beni bile isteye bırakmadığı için bu, her şeyi değiştirirdi.

Kalbim onu affetmeye hazırdı ama aklım *bekle* diyordu. *Elinde onun sözlerinden başka kanıt yokken acele etme* diyordu.

Songül Hanım, "Aradım," dedi. Pişmanlık içinde devam etti. "Senden hiç vazgeçmedim, Sedef. Seni hep aradım. Babam birçok dedektif tuttu ama Nazlı'yı bulmamız on beş yılımızı aldı. Konya'nın küçük bir kasabasında bulununca tutuklanmasını sağladık. Sorgusunda babamla ben de vardık. Bize olan nefretini haykırırken nihayet sana ne yaptığını itiraf etti. Seni verdiği kadına seni zehirleyerek öldürmesini söylemiş. Delirmiştim! Şuurumu kaybettim, olanlar için kendimi suçladım. Defalarca intihara kalkıştığım için annem ve babam tedavi olmam için beni bir kliniğe yatırdılar. Bunu bana hiç söylemese de babam, senin öldüğünü düşünmüyordu. İçeriye adam sokarak Nazlı'yı konuşturduğu için bu sayede seni alan kadının ismini öğrendi," dediğinde o günleri tekrar ve tekrar yaşar gibiydi. *Ne Nazlı ama! Onlardan intikam alayım derken arada beni harcamış soysuz. Daha doğmadan herkesin günahının bedelini çekmişim be!*

"Babam üç ay içinde kadını bularak konuşturdu. Seni altı ay boyunca zehirlediğini ama sen ölmeyince seni bir çöp kutusuna attığını itiraf etmiş. Tarif ettiği yerde yaşayan herkesin kapısını tek tek kapısını çaldık ama kimse seni görmemişti. Aradan on beş yıl geçmişti ve biz herkese on beş yıl önce kaybolan bir bebeği soruyorduk. Oysaki sen on beş yaşına girmiş bir çocuktun artık. O yakınlardaki tüm karakollara gittik ve on beş yıl önce çöpten bulunan bir çocuk ihbarı olup olmadığını araştırdık. Seni bulduk, Sedef, bulduk. Babamın gücü ve konumu geçmiş kayıtları açtırıp seni bulmamızı sağladı. Sedef Sarmaşık yazan küçük bir not kundağına iliştirilmişti. On beş yıl önce seni karakola yaşlı bir adamın götürdüğünü öğrendik. Polislere 'Çöpte buldum' diye ifade vermiş. Kimse sana sahip çıkmayınca seni Menekşe Çocuk Yurduna vermişler. Seni bulmuştuk ve bunun mutluluğuyla soluğu yurtta aldık," dediğinde omuzları çökerken elleriyle yüzünü kapatarak ağlamaya başladı. "Yedi yaşında oradan kaçtığını öğrenmek yine yıkılmama sebep oldu. Ben sana yaklaştıkça sen uzaklaşıyordun, Sedef. Bu ne kadar zordu, biliyor musun?" Bilmiyordum ama bazı tahminlerim vardı.

"Damgalanan çocukların ölmeye başlamasıyla yıllar sonra seni tekrar buldum," dedi. "Kaçtıktan sonra ismini değiştirdiğin için biz Sedef Sarmaşık'ın izini sürerken, Yankı Sarmaşık'ın cezaevinde tutulduğunu bilemezdik. Ölen damgalı çocuklar çoğalınca televizyona çıktım çünkü benim kızım da damgalanmıştı. Bir programa katılıp kızımı aramam cemiyetteki herkes için büyük bir alay konusu oldu. Fakat hiçbiri umurumda değildi, umurumda olan sadece sendin," diyerek bana tebessüm etti. Bildiğin samanlıktan iğne arar gibi beni yıllarca aramıştı. Pes etmeden, yılmadan ve yorulmadan beni arayıp durmuştu. Beni bulmak için çırpınıp durduğunu öğrenmek berbat hissetmeme neden oldu.

Benim gibi o da acı çekmişti ama benim kadar değil.

"O adam..." diyerek sustu. Fazla ağlamaktan yorgun düştüğünden bir süre sakinleşmek için sustu. Kendisini daha iyi hissedince anlatmaya devam etti. "Alaz Altuğ Sipahi," dedi. Ben televizyondaki programa çıktıktan sonra benimle görüşmeye geldi. Kim olduğunu ve ne iş yaptığını bana söylemedi ama senin, onun himayesinde olduğunu söyledi. Kızımı bana getirmeden önce onu neden bıraktığımı öğrenmek istiyordu." *Neden şaşırmadım acaba! O baş belası eğitmenin en büyük hobisi hayatıma burnunu sokmak.*

"Kim olduğu umurumda değil, seni bana getirecekse herkese her şeyi anlatabilirim," diyerek başını salladı. "Yaşadıklarımı ona anlattım ama bana hemen inanmadı. Benden kanıt isteyince kasadaki tüm evrakları ona gösterdim. Seni Amerika'da hangi hastanede doğurduğumu, doğum belgesini, doğumdan sonra senin ve benim kanımda çıkan ilaçların test sonuçlarını ona gösterdim. Gazetelere verdiğim ilanların başlıkları, çıkardığımız arama kayıtları ve polis raporları... Yıllarca seni bulmaya çalıştığım tüm kayıtları ona gösterdim. Hatta belgelerin gerçekliğini kontrol ettirmesi için hepsini ona verdim ama almadı. 'Bir belgenin gerçek olup olmadığını sadece bakarak anlamak işimin bir parçası,' diyerek almadı. Bana inanmanı sağlayacaksa hepsini sana da gösterebilirim. Bir gün seni bulursam senden hiç vazgeçmediğimi sana kanıtlamak için hepsini sakladım. Sana onları gösterebilirim," diyerek aceleyle ayağa kalkınca onu durdurdum. Alaz inandıysa benim aksini düşünmek gibi bir iddiam olamazdı. O kanıtlar olmadan da doğruyu söylediğini zaten görebiliyordum.

Ayrıca o lanet Buzdağı bana buraya geldiğinden hiç bahsetmedi! Peki, şimdi ne olacaktı? Ben şimdi ne yapmam gerektiğini bilmiyorum.

Ayağa kalktığımda nefesini tutarak yapacağım şeyi bekliyordu. "Bu duyduklarımı sindirmem gerekiyor," diyerek Songül Hanım'a baktım. "Bana biraz zaman verin." Kapıya doğru yürüdüğümde kimse beni durdurmak için bir şey yapmamıştı. Tabii, Songül Hanım dışında! "Yapma kızım," diye hıçkıran sesini duyunca başımı çevirdim. Dizlerinin üzerine yığılarak ağladığını görmek iyi hissettirmiyordu. "Bana zaman deme, Sedef. Yirmi yıllık bir zaman yetmedi mi? Benim artık sensiz geçirecek bir saniyeye bile tahammülüm kalmadı." Benim put gibi öylece durduğumu görünce babasına döndü. "Baba, bir şey yap!" diye bağırarak ağladı. "Baba, ben ölüyorum! Baba, gidişi beni öldürüyor! Yalvarırım bir şey yap, kızın ölmelere doymuyor!" diye haykırdığında içim öyle bir acıdı ki, bir an onun yürek sancısını dindirmek istedim. Peki, beni tutan şey neydi?

Kalmadı ki ona ihtiyacım. Sebebi ne olursa olsun bir anneye ihtiyacım olduğu günleri geride bıraktım.

"Olmaz, Songül Hanım," dedim. Boğazımda bir yumru oluştuğunda gözlerimin dolmasını engelleyemedim. "Suçsuz olduğuna inandığım için kalmadı artık sana nefret borcum." Bazı şeyleri anlaması için sakinliğimi korumalıydım.

Islak gözlerine bakarken kendi gözyaşlarım süzülüyordu yanaklarımdan. "Ama bana bir çocukluk borçlusun," diye fısıldadım. "Koruyamayacağın bir bebeği dünyaya getirdiğin için bana bir ölüm borçlusun. Evet, suçsuzsun fakat ben senin en büyük suçunum. Bu yüzden ne benden size evlat ne sizden bana bir aile olur," dedim. Gözyaşlarımı sertçe silerek hepsine sırasıyla baktım. "Ben kanayınca kanatırım. Bu sebeple artık olmaz." Daha fazla onların dağılmış halini görmemek için bir an önce defolup gitsem iyi olacaktı. Ben yaşadıklarımı hatırladıkça acısını onlardan çıkarırdım, bu yüzden olmazdı. Üzüldüğüm her gün için suçsuz olduklarını bile bile hepsini üzerdim.

Aslan Bey, "Deneyelim," dedi yalvarırcasına. "Belki senin yok ama benim sana ihtiyacım var. Yıllar önce kaybettiğim çocuklarımın acısını bir tek sen unutturuyorsun. Sende onları buluyorum," dedi. Hayır, bunları duymak istemiyordum, onlar hayatımın bir parçası olmamalıydı. Ben alışmıştım böyle tek tabanca takılmaya. Şimdi birileri tutamazdı o tabancayı. Patlar, ellerini yakar, hem onlara hem kendime zarar verirdim.

"Ben evlat sevgisi nedir, bilmem," diyen Fırat Bey güldü lakin gülüşünde büyük bir acı saklıydı. "Çok istedim ama hiç çocuğum olmadı. Test yapılmadan gerçeği bilemeyiz ama babalık hakkında zerre kadar tecrübesi olmayan bu adam hissediyor baban olduğunu. Bir baba tanır çocuğunu. Ben seni ilk gördüğüm gün içimde hissederken kendini benden çalamazsın," dedi. Bu serseri adam tam on ikiden vurmayı başarmıştı.

Gel de şimdi git.

Hepsi gözlerini bana dikmiş, vereceğim cevabı bekliyordu. Kendimi zorlasam da onları yüzüstü bırakamıyordum. "Benim ne iş yaptığımı biliyor musunuz?" Hepsi isteksizce beni onayladı. "Çalışmana gerek yok," dedi Volkan Bey. "Koskoca Sarmaşık serveti ben ölünce sadece sana ve annene kalacak. Senin adına açtığım hesapta bile milyon dolarların var," dediğinde gözlerimde dolar işareti çıkarmamak için kendimi zor tuttum. Bana hesap mı açmıştı?

Kendini toparla, salak! Parayı sevsen de onları para için kullanmayacaksın!

Aslan Bey, "O tehlikeli işi yapmak zorunda değilsin," dedi. "İlla çalışmak istiyorsan şirkette benim yanımda çalışabilirsin. Zaten her ay şirket tarafından adına açtığım hesaba yüklü miktarda para yatıyor. Kredi kartlarını eve geldiğinde alırsın," dedi. Bu sözleri, benim gibi para âşığı birinin aklını başından alıyordu. *Vay canına! Bildiğin hesabım para kaynıyormuş da haberim yokmuş. Yine de onların parasını istemiyorum. Ben kendi kazandığım parayla kendime bir ev almak istiyorum. Evet, bir tek bu konuda gururluydum maalesef.*

Fırat Bey gülerek bana baktı. "Hesabına hepsinden daha çok para yatırdığımı söyleyerek hava atmayacağım," dediğinde kıkırdadım. Bu adamın mizacı çok hoşuma gidiyordu. "Şu ajanlık işi hiç içime sinmiyor," diyerek o da rahatsızlığını belli etti. Anlaşılan o ki Alaz, işim konusunda onlara dürüst olmuştu. Bu gizli bilgiyi onlara anlattığına göre onları da başkalarına anlatmamaları konusunda uyarmıştır.

"İşi bırakamaz mısın?" Songül Hanım'a başımı olumsuz anlamda salladım. "Henüz değil," dedim. Arda'nın işini bitirmeden istifa edemezdim ve yeni bir hayata başlayamazdım. Ben istesem bile Arda buna izin vermezdi. İkimizden biri ölmedikçe ne ben işi bırakırdım ne de Arda peşimi bırakırdı.

"Haftanın yedi günü çalışmalıyım, bu yüzden kaldığım yeri size söyleyemem," dedim. "İstesem de sık sık görüşemeyiz çünkü benim için önemli olan bir davayı bırakamam. Sadece hafta sonları birlikte vakit geçirebiliriz. Cumartesi günü babalarımla, pazar ise Songül Hanım ve babasıyla kalırım. Şu an için yapacağım tek şey bu," diyerek onlara baktım. "Eğer deneyelim diyorsanız, size sunacağım koşullar bunlar," dedim. Bu hiçbirini mutlu etmemişti lakin itiraz edecek durumda değillerdi. Hiç yoktan iyidir diye düşünmüş olmalılar ki gönülsüzce kabul ettiler.

Ben şimdi kimden nefret edeceğim? Nefretten beslenen biri olarak Songül Hanım'ın masum çıkması hiç iyi olmadı. Neyse, bir süre daha Alaz ile yetinebilirim.

"Sorun kalmadıysa artık gidiyorum," dedim. "Bugün salı ve salı günleri karakola gidip imza vermem gerekiyor."

"Hemen mi?" Songül Hanım yanıma gelince elimi tutmaya yeltendi. Refleks olarak geriye çekilmem gözlerinin dolmasına neden olmuştu. "Yirmi yıl bekledim," diyerek üzgünce başını salladı. "Biraz daha beklerim. Ucunda seni kollarıma almak varsa zor olsa da ben beklerim." İstemiyordum, eskiden ölmesini dileyip lanetler yağdırdığım kadının şimdi ağlamasını istemiyordum. Gerçekler ortaya çıksa da hâlâ bir yabancı olduğu için bazı şeyler hemen olmuyordu.

"İzin ver, bir süre bugün duyduklarımı sindireyim," dedim. "Emeğin yok üzerimde, Songül Hanım, benim de sana vefam yok. Bırak, bu işi bizim yerimize zaman yapsın," dediğimde yine hıçkırarak başını salladı. Kimsenin beni durdurmasına izin vermeden salondan çıktım. *Sakın ağlama Yankı, buradan çıkmadan önce olmaz.*

Nihayet yalının büyük duvarlarının dışına çıktığımda beni boğan bu yerden koşarak uzaklaştım. "Saçmalık!" Hafta sonları onları göreceğim için sinirden ağlıyordum. "Bu yaptığım koca bir saçmalık!" Kim haklı, kim suçlu umurumda değildi! Ben artık bir aile istemiyordum. Orada onlardan etkilendiğim için verdiğim bu karar büyük aptallıktı. Ona *anne* diyeceğimi sanmıyordum.

Evet, olanlar onun suçu değildi ama tüm hayatım ondan nefret etmekle geçmişken şimdi *hadi her şeyi unutalım* demek olmazdı. En büyük bedduam beni bu duruma düşürdüğü için o Buzdağı'naydı. Kot pantolonumun arka cebindeki titreşim yüzünden koşmayı bıraktım. Telefonu elime aldığımda arayan kişiyi görmek moralimi daha fazla bozmuştu. "Boşuna dememişler *iti an çomağı hazırla* diye," diye homurdandım. *Sen dur daha pislik, şimdi aklını öyle alacağım ki benimle oyun oynamak neymiş göreceksin. Demek beni kandırıp buraya getirisin ha? Bak bakalım hangimiz daha fenayız!*

Telefonu açmadan yoldan geçen bir taksi durdurup bindim. Şoföre, "Önce karakola sonra Cezayir'e sür lütfen," dedim. *Nasılsa çok param var, artık otobüs beklemek yerine taksiler kölem olsun. Bakalım, Alaz Efendi ona hazırlayacağım oyunu beğenecek mi?*

Karakolda imza işini hallettikten sonra alışık olduğum mahalleye gelmiştim. Hiç oyalanmadan gördüğüm ilk sokağa girmiştim. Şu yarım saatlik yolculukta Alaz belki kırk defa aramıştı ama açmamıştım. Bana ulaşamadıkça daha çok paniğe kapılması işime gelirdi. Genelde bağımlıların ve sarhoşların dolaştığı bir sokağa girmek mükemmeldi. Etrafta kimseciklerin olmaması da işime gelirdi. Buraların asıl sahipleri karanlık çöktüğünde ortaya çıktığı için şimdilik güvendeydim. Cebimdeki telefon tekrar çalmaya başladı. Aceleyle yerde gördüğüm boş içki şişelerini, teneke kutuları ve plastik pet şişeleri toplayıp pis bir duvarın dibine yığdım. Onların yanına oturduktan sonra derin bir nefes alarak telefonu çıkardım. "Hadi bakalım, Yankı," dedim. "Şimdi hayatının rolünü sergile, kızım." İşte başlıyoruz.

"Altuğ!" diye telefonu açar açmaz bağırdım. "Altuğ, ne olur, yardım et!" Hızlı hızlı nefesler alıp özellikle nefes seslerimi duymasını sağladım.

"Sedef?" Sesi hafif şaşkın geliyordu. "Neler oluyor? Her şey yolunda mı?" *Senin için hayır dostum.*

Plastik pet şişelerden birini alıp telefona yaklaştırarak hışırtılı sesler çıkartırken bağırdım. "Hayır!" diye çığlık attım. "Arda, lütfen yapma!" Acıyla haykırdım, boş bir içki şişesini duvara vurup paramparça ettim. Canım yanmış gibi öyle bir bağırdım ki ben bile kendi çığlığım gözyaşlarım yüzünden şoka girmiştim.

Bu daha başlangıç oğlum, gününü zehir etmezsem bana da Yankı demesinler.

Alaz telaş ve korkuyla, "Sedef!" diyerek endişe içinde adımı haykırdı. "Bana derhal nerede olduğunu söyle!" Sesindeki korkuyu iliklerime kadar hissedebiliyordum. *Dur daha bunlar hiçbir şey çünkü bu sahnenin devamı var!*

Bir şişeden sonra yeni bir şişeyi daha duvara vurup parçalarken daha yüksek sesle ağlamaya başladım. "Hayır bırak! Dokunma bana! Biri yardım etsi..." Feryadımı bilerek yarıda bırakıp, "Ahh!" diye yara almış gibi inledim ve telefonu yere fırlattım. "Sedef!" İsmimi var gücüyle haykırırken, ayağa kalkarak yavaş adımlarla telefona doğru yürüdüm. Arabaya binmiş olmalı ki motorun sesi geliyordu. Arda'nın beni bulduğuna gerçekten inandığı için, "Bu sefer seni yaşatmam!" diyerek öfkeyle gürledi. "Bu sefer onu benden tekrar alamayacaksın!" Alaz tehditlerini sıralarken telefona tüm gücümle basarak kırdım. Kapanan telefonun sebebi olarak Arda'yı düşünecekti.

Şimdi bul beni Cezayir sokaklarında, Sipahi!

Telefonu kırsam bile numaramdan yerimi tespit ettireceğinden adım gibi emindim. Yerimi öğrendiğinde aklında şöyle bir senaryo oluşmazsa ben de bir şey bilmiyorum: Arda sırf Alaz'ı tesisten çıkarmak için Aslı'yı kullandı. Böylelikle ben tesiste tek başıma kalacaktım, belki de bir şekilde içeri girip bana ulaşmayı başaracaktı. Ancak Alaz ile tesisten çıkmam onun ekmeğine yağ sürmüştü. Alaz'ın beni tek başıma anneme bırakması Arda'nın arayıp da bulamadığı bir fırsattı. Annem ile olan görüşmem kötü geçtiği için çocukluğumu geçirdiğim Cezayir'e gelecek kadar kötü durumdaydım. Arda bu fırsatı kaçırmayıp peşime takılmıştı ve yine bana zarar vermişti. Beni yalnız bıraktığı için büyük bir suçluluk duyacaktı. Evet, Alaz Altuğ Sipahi, aynen böyle düşünüp kafayı yiyecekti. Özellikle ben gerçekten ağlayacak kadar harika bir performans sergilemişken...

Bazen bu kadar zeki olduğum için kendimden korkuyorum.

Ve tam bu esnada bir ses Cezayir'in kirli sokaklarında yankılandı. "Olağanüstü bir oyunculuktu, küçük Yarasa'm." Tam arkamda duyduğum bu tanıdık ses yüzünden bedenim dehşet içinde kaskatı kesilmişti. *Yok artık ama ya!*

Az önce tahmin ettiğim her şey bir anda gerçek olmuştu. En kötüsü ise ben plan yaparken aslında bir planın içinde olduğumun farkında olmayışımdı!

Tenha bir sokakta onunla yalnızım.

Az önce kendi ellerimle sonumu getirerek telefonumun canına okumuştum ve Arda da şimdi benim canıma okuyacaktı. Küçük oyunumun gerçekleştiğine inanamıyordum. "Yemin ederim, bu dünya üzerinde kendi ipini çeken tek mal benim!" diye söylendim. Usulca geriye doğru döndüğümde onu tam karşımda buldum. Yutkunarak, "Ahmetçiğim," dedim. "Hangi cehennemdeydin sen? Beni unuttuğunu düşünmeye başlamıştım." *Ne diyebilirim ki? Korkudan tirtir titresem bile alay etmeden duramıyorum.*

Hastalıklı gözleri beni izlerken, "Beni bu kadar özlediğini bilmek güzel, sevgilim," deyince yüzümü tiksinti içinde buruşturdum.

Bu sevgilim sözünü kim çıkardıysa inşallah en büyük kazığı sevgilisinden yemiştir. Kendi kafama sıkmak bu olsa gerek, azizim. Yalancı çoban yanımda halt etmiş, şimdi işin yoksa kuzuyu kurttan kurtar. Kendimi kuzuya benzetmem de ayrı bir konu ama şimdi düşünecek daha hayati şeyler var.

12. BÖLÜM

Karşımda Azrail'im tüm görkemiyle dururken ona bakmak dışında hiçbir şey yapamıyordum. Hayır, öyle korkutucu bir görüntüsü yoktu. Sadece her zamankinin aksine bakımsız ve sefil görünüyordu. Sakallarını kim bilir en son ne zaman kesmişti. Üzerindeki gömleği kırışmıştı, ceketinde çamur izleri vardı. Pantolonu bile yıpranmış görünüyordu ve Alaz sayesinde para sıkıntısı yaşadığını çok net görebiliyordum. Onun dışında gözlerindeki ölüm, o hastalıklı duygu hâlâ yerini koruyordu. Hınç dolu gözleri nefret ateşiyle sarmalanmışken o nefretten kendi payıma düşeni almak istemiyordum. Alışık olduğu o zengin hayat, kimliğinin deşifre olmasıyla tepetaklak olmuştu. Yenilginin verdiği öfkeyle saldıracak yer arıyordu. Olanların tek sorumlusu olarak sadece beni ve Alaz'ı suçladığını görebiliyordum. Bu adamın sevgisi bile onun tarafından şiddet görmemi engelleyemezken nefretiyle nasıl mücadele edeceğimi bilmiyordum.

Beni gebertecek, ruh hastası.

Aramızdaki dört adımın bir anda kapanacağını bildiğim için bir çıkış yolu arıyordum. Kaçsam ondan daha hızlı koşabildiğimi biliyordum ama sakarlığım en büyük lanetimken düştüğüm an saçlarıma yapışırdı. Birebir dövüşsem yılların eğitimini alan birine karşı çok az şansım vardı. Konuşarak dikkatini dağıtmaya kalkışsam, Alaz gelene kadar onu oyalamam mümkün değildi. Peki, ben şimdi ne yapacaktım?

Aklımı kullanarak çıkmalıydım bu işin içinden ama bendeki akıl da bir yere kadardı yani! Kendimi bu duruma düşürmüşken artık aklıma bile güvenmiyordum. Allah onun da belasını versin! "Gidelim mi?" Bunu söylediğime inanamıyordum. "Umarım gideceğimiz yere bizi götürecek bir araban vardır." Gülerek işaret parmağımla önce onu sonra kendimi gösterdim. "Kim derdi ki gün gelecek sen böyle çulsuz kalacaksın ve ben böyle zengin olacağım. Ama Allah'ın sopası yok ki bir tane kafana geçirsin ya da vardır, şimdi onun işine karışıp günaha girmeyelim," dedim. *Bir açığını bulana kadar ona zorluk çıkarmasam daha iyi, şimdi bir tokat daha yemek istemiyorum. Zaten gelen gidenden aldığım darbeler yüzünden iyice şaftım kaydı.*

Şaşırdığını gizleyemiyordu. "Bu kadar kolay olacağını tahmin etmemiştim," dediğinde, "Ben de," diye homurdandım. Bu kadar kolay tuzağa düşeceğimi beklemiyordum. Gerçi Arda değil, ben bizzat kendimi tuzağa düşürmüştüm. Bu daha kötü ya!

Bana doğru büyük bir adım attı ve kolumdan tuttuğu gibi beni kendisine çekti. Bağırmamak için kendimi zor tutuyordum. "Seni özledim, küçük Yarasa'm," diyerek bana sarıldı. Sarılışı son zamanlarda kötü olan midemi harekete geçirince sesli bir şekilde öğürdüm. Eğer gün içinde bir şey yeseydim kesin üzerine kusardım.

Karnımı tıka basa doyurmadığım için o kadar pişmanım ki. Ah ulan zalim felek, önceden ipucu amaçlı küçük bir işaret göndermiyorsun ki!

Öğürünce hemen benden ayrılıp kaşlarını korkutucu bir hızla çattı. "Benden bu kadar çok mu tiksiniyorsun?" diyerek bana vurmak için elini kaldırınca o an ki korkuyla, "Hamileyim!" deyiverdim. Eli havada kalırken ellerimi karnıma bastırdım. "Gözün aydın, baba oluyorsun. Vatana millete hayırlı olsun, küçük sadistçiğimiz," dedim. *Allah aşkına, ben yine ne saçmalıyorum!* Dayak korkusundan söylediğim yalan yerinde kaskatı kesilmesine sebep olmuştu.

Şoka uğrat ve saldır, kızım.

Yutkunarak, "Ne?" dediğinde iri gözlerle karnıma bakıyordu. "Ha-hamile misin? Sana hiç dokunmamışken bu mümkün değil," diye fısıldadı. Rengi atmış bir şekilde afalladı. Gözleri yaratık görmüş gibi düz karnıma bakıyordu, bir şeyler söylemek istiyordu ancak yaşadığı sarsıntıdan dolayı tıpkı bir balık gibi ağzını açıp kapatıyordu. Bir adım uzaklaşıp ayıplayan bakışlarımı ona çevirdim. "Sakın bebek benden değil diyerek bana hakaret etme çünkü beni öperken hamile kalacağımı düşünmeliydin!" dedim. "Ve evet, öpücükle hamile kalınıyormuş!" diye bağırdım. *Aklıma daha yaratıcı bir plan gelmediği için kimse beni suçlayamaz.*

"Saçmalama!" dediğinde sersemlemiş hâlinden faydalandım. Tüm gücümü topladım ve tam bacak arasına sert bir tekme attım. "İnşallah kısır kalırsın da başka sadistlerin olmaz!" diyerek hemen geriye çekildim. Hayvanları aratmaksızın böğürerek dizlerinin üzerine düştü. Her iki elini malum yerine bastırmış, acısını dindirmeye çalışıyordu. "Seni öldüreceğim!" diyerek hırladı. Tehditlerini diz çöktüğü yerde saydırırken kendisine gelmeden hemen koşmaya başladım.

Bu erkeklere tekme ata ata hepsini kısır bırakıp soyunu kurutacağım.

Sadistçikmiş! Allah senin belanı versin, yılan Fulya! Dilime dolandı, kurtulamıyorum bu kelimeden. Koşarken, "Yılanlara gelesice, aptal!" diye Fulya'ya da saydırmayı ihmal etmedim.

Ara sokaklardan birine son sürat daldığımda birazdan kasıklarındaki acının geçeceğini biliyordum. Doğrulduğu an bana yetişirdi, cani katil. *Allah'ım, ne olur düşmeyeyim. Sana yemin ediyorum, eğer hiç düşmeden ondan kurtulursam bir gün boyunca kimseye beddua etmeyeceğim. Biliyorum, imkânsız gibi geliyor ama bana bir şans verirsen yeminimde duracağım. Kurban olduğum, sadece iki ayak üzerinde durmamı sağla.* Hemen sağdaki evin yanından geçerek kaldırıma çıktığımda bildiğim tüm duaları ediyordum. Eğer hiç düşmezsem gerisi zaten bendeydi. Henüz hiç düşmediğime göre dualarım kabul oluyordu.

"Yankı!" Arkamda Arda'nın kükreyen sesini duyunca başımı çevirip ona baktım. Çıldırmış bir halde peşimden geldiğini görünce ağlamak istedim. "Allah senin belanı versin hasta pislik!" diye bağırdım. "Bırak artık peşimi!" Kaldırımdan iner inmez koşarak kendimi yolun ortasına attım. Fakat tökezleyip yere öyle bir düştüm ki dizlerim ve ellerim asfalta sürtünmekten soyuldu.

Keşke az önce o bedduayı etmeseydim!

Düştüğüm yerden başımı kaldırdığımda neyse ki işlek bir yol olmadığı için üzerime gelen bir araba falan yoktu. "Benden kurtulmak bu kadar kolay değil!" diyen adam daha ben ayağa kalkmadan saçlarıma yapıştı. Saçlarıma asılarak beni kaldırıma doğru sürükleyince soluğum kesilene kadar bağırdım. "Biri yardım etsin!" diye haykırdım. Saç diplerimde müthiş bir acı varken ona direnemiyordum. Kafa derim yüzüldü sanmıştım çünkü saçlarımı kopartacak bir şekilde asılıyordu.

Beni kaldırıma fırlattığında bir terzi dükkânının eşiğine düşmüştüm. "Sen artık canımı sıkmaya başladın!" diye tükürükler saçarak bağırdı. Nefes nefese düştüğüm yerden başımı kaldırınca silahını bana doğrulttuğunu gördüm. Beni şoka uğratan ölecek olmam değildi, etraftaki herkesin bu manzaraya seyirci olmasıydı. Gerçekten öylece izleyip acıyan gözlerle bana bakıyorlardı. Kimisi kaldırım kenarında duruyordu, kimisi de yolun ortasında.

Etraftaki dükkânlardan çıkan esnaflar da seyircilerin arasına katılınca, "İnsan değilsiniz," diye fısıldadım. Gözyaşlarımı sertçe silerek kadın seyircilerime baktım. "Kadın cinayetlerine hepiniz karşısınız, değil mi?" dedim. "Sorsanız herkes *evet* der. Peki, böyle mi karşısınız? İzleyerek mi? Benim yerimde sizler de olabilirdiniz!" diye bağırdım. Öfkeli bakışlarımı bu sefer de buradaki adamlara çevirdim. "Eşiniz, sevgiliniz, bacınız veya kızınız bu halde olsaydı yine böyle izler miydiniz? Hayır, değil mi? Benden veya bir başkasından size ne ki? Aileniz güvende olsun, yeter, değil mi? Allah hepinizin belasını versin be, insan değilsiniz!" Arda'nın elindeki silahı gördükleri için hiçbiri yardım etmeye cesaret edemezdi. Dağılmış halimi umursamadan ayağa kalktım. *Kimsenin yardımına ihtiyacım yok, kendi başımın çaresine bakabilirim.*

Bu iş fazla uzadı artık!

İnsanların düştüğüm duruma seyirci kalması beni o kadar çok kızdırmıştı ki öfkeyle namlunun tam karşısında durdum. Arda'ya bakıp, "Sen kimsin ki bana silah doğrultuyorsun?" dedim. "Söyle, kimsin sen!" diye bağırarak bir ayağımı sertçe yere vurdum. "Bu beden, bu can, bu hayat benim! Hepsi sadece benim ve sen, onu benden çalamazsın!" diye bağırarak silahı tutan eline tekme attım. Silah onun elinden fırlayıp yere düşmüştü.

Artık kaçmayacağım, bu pislik bugün cezasını çekecek.

İkimizin arasına düşen silah yüzünden göz göze geldik. Silahı ilk kim alırsa güç ona geçecekti. Birbirimize bakmayı bırakıp aynı anda hemen yere eğildik. Ben ondan daha hızlı davranarak silahı almıştım. Hemen doğrulup iki adım arkaya doğru çekildim ve hiç düşünmeden namluyu ona doğru tuttum. Silahı ona doğru tutunca şimdi korkan taraf o olduğu için yutkunmuştu. Oysaki az önce elinde silahı varken fazlasıyla cesur görünüyordu. Cesareti elindeki silaha bağlıyken şimdi tamamen savunmasız bir konumdaydı. Gözlerine bakarak, "Birine silah çekecek kadar yürekliysen tetiğe basmasını da bileceksin!" dedim ve tetiğe bastım. Tam kalbine hedef alarak hiç tereddüt etmeden tetiğe basmıştım. Evet, katil olma pahasına bunu yapacak kadar kendimi kaybetmiştim. *Pişman değilim, Hâkim Bey. Ben değil, beni bu duruma düşürenler utansın. Mahkemede savunmam bile hazır, oğlum. Takım elbise de giyersem belki ceza bile almadan beraat ederim.*

Tetiğe bastım fakat Arda hâlâ karşımda tek parça halinde duruyordu. Üstelik herhangi bir kurşun sesi de çıkmayınca tüm cesaretim kırıldı. Silahlardan pek anlamazdım fakat bu lanet şey tutukluk yapmış olmalıydı. Arda şoke olup, "Beni gerçekten vuracaktın!" deyince güldüm. "Bir kere yaparım dediysem yaparım," dedim. Elimdeki silahı sertçe kafasına fırlattım. "Bu bozuk şeyi de istemiyorum!" Silah kafasına çarptığı an kendimi tekrar yola atıp koşmaya başladım.

Yolun karşısına geçtiğimde, "Seni yaşatmam!" diyen sesini duydum. Kükreyen sesinden sonra havada yankılanan silah sesiyle soluğum kesildi. Kulağımın hemen yanından vızıltıyla geçen kurşun yüzünden bir küfür savurdum. "Bu şey bendeyken niye çalışmadı?" diye isyan ettim. İlk kurşunun uyarı olduğunu bildiğim için adım atmayı bırakmıştım. İkinci kurşun hedefi şaşmayacağı için şansımı zorlamak istemiyordum.

Ona doğru döndüğümde yolun tam karşısındaydı ve elindeki silahı bana doğru tutuyordu. Adam gündüz vakti elindeki silahla resmen katliam yapıyordu ama bir Allah'ın kulu bunu yadırgamıyordu. "İnsanlığın öldüğü bu yerde cenaze namazı kılasım var," diye sitem ettim.

Arda'nın şakası olmadığı için mecburen ona doğru yürüdüm. Yolu yarılayınca üzerime süratle gelen arabayı son anda gördüm. Korkudan adım atamaz hale geldiğim için kaçmak adına hiçbir şey yapmadım. Siyah araba asfaltta tekerleklerini ağlatarak frene basınca araba birkaç adım uzağımda durdu. Rahatlayarak elimi kalbime bastırırken dolu gözlerle gülümsedim. "Tam zamanında, adamım," dedim. Evet, bu arabayı çok iyi tanıyorum.

Ve Alaz Altuğ Sipahi tam vaktinde yetişti.

Arabanın kapısı açıldığında öyle havalı bir inişi vardı ki... Siyah gözlüklerini çıkartıp bana doğru gelişi nefes kesiciydi. Onunla ilgili her şeyi ağır çekimde izlerken güldüm. Aklımdaki her şeyi silip kurtuluş biletime doğru koştum. Ona yetiştiğimde hiç düşünmeden parmak uçlarımda yükselip sıkıca boynuna sarıldım. Denize düşen yılana sarılırmış, arsız falan ama elimde bir bu kaldı. Eğer bir dakika daha gecikseydi şimdi Arda'nın elinde olacaktım. "Şükürler olsun," diyerek ona sarılırken rahat bir nefes aldım.

Kollarını belime hiç bırakmak istemezcesine sarıp, "Sedef..." diye fısıldadı. Ilık nefesini saçlarımda hissederken, dudaklarını saçlarıma bastırıp kokumu içine çekti. "İyi misin?" dediğinde benim için çok korkmuştu. Sesi, beni göğsünde saklamak istercesine derinden çıkmıştı. "Korkuyu bana tattıran tek kadınsın," diyerek belimi daha sıkı kavradı. "Şu yarım saatte ömrümden ömür çaldın!" Hafif sitemli sesiyle endişe dolu gözlerine baktım. "Gel, bir de bana sor," dedim. "Korkudan aklım çıktı." Son günlerde tek işim ölümden kaçmak olmuştu. Biliyordum, bir gün ölüm beni yakalayacaktı. Bunu derinlerde hissediyordum.

Bekle bir dakika! Öcü burada!

Arda aklıma geldiğinde hemen ondan ayrıldım. "Alaz, öcü orada..." demiştim ki Arda'nın durduğu yerde in cin top oynuyordu. "Gitmiş," diye fısıldadım. Alaz'ın gelişiyle korkudan kayıplara karışması uzun sürmemişti.

Alaz, "Yine gelecek," dedi. Kaşlarını çatarak gösterdiğim yere bakıyordu. "Ama bu sefer kurtuluşu bu kadar kolay olmayacak!" Pes etmeyeceğini ikimiz de iyi biliyorduk. Beni almadan asla durmayacaktı. Alaz onun peşinden gitmedi çünkü tek gelmişti.

Arda'nın peşinden giderek beni burada savunmasız bırakmaktan korkuyordu.

Evet, yine gelecek ama bu sefer gardımı çoktan almış olacağım.

Tesise giderken Alaz, yol boyunca suskunluğunu korumuştu. Tıpkı planladığım gibi annem yüzünden buraya geldiğimi düşündüğü için pek soru sormadı. Şu anda aklında olan tek şeyin beni nasıl koruyacağı olduğunu biliyordum. Koruyamazdı, bunu yapamayacağını bildiği içindi bu suskunluğu. Beni korumasına izin vermeyecek kadar rahat durmayacağımı iyi biliyordu. Söz dinlemiyor, kurallara pek uymuyordum. Onun himayesi altına girecek bir kız olmadığımı bildiği için böyle yorgun görünüyordu. Açıkçası umurumda değildi, benim kaybedecek canımdan başka hiçbir şeyim yoktu. Fakat onun kaybetmeyi göze alamayacağı bir ben varken işi hiç kolay değildi. *Yansın, bana yaptığı her şey için tıpkı şu anda olduğu gibi cayır cayır yansın, bir bardak su vermem. Kim bana ne yapmışsa onlara bin katını yapmak isteyecek kadar kendimi kaybettim, bulamıyorum. Hiçbiri benden daha önemli değil.*

"Aslı nasıl?" diyerek tesise yetişmemize az kala sessizliği bozdum. "İyi mi?"

"Sana ulaşmak ve benden intikam almak için onu öldürmeye çalışmış," dediğinde kalbim korkuyla hızlanırken, "Başaramadı," diyerek rahat bir nefes almamı sağladı. "Aslı biraz hava almak için çiftlikten çıktığında saldırıya uğramış. Neyse ki biri tam zamanında Aslı'yı ondan kurtarmış. Kim olduğunu görmediğini söylüyor. Tek bildiği Arda'yı ıskalayan kurşun. Kimdi o? Aslı'ya yardım eden o kişi kimdi?" Son sözlerine fısıltı şeklinde çıkmıştı. Nedendir bilmem ama aklıma gelen ilk isim İshak olmuştu. Ancak İshak ıskalayacak birine benzemiyordu, özellikle Aslı söz konusu olduğunda asla ıskalamazdı. Geriye kalan tek seçenek İshak'ın Aslı'yı koruması için görevlendirdiği adamdı. Evet, kahvaltı sofrasında telefonla konuştuğu kişiye verdiği o görevin Aslı olduğunu biliyordum.

Bunu asla Alaz'a söylemem, ortalığı karıştırmak istemiyorum.

"İshak'tı," deyiverdim. Arabayı aniden durdurunca kendime sağlam bir küfür savurdum. Kaostan besleniyor olmalıyım ki ağzımda bakla ıslanmıyordu. Bu kadar dürüst olmayı bırakmalıydım.

Sakın bugün yaptığın o rezil plandan bahsetme, kızım. Gerçi o plan tam başarısız olmuş sayılmaz çünkü Arda zaten beni takip ediyormuş. Eğer oynadığım oyun olmasaydı, Alaz tam vaktinde beni bulamazdı.

İshak'ın adını duyunca beyninden vurulmuş gibi bana döndü. "Ne dedin sen?" *Oradan bakılınca ne dediğimi biliyormuş gibi mi görünüyorum?*

"İshak'tı dedim." Battı balık maratona yüzermiş, en iyisi doğruyu söylemek. "Aslı için bir koruma çıkaran kişi İshak, yani o kişi İshak'ın adamı," dedim. *Birazdan bağırıp çağıracağına kalıbımı basarım.*

Bana bakıyor.

Hâlâ bakıyor.

Bu niye bana bakıyor şimdi?

"Anlamıyorum, oğlum!" diye dayanamayıp sonunda bağırdım. "Ben bu bakışmalardan hiçbir halt anlamıyorum. Sen iyisi mi tepki ver." Böyle filmlerdeki gibi uzun uzun karşımdakinin gözlerine bakarak romantik bir atmosfer yaratamıyordum.

Kaşlarını çatarak önüne dönüp arabayı çalıştırmıştı ve şimdi şoka girme sırası bendeydi. "Sevgili eğitmenim, kızgın değil misiniz?"

"O geveze ağzına bir tane çakacak kadar kızgınım!"

"Pekâlâ." Kendimi tutamayıp güldüm. "Bağırıp çağırmak yok mu?" dedim. *İşin yoksa adamın aklından geçenleri çözmeye çalış.*

"Yaptığı şeyi önceden düşünüp yapmadığım için kızgınım, Sedef." Sakin gibi görünebilirdi ama öyle olmadığını biliyordum. "Ona borçlandığım için kızgınım ama basit ergen tepkileri vermeyecek kadar aklım başımda. O piç kurusundan nefret ediyor olabilirim fakat yeğenimin hayatını kurtarmışken ona kızamam. Aslı, şu anda ölü olabilirdi. İşte bu, öfkemi geri plana atıp ona borçlu hissetmemi sebep oluyor," diyerek somurttu. Ona karşı olan hayranlığım bir kat daha artarken, her konuda nasıl bu kadar sağduyulu olmayı başardığını merak ediyordum. Aynı şeyi Fulya bana yapsaydı ortalığı ayağa kaldırırdım. Bir yılana borçlu kalmaktansa kedilerin önünde diz çökmeyi yeğlerdim. Bak, bu kadar da büyük konuştum.

Kedi deyip geçmeyin, onlara olan nefretim Fulya'ya olan nefretim kadar büyük.

"Yani yiğidi gebertip hakkını telgraf ile teslim mi ediyoruz?" Sinirleri bozulmuş gibi güldü. "Sen mümkünse deyimlerden ve atasözlerinden uzak dur."

"Bilirkişiler hepsini yanlış yazmış. Onları düzelterek bir insanlık görevi yaptığım için suçluysam kabul, suçum büyük."

"Sedef, sus güzelim."

Son söylediği şey sebepsiz yere beni heyecanlandırdığı için ona ters ters bakıp sustum. Bu halimi görünce dudakları usulca kıvrıldı. "Sen utandın mı?"

"Ne münasebet!" diyerek hemen savunmaya geçtim. "Utanma dediğiniz şeyi gururla aldattım. Sonuç: İhaneti kaldıramadıkları için ikisiyle de şiddetli geçimsizlikten boşandık. Yeni aşkım yüzsüzlük ama çok yakında onunla da medenice yollarımızı ayırıp yeni aşklara yelken açacağım. Ar damarımın nasıl çatlayacağını merak ettiğim için arsızlık şu an platonik aşkım. Fakat edepsizlik de benimle flört etmiyor değil ama ben şansımı ihanetten yana kullanabilirim. Tabii, bu konuda senin eline su dökemem ama ihanete imam nikâhı kıyacak kadar beni yoldan çıkarıyor," dediğimde yüz kızartıcı küfürleri sıralayıp önüne döndü. "Her konuştuğunda beni şoka uğratmayı iyi beceriyor!" diyerek yine sesli düşündü. "Dilinin bir kemiği yok!"

"Dil dediğimiz şeyde zaten kemik olmaz ki," dedim. "Bazen o kadar da zeki olmuyorsun, Alaz." *Kaç yaşına gelmiş, bu saatten sonra ona ben mi öğreteceğim bunları?*

"Neden arada etrafındaki insanları da düşünüp susmayı denemiyorsun?"

"Düşünceli bir insan olmadığım için olabilir mi, Alaz?"

"İlk kez bir konuda seninle aynı fikirdeyim."

"Bu benim açımdan sevindirici bir haber değil."

Gülerek başını iki yana salladı ve "Sinirlerimi bozuyorsun," dedi.

Nihayet tesise geldiğimizde beni direkt bahçeye çıkarmıştı. Ona burada ne işim olduğunu soracaktım ki bizim çocukları gördüm. Ancak beni asıl afallatan Aslı'nın yanında olmalarıydı. Aslı'nın yanında mı? Gözlerimi irice açarak doğru gördüğüme emin olmak istedim. Hayır, ortada bir yanlışlık yoktu, Aslı gerçekten buradaydı. Tekerlekli sandalyesinde oturan kızın alnında küçük bir yara bandı vardı. Siyah ve düz saçları özenle taranmıştı, gözleri dalgın bakıyordu. Üzerindeki krem rengi elbisesi kısa olduğu için diz kapaklarındaki yaralar görünüyordu. Bunu Arda denilen o pislik yapmış olmalıydı! Muhtemelen ondan kaçmak için süründüğünde olmuştu bu yaralar. Bizim çocuklar onu izliyordu fakat Fulya, kimin yeğeni olduğunu öğrenmiş olmalı ki kızın etrafında pervane gibi dönüyordu. Aslı onun nasıl bir yılan olduğunu bilmediğinden onu kırmamak için kibar davranıyordu.

Çok yakında Fulya'ya olan tutumu kesin değişir.

Alaz, "Arda yakalanana kadar Aslı burada kalacak," dedi. "Ben senin için gelirken Atalay da Aslı'yı buraya getirdi." Doğru bir karar vermişti. Aslı özel durumundan dolayı korunmaya muhtaç olduğu için böylesi daha güvenliydi.

"Hey Aslı!" diye bağırdığımda durgun gözleri beni görünce âdeta ışıldamıştı. "Yankı!" diye el salladı. Yüzünde kocaman bir gülümseme oluşunca tebessüm ettim. Fulya kıskançlıktan köpürürken Aslı tekerlekli sandalyesini bana doğru hareket ettirdi.

Yeğeninin heyecanını gören Alaz, "Sana bağlandığı çok açık," deyince güldüm. "Bu dünyada bana bağlanmayacak insan yok. Fulya'yı saymıyorum çünkü yılanlar insan sayılmıyor," diyerek Aslı'ya doğru yürüdüm.

Karşısında durduğumda kuş gibi şakıyıp, "Beni özledin mi?" dedi. Şimdi hayır desem yine alınacak bir şeyler bulurdu. "Biraz," dediğimde gülerek kollarını açtı. Onunla aynı boyda olmak için diz çöktüğümde bana sarılması uzun sürmemişti.

İkimiz birbirimize sarılırken Aslı arkamda ne görmüşse yutkundu. "Dayımın olduğu yere gelecek kadar canına mı susamış bu?" diye fısıldadı. Kimden bahsettiğini anlamak için ayağa kalkıp arkamı döndüm. İshak'ı görünce gülümsedim. Aynı gün Aslı ve ben saldırıya uğramışken gelmeden duramazdı.

İshak ve Alaz aynı yerde! Hadi bakalım, gazamız mübarek olsun.

İshak'ı izlerken farkında olmadan iç çektim. Kot pantolonun üzerine giydiği beyaz gömleği ona çok yakıştığı gibi heybetli bedenini ortaya çıkarmıştı. Siyah saçlarını düzgünce taradığı için evdeki o pasaklı halinden eser yoktu. Bir iç çekme sesi daha duyduğumda, "Of, kim bu? Gelişiyle ateş ediyor," diyen kişi Ecrin'den başkası değildi. Ona hak veriyordum çünkü en az Alaz kadar etkileyici biriydi.

Kuzey kaşlarını çatarak, "Zevksiz!" diyerek Ecrin'e sinirli bir şekilde baktı. Kıskanması Ecrin'i güldürürken Naz kendi dağınık saçlarına, iki gündür değiştirmediği kıyafetlerine ve makyajsız yüzüne dokundu. "Artık güzel görünmek bile umurumda değil," dedi üzgün bir şekilde. Yiğit'ten sonra tamamen bırakmıştı kendisini.

Hakan da en az Kuzey kadar İshak'tan nefret etmiş gibi görünüyordu. "Utanmıyor musunuz otuz yaşındaki ağabeyinize böyle asılmaya," deyince güldüm. Otuz yaşında değildi, büyük ihtimalle Alaz ile aynı yaşlardaydı.

"Adam harbi fena, oğlum," dediğimde Alaz'ın ters bakışlarını görünce sustum. Şimdi buradaki tüm erkekler nefret dolu bakışlarını bize doğru gelen adama dikmişti. "Bu geleni hiç sevmedim, Yankıcığım." *Yok artık! Efe de mi? Zavallı turşu suratın şimdiden düşman listesi bir hayli kabarık.*

İshak bize yaklaşıp Alaz'ın yanında durup ona döndü. "Geçmiş olsun, Sipahi. Yeğenin büyük bir badire atlattı," dedikten sonra gözleriyle beni gösterdi. "Benimki de büyük bir badire atlatmış, sen bana geçmiş olsun demeyecek misin?" Bu adam gerçekten kaşınıyordu. *Daha ilk dakikadan söylediği şeye bak!*

Arda ile karşılaştığımı nereden biliyor acaba?

"Seninki?" Alaz yumruklarını sıkarak sakin olmak için derin nefesler aldı. Buna rağmen şakaklarında atan damarlar belirgin bir hale geldi. Dişlerinin arasından, "Zorlama, Saygın," dedi. "Benim olanla beni zorlama!" Her an yumruğunu onun yüzüne geçirecek gibi duruyordu.

"Küçük bir hatırlatma," diyerek işaret parmağımı havaya kaldırdım. "Ben kimsenin değilim." Alaz'ın delici bakışları beni bulunca başka da bir şey demedim. Şimdi durduk yere arada kalmak istemiyordum.

İshak'a kollarımı açtığımda güldü. Alaz'a bakıp, "Onu bekletirsem canıma okuyacak kadar inanılmaz bir kadın," dedi. İshak bana doğru gelip sarılmıştı ve ben, Alaz'ı fazla zorladığımızı biliyordum. *Hayır, onu kıskandırmak için İshak'a sarılmadım çünkü gerçekten İshak'ı seviyorum. Hiçbir zaman bir erkeği kıskandırmak için başka bir erkeği kullanacak kadar küçük düşünmedim.*

Kollarımı sıkıca onun boynuna doladığımda İshak, sadece benim duyacağım bir şekilde beni azarladı. "Senin o sokakta ne işin vardı?" *Ah, bir bilsem ne işim olduğunu. Kırk yılın başı bir entrika da ben çevireyim dedim ama elimde patladı.*

Diğerleri duymasın diye ona sarılırken, "Baştan uyarıyorum seni," dedim fısıltıyla. "Alaz'ı delirtmek için seninle sevgiliymişim gibi bir klişeyi yaşamayacağım." Boynumda gülüşünü duydum. "Henüz o kadar ecelime susamadım," deyince rahat bir nefes aldım. En azından bu konuda bana sorun yaratmayacaktı.

Benden ayrıldığında gözleri Aslı'yı bulunca ela gözleri ilgiyle değişti. "İyi olduğunu görmek güzel," dedi kuru bir sesle. Alaz'dan dolayı Aslı'ya karşı mesafeli davrandığını görebiliyordum. Tam şu anda onu kollarına almak için çıldırdığına emindim.

Ancak Aslı ona boş gözlerle bakıp alayla güldü. "Benimle ilgili hiçbir şey sana güzel gelemez, Saygın," dedi. Dayısının yeğeniydi işte, tıpkı İshak'ın Alaz'ı çıldırttığı gibi tek bir sözüyle İshak'ın kaşlarını çatmasını sağlamıştı.

Aslı, "Dayı, beni odama götür," dedi. "Burada görmeye katlanamadığım çok şey var." Şimdi İshak küplere binerken Alaz'ın dudakları memnuniyetle kıvrıldı. Aslı'yı götürmeden hemen önce bana uyaran bakışlar atmayı ihmal etmemişti.

Giden kızın arkasından bakan İshak, "Bu kız tam dayaklık!" dediğinde güldüm. "Dikkat et, Alaz asıl ilgini çeken kişinin ben değil de Aslı olduğunu anlarsa Azrail'in olur," dedim. Alaz gibi birinin anlaması an meselesiydi. İshak'ın onun hayatındaki her iki kadını sahiplendiğini bilse çıldırırdı.

İshak hep olduğu gibi, "Sipahi'nin yeğeni ilgimi çekmiyor," diyerek inkâr etti. *Eminim öyledir, kız tek bir sözüyle tüm neşesini kaçırdı.*

Ertesi sabah uyandığımda eğitimi fazla geciktiremeyeceğimi biliyordum. İsteksizce beyaz sporcu bir atlet ve kot şortlardan birini giyerek hazırlığımı bitirdim. Dün İshak olayından sonra Alaz'ı hiç göremedim lakin kapımı gece kilitleyip sabah açtığı için anahtarımı yine masanın üzerine bırakmıştı. Uyurgezerliğim yüzünden önlem almadan duramıyordu. Anahtarımı kolye gibi boynuma takıp çıktığımda koridorda Aslı'yı gördüm. Odası bu kattaydı ve hemen Yosun'un yanındaki boş odada kalıyordu. Odasından yeni çıkan kız beni görünce gülümsedi. "Hâlâ dayımın ve senin böyle bir yerde çalıştığınıza inanamıyorum," diyerek etrafına garip bakışlar attı. Alaz'ı yıllardır bir iş insanı bilirken şimdi ajan olduğunu öğrenmeyi hemen sindiremezdi.

"Ben de kendimi böyle bir yerde görmeye alışamadım," dedim. "Oysaki saraylara layık biriyim." Bana yüzünü buruşturunca sandalyesini iterek birlikte asansöre girdik. *O ne anlar kaliteli insandan.*

Yemekhanenin olduğu kata bastığımda Aslı bana baktı. "İshak'tan hoşlanıyor musun, Yankı?" diye bir anda sorunca şaşırdım. Bu biraz damdan düşer gibi olmuştu. "Yoksa dayımı kızdırmak için mi ona yakın davranıyorsun?" Kıskanmış olamazdı, değil mi?

Bal gibi kıskanıyor.

"Hoşlansam ne olacak?" dediğimde gözlerindeki hüznü saklayamıyordu. "Hiçbir şey olmaz," diyerek mırıldandı. Gözleri dolu dolu cansız bacaklarını gösterdi. "Ben bu haldeyken hiçbir şey olmaz. Kendim için değil, dayımı düşündüğüm için sordum. Biliyorsun, o sana âşık ve ne yaparsa yapsın böyle incinmeyi hak etmiyor. İshak'tan gerçekten hoşlanıyorsan onunla ol ama dayımı süründürmek için ona yakın olma. Sen arkadaşımsın, mutlu olmanı isterim. Seni mutlu edecek kişi İshak ise o zaman onunla ol," dedi. Sabah sabah beni sersemletmeyi başarmıştı. İshak'tan hoşlanırken bunları söylemek onun için hiç kolay değildi. Kendini İshak'a yakıştırmıyordu, sakatlığı yüzünden ona mesafeliydi.

Sakatlığı hiçbir şey için engel değil.

Elini tutarak samimi bir şekilde tebessüm ettim. "İshak'ı ağabeyim gibi görüyorum, Aslı. Onun bana olan tutumu da bir kız kardeşe olduğu gibi," dediğimde rahatlayarak verdiği nefesler dikkatimden kaçmadı. "Dayına da gelirsek..." diyerek yüzümü buruşturdum. "Emin ol, benim ona yaptıklarımın acısını eğitimlerde çıkarıyor benden. O bana ne yaparsa ben de böyle acısını çıkartıyorum. Aramızda savaş ve barış gibi bir şey var ama ittifak denilen şeyi her ikimiz de bilmiyoruz." Söz konusu Buzdağı olunca yaşadığımız bu şeye bir isim veremiyordum.

Asansörden çıktıktan birkaç dakika sonra yemekhaneye girdik. İshak'ı Kont Drakula'nın masasında otururken buldum. Alaz'ın tam karşısındaki masada oturuyordu. Dikkatimi çeken asıl şey tıpkı Alaz gibi ekibinin de İshak'a attığı tiksinti ve nefret dolu bakışlardı. Hepsini böylesine kızdıracak ne yapmış olabilirdi ki? Gelişimiz, her iki grubun bakışlarını bize yöneltmişti. İshak'ın gözleri yine ilk Aslı'yı bulmuştu. Aslı onun bakışlarına kaşlarını çatarak karşılık verince gülümsedi. Aslı, "Ben dayımın masasına gidiyorum," diyerek kızgın bakışlarını İshak'tan çekti. Alaz'ın korkusundan mümkün olduğunca İshak'a bakmamaya çalışıyordu.

Aralarındaki bu çekimi Alaz'ın anlaması an meselesi.

Ben de kendi arkadaşlarıma doğru yürürken İshak'a laf atmayı ihmal etmedim. "Senin burada ne işin var?"

Kahvesini keyifle içerken omuz silkti. "Görevinin bittiğini söylemeye geldim. Eğitmenin sana gerek bırakmadan işi bitirdi. Aldığım yeni emir, tüm eğitim boyunca seni izleyip rapor tutmak," dedi. Şantajcı bakan, yani Güray dosyası kapandı demek ki. İshak'ın gözleri meydan okurcasına Alaz'ı buldu. "Eğitimin bitene kadar buradayım," dediğinde bunları aslında bana söylemiyordu. Harika! Bir tanesi yetmedi, şimdi iki oldular.

Buzdağı hangi ara o görevi başardı?

Alaz, her zamanki gibi duygularını profesyonelce saklarken kibirli bir şekilde güldü. "İlk eğitim silahlar," diyerek manidar bir şekilde İshak'a baktı. "Bence de orada olmalısın. Ne de olsa bir silah en çok senin eline yakışır," dedi. Ben bu sözlerden hiçbir şey anlamamıştım fakat İshak sertçe yutkunduğuna göre o, çok fazla şey anlamıştı. Bakışlarındaki derin pişmanlık Alaz'ın ne demek istediğini çok iyi anladığını gösteriyordu.

"İşe geri dönmen büyük cesaret, Saygın." Buket ayağa kalkarak güldü. "Oysaki ben bir daha senin gibi birini görmek zorunda kalmayacağımı düşünüyordum."

Simay, "Boş versene, Buket," diyerek alay etti. "Onun gibilerinin cesareti sadece masumlara söker." Simay da ona karşı en az Buket kadar tahammülsüzdü. *Biri bana da söylesin şu konuyu.*

"Yazık," dedi Yosun. Onun gibi sakin bir kadının bu tavrı beni afallatmıştı. "Bazı şeyler için çok yazık," dedi. Bekledim, İshak'ın kendini savunmak için bir şeyler söylemesini bekledim ama o sustu.

"Ne yükleniyorsunuz ona?" diyerek asıl savunmayı ben yaptım. "Varsa bir derdiniz, açık açık söyleyin ki ben de merak edip durmayayım." *Bu gizemli konuyu merak etmekten burada geberiyorum. İnsan bana da söyler, değil mi?*

Alaz bana, "Sen onun avukatı mısın?" diyerek kızdı. Onu savunmamdan rahatsız olan Buzdağı'na başımı sallayınca kaşlarını yavaşça yukarı kaldırdı. "Kendin için endişelensen iyi olacak, çaylak çünkü bugün sabaha kadar eğitimde ter dökeceksin. Şimdi otur, kahvaltını yap," dedi. Bu vicdansız adam beni nasıl korkutacağını iyi biliyordu! *Sabaha kadar mı? Çıldırmış olmalı, yemin ederim evladım olsa sevilmeyecek türden!*

Bu aralar pek yemek yiyemediğim için vişne suyu ve yarım poğaça beni doyurmuştu. İştahımın derhal bana geri dönmesi gerekiyordu yoksa zayıflayacaktım. Hiçbir zaman öyle kemikleri sayılan aşırı zayıf kızlara imrenmedim. Benim kilom standart olduğu için kendimi bildim bileli sadece birkaç kilo alıp veriyordum. Ancak şimdi bir hayli vermiştim. Bütün bunlar Arda yüzünden olmuştu çünkü midemdeki sorun bile uyuşturucunun yan etkisiydi! İnsanlar nasıl bir zehir olduğunu bilmeden başlıyordu, sonra da bu illetten kurtulamıyordu.

Alaz tepemde dikilip, "Gidelim," deyince bundan kaçışım olmadığını anladım. Ayağa kalkarak bizim çocuklara baktım. "Bana şans dileyin, gençlik," dediğimde Hakan gülerek başını salladı. "Gazan mübarek olsun, yiğidim." Bu çocuk beni erkek gibi görmeyi bırakmalıydı! "Senden gelecek şansın gözü kör olsun, pis bağımlı," diyerek yüzümü buruşturdum. *Onun gibi birinden şans isteyende kabahat.*

Yemekhaneden çıkarak asansöre bindiğimizde Alaz devasa vücudunu bana doğru çevirdi. "Bugün her ikimiz için de biraz yorucu olacak," diyerek cebinden şeffaf, küçük bir naylon paket çıkardı. İçindeki haplara yaratık görmüş gibi bakıyordum. "Önce küçük dozlarla başlayalım, değil mi? Tüm eğitim boyunca bunları kullanacaksın," dediğinde tüylerim diken diken oldu. Şaka mı yapıyordu? Silah eğitimi görürken uyuşturucu mu kullanacaktım?

Kafam uçmuşken bu adam gerçekten hiç korkmadan elime silah mı verecek? Sanırım sağa sola ateş edip olay çıkaracağımı hesaba katmıyor.

13. BÖLÜM

Avucumdaki küçük paket bana o kadar ağır geliyordu ki bunu taşıyacak gücü kendimde bulamıyordum. altıncı kattaki atış salonuna girdiğimizde bile bunu nasıl kullanacağımı düşünüyordum. İçerisi hafif loş bir şekilde aydınlatıldığı için göz alıcı ışıklar yoktu. Adım attıkça yan yana dizilmiş kabinleri gördüm. Hepsinin kurşun geçirmez camdan olduğuna emindim. Evet, kabinler cam olduğu için hemen yanındaki kabinde kim olduğunu görüyorsunuz. Bazı kabinler doluydu çünkü ajanlar bir kabine girmişti ve hiç ıskalamadan karşılarındaki hedefi vuruyordu. Sonlardaki bir kabine girdiğimizde Alaz, benim kabinimdeki dolabın kilidini açtı. İçindeki dört silahtan birini çıkarmıştı ve nihayet arzuladığım silah eğitimini alacaktım. Alaz bana elinde tuttuğu silahın özelliklerini, vuruş mesafesini ve attığı kurşunun hızına kadar her şeyini anlatmaya başladı. Aklım hâlâ uyuşturucu haplarda olduğu için ona odaklanamıyordum. Kabinin sol tarafındaki üç kolu gösterdi. İlk kolu çektiğinde karşımdaki hedef çizgisine yukarıdan plastik bir insan heykeli indi. Tıpkı bir tren gibi bana doğru yaklaşıyor, sonra aynı yavaşlıkla geriye gidiyordu. Sanırım vurmam gereken şey buydu, sabit dursa işim daha kolay olur.

O şeyi vurmam ne kadar zor olabilir ki?

Alaz, "Minimum hedef," dedi. Elindeki silahı hedefe doğrultup bana döndü. "Bu yavaşlıkta bir hedefi ıskalama şansın çok az," diyerek gözlerimin içine bakarken tetiğe bastı. Hemen hedefe bakınca alnından vurduğunu gördüm. Bunu hiç bakmadan yapmıştı. *Resmen bana hava atıyor! Hayır, kanmıyoruz bunlara.*

İkinci kolu çektiğinde özel bir sistem olan sahanın zemini açıldı. Zeminin farklı yerlerinden beş insan figürü daha çıktı. Bunlar sadece düz gitmiyor, aynı zamanda sağa sola gidip zikzaklar çiziyordu. Üstelik ilk hedeften daha hızlıydılar. Alaz hareket eden hızlı hedefleri gösterip, "Tek başına tehlikeli bir grubun içinde kalırsan kahramanlık yapmak yerine ateş etmekten çekinme," dedi. Kulaklarımda yankılanacak yükseklikte üst üste tetiğe bastı. Hedeflerin hızlı bir şekilde sağa sola hareket etmesine rağmen hepsini kalbinden vurmuştu.

Göz boyamaya gelince bu adam bir numara.

"Ve maksimum tehlike," dedi. Üçüncü kolu çektiğinde sahadaki altı plastik heykelden farklı plastik heykeller çıktı. Bizim gibi giyinmiş kadın, erkek ve çocuk figürleri açılan zemininden çıkarak sahaya doluşmuştu. "Unutmaman gereken en önemli şey..." diyerek elindeki silahı bırakıp daha büyük olanı aldı. "Asla sivillerin zarar görmesine izin verme," diyerek beni uyardı. "Onların olduğu bir yerde gerekmedikçe silaha başvurma." Uzanıp bir tuşa bastığında şimdi hepsi o kadar hızlı zikzaklar çizip hareket ediyordu ki sivillerin arasında diğer altı suçluyu zor görüyordum. Ancak Alaz beni dehşete düşürerek hiç tereddüt etmeden tetiğe bastı. Üst üste ateş ederken bir sivil bile zarar görmeden diğerlerini vurmuştu.

Silahlar konusunda yeteneğim var mıydı, bilmiyordum. Emin olduğum tek yeteneğim sakarlıktı. Bu konuda kimse elime su dökemezdi. "Şimdi!" diyerek elindeki silahı önümüzde duran tezgâha bıraktı. Diğer iki kolu çekince tüm hedefler gitmiş, ilk gelen o yavaş heykel kalmıştı sadece. "En düşük seviyede başlayalım ama öncesinde şunu kullan," diyerek elimdeki hapları gösterince korkudan bir adım geriye çekildim. *Ya bırakmak düşündüğüm kadar kolay olmazsa? Ya bu şey için ileride kendimden ödün verecek kadar alçalırsam?*

"Ya-yapamam," diyerek başımı hızla iki yana sallayıp karşı çıktım. "Bu saçmalık! Böyle eğitim mi olurmuş? Bu, bildiğin intihar!" dedim. Bunu kullanmak istemiyordum. Cezaevinde tanıdığım o mahkûm gibi bir gram uyuşturucu için bedenimi satacak birine dönüşmek istemiyordum. Ömür denilen kızın anlattıklarını duymuştum. Lisenin örnek kızıyken sevgilisi yüzünden bu illete başlamış ve bırakamamıştı. Kullandığı ilk gece gözlerini sevgilisinin yatağında açacak kadar şuurunu kaybetmişti. Sonrası birkaç teselli edici söz ve daha fazla uyuşturucu... En sonunda ise bir bağımlıya dönüşmüştü. Maddi durumu kötü olduğu için uyuşturucuya para yetiştiremeyince defalarca bırakmayı denemişti ve başaramamıştı tabii ki! Öyle bir noktaya gelmişti ki okulu bırakmıştı. Sevgilisi olacak pisliğin uyuşturucu karşılığında onu pazarlamasına izin verecek kadar düşmüştü! Ve en sonunda korkulan olmuş, kriz geçirdiği bir gün uyuşturucu için birini öldürüp cezaevine girmişti. Ömür sürekli ağlayarak, "Ben yaptım," derdi. "Buna başlayarak kendi hayatımı ben bitirdim! Şu anda bir öğretmen olabilirdim, eğer başlamasaydım bunu yapabilirdim," diyerek pişmanlık içinde hep ağlardı. Evet, yapabilirdi ama bir seferden bir şey olmaz diye kullandığı illet hayatını bitirmişti. Zaten insanlar hep böyle kandırılıyordu, bir seferden bir şey olmaz diyerek!

"Bunu yapamam," dedim. Paketi ona uzattığımda almadı. "Yapmalısın, Sedef." İyice bana yaklaştı ve öksürüyormuş gibi yaparak eliyle dudaklarını kapattı. "Sol taraftaki pencerenin yanında duran ajan seni izliyor. Hayır! Sakın oraya bakma!" diye beni uyarınca son anda kendime engel olup bakmamıştım. Alaz'ın bana olan zaafını bildiklerinden beni yakından izlemesi için birini göndermişlerdi! O gözlemci burada olduğu için kullanmam konusunda bu kadar ısrar ediyordu.

Aslında hayır! Bu adam hiç acımadan normalde de beni o testlere zorlayacak kadar alçak biri.

Birkaç sefer daha yalandan öksürüp elini çekince söylediği yere bakmamak için kendimi zor tutuyordum. "Bunun saçmalık olduğunu düşünebilirsin ama önceden kazandığın her deneyim hayatını kurtarır," dedi. Şimdi son derece ciddiydi ve itiraz istemiyordu.

"Şöyle düşün, tek başına kimlik değiştirerek beyaz ölüm tacirlerinin arasına karışıp yüklü dozda mal alman gerekiyor. O tür adamlar en çok kendileri gibi olanlara güvenirler. Önlerine bir çanta dolusu para koyuyorsun ve karşılığında bir o kadar uyuşturucuyu senin önüne konuluyor. Adamlar malın kalitesinden bahsediyorlar ve bizzat bunu denemeni istiyorlar. Daha önce kullanmadın ama kullanmazsan dikkat çekeceksin çünkü genelde tüm satıcılar bağımlıdır. Tereddüt ettiğin an ölürsün, Sedef. Polislerin çok sık kimlik değiştirip aralarına karıştıklarını biliyorlar," dediğinde onu çok iyi anlamıştım. Onları kandırmak için sadece mükemmel bir oyunculuk yeteneği değil, aynı zamanda deneyim de lazımdı. Kullanmazsam ölürdüm, kullandığımda ise ilk kez kullandığım için bedenimin verdiği tepkilerden kendimi ele verip yine ölürdüm. Bu yüzden önceden deneyim şarttı çünkü tepkilerin ne abartılı, ne de yetersiz olmalıydı. Sanki bunları daha önce yaşamış gibi en küçük detayına kadar yaşanmışlık vardı bakışlarında.

Ya ben uyuşturucu tacirlerinin arasına girmeyeceğim ki! Alt tarafı Arda'yı öldürmek için silah kullanmayı öğrenmek istiyorum. Bu zorlu eğitimin tüm aşamalarından geçmem gerekmiyordu! Fakat Alaz, ileride işi bırakacağımı bilmediği için beni en iyi şekilde eğitmeye kararlıydı! *Ona istifa edeceğimi itiraf edince beni eğitmekle vakit kaybetmeyi istemeyecekti. Neyse artık, bir süre daha katlanırım.*

Gönülsüzce bir tane hapı paketinden çıkardım. Ona ters ters bakıp, "Senden nefret ettiğimi söylemiş miydim?" diye sordum.

"Yarım saatte bir."

"Artık her dakika başı duyacaksın."

Hapı aldım ve yuttum. Beş dakika boyunca hiç kıpırdamadan beni izledi. Aradan biraz daha zaman geçtiğinde bana yaklaştı. Kaşlarımı çattım. "Küçücük kabinde üzerime gelip durma," dedim. Bir anda bedenimde öyle bir gevşeme olmuştu ki sanki kemiklerim yok olmuş gibi hafif hissediyordum. Her şey etrafımda dönmeye başlayınca dizlerim büküldü ve yere yığılmak için bir hamle yaptım. Alaz son anda belimi kavrayınca sesini çok uzaklardan duydum. "Sırf bu yüzden sana yakın olmalıyım," dediğinde bazı şeyleri anlamaya başlamıştım. Uyuşturucunun ne zaman etki edeceğini hesapladığı için doğru zamanda bana yaklaşmıştı.

Sanırım zehirlendim.

Midemde baloncuklar çıkıyormuş gibi öğürmek istiyordum. Başımın dönmesi inanılmaz bir azaptı. "Al-Alaz, beni bırakırsan çok fena olur," dediğimde güçlükle konuşuyordum. Güldüğünü duyuyordum ama ona odaklanamıyordum. Garip ama farklı bir boyutta olduğumu seziyordum. Eğer beni tutmazsa yere yığılacağımın farkındaydım. Kirpiklerimi bile güçlükle hareket ettirecek kadar aciz bir durumdaydım. Artık onun yüzünü seçemiyordum. Daha kötüsü kimin yüzünü seçemediğimi unutmuştum.

Saçma bir mutluluk hissi sardı içimi, neden mutlu olduğumu bile bilmiyordum. Bilincim Samanyolu'nda uçuşan küçük bir toz zerresine dönüşmüştü ve ben, kim olduğumu hatırlamıyordum. Kendimi zorlayıp kim olduğuma dair bir şeyler bulmaya çalıştım. Zihnimdeki tüm görüntüler, parçalanmış yüzlerce fotoğrafı andırıyordu. Bulduğum her parçayı birleştirdiğimde doğru parçalar olmadığı için ortaya korkunç bir manzara çıkıyordu. Ancak zihnimin bir yarısı hâlâ uyanıktı, bunu daha önce kullandığımı anımsıyordum. Kimin bana verdiğini de öyle. Evet, şu anda tüm dertlerimi unutarak rahatlamıştım fakat hâlâ kendinde olan tarafım bunun yalancı bir mutluluk olduğunun farkındaydı. Bu, tıpkı çölde su arayan bir bedevinin durumuna benziyordu. Suyu bulduğumu sanıp mutlu oluyordum şu anda. Damarlarımda bu zehir oldukça ve ben bunu kullandıkça hep muhtaç olduğum suya sahipmişim gibi mutlu olacaktım. Ne zaman suyu içmeye yeltenirsem işte o zaman yalancı bir mutluluk yaşadığımı anlayacaktım. Aldığım zehir bir süre beni gerçeklerden uzaklaştıracaktı. Beni kendisine köle yapana kadar bana iyi davranıp sorunlarımı benden alacaktı. Bu şekilde beni kendisine bağlayacaktı. Fakat ona tapacak hale geldiğimde bana vadettiği o cenneti kendi cehennemiyle değiştirecekti. Başlarda bana yaşattığı o tatlı rüyadan beni alıp en kötü kâbusların içine atacaktı. Kullanmadıkça bana öyle bir azap yaşatacaktı ki bu zehir için asla yapmam dediğim her şeyi yaparken bulacaktım kendimi. Aklı başında olan kimse buna başlamazdı çünkü bu, kurtuluşu olmayan bir illetti. En namuslu kadınları fuhuşun kollarına düşürecek kadar tesirli bir zehirdi. Aile babası bir adamı ailesinden koparır, uyuşturucu için ailesini parçalardı. Bir çocuğu anne ve babasına düşman eder, daha fazlası için hırsızlık yaptırır hatta işi cinayete kadar götürürdü. Bırakmak çok kolay diye düşünüp başladıkları bu illetin sonunda onları bekleyen sadece iki son vardı: Ya hapis ya mezar.

Ben bugün bu hapı alarak hiçliğe adaylığımı koymuştum. *Allah bu zehri icat edenin sadece belasını değil, aynı zamanda cezasını da versin! İnşallah kan kusarak gebermiştir ve benim hayır dualarımla mezarından ters dönüyordur!*

"Alaz..." Başım dönüyordu. Kıkırdayarak beni tutan ellerini ittim. "Ben niye bu kadar çok mutluyum?" dedim. Kabinden çıkarak kollarımı her iki yana açıp başımı yukarı kaldırdım ve gözlerimi kapatarak kendi etrafımda dönmeye başladım. "Uçuyorum sanki," diyerek kıkırdadım. Kafamdaki tüm kötü anılar gitmiş, gereksiz yere tasasız bir mutluluk beni kucaklamıştı.

Alaz, "Dönmeyi bırak, yine düşersin, Sedef," diye beni uyarınca gözlerimi açtım. Her şey etrafımda dönerken sendeleyerek güldüm. "Ben hep düşüyorum ki," dedim. Bu komik değildi ama kendimi kontrol edemediğim için kahkahalarla gülmeye başladım. "Çok fazla düşüyorum ben." *Haddinden fazla düşüyorum.*

Alaz beni izlerken yüzümdeki tebessüm dudaklarıma yapışmış, çıkmıyordu. "Biliyor musun, acıyor," dedim. Yarı açık uyuşuk gözlerle ona bakarken gülerek başımı salladım. "Ben düşünce dizlerim çok acıyor," dediğimde gülmüyordu. "Neden bu kadar çok acıyor?"

"Acımasın," diyerek derin bir nefes aldı. Uyuşturucunun etkisinde kendini kaybetmiş bir kadının söylediklerini komik bulmamış hatta fazla ciddiye almıştı. "Acımasın, Sedef," diye tekrar etti. Acıyanın sadece dizlerim olmadığını biliyordu.

Sarsakça kabine doğru yürüyüp silahlardan birini aldım. Ona döndüğümde sadece izliyordu. "Sen acıtıyorsun," dedim. Bana verilen sahte mutluluk elimden alınınca geriye sadece kasvetli, depresif bir ruh kalmıştı. "Bana sakın sırtını dönme," diyerek ikinci kez aynı uyarıyı yaptım. Artık ben de gülmüyordum çünkü silahı kaldırıp sol göğsüne doğru tutmuştum. "Bana güvenip sakın sırtını dönme, Alaz çünkü fırsatını bulduğumda ben de seni acıtacağım," dedikten sonra tetiğe bastım. Evet, en küçük bir tereddüt belirtisi göstermeden tetiğe bastım. Bu işin sonunda ya o beni bitirecekti ya da ben onu bitirecektim.

Onun zekâsı benim nefretimle birleşince ortaya zehirli bir sevgi çıkıyor.

Silahtan çıkan tık sesiyle onu vuramadığım için üzgünce dudaklarımı sarkıttım. Ateş almayan silahı kontrol ederken gözlerinde derin bir keder vardı. Hiç tereddüt etmeden tetiğe bastığımda korkmamıştı ama bunu yapacak kadar ona kırgın olduğumu anlamıştı. Bana yaşattığı kalp kırıklığını bir kez daha görmek onu paramparça etmişti. "Sedef," diye fısıldadı. Yanıma gelince bir çocuk saflığıyla gözlerimi kırpıştırarak ona baktım. Silahı gösterip, "Ver şunu bana, güzelim," dediğinde onu vurmaya çalıştığım için kızgın değildi.

"Ama bu şey bozuk, ateş etmiyor," dediğimde yenilgi içinde başını iki yana salladı. "Emin ol, ateş almasını benden daha çok isteyemezsin," dedi. Elimdeki silahı aldığında aslında onu vurmamı istemişti, değil mi? Onun emriyle bedenime giren kurşunun karşılığında benim elimden çıkan bir kurşunu bedenine istemişti. Başım dönünce tekrar beni tutarak iç çekti. Sıkıca bana sarılırken, "Birbirimizi tüketiyoruz, Sedef," diye mırıldandı. Sesindeki derin kederi gizleyemiyordu. "Buna rağmen senden vazgeçmem kolay değil."

Aradan ne kadar zaman geçti, bilmiyordum ama gözlerimi açtığımda hâlâ Alaz'ın kollarındaydım. Güçsüz ellerimi hareket ettirip onun geniş omuzlarına koydum. Onu hafifçe geriye itince belimi daha sıkı tuttu. "Ayakta durabilecek misin?" dediğinde başımı salladım. "Aksi olsa bile bu ilk düşüşüm olmaz," dedim. İnatla beni bırakmayınca ofladım. "İlla duyacaksın, değil mi? Tamam şimdi daha iyiyim." Bana yakın olmak için resmen her fırsatı değerlendiriyordu.

Nihayet beni bırakınca kaldığımız yerden eğitime devam ettik. Gözlerimi korumak için bana beyaz camlı bir gözlükle kulaklarım sesten rahatsız olmasın diye büyük kulaklıklar verdi. İlk ateş ettiği silahın şarjörünü değiştirip bana uzattı. Kafam hafif dumanlı olduğu için elimdeki metal şeyi taşımakta zorlanıyordum. Otomatik düğmeye basınca sahadaki tek heykel yavaşça bana doğru gelip arkaya doğru gitmeye başladı. "Onu vurmayı dene," diyerek hedefi gösterdi.

Ah, bir yerinde dursa o iş zaten bende.

Silahı sıkıca kavrayıp kolumu dik bir pozisyonda uzattım. Parmağım tetiği buldu. Hedef benden bir hayli uzaktaydı. "Neresinden vurmamı istersin?" diye sorduğumda gülmesini sağlamıştım. "Vurmayı başar da neresi olduğu fark etmez." *O şeyi vuramayacağımı düşündüğü için benimle alay mı ediyor?*

"Pekâlâ." Ona bakmayı bırakıp hedefe döndüm. "Kalbinden vuracağım o zaman," dedim. Derin bir nefes alıp tetiğe bastığımda kalbinden vurmak şöyle dursun hedefi bile bulmamıştı. Alaz'ın gülüşünü duyduğumda kaşlarımı çatarak tüm şarjörü hedefe boşalttım. Kahretsin, ikisi dışında diğerlerini ıskalamıştım. "Bu şey bozuk!" diye isyan ettiğimde güldü. Şarjörü değiştirip keyifli bir şekilde gözlerimin içine baktı. "Bakalım gerçekten bozuk mu?" diyerek alay etti. Bizden iyice uzaklaşan hedefe hiç bakmadan üst üste ateş etmişti. Başımı usulca çevirdiğimde hedefin boyun kısmı paramparça olmuştu. Hiç bakmadan bunu nasıl yapabiliyordu? Yüzümdeki şaşkınlığı gören adamın dudakları kıvrıldı. "Gerçekten bozukmuş," dediğinde yine alay ediyordu.

"Şimdi," diyerek şarjörü yenileyip tekrar elime tutuşturdu. "Benim çaylağım hiçbir konuda kötü olmamalı." Arkama geçerek bir elini karnıma sertçe bastırdı. "Dik dur." Hâlâ bana verdiği zehrin etkisinde olduğum için verdiği komutları tam olarak algılayamıyordum. "Omuzlar dik, Sedef." Karnıma biraz daha bastırınca omuzlarımı dikleştirdim. "Silahı tutan elin asla titrememeli," dedi. Uyuşturucu almışken ve onun bir eli karnımdayken bu son dediği şeyi yapmam imkânsızdı.

Kulağımın dibinde konuşmasa da olur.

Ilık nefesini saçlarımda hissederken boştaki eli silahı tuttuğum elimi kavradı. "Gör," dedi. Elimi biraz yukarı kaldırdı. "Hedefi gör, hangi noktaya ateş edeceğini bul ve ıskalamak gibi bir şansın olmadığının bilincinde olarak ateş et." Sözlerini bitirdiği an tetiğe bastım. Hedef bana çok yaklaşmasına rağmen sadece karın kısmına ateş edebilmiştim. Ona bakıp, "Zaten oraya hedef almıştım," dediğimde güldü. "Bana daha çok kalbine hedef aldın gibi gelmişti." *İlla her şeyi bilecek yoksa rahat edemez.*

"Neyse devam edelim," dediğinde ıskalamama rağmen fazla neşeliydi. "Nasılsa sen hedefi ölümcül bir yerinden vurana kadar her ikimiz de bir yere gitmiyoruz." *Şaka yapıyor olmalı. Hedefler konusunda beni Naz veya Hakan ile karıştırmıyorsa bu dediği imkânsız. Eğer akşama kadar beni çalıştıracağını düşünüyorsa çok bekler.*

Ertesi sabah

"Allah senin belanı versin, cani adam!" diye bağırdım. *Yorgunluktan canım çıktı, yemin ederim. Artık silahı tutamayacak kadar kötü durumdayım.*

"O hedefi vurmadan gitmiyoruz, Sedef," dediğinde gerçek anlamda ağlamak istedim. Perişan halimden zevk alan ruh hastası resmen acımdan besleniyordu. Ben akşama kadar beni çalıştırmasından korkarken o, sabaha kadar beni süründürdü! *İshak'ın acısını çıkarmıyorsa ben de bir şey bilmiyorum!*

"Yeter artık!" diye sonunda çıldırmış bir şekilde geriye çekildim. Kalan son gücümü toplayıp elimdeki silahı ona doğrulttum. "Sen aklını mı kaçırdın, adam?" diye avazım çıktığı kadar bağırdım. Sabah ezanı yeni okunduğu için burada bizden başka kimse yoktu. "Dün sabahtan beri yemek ve ihtiyaç molası dışında dinlenmeme hiç izin vermedin! Çıkmak istiyorum bu cehennemden artık! Tuvalete giderken bile kaçmayayım diye peşime adam takmak nedir? Neden yemeğimi diğerlerinin yanında yemek yerine burada yiyorum? Esir kampı mı oğlum burası? Üç!" diye bağırdım delirmiş bir halde. "Bir gün içinde üç kez uyuşturucu kullandım ve son hapı dört dakika önce aldım. Kafam dumanlı ve kendi iyiliğin için söyle kapıdaki adamlara, yoldan çekilsinler. Aksi takdirde yemin ederim, ateş etmekten çekinmem!" dedim. Benim de sabrımın bir sınırı vardı ve o, her defasında sınırlarımı zorlamayı iyi biliyordu.

"İki dakika."

"Anlamadım?"

"Son hapı iki dakika yirmi sekiz saniye ve..." demişti ki, "Sakın!" diye bağırdım. "Bana o aptal saliseyi söylersen ateş ederim!" *Bana ne ya onun hastalıklı matematik hafızasından? Ben artık uyumak istiyorum. Ya çok değil, normal insanlar gibi uyumak istiyorum. Allah aşkına, çok mu şey istiyorum?*

Alaz iki adım uzağımda dururken elimdeki silahı gösterdi. "Beni vuramazsın, Sedef," dedi. "Silah dolu ve elimde seni durduracak bir şey yok ama buna rağmen beni vuramazsın." O öyle sanıyordu. Sabaha kadar o kadar çok ateş talimi yapmıştım ki hedefi çeşitli yerlerinden vurmuştum. Ancak bu kalp düşmanı, hedefin kalbinden vurmazsam beni bırakmayacağını söylemişti ve dediğini yapmıştı!

Belki o salak hedefi kalbinden vuramamış olabilirim ama aynı şeyleri onun için söyleyemeyeceğim!

"Öyle mi? Demek ateş edemem!" İyice kontrolden çıkıp öfkeyle tetiğe bastım. Fakat bunu yapacağımı önceden biliyor olmalıydı ki daha ben tetiğe basmadan bana engel oldu. Ben tetiğe basmadan hemen önce bileğimi yakalayıp yukarı kaldırınca silah ateş almıştı. Bir saniye daha gecikseydi kurşun tavana değil, onun göğsüne girecekti. Refleksleri kuvvetli olmasaydı şimdi onu vurmuş olacaktım. "Aman Allah'ım," diye fısıldadım. "Seni gerçekten vuracaktım." Yaptığım şeyin yeni farkına varıyordum. Gerçekten onu vurmak istemiştim. Tamam, bunu hep istiyordum ama istemek ve yapmak aynı şey değildi. Bir gün içinde ikinci kez bunu denediğime göre bence üçüncüde bu kadar şanslı olmayacaktı.

Silahı elimden alınca kollarını bana sararak sakinleşmemi bekledi. "Az önce kullandığın şeyin etkisindesin. Bu, beklediğim bir şeydi," dedi. Benim beklemediğim bir şeydi, resmen içimdeki goril kılıklı canavar göğsünü yumruklayarak ortaya çıkmıştı. Ben böyle çıldırmışken beni silahların yoğun olduğu bu yerde daha fazla tutmasa iyi ederdi.

"Alaz?" O kadar yorgundum ki onun rahatlatıcı çikolata kokusunu solumak uykumu getirmişti. "Azat et artık oğlum beni," diye yalvardım ona. Dokunsalar ağlayacak kadar perişan bir haldeydim. "Tamam, pes ediyorum. Süründürdün beni ama az insaf be, vicdansızın oğlu." Ağlamaklı bir sesle söylemiştim bunları. İlk günden uyuşturucuya dayanamayan bedenim son noktayı koymuş ve onun göğsüne yığılmıştım. Bayılmak üzere olduğum için artık istese de benden intikam alamazdı. Bence çok bile dayanmıştım.

Düşmeme izin vermeden beni kucağına alınca, başımı göğsüne yaslayıp gözlerimi kapattım. Fakat söyledikleri uyurken bile beni yeni kâbusların kollarına atmaya yetmişti. "Uyu bakalım, Sedef Sarmaşık. Benim inadıma o piç kurusuna yakın oldukça bu yaşadıkların, yaşayacaklarının yanında hiçbir şey, inatçı kadın," dediğini uykulu bir halde duymuştum. *Allah bu adamın belasını vermeli artık! Sonsuza kadar uyanmak istemiyorum! Hem benim o sümsük uyuyan güzelden ne eksiğim var? Ah ulan, beni uykuyla lanetleyecek kötü kalpli bir cadım bile yok! Ben yanmayayım da kimler yansın?*

"Biri bana neden hepimizin aptal gibi Süslü'yü izlediğini söyleyebilir mi?" dedim. En son Alaz'ın kollarında uyuduğumu hatırlıyordum. Uyandığımda odamdaydım ve çoktan öğle olmuştu. Alaz'a yakalanmamak için gizlice bahçeye çıktığımda ise bizim çocukları gördüm. Hepsi bir ağacın arkasına saklanıp gizlice Süslü'yü izliyordu.

Bu ağaç beşimizi gizleyecek kadar geniş değil.

Hepimiz aynı ağacın arkasına saklanmıştık ve Hakan, "Sizce de son günlerde fazla tuhaf davranmaya başlamadı mı?" diyerek Naz'ı gösterdi.

Güldüm. "Bence asıl tuhaf olan hepimizin küçücük bir hurma ağacının arkasına saklanması, pis bağımlı. Bu ağacın sadece karnıma kadar geldiğinin farkında mısınız?" dedim. Belden yukarısı kabak gibi ortadayken şu kamuflaj işini daha düzgün yapmalıydık.

"Haklısın." Kuzey de Hakan'ı onayladı. "Baksanıza, oturduğu yerde yine öne arkaya doğru sallanıyor."

"Ağaç diyorum, çok küçük," dedim. Bunlar beni dinliyor muydu?

Ecrin, "Dün gece yine odasından gelen çığlıklarını duydum," dediğinde gözleri dolunca bakışlarını kaçırdı. "İyiymiş gibi davranıyor ama hâlâ o gecenin etkisinden çıkamadı."

"Kimse tesiste hurma ağacının ne işi olduğunu merak etmiyor mu?"

"Yiğit'in yokluğu da onu bu hale getirdi, değil mi Yankıcığım?"

"Ben hâlâ ağaçta kaldım, Efe," demiştim ki hepsi bana doğru dönüp kaşlarını çatınca güldüm. "Tamam, ağaç yok," dedim. "Zaten hurma ağacının burada ne işi olduğunu neden düşüneyim ki?" Kuzey tarafından kafama bir fiske yiyince ofladım. "Tamam, dedim ya! Bana ne ki aptal bir ağaçtan?"

"Kedicik, bir daha, 'ağaç' kelimesini kullanırsan seni ağaç yapar, dikerim buraya!"

Hakan, "Ne ağaçmış arkadaş! Taktı ağaca, geri zekâlı" dediğinde gazap dolu bakışlarım onu buldu. İlk sorduğumda cevap verselerdi ben de bu kadar takılmazdım.

Ecrin homurdanarak Hakan'a döndü. "Mümkünse ona hakaret etme, şimdi bir de, 'Sen bana laf mı soktun?' diye başlamasın. Bir ağaçtır tutturdu, gidiyor zaten."

"Ecrin haklı, lütfen Yankıcığıma laf sokma, sonra hiç susmuyor," diyen Efe'ye hayretler içinde bakıyordum. *Resmen bana saldırmak için fırsat arıyorlarmış.*

"Şaka mısınız, oğlum siz!" dedim. Laf arasında zaten yerin dibine sokmuşlardı. "Sululuk yapacağınıza Süslü ile ilgilenmek gelmiyor mu aklınıza? Ama yok, vefasız insan evlatları ne anlasın arkadaşlıktan. Tutturdunuz bir ağaç diye başka bir halt yok," diyerek onlara çıkıştım. Şimdi bu dördü neden her an üzerime atlayacakmış gibi bakıyordu? *Gerçekleri de söylemeyelim artık.*

"Doğruyu söylemenin suç kabul edildiği bir dünyada yaşıyorum, azizim," diyerek mırıldandım. "Ben doğrudan şaşmam. Kır kalemimi, Hâkim Bey," dediğimde hepsi sinir krizleri geçiriyordu.

Telefonumu çıkartıp Süslü'yü videoya çekmeye başladım. Saçları cadı süpürgesi gibi darmadağındı ve yüzünde son zamanlarda hep olduğu gibi hiç makyaj yoktu. Üzerinde bir haftadır çıkarmadığı kirli beyaz tişörtü ve siyah pantolonuyla duruyordu. Karnına çektiği dizlerine kollarını dolayıp öne arkaya sallanıyordu. Bizim yanımızda her şey yolundaymış gibi davranıyordu ama her yalnız kaldığında numara yapmayı bırakıp bu hale geliyordu. Sadece yirmi adım uzağımızdaki ağacın gölgesinde durduğu halde bizi fark etmeyecek kadar dağıtmıştı. Kamerayı yakın plana getirip her detayı çekmeye başladım. Özellikle kan çanağına dönmüş gözlerini bu uzaklıktan çekmek için uğraşıyordum. Alaz'ın odama bıraktığı yeni telefonun kamerası eskisine göre daha iyiydi.

"Kedicik, sormaya korkuyorum ama sen yine ne yapıyorsun?"

"Elinin kirini montajlıyorum, Kuzey, oldu mu?"

"Yankıcığım ama sen Kuzey'in elini çekmiyorsun ki?"

"Efe Can o harikulade süper ötesi beynini kafanın içinde taşımak zor olmuyor mu, kuzum? Bence senin yerine onu taşıyacak bir taşıyıcı anne bulalım."

"Sakar, bak, bir şey soracağım ama bana da hakaret içerikli bir cevap verirsen yapıştırırım bir tane!"

"Sen kulağımın dibinde biraz daha bağır, bak bakalım kim kime yapıştırıyor, pis bağımlı."

"Tamam lan, sormuyorum. Kim seninle uğraşacak!"

"Sormazsan hatırım kalır, Hakan."

"Soruyorum bak."

"Bugün hiç beddua etmedim, zorlama bak."

"Kızım karar ver, sorayım mı sormayayım mı?"

"Sorsana, geri zekâlı!"

"Vazgeçtim, sormuyorum."

"Allah senin de belanı versin, Hakan!" diye bağırdığımda yüksek sesle gülmeye başladı. "Bugün kaç hap aldığını soracaktım." Şaka mıydı bu? Bunun için mi beni uğraştırdı!

"Sadece iki," diyerek önüme dönüp tekrar Süslü'yü çekmeye başladım. Fakat bu sefer de Ecrin'in sesini duydum. "Bunu bir yerde paylaşıp kızı rezil etmeyi düşünmüyorsun, değil mi?"

"Ben o kadar düşüncesiz biri miyim?" Hepsi aynı anda birlik olup, "Evet," deyince bir küfür savurdum. Bunların gözünde nasıl bir canavar olduğumu bilmek bile istemiyordum. Bendeki cevheri göremeyecek kadar kör olmaları benim suçum değildi.

"Sizin iki saattir yapmayı düşünemediğiniz şeyi yapacağım," dedim. Naz'ı çekmeyi bırakıp çocuklara döndüm. "Yiğit hâlâ aynı numarayı mı kullanıyor?" Kuzey iç çekerek başını salladı. "Evet, ama hiç birimizin telefonunu açmıyor," dedi. Çoğu kişi gelen aramaları açmazdı ama neredeyse hepsi gelen mesaja gizlice bakar fakat cevap yazmazdı. Bakalım Yiğit bu mesaja ne kadar kayıtsız kalacaktı?

"Bu videoyu Yiğit'e atıyorum," dedim ve dediğimi yaptım. Süslü'nün bu perişan halini ona gönderdim. Altına küçük bir not düşmeyi de ihmal etmedim tabii. "Eğer hemen Naz için bir şeyler yapmazsan büyük ihtimalle çok yakında benden bir mesaj daha alacaksın. Mesajın içeriği aynen şöyle olacaktır: Naz öldü, artık rahat bir nefes alabilirsin! Evet, bu kızın gözlerinde saf ölüm var," yazıp mesajı gönderdim. *Damardan girmek her zaman iş görür. Bu kadar akıllı olduğum için kendimi ne kadar sevsem azdır.*

Çocuklara bakıp tesisi gösterdim. "Benim gidip kuytu bir yerde üçüncü zehri almam gerekiyor. Altuğ her beş saatte bir kez al demişti. Siz sakın Süslü'yü yalnız bırakmayın," dedim. Naz beni gerçekten endişelendiriyordu. O gözler her geçen gün biraz daha ölü bakıyordu.

Tesise girdiğimde asansöre doğru iki adım atmıştım ki sağdaki koridorda bana doğru gelen Alaz'ı görünce inledim. "Ne zaman bitecek bu işkence!" Dün bana çok yüklendiği için kolumu kaldırmaya halim yoktu. Perişan halde olduğumu umursamadan yine beni aramaya çıkmıştı.

Adam bildiğin kalp düşmanıydı! Tutturmuş bir kalp diye, hedefi kalbinden vurmadan rahat bırakmayacaktı beni. Yok, ben anlamıyordum hedefi karnından vurmak ölümcül olmuyor muydu? Oradaki böbrekler ne kadar pahalı, haberi var mıydı? "En son piyasa değeri iki yüz bindi ama şimdi son durum ne, bilmiyorum. Sonuçta borsayı yakından takip etmiyorum," diyerek güldüğümde Alaz çoktan yanıma gelmişti. "Alacağım cevabı bildiğim için kendi kendine ne konuştuğunu sormayacağım," dedi. *Sanki sorsa ben ona mücevher değerindeki kıymetli böbreklerimden bahsedeceğim.*

"Böbrek diyordum." *Ama ben bu çenemin var ya!*

Alaz *sus* dercesine bana bakıyordu. "Sedef kendi akıl sağlığım için bilmek istemiyorum. Bu sefer de böbreğinle konuştuğunu söyleyip sinirlerimi bozma."

"İç organlarımla konuşacak kadar deli miyim ben?"

Tek kaşını usulca yukarı kaldırdı, yine fazla ukala bakıyordu. "Değil misin?" dedi. *Hayır değilim.*

"En son bacaklarınla konuştuğunu gördüğüm için seninle ilgili hiçbir şey beni şaşırtmıyor artık," diyerek beni asansöre doğru çekiştirdi. "Şimdi düş önüme, eğitim programını hazırladım." *Ne eğitimmiş arkadaş, yap yap ben bittim ama o bitmedi.*

Asansöre bindiğimizde yine çenemi tutamadım. "Sevgili eğitmenim, şu programdan bana da bahsetmeyi düşünüyor musunuz?" diye sordum. Beni neyin beklediğini şimdiden öğrensem iyi olacaktı.

Asansörü çalıştırırken hep yaptığı gibi yine sorularımı cevapsız bırakmamıştı. "Silahlarla ilgili atış eğitimin önceliğimiz, fakat bu demek değil ki tek bir eğitimle zaman kaybedeceğiz. Şimdilik aynı anda üç eğitimden geçeceksin. Silah eğitimi alırken dün olduğu gibi aynı zamanda farklı saatlerde o haplardan alacaksın. Akşam ise yemekten sonra alkol direncini arttırmak için üçüncü eğitimin başlıyor. Tıpkı uyuşturucuda olduğu gibi başlangıç olarak sadece birkaç kadeh içeceksin. Zaman ilerledikçe uyuşturucunun dozu gibi içtiğin içkinin de miktarı artacak. Yeri gelecek gün içinde bile içeceksin. Sen sarhoşken eline bir silah verdiğimde hedefi hiç ıskalamayacak seviyeye gelmelisin. Bu olduğunda senden isteyeceğim tek şey bırakman olacak. Bırakmanı istediğimde senin için asıl zorlu süreç o zaman başlayacak," dedi. İstediği şey, uyuşturucu ve alkolü kullanırken bile aklımı kullanacak durumda olmamdı. Asıl sınavımız bundan sonra başlayacaktı çünkü bırak dediği yerden sonra bırakmak o kadar basit değildi.

"Peki, son eğitim nedir?" dedim. Önce bağımlı daha sonra alkolik olduktan sonra bu sefer de bırakmam için uğraşacaktı. Diyelim ki bir şekilde bırakmayı başardım. Peki, sonraki eğitim neydi? Alaz kısık bir sesle, "İşkence," diyerek asansörden indi. Koridora girdiğimizde son kısmı kısık ve sıkıntılı bir sesle söylemişti. Son sınav işkenceydi! O neydi ya?

Onu bunu bilmem ama bana kimse işkence edemezdi! İşkencenin ne olacağını bile bilmiyordum. "Sevgili Buzdağı," dedim. "İşkencenin içeriğini bana biraz açar mısın?"

Başını eğerek ürkmüş halime bakıp güldü. "Korktun mu?"

"Her insan gibi, evet," dedim. "Ama sen bana melek olduğumu söylersen, o zaman sana meleklere eziyet edilmeyeceğini hatırlatırım."

"Sedef, sen yine ne saçmalıyorsun?"

"Saçmalık mı? Ben mi? Az önce bana melek derken böyle demiyordun ama."

Sinirleri bozulmuş gibi başını iki yana sallayarak güldü. "Sen gerçekten bir kaçıksın."

Tekrar yürümeye başlayınca yine onu durdurdum. "Ben o işkenceleri çekerken sen eğitmenim olarak izleyecek misin?" dediğimde gerilmişti. Bana doğru döndüğünde kasılan yüzüne bakınca bile son eğitimin ne kadar korkunç olduğunu anladım. Bunların hepsini yaşamıştı. "O kadar kötü mü?" dedim. Gözlerini yumduğunda sessiz kaldı, beni cevapsız bıraktığı nadir anlardan birini yaşıyorduk. Gözlerini açtığında ise o kahverengi gözlerde büyük bir ıstırabın gölgesi saklıydı. "Başarısız olman umurumda değil," dedi. "Dökeceğin tek bir gözyaşına bakar, o eğitimi durdurmam." Bunu gerçekten yapacağını görebiliyordum çünkü acımı kendi acısı olarak sahiplenecek kadar çok bağlanmıştı.

O aşamalara gelmeden işi bırakacağım için sorun yok.

Saatler sonra

"Öl-öldüm." Elimdeki silahı bırakıp kabinden çıkınca salonun ortasına yığıldım. Gerçekten tükenmiştim. Sol kolum silahı kaldırmaktan uyuştuğu için her kıpırdattığımda kramp giriyor, ağrıyordu. Alaz beni linç ettiği için benimle olan işi şimdilik bitmişti. Az önce gitmişti ama öncesinde akşam yemeğini kaçırmamam gerektiğini özellikle belirtmişti. Neden mi? Çünkü yemekten sonra beni sarhoş edecekti! Cebimdeki uyuşturucu paketini çıkardığımda son hap, yani beşincisi bana göz kırpıyordu. Dün dört tane almıştım, bugün ise Alaz'ın odama bıraktığı pakette beş tane vardı. Her gün bir tane artıyordu. Son hapı yuttuğumda gün gelecek, bunları damardan alacaktım. Umarım, o günler gelmeden silah kullanmayı öğrenip bu eziyetten kurtulurdum. Bu illet anında beynimi uyuşturuyordu, bir anda tüm yorgunluğum gitmiş gibi kendimi fazla enerjik hissediyordum. Bu bile beynimin şu anda fazladan güç harcadığının en büyük kanıtıydı.

Şu iki günde beyin hücrelerimin öldüğüne eminim. Hepsini rahmetle anıyorum.

Aldığım haplar yüzünden yarı sarhoş bir haldeydim. Duvarlara tutunarak eğitim salonundan çıkınca güçlükle asansöre bindim. Alt kata inerken ikinci katta Fulya asansörü durdurdu. İçeri giren yılanı görmezden gelerek sırtımı duvara yasladım. Gözlerim baygın baktığı için kafamın yerinde olmadığını anlamıştı. "Sefil görünüyorsun," dedi. Sanki o söylemese ben bunu bilmiyordum.

"Kendimi zehirlerken iyi görünmemi bekleyemezsin," dedim. Asansör tekrar hareket edince midem bulanmıştı.

Kapılar açılınca asansörden çıkmak üzereyken, "Yankı?" diyerek beni durdurdu. Her şey etrafımda dönerken güçlükle eksilip çoğalan kızın sağa sola kayan bedenine baktım. Gözlerim onu çift gördüğü için bu illetin etkisinden kurtulmak istiyordum. "Ne var?" dedim. Etki altında olduğumu bildiği halde beni oyalıyordu. Bu yılan bana paçavra demek yerine Yankı diye sesleniyorsa ciddi bir şeyler olmalıydı.

Kararsızlıkla bana bakarken her ne söyleyecekse bu, onun için kolay değil gibi davranıyordu. "Ona olan hislerim takıntı değil," dediğinde Alaz'dan bahsettiğini anlamıştım. "Onu gerçekten çok seviyorum." *Kendisini kandırmaya devam etmek istiyorsa benim için sorun değil.*

"Benden ne istiyorsun?" dedim ve baş ağrım geçsin diye şakaklarıma hafif baskı uyguladım. "İzin mi istiyorsun? Veya ikiniz arasında çöpçatanlık mı yapayım?" Alaz'dan nefret ediyor olabilirdim ama Fulya gibi biriyle olmasını isteyecek kadar da nefretim büyük değil.

"Aradan çekilsen yeter bana," dedi. Yok, bu kız gerçekten anlamak istemiyordu.

Ben arada olmasam bile Buzdağı ona hiç pas vermez ki.

"Fulya, Allah o beyni sana süs olarak taşı diye vermedi, tatlım," dedim. Güçlükle ona odaklandığımda başım çok kötü dönüyordu. "Düşün, çöz ve idrak et diye verdi. O benim eski sevgilim ve kendi eskilerimi sana vermemeyi ta yurttayken alışkanlık edindim. Onu isteyebilirsin ama sorun şu ki sadece istemekle yetineceksin. Kızım, cennetin kapısında melekler beni durdursa ve 'Üzerinde Fulya'nın ahı var, git onu hallet ve öyle gel' deseler, ben onlara cehenneme giden yolun nereden geçtiğini sorarım. Anla artık, senden ne alırım ne de sana veririm. Sendekiler bana küçük gelir, bendekiler ise boyunu aşar, içinde kaybolursun!" diyerek noktayı koydum.

Cevap vermesine izin vermeden sarsak adımlarla asansörden çıktım. Yemin ederim, bu kızın anlama kıtlığı vardı. Şuracıkta ölse kalkıp şükür namazı kılacakken, bir de o mutlu olsun diye yerimi ona mı bırakacaktım? Çok beklerdi!

Bahçeye çıkınca kendime gelmek için temiz havayı içime çektim. Hava kararmaya başlamıştı. "İhtiyacım olan tek şey, biraz yürüyüş," diye mırıldandım. Sarhoş olmadan önce kendimi toparlamalıydım.

Küçük adımlarla yürürken yalnızlığın tadını çıkarıyordum. Gökyüzünü izleyen Aslı'yı görünce ona doğru yürüdüm. "Boşuna bakma, bir halt yok yukarıda," dedim. Sesimi duyunca sıçrayarak bana doğru döndü. Beni görünce rahat bir nefes alarak elini göğsüne bastırmıştı. "Ah Yankı!" dedi. "Üç harfliler gibi niye arkamdan sinsice geliyorsun?" *Sanki çok gördü onlardan!*

Kendimi gösterdim. " 'Ben' kelimesi de üç harften oluşuyor, süper zekâ ama kimse benden korkmuyor. Bence olay kaç harften oluştuğu değil."

Saçlarını yüzünden çekerek güldü. "Belki de birilerini korkutamayacak kadar aciz varlıklar olduğumuzdandır." Sanırım Aslı'nın kendine acıma seansları yeniden başlamıştı.

Ona doğru yürüyüp tekerlekli sandalyesini itmeye başladım. "Eğer olay acizlik ise seni o hale getirebilirim," dedim. Olmadığın bir şey olduğun konusunda ısrar edersen, seni olduğunu sandığın duruma gerçekten düşürürüm." Özellikle şu anda kafam uçmuştu ve bunu çok kolay yapabilirdim.

Çardakların olduğu yere doğru onu da kendimle götürürken dalga geçercesine güldü. "Bunu nasıl yapacaksın? Zaten yıllardır en kötüsünü yaşıyorum." *Pekâlâ, benden günah gitti. Bunu o istedi.*

Durdum ve tekerlekli sandalyesinin arkasını bir anda yukarı kaldırdım. Aslı bağırarak yere düşmüştü. Saçları yüzüne savrulurken kaşlarını çatarak bana döndü. "Sen aklını mı kaçırdın bunu bana nasıl yaparsın?" *Bal gibi de yaptım işte.*

Omuz silkerek tekerlekli sandalyesini geriye çektim. "Her şeyi yapacak potansiyelim olduğunu iyi biliyorsun. Ben bu sandalyeyle birlikte tesise dönüyorum, sen de burada tek başına kal ve asıl acizlik neymiş öğren," dedim. Sandığı gibi aciz olmadığını anlamalıydı artık.

Gözlerini irice açtığında bunu gerçekten yapacağımı anlamış olmalıydı ki yutkundu. "Bunu bana yapamazsın," diye fısıldadı. Sesindeki korkuyu iliklerime kadar hissediyordum.

"Aslında yapabilirim." Gerçekten yapabilirdim.

"Onu böyle sınama, ne yapmaya çalıştığını anlamayacak kadar kör düşüncelere sahip," diyen İshak'ın sesini duyduk. Gitmek istediğim çardakta tek başına oturmuş, bizi izliyordu.

Aslı burada gökyüzünü izlerken İshak da çardakta onu mu izliyordu? Gerçi neden şaşırıyordum ki? Araf'ı bulmak istiyorsan önce Şafak'ı bulmalıydın. İshak'ın nerede olduğunu merak edersen de Aslı'nın olduğu yerlere bakmalıydın. *Eğer yine kavga etmezlerse gidip adımı Sedef yerine Kedi olarak değiştireceğim. Bak, bu kadar da büyük konuştum.*

İshak oturduğu yerden kalktığında Aslı panikleyerek hemen bana döndü. "Yankı, sandalyemi buraya getir!" diye bağırdı. Telaşlı bir şekilde bize doğru gelen İshak'ı gösterdi. "Acele et! O bana dokunmayacak!" Bu kız da hoşlanıyor muydu yoksa nefret mi ediyordu, anlamadım gitti.

Aslı'yı daha fazla kızdırmak istemediğim için sandalyesini ona doğru sürdüm. Ancak İshak'ın söyledikleri yüzünden Aslı ilk kez beni öldürecekmiş gibi bakıyordu. "Ben onu sandalyesine taşırım," demişti.

İshak yaklaşıp onu yerden kaldırmak için eğilmişti ki Aslı itiraz etti. "Bir katilin kanlı elleri dokunmayacak bana!" diye karşı çıktı. İshak sertçe yutkunurken Aslı'nın bu tavrı karşısında afalladım. Tamam, ikisi sürekli tartışırdı ama Aslı gibi içi dışı bir olan kızın gözlerinde ilk kez saf nefreti görüyordum.

İshak kendisini toparlayıp doğruldu. Buz gibi bir sesle Aslı'ya cevap verirken fazla duygusuz görünüyordu. "Demek öğrendin?" dedi. *Neyi öğrendi, biri bana da söyleyebilir mi?* İshak, "Gerçi dayının sana anlatmak için çok beklemeyeceğini tahmin ediyordum." Belli etmiyordu ama Aslı'nın gözlerinde gördüğü o nefretten boğuluyor gibiydi. Bu yüzden Alaz'dan her zamankinden daha fazla nefret ettiğini görebiliyordum.

Aslı'nın bile öğrenip de benim hâlâ öğrenemediğim şu şey ne?

Aslı, "Dayımın adını ağzına alma!" diyerek onu tersledi. Kaşlarını çatan kız yerdeki toprağı sinirden avuçluyordu. "O asla senin gibi bir cani değil, gerçeği bana anlatan kişi Buket'ti!" Alaz gibi ağzı sıkı birinin bir şey anlatmayacağını zaten tahmin etmiştim.

"Bence canilik konusunda dayın da fena değil," dedim. Aslı'nın ateş saçan bakışları beni bulunca teslim olurcasına ellerimi yukarı kaldırdım. "Tamam Aslı, senin dayın bir melek. Tek fark, elinde dirgeni yok. Sonuçta şeytan da bir melek." Ben konuştukça daha fazla kızdığını görünce mecburen sustum.

Dayısının bana eğitim adı altında çektirdiği işkenceleri bilse yine böyle konuşur muydu?

Aslı daha fazla İshak'ın olduğu yerde durmak istemediği için ellerini yere bastırıp sandalyesine doğru hareket etti. "Bekle! Ben hallederim," diyen İshak'ı umursamadı ve sandalyesini doğru dizlerinin üzerinde sürünmeye yeltendi. Ancak İshak onu bu halde görmek istemiyor olacak ki dişlerini sıktı. "Sana bekle dedim!" Aslı'ya itiraz şansı tanımadan onu kucağına aldığı gibi yerden kaldırmıştı.

Tam şu anda Âşıksın şarkısını söyleyesim geldi, ama bunu yapmasam daha iyi olacak.

Aslı, İshak'ın kucağındayken canı yanmış gibi inleyerek ona baktı. "Biraz nazik ol, canım yanıyor!" dedi. İshak ona kızdığı için çok sert tutmuş olmalıydı. *Burada hakem gibi onları izleyip kendi içimde değerlendirmem oldukça can sıkıcı.*

İshak, "Canının daha fazla yanmasını istemiyorsan kapat o çeneni!" diyerek ona kızdı. Bunlar yine kavga etmeye başladığına göre adımı değiştirmeme gerek kalmadı.

"Beni tehdit etme sakın!" Aslı ondan kurtulmak için çırpınmaya başladı lakin İshak, onun canını yakma pahasına daha sert tuttu. Çıldırmanın eşiğine gelen kız, "Bu yaptığını dayıma söyleyeceğim!" diyerek sesini yükseltti. Hayatta söylemeye cesaret edemezdi çünkü Alaz'ın her şeyi anlayıp onu İshak'tan uzak tutacağını iyi biliyordu.

Bu ikisi böyle tartışırken birbirlerine bir nefes kadar yakın olduklarının farkında değiller.

İshak tekerlekli sandalyenin yanında durduğu halde Aslı'yı kucağından indirmiyordu. Aslı çırpındıkça daha fazla sinirleniyordu. "Git, kime ne istiyorsan söyle!" dediğinde en az Aslı kadar öfkeden kontrolünü kaybetmek üzereydi. *Allah aşkına, ben niye seyirci konumundayım? Canım sıkıldı burada.*

Aslı ellerini İshak'ın göğsüne bastırıp kurtulmaya çalışırken, "Dayım bu yaptığını öğrenince sana haddini bildirecek, gözü dönmüş katil!" diye onu daha fazla kızdırdı. İnsanlar gerçekten öfke anında söyleyeceği şeyleri önceden düşünmüyordu.

Aslı'nın bu ani çıkışları İshak'ta sabır namına bir şey bırakmamıştı. Dişlerinin arasından, "Kimseye eyvallahım yok, dayısının yeğeni!" diye tısladı. "Seni uyarıyorum, beni kışkırtma. Özellikle kollarımdayken bunu yapma!" Son söyledikleri Aslı'yı sonunda kendisine getirmişti. Aralarındaki birkaç santimlik mesafeyi görünce utanmıştı. Sürekli atıştıkları için İshak'ın haddinden fazla üzerine eğildiğini yeni fark ediyordu.

Ve bir sessizlik, ben ise konuşmak için doğru zamanı kolluyorum.

Aralarındaki yakınlık her ikisini susturmuştu. Göz göze geldiklerinde etrafa yayılan elektrik akımında çarpılacağımı sanmıştım. *Benim hiçbir zaman yapamadığım şu gözlerle konuşma şeyini yapıyor olmalılar.* İkisinin birbirine olan bakışı gerçekten çok derindi. Aslı'nın gözleri onun dudaklarına bulunca yanakları kızardı. İshak, Aslı'nın neye baktığını anlayınca kaskatı kesildi. Aslı böyle davetkârca onun dudaklarına baktıkça onu öpmemek için kendisini zor tutuyordu. *Evet, şu anda bir maçı sunan hakemler gibi hissettiğim de doğru. Sürekli o bunu yaptı şu şunu yaptı demekten gına geldi.*

Aslı baştan çıkaran gözlerle İshak'ın gözlerine bakınca İshak'ın tüm direnci kırılmıştı. "Çok bile sabrettim!" diye hırlayıp Aslı'yı öpmek için o kısacık mesafeyi kapatacaktı ki, "Bu işi benim yanımda yaparsanız, valla hemen Alaz'a ispiyonlarım," diyerek aralarındaki romantik atmosferi bozdum. "Ben istemesem de bunu yaparım çünkü ağzımda hiçbir baklagiller ıslanmıyor," dedim. Evet, her ikisi arasındaki romantizmin içine etmeyi başarmıştım.

Size doğru zamanda konuşacağımı söylemiştim.

Aslı derin bir uykudan uyanmış gibi hızla kendisini geriye çekerek eski çirkefliğine büründü. "İndir beni aşağıya!" diye bağırdı. İshak onu sandalyesine bırakınca hiç vakit kaybetmeden buradan uzaklaşmıştı.

Giden kızın arkasından bakan İshak, yumruklarını sıkarak bana döndü. "Neden kafama sıkmak ister gibi bakıyorsun?" dediğimde, "Kafana sıkmak istediğim için olabilir mi?" dedi. Aslı'nın gittiği yönü gösterdim. "O kız Sipahi kanı taşıyor, yani düşman cephesinde," dedim. Elini tutarak onu çardağa doğru peşimden sürükledim. "Şimdi otur şuraya, turşu surat ve bana geçmişte Alaz ile olan düşmanlığını anlat!" Olanları öğrenmek için daha fazla beklemeyecektim.

"Bu konuda tek kelime etmeyeceğim." Tabii ki kendi rızasıyla etmeyecekti ama ben henüz pes etmedim.

"Tamam, konuşma," dedim. Çardağa oturarak ayaklarımı rahatça uzattım. "Ben de gider, Buket'e sorarım. Olanları onun bakış açısında dinlediğimde en az Aslı kadar senden nefret edebilirim." Kaşlarını çatınca güldüm çünkü benim nefretimi hafife almaması gerektiğini iyi biliyordu. Ben Aslı gibi konuşunca karşımdakini sadece iğnelemezdim, o yarayı kanatana kadar deşerdim ve bunu yapacak kadar deli olduğumu da biliyordu.

Kararsız kaldığını görünce derin bir nefes alarak ona tebessüm ettim. "Öğreneceklerim umurumda değil, ben gerçeği senden duymak istiyorum," diyerek onu cesaretlendirmeye çalıştım. *Biraz daha konuşmazsa yemin ederim ki anlayışlı kız rolünden çıkıp işi tehdit boyutuna getireceğim. Aslı'ya âşık olduğunu Alaz'a söylemekle onu tehdit edebilirim. İşime yaramayan hiçbir sır, uzun süre sır olarak kalmaz bende.*

"İshak! Konuş artık!"

Bana ölümcül bakışlar atarken, "Tamam!" diyerek pes etti. Karşıma oturunca, "Ama bir şartım var," dedi. "Birazdan öğrendiklerini başta Sipahi olmak üzere kimseye anlatmayacaksın," deyince hızlıca başımı salladım. "Daha şartlarım bitmedi," diyerek devam etti. "Ben bitirene kadar o çeneni açarsan bir daha benden bir şey duyamazsın!" dediğinde buna başımı sallamadım. Hadi ama, bu imkânsız ötesi bir istekti.

Kaşlarını tehditkâr bir edayla yukarı kaldırıp, "Yankı?" deyince gönülsüzce başımı salladım. "Tek kelime etmeyeceğim." Her şeyi duyana kadar sessiz kalabilirdim ama kimseye anlatmayacağım konusunda kendime hiç güvenmiyordum.

İshak, "Dört yıl önceydi," diyerek derin bir nefes alıp arkasına yaslandı. "O zamanlar Sipahi'nin ekibinin bir parçasıydım. Aynı yurtta kaldığımızı ve tüm eğitim boyunca aslında yedi değil de dokuz kişi olduğumuzu sanırım bilmiyorsun," dediğinde şaşkınlık içinde ona bakıyordum. Tabii ki bilmiyordum. Hepsi bana sürekli yedi arkadaş olduklarından bahsetmişti.

İshak sekizinci kişiyse o zaman dokuzuncu çocukluk arkadaşı nerede?

Sanırım bunun cevabını birazdan birinci ağızdan öğreneceğim.

14. BÖLÜM

Sabır dedikleri şey hiç bana göre değildi, bunu hep biliyordum ama şimdi emin olmuştum. Meraklı ve sabırsız olduğum için her şey hemen olsun bitsin istiyordum. Konuşulacak şeyler anında söylensin, yapılması gereken her şey olup bitsin istiyordum. Fakat dizinin en heyecanlı yerinde araya giren reklam gibi İshak sessizliğe bürününce, merak duygum paçaları sıvamış, Kafdağına tırmanmaya başlamıştı. İshak, ben onun dizini kırmadan konuşsa iyi ederdi çünkü merak duygum da benim bir parçam olduğu için sakarlıktan kolunu kanadını kırması an meselesiydi. Hayır, insanlar anlamıyordu, susup beklemek benlik değildi. Ben ne zaman sussam böyle saçma şeylerin esiri oluyordum. Ya kendimle konuşurdum ya da uzuvlarım veya duygularımla ama mutlaka konuşurdum. Sesli veya sessiz fark etmezdi, ben her şekilde konuştuğum için kimsenin harcı değildi beni susturmak.

Ancak benim aksime turşu surat pek konuşacak gibi durmuyordu. "Eee?" dedim. "En son dokuz kişi olduğunuzu söyledin."

Bu konuşmadan kurtuluşu olmadığını bildiği için devam etti. "Dört yıl öncesine kadar Altuğ ile çok yakındık. Her operasyonda sırt sırta vuruşup birbirimizi koruyacak kadar yakındık." Sesindeki o hüzün dolu tını, eski günlere olan özleminden kaynaklanıyor olabilirdi. Alaz ve İshak'ı aynı cephede düşünemiyordum, hayal gücümün yetersiz kaldığı nadir anlardan birini yaşıyordum.

"Kardeş gibiydik," diyerek iç çekti. "Her biriyle öyleydik ama Altuğ ile daha yakındık." Alay edercesine güldü. "Belki de bunun en büyük sebebi aynı kaderi yaşamaya zorlanmamızdır." Nefes almak için susmuştu. Bense heyecandan sol bacağımı sabırsızlıkla yere vurup duruyordum. Hepsini anlatana kadar nefes almasa da olurdu.

"Onun geçmişini ne kadar bildiğini bilmiyorum," diyerek bana baktı. "Ama her ikimizin ailesi yakın dosttu. Babam ve onun babası çocukluk arkadaşıydı. Babam ve kardeşlerimi sen de gördün. İstediklerinde çok tehlikeli olabilirler. Babam ve Altuğ'un babası, yani Bilal amca, gençliklerinde çok fazla yasadışı işe karıştığı için bir hayli düşman edinmişler. Özellikle Nail diye birinin çok kötü canını yakmışlar. Kötülükten kastım, adamın tüm ailesini katletmişler." *Pekâlâ, ne duymayı beklediğimi bilmiyorum ama bu kadarını beklemediğim bir gerçek. Ne demek tüm ailesini katlettiler? Babaları neymiş ki oğulları ne olsun? Sonuçta armut dibine düşermiş.*

Söz verdiğim gibi hiç konuşmadım ve İshak anlatmaya devam etti. "Ailesinin kaybıyla Nail uzun yıllar ortadan kaybolmuş," deyince Nail denen adama üzüldüm. Kolay değildi yaşadıkları. Ben olsam intikam almak için geri dönerdim ve aynı şeyleri onlara yaşatırdım.

İshak, "Dönmek için doğru anı bekliyordu," dedi. "Bilal amca ve babamın bir aile kurmasını bekliyordu. Kaybettiği her cana karşılık bir can almak için doğru zamanı bekliyordu." Hay ben şom ağzıma! Ama adam da haklıydı yani, sonuçta ateşe ateşle karşılık vermek farz olmuş.

Canını yakanların canını yakmasını bileceksin, nokta.

"Ve döndü," dediğinde dizinin üzerinde duran elinin yumruk olduğunu gördüm. "Altuğ ile aynı yılda doğduk. Nail'in dönüşü kulaktan kulağa yayıldığında babam ve Bilal amca onun geri dönme sebebini çok iyi biliyordu. Bilal amca tek oğlunu ondan korumak için Nail'in onu asla bulamayacağı bir yere sakladı, yani yurda. Nail'den kurtulduktan sonra Altuğ'u oradan geri almayı düşünüyordu. Babam ile önceden anlaştıkları için aynı şeyi babam da bana yapmıştı. Beni korumak için bu yola başvurdu. Her ikimiz de henüz birkaç aylık bebekken bizi çocuk yurduna verdiler. Nail döndü ve Altuğ'un tüm ailesini kaza süsü vererek öldürdü." *Kahretsin, şaka mı bu? Bir adamın hatasını tüm ailesine kesmek akıl işi değil! Muhatabın kimse onunla ödeş ama aileler bunun dışın-*

da kalmalı! Gerçi burada en büyük suçlu Alaz'ın babasıydı çünkü aynı şeyleri yaparak bunu bir nevi o başlatmıştı.

İshak'ın gözlerine hüzün yerleşince, "Ölenlerin arasında Aslı'nın ailesi de vardı," dedi. "Aslı cinayeti bilmediği için bir kaza olduğunu düşünüyor. Babaannesi, Aslı'yı ve Aslı'nın erkek kardeşini son anda kurtarıp kaçmayı başarmıştı. Nail, Sipahi ve Saygın kanı taşıyan tüm erkeklerin soyunu kurutmaya yemin etmişti. Babasının cezasını oğullarına kestiği için uzun zaman boyunca Sipahi ve Saygın erkeklerinin peşindeydi. Tabii, aradığı kişilerin içinde Altuğ ve ben de vardık. Fakat ben ve Altuğ o zamanlarda bütün bunları bilmiyorduk hatta ailelerimizin yakın olduklarını bile bilmiyorduk." Bu duyduklarımdan sonra *sözün bittiği yerdeyim* desem yalan olmazdı.

"Babam bir şekilde kendi ailesini Nail'den korumayı başardı, fakat annem..." deyip sustu. Annesi için aynı şeyler geçerli değildi, değil mi? Bu yüzden çiftlik evindeki fotoğraflarda İshak hiç yoktu. Annesi, babası ve kardeşleri tüm fotoğraflarda vardı ama İshak yoktu. O zamanlarda anlamamıştım fakat şimdi içim acıyarak gerçeği anlıyordum. İshak da tıpkı bizim gibi yurtlarda büyümek zorunda kaldığı için belki de annesiyle hiç anısı yoktu.

Annesinin olduğu yeri atlayarak anlatmaya devam etti: "Babam arkadaşını kurtaramasa da Eyüp ve Aslı'nın izini bulmuştu. Altuğ onları bulana kadar ailesinden kalanları uzaktan koruduğunu söyledi. Nail'den kurtulması yıllarını aldı ama bunu başardı. Tehlike tamamen ortadan kalktığında bizler artık küçük bir bebek değildik, teşkilatın gözde ajanları olma yolunda ilerliyorduk." Gözlerimin içine öyle bir baktı ki derinliği içinde kayboldum. "Hani bir burukluk olur ya insanın içinde," dedi. "Senin de çok iyi bildiğin o kimsesizlik hissi. İşte ben ve diğerleri bu hissi çok iyi biliyoruz." Sertçe yutkunduğumda boğazımı yakıp soluk almamı engelleyen bir düğüm nefes boruma yerleşmişti. O hissin nasıl bir işkence olduğunu sadece kimsesizler bilirdi.

Biz çocuklar, ailelerin günahlarını çekmeye mahkûm olmuştuk. Kimimiz bunu başarıyordu, kimimiz ise kimsesizliğin içinde kaybolup gidiyordu. Ve ertesi sabah arka sokaklarda bulunan bir ceset, kimsesi olmayan bizden birine ait oluyordu.

Gözleri dolunca bunu saklamak için başını eğdi. "O his, başladığımız yere geri dönmemizi sağlar hep. Tıpkı bir katilin er veya geç olay mahalline gitmesi gibidir kimsesiz kaldığımız yere gitmemiz. Birbirimizden saklardık ama hep bilirdik. Yosun'un her ay yurda gidip ailesinden bir haber olup olmadığını sorduğunu bilirdik." Yosun gibi ince ruhlu bir kadın için bu daha zor olmalıydı. Bu yüzden bizi bu kadar çok sahiplenmişti çünkü aynı yollardan geçmişti.

"Simay'ın her gece odasına kapanıp onları bulmak için gizlice araştırma yaptığını bilirdik. Yavuz'un iki boş mezar yaptırdığını ve yılda bir kez mezarlığa gidip kendi içinde öldürdüğü ailesiyle dertleştiğini bilirdik." Bu saçmalık, böyle olmamalıydı! Evet, şu anda her biri büyümüştü ama geride bıraktıkları günlerde onlar da birer çocuktu. Kimse bunu yaşamamalıydı.

"Michael'in suskunluğunun aile ihtiyacından kaynaklandığını bilirdik," diyerek başını salladı. "Atalay'ın her bayramda neşeli olmasının asıl sebebinin ailesine duyduğu özlemi gizlemek için olduğunu bilirdik. Ne zaman canım yansa kendimi o yurdun kapısında bulurdum. Bir kez bile o kapıdan içeri girmeye cesaret edemediğimi bilirdi onlar." Bize o kadar çok benziyorlardı ki... Bu, kimsesiz olmamızdan kaynaklanıyordu. Onlar da bir zamanlar tıpkı bizim gibi acı çekmiş ve bir aile sıcaklığı aramıştı.

Bir süre sustuktan sonra devam etmek için kendisini zorladı ama bunu yapmak onun için hiç kolay değildi. "Altuğ o yaşlarda bile umursamazdı," diyerek iç çekti. "Ama bu da onun kendini gizleme şekliydi. Umursamazlığının altında yatan sebep aile özlemiydi. Bizi ailesinin yerine koyduğu için hepimizi hayatta tutmaya çalışıyordu. Her birimiz için defalarca teşkilata kafa tuttuğunu ve bizim güvenliğimiz için en iyisi olmayı kafaya taktığını bilirdik. Evet, hepimiz her şeyi bilirdik ama susardık çünkü gizli yaralarımızı açıp birbirimizi kanatmaktan korkardık." Gözlerime gözyaşları dolunca ağlamamak için kendimi zor tuttum. Şimdilerde herkesin gıptayla baktığı güçlü ekibin katettikleri yol, saf acıyla yoğrulmuştu.

"Ve bir gün o kapıdan girmeye cesaret ettim," dedi. "Babamın beni aradığını öğrendiğimde zor olsa da onunla yüzleştim." Güldü ama gülüşü fazlasıyla sahte ve eğreti duruyordu. "Gerçekleri öğrenince aynı zamanda birini daha aradığını anladım. Yakın arkadaşı Bilal Sipahi'nin oğlu Alaz Altuğ Sipahi'yi de arıyordu. Altuğ, ailesine olanları öğrenince şaşırtıcı bir şekilde hiç tepki vermedi. 'Babaannem ve yeğenlerim nerede?' Evet, tek söylediği bu olmuştu. O kadar soğuk ve hissiz görünüyordu ki bu, ona ulaşamadığım hassas anlardan biriydi." Bunu tahmin edebiliyordum. Alaz genelde acısını içinde yaşadığı için duygularını gizlemeyi tercih ederdi. Oysaki kim bilir, o an canı nasıl da yanmıştı. Bunun düşüncesi bile bana acı vermeye yetiyordu.

"Ailesinden kalanları küçük bir mahalleden alıp daha güvenli bir yere götürdüğünü biliyordum. Onunla yollarımız ayrıldığı için çiftlik evinin yakınlarında ailesinin kaldığını, siz kapıma gelene kadar ben de bilmiyordum." Ve o gün yıllar sonra iki eski arkadaş bizim sayemizde tekrar karşılaşmıştı. Hayat gerçekten tesadüflere âşık, umutsuz bir platonikti.

"Biri daha vardı," dediğinde sesi kısık çıkmıştı. Bakışlarını yere indirdiğinde hava kararsa da çardağı aydınlatan ışık sayesinde ne kadar gerildiğini görebiliyordum. "Tuval..." diye fısıldadı. Bu isim onun dudaklarından büyük bir azap içinde döküldü.

Birini arar gibi beni izledi. "Ekibin en şebek ve yaramaz kızı," dedi. Dudaklarında içten ama buruk bir gülümseme oluştuğunda tekrar gözlerime baktı. "O sarışındı, sen esmersin ama aranızdaki fiziksel farka rağmen karakter olarak birbirinize çok benziyorsunuz. Bunu seni çiftlikte gördüğüm ilk an fark ettim. Tıpkı senin gibi ele avuca sığmayacak kadar şımarık ve çocuksu halleri vardı. Gevezelikten dobralığa kadar bire bir aynısınız. Bazen sana bakınca onunla aynı yerde olsaydın ortaya çıkacak sahneyi merak ediyorum." Benden önce doğmuş olabilir ama beni taklit eden birinin olduğunu öğrenmek hiç hoşuma gitmedi. Şimdi araya girip ona uzun uzun ne kadar eşsiz olduğumu anlatırdım fakat konuşmasını bölemezdim.

"Garip ama yürüdüğünüz yol bile aynı," deyince bu benzerlik işi cidden canımı sıkmaya başladı. "O da tıpkı senin gibi eğitmenine âşık olmuştu ve bir şekilde onu da kendine âşık etmeyi başarmıştı." Sadece tesadüf işte! Sonuçta her çaylak sürekli eğitmeniyle vakit geçirdiği için bunun olması normaldi.

Aksini düşünmeyi kendime hakaret sayar ve beynimden şikâyetçi olurum.

"Eğitmeni, Tuval'i gerçekten çok sevdi," diye homurdandı. "Zaten ne olduysa bu yüzden oldu." Yüzünü sıkıntıyla ovuşturduğunda aklımda tek bir isim belirdi ansızın. Alaz Altuğ Sipahi! Bu taklitçi kızın eğitmeni o olabilir miydi?

Eğer şu saçma filmlerde olan klişeyi benim üzerimde denediyse onu doğduğu güne pişman ederim. Umarım sırf o kıza benziyorum diye bana ilgi duymuyordur. Zaten nasıl genlerim varsa Derya, Tuval falan derken herkese benziyormuşum!

"Altuğ ve şu arkadaşının arasındaki yakınlık ne boyuttaydı?" diyerek gözlerimi kıstım ve devam ettim: "Eğitmeni Altuğ'du de ve bana onu öldürmem için güzel bir sebep vermiş ol."

Gülerek başını olumsuz anlamda salladı. "Altuğ ilk kez sana eğitmenlik yapıyor, Yankı. Tuval ile olan yakınlığı Buket veya ekipteki diğer kadınlara olan yakınlığı gibiydi. Garip, değil mi? Onun gibi bir adamın ilk sevdiği kadının senin gibi birisi olması," deyince rahat bir nefes aldım. En azından geçmişten gelen eski bir sevgili vakası daha yaşamayacaktım. *Bekle! Benim gibi mi?*

Kaşlarımı çatarak kendimi gösterdim. "Benim gibi derken? Neyim varmış benim? Allah ona benim gibi üstün kişilikte birini sevme şansı vermiş, nankörlük yapacağına adak adayıp oruç tutsun!" Kendimi tutamayıp sesimi yükselttim. Eğer laf arasında beni rencide edeceğini sanıyorsa daha çok beklerdi. Dünya üzerinde arasalar bir tane bile benim gibisini bulamazlardı bu değer bilmez insanlar.

Keyfi yerine gelmiş gibi gülerek arkasına yaslandı. "Şurada biz bizeyiz," dedi. "Herkesi kandırıyorsun ama bari bana oynama. Ayaklı bir bela olduğunu ikimiz de biliyoruz."

"Kurban ol sen bana," diyerek karşı çıktım. "Benim gibi bir pırlantadaki ışığı görmüyorsan bu saatten sonra sana göz nakli yaptırmanı bile tavsiye etmem." *Konuyu değiştirecek ya, illa benimle uğraşsın. Bugün her şeyi öğrenmeden ikimiz de şuradan şuraya gitmiyoruz.*

Bir sessizlik oluştuğunda nihayet ciddileşti. "Bir ajan ne olursa olsun işi ve özel hayatını birbirine karıştırmamalı." Bu konuda kimse Alaz'ın eline su dökemezdi. Adam beni seviyor güya ama her gün canımı çıkarmadan rahat edemiyordu.

"Ama Tuval'in eğitmeni bunu yapamadı," dedi. "Tuval'e olan hisleri işini yapmasını engelledi. Tuval'in acı çekmesine dayanamıyordu, bu yüzden yeterli eğitimi ona veremiyordu. Üstlere verdiği rapor, Tuval'in görevlerde büyük başarı gösterdiği yönündeydi fakat gerçek bunun tam tersiydi. Tuval uyuşturucu ve en önemlisi işkence testinden hiç geçmemişti. Eğitmeni onu madde kullanırken görmek istemiyordu ve işkence görürken çekeceği acılara dayanamayacak kadar sevmişti onu." Seven hiçbir erkek sevdiği kadını acı çekerken görmek istemezdi. Bunun için Tuval'in eğitmenini suçlayamıyordum.

"Bu, onun en büyük hatası oldu. Eğer şu anda Tuval burada değilse benden sonraki suçlusu, eğitmeni. Bunu en iyi bilenlerden biri Altuğ olduğu için Tuval'in yaşadıklarını sen yaşama diye uğraşıyor." Sadece kendisini değil aynı zamanda Tuval'in eğitmenini de suçluyordu. Birazcık empati yapsa ve Aslı'yı işkence çekerken düşünse eğitmenin yaptıklarının aynısını yapacağına emindim.

"Altuğ'un yaptıkları sana ve diğer herkese göre acımasızlık olabilir ama bana göre bu, onun seni hayatta tutma kavgası," dediğinde gülümsedim. İshak gerçekten insanlara karşı objektif olmayı başarıyordu. Alaz ile aralarında bir düşmanlık olmasına rağmen yeri geldiğinde onu savunuyordu. "Altuğ için kolay mı sanıyorsun sevdiği kadının canını yakarak eğitmesi? Ama teşkilatın bir parçası olduysan seni yaşatmak için sana acıyı yaşatmalı!" dediğinde bu konuda yorum yapmadım. Tuval'e ne olduğunu hâlâ anlamamıştım ama iyi şeyler olmadığı çok açık. Alaz ve benden örnek vermesinden bunu anlamıştım. Malum, bizden pek örnek bir çift olmazdı.

"Bana ve Altuğ'a Arayıcı olmamız teklif edildiğinde ben kabul ettim fakat Altuğ etmedi. Arayıcı olursa tek bir ajana bağlı olacağı için bunu istemedi. Ekiptekilerle görevlere katılmazsa onları koruyamayacağını düşünüyordu." Arkadaşlarına ölümüne bağlı olduğunu düşünürsek buna şaşırmadım. Mevkii atlamak yerine onları korumak için onlarla kalmasını anlıyordum.

İnsan kimsesiz olunca kimsesi olarak gördükleri için canını verecek duruma geliyor.

Gözleri durgun bakınca acılar içinde kıvrandığını ne yazık ki görebiliyordum. "Tuval'i korumak için Arayıcı'sı olmayı istedim. Yeteri kadar eğitim almasa da Altuğ bir şekilde onu hayatta tutuyordu. Fakat bireysel görevlerde Altuğ saf dışı kalıyordu, işte bu yüzden Tuval'in yeni Arayıcı'sı ben oldum." Alaz olmadan katıldığı bireysel görevlerde onu korumak için Arayıcı'sı olmuştu.

"Onu kontrol ediyor ve tek başına katıldığı görevlerde onu yönlendiriyordum. Çoğu zaman arka planda kalmak yerine onunla görevlere katılıyordum fakat bunu raporlarımda belirtmiyordum. Ta ki istifamı vermeme neden olan o göreve kadar!" dediğinde bundan sonrasında pek iyi şeyler olmadığını tahmin edebiliyordum.

İshak sustuğunda o tekrar konuşmak için hazır olana kadar tek kelime etmedim. Belki de beni susturan şey duyacaklarımdan korkmamdan kaynaklanıyordu. "O gece Tuval ile son görevimiz oldu!" diye gürledi. Ellerini öfkeyle saçlarından geçirmişti ve bunları anlatırken o geceye geri döndüğünü iyi biliyordum.

"Tüm uyarılarıma rağmen beni dinlemedi! Bizim korumamız olmadan başının çaresine bakacağını bize kanıtlamak istiyordu. Anlaştığımız saatten çok daha erken gitti görev yerine. Kulaklık yoktu, benim komutlarım yoktu çünkü o esnada ben onun güvenliği için son hazırlıkları yapıyordum!" Öfkeliydi Tuval'e ama en çok da kendisine öfkeliydi.

"O gece Tuval deşifre oldu..." İşte, en can alıcı yere gelmiştik. "Gerçeği anladığımda Tuval çoktan kaçırılmıştı. Bir ay sonra onu bulduğumuzda berbat bir haldeydi. İşkence görmüştü ve işkence esnasında çiğnememesi gereken en önemli kuralı çiğneyip tüm bağlantılarımızın adını vermişti. Tuval'in hatası yüzünden birçok casusumuz öldürüldü ve..." deyip yorgunca bana baktı. "Tuval'in infaz emri bana verildi!" *Ne? Arkadaşının infazı ona mı verildi? Ödül ve cezayı Arayıcı ve ajanı bölüşür derken bunu kast etmişti, değil mi?*

İshak, "Ben de hatalıydım," diyerek derin bir nefes aldı. "Tuval benim ajanım olduğu için onu kontrol etmek benim işimdi. Bu cezadan bana düşen onu öldürmekti!" *Aman Allah'ım, bu korkunç! Belki de bir insanın yaşayacağı en büyük felaket!* Bizim çocuklardan birinin öldüğünü bile hayal edemiyorken onlardan birini benim öldürmem gibi bir şeydi bu. Korkunç bir yıkımdı.

Artık Alaz ve diğerlerinin neden ondan nefret ettiğini anlayabiliyordum. Bir arkadaşları diğerinin sebebi olmuştu ve bence haklılardı. Evet, İshak'ı suçlu buluyordum çünkü hiçbir görev, kardeş dediğin birinden daha önemli değildi.

"Sende işini riske atmamak için onu öldürdün mü?" dediğimde sesimdeki alayı gizlemeye çalışmadım. "Bari bunun için sana madalya falan verdiler mi? Arkadaş katili olmak kolay olmasa gerek." Bu duyduklarımdan sonra onu teselli etmek gibi bir aptallık yapmayacaktım. Aslı haklıydı, bu adam Alaz'dan bile beterdi.

Kaşlarını çatıp beni uyarırcasına öfkeyle bakınca biraz korkmuştum. Dişlerinin arasından hırlarcasına, "Onu öldürmedim!" diye beni tersleyince korkudan oturduğum yerde sıçramıştım. "Tüm ekip bu infazı durduramayacağımızı iyi biliyorduk, bu yüzden kendi aramızda bir plan yapmıştık. Tuval iki gün boyunca hücrede ölümü beklerken biz gereken tüm hazırlığı yaptık. Kaçacaktık! Tuval'in hayatı için her şeyi geride bırakıp hep birlikte buralardan gidecektik!" Kafam karışmıştı. Kızın öldüğü çok açıktı çünkü ondan her bahsettiğinde artık yaşamıyormuş gibi anlatıyordu. Ancak şimdi onu öldürmediğini söylüyordu, o zaman bu kız nasıl öldü? Ya da hâlâ yaşıyor muydu?

Hırsla ayağa kalktığında sanki her yer ona dar geliyormuş gibi gömleğinin yakasını çekiştirdi. "O gece Altuğ ve diğerleri anlaştığımız gibi buluşma yerine gitmişlerdi. Ben de dikkat çekmemek için biraz bekledikten sonra Tuval'i alıp peşlerinden gidecektim. Zor olmuştu ama onu tesisten gizlice çıkarmayı başarmıştım. Arabadayken hiç konuşmadı, fazla sessizdi," dediğinde tükenmiş bir halde başını kaldırıp gökyüzüne yorgunca baktı. "Alıştığımız o neşeli kız gibi davranmıyordu. Belki de bunun sebebi olanlardan dolayı sevgilisinin de suçlu bulunup infaz edilmesiydi." *Tuval'e gereken eğitimi vermediği için eğitmenini suçlu bulmuş olmalılar.*

Tek bir hatanın tüm doğruları sildiği bir işi seçtiğim için kendimi tebrik ediyorum.

İshak gerginlik içinde soluduğunda ona bunları anlattırdığım için suçlu hissediyordum. "O gece Tuval benden tek bir şey istedi," diyerek devam etti. "Onu son kez evine götürmemi. Onu dinlemek hataydı! Ama o kadar kötü bir durumdaydı ki ona hayır diyemedim." Bu haksızlıktı, insanların hayatıyla oynayan amirlerinin onlara yaşattıkları büyük haksızlıktı!

"Evine gittiğimizde önce uzun uzun yatağının üzerinde duran pelüş oyuncağına baktı, sonra bana dönüp uzun zaman sonra içten bir şekilde tebessüm etti." Kalktığı yere yığılarak oturduğunda hikâyenin en can alıcı kısmına geldiğimizi anlamıştım. "Bana yaklaştı, Yankı," diye kısık sesle konuştu. Boğuk çıkan sesi ne denli acı çektiğinin en büyük kanıtıydı. " 'Beni bekliyor,' dediğinde o an için sevgilisinden bahsettiğini anlayamadım. 'Kaçarsak teşkilattakiler bizi bulana kadar peşimizi bırakmaz,' dedi ağlayarak. 'Çok fazla şey biliyoruz, bizi yaşatmazlar, İshak,' dedi. Benim yüzümden sizi de öldürürler, buna izin veremezdim, bu yüzden yaptım,' dediğinde ben daha ne yaptığını soramadan dışarıdan gelen ayak seslerini duydum. Ve anladım ki ajanları oraya çağırmıştı!" dediğinde çenesi sinirden seğiriyordu. *Kaçmak yerine arkadaşları ölmeyi mi seçti?*

İshak aklımdan geçenleri tahmin ederek başını salladı. "Dışarı çıkmaması için onu uyardım. Odadan çıkacağım esnada kolumu tutarak bana sımsıkı sarıldı ve tek bir şey fısıldadı. 'Sen yaptın,' dedi. Evet, tek söylediği bu olmuştu. 'Yaşaman ve diğerlerini yaşatman için sen yaptın, İshak. Herkes sana verdikleri emri yerine getirdiğini bilmeli. Herkes Tuval'i öldüren İshak Saygın demeli,' dedi ve ben engel olamadan belimdeki silahı aldığı gibi kalbine sıktı!" dediğinde dolan gözlerimden birkaç damla yaş süzüldü. Merak ettiğim bu muydu? Bir kadının çaresizliğini öğrenmek için mi deli oluyordum? Artık bazı şeyleri daha iyi anlıyordum. Alaz intikam için beni süründürmüyordu, sonumun Tuval gibi olmaması için beni gece gündüz çalıştırıyordu.

"Sonrasını tahmin ediyorsundur," dediğinde ayağa kalkarak bitkin bir halde çardaktan çıktı. "Tuval'i yerde kanlar içinde görmenin şokundaydım. İçeri ilk giren kişi, bir zamanlar beni eğiten kişi, yani eğitmenimdi. Diğerleri içeri girmeden yerdeki silahı alıp neden elime tutuşturduğunu idrak edecek durumda değildim. Fakat ertesi sabah ilk yumruğu Altuğ tarafından yüzüme yediğimde ve ekipteki herkes benimle ilişkisini kestiğinde olanları anlamıştım. Tuval'in istediği olmuştu, eğitmenimin yardımıyla istediğini başarmıştı. Herkes onu benim öldürdüğümü düşünüyordu. Ekiptekiler için tehlike geçmişti ama ben her şeyimi kaybetmiştim," diyerek tesise doğru yürümeye başladı. Ortadaki haksızlık beni çıldırtmaya yetmişti. O suçsuzdu!

Ben bu oyunu bozarım, arkadaş ve hiçbir Allah'ın kulu buna engel olamaz!

"Bekle, süper zekâ!" diye bağırarak peşinden bir hışımla ayağa kalktım. "Merak ediyorum, sonradan mı böyle oldun yoksa doğuştan mı böylesin? Onlara gerçeği söylemek aklına hiç gelmedi mi?" diye sordum. *Etrafımda o kadar kıt beyinli insan varken Allah'ım benim güzelim aklımı korusun.*

Öfkeyle bana dönüp, "Ne önemi var?" dediğinde her şeyin acısını benden çıkarmak ister gibi üzerime yürüdü. "Sormadılar lan!" diye hiddetle haykırdığında yine beni korkutmayı başarmıştı. "Biri bile yaptın mı diye sormadı! Hepsi o kadar emindi ki yaptığıma, işte bu beni susturdu! Kardeş bildiklerim kardeşim dediğim birinin katili olduğumu düşünürken bana düşen susmak oldu! Kahrolası istifamı verip çekip gitmek oldu!" *Bende mi bir sorun var yoksa İshak'ta mı, anlamadım. Dört yıldır onlara olan kırgınlığını ve öfkesini içinde tutmuşken şimdi neden bana patlıyor bu ruh hastası? O olaylar olup bittiğinde ben büyük ihtimalle bileklerimdeki kelepçeyle cezaevinin kapısından içeri giriyordum. Ama yok, herkes illa gelip öfkesini benden çıkarsın!*

"Bağırma bana!" dediğimde geriye çekilerek ondan uzaklaştım. "Sen gururlu bir aptal olabilirsin ama bu gördüğün muhteşem varlık, o gurura kafa atacak kadar gurursuz, canım. O yüzden şimdi sen kenara çekil ve her şeyi nasıl yoluna koyduğumu izle. Ayrıca rica ederim, ne demek, sonuçta bu benim arkadaşlık görevim!" diye bağırarak tesise doğru yürüdüm. Ben ne yapacağımı çok iyi biliyordum. İshak her şeyi anlatırsam benimle olan tüm ilişkisini bitirirdi ama insanlar sarhoşken söylediklerinin bilincinde olmazlardı. Tek yapmam gereken birkaç kadeh daha fazla içmekti. Bunun için istese de beni suçlayamazdı çünkü ben o esnada kendimde olmayacaktım.

Ben hızlı adımlarla tesise doğru giderken İshak arkamdan bağırmayı ihmal etmiyordu. "Dursana kızım! Yine hangi tilkiler dolaşıyor o dağıtmak istediğim beyninde!"

"Kurban ol sen benim beynime! Fare yetişemeyeceği beyine mundar dermiş!"

"Kurduğun salakça cümle bile zekâ seviyeni ortaya çıkarıyor, ahmak."

"Ya İshak bir git! Bir sal beni, oğlum! Eğer konu zekâysa bendeki sana tur bindirir ama sen şimdi bunu da anlamazsın. Altyazı geçmemi ister misin?" diye bağırdım. Küfrederek peşimden geliyordu. "Seni bir elime geçirirsem görürsün, yılan dilli yaratık!" dediğinde gülerek koşmaya başladım. Dilim sadece hak edene konuşurdu.

Birkaç kez tökezlesem de İshak'tan önce asansöre binip üst kata çıkmayı başarmıştım. Yemekhaneye girdiğimde herkes kendi masasına oturmuş, akşam yemeğini yiyordu. Alaz'ın sol tarafındaki sandalyeyi boş gördüğümde ona lanetler yağdırdım. *O masanın üzerindeki şişe umarım düşündüğüm şey değildir.* Bal gibi de düşündüğüm şeydi, yani içki!

"Assolistimiz de geldi millet," diyen Hakan gülerek arkasına yaslandı. "Kameralar hazır mı? Kafası uçmuş bir sakarın her saniyesini çekmek istiyorum."

"Senin gibi dost inşallah Fulya ve onun gibi olanların başına, pis bağımlı!" diyerek somurttum.

"Sarhoş bir kedi, ha?" Kuzey sesli bir şekilde güldüğünde çok eğleniyor gibiydi. "Bakalım sarhoşken de dört ayağının üzerine düşebiliyor musun, Kedicik?" *Hadi Hakan'ı anlarım, o doğuştan pislik ama bu serserinin benimle ne alıp veremediği var?*

"Ne o serseri?" diyerek gözlerimle diğer masada oturan Buket'i gösterdim. "Aynı anda iki kadını idare etmekten kalan zamanını beni delirtmek için mi kullanıyorsun?" *Valla üzerime gelirlerse ortalığı fena karıştırırım ve bundan zerre kadar pişmanlık duymam.*

Ecrin kaşlarını çattığı an Kuzey hemen savunmaya geçti. "İnanma kızım şuna. Her zamanki çirkefliğini yapıyor," dedi.

Elimle kendimi gösterdim. "Bana 'şu' dedin, öyle mi? Ben 'şu' oluyorsam sen ne oluyorsun, serseri? O mu? Ya da bu? Veya şu? Pardon ya, 'şu' ben oluyordum, değil mi!" diyerek bağırdığımda kulaklarını tutarak ayağa kalktı. "Dilim kopaydı da sana 'şu' demeyeydim, cazgır kedi! Bir daha bağırırsan gebertirim!" diyerek beni tehdit etti.

Sanırım az önce üstü kapalı benden özür diledi.

Eğitmenime doğru yürüdüğümde Alaz oturmam için yanındaki boş yeri gösterdi. Diğerleri birazdan olacakları merak eder gibi bana bakıyordu. Masadaki erkekleri ayıplarcasına yüzümü buruşturdum. "Kırk yılın başı yolum buraya düştüğü için varlığımla sizlere şeref veriyorum ama bir Allah'ın kulu da ayağa kalkıp sandalyemi çekmiyor," diyerek onları nezaketimle kınadım. "Centilmenliğin öldüğü kurak topraklarda açan nadide bir çiçek gibi hissediyorum," diyerek somurttum. *Kibarlık konusunda ilk eksi puanlarını benim tarafımdan almış bulunuyorlar.*

Yosun kıkırdayarak, "Gerçekten büyük kabalık," dediğinde Alaz bana göz devirdi. Atalay ise kafası karışmış bir şekilde ekiptekilere dönerek homurdandı. "Bu kız her konuştuğunda tercüme etme ihtiyacı hissediyorum," dediğini duymuştum.

Alaz hâlâ oturmadığımı görünce bana bıkkınlık dolu bakışlar attı. "Otur şuraya, Sedef," dedi. "Biri sandalyeni çekse bu sefer de 'Benim elim kolum tutmuyor mu?' diye sızlanıp her şekilde konuşmak için bir şey bulacaksın." *Sanki beni benden daha iyi tanıyormuş gibi konuşması yok mu, katil olma sebebim. Ayrıca çok şükür elim kolum tuttuğu için kendi sandalyemi çekebilirim.*

Oturduğumda Alaz, kendi önündeki yemek tabağını benim önüme koydu. "Önce karnını doyur," deyince itiraz etmek için fazla beklemedim. "Gerçekten bunu yiyeceğimi mi sanıyorsun? Şu aynı fincan ve tabakta yiyen romantik çiftler, genelde bende kusma isteği yaratıyor," dedim. *Asla onun tabağındakileri yemem. Romantizm adı altında bir sürü bakteri ve mikroba davetiye çıkarmayacağım. Şimdi Arda gibi bana sen değil misin büyüyene kadar çöplerde beslenen derse çok pis bozulurum.*

Bana afili bir laf söylemesini beklerken, son derece sakin bir şekilde başını çevirip yüzüme baktı. "Eğer o kahrolası duygularını incitmek umurumda olmasaydı, tam şu anda sana bazı şeyleri hatırlatabilirdim," dedi. "Fakat karşımdaki bir kız çocuğu ve onunla çocuklaşmaya niyetim yok." Allah'tan hiçbir şey söylemedi. *Yok yani, söylese ne olurdu diye düşünmek bile istemiyorum.*

Alaz daha fazla benimle uğraşmak istemediği için önüme ittiği tabağı gösterdi. "Senin için almıştım ve hiç dokunmadım," dedi. Tabağa bakınca içindeki balığa hiç dokunmadığını gördüm.

Şimdi bu adam özellikle balık alarak acaba bana kedi falan mı diyor?

"Sen bana balık alarak bir çeşit mesaj mı veriyorsun?" dedim.

O hep yaptığı hareketi yaparak başparmağı ve işaret parmağıyla burun kemerini sıktı. "Sen bugün her zamankinden daha mı fazla huysuzsun?" diyerek bana söylenmeye başladı. "Her yaptığım şeyin altında bir neden aramayı bırak ve ye şunu!"

"Kedi miyim ben de balık yiyeceğim?"

"Sedef!" Dişlerinin arasından ismim tıslarcasına çıktığında kontrolünü kaybetmek üzereydi. "Zorlama, güzelim," diyerek yumruğunu sıktı. "Şimdi uslu bir kız ol ve ye şunu!" *Bu adam aklınca beni çocuk yerine mi koydu az önce?*

Tam konuşmak için ağzımı açmıştım ki kaşlarını çatarak beni susturdu. "Tek bir kelime daha edersen bu geceyi hücrede geçirirsin!" diye beni tehdit edince bu sefer kaşlarını çatan ben oldum. "Susuyorum ama senin tehditlerinden korktuğum için değil, ben susmak istediğim için susuyorum." Homurdanarak önüme döndüğümde Atalay pisliği gülerek ona doğru eğildi. "Allah sabır versin, kardeşim. İşin çok zor." *Şimdi bu adam bana laf mı soktu? Pekâlâ, bir seferliğine ona karşılık vermeyerek hanımefendiliğimi koruyacağım. Yoksa eğitmenim olacak adamın tehdidi sözde kalmaz, doğrudan uygulanır. Ve hayır, korktuğum için değil. Susmak şimdilik benim tercihim. Nasıl olsa birazdan kafayı bulunca bol bol konuşarak herkesi susturacağım.*

Eski iştahım hâlâ tam olarak yuvaya geri dönmese de o da bensiz yapamıyor olacak ki gittiği gurbet ellerden bana beyaz bayrak sallamıştı. Yakında bana geri döneceğinin sinyallerini verdiği için tabağımdaki balığı bitirmeyi başarmıştım. "Neden gittiyse," diyerek yüzümü buruşturdum. "Önünde diz çöküp yalvaracağımı sanıyorsa yanılıyor. O yemek canavarı açgözlü iştah buraya gelecek, arkadaş!"

"Yankı, sen kiminle konuşuyorsun?"

Alaz, "Sakın sorma, Yosun," diyerek onu uyardı. "Kendi kendine konuştuğunda sakın nedenini sormak gibi bir hata yapma. İnan bana, alacağın cevap üç gün boyunca Simay'a gidip tedavi görmene neden olabilir," dediğinde masadakiler bıyık altında gülerken ona ters ters baktım. Herkesin içinde iştahıma isyan ettiğimi söyleyecek kadar aklımı kaçırmamıştım.

Peçeteyle dudaklarımı silerken başımı yavaşça yukarı doğru kaldırdım. "Sevgili Buzdağı her zamanki gibi sadece konuşmak için konuşuyor," dediğimde sinir bozucu bir şekilde sakindim. "Ben sadece beni en kötü günümde terk eden ve şimdi iyi günümde bana geri dönmek isteyen iştahıma ikinci bir şans verip vermeyeceğimi düşünüyordum. Malum kaçırıldığım gece bana ihanet etti kendileri. O gece bana ihanet edenlere ikinci bir şans vermeyi düşünmediğim için iyi bir doktor bulup midemi kökünden aldırmayı düşünüyorum. Neden mi? Çünkü bazı şeyleri midem kaldırmıyor. Midesiz insanların bana yaptıklarını onlara yapmam için en az onlar kadar midesiz olmalıyım, değil mi?" dedim. Herkes söylediklerimi anlamak ister gibi afallayarak susmuştu. Alaz çok iyi anladığı için bir küfür savurdu. "Size şu kızı konuşturmayın dedim!" Kuzey'den sonra bir "şu" vakasıyla daha uğraşmak istemediğim için onu duymazdan geldim.

Tabağımdakileri bitirdiğimi görünce Alaz'ın keyfi az da olsa yerine gelmişti. Uzanıp masadaki şişeyi alarak beyaz sıvıyı bir bardağa doldurdu. Bardağı yarısına kadar doldurup üstünü vişne suyuyla tamamlayarak bana uzattı. "Daha önce hiç içmediğini düşünüyorum, yanılıyor muyum?" *Evet* dercesine başımı salladım. Sokaklarda büyümüş olabilirdim ama sigara da dahil olmak üzere hiç kötü alışkanlık edinmemiştim.

"Sırf bu sebepten başlangıç olarak votka," diyerek bardağı elime tutuşturdu. "Alkollü içeceklerden en hafifi bu," dedi. "Sek içecek durumda olmadığın için vişne suyuyla birlikte içmen daha uygun." *Ağzına bir yudum içki koyanın yanına yetmiş gün boyunca melekler yaklaşmazmış. İki ay on gün boyunca ben şeytanlarla ne halt yiyeceğim şimdi?*

Bardağı dudaklarıma yaklaştırmıştım ki durdum. "Peki, bu şey beni sarhoş eder mi?" diye sordum.

Alaz, "Elindeki, buradaki kimseyi sarhoş etmeyecek kadar hafif bir içecek ama senin için aynı şeyleri söyleyemem," diyerek bana duymak istediklerimi söyledi. "Daha önce içmediğin için tahmin ediyorum ki iki bardakta kendinden geçersin. Amacım seni sarhoş etmek değil, başlangıç olarak sadece elinde tuttuğun bardağı bitirsen yeterli." Benim amacım ise bu akşam sarhoş olmaktı, bu yüzden ne yapıp edip ikinci kadehi almalı hatta tüm şişeyi bitirmeliydim.

"Hadi bakalım." Derin bir nefes alarak ilk yudumu içtim.

Umarım sadece İshak'la ilgili şeyleri anlatırım çünkü Alaz, Arda'nın saldırısına uğramadan önce yaptığım dâhiyane planı hâlâ bilmiyor.

15. BÖLÜM

Fazlasıyla zorlansam da bir bardağı içmeyi başarmıştım. Başımı kaldırdığımda masadaki herkesin merakla beni izlediğini görünce güldüm. İşin garip yanı bizim çocuklar ve diğer masadaki birkaç kişi de beni izliyordu. "Koskoca tesisi olağanüstü varlığımla artık nasıl etkilediysem, hepsi sarhoş olmamı dört gözle bekliyor," diye mırıldandım. Hayır yani, sarhoş olunca onlar gibi anormal birine dönüşeceğimi falan mı bekliyorlardı? *Hep söylüyorum, ben normalim. Sadece bu dünya bana ayak uyduramadığı için anormal olan onlar. Kişilik haklarıma dayanarak yeni bir gezegen talep ediyorum, bu dünya ve içindekiler beni anlamıyor. Ah ulan, ne suç işledim de yanlış bir gezenin tek doğrusu olmakla cezalandırıldım?*

"Adaletin batsın, pis evren! Derhal ışınla beni ait olduğum kusursuz cennete," dediğimde Yosun endişelendiği için, "Acaba sarhoş mu oldun?" dedi.

Yanlış teorisine müdahale etmek zorunda kaldım. "Hâlâ Bay Yeşil Gözlü Yakışıklı'ya sırılsıklam âşık olduğunuzu ve onun da her fırsatta size attığı kaçamak bakışları hatırlıyorsam bence sarhoş değilimdir," diyerek ikisine baktım. "Ergen misiniz, oğlum siz? Kaç yaşına gelmişsiniz ama şu itiraf işini hâlâ yapamadınız," dedim. *Bunu da mı onların yerine ben halledeyim? Yemin ederim, hangisine yetişeceğimi şaşırdım. Bana da yazık ama.*

Yanakları kızaran Yosun, "Yalan!" diye itiraz ederek beni gösterdi. "Yankı sarhoş olduğu için ne dediğini bilmiyor," dediğinde Atalay yüzsüzce sırıttı. "Bence bırakalım bir bardak daha içsin. Yankı konuştukça Yosun daha ne kadar renk değiştirecek merak ediyorum," dedi her konuda gamsız olan insan.

Utançtan bukalemun gibi renkten renge giren Yosun, "Yalan söylüyor!" diyerek Atalay'a döndü. "Senin de her fırsatta bana baktığını söyledi!"

Atalay güldü. "Çünkü her fırsatta sana bakıyorum."

"Bak gördün mü? Sen de inkâr ediyorsu..." demişti ki sustu. Başta anlamadı ama daha sonra Atalay'ın ne söylediğini idrak etti. "Sen ne dedin az önce?" *Bir insanın şaşkın hali bile bu kadar masum ve güzel olur mu? Demek ki oluyormuş. Yosun bunun en büyük kanıtı.*

Atalay onun afallamış haline bakıp içtenlikle tebessüm etti. "Ne söylediğimi yalnız kaldığımızda sana daha detaylı bir şekilde açıklayacağım." Ona göz kırpıp keyifli bir şekilde önüne döndüğünde Yosun hâlâ şoktaydı.

Varan bir! Sırada Araf ve Şafak var. Sanırım bugün çöpçatanlığım üzerimde ama baştan söyleyeyim, Alaz ve Fulya'nın arasını yapmam. O kadar da değil canım.

Alaz, "Kalk Sedef," diyerek kolumu tuttu. "Bu akşamlık bir bardak yeterli," dediğinde telefonu çaldı. "Efendim," diyerek telefonu açtıktan sonra hiç konuşmadı. Arayan kişiye, "Bir dakika," dedikten sonra Atalay'a döndü. "Birazdan dönerim. Ben gelene kadar sakın Sedef'i gözünün önünden ayırma ve kendi iyiliğin için içmediğinden emin ol!" diyerek arkadaşını uyardı. Alaz gidince aradığım fırsat ayağıma gelmişti.

Gözlerim anında içki şişesini bulunca Atalay gülerek şişeyi önüme koydu. "Sorarsa ben vermedim," dediğinde gülerek başımı salladım. *Allah herkese Atalay gibi düşünceli dostlar nasip etsin. Âmin.*

Bardağımı doldurup bir yudum içtiğimde midem bulandı. Sarhoş olmak için bu şişeyi bitirmeliydim. "Dayan," diyerek mırıldandım. İshak'ın sırrını açık etmek için acilen sarhoş olmalıydım. *Ulan, arkadaş hatırı için millet çiğ tavuk yiyor ama ben votka içiyorum! Adaletinin gözü çıksın zalim dünya!*

Nefes bile almadan elimdeki şişeyi bitirene kadar devam ettim.

Son birkaç yudum kalınca artık dayanamadım. Şişeyi dudaklarımdan çekerek ciğerlerimin hava almasını sağladım. Boğazımdaki yanma gözlerimin yaşarmasına sebep olurken elimdeki boş şişeyi sertçe masaya bıraktım. "Allah'ım, kurban olduğum, ne olur sen günah yazma," dedim yalvararak. Alacağın olsun İshak!

Simay, "İçki içerken bari Allah'ı karıştırma," dedi. "Bir gün gerçekten çarpılacak bu kız." *Bu kadın da bugün başıma doğrucu Davut kesildi, arkadaş!*

Sadece birkaç dakikayı bulmuştu baş dönmesi yaşamam. Daha önce hiç içmediğim için alkolün etkisine girmem uzun sürmemişti. Karşımdaki insanlar yana doğru parçalarına bölünüyor, daha sonra bölündükleri yerden yeniden birleşiyordu. Gözlerimi birkaç kez kırpıştırıp tekrar baktım ama hâlâ aynıydı. "Michael, sen neden bölünüyorsun?" dediğimde hıçkırık tuttu. "İki Michael'dan bir Michael çıkınca geriye bir kalıyor ama bir Michael'dan iki Michael nasıl çıkıyor?" diyerek ona baktım. "Hücre misin oğlum sen, niye bölünüp duruyorsun?" *Bak, iki oldu.*

Masadakiler gülmeye başlayınca Michael çenesini sıvazlayarak Simay'a döndü. "Onu asla anlamayacağım. Eğitimini tamamlamadan ondan kurtulmamızın bir yolu yok mu?" diye sordu. Belki de ilk kez Michael'ı konuşurken görüyordum. Acaba çaylağıyla, yani Yiğit ile nasıl anlaşıyordu?

Simay üzüntüyle iç çekerek *maalesef* der gibi başını iki yana salladı. "Bu, daha iyi günlerimiz. Bu kızı bir de eğitimini tamamlayıp ekibin bir parçası olduğunda gör," diyerek yine benimle uğraştı.

"Siz, Bayan Kompleks!" diyerek Simay'ı bulmaya çalıştım fakat her şey etrafımda dönerken bu hiç kolay değildi. En çok karşımda oturan Atalay'ı görüyordum. "Nerede ya o?" dediğimde Atalay başını geriye atarak yüksek sesle gülmeye başladı. Eliyle bir yeri gösterdi. "Elimi takip et, bulursun," deyince başımı salladım. İşaret ettiği yere doğru kafamı çevirince Simay'ı gördüm. "Ya ben sana ne diyecektim? Çok güzel bir laf sokacaktım ama unuttum," dedim. Simay tebessüm etti. "Sokacağın lafı unuttuğuna göre sen gerçekten sarhoşsun." *Hayır, sarhoş değilim. Sadece kendimde değilim. Ben kendimde değilsem kendim hangi cehennemde? Benim onunla olmam gerekmiyor mu? Bildiğim kadarıyla biz ayrılamayız.*

Ayağa kalktığım ilk adımda tökezledim. Hakan'ın eğitmeni Yavuz, "Düşeceksin," diyerek yanıma gelip belimi tuttu. "Odana mı gitmek istiyorsun?" diye sorduğunda, "Her şey dönüyor," dedim. Yemekhane etrafımda dönüp duruyordu.

"Burada neler oluyor?" diyen Alaz'ın buz gibi sesini duyduğumuzda Yavuz'un aceleyle benden ayrılması çok komikti. "Ayakta duramayacak kadar sarhoş," diyerek olası bir yanlış anlaşılmayı önlemek istedi. Merak ediyordum, Alaz herkesi korkutmak için ne yapıyor olabilirdi?

Alaz'ın kaşları ürkütücü bir hızla çatılırken, masadaki boş şişeye bakarak yumruklarını sıktı. Dişlerinin arasından öfkeyle, "Atalay!" dediğinde Atalay hemen savunmaya geçti. "İçmesin diye çok uğraştım ama onu biliyorsun, fazlasıyla inatçı," dedi. *Öyle mi oldu ya? Ben sanki farklı hatırlıyorum ama şu anda ne hatırladığımı hatırlamıyorum.*

Buradan gitmek istedim fakat bastığım zemin hareket edince Hakan'ın eğitmenine döndüm. "Yavuz, sen yine tutsana beni," diyerek ondan yardım istedim. Kelimeler karışık bir şekilde dudaklarımdan dökülürken Alaz, "Ben tutarım seni!" diyerek yanıma geldi. Fakat bana dokunmasına izin vermeden ondan uzaklaştım. "Sen," diyerek sarhoş gözlerle ona baktım. "Bana dokunmuyorsun." *Midemden biraz daha baloncuklar çıkarsa herkesin içinde kusabilirim.*

Alaz, bana karşı sabırlı olmaya çalışarak, "Sedef, kendinde değilsin," deyince kan beynime sıçramıştı. "Bana Sedef deme!" diye bağırdım. Gözlerimin neden dolduğunu bile bilmiyordum fakat içkinin tesiriyle bir şeyleri içimde tutamıyordum. "Sabaha Sedef dediğin kişi akşamında ölüyor," diyerek Alaz'a baktım. "Sen öldürüyorsun, Alaz, sen! Yapamıyorsun be adam, beni benden daha çok sevemiyorsun," diye isyan ettiğimde gözlerim doldu. Herkes susmuş, bizi izliyordu fakat ben kendimi durduramıyordum.

Alaz sertçe yutkunduğunda dudaklarımda acı bir tebessüm oluştu. "Sen beni benim için sevmiyorsun ki," dedim. "Kendin için seviyorsun. Beni hayatında istiyorsun çünkü ben olmazsam acı çekeceksin, yani kendini düşünerek beni seviyorsun." Bunu yalanlamak ister gibi dudaklarını hareket ettirince elimi kaldırarak onu susturdum. Madem bir türlü anlamıyordu, o zaman bu gece her şeyi ben anlatacaktım.

"Sevmiyorsun, Alaz," diye fısıldadım. "Ya beni annem sevememiş, sen neden seveceksin ki? Hani, nerede Songül Hanım?" dedim. Onu arar gibi etrafıma baktım. "Hani nerede benim annem?" dedikten sonra Alaz'a baktım. "Ben onu dinledim ama neden ona kendimi anlatamadım? Neden *anne yeniden büyüt beni* diyemedim? *Anne, kızın ölüyor ama kimse görmüyor, al büyüt beni anne! Sar, sakla, koru beni anne* diyemedim!" diyerek haykırdım. Oysaki ne çok istemiştim bunları Songül Hanım'a söylemeyi ama yapamamıştım.

Söylediklerimden sonra tüm salonu sessizlik esir almıştı. Alaz'ın bana öyle bir bakışı vardı ki her kelimemde yüzlerce nefes tüketmiş gibiydi. Yemin ederim, nasıl rahatladığımı anlatamam. Her şeyi şakaya vuruyorum diye bu insafsızın oğlu beni taştan mı sanmıştı?

Taş gibi olmak ve taş olmak arasında çok fark var, azizim.

Yüzümdeki saçlarımı hırsla geriye çekerek Alaz'ın karşısında durdum. "İshak ve Aslı buraya gelmeden gitmiyorum bir yere. O kadar zıkkımı boş yere içmedim," dedim. Ben bayılıp kendimden geçmeden önce bu işi bitirsem iyi olacaktı.

Alaz dişlerinin arasından, "Ne dedin sen?" diye hırladı. "İçmenin sebebi İshak mı?" Allah bilir, o aklına yine ne haltlar gelmişti?

Dönmeyen bir yemekhane tasarlamak bu kadar da zor olmamalı.

"Alaz, söyle şu yemekhaneye, etrafımda dönüp durmasın."

"Sedef, cevap ver!" diye öyle bir bağırdı ki belki de buradaki insanlar, ilk kez onu böylesine hayvan gibi bağırırken görüyordu.

"Evet," diyerek onayladım. İşin garip kısmı ben de sinirlenmek istiyordum ama olmuyordu. "İshak yüzünden içtim ve onu çağırmazsan tek kelime etmem," dedikten sonra *bir dakika* dercesine elimi hemen havaya kaldırdım. "Aslı da gelmezse yine konuşmam," diyerek omuz silktiğimde kahverengi gözleri ateşler püskürterek Atalay'a döndü. "Git, getir ikisini!" dedi. Atalay yemekhaneden çıkarken benim midem yine çok bulanıyordu.

"Hey!" diye bağırarak sandalyenin üzerine çıktım fakat Alaz, "Düşeceksin!" diye beni azarladı. Bana engel olamadan bir ayağımı masaya atarak masanın üzerine çıktım.

"Sedef, in aşağıya!" Alaz beni indirmek için hareket edince güldüm. "Sıkıysa bana yaklaş, o zaman hiçbir şey anlatmam," diye onu tehdit ettim. Tıpkı kızgın boğalar gibi burnundan dumanlar çıkartıyordu. Dişlerinin arasından küfür eder gibi, "Tamam," diyerek kabul etti. "Orada mı kalmak istiyorsun? Kal o halde ama düşmemen için seni tutuyor olacağım!" Takılıp düşmeyeyim diye elinin tersiyle yemekleri yere itip belimi tutuyordu. *Yalnız bu yükseklikte olmak çok güzel, şimdi ondan daha uzunum. Yerler beni kesmiyor, oğlum, ben göklerde olmalıyım.*

Yerimde sabit durmaya çalışarak buradakilere baktığımda hepsinin ne yapacağımı merakla izlediğini fark ettim. Gözlerim Şafak'ı buldu. "Dinleyin, millet!" diye bağırarak Şafak'ı gösterdim. "Size şu bakar körün hikâyesini anlatacağım!" Şafak ona baktığım için gözlerini irice açarken, Araf başına gelecekleri anlamış gibi bir küfür savurdu. "İndirin şunu aşağıya, kendinde değil!" dedi. *En güzeli de bu ya, kendimde olmadığım için yarın kimse bana kızamaz.*

"Yok, inmesin." Kuzey sırıtarak ter dökmeye başlayan Araf'a baktı. "Bakalım Kedicik bize ne anlatacak?" *Gül sen gül, birazdan sıra sana da gelince o zaman görürüm ben seni. Bu gece ortalığı fena karıştıracağım.*

"Anlat, Sakar." Pis bağımlı gülerek elindeki telefonla beni videoya çekiyordu. "Yarına bol bol malzeme ver bana." *Merak ediyorum, bu geri zekâlıyı acaba hiç ciddi görecek miyim?*

"Yalnız..." diyerek hıçkırdığımda şaşkın bir şekilde Efe'ye döndüm. "Efe Can, ben nerede kalmıştım, kuzum?" Efe, biraz tereddüt edip bekledikten sonra gözleriyle sağ taraftaki masayı gösterdi. "Şey, Yankıcığım, Şafak'ın bakar kör olduğunu söylüyordun."

"Evet!" Hevesle başımı salladım. "Kız bildiğin kör abi!" Yarın sabah için bolca düşman edindiğimin farkındaydım. "Araf yıllardır platonik bir şekilde ona âşık ama aynı üniversitede olduklarını bile anlamayacak kadar aptal!" dedim. Şafak, duydukları karşısında hızla Araf'a doğru dönmüş, Araf şuracıkta canımı almak ister gibi bakıyordu. "Ne demek, rica ederim, kara çocuk," diye sırıttığımda siyah gözleri öfke ateşiyle harlanmıştı. "Bunun için yarın bizzat sana teşekkür edeceğim, çenesi düşük ayyaş!" dedi. Buna da iyilik yaramıyordu. *Herkes mi nankör olur? Valla insanoğlu çok değişik bir yaratık türü. Tabii, ben hariç.* Kendimi onlarla bir tutmak bana hakaret olurdu.

"Ar-Araf?" Şafak mahcubiyet dolu bakışlarını ona çevirdiğinde yanakları kızarmıştı. "Bu doğru mu?" diye sordu. Yok, benim içip içip yalan söylemek gibi bir hobim vardı. Herhalde doğru!

Araf onun aksine bu durumda bile tepkisizliğini korumayı başarıyordu, "Bir önemi var mı?" dedi. *Olmasa niye sorsun, değil mi? Var ki soruyor işte.*

"Şey, evet." *Allah'tan Şafak konuşmayı biliyormuş.*

Ve Araf onun gözlerine baktıktan sonra zor da olsa onayladı. "Var öyle bir şeyler," deyince bir ayağımı sertçe masaya vurdum. "DNA testi istiyorum!" diye bağırdım. Daha Şafak onun itirafını idrak etmeden araya girmeyi kendime borç bilmiştim.

"Kuzey ve Araf için DNA testi istiyorum!" dedim. "Bakın kimse bana inanmıyor ama bunlar kardeş. Kuzey de tıpkı onun gibi Ecrin'e 'Var öyle bir mevzu' demişti! Tek fark 'mevzu' kısmı. Allah aşkına, aradaki benzerliği bir tek ben mi görüyorum? Siyah saç, simsiyah gözler, uzun boy, kaslı vücut. Hadi hepsini geçtim. Peki, şu benzerliğe ne diyeceksiniz?" dedikten sonra hayatımda hiç bağırmadığım kadar yüksek sesle bağırdım. Kuzey ve Araf aynı anda inleyerek kulaklarını tutana kadar susmadım. Nefes nefese durduğumda onların elleri hâlâ kulaklarındaydı. "Bakın," diyerek ikisini gösterdim. "Sese karşı verdikleri tepkiyi görüyor musunuz?" Herkes şaşkınlık içinde onlara bakıyordu, sonunda doğru bir noktaya değinmiştim. Gerçi bu noktaya aylardır değiniyordum ama anlayan kimdi?

İnsanların bakışlarından rahatsız olan Kuzey, beni azarlamak için fazla beklemedi. "Saçmalama!" dedi. Genelde hep mantıklı konuştuğum düşünülürse o dediği şeyi hiç yapmamıştım. "İnsanlar birbirine benzer, ayrıca sese olan hassasiyetim doğuştan benim," diyerek savunmaya geçti. "Kulak zarlarım fazla hassas olduğu için aşırı ses canımı yakıyor!"

"Doğuştan mı?" Araf gözlerini kısmıştı. Duyduklarından memnun kalmamış gibiydi. "Benimkisi de doğuştan," dedi. "Doğum esnasında oluşan bir komplikasyon sonucunda kalan bir durum ve tedavisi yok." Bu sözlerden sonra Kuzey ile birbirlerine öyle bir baktılar ki bu derin bakışlarda saf korku vardı. Kardeş olmaları ihtimali içlerine şüphe olarak düşmüştü ve ikisi de bunu istemiyordu. Artık bu ihtimal her ikisini deli edeceğine göre o DNA testi kaçınılmazdı.

Tamam, bu işi de hallettiğime göre şimdi diğer meseleye geldi.

"Da-daha bitmedi!" Parça parça konuşurken masanın üstünde sendeledim. Neyse ki Alaz belimi daha sıkı tutarak dengemi bulmamı sağlamıştı. "Yere inerek de ortalığı karıştırabilirsin, Sedef!" diyerek beni azarladı. Ama o zaman herkesi göremezdim. *Bu yükseklik yapacaklarım için harika bir yer.*

"Bence ben her yerde ortalığı karıştırabilirim, sevgili eğitmenim."

"Buna *hayır* demeyi o kadar çok isterdim ki."

"Ama gerçek."

"Maalesef."

"Sen az önce bana laf mı soktun?"

"Kendi iyiliğim için buna cüret bile etmem." Bunu o kadar masumane söylemişti ki kendimi tutamayıp gülmeye başladım. Ruh halim nedense çok hızlı değişiyordu.

Sıradaki kurbanım olan Ecrin'i gösterdim. "Ve Koreli!" dedim. "Bu kızımız var ya, bildiğiniz aptal."

Ecrin'in canını sıkacak bir şeyler söylememden korkan Kuzey, "İn lan aşağıya, sarhoş kedi!" deyip bir adım atmıştı ki Araf'ın alay ederek söyledikleri onu durdurmuştu. "Yok, inmesin," dedi. Kuzey'in az önce ona söylediklerini aynen iade etti. "Bakalım, bu aptal kız bize daha neler anlatacak," diyerek Kuzey'in gözlerine meydan okur gibi baktı. "Tabii, korkmuyorsan." Yani kısaca diyordu ki *ben sıramı savdım, şimdi sen düşün. Bir insan her haliyle mi bu kadar zeki olur? O kadar içtim ama hâlâ çok zekiyim.*

Araf'ın meydan okumasına karşılık kaşlarını çatan Kuzey, "Ben hiçbir şeyden korkmam!" diyerek kalktığı yere geri oturdu. Güldüm çünkü bu geceden sonra Ecrin'den korkmalıydı.

"Devam et, Sarmaşık." Ecrin oturduğu sandalyeden ayağa kalktı, *sen bilirsin* dercesine omuz silktim. "Diyorum ki siz Kuzey ile ne ayaksınız?" Kendimi tutamayıp gülmeye başladım. "Kızım o itiraftan sonra aranızda değişen hiçbir şey olmadı. Eskiden de arkadaştınız, şimdi de arkadaş gibisiniz. Uzaktan bakmak dışında el ele bile tutuştuğunuzu hiç görmedim. Ne biçim bir sevgililik bu?" dedim. *İlişkilerinin bu kadar sade olması normal değil bence.*

Söylediklerim Kuzey'in hoşuna gitmiş gibi dudakları kıvrıldı. "Benim açımdan hiç sorun yok da..." diyerek büyük bir imayla Ecrin'i gösterdi. "Bazıları ona iki adımdan fazla yaklaştığım an utanıp kaçmanın bir yolunu buluyor. Günlerdir tesiste saklambaç oynuyoruz ama hakkını yiyemem, siz yanımızda olunca benden kaçmıyor," dediğinde Ecrin kıpkırmızı olmuştu. Hakan ve ben aynı anda gülmeye başladık. Anlaşılan Ecrin gerçekten aşırı utangaçtı.

"Peki, onu yakalayınca ne olacak?" Hakan'ın arsız sorusuyla Ecrin yumruk yaptığı elini sertçe onun omuzuna geçirdi. "Sana ne be!" diye bağırdı. "Ben Yankı'ya benzemem, benimle uğraşırsan çok fena olur!" Hakan inleyerek ondan uzaklaşırken hâlâ gülüyordu. "Sanki aranızda çok fark var. Biri laf sokar, diğeri vurur," diye söylendi. "Öbürü zaten sıyırdı, odasından hiç çıkmıyor." Gerçekten de Süslü yine burada değildi. Bu gidişle ya geberecek ya da tımarhaneye tekrar gidecekti.

Atalay'ın peşinden içeri giren İshak ve Aslı'yı görünce sırıttım. "Evet, millet!" dedim. "Şimdi beni iyi dinleyin çünkü beklediğimiz kişiler de geldiğine göre sürprizimiz yeni başlıyor!" Herkes duysun diye bağırırken sendeledim. Masadan aşağıya düşmek üzereyken kendimi Alaz'ın kucağında buldum. Kırk yılın başında bir işe yaramıştı.

Başımı kaldırdığımda tebessüm ederek beni izlediğini gördüm. "Bundan sonra sadece odanda içeceksin ve yanında benden başka kimse olmayacak, küçük sarhoş," dedi. Sitem eder gibi değil de daha çok bu korunmasız halimi sadece kendisine saklamak ister gibiydi.

Kollarımı boynuna dolayıp kıkırdadım. "Alaz, hâlâ senden nefret ediyorum. Biliyorsun, değil mi?" dedim. Yüzündeki tebessüm büyürken başını salladı. "Bu gece kendi rızanla bana sarılmışken tüm nefretin başım üstüne, Sarmaşık," dedi. Kahverengi gözlerinin derinliği içinde kaybolurken güldüm. "İndir beni çünkü senin kokuna sığınmadan önce yapmam gereken son bir şey kaldı. Ve bunun için üzgünüm çünkü duyacakların hiç hoşuna gitmeyecek." Yüzündeki tebessüm kaybolurken beni yavaşça yere indirdi. Her an yeniden düşecekmişim gibi tetikteydi.

"Eveeet." Bu kelimeler neden sünüyor ağzımda plastik gibi? "Şimdi..." diyerek İshak'ı gösterdim. "Bu gece size İshak Saygın hakkında büyük bir gerçeği anlatacağım." İshak anlatacağım şeyi anlamış gibi kaşlarını çatarak, "Sakın!" diyerek üzerime yürümüştü. "Aklından bile geçirme yoksa silerim seni!" dedi. Beni tehdit ederek üzerime yürüyünce Alaz bir adım öne çıkarak onun yolunu kesti. "Ben varken ona yaklaşmayı kendi iyiliğin için düşünme," diye hırladı. Sanırım Alaz, İshak'ın bana zarar vereceğini düşünmüştü ama İshak onun düşündüğü gibi biri değildi. İşte bu yüzden konuşmalıydım.

"Yolumdan çekil, Sipahi!" İshak beni konuşturmamakta kararlıydı. "Onu odasına götüreceğim!"

"Ben varken bu sana düşmez!" Alaz ondan daha beter kızgındı. İshak'ın bana yakın olmasından nefret ediyordu. Alaz, "Sedef?" diyerek başını çevirip bana baktı. "Konuş," dedi. Bakalım tek bir nefeste her şeyi anlatmayı başarabilecek miyim?

"Şu bana çok benzeyen kopyacı kız var ya," dedim. Tüm ekip susarken İshak'ın yumruklarını sıkması beni korkutuyordu. Yosun yutkunarak, "Tuval mi?" deyince güldüm. "Evet, o," dedim. Yalnız ben isim bile vermeden hemen bildiğine göre rahmetli, gerçekten bana benziyor olmalıydı.

Alaz kaskatı kesilirken, "Sen Tuval'i nereden biliyorsun?" diye sordu. Sanki komik bir şey varmış gibi yine güldüm. "Çok fazla şey biliyorum. Örneğin, Tuval'in aslında öldürülmediğini, intihar ettiğini çok iyi biliyorum," dedim. Ekipteki kızlardan bir hayret nidası yükseliyor, erkekler afallayarak bana bakıyordu. İshak ise gözlerini yumdu, sanki artık beni görmek istemiyor gibiydi. *Bana kızabilir ama bunu onun için yapıyorum. Sanki benim için çok kolay herkesin yarasını deşmek. Gerçi çok kolay ya, hep yaptığım bir şey nasıl olsa.*

Alaz'ın çenesi seğiriyordu, şakağındaki damarlar ürkütücüydü. "Sen ne saçmalıyorsun?" dediğinde korkudan bir adım geriye çekildim. "Ne duyduysan o işte. O gece İshak size Tuval'i getiriyordu ama Tuval onu kandırdı. Ona son kez evine gitmek istediğini söyleyerek İshak'ı kandırdı! Sırf Tuval iyi hissetsin diye İshak onu evine götürünce Tuval çoktan eve teşkilattan birilerini çağırmıştı. İshak bunu anladığında Tuval onun belindeki silahı alarak kendi kalbine sıktı! Sırf siz hep kaçmak zorunda kalmayın diye intihar etti. Anlayın artık, İshak hiçbir şey yapmadı! Eğitmeni, İshak'ı korumak için silahı onun eline tutuşturdu. Böylece İshak'ı infaz emrini yerine getirmiş gibi gösterdi." İçkiden midir bilmem, bir an gülerken bir an öfkeleniyordum. *Ama artık gönül rahatlığıyla uyuyabilirim çünkü her şeyi anlattım. Biri beni yatağıma götürebilir mi? Bombanın pimini çektim şimdi gerisini onlar düşünsün.*

"A-Aman Allah'ım!" Yosun ellerini dudaklarına bastırırken, Simay yutkunarak bir adım geriye doğru sendelemişti. Afrodit bana pek inanmış gibi durmuyordu. İşin garip yanı ekipteki erkekler de pek inanmışa benzemiyordu. *Yok artık ya, daha ne diyeyim ben bu aptallara!*

Alaz hiç konuşmadan kaskatı olmuş bir halde İshak'ı izlerken, Atalay, "Ona anlatacak daha iyi bir yalan bulamadın mı?" dediğinde İshak alay edercesine güldü. "Bulamadım diyelim." *Ne? Yalan olduğunu kabul ederek gerçekleri gizliyor mu? O yapmazsa ben yaparım!*

"Kes şunu!" diye bağırarak ona doğru yürüdüm. "Neden saklıyorsun? Bana anlattıklarını neden onlara da anlatmıyorsun?" dedim. Başını hafif eğerek boş gözlerle bana baktığında anlamıştım, onlara gerçeği anlatmaktan yıllar önce vazgeçmişti. "Ben sana hiçbir şey anlatmadım," dedi. "Sen benim haklı olduğuma inanmak istiyordun ve ben de seni inandırdım." Bunları söyledi ve beni arkasında bırakarak çekip gitti. Evet, gerçekten gitmişti. *Yemin ederim, katıksız salak. Bu kadar da gururlu olunmaz ki canım! Bu adam gurur konusunda benden bir şeyler öğrenmeli.*

Yavaşça Alaz'a doğru döndüğümde gözlerini kısarak giden İshak'a bakıyordu. "Alaz, o aptal size kırgın olduğu için gerçekleri saklıyor!" dedim. Telaşa kapılarak elini sıkıca tutunca yalvarırcasına ona bakıyordum. "Lütfen araştır. Bunu nasıl yaparsın, bilmiyorum ama İshak suçsuz, ikinci kez aynı hatayı yapma," diyerek ona yalvardım. Alaz yapmasa bile ben bu işin peşini bırakmayacaktım. Bir şekilde herkese İshak'ın masum olduğunu kanıtlayacaktım.

Alaz, "Sedef?" diye fısıldadı. Canı sıkıldığı için konuşmama izin vermeden beni kucağına aldı. "Sus biraz, Sedef," dedi. Kimseyi umursamadan beni kucağında yemekhaneden çıkardı. Yüzümü onun boynuna gömerek gözlerimi yumdum. "İshak gururlu bir salak, sen de salaksın, diğerleri de öyle. Tek akıllı olmak zor be adam," dedim huysuzca. Mırıldanıp kendimi uykuya bıraktığımda gülüşünü duymuştum.

Aradan ne kadar zaman geçti, bilmiyorum ama gözlerimi tekrar açtığımda odama yeni gelmiştik. Yavaşça beni yatağıma bıraktığında yumuşak yatak beni mayıştırmıştı. Ayakkabılarımı çıkardıktan sonra yorgunca yatakta yanıma uzandı. Bunun için ona kızmak istiyordum ama nedense bunu bile yapamıyordum. Her ikimiz de birbirimizi izlemek dışında bir şey yapmıyorduk. Aniden aklına bir şey gelmiş gibi dudağının bir tarafı yavaşça kıvrıldı. "Sarhoşlar yalan söyleyemez. Biliyorsun, değil mi?" dedi. *Allah aşkına, daha önce kaç kere sarhoş oldum ki bileyim.*

Gözleri keyifle ışıldayan adamın aklından geçenleri gerçekten merak ediyordum. "Şimdi bana söyle bakalım, Sedef Sarmaşık," dedi. "Bana karşı ne hissediyorsun?" *Ne yani, öğrenmek istediği sadece bu mu? Tamam, doğruları söyleyeceğim, zaten nasıl yalan söyleyeceğimi bile unuttum.*

"Ne mi hissediyorum?" dedim. O beni izlerken kıkırdadım. "Alaz, inanır mısın nefret dışında hiçbir şey hissetmiyormuşum; bak, ben de bunu yeni fark ediyorum." Tüm neşesi geldiği hızla kaybolurken, "Asla söylemeyeceksin, değil mi?" diye sitem etti.

Sanırım ne duymak istediğini anlamıştım. Kırk fıçı içki içsem bile hiçbir güç bana o kelimeleri söyletemezdi. Nefretim, sevgimden daha güçlüydü.

"Sedef?" Parmak uçlarıyla yüzüme dokunurken gözleri acı çeker gibi bakıyordu. "Neden yeniden denemiyoruz?" dedi. Bunu ne kadar çok istediğini görebiliyordum fakat aynı hatayı ikinci kez yapmayacaktım.

Yüzüme yaptığı küçük dokunuşlarla gevşerken, "Kalp bırakmadın çünkü," dedim. "Öyle bir dağıttın ki her parçası bir yere savruldu."

Güldü. "Biliyor musun, sen sarhoşken bile fazla sensin," diyerek başını göğsüme koyup kokumu uzun içine çekti. "İzin ver, bu gece senin kokunla uyuyayım," diye fısıldadı. "Benden uykularımı çalan çok fazla şey var, Sedef ve sen bu gece yeni bir sebep daha ekledin." Korkuyordu, değil mi? Bu gece söylediklerimin doğru çıkma ihtimali onu korkutuyordu. İshak'ın bakışlarını gördü, söylediklerinin aksine bakışlarında yalan yoktu. Evet, yanılmaktan korkuyordu ama bu işi oluruna bırakacak kadar da korkak biri değildi. Alaz bir şekilde gerçeği öğrenecekti. Kollarını belime sardığında yüzümdeki tebessümü görmemişti. Alaz'ın bu konunun üzerine gideceğini biliyordum. İnsanların mimiklerinden her şeyi anlardı ve İshak inkâr etse bile Alaz bir terslik olduğunu verdiği tepkilerden anlamıştı. *Ben üzerime düşeni yaptım, artık gerisi onlarda.*

Ben de esneyerek gözlerimi kapattım. "Bu gece olanlardan sonra yarın herkes canıma okuyacak, değil mi?" diye mırıldandım. Yarın ortalıkta pek görünmesem daha iyi olacaktı.

Güldü. "Sen yine bir şekilde halledersin. Peki, sabah her şeyi unutarak uyandığında ve beni yatağında bulduğunda ben seninle ne yapacağım?" Büyük ihtimalle onu bu yaptığına pişman edecektim. Şu anda göğsümde uyuması ve uykumu getiren kokusu yüzünden sağlıklı düşünemiyordum.

16. BÖLÜM

Korkuyordum! Evet, hâlâ dün gecenin etkisinde olduğum için odamdan çıkmaya korkuyordum. Dün gece votka şişesini yarıladıktan sonrası belleğimde yoktu. Yemekhanede ne söyledim, neler yaptım veya ne tür rezillikler çıkardım, hiç bilmiyordum. Hayatımda ilk kez alkol aldığım için beni çok kötü çarpmıştı. Öğleye doğru keskin bir baş ağrısı beni uyandırmıştı. Kim beni odaya getirdi veya nasıl odama gelmeyi başardım, hiçbir fikrim yoktu. Dün geceyle ilgili hafızamdan çoğu şey silinmişken dışarıya çıkmaya korkuyordum. Umarım, İshak'ın sırrını planladığım gibi diğerlerine söylemeyi başarmışımdır. Korkunun ecele faydası olmadığı için nemli saçlarımı toplayıp odadan çıktım. Uyanır uyanmaz kendime gelmek için soğuk bir duş almıştım lakin hiç işe yaramamıştı. Eğitimlerden kaçamayacağım için mecburen odamdan çıkmalıydım. Asansöre binerek birkaç dakika sonra bahçeye çıktım. Kahvaltı saatini kaçırdığım için yemekhane açık olmazdı. Daha birkaç adım atmıştım ki bizim çocukları avluda gördüm. Yanlarında Çakallardan Esad, Şafak ve Araf da vardı. Neler olduğunu Hakan kesin bana anlatırdı. Benimle dalga geçmek için bile bunu yapardı, pis bağımlı.

Çocuğa bağımlı diye diye bağımlı olmaya adaylığımı koydum.

Onlara biraz yaklaştığımda beni ilk fark eden Araf olmuştu. Dişlerini sıkarak, "Öldüreceğim lan seni!" diyerek üzerime yürüyünce afalladım. *Ne oluyor ya? Acaba günaydın deme şekli mi böyle bu çocuğun?*

Koşarak Kuzey'in yanına gidip arkasına saklandım. "Kuzey?" diyerek Araf'ı gösterdim. "Bunun nesi var?"

Kuzey başını bana doğru çevirip güldü. "Sayende bir adet gelen zamansız aşk itirafı var," dedi. Daha ben söylediklerini anlamadan bir adım kenara çekildi. Araf'a beni gösterip, "Senindir," dediğinde açık hedef gibi ortada kalmıştım. *Pekâlâ, artık biri bana burada neler olduğunu söyleyebilir mi? İlk kez içtiğim için gerçekten bir şey hatırlamıyorum.*

Araf'ın gözleri tehlikeyle neden beni süzüyordu, anlamadım. "Bugün yaptığın en iyi şey, pantolon giymek," dedi. Aramızdaki mesafeyi kapatırken, pantolon giymenin nasıl iyi bir şey olduğunu çözmeye çalışıyordum, ta ki bana yetişip belimi kavrayana kadar. Tek bir hareketle hiç zorlanmadan beni ters çevirince korku içinde bağırdım. Ayaklarım Araf'ın omuzundayken beni baş aşağıya sarkıtmıştı. "Bağırırsan seni kafa üstü yere çakarım!" dediğinde kendimi susarken buldum. "Derhal indir beni aşağıya!" diye ona yalvardım. Tişörtüm göğüslerime doğru toplanırken Araf tutuşunu gevşetince, "Hayır!" diye çığlık attım. "Kafa üstü değil, ayaklarımın üzerine bırak beni!" Deli gibi çırpınıyordum ve kısa saçlarım yere doğru dalgalanıyordu. *Bana bunu neden yapıyor! Kimseye zararı olmayan kendi halinde uslu biriyim ben!*

Beni bırakmayınca, "Araf," diye fısıldadım. "Beynim ağzım ve burnumdan fışkırıp çıkmadan indir beni!" Gruptan gelen gülme sesleri iyice asabımı bozuyordu!

"Bir beyinsiz olduğunu düşünürsek bence fazla bir şey kaybetmezsin," dedi.

"Bana ettiğin o hakaretin içinde boğarım seni! İndir beni diyorum!"

"Önce özür dile benden." *Gülüyor mu bu hayvan?*

"Tamam, özür dilerim."

"Niçin özür dileyeceğini sorman gerekmiyor mu?"

"Ya ben kesin hak etmişimdir," dedim. "Kendimi biliyorum, rahat durmak kanımda yok, bu yüzden böyle bir pozisyonda gurur yapacak kadar salak değilim," dediğimde ayaklarımı aniden bırakınca kafa üstü yere çakıldım. Evet, beni gerçekten kafa üstü yere bırakmıştı!

"Hayvan!" diye bağırarak inledim. Düştüğüm yerde oturup acıyan kafamı ovuşturdum. "Özür diledik ya, geri zekâlı!"

Dağılan saçlarımı yüzümden çekerken keyfi yerine gelmiş gibi güldü. "Dün gece yaptıkların için bunu hak ettin," diyerek üzerime eğildi. Omuzlarımı tutarak ayağa kalkmama yardım etti. Yüzümdeki saçlarımı çekince dudaklarını alnıma bastırdı. Ben şoka girerken Araf tıpkı yaramaz bir çocuk gibi sırıtıyordu. "Ve tam bir baş belası olduğun için teşekkür ederim," diyerek bana göz kırptı. Şafak'ın elini tutarak tesise doğru giderken ben hâlâ şoktaydım. Şafak'ın elini mi tutmuştu?

Dün gece ne kaçırdığımı derhal biri bana anlatmalı!

Araf'ın yaptığının şokunu yaşarken şaşkınlık içinde bizim çocuklara döndüm. "Az önce tam olarak ne oldu?" dedim. Tam da beklediğim gibi Hakan gülerek bir adım öne çıktı. Telefonuyla oynarken, "Neler olmadı ki," dedi. Telefonu bana uzattı. "Her saniyesini çektiğim için çok şanslısın." Elime tutuşturduğu telefondaki videoyu açıp izlemeye başladım. *Masaya mı çıkıyorum ben?*

Henüz videoda kendimi görmenin şaşkınlığını atlatamazken masaya çıktığımı görmek utanmama neden oldu. İzlediğim her saniyede utançtan renkten renge girerken, neden kimsenin beni oradan indirmediğini sorguluyordum. Gerçi ben saçma sapan konuşurken Alaz birkaç kez bana engel olmaya çalışmış gibi görünüyordu. Araf'ı kızdırıp Şafak'a söylediklerimi izleyince güldüm. Bu video az önce neden bana saldırdığını açıklıyordu. Benim sayemde Şafak ile sevgili olmuştu çünkü ona kalsa hayatta açılamazdı. Ecrin'e bile bulaştığımı izlemek beni daha fazla güldürdü. İçimde ne varsa ortaya döktüğümü görmek güzeldi fakat sıra İshak'a geldiğinde gülüşüm solmuştu. Videoyu izlerken bile bana ne kadar kızgın olduğunu görebiliyordum. Lakin herkesin bana inanmaması ve İshak'ın beni desteklemediğini görmek canımı sıkmıştı. Alaz beni kucağına alıp yemekhaneden çıkarınca video bitiyordu. En azından korktuğum gibi büyük bir skandala imza atmamıştım.

Telefonu Hakan'a uzatırken, "Süslü nerede?" dedim. Yine burada değildi.

Hakan derin bir nefes alırken, "Odasında," dedi. "Kız bildiğin troller gibi odasında korkunç seanslar gerçekleştiriyor. Yatağının üzerine oturup öne ve arkaya doğru sallanıp duruyor. Ona baktıkça kendimi Cadılar Bayramı'nda hissediyorum." Gülerek anlatıyor olabilirdi ama bu durumdan hiç memnun kalmadığını biliyordum.

"Peki, şimdi nerede?" diye sordum. Naz'ı yalnız bırakmak büyük aptallık olurdu.

"Odasında uyuyor," dedi. "İlk nöbet Efe'nin. Yarın nöbet sırası Kuzey'de ve ertesi gün nöbet sırası bende. Daha sonra sen ve Ecrin'in sırası. Bundan sonra her gün birimiz onun yanında kalmalı. Simay'dan aldığı terapiler de işe yararsa inşallah en kısa zamanda toparlar," dediğinde tek temennim bu yöndeydi. Naz'ın durumu gittikçe çığırından çıktığı için hepimiz onun için endişeleniyorduk. İlk nöbetin Efe'ye verilmesi ne kadar doğruydu, bilmiyordum. Şu anda odanın içinde Naz'dan en uzak köşede durduğuna ve deli gibi titrediğine emindim.

"Tamam o zaman." Gerçeklerin o kadar da korkunç olmadığını duymak rahatlamamı sağlamıştı. Tabii, Naz bunun dışında kalıyordu. "Ben eğitmenimi bulayım."

İki adım atmıştım ki Kuzey'in alay dolu sesi beni durdurdu. "Dün gece yaptığın onca rezillikten sonra sen hâlâ bu kadar rahat mısın?" diye sordu. "En azından mahcup olmuş gibi rol yap, utanmaz kedi." Kıkırdayarak omuz silktim. "Yaptıklarım için pişman değilim, aklım hâlâ yapamadıklarımda," diyerek çok klişe bir cevap verdim.

Ecrin bana göz devirdi. "Arsızlıkta son nokta," dedi. *Olabilir, yine de rahat tavrımdan ödün vermedim.* "En azından arsız ve akıllıyım, senin gibi utangaç ve kör değilim. Yanındaki çocuğa yıllardır âşıkken o, gözlerinin önünde hep başka kadınlarla eğlendi. Onun tek bir itirafıyla her şeyi sineye çekmen çok sevdiğinden mi? Yoksa o sarıldığın gururunu bir kenara bırakmandan mı kaynaklanıyor, merak ediyorum," dediğimde bunları benden duymanın kırgınlığını dolan gözlerinden anlamıştım.

Ona ne denli bir iyilik yaptığımı çok sonradan anlayacaktı. *Hadi ama, arkadaşlarımın acısından zevk alacak kadar manyak değilim. Tamam, belki biraz.*

Kuzey, Ecrin'in nemli gözlerini görünce, "Sedef!" diyerek uzun zaman sonra ilk kez gerçek adımı kullandı. "Ecrin ile uğraşmayı bırak artık! Ona karşı neden bu kadar sertsin?" *Şimdi bu bana niye kızıyor ki?* Farkında olmadan Ecrin'e çektirdiği acıları hatırlattım.

"Neden mi onunla uğraşıyorum?" diyerek Ecrin'i gösterdim. "Sana karşı fazla uysal. Bugün onu aldatsan ve yarın gelip Ecrin'den özür dilesen seni affeder! İlişkinizde hep pasif olan Ecrin ve ben artık onun kendi karakterini ortaya koymasını istiyorum," dedim. *Sözlerim çoğu zaman fazla keskin olabilir ama boş konuşmadığım da acı bir gerçek.*

Kuzey bana ters ters bakıp Ecrin'e, "Sen ona aldırma," diyerek ona doğru bir adım atmıştı ki Koreli kız dolu gözlerle ondan uzaklaştı. "Odama gidiyorum, biraz uyuyacağım," dedi kısık bir sesle. Ağladığını bize göstermemek için koşarak tesise gidince Kuzey'in gazap dolu bakışları beni buldu. "Seni öldüreceğim, fesat kedi!" diye bağırarak üzerime atıldı. Onun gerçekten çok kızgın olduğunu gören Hakan hemen Kuzey'in koluna yapıştı. Hakan, Kuzey'i durdurmaya çalışırken, "Sakar!" dedi. "Orada aptal gibi durmak yerine kaçsana kızım!" Kuzey kolunu ondan kurtarmaya çalışırken gülerek tesise doğru koştum. O, Hakan'dan kurtulmadan benim ondan kurtulmam gerekiyordu. *Artık kimseye iyilik yapılmıyorsa bu benim suçum değil.*

"Aptallar," diyerek asansöre bindim. Hâlâ Kuzey'e ve Ecrin'e kızgındım. Evet, birbirlerini seviyorlardı ama aralarındaki mesafeyi bir türlü aşamıyorlardı. Ecrin aslında çoğu şeyi fazlasıyla kafaya takıyordu. Bir türlü cesaretini toplayıp bunları Kuzey'e söylemediği için susarak ondan kaçıyordu. Kuzey ise daha önce cinsellikten başka bir ilişki yaşamadığı için Ecrin'e nasıl ulaşacağını bilmediğinden beklemede kalıyordu. Onları harekete geçirip bazı şeyleri öfkeyle de olsa dile getirmelerini sağlayacak tek şey, araya giren üçüncü bir kişi olacaktı. Ve o kişi de ben oluyordum. Şimdi Ecrin önce Kuzey'den uzaklaşacak hatta belki de çok sevdiği halde bu ilişkiyi bitirmeye çalışacaktı. Perde arkasına itilen her sorun gelecekte büyük bir yıkım demekti. Ecrin böyle yapınca da Kuzey çıldırıp bir şekilde onu gerçekten sevdiğini kanıtlamaya çalışacaktı. Sonuçta ise küçük bir ayrılık nöbetinden sonra daha sağlam ve gerçek bir ilişki onları bekliyor olacaktı. "Arabozan kötü kadın bile oldum ama hâlâ değerim bilinmiyor, arkadaş."

Benim ilişkimdeki kötü kadın Fulya etkisiz elaman olduğu halde ben, başkalarının ilişkisindeki kötü kadın olmanın hakkını çok güzel veriyorum.

Bence Fulya yılanı bu konuda benden ders almalıydı. Fulya yüzünden Alaz ile bir kez bile ters düşmediğimizi fark etmem, tüm neşemi kaçırmıştı. "Resmen kendi hikâyemdeki kötü kadından daha kötüyüm!" Artık anladım, benden hiçbir zaman masum ve saf bir kız olmazdı.

Aslında kendi içimde melek gibi biriyimdir ama tek sorun bunun kendi içimde kalması.

Asansörden indiğimde, "Sedef?" diyen tanıdık sesle birlikte arkamı döndüm. Koridorda bana doğru gelen Alaz ve arkadaşlarını gördüm. Umarım, dün gece bu manyak çeteye de bulaşmak gibi bir hata yapmamışımdır.

Yanımda durduklarında Atalay elindeki poğaçayı ve vişne suyunu bana uzattı. "Aç bir mideyle hap alamazsın," dedi. "Bunları iki dakika içinde bitirmen gerekiyormuş." Gözleriyle Alaz'ı gösterince bıkkınlıkla uzattığı şeyleri alıp yemeye başladım. *Bunları kendi de taşıyabilirdi ama adam resmen arkadaşlarını köle gibi kullanıyor.*

Eski iştahım gerçekten geri geliyor olmalıydı ki hepsini beş dakikadan az bir sürede bitirmiştim. Meyve suyunun boş bardağını Atalay'a uzattığımda, "Hizmetçiniz mi var sizin?" dedi. Bu durum bana oldukça komik gelmişti.

"Yankıcığım?" Yosun elinde kocaman cam bir fanus tutuyordu ve içi katlanmış kâğıtlarla doluydu. "Bu akşamki kutlama için bazı küçük aktiviteler hazırladım ve bunlardan biri de bu," dedi. "Tesisteki herkesin ismi var kutuda. Sana çıkan ismi sakın kimseye söyleme çünkü akşam kurada sana çıkan kişiye bir hediye vermelisin," dediğinde hiçbir şey anlamadım. *Hangi kutlama? Acaba Dünya Bela Okuma Günü falan mı? Eğer öyleyse bugün içinde aldığım en güzel haber olur.*

"Gerçekten hiç üşenmeden tüm isimleri yazdın mı? Tesiste toplam 1025 kişi var," diyen Alaz'ın hafif şaşkın sesine karşılık Yosun gülerek başını salladı. "Bunun için yirmi yedi kişiden yardım aldım." *Gerçekten büyük başarı.*

"Ve ben de o şanssız kişilerin arasındayım." Afrodit ve Simay aynı anda konuşarak Yosun'a düşman gözlerle bakıyordu.

Yosun sabırsızca, "Hadi Yankı," deyince rastgele bir kâğıdı çekip aldım. Alaz'ın meraklı bakışları elimdeki kâğıtta oyalanırken, "Açmayacak mısın?" deyince güldüm. Kime hediye alacağımı deli gibi merak ediyordu.

"Sonra bakarım," dedim. Küçük kâğıdı pantolonumun cebine koyarken hafifçe kaşlarını çatması görülmeye değerdi. "Hayatım boyunca kimseye hediye almadım," dedim. "Bakalım, ilkim olacak o şanslı kişi kim?" Şimdi daha çok merak ettiği için huysuz bakışları cebimde oyalanıyordu.

Atalay, "Altuğ, sen bunu saçmalık olarak gördüğün için kart çekmemiştin, değil mi?" dediğinde Alaz'dan intikam almak istercesine sinsice sırıttı. "Yankı da çektiğine göre Yosun sen git, kalanları bul." Yosun bir adım atmıştı ki Bay Huysuz onu durdurdu. "Bekle!" diyerek fanustan bir kâğıdı çekip aldı. Hepsi bıyık altından ona gülerken arkadaşlarına bakıp, "Tek kelime etmiyorsunuz!" dedi. Onlara gözdağı vermesi arkadaşlarını daha da keyiflendirmişti.

"1025 kişinin arasından doğru ismi bulmak hiç kolay olmayacak," diyen Atalay gülerek uzaklaşırken Alaz burnundan soluyordu.

Hepsi gidince Alaz cebindeki uyuşturucu paketini bana uzattı. Paketi alırken, "Bu gece bana hediye verecek kişiyi çok merak ediyorum," diyerek bir tane hapı ağzıma attım. "O kadar kişinin arasında benim ismimi seçmiş olman imkânsız," diyerek onunla uğraşmaya devam ettim. Başım uyuşturucu yüzünden hafif dönmeye başladığında dudağının kenarı kıvrıldı. "İmkânsızı olağan kılmak benim işim, Sedef. Şimdi oyalanma da düş önüme."

"Bekle," dedim. "Biz bu akşam neyi kutlayacağız?"

Önde yürürken bana doğru hiç dönmeden güldüğünü duydum. "Yeni yıla girdiğimizin farkında olmayan tek kadınsın." *Yeni yıl mı? O kadar oldu mu ya?* Her yılım kan revan içinde geçtiği için her yıl benim için aynıydı. Yani kutlamaya değecek kadar güzel değildi.

Hadi ama, hangi yılda olduğumuzu bile doğru düzgün bilmiyorum. 2015 mi? Hayır, en son 2017'de kalmıştım sanırım. 2020'de olabilir, emin değilim şimdi.

Alaz'ın peşinden koşarken, "Ben sevmiyorum böyle kutlamaları," dedim. Sıkıntılı bir şekilde başını salladı. "Ben de," dedi. Bu tür konularda birbirimize benziyorduk.

Alaz sağ olsun akşama kadar yine bir şekilde eğitimde canımı okumayı başarmıştı. Bunu uyuşturucu eşliğinde yapmak ise tam bir işkenceydi. Neyse ki şu yeni yıl saçmalığı yüzünden bu sefer akşama üç saat kala beni azat etmişti. Ona sadece yarım saatte hazırlanabildiğimi özellikle söylememiştim. Evet, tembellik için hiçbir fırsatı kaçırmadığım bir gerçekti. Öte yandan bugün İshak'ı hiç görmediğim için aklım hâlâ ondaydı. Telefonlarımı bile açmayan adamın beni bir şekilde affetmesini sağlamalıydım. Eğitim esnasında bu konuyu tekrar açarak Alaz'ın canını sıkmam umurumda değildi. Ayık kafayla İshak'ın bana anlattığı her şeyi ikinci kez anlatmıştım. Ve gelelim kurada bana çıkan kişiye... Şaka gibi bir isim çıktığı için fazla zorlanmadan güzel bir hediye buldum. Acaba ben kime çıktım? Beni kim seçti, bilmiyordum ama benim gibi birine hediye alma fırsatı olduğu için ne kadar şanslı olduğunu bilmiyordu.

Aynada kendime son kez baktım, hazırdım. Siyah, yünlü kazağım ve dizlerimin üzerinde olan beyaz eteğimle her zamanki gibi salaş tarzımdan ödün vermemiştim. Öyle gece elbiseleri giyip güzellik uğruna tüm gece kaskatı duran biri hiç olmadım. Yüzüm zaten makyaj istemeyecek kadar iyi durumda olduğu için kendimle pek uğraşmıyordum. Çantamı alıp odadan çıkmak üzereyken, acaba Alaz aşağıya indi mi diye merak ettim. Balkona çıkarak onun odasının camına baktım. Işıkların kapalı olması burada olmadığını gösteriyordu. Lakin odama girmeden önce aşağıda bir şey dikkatimi çekti. Balkonun kolonlarını tutarak hafifçe aşağıya eğilip daha iyi görmek için gözlerimi kıstım. Avlunun ışıkları yandığında gördüğüm bankta tek başına oturan kişi Hakan mıydı?

Onun bu havada dışarıda ne işi var?

Hırkamı giyinip odamda çıktım. En alt kata inmem çok hızlı olmuştu. Kulağıma gelen müzik sesleri herkesin eğlenmeye başladığını gösteriyordu. Dışarı çıkınca saçlarımı uçuran rüzgâr ve tenimi ısıran buz gibi hava rahatsız etti. Aralıkta olabilirdik ama bazı günler bu kadar soğuk olmuyordu. Hakan'a doğru yürüdüğümde yanılmamıştım, burada tek başına oturuyordu. Başını kaldırıp gökyüzündeki bulutları izleyen çocuk son derece dalgın görünüyordu. "Burada tek başına ne halt yiyorsun, pis bağımlı?" dedim. Geldiğimi fark etmediği için hafifçe yerinden sıçradı. Bana bakması ilk kez komik gelmedi çünkü gözlerinde keder vardı. "Git, Sedef. Sabah olsun, uğraşırız birbirimizle," dedi. *Sedef mi?* Bizim çocuklar ya çok kızgın olunca ya da fazla üzgün olunca bana ilk adımla hitap ediyordu.

Onu dinlemeyip yanına oturdum. Tıpkı onun gibi başımı kaldırıp kara bulutlara baktım. *Hiçbir halt yok bu bulutlarda ama Hakan'ı konuşturana kadar katlanacağız artık.* "On iki yaşındaydım," diyerek güldüm. Elimle gökyüzündeki bulutlardan en büyüğünü gösterdim. "O gece tıpkı bunun gibi kocaman, korkunç bulutlar vardı." Dikkatini çekmiş olmalıyım ki gökyüzünü izlerken arkasına yaslandı. "O gece çok soğuktu ama benim üzerimde eski, ince bir elbise vardı. Kar yağıyordu fakat ayağımdaki terlikler beni ısıtmıyordu. Cezayir'in kaldırımında oturmuş, üzerime yağan karı izliyordum. Bana yurtta okuduğun Kibritçi Kız masalını hatırlamıştım. Aklıma sen geldiğin için soğuktan titrerken tebessüm etmiştim. 'Hakan beni duyuyor musun? Son kibrit çöpü sönmek üzere,' diye fısıldamıştım. Belki rüzgâr sesimi sana getirir ve son kibrit çöpü sönmeden bana gelirsin diye düşünmüştüm. O gece aptalca bir hayale tutunmuştu çocukluğum," dediğimde yanımdaki bedeni kaskatı kesildi ve yutkunduğunu duydum.

"Peki, söndü mü o kibrit çöpü?"

"Söndü." Gözlerim doldu, başımı salladım. "Tıpkı Kibritçi Kız gibi Sedef de o kaldırımda soğuktan söndü. O gece tam altı evin kapısını çalarak yardım istedi. Tüm kapılar yüzüne birer birer kapanırken Sedef tam altı kapıyı çalmadan durmadı."

"Neden altı?"

"Çünkü sahip olduğu tüm ailesi altı kişiden oluşuyordu. Onların şansını kullanarak altı evin kapısını çaldı. Kuzey için bir evden kovuldu, Yiğit için bir kapı hiç açılmadı, Hakan için hor görüldü, Efe için yalvardı, Naz için onu sıcak tutacak bir şeyler dilendi ve Ecrin için gururunun son kırıntısını o kapı eşiğine bıraktı. Kendi içinse hiçbir kapıyı çalmadı."

"Neden?"

"Arkadaşlarının şansını kullanarak o kapıları çalmıştı. Oysaki onlar yedi kişiydi ve daha bebekken tüm kapılar onların yüzüne kapanmıştı. Arkadaşlarına açılmayan kapı neden ona açılsın ki?" diyerek kederimi soğuk havaya bıraktım. Hakan'ı konuşturacağım diye kendimden ödün verip ciddiyeti takınmıştım. *Şimdi de bir konuşmasın, görürüm ben onu.*

Hakan, "Yeni yıldı," diye fısıldadı. Sesi boğuk çıktığında bakışlarını benden kaçırdı. "Altı yaşındaydım. . Sarhoş babam yüzünden korkudan koltuğun arkasına saklandığımda, düğün hazırlığı yapan ablamı gözlerimin önünde öldürdüğünde yeni yıl gecesiydi." Ansızın söylediği şeyleri idrak ettiğimde boğazımda bir düğüm oluşmuştu. Elim ayağım buz tuttuğunda ne diyeceğimi, ne yapacağımı bilememiştim. Hani insan ağlamamak için başını yukarı kaldırır ya, gözyaşlarını geldiği yere göndermek için bunu yapar ya, işte Hakan'ın bu gece bulutları izlemesinin sebebi aslında buydu. Hakan bulutları izlemiyordu, gözyaşlarını durdurmaya çalışıyordu. Tıpkı şu anda yaptığı gibi.

"Ablam evlenecekti," diye iç çektiğinde onun yerine benim gözyaşlarım akmıştı. "Her şeyi yarım yamalak hatırlıyor olabilirim ama bazı şeyleri çok iyi hatırlıyorum." İlk kez ailesinden bahsediyordu. Hakan genelde bu konuda hep fazla ketum biri olmuştu. Kendiyle ilgili hiç konuşmazdı.

"Ablam beyaz gelinliğini ilk kez o gece denemişti. Çok mutluydu, gülerek bana ve anneme gelinliğini gösterdiğini iyi hatırlıyorum." Dudaklarında içten bir tebessüm oluşmuştu ve şu anda ablasını düşlüyordu.

"Daha gelinliğini çıkarmadan babam sarhoş bir şekilde eve geldi. Sırf yemek zamanında hazır değil diye annemi nasıl dövdüğünü iyi hatırlıyorum. Araya giren ablamı kanlar içinde bırakana kadar nasıl dövdüğünü, ablamın oracıkta can verdiğini unutamıyorum," dediğinde sesim çıkmasın diye ellerimi dudaklarıma bastırdım. Hepsini görmüştü, değil mi? Ablasının, annesini kurtarmaya çalışırken babası tarafından nasıl can verdiğini izlemişti, değil mi?

"Beyaz gelinliği onun kanının rengini almıştı," dedi kısık sesle. "İzledim Sedef, ablamın ölümünü, babamın tutuklanmasını ve annemin ablamdan sonra beni kendi isteğiyle yurda bırakmasını sadece izledim. Bir şeyi daha hatırlıyorum." Daha çocuktu! Allah kahretsin ki, kendi ailesinin bir gecede nasıl parçalandığını izlerken daha küçücük çocuktu!

Başını eğerek yüzüme baktığında gözlerinden süzülen tek bir damla gözyaşı hıçkırmama sebep oldu. "Annemin beni bırakmadan önce söylediklerini hiç unutmadım. Ne söylemişti, biliyor musun? 'Bana o adamı hatırlatacak hiçbir şeyi hayatımda istemiyorum. Üzgünüm, Hakan ama yeni bir başlangıç yapmak için senin annen olmayı bırakıyorum.' Evet, bana bunları söyledi. Saçmalık lan!" diyerek ayağa kalkıp banka bir tekme attı. Aslında öfkeli değildi, canı yanıyordu. "Annelik bir meslek değil, Sedef!" dedi. Kederini gizlemeyi bırakıp haykırdığında dizlerinin üzerine yığıldı. "Bir meslek değil ki sıkılınca istifa edesin! Tam olarak altı yaşına bile henüz girmemiştim kızım ben! Eteğine sarılıp beni bırakmaması için ağladığımda, ona yalvardığımda daha çocuktum. Çocuktum, Sedef, çocuk," dediğinde ağlayarak başımı salladım. Hangimiz değildik ki? Onca sıkıntıyı yaşarken hangimiz çocuk değildik?

Karşısında diz çökerek ellerini tuttum. Ağlamamı durduramıyordum. "Hakan yapma, sus," diye yalvardım. O konuşmamalıydı, konuştukça böyle kanayacaksa hep susmalıydı. Beş veya altı yaş yeterli değildi ki bazı şeyleri unutturmaya. Aradan yıllar geçebilirdi ama siz hangi yaşta travma geçirdiyseniz hep o yaşta kalır, anıları asla unutamazdınız.

Kendi gözyaşları akarken yüzümü avuçlarının arasına alıp gözyaşlarımı sildi. "Sedef," diyerek burukça tebessüm etti. "Bana böyle annem bile ağlamadı be kızım. En acısı da ne, biliyor musun? Babam hapiste içkiye tövbe ederek çıktığında annemi buldu. Evet, yeniden bir aile oldular hatta şu anda sekiz yaşında bir kızları var. Buradaki ironiyi sen de fark ettin mi? Yeniden bir aile oldular! Ne mezarlıktaki kızları buna engel oldu ne de yurda bıraktıkları oğulları. Onları o gece ayıran iki şeyi suçlu bulup hayatlarından çıkardılar ve yeniden aile oldular be Sedef." Kendi günahlarını iki masum insana yıkacak kadar hasta zihniyetli canavarlardan aksi beklenemezdi. Neden şaşırıyordum ki? Hangimizin geçmişi bundan daha iyiydi ki?

"Evet, benim için yurda gelmişlerdi," dedi. "Ama evli bir çift olarak geldiler! Ablamı hiçe sayarak bana geldiler. Hayır, onlarla gitmedim çünkü onların yerine sizi seçmiştim. Her birimiz bir yere savrulurken bile bu kararımdan hiç pişman olmadım. Tüm hayatımı evsiz biri olarak hurdalıkta geçirirken bile asla onların kapısını çalmadım. Ablamın ölümünü her gece kâbuslarımda gördüğüm için unutayım diye uyuşturucuya başlarken bile onlara gitmedim. Uzaktan izledim ama ablamın ölüsünün çıktığı o eve bir daha giremedim," dediğinde gözlerinden süzülen yaşlar beni kahretti. Kollarımı boynuna dolayıp acısını almak istercesine sarıldığımda hâlâ ağlıyordum. Ona, bize, yaşadıklarımıza dökmüştüm bu gece gözyaşlarımı. Bunları hak etmemiştik, hem de hiç hak etmemiştik.

Bizim yaşamamız gereken çocukluğu kimler neden çaldı bizden? Oysaki çocuklar korunmaya muhtaç. Hiçbir çocuk sokaklara bırakılmak için doğmuyor.

Diz çöktüğümüz yerde birbirimize sarılarak ne kadar öyle kaldık, bilmiyordum. Nihayet ağlamam durunca Hakan da biraz olsun kendisini toparladığı için benden ayrıldı. "Sen Efe'den beter ağlak çıktın, Sakar," diyerek beni güldürmeye çalışırken omuzunu gösterdi. "Şuraya bak, montum hep salya sümük olmuş. Bekle! Gerçekten burnunu mu sildin, salak!" deyince kıkırdayarak gözyaşlarımı sildim ve ayağa kalktım. "Özüne döndüğüne göre kalk şimdi, içeri giriyoruz," dedim. "Yıllar sonra ilk kez yeni yıl saçmalığını kutlayacağım." Çocukken böyle günlerde bize hep şeker dağıttıkları için o zamanlar daha katlanılırdı. Şimdi ise böyle bir gecede kimse bize şeker vermiyordu. Oysaki böyle günlerde her zamankinden daha çocuk oluyorduk.

Tesise doğru yürürken, "Sakar?" diyen çocuk beni durdurdu. Yanıma gelip tam karşımda durduğunda, "Teşekkür ederim," diyen içten sesi beni güldürdü. "Çocukken yaptığın sulu şakalar yüzünden hâlâ senden nefret ediyorum. Ayrıca bu gece senin için ağlamadım, gözüme rüzgâr kaçtı benim," diyerek homurdandım. Onu bırakıp tesise doğru hızlı adımlar attığımda gülerek bana yetişmişti.

"Toz değil miydi o?"

"Koskoca rüzgâr varken küçücük bir toz zerresi Yankı Sarmaşık'ı ağlatamaz!"

"Sen bildiğin kibirlisin, aptal!"

"Sen de bir üstün zekâlı olmadığın için kapat çeneni, pis bağımlı." İkimizin de eskisi gibi kavga etmeye başlaması uzun sürmemişti. Olması gereken de zaten buydu. Biz birbirimize ağzımıza geleni söylesek bile hiç alınmazdık. Çünkü en kötü zamanımızda bize gelenlerin sadece yine biz olduğunu iyi bilirdik. Bizim için tek bir kural geçerliydi; kanat ama başkasının kanatmasına izin verme. Kendi içimizde kavga etsek bile dışarıya karşı tek bir beden olmayı çocuk yaşta öğrenmiştik.

Kutlamanın yapıldığı yemek salonuna girdiğimizde öyle düşündüğüm gibi her yeri süslenmiş bir halde bulmadım. Sadece çok güzel bir müzik çalıyordu ve herkes en şık haliyle masalarında sohbet ediyordu. Ha, bir de her masada kırmızı ve beyaz güller vardı. "Balonlar yok," diye homurdandığımda Hakan güldü. "Hiç olmadı ki, şeker bile yok," dedi. O da şekerleri hatırlamış olmalıydı. Sanırım bazı konularda hep çocuk olarak kalacaktık.

Keşke bugün biri bana bir hediye paketi verse ve içinden çocukluğum çıksa.

Kendi masamıza doğru yürürken gözlerim Aslı'yı buldu. Dayısının yanında oturmuştu ama İshak'ın yokluğu tüm neşesini kaçırmış gibi somurtuyordu. Başımı hafifçe çevirdiğimde beni izleyen eğitmenimi gördüm. Bu adam gerçekten benim ruh eşim olmalıydı ki benden sonra sadece Alaz bu gece için özellikle hazırlanmamıştı. Maalesef en özensiz hali bile nefes kesiciydi. Ütülü beyaz gömleği muhteşem bedenini bir kez daha gözler önüne seriyordu.

Gömleğinin kollarını kıvırmasını çok seviyordum. Hele o dağınık saçları yok mu, eminim her kadın o asi tutamları yüzünden çekmeye can atıyordu. Kahvenin en güzel tonuna sahip gözleri benim üzerimdeydi. Bu bakımsız halime bakarken bile gözlerinde oluşan beğeni içimi kıpır kıpır ediyordu. "Kendine gel derhal, salak kız. Kanmıyoruz bu bakışlara," diyerek kendimi azarladığımda ondan etkilendiğimi fark etmişti. Hafifçe gülerek bana göz kırpması beni deli ediyordu. "Edepsizlikte sınır tanıma zaten." Daha fazla ona bakmadan önüme döndüm. Efe'nin yanındaki boş yere oturup somurttum. Beni etkilemesine izin vermemeliydim ama her defasında bu konuda başarısız oluyordum.

Çocuklara şöyle bir göz gezdirdim. Kuzey ve Efe'nin giydikleri genelde hep gömlek ve pantolon gibi şeyler olduğu için masada en dikkat çeken kişi sadece Ecrin'di. Çok güzel, ince askılı, kırmızı bir gece elbisesi giymişti. Saçlarının arasındaki beyaz kır çiçekleri, onu bir melek gibi gösteriyordu. Kuzey onun karşısında oturmuş, büyülenmiş gözlerini ondan çekemezken Ecrin tam da tahmin ettiğim gibi hiç ondan tarafa bakmıyordu. "Şşş Koreli." Sabrı tükenen Kuzey, daha fazla kendini tutamayıp konuşmuştu sonunda. "Gözünü seveyim yapma şöyle. Kızım şu salak Kedi yüzünden beni niye harcıyorsun? Tamam, bana bakma ama canına yandığım, arada konuş," dedi. Bu serseriden korktuğum için gülmemeye çalıştım. Hemen masadaki elmalardan birini alıp ısırdım çünkü ağzım dolu olunca gülemiyordum. Ben gülmeyince Kuzey'e beni öldürmesi için bir fırsat vermemiş olurdum. Bu grup onlara yaptığım iyiliklerin bedelini kırk yıl çalışsa bile ödeyemezdi. *Allah tüm iyi kullarına benim gibi bir arkadaş nasip etsin, âmin.*

Gözlerim karşımdaki Naz'ı bulunca güldüm. "En azından odandan çıkmışsın," dedim. *Ne var canım sarı çiçekli beyaz pijamalarıyla buraya gelmişse. Tamam, kafasındaki uyku bandını çıkarmamış olabilir ama en azından uzun zaman sonra cadı süpürgesine dönen saçlarını taramış.*

Naz somurtarak, "Kendi isteğimle buraya gelmedim, Arıza," dedi ve gözleriyle Kuzey'i gösterdi. "Bazıları beni bir çuval gibi omuzuna atarak zorla buraya getirdi!" Naz ona isyan ederken Kuzey gülerek omuz silkti. "Kendin kaşındın, kızım. Sana ilk teklif ettiğimde gelmeliydin. Güzellikle olmuyorsa zorla oldururum," dediğinde son kısmı Ecrin'e bakarak söylemişti.

Masadaki çeşit çeşit yemekleri yemeye başladığımda üzerinde aşçı kıyafetiyle biri yanıma geldi.

Gece ilerledikçe müzik değişiyordu. Buradakiler iyice gevşeyip kahkahalar eşliğinde dans etmeye başladığında, biz çocuklar eğlenen insanları izliyorduk. Nedendir bilinmez ama bizim masadakiler pek eğlenmiyor gibiydi. Öte yandan Alaz ve Yavuz sohbet ediyor, Yosun ve Atalay dans ediyordu. Simay ise Aslı'yı konuşturmaya çalışıyor gibiydi. Michael bile dans etmek için kendine birini bulmuştu. Harika! Bizim dışımızda herkes çok eğleniyordu, peki bizim neyimiz vardı?

Ve sonra bir şey oldu. Gürültülü müzik kesilince herkes sustu. Buradaki herkes müziği kimin durdurduğunu görmek için sessizleşmişti. Yemekhanenin bir bölümünde hazırladıkları sahneyi bile yeni fark ediyordum. Sahnede çok çeşitli enstrümanlar vardı. Enstrümanları çalan ajanlar gerçekten müzikten anlıyordu. Gerçi neden şaşırıyordum ki? Bu adamlar her konuda eğitim almıştı. Sonuçta hangi görevde hangi role bürünecekleri belli olmuyordu. Piyano başında duran ajanlardan biri kulağındaki kulaklığa dokunarak başını salladı. Ayağa kalkarak eline mikrofonu alıp bizlere döndü. "Kusura bakmayın," dedi. "Birazdan müzik kaldığı yerden devam edecek," dedikten sonra kapıya baktı. "Ama öncesinde bir misafirimiz var." Ben de dahil olmak üzere herkes kimin geldiğini merak ediyordu.

Arda sürpriz yumurtadan çıkar gibi gelmiş olamaz, değil mi?

Kapıdan içeri iki adam girdi. Birinin elinde şeffaf bir kutu vardı ve içinde rengârenk şekerler vardı. Diğer adamın elinde ise uçuşan altı tane renkli balon vardı. Adamlar herkesi geçerek bizim masamıza yaklaştı. Balonları tutan ajan her birimize sırasıyla bir balon uzattığında şoka girmiştik. Daha sonra diğer adam her birimizin önüne avuç avuç renkli şeker koydu. Hepimiz yutkunarak birbirimize baktık çünkü bunun tek bir anlamı olabilirdi. Naz dolan gözlerle, "Yiğit!" diyerek ayağa fırladığında hepimizin gözleri ıslanmıştı. Naz heyecan içinde, "Geldi mi?" diye adamlardan birine sordu. Sesindeki çocuksu mutluluğu hiçbirimiz uzun zamandır duymuyorduk. Evet, bu Yiğit'in işiydi çünkü balon ve şekerlerin anlamını sadece yurtta kalan çocuklar biliyordu.

Ve uzun zaman sonra gecemizi aydınlatıp bizi mutluluğa boğan bir ses yankılandı. "Geldim ya! Baktım kimse size şeker vermiyor, ben de bu işe el atmak istedim. Sizin için ta oralardan çıkıp geldim. Bu arada üzerindeki o şey pijama mı, Naciye?" Evet, bu ses kesinlikle ona aitti.

Hoş geldin, Yiğit Demir. Bize hoş geldin.

17. BÖLÜM

Gelmişti, yokluğunu en çok aradığımız günde hiç beklemediğimiz bir anda çıkıp gelmişti. Üstelik her birimiz gibi o da unutmamıştı balonları ve şekerleri. Sesiyle birlikte hepimiz hemen ayağa kalkarak kapıya doğru döndüğümüzde evet, oradaydı yanılmamıştık. Yiğit Demir tam karşımızdaydı. Sarı saçlarını arkaya doğru tarayan çocuğun mavi gözleri yaramazca bizi izliyordu. Üzerindeki gri kazağı ve siyah deri ceketiyle fazlasıyla göz alıcıydı. Elini pantolonunun ceplerine koymuştu ve rahat tavrından ödün vermiyordu. Mavi hareleri sırasıyla her birimizi bakıyor, iyi olup olmadığımızı anlamak istercesine kontrol ediyordu. O gözlerde bize olan özlemini görmek muhteşem bir şeydi. Fakat gözlerinin altındaki gölgeleri bir kez daha görmek iç çektirdi. Gözlerindeki gölgeler, geceleri hâlâ aynı kâbusu gördüğü için uykusuz kaldığını gösteriyordu. İyileşecekti. Nasıl olurdu, bilmiyordum ama hep birlikte eskiye dönmesine yardım edecektik.

Naz hâlâ onun gerçekliğini sorgularken gözyaşlarını tutamıyordu. "Yiğit," dediğinde ayakta zor duruyordu. Her an yere düşüp bayılacakmış gibi ona doğru sarsakça bir adım attı. "Gerçekten sen misin?" diyerek hıçkırdı. Onu yeniden görmenin mutluluğuyla gözyaşlarını akıtıyordu.

Yiğit'in mavi gözleri baştan ayağa büyük bir özlemle çocukluk aşkını izliyordu. Gördüğü kızın bakımsız hali hoşuna gitmiş gibi dudağının bir köşesi yavaşça yukarı doğru kıvrıldı. "Demek ki Süslü'nün makyajsız hali böyle oluyormuş," diyerek güldü. Naz üzerindeki pijamalara bakıp utanırken, Yiğit yalandan yüzünü buruşturdu. "Umarım kısa devre yapan beynim bu korkunç manzarayı da kaydetmemiştir. Her akşam rüyamda seni böyle görsem korkudan camdan atlarım," dedi. Naz utançtan yerin dibine girerken bizler gülmeye başladık. Yiğit'in her zamanki şebekliğini özleyeceğim kırk yıl düşünsem aklıma gelmezdi.

Naz önce üzerindeki pijamaları gösterdi. "Şey, ben..." diye bir şeyleri gevelemişti ki aniden kaşlarını çatarak başını kaldırdı. "Ben her halimle güzelim!" diyerek Yiğit'i azarladı. "Senin yüzünden bu hale gelmişken sen kim oluyorsun da beni beğenmiyorsun?" Evet, bundan da anlaşıldığı gibi Naz Seçkin de eski performansına geri dönüyordu.

Yiğit kollarını göğsünde birleştirirken yüzündeki o kibirli gülüş hâlâ yerini koruyordu. "Beğenmek? Seni beğenmemi mi istiyorsun, Nuriye?"

"Naz! Benim adım Naz!" Naz öfkelenip yumruklarını sıktığında, gerçekten sinirlenmiş görünüyordu. Yiğit'in ona yanlış isimle hitap etmesine cidden kızmıştı. Hayır, numara yapmıyordu; harbiden çok kızmıştı. Bu kız da bir değişikti. Yiğit onu terk edeceği gün ilk kez adını doğru söylemişti ve Naz çok üzülmüştü. Şimdi de yanlış söyleyince ona kızıyordu.

Belki de Yiğit'in onu bırakacağı vakit ismini doğru söylemesine üzülmüştü çünkü Naz, normal bir günde adını Yiğit'ten duymayı çok istiyordu.

Her ikisi arasında uzun bir sessizlik olduğunda Naz, elini kolunu nereye koyacağını bilmez bir halde yutkundu. "Şimdi ne yapacağız?" dediğinde güldüm. Ne ona yaklaşabiliyordu ne de ondan uzaklaşabiliyordu.

Yiğit, "Bilmem," diyerek omuz silkti. Naz'a bakarken düşünüyormuş gibi çenesini sıvazlaması çok komikti. "Yere oturup iki el tavla mı oynasak veya dama?" dediğinde Naz afallayarak ona bakınca yüksek sesle güldü. "Buraya gel," diyerek kollarını açtı. Süslü bu daveti beklediği için hiç tereddüt etmeden ona doğru koştu. Yiğit'in boynuna atlayıp sımsıkı sarılınca tebessüm ettim. *Sonunda beklenen an.*

Naz'ın boyu kısa olduğu için Yiğit onun belini kavrayıp yukarı kaldırmıştı. Her ikisinin oluşturduğu bu sahne çok güzeldi. Yiğit onu havada tuttuğu için başını yukarı kaldırmış, sevdiği kızı izliyordu. Saçları Yiğit'in yüzüne dökülen Naz, alnını onun alnına bastırıp ellerini Yiğit'in omuzlarına koymuştu. Her ikisi de fazlasıyla mutlu, fazlasıyla özlem doluydu. Yiğit, "Şu bir metrelik boyunla nasıl beceriyorsun, bilmiyorum ama deli ediyorsun beni," deyince Naz kıkırdadı. Dudaklarını Yiğit'in yanağına bastırıp, "Seni çok özledim, Yiğit Demir," dediğinde Yiğit tebessüm ederek onun gözlerine baktı. "Ben de," diye fısıldadı. "Ben de çok özledim, Naz Seçkin." Bu ikisi gerçekten çok yakışıyordu.

Sonunda her ikisi birbirinden ayrılınca Yiğit sırıtarak kollarını bana açtı. "Yankı?" diyerek gülümsedi. Ona attığım video yüzünden dayanamayıp geldiğini biliyordum. "Şu ana kadar nasıl oldu da araya girmedin," deyince çocuklar gülerken somurtarak ona doğru yürüdüm. "Hadi ama, güzel anların katili değilim," dediğimde, "Tabii ki öylesin," diyerek güldü. Her ikimiz de neşe içinde birbirimize sımsıkı sarıldık. *Her defasında bana asker arkadaşı muamelesi yapan bu çocuğu özlediğime inanamıyorum. Boşuna dememişler, alışmış kudurmuştan beterdir diye. Allah aşkına, bu sözleri kim buldu! Sakız gibi yapıştı ağzıma çıkmıyor.*

Yiğit benden ayrıldıktan sonra Kuzey'e bakıp içtenlikle güldü. "Kardeşim?" diyerek Kuzey'e doğru yürüdü. Her ikisi de erkeklere has bir tavırla el sıkışıp sarılırken, "Hoş geldin, kardeşim," dedi Kuzey. Sesinde özlem vardı.

Sıra Hakan'a gelince Yiğit gözleriyle beni gösterdi. "Yokluğumda Kuzey'in kedisiyle nasıl gitti," dediğinde sinirlerim bozulduğu için güldüm. Farkında değillerdi ama grupta lakap takan sadece ben değildim. Kuzey bana "Kedi" derdi, Naz "Arıza", Hakan "Sakar", Yiğit "Kuzey'in kedisi" ve Ecrin ise adımı hiç kullanmaz, "Sarmaşık" derdi. Bir tek Efe bana bir lakap takmamıştı. Onlara bulduğum lakaplardan daha fazla lakabım vardı.

Yiğit, Hakan'dan ayrıldıktan sonra gözleri Ecrin'i buldu. Baştan ayağa Ecrin'i beğeniyle süzüp ıslık çalarken Kuzey'e döndü. "Sana çok kızgın, değil mi?" dedi. Başta Kuzey olmak üzere hepimiz şaşkınlıkla ona bakıyorduk. Bunu nasıl bilmişti?

Kuzey bana ters ters bakarken, "Nasıl anladın?" diye homurdandı. Yiğit kendini beğenmiş bir edayla ceketinin yakasını düzeltti. "Çünkü onu iyi tanıyorum. Bu kız yıllar sonra ilk defa makyaj yapıyorsa başın büyük belada demektir, dostum." Kuzey küfürler savururken Yiğit'in ayıplayan bakışları beni bulmuştu. "Senin bu işte parmağın olduğuna kalıbımı basarım, Kuzey'in maydanoz kedisi," dediğinde aptalı oynayıp sessiz kaldım. Zaten her olayda illa beni suçlayacak bir şeyler bulsunlar. Olacağı varsa illaki olurdu, bunun suçlusu ben miydim? Benimki sadece küçük, sihirli bir dokunuştu.

Yiğit, "Gel sarılalım, evrim geçirmiş Koreli," dediğinde Ecrin gecenin başından beri ilk kez gerçek anlamda gülümsedi. Hiç vakit kaybetmeden Yiğit'in boynuna atlamıştı. Yiğit gülerek onu yukarı kaldırıp kendi etrafında çevirince, Ecrin'in neşeli kıkırtısı kulağa müzik gibi gelmişti. Bu kız hep asık suratla gezdiği için gülüşündeki güzelliği bizden esirgiyordu.

Ve nihayet beklenen büyük an gelip çatmıştı, Efe Can ve Yiğit karşı karşıyaydı. Hepimiz bıyık altından gülüyorduk çünkü Yiğit bir tek Efe'ye deli oluyordu. Yiğit, Efe'nin dolan gözlerini görünce beklediğimiz tepkiyi vermekten gecikmedi. Bize bakıp, "Bu kısmı atlayabilir miyiz?" dediğinde hepimiz gülmeye başladık. Efe'nin bu hassas halleri onu çıldırtıyordu.

Efe gözlerini kırpıştırarak yine ağlamaya başladı. "Yiğitciğim seni çok özledim," deyince Yiğit yüz kızartıcı küfürler savurdu. " '-ciğim' nedir, oğlum?" dedi sinir krizleri geçirirken. "Ana avrat küfretsen bu kadar dokunmaz."

"Bana sarılmayacak mısın?"

"Emin değilim, Efe. Sarılmasak mı?"

"Ama ben sarılmak istiyorum."

"Sorun da bu ya! Ben istemiyorum, oğlum!"

"Yiğit, kalbimi kırıyorsun ama."

Yiğit bize dönerek, "Bakın söylüyorum, bu konuşma hiç iyi bir yere gitmiyor!" dedi. "İlk kez bir erkek bana kalbini kırdığımı söylüyor. Ne oluyoruz, oğlum?" diyerek yine huylanmaya başlayınca grupça gülmemizi durduramadık. Çocukluktan beri Efe'nin bu tavırlarına sinirleniyordu.

Efe daha fazla dayanamayıp Yiğit'in boynuna atladı. Ağlamaya başlayınca zavallı Yiğit elini kolunu nereye koyacağını bilmeyecek kadar şaşkındı. Efe hıçkırıklar içinde ağlamaya başladığında Yiğit yardım ister gibi bize bakıyordu. "Tamam, geçti, Ağlak," diye homurdandı. Bir çocuğu teselli eder gibi Efe'nin sırtını sıvazlayınca, gülmekten gözlerimden yaş geldi. *"Geçti" nedir arkadaş?*

Yiğit yerine oturmadan önce Alaz ve arkadaşlarına başıyla selam verdi. Alaz'a teşekkür edercesine manidar gözlerle bakınca bu dönüşü kimin ayarladığını anladım. Bu yaptığından fazlasıyla memnun kalarak yerime oturdum. Alaz'a bakıp, "Teşekkür ederim," diye dudaklarımı oynattığımda tebessüm ederek bana göz kırptı. Kalpsiz Buzdağı arada güzel şeylere vesile oluyordu.

Yiğit'in gelişinden sonra gece bizim için daha eğlenceli geçmeye başlamıştı. Masadaki şekerlerden bol bol yemiş, birbirimize takılarak gülmelere doyamamıştık. Bir adam sahneye çıkarak şarkı söylediğinde çoğu kişi istediği kişiyle dans etmeye başlamıştı. Yiğit ayağa kalkarak Naz'a elini uzatınca Süslü utanarak üzerindekileri gösterdi. "Pijamalarla mı?" dedi. Yiğit onun elini tutarak onu ayağa kaldırdı. "İstersen çuval giy, benim için fark etmez, Naşide," dedi. Naz'ın ona kızmasına izin vermeden onu dans eden kişilerin arasına çekmişti.

Ecrin iç çekerek onlara bakınca, Kuzey gülerek başını ondan tarafa çevirdi. "Pek anlamam ama bana surat asmayı bırakacaksan seninle dans ederim," dedi. *Yazık ama ya, kıyamam ki bu serseriye.* Çocuk bir gecede gözlerimin önünde eriyip gidiyordu.

Ecrin'in tripleri hâlâ devam ettiği için, "Sence dans etmek istesem seni mi seçerim?" diye karşılık verdi. Kibirli bir şekilde saçlarını savurarak ayağa kalktı. "Sen git, Buket'le veya takıldığın diğer kadınlarla dans et, arkadaşım," diyerek dans pistine doğru gitti.

Kuzey afallayarak bize bakıp eliyle kendisini gösterdi. "Bana arkadaşım mı dedi?" Gülerek başımı salladığımda Hakan'ın neşeyle söyledikleri masada bomba etkisi yaratmıştı. "Bence arkadaşım sözünden daha ciddi sorunların var," diyerek sırıttı. "Seninkine doğru gelen şu adam da kim?"

Ecrin yemekhaneden çıkmak üzereyken sarışın bir adam onun yolunu kesti. Ecrin'e tebessüm ederek bir şeyler söyledikten sonra elini uzattı. Ecrin *hayır* anlamında başını sallayacaktı ki Kuzey'in delici bakışlarını görünce sırıtarak adamın elini tuttu. Dans eden insanların arasına karışıp kollarını adamın boynuna doladı. Evet, onunla dans etmeye başlamıştı. Hakan, "Kadın milletinin öfkesinden korkacaksın, arkadaş," dediğinde kesinlikle onunla aynı fikirdeydim. Hemcinslerim diye demiyorum ama bize yapılanları kolay kolay unutmayız. Özellikle benim gibi kinci biriyse çok geçmiş olsun. Benim alacağım bir intikam varsa hiçbir şey olmamış gibi güler ve konuşurdum fakat asla unutmazdım. Pusuda bekler, ölümcül darbeyi vurmak için en doğru anı kollardım. Ben bile kendimden korkuyordum, Allah nefretimi kazananların yardımcısı olsun.

Kuzey'in masadaki elleri yumruk olmuştu ve gözlerini Ecrin'den ayırmıyordu. Ecrin'in o adamın boynundaki kollarını gördükçe tepesi atıyordu. Kuzey dişlerini sıkarken adamın elleri Ecrin'in belini tutunca ayağa fırladı. "Başlarım böyle intikama!" diyerek bir hışımla dans eden ikiliye doğru gitti. Eyvahlar olsun, kesin düşündüğüm şeyi yapacaktı. Gerçi onun gibi biri çok bile dayanmıştı.

Kavga, şiddet ve kaos... En sevdiğim üçü bir arada.

Kolamı içerek arkama yaslanıp Kuzey'in hiddetle kalabalığın arasından geçişini izledim. "Eğlenceli olacak," dediğimde Hakan sırıtarak kendi kola bardağını bana doğru uzattı. Bardakları tokuştururken, "Ruh ineğimsin, Hakan," dedim.

"Öküzdü o kısım, geri zekâlı!"

"Ha öküz ha eşek, ne fark eder? Sonuçta her ikisi de hayvan değil mi? Şimdi dikkatimi dağıtma, bu sahneyi kaçıramam."

İyi arkadaşlar olarak kolalarımızı içerken gözlerimizi hareket halindeki deli fişeğe diktik. Ve bingo! Kuzey onlara yetişip Ecrin'i kolundan tuttuğu gibi geriye çekti. Hemen sonrasında Ecrin ile dans eden bahtsız bedeviye kafa attı. Hakan, "Ups! On puanlık hareket Kuzey Sancak'tan geldi, sayın seyirciler," dediğinde gülmeye başladım. İkimizin eline bir paket çekirdek verseler dedikodunun dibine vururduk.

Ecrin afallamıştı. Kuzey'in bu hareketi sonrasında müzik durmuştu. Hâlâ öfkesini alamamış olacak ki rakibinin üzerine yürüdü. Kanayan burnunu tutan ajan, kaşlarını çatarak Kuzey'e doğru öfkeyle bir adım attı. Fakat Buket vakit kaybetmeden ikisinin arasına girerek Kuzey'in önüne geçip ajanı durdurdu. "Senin dengin değil," dedi uzlaşmacı bir sesle. "Bu çocuklar hâlâ bir ergen, Sadi," diyerek onu sakinleştirmeye çalıştı. "Onları tesise getirdiğimiz günden beri bize de sorun çıkartıyorlar. Sence hepimiz neden alttan alıyoruz? Korktuğumuz için mi?" diyerek ona baktı. "Hayır, çocuk oldukları için sabrediyoruz. Mesela Yankı," dedi. "Kızın bulaşmadığı kimse yok ama biz onun hakkında bir yargıya varmadan önce yaşını hep göz önünde bulunduruyoruz," diyerek Sadi denen ajanın mantıklı düşünmesini sağlamıştı. Onun gibi yılların eğitimini almış bir ajan karşısında Kuzey'in şansı yoktu. Bunun farkında olan adam, uzatmak yerine başını salladıktan sonra çekip gitmişti. *Asıl şimdi ortalık karışacak, kimsenin haberi yok.*

Afrodit Kuzey'e dönerek endişeli gözlerle ona baktı. Az önce kafa attığı için elini uzatarak Kuzey'in alnına dokundu. "Acıdı mı?" dedi. Bu resmen yangına körükle gitmekti. Buket'e de kızamıyordum çünkü her şeyden önce tıpkı diğer eğitmenler gibi kendi çaylağını düşünüyordu. Tabii, diğer eğitmenlerden farklı olarak bir zamanlar çaylağıyla bayağı bir ileri gitmişti.

Tam da beklediğim gibi Ecrin küplere binmişti. "Evet, acımıştır," diyerek Afrodit'i kabaca kenara itti. Yumruk yaptığı elini Kuzey'in burnuna geçirmesini beklemiyordum. Afrodit'e bakıp, "Bunun için de ona pansuman yaparsınız artık!" diyerek çekip gitmişti. *Sıkı vurdu yalnız.*

Kanayan burnunu umursamayan Kuzey, bıkkınlıkla Afrodit'e döndü. "Tam zamanıydı, değil mi?" diyerek ona sitem ettikten sonra, "Koreli,bekle!" diye koşarak yüzünü dağıtan sevgilisinin peşinden gitti. *Çok ateşli bir çift bu ikisi.* Evet, Ecrin ve Kuzey kesinlikle ateşli çiftler grubuna giriyordu. Yiğit ve Naz ise daha çok sevimli ve komik bir çiftti. Bize gelince... *Ah ulan, bir çift bile değiliz ki! Ben, bizi hangi kategoriye koyayım? Tatlı ve Buzdağı? Yok ya, ben tatlı olabilirim ama bu hiç uymadı. Daha çok ender kişilikte değerli bir kadın ve cani, bize uyuyordu. Kendimi anlatmaya kelimeler yetmezken Alaz'ı tek bir kelimeyle özetledim.*

"Koreli iyi geçirdi yalnız."

"Çok mu kötüyüz Hakan biz?" dediğimde ikimiz gülerek tekrar bardakları tokuşturduk. Bu gece keyfimize diyecek yoktu.

Kısa sürede insanlar tekrar eğlenmeye başladığında hediye faslı başlamıştı. Burası çok kalabalık olduğu için biz yeni gelen çaylakların çoğu kime hediye aldığımızı bile bilmiyorduk. "D-K kim ya?" diyen Hakan cebindeki kâğıdı çıkartıp masaya fırlattı. "Kadın mı yoksa erkek mi bilemediğim için aldığım hediyenin doğruluğundan emin değilim," dedi.

Naz, "Dilek isminin kısaltılmış hali olabilir," diyerek kendi fikrini söyleyince Yiğit, "Şimdi Doğan da çıkabilir, Nurbakiye," dedi.

"Bakiyen tükensin, Yiğit!" diyen zavallı kız yine isyan etti. "Bir kere adımı doğru düzgün söylesen canın çıkmaz ya!" Ne yazık ki bu konuda haklıydı. Korkarım ki Yiğit kolay kolay ona adıyla hitap etmeyecekti.

Yosun sahneye çıkıp mikrofonu eline alarak, "Herkes buraya bakabilir mi?" dediğinde sessizlik içinde tüm gözler ona döndü. "Hepimiz hediyelerimizi birbirimize verdik ama sanırım geriye sadece Yarasalar kaldı," dediğinde tüm gözler bizi bulunca gerginlik içinde yerimizde kıpırdandık. Yosun, "Eğitmenler dışında kimseyi tanımadıkları için bu normal," dedi. Bize sırasıyla bakarak gülümsedi. "Bu yüzden çocuklardan hediyesini almayan ve vermeyenler lütfen el kaldırsın. Siz burada kimseyi tanımıyor olabilirsiniz ama buradaki herkes sizi tanıdığı için eminim size hoşunuza gidecek hediyeler seçmişlerdir." Bu daha çok *ismi çıkan çocuğa umarım bir şeyler aldınız* demek gibiydi.

Meraklı yoğun bakışların hedefi olmak rahatsız edici olsa da bizim masadan ben ve Hakan dışında kimse el kaldırmamıştı. Çaylaklardan ise Araf, Şafak ve Esad el kaldırmıştı, zaten geriye bir tek yılan kalmıştı. Anlaşılan Fulya'ya tanıdık biri çıkmıştı ki ona hediyesini çoktan vermişti. Yiğit ise kura çekilirken burada olmadığı için adı listede yoktu. Naz, bu şeyi kafaya bile takmıyor gibiydi. "Naz? Efe?" diyerek ikisine baktım. "Siz el kaldırmadınız, size kim çıktı?" Naz gülerek açık kapıyı gösterdi. "Gittiler," dedi. "İnanmayacaksınız ama Kuzey'e ben, bana Ecrin, Ecrin'e Efe ve Efe'ye ise Kuzey çıktı. Kuzey benden Koreli'nin ismini aldı, Ecrin ise büyük ihtimalle gizlice Efe'den Kuzey'in ismini almıştır. Bu yüzden buraya gelmeden önce Efe ile birbirimize hediyemizi verdik." *Yok artık, tesadüfün de bu kadarı.* Bilmem bin kaç kişinin olduğu kuranın içinden birbirlerini nasıl çekmişlerdi, hayret doğrusu. *Bana çıkan isim ise müthiş!*

Yosun sahnede konuşmaya devam etti. "Evet, o zaman ilk Şafak'tan başlayalım. Buraya gelir misin tatlım? Sahneye çıkarak mikrofonu alacaksın ve sana çıkan ismi okuyacaksın. Şafak'tan sonra çocuklar siz de sırasıyla aynısını yapın," dedikten sonra sahneden indi.

Şafak uzun, siyah elbisesinin tüllerini düzelterek ayağa kalkmıştı. Elindeki zarif hediye kutusuyla sahneye çıktığında çekinerek mikrofonu eline aldı. "Olivia Silver," dediğinde ona yabancı bir ajanın çıktığını da böylece anlamış olduk.

Fazla geçmeden orta yaşlı, esmer bir kadın süzülerek ona doğru yürüdü. Şafak ona hediyesini uzatınca kadın teşekkür ederek Şafak'ın yanağına bir öpücük kondurdu. Daha sonra sarışın bir kadın daha sahneye çıkıp Şafak'a hediyesini uzattı. "Bana sen çıktın, nice mutlu yıllara canım," dedi. Şafak onun uzattığı hediyeyi utanarak açtı. Bu uzaklıktan iyi göremesem de kutunun içinden pahalı bir mücevher çıkmıştı. Şafak mahcup gözlerle kadına baktı. "Şey, hiç gerek yoktu. Bu çok pahalı görünüyor," dediğinde kadın büyük bir merhametle ona tebessüm etti. "Senden daha değerli değil," diyerek kolyeyi ona taktı. Her biri kimsesiz olduğumuzu bildikleri için fazlasıyla düşünceli davranıyordu. Olivia bile belki utanır diye herkesin içinde Şafak'ın hediyesini açmamıştı.

Şafak yerine geçtiğinde Araf gayet rahat bir şekilde sahneye çıktı. "Yosun Hanım," dediğinde Yosun tıpkı küçük bir çocuk gibi çığlık atarak ayağa kalktı. "Ay sana ben mi çıktım?" Bu coşkusu herkesi güldürmeye yetmişti. Araf'ın ona uzattığı küçük kutunun içinden ruj çıkınca Yosun gülerek ona sımsıkı sarıldı. "Hem de kırmızı," diyerek Araf'a gülümsedi. "En sevdiğim renk." Araf onun sarılışına karşılık verirken, "Bence bunu herkes biliyordur," dedi. Bence de öyleydi çünkü Yosun hep kırmızı ruj kullanıyordu. *Boşuna ona Bayan Kırmızı Dudak demiyorum.*

Tıpkı Michael gibi siyahi bir adam ayağa kalkarak Araf'ın yanına gitti. Ona Araf çıkmış olmalıydı ki kucağındaki büyük kutuyu Araf'a uzattı. "Nice yıllara," dedi.

Araf kutuyu yere koyup açtı. İçinden basketbol topu çıkmıştı. Topu elinde çevirirken afallayarak adama döndü. "Manchester mı? Tüm bu imzalar yoksa..." dediğinde adam gülerek başını salladı. "Bir gün içinde fanatiği olduğun takımın oyuncularına bunu imzalatmak hiç zor olmadı. Uçaktaki sıkıcı yolculuğu ve birkaç kişiyi tehdit etmemi saymazsak çok kolaydı," dediğinde Araf'ın gözlerinin içi gülüyordu. Ona hediye alan kişiyle tokalaşıp kucaklaştı. "Oynar mıyız?" dediğinde istediği cevabı almakta gecikmemişti. "İlk fırsatta." *Umarım, ben de böyle düşünceli birine çıkmışımdır. Ayrıca o kadar Türk takımı varken bu çocuk neden gidip o adını bile doğru dürüst telaffuz edemediğim Mencıs şeyini tutuyor ki?*

Esad'dan sonra sıra bizim gruba gelince Hakan ofladı. "D-K kimmiş, şimdi öğreniriz," dedi. Sahneye doğru yürüyünce heyecanlandım. Hakan mikrofonu alıp avucunda tuttuğu kâğıdı gösterdi. "D-K?" dedi. "Baştan uyarıyorum, kadın mı erkek mi bilemediğim için şansımı kadından yana kullandım ve Ecrin'in saç tokalarından birini aşırdım." Ben dahil herkes gülerken bir adam ayağa kalktı. Sanırım Dilek yerine Doğan çıkmıştı.

Bu durum D-K'nin de çok hoşuna gitmiş olmalı ki gülerek başını her iki yana salladı. "Bana çok yakışacağına eminim," diyerek hiç saç olmayan kel kafasını gösterince kahkahalar havada uçmaya başlamıştı. *Adamın saçı bile yok, bildiğin küfür gibi bir hediye olmuş.*

Arsızlıkta sınır tanımayan Hakan gerçekten de cebinden çıkardığı kurdeleli sarı saç tokasını ona vermişti. Kont Drakula ayağa kalmıştı. Bu sırada Hakan mikrofonun açık olduğunu unuttu. "Ben böyle şansımın yedi sülalesini bellerim. Herkese kadın çıkıyor, bir de bana çıkanlara bak!" dediğinde herkes onu iyi duyduğu için gülmüştü. Bay Drakula ona yaklaştı. "Nice yıllara," diyerek Hakan'a hediyesini uzattı. Pis bağımlı biraz tereddüt etse de kutuyu almıştı. İçini açtığında ise elindeki biletleri gösterip gözlerini irice açtı. "Manga'nın konserine bilet mi?"

Pars tebessüm ederek onu onayladı. "Tek başına sıkılırsın diye düşündüğüm için arkadaşların için de birer tane aldım," dedi. Hakan'ın en sevdiği grup Manga'ydı. Hatta sadece sevmiyordu, tüm şarkılarını ezbere bilecek kadar deli oluyordu onlara. Bizim hakkımızda her şeyi bildikleri için hediye seçerken zorlanmamışlardı.

Hakan ona teşekkür ederek yanımıza geldikten sonra masanın üzerindeki çantamı açtım. İçinden bana çıkan kura kâğıdını ve hediye paketini de alarak ayağa kalktım. İsteksiz adımlarla sahneye çıkıp mikrofonu aldığımda çok gergindim. "Pekâlâ, millet," diyerek mikrofonu yerinden çıkartıp kalabalığa döndüm. "Öncelikle assolist ruhum bu spot ışıklarından yeterince rahatsız olduğu için hiç uzatmadan bana çıkan şanslı ismi söylüyorum," dedim. Hediye paketini omuzumun altına sıkıştırırken kâğıdı kalabalığa gösterdim. "Tan Birlik." Evet, bana hiç tanımadığım yabancı bir isim çıkmıştı.

Gözlerim kalabalığın içinde geziniyordu ve o şanslı kişiyi arıyordum. Uzun boylu bir adam ayağa kalkınca, "Daha yaşlı ve daha çirkin birini bekliyordum," deyiverdim. Birkaç kıkırtı çıkınca kaşlarımı çatarak mikrofona tersçe baktım. Bu şey açıktı, değil mi?

Az önce söylediklerimi duyan Alaz'ın delici bakışlarını üzerimde hissettim. Şanslı kişi bana doğru emin adımlarla yaklaşınca soluğumu tuttum. Otuzlu yaşlarda, uzun boylu ve sarışın adam gerçekten çok yakışıklıydı. O da az önce söylediklerimi duymuş olmalıydı ki yeşil gözleri muzırca bana bakıyordu. Sahneye çıkarak karşımda durunca hediyesini uzattım. "Hediye için üzgünüm," dedim. "Burada başarıya doğru 7/24 emin adımlarla sürünürken dışarı çıkıp hediye seçecek vaktim olmadı." Evet, zaten bir tek ben birine bir şey verirken böylesine kibar olurdum.

Tan denen adam, "Beğeneceğime eminim, Yankı," dedi. Benim aksime kibarlığından ödün vermeden hediyeyi çözüp küçük kutunun kapağını açtı. İçindeki vişne suyunu görünce kahkaha atarak başını salladı. "Hayatımda aldığım en anlamlı hediye," dedi. *Bence de öyle olmalı çünkü vişne sularımı kolay kolay kimseyle paylaşmam.*

Atalay merakla, "Tan, Yankı sana ne almış?" diye sordu. En az Atalay kadar Alaz da bunu merak ediyordu. Tan, kutunun kapağını kapatırken, "Bana özel olduğu için bilmenize gerek yok," diyerek bana göz kırptığında içtenlikle tebessüm etti. "Bu güzel armağan için minnettarım," dediğinde beni gülümsetti. Sanırım beni mahcup etmemek için sadece vişne suyu aldığımı onlara söylememişti. Fakat utanmak nedir bilmediğim için söylese de benim için sorun olmazdı.

Vişne suları benim için utanç değil, gurur kaynağıydı.

Alaz ile göz göze geldiğimizde yerine geçen Tan'a gülümsememin onu fazlasıyla kızdırdığını fark ettim. Üstelik ona ne aldığımı deli gibi merak ettiğine emindim. Bakışlarımı onun yakıcı gözlerinden çekerek mikrofonu dudaklarıma yaklaştırdım. "Ee?" dedim. "Ben kime çıktım?" Kalabalığı incelerken sıkıntıyla ofladım. *Sabaha kadar burada bekleyecek halim yok herhalde.*

Bir anda herkesin tek bir noktaya baktığını görünce usulca başımı çevirdim. Alaz'ın yavaşça ayağa kalktığını görmek beni afallattı. Gözlerimi kocaman açtım. O kadar kişinin içinde gerçekten ismimi bulmuş muydu? Bu adamın yapamayacağı bir şey yoktu.

Alaz özgüven dolu adımlarla bastığı yeri hükmedercesine ezerken, bana doğru attığı her adım kalbimin sonu olacak gibiydi. Soluğumu tutarak sahnenin üç basamağını çıkmasını hayranlıkla izledim. Karşımda durduğunda ise kimse tek kelime etmeden büyük bir ilgiyle bizi izliyordu. "Bunu yaptığına inanamıyorum," dedim. Ben afallarken dudakları usulca kıvrıldı. "Zor olanı oldurmak benim işim Sedef," diyerek elimi tuttu. Avucuma bıraktığı küçük kâğıtta gerçekten de benim ismim yazıyordu. Bana çıkan kâğıttaki aynı el yazısıyla yazılmıştı, yani bu kâğıdı o yazmamıştı. *Gel de etkilenme bu vicdansızın oğlundan.*

"Peki, hediyem?" dedim. Bence herkes en çok onun bana vereceği hediyeyi merak ediyordu. Hayatımda ilk kez bir şeyi bu denli çok merak ediyordum.

Başını hafifçe çevirip orkestraya baktı. Sanki önceden anlaşmışlar gibi adamlar onu onaylayıp bir şeyler çalmaya başladı. Ah hayır, düşündüğüm şeyi yapmayacaktı, değil mi? Elimdeki mikrofonu alıp gözlerimin içine bakarak şarkıyı söyleyince nefesimi tuttum. İlk kez şarkı söyleyen sesini duydum ve kalbim artık benim kalbim değildi. Gerçekten bunu yapmıştı.

Bıraksan da elimi,

Sevgin bana yeter.

Susarım öpüşüne,

Avunur da söylemem.

Belki yalandır oyundur.

Derim ya, yine de korku basar

Şu anda bana yaşattığı duyguların tarifi yoktu. Bir ses nasıl dünyayla olan tüm bağımı koparabilir ki? Ama oluyormuş, Alaz Altuğ Sipahi yaparsa çok da güzel oluyormuş.

Yazık ki ağır ağır çökmüş yüreğine.

Nefret değil mi, bu yalan sevişmeler?

Sen değilsin sanki yarısı yatağımın.

Üşürüm sarılsam bile

Her kelimesi derin bir anlam taşıyan bu şarkıyı o kadar güzel söylüyordu ki sesinin bu kadar etkileyici olduğunu tahmin bile edemezdim.

Sahnede sadece ikimiz varken gözlerime bakarak devam etti:

İsyanım yanışıma ölüm bile susuyor.

Ardına dönüp giden sen misin a kadın?

Gururum yere düşer, yeter ki bak yüzüme.

Üstüme basıp geçme yar [1]

Son kısımlarda bir serzeniş, sessiz bir yakarış vardı.

Alaz bu gece herkesin içinde bana bu şarkıyı söyleyerek sadece hediyemi vermemiş, aynı zamanda bir kez daha af dilemişti. Şarkı sözlerini ikinci kez tekrarlarken yapamadım, biraz daha onun bakarsam affedeceğimden korktum. **"Gururum yere düşer yeter ki bak yüzüme,"** dediği kısımda tüm iradem kırılmış ve ben onun gözlerinde kaybolmuştum. Şarkının son kısmında, kalbimde keskin bir sızı oluşurken büyük bir alkış tufanı onun büyüleyici sesi için kopmuştu.

Affedemem, bu aldığım kalp yarasına yazık olur.

Peki, Yankı Sarmaşık bu şarkının altında kalır mı? Ah, tabii ki kalmaz. Alaz'a bir dakika işareti yaptıktan sonra ben de orkestraya seçtiğim şarkının ismini fısıldadım. Allah'tan çalıştıkları yerden çıkmış olmalı ki beni onayladılar. Alaz'ın karşısında durduğumda şarkının müziği başlamıştı. Yusuf Güney'in Değilsin şarkısı bence ne demek istediğimi ona çok güzel anlatırdı. Elindeki mikrofo-

---

[1]Gökhan Kırdar'ın 1995 yılında çıkardığı "Tutunamadım" albümünde yer alan, söz ve müziği kendisine ait *Üstüme Basıp Geçme* isimli şarkı.

nu uzanıp aldım. "Aslında bu şarkının sözlerine benzeyen bir şeyi sana daha önce söylemiştim," dediğimde her ikimiz de o günü hatırladık.

"Ya oyun değilse sana olan hislerim?"

"Gerçek olmanı isterdim, ama sen sevilecek türden değilsin."

"Ne demek istiyorsun?"

"Duydunuz, siz bayım, siz sevilecek türden değilsiniz."

Her ikimiz de o konuşmayı hatırlayınca yutkunduk. Alaz'ın gözlerine bakıp şarkıyı söylemeye başladım.

Bekle sevdiceğim, daha çok erken.

Umudun bittiği yerde değilsin.

Hayaller umutlar bir bir tükensin.

Dik duramayan serde değilsin.

Bu şarkı gerçekten de onun için yazılmış gibiydi. Aslında benim için, sandığı hiçbir şey değildi.

Olmazı oldurmak denktir yanlışa.

O sıcak sevdayı döndürür kışa.

Düz ovada gönül yolunu şaşa.

Her şeyi kapatan perde değilsin.

Gönlüm sevdi seni hem de delice.

Hayaline uzanır elim gizlice.

Hatalar yapar gündüz gece.

Sen sarılacak tür de değilsin.

Gözlerimin içine bakarken söylediğim her kelimenin ağırlığı altında ezildiğini iliklerime kadar hissediyordum.

Parmak basıp durma gönül yarama

Ben çözüm bulamadım sen de arama

Aşk alır götürür bir yere ama

Hiç göremeyen kör de değilsin.

Gönlüm sevdi seni hem de delice.

Hayaline uzanır elim gizlice.

Hatalar yapar gündüz gece.

Sen sarılacak tür de değilsin. [2]

Şarkının son sözlerine geldiğimde bir alkış da benim için kopmuştu. Titreyen dizlerim onun karşısında durmamı güçleştiriyordu.

Mikrofonu yerine taktığımda derin bir nefes aldım. "Zorlama," dedim ona bakarak. "Kendimi tanıyorum, bu saatten sonra benden olmaz sana," diyerek yanından geçip sahneden indim. Hızlı adımlarla kalabalığı geride bırakıp yemekhaneden çıkmıştım.

Asansörün kapısı kapandığında tuttuğum gözyaşlarım yanaklarımdan süzülmeye başlamıştı. Elimi acıyan kalbime bastırırken gözlerimi yumdum. "Yapma kalbim, yapma," diye fısıldadım. " 'Elimi tutarsan bir daha bırakmam' dedi ve ben, onun elini tuttum," dediğimde dudaklarım titriyordu. "Peki, elimi bırakan o olmadı mı?" dedim içim acıyarak. "Yine kırar, yine incitip parçalar." Akıldan çıkan söz kalbe geçmiyordu. Alaz bir kez güvenimi kırmışken ona tekrar güvenmem çok zordu.

Güven çok zor kazanılan lakin kolayca harcanılan bir duygu.

Aradan geçen şu birkaç günde her şey eski düzenine dönmüştü. O kutlamadan sonra Buzdağı kaldığı yerden tüm zalimliğini konuşturarak eğitim adı altında beni süründürmeye devam ediyordu. Öte yandan Yiğit'in dönüşüyle her şey daha çekilir olmuştu. Naz'ın eski süslü haline dönmesi bir günü bulmamıştı. Fakat Kuzey ve Ecrin cephesinde soğuk rüzgârlar esmeye devam ediyordu. O geceden sonra Ecrin, Kuzey'i gördüğü yerde yolunu değiştirir olmuştu. Dahası Kuzey'i ilk kez böyle darmadağın gördüğüm için ilk defa yaptığım bir şey için vicdan azabı çekiyordum. Neredeyse bizimle hiç konuşmuyor, bakışları hep uzaklara dalıp gidiyordu. Bu suskunluğunun içinde sigarayı daha da arttırması beni kahrediyordu. Onu bunu bilme, ama Ecrin biraz daha onu affetmezse maalesef bozduğum şeyi düzeltmek bana düşüyordu.

[2]Şeyma Erdoğan'ın 2013 yılında çıkardığı "Değilsin" albümüyle aynı ismi taşıyan şarkı.

Ecrin'deki inat da katırda yok, arkadaş! Sonuçta Kuzey her ne yaptıysa Ecrin'den önce yapmıştı. Kızın trip attığı konu bile aslında fazlasıyla saçmaydı!

Ve ben bunu bile bile niye aralarını bozdum? Ben gerçekten iflah olmaz bir kötüyüm!

Eğitmenim beni arayıp toplantı odasına gelmemi istediği için homurdanarak koridorda yürümeye başladım. Allah bilir, yine aklına canımı sıkacak ne gelmişti. Beni ne zaman toplantı odasına çağırsa ya görev veriyor ya da değişen eğitim programımdan bahsediyordu. Kapıyı açarak içeri girdiğimde ilk kez bu kapı bana zorluk çıkarmadan açılmıştı çünkü biri kapıyı aralık bırakmıştı. Kapıyı içeriden kapattığımda sırtı bana dönük birini camdan dışarıyı izlerken buldum. Esrarengiz kişi, "Beni bu kadar bekletmemelisin, Altuğ," diyerek bana doğru dönünce soluğum kesildi. Bu o sapık Arayıcı'ydı, yani Arda'nın amcası Çetin!

O da en az benim kadar Altuğ yerine beni görmenin şokunu yaşıyordu. "Sen? Nasıl?" diyerek sustu. Hortlak görmüş gibi bana bakıyordu. Fakat şaşkınlığı üzerinden çok hızlı atmış olmalıydı ki kaşlarını çatması uzun sürmedi. "Senin dün gece ölmüş olman gerekiyordu!" diye bağırdığında şimdi şaşırma sırası bendeydi. Ne? Ölmüş mü olmam gerekiyordu? Benim niye bundan haberim yoktu?

Ben olanları anlamaya çalışırken arkamdaki kapı açıldı. Alaz içeri girdi. Koşarak Alaz'ın kolunu tuttum. "Bu-bunun ne işi var burada?" dediğimde korkudan konuşmakta güçlük çekiyordum. Onun olduğu bir odaya beni nasıl çağırır, aklım almıyordu.

Çetin sinirli bir şekilde Alaz'a beni gösterdi. "Burada neler oluyor Altuğ? Bana kızın öldüğünü söyledin!" dediğinde iyice kafam karışmıştı. Alaz'dan cevap beklerken Alaz başını eğdi ve kolunu tuttuğum ellerime tiksinircesine bakınca afalladım. Kolunu sertçe çekerek benden uzaklaştı. Göz göze geldiğimizde bakışlarındaki soğukluk beni ürkütmüştü. Sanki öylesine bir şeye bakar gibi bakıyordu. Gözleri, fazla değersiz ve zavallı hissettiriyordu.

Dolan gözlerimi zerre umursamadan ondan hesap soran Çetin'e döndü. "Kendi ortağımı bizzat öldürecek değilim," dediğinde sanırım bazı şeyleri anlamıştım. Çetin, Alaz'dan daha kıdemli olduğu için ondan beni öldürmesini istemişti. Geçmişte yaptığı iğrençliği bilen sadece ben olduğum için beni ortadan kaldırmak istiyordu. Alaz ona bakarak beni gösterdi. "Onunla ne yapacağın sana kalmış," dediğinde benden bahsediyordu. "Birazdan sebep olduğun pisliği temizlemek için birilerini gönderirim," dediğinde beynimden vurulmuşa döndüm. Çetin beni öldürünce cesedimi ortadan kaldırmak için birilerini göndereceğini söylemişti. *Bana bunu her defasında yaşatmasın artık. Kırılıyorum, ya ben de bir insanım ve bu yaptıkları her defasında beni öldürmekten beter ediyor.*

Alaz kapıya doğru yürürken duraksayıp Çetin'e baktı. "Bunu senin için değil, işim için yaptığımı unutma," diyerek çekip gidince yerimde sendelediğim için bir yere tutunma ihtiyacı hissettim. Doğru mu anladım? Sırf teşkilatın adı böyle iğrenç bir olaya karışmasın diye beni gözden mi çıkarmıştı? Bir kez bile olsun yüzüme bakmamıştı.

Ağlama, sakın sana yaptıkları için ağlama! İlla ağlayacaksan kendi hayatın için ağla ama onun ihanetine artık gözyaşı dökme.

Çetin, "Ne bekliyordun ki?" deyince ona doğru döndüm. Bana bakarken oldukça eğleniyor gibiydi. "Senden hevesini alınca aklı çalışmaya başladı. Onun gibileri için işinden daha önemli hiçbir şey olamaz." Gözlerim dolunca ağlamamak için dudaklarımı birbirine bastırdım. Daha kaç kez onun tarafından darbe alacaktım? Daha kaç kez işi için beni harcayacaktı? Öldürmelere doymuyordu.

"Şimdi," diyen Çetin belindeki silahı çıkartınca korkuyla yutkundum. "Bitirelim artık bu işi," dedi. Bitirmek istediği benim hayatımdı. Kendi hatası yüzünden beni cezalandırıyordu. Alaz her şeyi bilirken buna göz yummuştu. Bu olay duyulmadan benden kurtulmayı onaylamıştı.

Sırtım kapıya değince hemen kapı kolunu kavradım. Kapıyı açmaya çalıştım ama her zamanki gibi bu bozuk kapı bir bana açılmıyordu! Defalarca zorladım fakat bir türlü açılmayınca omuzlarım yenilgiyle çöktü. Ölüme karşı pes ederek bana silah doğrultan caniye doğru döndüm. "Neden ölen ben oluyorum?" diye fısıldadım. Gözyaşlarım süzülüyordu, buna artık dayanamıyordum. "Her şeyin suçlusu sensin ama neden bedel ödeyen ben oluyorum?" diye sordum. Burada suçlu olan ben değildim ki.

Gözyaşlarımı sertçe silerek korkumu bir kenara ittim. "Kirli oyununuzda en masum benim ama herkes beni öldürmek istiyor," diyerek ona doğru yürüdüm. "Altı yıl önce o sokakta bana saldıran sendin! Daha on dört yaşındaydım ama sen bana tecavüz etmek istedin!" diye bağırarak bana doğrulttuğu namlunun önünde durdum. "Dilan senin yüzünden öldü!" dediğimde ağlamaya başladım. "Ben onu annesine götürecektim," diye gözyaşları içinde fısıldadım. "Başaracaktım da ama sen karşımıza çıkarak bana engel oldun! Senden kaçtığımız için kriz geçirdi! Sen bana saldırmasaydın ona ilacını zamanında götürebilirdim. Her şeyin suçlusu sensin," diye bağırdım. "Ben neden işlemediğim bir çocuğun cinayeti yüzünden hapis yattım!" diyerek ondan hesap sordum. "Ben neden senin rezilliğin için susturuluyorum!" Burada suçlu olan ben değildim ki! Her türlü iğrençliği yapan oydu ve bana yaptıkları yetmezmiş gibi beni öldürmeye kalkışıyordu. Bana biçilmiş adalet bu muydu? Suçlu olan güçlüyse haklı mıydı yani?

Parmağı tetiğe giderken en küçük bir pişmanlık duymadan gülüyordu ve bu beni kahrediyordu. "Evet," dedi. "Her şeyin suçlusu benim," diye itiraf ederek namluyu kalbime bastırdı. "Sana saldıran bendim ve evet, o çocuğun ölümüne ben sebep oldum," dediğinde iğrenç gülüşünü büyüterek gözlerimin içine baktı. "Peki, sana kim inanır?" diyerek alay etti. "Sevgilin bile konumunu kirletmemek için seni gözden çıkarmışken, benim gibi biri dururken sana kim inanır?" diye alay etmişti ve ne yazık ki haklıydı. *Alaz bile onun tarafını tutmuşken kim neden bana inansın ki? Sonuçta gücün varsa insanları satın alabilirsin.*

Son kez bana bakarak sırıttı. "Seni o çok değer verdiğin küçük çocuğun yanına gönderdiğim için beni suçlayamazsın," dediğinde sanki bana iyilik yapıyormuş gibi konuşuyordu. Dilan üzerinden benimle alay edecek kadar aşağılık biriydi.

Kendimi ölüme hazırlamıştım. Çetin tam tetiğe basacaktı ki dışarıdan gelen sesleri duyduk. "Yankı'yı görmem gerek dedim sana!" diyen bu sesin sahibini hatırladım. Tesise geldiğim ilk günlerde çok sık gördüğüm, beyaz saçlı, yaşlı adamın sesiydi. Hani bana kabaca, "Soyun" diyen o yaşlı adamın sesiydi. Tesiste kalmadığı için uzun zamandır onu görmüyordum. Sanırım görev yeri tesis değildi.

Yaşlı adamın sesini duyar duymaz daha kapı açılmadan Çetin silahını beline gizlemeyi başarmıştı. Yaşlı adam Pars ile birlikte içeri girdi. Yaşlı adam, "Çetin?" dediğinde biraz sinirli gibi görünüyordu. Fakat buna rağmen kontrolünü kaybetmemek için üstün bir çaba harcıyordu. Islak gözlerimi görünce arkasındaki Pars'tan uzaklaşıp odanın içine yürüdü. Çetin'e bakıp, "Kızı ağlatan sen olamazsın, değil mi?" diye sordu. Çetin'le benzer konumlarda olmalıydı ki onunla konuşurken Alaz'ın aksine çok rahattı.

Çetin denen aşağılık adam kendisini çok çabuk toparladı. "Sana böyle düşündüren sebep ne?" diyerek rahat davranmaya çalıştı.

Yaşlı adam ayakta zor durduğumu görünce, "Bilemiyorum," dedi. "Belki de yeğenin Arda'nın yaptıklarından sonra sen de kızı suçlu buluyorsundur." Kaşlarını yukarı kaldırdı. "Seninle hâlâ iletişime geçmedi mi?"

Çetin otoriter tavrından ödün vermeden, "İşim söz konusu olunca kendi kanımdakilere merhamet göstermeyeceğimi iyi biliyorsun," diye kısa bir savunma yaptı. "Arda'nın yakalanması için elimden geleni yaptığımdan emin olabilirsin," diyerek yalanlarını sıraladı. Yaşlı adamın gelişi tüm planlarını bozduğu için tüm keyfi kaçmıştı. Beni öldürme işini sonraya bırakarak dışarı çıkıp gitmişti. Yaşlı adam buradayken bana zarar veremezdi.

Çetin gidince yaşlı adam merhamet dolu gözlerle bana döndü. "İyi misin evlat?" dediğinde başımı iki yana salladım. *Değilim, hem de hiç iyi değilim.*

Daha ben yaşlı adama cevap veremeden Alaz içeri girip, "Bizi yalnız bırakın," dedi. Yaşlı adam ve Pars dışarı çıktı. Alaz'ın yüzsüzlüğü karşısında şapka çıkarmak istedim. *Arsızlıkta son nokta!*

Titremelerimi görünce az öncekinin aksine bana tiksintiyle bakmıyordu. Şimdi her zamanki gibi ilgi doluydu lanet gözleri. "Üzgünüm, bunu yapmak zorundaydım," dediğinde ne demek istediğini anlamadım. Masaya yaklaşıp su doldurduğu bardağı bana uzattı. "İç, Sedef," dediğinde elime zorla tutuşturduğu bardağa bakıyordum. Bu yüzsüzlüğü beni çileden çıkarıyordu. "Sen hayatımda gördüğüm en adi insansın!" diye bağırarak bardaktaki tüm suyu yüzüne doğru savurdum. Su yüz hatlarından süzülürken beni izlemek dışında bir şey yapmıyordu. "Sakın bir daha karşıma çıkma!" dedim. *Bu sondu, bir daha onu görmemek için hemen şimdi bu cehennemden ayrılıyorum.*

Hızlı adımlarla kapıya yetişip çıkmak istedim ama bu lanet kapıyı bir türlü açamıyordum. Bağırarak elimdeki boş bardağı tüm gücümle kapıya fırlattım. "Bıktım hepinizden!" diye haykırdım. Yumruğumu kapıya geçirmek üzereyken Alaz bileğimi tutarak bana engel oldu. Kaşlarını çatarak, "Beni dinle!" dediğinde bileğimi ondan kurtarmaya çalıştım. Sabrı tükenmiş gibi sırtımı sertçe kapıya yasladı. Burada sinirli olması gereken o değildi!

Ondan kurtulmak için onu itmeye çalıştığımda iyice çıldırdı. Ellerimi kavrayıp başımın üstünden kapıya bastırarak hareketlerimi kısıtladı. Gözlerinden kıvılcımlar çıkarırken dişlerinin arasından, "Artık elimde onu bitirecek kanıtlar var!" diye hırladı. Duyduklarım yüzünden çırpınmayı bırakmıştım. "Onun gibi eğitimli bir ajanın karşısına önceden dersine çalışarak çıkamazdın," dedi. "Bir şekilde açık vereceğin için bu kadar kolay konuşmazdı. Tepkilerin tamamen doğal olmak zorundaydı!" diye bağırınca sanırım anlamıştım. Ah hayır, düşündüğüm şeyi yapmış olamazdı, değil mi? Tüm bunlar onun planı olamazdı, değil mi?

"Evet, her şey oyundu," dedi. Beni, kapıya sıkıştırıp üzerime eğildi. Ellerimi bırakırken yüzümü avuçlarının içine aldı. "Çetin'in hiçbir şeyden şüphelenmemesi için senin bunu bilmemen gerekiyordu," diyerek beni sakinleştirmeye çalıştı. "Verdiğin ezbersiz tepkiler sayesinde odada gizli kamera olacağından şüphe etmedi. Bu yüzden rahatça her şeyi itiraf etti." Yine yapmıştı, yine beni bir oyunun içine çekmişti. Yine bir konuda bana en küçük bir bilgi vermeden korkup acı çekmeme izin vermişti! Çetin onun işkolik karakterini bildiği için Alaz'a gitmişti. Alaz'ın her şeyi bildiğinden habersiz büyük ihtimalle olayları çarpıtarak anlatmıştı. Alaz'a beni suçlu gösteren bir açıklama yapmış ve ondan beni öldürmesini istemişti. Alaz ise bu fırsatı kaçırmak istememişti. Çetin'i arayıp beni öldürdüğünü söyleyerek konuşmak için onu buraya çağırmıştı. Çetin'in yanında bana karşı gaddarca davranıp beni üzmüştü. Bu şekilde Çetin'i kandırmıştı. Bir oyunun içinde olduğumdan bihaber sergilediğim tavırlar Çetin'i içine düştüğü tuzağa iyice çekmişti. Odadaki kameralardan bizi izleyen Alaz, Çetin'in beni öldüreceği esnada Pars'ı ve yaşlı adamı devreye sokmuştu. Büyük ihtimalle başından beri kapının dışında bekliyorlardı. Yaşlı adam o yüzden içeri girmeden önce bize sesini duyurdu çünkü amaçları Çetin'i iş başında yakalamak değildi. Özellikle girmeden önce konuşmuştu ki Çetin birilerinin gelmek üzere olduğunu anlasın. Silahını saklaması için ona zaman tanımışlardı. Çetin'i delillerle birlikte mahkemeye çıkarabilmek için bu tuzaktan haberi olmamalıydı. Kayıplara karışmasın diye onu ürkütmek istemediler. Alaz bu planı en küçük ayrıntısına kadar önceden düşünmüştü.

Bana söylemeliydi! Aksini düşünüyor olabilir ama ben hayal kırıklığı yaşamadan da bu işin üstesinden gelebilirdim. Onun oyunlarının sonunda acı çeken sadece ben oluyordum. Bir türlü görmek istemediği tek şey buydu.

Kırgınlık içinde ellerini yüzümden çektim. Bir şeyler söylememi beklediğini biliyordum ama tek kelime etmeden kapıyı açıp dışarı çıktım. Garip ama kapı bu sefer bana zorluk çıkarmadan açılmıştı. "Sedef," diyen sesini duydum ama yoluma devam ettim. Peşimden gelirken sabırsızca, "Bir şey söyle, Sedef!" dedi. Ona kızmamı istiyordu. Yine bağırarak ona karşı saldırgan bir tavır sergilememi istiyordu. Ben böyle yapınca o, keskin dilim yüzünden yara aldığı için bana yaptıklarının kefaretini ödüyordu.

"Neyi neden yaptığın umurumda değil, Sipahi," diyerek ruhsuzca ona döndüm. "Senin de umurunda olmasın çünkü fırsatını bulunca, seni sırtından vururken neyi neden yaptığım umurumda olmayacak!" dedikten sonra asansöre bindim.

Yoruldum, Alaz Altuğ Sipahi'nin oyunlarından gerçekten çok yoruldum.

Arabada sessizlik içinde onunla yolculuk yaparken uykum gelmişti. Bugün cumaydı ve daha önce söz verdiğim gibi maalesef iki günümü sözde ailemle geçirecektim. Akşama kadar süren bir eğitimden sonra gece yola çıkmıştık. Songül Hanım'ın evine gittiğimiz için bugünkü eğitimde içki yoktu. Zaten en son çıkardığım rezillikten sonra Alaz tedbiri elden bırakmıyordu. Kalabalık içinde içmeme asla izin vermiyordu. Ben uyumadan önce bir kadeh içkiyi odama bırakıp kapıları üzerime kilitliyor ve odasına gidiyordu. Kafayı bulduktan sonra uyurgezer bir şekilde odamda ne yaptığımı hiç bilmiyordum. Evet, bunlar can sıkıcıydı ama canımı asıl sıkan şey, geçen sabah Çetin'i tuzağa düşürmek için bana oynadığı oyundu. Birine anlatsaydım, Alaz'ın tüm bunları benim iyiliğim için yaptığını söyleyecekti.. Fakat sorun şu ki Alaz hep benim arkamdan böyle işler çevirip durdu. Bunu o kadar çok yaptı ki artık tahammülüm kalmamıştı. Zaten başıma ne geldiyse hep onun planları yüzünden gelmişti. Bu yüzden yaptığı son şey içimde bir şeyleri daha kırmıştı.

O olayın üzerinden neredeyse iki gün geçmişti ama o günden beri gerekmedikçe onunla konuşmuyordum. Bu tavrım onu deli ediyordu. Her defasında benden izinsiz hayatıma müdahale etmesine artık katlanamıyordum.

Tesisten çıkalı çok olmamıştı. Orman yolunda hareket ederken Alaz hâlâ şansını zorlayarak beni konuşturmaya çalışıyordu. "Onlara bir şans ver," dedi. "Düşündüğün gibi kötü geçmeyecektir." Berbat geçeceğini biliyordum. Ailemle arayı düzeltmemi çok istiyordu çünkü kendi sahip olamadığı aile sevgisini benim tatmamı istiyordu. Ancak bu o kadar kolay değildi, bazı şeyler sonradan olmuyordu.

Bu konuda yeni bir şey söylemeye hazırlanıyordu ki, biraz ileride fark ettiğimiz bir gariplik yüzünden susmuştu. Her yer karanlık olabilirdi ama yolumuzun tam üstünde bir arabanın durduğunu aracın farlarından görebiliyordum. Araba yolun tam ortasındaydı ve farları yandığı için gözlerimi kısmak zorunda kalmıştım. Biri geçmeyelim diye özellikle arabayı yolun tam ortasında durdurmuş gibiydi. İncecik orman yolu iki arabanın geçeceği kadar geniş değildi. Bu da ne demekti? Alaz hızını düşürüp arabayı durdurdu. Karşımızdaki arabayla karşı karşıyaydık ve farları hâlâ gözümüzü alıyordu. Arabanın keskin ışığı ve dışarıda tüm şiddetiyle yağan yağmur yüzünden yolumuzu kesen arabada kimlerin olduğunu göremiyordum. Hissediyordum, bu gece çok kötü şeyler olacaktı.

Alaz, "Bir terslik var," diyerek belindeki silahı çıkardı. Şarjörü kontrol ettikten sonra silahı tekrar beline takarak torpido gözüne uzandı. Çıkardığı ikinci silahı avuçlarıma tutuşturunca ürperdim. "Bir tuzak olabilir," dediğinde korkmadığını görebiliyordum.

"Arabadan sakın inme ve gerektiğinde ateş etmekten çekinme," diye beni uyardı. Bir şey olacaktı, kalbimin korku dolu çırpınışları boş yere değildi!

Bu arabadan inmemeli!

Eli kapıyı bulduğunda kolunu tutarak onu durdurdum. "Gitme!" diye fısıldadım. Bana bakınca telaşa kapılarak kolunu daha sıkı tuttum. "Bak, içimde bir sıkıntı var. Sana yalvarıyorum, bu arabadan inme. Hemen şimdi arabayı çalıştır, uzaklaşalım buradan. Alaz, ne olursun başka bir yoldan gidelim," diye ona yalvardım. Bu bendeki normal bir sıkıntı değildi, bir şeyler kalbimi ellerinin arasına alıp sertçe sıkıyordu. Bu pek sık hissettiğim bir duygu değildi.

Kolundaki elimi tuttu ve dudaklarını avucumun içine bastırıp derin bir nefes aldı. "Bir şey yazılmışsa alnına bu gece olmazsa bile ileride mutlaka olur," diyerek bana tebessüm etti. "Ben kaçmayı bilmem, Sedef. Şimdi az önce söylediklerimi aklında tut ve burada otur," dedikten sonra son kez gözlerime bakıp dışarı çıkmıştı. Tüm uyarılarıma rağmen bunu yapmıştı.

Alaz arabadan inince diğer arabanın da kapısı açıldı. Her ikisi de yağmurun altında ıslanarak birbirlerine doğru yürürken, aralarında az bir mesafe kala karşı karşıya durmuşlardı. Gözlerimi iyice kısarak Alaz'ın karşısındaki kişiyi görmeye çalıştım, ancak Alaz'ın devasa vücudu yüzünden hiçbir şey göremiyordum. İyice kapı tarafına kayıp tekrar baktığımda zor olsa da karşıdaki kişinin yüzünü seçmiştim. Tüylerim diken diken olurken, "Sana inme demiştim," diye fısıldadım. Evet, gördüğüm kişi Arda'dan başkası değildi.

Arda gözünü karartıp onun yolunu kesiyorsa her şeyi göze aldı demektir.

Yağan yağmuru görünce gözlerim doldu. "Bu benim kaderim," dedim kucağımdaki silaha bakarken. Hayatımda yağmurdan nefret ettiğim kadar hiçbir şeyden nefret etmiyorum. Tesadüf mü bilmiyorum fakat başıma gelen en kötü şeyler mutlaka yağmurun altında olmuştur. Dilan'ın cansız bedenine sarıldığım o gecenin sabahında da yağmur yağmıştı. Biraz daha eskiye gidince yedi yaşında yurttan kaçtığım o gece de yağmur yağdığını hatırladım.

Yağmur her defasında bana kötü şeyleri hatırlatıyordu. Şimdi yine yağıyorken yeni bir kâbusa tanık olacaktı.

"Hadi Yankı," dedim dolu dolu gözlerle. "Beklediğin an geldi." Kucağımdaki silahı alıp kararlı bir şekilde arabadan indim.

Şiddetli yağmur anında beni ıslatırken aceleyle birkaç adım atmıştım ki Alaz, "Sedef, arabaya dön!" dedi. Bana doğru hiç dönmeden ayak seslerimden geldiğimi anlamıştı. Hayır, arabaya dönmeyecektim.

Arda'yla karşı karşıya duruyordu ve her ikisi fazla korkusuz görünüyordu. Beni gören Arda, "Benim olanı almaya geldim, Sipahi," dedi. Arda'nın sahiplenici sesiyle Alaz'ın elleri yumruk olmuştu. "Denemekle kalırsın!" diye gürledi.

Bir süre her ikisi de sadece susarak birbirlerine meydan okudular. Kazananı, ilk hamleyi yapan belirleyecekti. Aynı anda silahlarını çıkartıp birbirlerine doğrultmuşlardı. "Onu alacağım, Sipahi!" diye bağıran adamın bensizlik canına tak etmiş gibiydi. "Ölmek umurumda bile değil, bu gece aramızdaki hesap bitecek!" diye bağırdı. Bu gece çok fazla şey bitecekti, hem de çok fazla.

Alaz silahını ona doğrulturken eli bile titremiyordu. Kendinden emin bir şekilde düşmanının karşısında dimdik duruyordu. Alaz, "Daha sen o tetiğe basmadan beynini dağıtacağımı bilmeliydin!" dedi. Evet, yapardı çünkü bu konuda en iyisiydi. Büyük ihtimalle onun kurşunu Arda'dan önce hedefini bulurdu. Yapacaktı da. Onu öldürerek bu gece her şeyi bitirecekti. Denedi de lakin tetiğe basacağı sırada silahı tutan elimi kaldırıp sırtını hedef aldım. "İndir silahını, Alaz," dedim. Sesimde öyle bir hissizlik vardı ki bu konuşan bana yabancı gibiydi. *Geri adım atmak yok, hayatta en nefret ettiği şeyle intikamımı alacağım, yani ihanet.* Ben demiştim, değil mi? Daha önceki konuşmalarımızda bana sırtını dönmemesi konusunda onu uyarmıştım.

"Sakın bana sırtını dönme, Alaz."

"Ya bunu yaparsam?"

"Seni sırtından vururum."

"Sen kimseyi sırtından vuramazsın, Sedef."

"Bu yüzden seni önceden uyarıyorum çünkü yaparım dediğim şeyi yapmadığım hiç olmadı."

Alaz'ın bedeni kaskatı kesilmişti. Sevdiği kadın tarafından sırtına doğrultulan silahı hissetmişti. Düşmanına sırtını dönerek bana doğru döndü. İki silah arasında kalmışken onun için artık kime sırtını döndüğünün bir önemi yoktu. Ona doğru tuttuğum silahı görünce bunu görmeye dayanamamış olacak ki gözlerini yummuştu. Arkasında ona silah çeken ezeli düşmanı, önünde ise âşık olduğu kadın. Bu ölüm değildi de neydi? Bu kıyamet değildi de neydi? Bu ikimizin biz olma ihtimaline kurşun sıkmak değildi de neydi? Bu, bir erkeğin yaşayıp yaşayacağı en büyük kıyametiydi. Sevdiği kadının düşmanının tarafında saf tutması ölümlerin en acısı değildi de neydi?

"Yapma," diyerek gözlerini açtığında bitmişti işte. Şimdi görüyordum orada uçurumdan aşağıya hızla düşen birini. "Öldüğümü görmek mi istiyorsun?" diye sordu. "O zaman arabadayken sıksaydın kafama!" diye bağırdı. "Sana engel olmayacağımı biliyordun ama o varken bunu bana yapma! İntikamın da şerefli olanı makbul, böyle kalleşçe geçme karşıma, Sedef!" dediğinde doğruyu söylüyordu. Zaten yağmurun yıkadığı gözyaşlarım haklı olduğu için akmıyor muydu? Ama en şerefsizce olanı ona yaşatmalıydım ki bugüne kadar bana yaşattığı her şey yerini bulsun. Durumu eşitlememin tek yolu buydu.

Anlamadığı şey namlunun ucundaki sadece kendisi değil. Ona atan kalbim de bu gece payına düşen ölümü yaşayacak.

Saçlarım sırılsıklam yüzüme yapışırken ona silah tutan elim titriyordu. "Şeref?" diye fısıldadım gözlerinin içine bakarken. "Beni zehirlerken o şeref neredeydi? Beni kendi oyunlarında piyon haline getirirken o şeref neredeydi, Alaz? Söyle hadi bana!" diye haykırdım. "Seni uyardım, yeterince darbe aldım, girme hayatıma dedim! Ben düşersem seni de kendimle birlikte dibe çekerim dedim! Ben bana yapılanları unutmam da unutturmam da dedim sana! O yüzden bugün sakın bana şereften bahsetme çünkü ben nasıl şerefsiz olunur sizlerden öğrendim! İyiydim ya ben," diyerek ağlamaya başladım. "Sokaklarda siz olmadan iyiydim ama el birliğiyle beni bir canavara dönüştürdünüz. Şimdi kimse beni yargılamasın çünkü beni bulduğunda Sedef'tim, beni vurduğunda ise Yankı!" dedim. Ben böyle biri değildim, onunla tanışmadan önce böyle değildim.

Tıpkı o gece gözlerime baktığı gibi uzun uzun gözlerine baktım ve Arda'ya, "Onu vurabilirsin, seni seçiyorum!" dedim.

Ve tam o esnada havada bir kurşun sesi yankılandı, içim acıdı. Alaz benim gözlerimin içine bakarken sırtına ikinci kurşunu da yedi. Hayır, onu vuran bendim aslında. Kimin tetiğe bastığı önemli değildi, asıl önemli olan kimin sebep olduğuydu. Bana bunu o öğretmişti. Elimdeki silah yere düşerken gözlerimin içine bakarak yerinde sendelemişti. Acıyla dişlerini birbirine bastırdığında bir köşeye çekilip avaz avaz ağlama isteğimi getiriyordu. "Beni sırtımdan vuran o değil, sensin," dediğinde öldüm ama belli etmedim.

Yıkılmış bir şekilde başımı salladım. "Beni vuran da o değildi, sendin," dediğimde ölüm gördüm gözlerinde, dizlerinin üzerine düşerek belli etti. Bu gece ödeşmiştik, bitmişti. Artık ne alacak bir kalp kalmıştı ne de verecek. Bize kalan koca bir hiçlikti.

Arda, "Buraya gel, küçük Yarasa'm," diyerek yanıma gelip bana elini uzattı. Alaz düştüğü yerde ellerini zemine bastırıp kan kusarken Arda'nın bana uzattığı elini gördü. Sırtından akan kanlar çok fazlaydı. Peki, ben neden onun acısını kalbimin ta derinlerinden hissediyordum? Neden asıl kanayan bendim? O gece Alaz da bunları hissetmiş miydi? Benim şu anda yaşadığım tüm bu azabı o da yaşamış mıydı?

Dudaklarından kan süzülürken acısına direnip, "Gi-gitme Sedef!" dedi. Sırtüstü kanlar içinde yere düşünce ona yardım etmemek için kendimi zorladım. Yürüyüp yanına giderek üzerine eğildim. "Eğer ölürsen eyvallah ama yaşarsan..." diyerek ruhsuzca ona baktım. "Büyük sıkıntı," dedim. "Eğer yaşarsan ve bana olan aşkın ihanetimden büyük gelirse bul beni, Sipahi! Beni kalbinden affettiğin gün bil ki ben de seni affetmişimdir. Bugüne dek yaktığın kadar yakacağımı her ikimiz de biliyorduk," diyerek geriye doğru adım atmaya başladım. Alaz'ın gözlerinin içine bakarak Arda'nın elini tuttuğumda ise son darbeyi vurmuştum.

Şimdi ağlayabilirsin kalbim. Şimdi ona, bana, bize ağla kalbim.

Alaz yerde acılar içinde can çekişirken yanından geçip yürüdüm. Yerde can çekişirken bile arkamdan, "Sedef, gitme!" diye bağırıyordu. "Gitme, sana zarar verecek!" Bu haldeyken bile hâlâ beni düşünüyordu. Tıpkı o gece kanlar içinde uzun süre onu düşündüğüm gibi.

Arda'nın arabasına binene kadar tuttum gözyaşlarımı. Fakat Arda arabayı çalıştırıp buradan uzaklaşmaya başlayınca daha fazla dayanamadım. Artık Alaz'ın hiç hareket etmediğini görünce içim kanaya kanaya gözyaşlarımı özgür bıraktım. Yağmur, yaralı bedenini sırılsıklam etmişti ve orada kimsesizler gibi tek başına kalmıştı. Sahi kimsesi var mıydı ki onun? Tıpkı benim gibi kundakta terkedilen birinin kimsesi olabilir miydi?

Başımı cama yaslayıp sessizce hıçkırırken, "Atalay'ı ara ve onun yerini söyle," dedim. Onun için en azından bu kadarını yapmalıydım.

Arda bu gece benim tarafımdan son nefesini verecek ikinci kişiydi fakat henüz bunu bilmiyordu. Arda'ya söylediğim bir şey de vardı. Kulübedeyken "Senin ve Alaz'ın sonunu ben getireceğim," demiştim. Şimdi ona da verdiğim sözü tutmanın zamanı gelmişti. Bu gece tüm hesapları kapatıp çekip gidecektim bu lanet şehirden.

Arda, "Bunu neden yapayım ki?" dedi. Az önce olanlar keyfini yerine getirmiş olmalıydı ki kahkaha attı. "Çoktan ölmüştür. Ancak beni çok şaşırttığını söyleyebilirim, hâlâ yaptığın şeyin şokundayım." Şokta olduğunu arabaya binerken elindeki silahı camın önüne koymasından anlamıştım.

"Biliyor musun, ben mutluluk nedir hiç bilmedim." Araba son gaz uzaklaşırken acı içinde güldüm. "Senin yüzünden mutluluk nedir hiç bilmeden büyüdüm," dedim. Hiç sesini çıkarmadı. Bunları neden ona anlattığımı sorgularken, birazdan yapacağım şeyden önce her şeyi bilmeliydi.

"O gece bizi öldürmeliydin," dediğimde nasıl da sakindim, nasıl da sesim bomboş çıkıyordu.

"Hepimiz henüz çocukken o gece yurtta bizi öldürmeliydin," diyerek güldüm. "Ancak olmazdı, değil mi? Bu, kimsesiz çocuklara kolay bir ölüm olurdu, değil mi? Hani biz öksüz yetimiz ya, hani hayat bizim için zaten çok zor ya. O yüzden o gece ölmeyi hak etmedik, değil mi? Neden? Çünkü büyümeliydik! İte kalka, dayak yiye yiye hatta sürünerek de olsa büyümeliydik! Tam kendi başımızın çaresine bakmayı öğrendik, o zaman sen çıkıp gelmeliydin. Tam o korkunç çocukluğu geride bırakıp bir iş, ev hatta belki de bir aile sahibi olup bir oh çektik, işte o zaman sen çıkıp gelmeliydin! Bizim bitti dediğimiz yerde sen cehennemi önüne katıp da gelmeliydin, değil mi?" Mutluluğu öğreneceğimiz esnada bizi cehennem ateşinde yakmak için gelmeliydi. Kimimizi boğarak, kimimizi doğrayarak, kimimizi deşerek, kimimize ise tecavüz ederek bizi öldürmeliydi. Başardığımız yerde bitirmek için gelmeliydi çünkü böylesi hasta ruhunu daha çok tatmin ediyordu!

"Neden biz?" diye ona bakarak acı içinde güldüm. "Kimsesizliğimiz bizi senin için kolay hedef yapıyordu, değil mi? O yüzden her şeyi bitirmek için gelmeliydin. Peki, sonra ne oluyor, biliyorsun musun?" diye sordum. Ben sonrasını biliyordum çünkü bu sonu yazan, yaşayan ve yaşatan ben olacaktım.

Mutluluk mu? Geleceği varsa da gelmesin bu saatten sonra! Yaşamsa buraya kadar, ölümse dibine kadar! Ben niyetimi bozdum, oğlum. Durduracak olan varsa buyursun gelsin.

"Sonra ne oluyor?" diyerek hiç merak etmese de sordu. Beni ciddiye almayan tavrına güldüm. "Sonra o otuz çocuğun içinden biri çıkıyor ama senden daha deli! Senden daha hasta ve senden daha manyak! Peki, o ne yapıyor, biliyor musun?" Ecelin oluyor, ruh hastası, ecelin.

Bu konunun kapanmasını istercesine bıkkınlıkla başını çevirip bana baktı. "Ne yapıyor?" dediği an ona bir saniye bile düşünme şansı vermedim. Oturduğum yerden ok gibi fırlayıp camın önündeki silahı aldığım gibi alnına doğrulttum. "Seni geldiğin cehenneme gönderiyor!" diye bağırdığımda elimdeki silahı almak için üzerime atladı. Fakat ondan önce davrandım ve bir saniye bile düşünmeden tetiğe bastım. Evet, bunu gerçekten yaptım. Onu alnından vuracak kadar gözümü karartmıştım.

Kurşun alnından girip kafasının arkasından çıkmıştı. Çıkan kurşun onun tarafındaki camı parçalarken, kontrolümü kaybetmiş gibi şarjörün hepsini beynine boşalttım. Ne yüzüme fışkıran kanlar beni durdurdu, ne de arabanın son hızla yoldan çıkıp kontrolsüzce önümdeki uçuruma doğru gidiyor olması. "Bitti!" diye bağırarak delik deşik olmuş korkunç yüzüne baktım. "Sizin başlattığınız oyunu ben bitirdim!" diye nefesim tükenene kadar bağırdım. Elimdeki silahı onun cesedine fırlattım. Araba uçurumdan düşmeden hemen önce kapıyı açıp son anda atlamıştım. Bitmişti, işte buraya kadardı.

Ve sonrasında süratle giden arabadan atladığım için yerdeki keskin taşların içinde yuvarlanan bedenim... Bu sonu ben yazmıştım ama şu anda acılar içinde yerde yatarken belki de kendi sonumu da ben getirmiştim. Bir yerde okuduğum ve çok hoşuma giden bir cümle puslu zihnimde hayat buldu. "Erkeğin gidişi devrimdir, yenilikleri getirir. Ama kadının gidişi darbedir, her şeyi bitirir." Nasıl da beni anlatıyordu bu sözler.

Sırtüstü düşmüştüm ve bedenim acıyla kıvranıyordu. Aslında düşüşüm sandığım kadar şiddetli olmamıştı. Bedenimdeki hasarın ölümcül olmadığını biliyordum. Emin değilim, belki de ölümcüldü. Acıyı yoğun hissettiğim sadece iki yer vardı. Bunlardan birisi kafamın arkasıydı ki muhtemelen kanıyordu. Diğeri ise kırıldığına emin olduğum bacağımdı. Karanlık gökyüzünde üzerime yağan yağmura bakıp zorlukla gülümsedim. "Hâ-hâlâ senden nefret ediyorum," dedim. "Şu aptal bulutlardan da öyle, artık kendimden de nefret ediyorum." Son gözyaşım yağmura karışırken nöbet geçirmeye başladım. Önce şiddetle titredi bedenim, sonrasında titremelerim durdu. Acım durdu, nefes alışlarım durdu, zaman durdu. Yankı Sarmaşık için bu gece her şey durdu. Gözlerim kapanıp başım yan tarafa doğru düştüğünde ise yaşam durdu.

Ben, bana yaptığın her şey için bu gece seni kalbimde affediyorum, Alaz. Umarım, bir gün ben olmasam da sen de beni affetmiş olursun.

Artık bunu istemeye yüzüm yok ama sen yine de hakkını helal et, sevgili.